Über dieses Buch Zu den wichtigsten, aber verkanntesten Büchern der jüngsten Zeit zählt der Roman ›Die Brüder Nedokoro‹ von Kenzaburo Oe. In seinem Heimatland Japan zählt der Autor zu den renommiertesten Schriftstellern seiner Generation. Wenn auch unter gänzlich unvergleichbaren Umständen – Oe hat in Japan etwa die Bedeutung wie hierzulande Grass oder Böll. Mit Respekt wurde er immerhin in den USA zur Kenntnis genommen. Henry Miller äußerte über ihn: »Oe scheint mir, was seine Spannweite zwischen Hoffnung und Verzweiflung betrifft, Dostojewski ähnlich zu sein.« In einer Kritik heißt es: »Das gewaltigste Werk von Japans erstem wahrhaft modernen Schriftsteller.«
In äußerst differenzierter Sprache und virtuos geführter Handlung deckt Oe in diesem Generationen-Roman die psychischen Situationen und die allgemeinen Lebensverhältnisse in einem hochentwikkelten Industrieland auf; er beschreibt die politische, industrielle und kulturelle Entwicklung Japans seit der Öffnung nach Westen vor rund hundert Jahren. Obwohl die Handlung von den zwei rivalisierenden Brüdern in Japan spielt, ist der Leser für das Verständnis auf keine detaillierten Kenntnisse über dieses Land angewiesen. Andere Versatzstücke gedacht, könnte die Handlung in jedem beliebigen industrialisierten Land ablaufen. Der Roman ist ein Stück allerneuester Weltliteratur, der über den Weg des Taschenbuchs hoffentlich und endlich auch hier seine Leser findet.

Der Autor Kenzaburo Oe, geboren 1935 auf der Insel Shikoku, Romanistik-Studium an der Tokyo-Universität, Abschluß mit einer Arbeit über Sartre; Essays, Geschichten und Romane. Mehrere ausgedehnte Auslandsreisen; zahlreiche Preise. Ist aktiv in der Friedens- und in der Ökologiebewegung tätig. Lebt in Tokyo.
Vom selben Autor ist im Fischer Taschenbuch-Programm der Roman ›Eine persönliche Erfahrung‹ (Bd. 5025) lieferbar.

KENZABURO OE

DIE BRÜDER NEDOKORO

ROMAN

FISCHER TASCHENBUCH VERLAG

Ungekürzte Ausgabe
Fischer Taschenbuch 5418
Mai 1983
Umschlaggestaltung: Jan Buchholz/Reni Hinsch
Fischer Taschenbuch Verlag GmbH, Frankfurt am Main
Lizenzausgabe mit freundlicher Genehmigung der
S. Fischer Verlag GmbH, Frankfurt am Main
Titel der Originalausgabe: »Man-en-gannen no futtoboru«

Satz: Fotosatz Otto Gutfreund, Darmstadt
Druck und Bindung: Hanseatische Druckanstalt GmbH, Hamburg
Printed in Germany
1280-ISBN-3-596-25418-3

Ich erwache in der Dunkelheit vor dem Morgengrauen und suche zwischen schmerzenden, noch im Bewußtsein verbliebenen Traumresten tastend nach einem brennenden Gefühl der Erwartung. Ich zittere vor Hoffnung, in den innersten Tiefen meines Wesens möge begierige Erwartung wiederaufleben – unzweideutig und mit der Wirkung von Whisky, der brennend in die Eingeweide fährt – und finde doch nur ein grenzenloses Nichts. Ich schließe die Finger, die ihre Kraft verloren haben, zur Faust, und überall, an jedem Teil meines Körpers lasten Fleisch und Knochen getrennt auf mir, und diese Empfindungen zerfließen in meinem widerstrebend zurückkehrenden Bewußtsein zu dumpfem Schmerz. Mit einem Gefühl der Resignation nehme ich den schweren, scheinbar zerstückten und überall dumpf schmerzenden Leib wieder einmal auf mich. Ich habe mit angewinkelten Armen und Beinen geschlafen, in der Stellung eines Mannes, der weder an sein Wesen noch an die Lage erinnert werden möchte, in der er sich befindet.
Bei jedem Erwachen suche ich von neuem nach jenem verlorengegangenen inbrünstigen Gefühl der Erwartung, das nicht die Empfindung eines Mangels ist, sondern konkrete Tatsache an sich. Schließlich überzeugt, dieses Gefühl nicht zu finden, versuche ich mich wieder einzuschläfern: *Schlaf nur, schlaf – die Welt gibt es nicht!* Aber heute quält das Gift meinen Körper so bösartig, daß mir der Rückzug in den Schlummer verwehrt bleibt. Die Angst droht mich zu verschlingen. Die Sonne wird frühestens in einer Stunde aufgehen; bis dahin läßt sich absolut nicht sagen, was für ein Tag da heraufzieht. Ich liege im Dunkel und weiß nichts, wie der Fötus im Mutterleib. Früher waren in solchen Fällen sexuelle Gewohnheiten nützlich. Aber jetzt, mit siebenundzwanzig Jahren, als verheirateter Mann und Vater eines in eine Anstalt gegebenen Kindes, überkommt mich beim Gedanken an Selbstbefriedigung die Scham und erstickt das Begehren im Keim. *Schlaf, schlaf – und kannst du nicht*

schlafen, so stelle dich schlafend! Plötzlich sehe ich im Dunkeln die quadratische Grube vor mir, die die Arbeiter gestern für unseren Sickerbehälter ausgehoben haben. Das wüste, bittere Gift in meinem schmerzenden Körper vermehrt sich und droht, langsam wie Gelee aus einer Tube aus Ohren und Augen, Nase und Mund, After und Harnröhre hervorzuquellen...

Indem ich weiter den Schlafenden imitiere, stehe ich mit geschlossenen Augen auf und bewege mich träge durch das Dunkel. Sooft ich gegen die Tür, die Wand oder ein Möbelstück stoße, gebe ich ein halb irres, schmerzliches Stöhnen von mir. Gewiß, mit dem rechten Auge sehe ich nichts, selbst wenn es bei hellem Tageslicht weit offen ist. Werde ich je erfahren, was es mit dem Vorfall auf sich hatte, bei dem ich mein Augenlicht einbüßte? Es war ein ärgerlicher, sinnloser Zwischenfall gewesen: Eines Morgens, als ich die Straße entlangging, warfen ein paar Schulkinder in einem hysterischen Ausbruch von Angst und Wut einen Stein nach mir. Ins Auge getroffen, stürzte ich auf den Bürgersteig und blieb liegen. Ich begriff nicht, was geschehen war. Mein rechtes Auge, das ein Riß im Weißen quer herüber bis ins Schwarze durchzog, wurde blind. Die wahre Bedeutung dieses Geschehens habe ich wohl bis heute nicht recht begriffen. Ich scheue mich sogar davor, sie zu verstehen. Wenn man, das rechte Auge mit der Hand bedeckt, zu gehen versucht, so merkt man, wie vielerlei doch gerade auf der rechten Seite im Wege ist. Man prallt mit Unerwartetem zusammen, stößt sich fortwährend Kopf und Gesicht. So habe ich rechts immer frische Schrammen – und ich bin häßlich. Schon vor der Sache mit dem rechten Auge hatte ich immer mehr eindeutige Anzeichen von Häßlichkeit entwickelt und oft an Mutters Prophezeiung gedacht, mein Bruder würde einmal hübsch und ich nicht. Der Verlust des Auges hob meine Häßlichkeit täglich hervor. Sie hätte sich gern still im Schatten verborgen, aber das fehlende Auge zerrte sie ständig hervor ins Rampenlicht. Ich versäumte allerdings nicht, diesem Auge eine Rolle zuzuschreiben: Ich meinte, nach seiner Erblindung sei es für immer auf das blutdurchpulste und leicht überhitzte Dunkel in meinem Schädel gerichtet. Ich hatte es als Posten aufgestellt, damit es den nächtlichen Wald in mir

bewache, und mich so zur Beobachtung meines Innenlebens gezwungen.
Ich gehe durch die Küche, taste nach der Tür und trete hinaus. Als ich schließlich das Auge öffne, sehe ich einen schwachen weißen Schimmer über den fernen Höhen eines dämmerungsträchtigen Spätherbsthimmels. Ein schwarzer Hund kommt auf mich zugerannt und springt mich an. Aber er spürt sofort meine Ablehnung; lautlos läßt er von mir ab und verharrt vor mir, so daß die kleine Schnauze wie ein Pilz aus dem Dunkel ragt. Ich nehme ihn auf, klemme ihn mir unter den Arm und gehe langsam weiter. Der Hund stinkt. Er bleibt ruhig unter meinem Arm, atmet schwer. Meine Achselhöhle wird heiß. Vielleicht hat der Hund Fieber. Meine nackten Zehennägel stoßen gegen Holz. Ich setze den Hund einen Augenblick ab und taste nach der Leiter, um genau zu wissen, wo sie steht. Dann umschließe ich mit den Armen die Dunkelheit an der Stelle, wo ich den Hund abgesetzt habe; er hat sich nicht vom Fleck gerührt. Ich muß lächeln, aber das Lächeln hält nicht lange an. Der Hund ist krank, ganz eindeutig. Mühsam steige ich die Leiter hinab. Unten in der Grube stehen ein paar Pfützen. Das Wasser reicht mir gerade bis über die nackten Knöchel; es ist nur ein bißchen; wie ausgetretener Fleischsaft. Ich setze mich direkt auf die bloße Erde und spüre, wie das Wasser durch Schlafanzughose und Unterwäsche dringt und mir den Hintern naß macht. Jedoch finde ich mich widerspruchslos damit ab wie einer, der grundsätzlich unfähig ist zu jedem Widerstand.
Aber ein Hund kann sich natürlich dem Schmutzigwerden widersetzen. Schweigsam wie einer, der reden kann, es aber lieber unterläßt, springt mir das Tier auf den Schoß und lehnt seinen zitternden, heißen Körper leicht an meine Brust. Um das Gleichgewicht zu halten, bohrt er seine krallenbewehrten Pfoten in meine Schenkel. Ich empfinde auch diesen Schmerz als etwas, was ich nicht zurückweisen kann, und spüre ihn nach fünf Minuten nicht mehr. Auch achte ich nicht auf das stinkende Wasser an meinem Hintern, das mir nun zwischen Hoden und Schenkel dringt. Mein Körper mit seinen siebzig Kilogramm und einhundertachtundsechzig Zentimetern unterscheidet sich in nichts von der Ladung Erde, die die Arbeiter gestern aus ebendie-

ser Grube ausgehoben und in einen fernen Fluß geschüttet haben. Mein Fleisch wird vom Erdboden assimiliert. In meinem Körper, im Boden ringsum und in der feuchten Luft sind die Wärme des Hundes und meine Nase das einzige Lebendige. Die Nase wird rasch empfänglich und zieht die stockenden Gerüche in dieser Grube ein, als wären sie unaussprechlich kostbar. Auf Hochtouren arbeitend, nimmt sie die zahlreichen, gar nicht im einzelnen zu erkennenden Geruchsnuancen auf. Fast ohnmächtig, schlage ich mit dem Hinterkopf (mir scheint es unmittelbar die Schädeldecke) gegen die Grubenwand und atme die tausendundein Gerüche und den knappen Sauerstoff ein. Mein Körper ist immer noch voll des wüsten, bitteren Giftes, das aber offenbar nicht mehr nach außen tritt. Das brennende Gefühl der Erwartung ist noch nicht wieder da, doch meine Angst hat nachgelassen. Jetzt ist mir alles gleichgültig – sogar der Besitz meines eigenen Körpers. Leid tut mir nur, daß mich nichts und niemand in dieser völligen Gleichgültigkeit sehen kann. Der Hund? Er hat keine Augen. Auch ich habe in meiner Gleichgültigkeit keine Augen. Seit ich unten angekommen bin, habe ich sie wieder geschlossen.

Dann wenden sich meine Gedanken dem Freund zu, dessen Einäscherung ich beigewohnt habe. Ende des Sommers malte er sich den ganzen Kopf mit knallroter Farbe an, zog sich nackt aus, steckte sich eine Gurke in den Hintern und erhängte sich. Seine Frau entdeckte den seltsamen Selbstmord, als sie hundemüde von einer Party heimkam, die bis zum frühen Morgen gedauert hatte. Warum er nicht mitgegangen war? Er war so ein Typ. Niemand fand etwas dabei, daß er seine Frau allein zu einer Party gehen ließ und indessen in seinem Zimmer an einer Übersetzung arbeitete (übrigens eine Sache, die wir gemeinsam machten).

Zwei Meter vor dem baumelnden Leichnam hatte sie kehrt gemacht und war zum Ort der Party zurückgeflohen. Die Haare standen ihr vor Entsetzen zu Berge, die Arme schlugen wild über dem Kopf, ihr Mund formte einen *unhörbaren Schrei,* und ihre grünen Kleinmädchenschuhe flogen dahin, als sie wie in einem rückwärts ablaufenden Film den Weg ihres eigenen Mitternachtsschattens zurückeilte, den niemand außer ihr sehen konnte. Nachdem sie die Polizei benachrichtigt hatte, schluchzte sie wortlos, bis ihre Angehörigen sie abholten. So blieb es nach Abschluß der polizeilichen Untersuchungen mir und der rüstigen alten Großmutter meines Freundes überlassen, dem nackten, rotköpfigen Leichnam die letzten Dienste zu erweisen, einem unrettbar verlorenen Toten, dem der letzte Samen seines Lebens auf den Schenkeln antrocknete.

Die Mutter des Verblichenen war dem Wahnsinn verfallen und zu nichts zu gebrauchen. Nur einmal, als wir dem Toten die Farbmaske abwaschen wollten, widersetzte sie sich mit unerwarteter Entschlossenheit unserer Absicht. Die alte Frau und ich schickten alle Kondolenzbesucher fort. Allein hielten wir drei ohne Unterbrechung die Totenwache für den Verstorbenen, dessen Myriaden Zellen, einst die Gefäße seiner Einmaligkeit, bereits im Begriffe waren, schnell und unmerklich zu zerfallen. Wie ein Damm hielt die pergamenttrockene Haut die süßsauren rosigen Zellen zusammen, die sich aufgelöst und in etwas Unbeschreibliches verwandelt hatten. Der rotköpfige Leichnam meines Freundes, der da stolz entrückt auf einer Art Armeebett verweste, war von einer eindringlicheren, gefährlicheren Realität, als er selbst jemals in den siebenundzwanzig Jahren seines Lebens gewesen war, das er kläglich in dem eifrigen Bemühen verbracht hatte, durch den dunklen Tunnel zu gelangen, und das nun vor dem Erreichen der anderen Seite so abrupt zu Ende gegangen war. Der Damm aus Haut war zum Bersten verurteilt. Gärende Zelltrauben waren dabei, dem Körper den wirklichen, physischen Tod zu bereiten – so wie man Wein bereitet. Die Hinterbliebenen mußten diesen Wein trinken. Mich faszinierten die dichtgedrängten Augenblicke, in denen der Leichnam meines Freundes mit den nach Lilien riechenden Bakterien des Verfalls zu tun hatte. Während ich das Verstreichen dieser reinen Zeit auf ihrem einmaligen Flug beobachtete, wurde mir erneut die Zerbrechlichkeit jener anderen Zeit bewußt, die weich und warm ist wie die Fontanelle eines Säuglings und die Möglichkeit der Wiederholung kennt.

Ich konnte den Neid nicht unterdrücken. Kein Freund würde zusehen, würde verstehen, was da geschah, wenn ich die Augen für immer schloß und mein eigenes Fleisch sich anschickte, die Auflösung zu erfahren.

»Als er aus der Klinik heimkam, hätte ich ihn überreden sollen, wieder hinzugehen«, sagte ich.

»Nein – der Junge hätte nicht länger dort bleiben können!« antwortete seine Großmutter. »Die anderen Nervenkranken waren so beeindruckt von den netten Dingen, die er angestellt hatte, daß er unmöglich länger hätte bleiben können. Vergessen Sie das nicht, und machen Sie sich keine Vorwürfe! Was passiert ist, zeigt doch ganz klar, daß es für ihn am besten war, die Klinik zu verlassen und ein freies Leben zu führen. Hätte er sich dort umgebracht, dann hätte er sich nie das Gesicht rot anmalen und sich nackt erhängen können, oder? Die anderen Patienten hätten es verhindert, sie achteten ihn zu sehr.«

»Daß Sie es mit solcher Fassung tragen, ist eine große Hilfe.«

»Sterben muß jeder mal. Und in hundert Jahren wird kein Mensch danach fragen, wie irgendwer gestorben ist. Am besten, man tut es auf die Art, die einem gefällt.«

Am Fußende des Bettes saß die Mutter meines Freundes und rieb unermüdlich die Füße des Leichnams. Sie hatte den Kopf eingezogen wie eine verängstigte Schildkröte und reagierte nicht auf unser Gespräch. Das kleine, platte, stumpfsinnige Gesicht, das so schrecklich dem ihres toten Sohnes ähnelte, schien zu zerfließen... wie schmelzender Kandis. Ich meinte, noch nie ein Gesicht gesehen zu haben, das von so unmittelbarer und grenzenloser Verzweiflung geprägt war.

»Wie Sarudahiko«, sagte die Großmutter ohne Zusammenhang. Sarudahiko, das Wort, das irgendwelche rustikalen und komischen Assoziationen weckte, war nahe daran, in mir eine wenn auch vage Bedeutung zu gewinnen; aber mein Gehirnfett war vor Müdigkeit längst zu Sülze erstarrt, so daß dies nur ein minimales Erzittern auslöste, das sich nicht fortzusetzen vermochte. Ich verlor den Faden. Und während ich resigniert den Kopf schüttelte, versank das Wort Sarudahiko mit unerbrochenem Siegel und wie ein Bleilot in den Tiefen meines Gedächtnisses.

Nun aber, da ich mit dem Hund im Arm unten in der nassen Grube saß, kam mir dieses Wort Sarudahiko in den Kopf, als sichtbare Spitze eines Eisberges vertrauter Erinnerungen. Die seit jenem Tage zu Sülze erstarrten Hirnzellen, die auf dieses Wort ansprachen, waren aufgetaut. Sarudahiko, der Erhabene, war an der Viel-Wege-Kreuzung den zur Erde herabsteigenden Himmlischen Göttern begegnet. Da versammelte die Göttin Ame-no-uzume, die als Abgesandte der Eindringlinge mit Sarudahiko verhandelte, zur Begründung der Herrschaft der Himmlischen die Fische um sich als die ersten Bewohner der neuen Welt; und da die Seegurke sich ihr schweigend widersetzte, hat schließlich die Göttin ihr das Maul aufgeschlitzt. Unser sanfter Sarudahiko des zwanzigsten Jahrhunderts war am ehesten noch ein Gefährte der Seegurke mit dem aufgeschlitzten Maul gewesen. Bei diesem Gedanken schossen mir die Tränen aus den Augen. Sie rannen die Wangen hinab, die Lippen entlang und tropften auf den Rücken des Hundes.

Ein Jahr vor seinem Tode hatte mein Freund sein Studium an der Columbia University abgebrochen, war nach Japan zurückgekehrt und in ein Heim für leicht Geistesgestörte aufgenommen worden. Über dieses Heim und sein Leben dort weiß ich nur das, was er selbst erzählt hat. Auch seine Frau, seine Mutter und die Großmutter haben das Heim nie gesehen, das angeblich draußen in der Shonan-Gegend lag. Er verbot allen ihm Nahestehenden, ihn dort zu besuchen. Wenn ich heute darüber nachdenke, bin ich durchaus nicht sicher, daß es dieses Heim überhaupt gegeben hat. Wenn man indes meinem Freunde Glauben schenken soll, so nannte es sich »Smile Training Center«, auch »Klause des Lächelns«, und die Insassen, die zu jeder Mahlzeit große Dosen von Beruhigungsmitteln erhielten, verbrachten freundlich lächelnd und in bestem Einvernehmen miteinander ihre Zeit. Es war ein eingeschossiges Gebäude, ähnlich den Strandpensionen, wie man sie überall im Gebiet von Shonan findet. Zur Hälfte wurde es von einem großen Sonnenzimmer eingenommen. Tagsüber saßen die meisten Patienten in den zahlreichen Schaukeln auf dem großen Rasen und plauderten liebenswürdig miteinander. Strenggenommen waren die Insassen keine Patienten, sondern gewissermaßen Reisende mit längerem Zwischenaufenthalt. Unter dem Einfluß der Beruhigungsmittel ließen sie sich leichter lenken als die folgsamsten Haustiere und vertrieben sich die Zeit im Sonnenzimmer oder auf dem Rasen, wo sie einander glücklich und sorgenfrei zulächelten. Sie konnten frei kommen und gehen, und da sich keiner eingesperrt fühlte, lief auch keiner davon.

Als mein Freund nach ungefähr einer Woche von zu Hause Kleidung zum Wechseln und Bücher holte, meinte er, er habe sich wohl rascher und müheloser an die seltsame Einrichtung gewöhnt als irgendeiner der ruhig lächelnden Patienten vor ihm. Drei Wochen später kam er wieder nach Tokyo; das Lächeln war zwar noch da, aber matt und unglücklich. Er vertraute sich seiner Frau und mir an. Der Pfleger, der den Patienten die Medikamente und Mahlzeiten brachte, war ein brutaler Bursche und behandelte sie oft scheußlich, weil sie unter dem Einfluß der Medikamente keinen Zorn und keinen Widerstand aufbringen konnten. Oft versetzte er den Patienten im Vorübergehen ohne den geringsten Anlaß einen heftigen Schlag in den Magen. Ich legte meinem Freund nahe, sich bei den Verantwortlichen zu beschweren. Er sagte aber, der Direktor würde nur annehmen, er erfinde das aus Langeweile, leide einfach an Verfolgungswahn, oder beides. »Schließlich kann sich, zumindest an der Küste von Shonan, niemand mehr langweilen als wir, und irgendwie sind wir eben alle nicht recht bei Verstand. Außerdem weiß ich nach all den Beruhigungsmitteln ja selber kaum, ob ich wirklich wütend bin oder nicht...« Trotzdem spülte er nur zwei oder drei Tage später die beim Frühstück erhaltenen Medikamente in der Toilette hinunter und verfuhr mittags und abends ebenso. Am Morgen darauf verspürte er tatsächlich Wut. Er lauerte dem brutalen Pfleger auf und schlug ihn schließlich halbtot, wobei er selbst allerhand einstecken mußte. Durch diesen Vorfall errang er sich die aufrichtige Bewunderung seiner sanft lächelnden Gefährten, mußte aber nach einer Unterredung mit dem Direktor aus dem Heim ausscheiden. Als er den Insassen, die ihm mit dem immer gleichen freundlichen und sinnlosen Lächeln das Geleit gaben, zum Abschied noch einmal zuwinkte, in diesem Augenblick, in dem er das »Smile Training Center« verließ, empfand er eine so tiefe Traurigkeit wie nie zuvor in seinem Leben.

»Es ist so, wie Henry Miller gesagt hat. Ich habe die gleiche Traurigkeit empfunden wie er. Eigentlich hatte ich bis dahin nicht erkannt, wie recht Miller hat, wenn er schreibt: ›Ich versuchte, zu lachen wie er, brachte es aber nicht zustande. Das machte mich furchtbar traurig. Trauriger als je zuvor in meinem Leben.‹ Das ist keine bloße Phrase. Und dann gibt es noch einen Ausspruch von Miller, der mich nicht mehr losläßt: ›Wir wollen fröhlich sein, was auch geschehen mag!‹«

Von dem Augenblick, da er das »Smile Training Center« verließ, bis zu dem Tag, an dem er sich erhängte, nackt und den Kopf knallrot angemalt, hielten ihn diese Worte Millers zweifellos im Bann: »Wir wollen fröhlich sein, was auch geschehen mag!« Seine zu kurzen und zu frühen letzten Jahre verbrachte er in eindeutiger Fröhlichkeit. Er verfiel sogar einer ungewöhnlichen sexuellen Neigung und kostete die mit ihr verbundene Raserei voll aus. Daran wurde ich durch ein Gespräch mit meiner Frau erinnert, als ich niedergeschmettert und erschöpft von der Einäscherung nach Hause kam. Während sie allein auf mich wartete, hatte sie Whisky getrunken. An diesem Tag sah ich sie zum erstenmal betrunken.

Gleich als ich heimkam, schaute ich in ihr Zimmer, das sie mit unserem Sohn teilte. Der Kleine war damals noch zu Hause. Es war gegen Abend, und er lag in seinem Bett und sah mich ruhig aus völlig ausdruckslosen braunen Augen an. So ruhig würde wohl eine Pflanze, hätte sie Augen, den Blick eines Beobachters erwidern. Meine Frau war nicht bei ihm. Wenn ich mich recht erinnere, fand ich sie ziemlich betrunken im Dunkel der Bibliothek, wo sie in gefährlicher Höhe zwischen den Regalen auf einer Trittleiter saß, wie ein Vogel auf einem schwankenden Ast. Ich war so bestürzt, daß es mir eher meinetwegen als ihretwegen peinlich war. Sie hatte sich die Whiskyflasche zwischen den beiden Teilen der Leiter hervorgeholt, wo ich sie versteckt hatte, sich auf die Leiter gesetzt, einen Schluck gleich aus der Flasche genommen und langsam weitergetrunken. Dabei war sie immer berauschter geworden. Als sie mich erblickte, ruckte sie zurück wie eine Aufziehpuppe. Ihre Oberlippe glänzte vor Schweiß. Sie konnte nicht aufstehen. Ihre wie Pflaumen geröteten Augen sahen fiebrig aus, aber Hals und Schultern überzog eine Gänsehaut, wo das Kleid sie freigab. Ihr ganzes Benehmen erinnerte lebhaft an einen Hund, dem so übel ist, daß er wie wild Gras frißt, und dann immer mehr speien muß.

»Dir ist sicher schlecht?« fragte ich albern.
»Nein, mir ist nicht schlecht«, antwortete sie mit offener Verachtung, sie hatte meine Verlegenheit sofort gespürt.
»Dann bist du eben betrunken.«
Ich hockte mich ihr gegenüber nieder und sah fasziniert einem Schweißtropfen zu, der am Saume ihrer Oberlippe bebte. Sie erwiderte meinen Blick mißtrauisch; als sie verächtlich die Lippen kräuselte, rollte der Tropfen zur Seite weg. Der starke Alkoholdunst ihres Atems schlug mir unangenehm entgegen. Die Erschöpfung, die die Lebenden vom Totenbett eines Freundes mitbringen, durchtränkte meinen Körper wie eine Flüssigkeit. Ich hätte losheulen mögen.
»Du bist sternhagelvoll, verstehst du!«
»Ich bin nicht besonders betrunken. Ich schwitze bloß, weil ich Angst habe.«
»Angst wovor? Vor der Zukunft des Kleinen?«
»Ich habe Angst, weil es Leute gibt, die sich umbringen, nackt, den Kopf rot angemalt.«
Dies alles hatte ich ihr erzählt, die Sache mit der Gurke aber nicht.
»Deswegen brauchst du doch nicht solche Angst zu haben, oder?«
»Ich habe Angst, du könntest dir das Gesicht rot anmalen und dich umbringen, nackt.« Sie ließ den Kopf sinken, mit einem unverhohlen deutlichen Schauder.
Schaudernd erblickte ich einen Herzschlag lang in der dunkelbraunen Fülle ihres Haares ein Miniaturbild meiner selbst im Tode. Den knallroten Kopf des toten Mitsusaburo Nedokoro, hinter den Ohrläppchen Klümpchen schlecht aufgelösten Farbpulvers, die wie angetrocknete Blutstropfen aussahen. Wie bei meinem Freund waren auch meine Ohren nicht angemalt – ein Zeichen für die zu kurze Zeit zwischen dem Entschluß zu diesem bizarren Selbstmord und seiner Ausführung.
»Ich werde mich nicht umbringen. Weshalb sollte ich?«
»War er Masochist?«
»Wieso fragst du mich das, einen Tag nach seinem Tod? Nur aus Neugier?«
»Na, angenommen, daß er doch irgendwie pervers war«, sagte sie, durch den Anklang von Zorn in meiner heiseren

Stimme (den ich selbst nicht recht verstand) zu einem überaus nachgiebigen Ton veranlaßt, »dann brauchte ich ja keine Angst um dich zu haben, nicht wahr?«
Sie zog den Kopf ruckartig wieder zurück und fixierte mich, Zustimmung heischend. Der unaussprechlich hilflose Ausdruck ihrer unnatürlich roten Augen erschreckte mich. Aber sie schloß sie gleich, setzte die Whiskyflasche an und trank noch einen Schluck. Ihre Lidbögen waren dunkel wie schmutzige Fingernägelränder. Sie hustete, daß ihr die Tränen kamen und mit Speichel vermischter Whisky von den Mundwinkeln tropfte. Statt daß ich mir für sie Gedanken wegen des Fleckes machte, der auf ihrem neuen hellgrauen Seidenkleid entstehen würde, nahm ich ihr die Flasche aus der Hand, die zäh und mager war wie die eines Affen, und tat einen Zug, um meine Befangenheit zu überspielen.
Tatsächlich war mein Freund schon lange auf masochistische Erlebnisse aus gewesen. Das hatte er mir einmal halb freudig, halb traurig auf halbem Wege seiner sexuellen Entwicklung gesagt, die in eine noch vage, für den Betroffenen jedoch schon recht klare Richtung verlief. Diese war weder so unausgeprägt, daß jedermann sie erleben könnte, noch frönte er ihr in einem Maße, daß er mit anderen gar nicht mehr hätte darüber sprechen können. Er hatte ein verschwiegenes Etablissement aufgesucht, in dem sich mehrere brutale und verrückte Frauen der Masochisten annahmen. Am ersten Tag war nichts Bemerkenswertes geschehen. Aber bei seinem zweiten Besuch, drei Wochen später, sagte ihm ein stupides Riesenweib, das sich genau an seine Lieblingsprozeduren erinnerte, unheildrohend voraus, er werde von nun an nicht mehr ohne sie auskommen. Erst etwas später, als er nackt auf dem Bauch lag und ein knotiges Hanfseil neben seinem Ohr herabsauste, erkannte er, daß die gefühllose Riesin wirklich eine unbestreitbare Tatsache in seinem Leben geworden war.
»Mein Körper schien völlig zerlegt. Alle meine Teile waren weich und schlaff, wie die einer Schnur Würste, und völlig empfindungslos. Aber mein Geist schwebte irgendwo in der Höhe, von meinem Körper völlig abgetrennt.« Und dabei hatte er mich angeblickt und seltsam schwach gelächelt.
Ich nahm noch einen großen Schluck Whisky und wurde

wie vordem meine Frau von einem Hustenanfall geschüttelt; lauwarmer Whisky drang durch mein Unterhemd und rann über die Haut von Brust und Bauch nach unten. Als ich meine Frau dann ansah, wie sie immer noch mit geschlossenen Augen dasaß, wobei die dunklen Augenlider an ein zweites, falsches Augenpaar gemahnten, ähnlich den Schutzzeichnungen auf den Flügeln mancher Schmetterlinge, da drängte es mich plötzlich, sie grob anzufahren.
Selbst wenn er Masochist war, wollte ich sagen, so heißt das nicht, du hättest nichts zu befürchten. Es würde dir nicht das Recht geben, einen Unterschied zwischen ihm und mir zu machen und dir einzureden, ich würde mir nie den Kopf rot anmalen und mich nackt umbringen. Sexuelle Abartigkeiten sind letzten Endes gar nicht so wichtig; es handelt sich bei ihnen nur um eine Verzerrung, verursacht durch etwas Groteskes und wirklich Erschreckendes, das sich in den Tiefen der Persönlichkeit zusammengeballt hat. In den Abgründen seiner Seele lauerte eine gewaltige, unkontrollierbare, verrückte Triebkraft. Sie führte zufällig zu einer ganz bestimmten Verdrehtheit, die man Masochismus nennt – das ist alles. Nicht sein Masochismus hat die zum Selbstmord führende Verrücktheit hervorgerufen, sondern umgekehrt. Und ich trage den Keim der gleichen unheilbaren Verrücktheit in mir...
Aber nichts davon sagte ich meiner Frau. Der Gedanke selbst sandte seine feinen Ranken gar nicht in die Windungen meines vor Erschöpfung abgestumpften Gehirns. Wie Kohlensäurebläschen, die in einem Glas Limonade aufsteigen, zischte er eine Weile und verschwand dann. Solche unerwünschten Gedanken vergehen, spurlos, besonders wenn man nicht über sie spricht. Man braucht nur zu warten, bis sie vergangen sind, ohne die Gehirnwände geschädigt zu haben.
Wenn ich jetzt auf diese Weise davonkam, dann müßte ich dem Gift entgehen können, bis sein massierter Gegenangriff mich schließlich zwingen würde, es als Erfahrung hinzunehmen. Ich hielt meine Zunge im Zaum, legte die Hände von hinten unter die Arme meiner Frau und half ihr auf die Füße. Es kam mir wie ein Frevel vor, meine lebendige Frau – einen geheimnisvollen und verletzlichen Körper, dazu geschaffen, unter Gefahren und Mühen zu gebären – mit

meinen Armen zu stützen, die unrein waren, weil sie den Leichnam des Freundes getragen hatten; und doch war mir von den beiden gleichschweren Körpern der meines Freundes näher.
Wir gingen langsam zum Schlafzimmer, in dem das Baby lag; aber vor dem Bad verharrte sie plötzlich wie ein Schiff, das Anker geworfen hat. Sie bahnte sich ihren Weg durch den dämmerigen, von lauwarmer Sommerabendluft erfüllten Raum und verschwand in der Toilette. Dort blieb sie lange. Als sie endlich wieder erschien und in das nun schon tiefere Dunkel trat, führte ich sie ins Schlafzimmer. Dort gab ich den Gedanken, sie auszukleiden, auf und legte sie so, wie sie war, auf das Bett. Mit einem tiefen Seufzer, als wollte sie die Seele aushauchen, schlief sie fest ein. Ein gelbes faseriges Etwas, das sie ausgespien hatte, hing ihr um die Lippen, fein wie die Härchen auf einem Blütenblatt und doch im Zwielicht deutlich leuchtend.
Der Kleine blickte wie immer aus den weitgeöffneten Augen zu mir herauf, aber ich konnte nicht erkennen, ob er Hunger oder Durst hatte oder sich sonst irgendwie unbehaglich fühlte. Mit offenen, ausdruckslosen Augen lag er da wie eine Wasserpflanze im Meer der Dämmerung, einfach und friedlich existierend. Er verlangte nichts, zeigte absolut keinerlei Gefühlsbewegung, weinte nicht einmal. Ja, manchmal wußte man nicht, ob er überhaupt lebte. Vielleicht war meine Frau schon den ganzen Tag betrunken, seit ich am frühen Morgen weggegangen war? Vielleicht hatte sie den Kleinen die ganze Zeit sich selbst überlassen? Was sollte ich tun? Augenblicklich war sie eine betrunkene Frau in tiefem Schlaf, weiter nichts. Das bedrückende Vorgefühl einer nahenden Katastrophe erfaßte mich. Aber wie schon bei meiner Frau schreckte ich vor dem Frevel zurück, das Baby mit unreinen Händen zu berühren. Und auch ihm fühlte ich mich nicht so nahe wie meinem toten Freund. Solange ich auf den Kleinen hinabblickte, starrte er mich mit ausdruckslosen Augen an. Schließlich quoll aus diesen braunen Augen eine Schläfrigkeit, die einen mit der unaufhaltsamen Gewalt einer Flutwelle mitriß. Ohne ihm auch nur ein Milchfläschchen zu geben, sank ich zu Boden, um zu schlafen. An der Schwelle der Bewußtlosigkeit sagte ich mir voll neuen Erschreckens, daß mein einziger Freund sich

mit rot angemaltem Kopf erhängt hatte, daß meine Frau sich plötzlich und völlig unerwartet betrank und daß mein Sohn blöde war. Obendrein würde nun auch ich noch so einschlafen: eingezwängt in den viel zu engen Spalt zwischen den Betten meiner Frau und meines Sohnes, ohne die Tür verschlossen und die Krawatte abgebunden zu haben, noch besudelt von der Berührung mit dem Toten. Bar jeden Urteilsvermögens, hilflos wie ein aufgespießtes Insekt... In der Angst vor dem Gefühl, ich würde langsam von einer Macht ausgehöhlt, die unzweifelhaft gefährlich, aber schwer zu erkennen war, glitt ich in den Schlaf. Und am Morgen konnte ich mich nicht mehr recht erinnern, was ich am Abend zuvor mit solcher Überzeugung empfunden hatte. Es war, kurz gesagt, keine Erfahrung daraus geworden.

Im letzten Sommer war mein Freund eines Tages in einem Drugstore in New York meinem jüngeren Bruder begegnet. Er hatte mir aus eigenem Augenschein berichtet, wie es jenem in Amerika erging. Takashi war mit einer Studentenbühne in Amerika, die unter Leitung einer Parlamentarierin vom rechten Flügel einer der fortschrittlichen politischen Parteien stand. Die Truppe bestand nur aus Studenten, die sich an der politischen Bewegung vom Juni 1960 beteiligt hatten, später aber davon abgefallen waren. Sie zeigten ein reumütiges Stück mit dem Titel »Unser war die Schande«. Am Ende jeder Vorstellung entschuldigten sie sich im Namen bekehrter Angehöriger der Studentenbewegung bei den Bürgern Amerikas dafür, daß sie den Besuch ihres Präsidenten in Japan gestört hatten. Als mir Takashi eröffnete, daß er mit der Truppe nach Amerika reisen würde, sagte er, er wolle die anderen gleich nach der Ankunft verlassen und das Land ganz allein durchstreifen. Aus den halb satirischen, halb verlegenen Berichten japanischer Reporter über die Tournee in den Staaten wurde mir jedoch klar, daß er es noch nicht über sich gebracht hatte, die Truppe zu verlassen, sondern an Aufführungen in Washington und anderen Städten wie Boston und New York mitwirkte. Ich überlegte angestrengt, warum er wohl seinen ursprünglichen Plan aufgegeben hatte und weiter die Rolle eines reumütigen Studentenkämpfers spielte, aber meine Vorstellungskraft war überfordert. Deshalb bat ich brieflich meinen Freund, der mit seiner Frau an der Columbia University in New York studierte, Takashi im Stammquartier der Truppe aufzusuchen. Er hatte sie aber nicht gefunden und war rein zufällig in New York auf meinen Bruder gestoßen. Als er einen Drugstore auf dem Broadway betrat, sah er Takashis kleine Gestalt an der hohen Theke lehnen. Mein Bruder trank ernst und konzentriert eine Zitronenlimonade. Mein Freund schlich sich von hinten an ihn heran und packte ihn schweigend an der Schulter. Takashi schnellte herum, wie von einer Feder getrieben, so daß es nun mein Freund war, der erschrak. Takashi schwitzte; er sah schmierig, blaß und nervös aus. Seine ganze Erscheinung erinnerte an einen Mann, der beim Austüfteln eines Bankraubs im Alleingang plötzlich überrascht wird.

»Hi, Takashi! Da habe ich dich aber doch erwischt! Mitsu hat mir geschrieben, daß du in den Staaten bist«, erklärte mein Freund. »Anscheinend hat er seiner Frau ein Kind gemacht, kaum daß sie verheiratet waren.«

»*Ich* habe nicht geheiratet und auch niemanden geschwängert«, sagte Takashi mit immer noch nicht ganz fester Stimme.

Mein Freund lachte herzhaft, als habe er soeben einen herrlichen Witz gehört. »Ich reise nächste Woche nach Japan«, sagte er. »Soll ich Mitsu etwas ausrichten?«

»Wolltet ihr nicht ein paar Jahre hier studieren?«

»Das ist vorbei. Diesmal ist es nicht die äußere Verletzung, dafür geht es in meinem Kopf drinnen nicht mehr ganz richtig zu. Es ist nicht so schlimm, daß sie mich in eine Nervenheilanstalt stecken würden. Aber man hat beschlossen, daß ich mich in einer Art Sanatorium verkriechen soll.«

In diesem Augenblick bemerkte mein Freund, wie tiefe Verlegenheit Takashis Gesicht verfärbte. Plötzlich glaubte er zu verstehen, warum Takashi so zusammengefahren war. Und da er ein herzensguter Mensch war, tat es ihm insgeheim leid, das gesagt zu haben. Er hatte ihn an der wahrscheinlich empfindlichsten Stelle eines einst politisch aktiven Studenten getroffen. Beide schwiegen und blickten auf die dichte Reihe Flaschen auf dem Regal hinter der Theke. Diese waren bis zum Rand mit einer rosa Flüssigkeit gefüllt, süßlich und rot wie Innereien. Im Glas der Flaschen sahen sich die beiden Männer wie in einem Zerrspiegel, und bei der geringsten Bewegung schwankten die rosa Gespenster übertrieben hin und her. Man erwartete beinahe, sie würden jeden Augenblick »Amerika, Amerika!« zu singen beginnen.

Eines späten Abends im Juni hatte Takashi, noch unbekehrter, politisch aktiver Student, vor dem Reichstag gestanden, und mein Freund war auch dort hingegangen – weniger aus eigenem politischen Antrieb als wegen seiner jungen Frau, die einer kleinen Laienspielgruppe angehörte und mit ihr demonstrierte. Als es zu einem Zusammenstoß kam, wurde ihm ein Polizeistock auf den Kopf geschlagen, weil er seine Frau vor dem Angriff des bewaffneten Überfallkommandos schützen wollte. Rein medizinisch gesehen, war es eine nicht besonders schwere Platzwunde gewesen. Aber seit jenem spätabendlichen Zusammenstoß beim Duft der jungen grünen Blätter fehlte etwas im Kopf meines Freundes, und eine vorher unbekannte düstere Neigung zu manischen Depressionen hatte seinen Charakter verändert. Es konnte kaum jemanden geben, dem ein früher politisch aktiver, jetzt bekehrter Student weniger gern begegnet wäre.

Durch Takashis Schweigen immer peinlicher berührt, blickte mein Freund unverwandt auf die rosa Flaschen und hatte dabei das Gefühl, als ob seine eigenen Augen, die vor Verlegenheit schmolzen, sich in die gleiche klebrige rosa Flüssigkeit, wie sie in den Flaschen war, verwandelten und aus ihren Höhlen herausflössen. Er stellte sich vor, daß die schmelzenden rosa Augäpfel hoffnungslos verloren wie Eier in einer Pfanne auf die silberne Theke klatschten, wo Amerikaner unterschiedlichster Abstammung – südeuropäisch, angelsächsisch, jüdisch – die nackten, verschwitzten Unterarme aufstemmten. Hochsommer in New York, und Takashi neben ihm sog geräuschvoll die letzten Zitronenfasern durch seinen Strohhalm und blickte finster drein, als er sich den Schweiß von der Stirn schüttelte.

»Wenn ich Mitsu irgend etwas ausrichten soll...«, setzte mein Freund zum Abschiednehmen an.

»Sag ihm, ich hau ab von der Truppe, ja? Tu ich das nicht, schickt man mich wahrscheinlich nach Hause. Ich bleib also auf keinen Fall länger dabei.«

»Wann setzt du dich ab?«

»Heute«, sagte Takashi mit dem Ausdruck großer Entschlossenheit.
Meinem Freund ging plötzlich, ja panikartig auf, daß mein Bruder im Drugstore auf etwas wartete. Die volle Bedeutung seines offenkundigen Erschreckens, als er wie von einer Feder hochgeschnellt aufsprang, sein abruptes Schweigen, die so hastig eingesogenen Zitronenfasern – all das zusammen ergab ein sehr klares Bild von der Wirklichkeit. Aber er war erleichtert, in dem Ausdruck von Gefühl, der in die Augen meines Bruders trat und wieder verschwand – Augen, die einen matten, fettigen Film hatten wie die Haut eines Berufsringers –, nicht nur Verlegenheit zu erkennen, weil er unversehens auf jemanden gestoßen war, dem er lieber nicht begegnet wäre, sondern auch arrogantes Mitleid mit ihm.
»Kommt vielleicht ein Geheimagent hierher, der dir bei der Flucht hilft?« versuchte mein Freund zu witzeln.
»Soll ich dir die Wahrheit sagen?« fragte Takashi in gespielt drohendem Ton. »Siehst du, wie der Apotheker dort drüben hinter den Arzneiregalen ein Fläschchen mit Kapseln füllt?« Mein Freund drehte sich um und entdeckte hinter den Regalen mit ihren unzähligen Arzneimittelfläschchen, die vor dem dunklen Hintergrund aussahen wie ein Filmnegativ von New York im Hochsommer, einen kahlköpfigen Mann, der ihnen den Rücken kehrte und sich ganz auf seine diffizile Arbeit konzentrierte.
»Die Arznei ist für *mich,* für meinen entzündeten, gemarterten Penis. Hab ich sie erst mal in der Hand, dann kann ich von dem Stück und der Truppe abhauen.«
Mein Freund spürte, wie die Amerikaner um sie her bei dem wie Elfenbein in den unverständlichen japanischen Dialog eingelegten einzigen englischen Wort »Penis« erstarrten. Damit war die große fremde Außenwelt, die sie überall umgab, wieder gegenwärtig.
»Man kann doch bestimmt ohne weiteres an diese Arznei herankommen?« fragte mein Freund mit ernster, für die sie nun überwachenden Leute ringsum bestimmten Würde.
»Ja, wenn man auf normalem Wege ein Krankenhaus aufsucht«, antwortete Takashi, dem der triviale psychologische Konflikt meines Freundes gleichgültig war. »Aber es ist hier in Amerika verteufelt schwer, wenn du das nicht kannst.

Das Rezept, das ich dem Apotheker gegeben habe, hat mir eine junge schwarze Krankenschwester im Sanitätsbüro des Hotels gefälscht. Wenn die Sache rauskommt, wird sie wohl gefeuert, und mich werden sie ausweisen.«

Warum war er nicht den normalen Weg gegangen? Weil es sich bei seinen Harnröhrenbeschwerden offensichtlich um Gonorrhoe handelte. Er hatte sie zudem aufgelesen, als er in seiner ersten Nacht in Amerika mit einer schwarzen Prostituierten schlief, die alt genug war, ihm wie eine Muttergestalt vorzukommen. Falls die ältliche Parlamentsabgeordnete, die der Truppe vorstand, von dieser Sachlage Kenntnis erhielt, würde sie Takashi natürlich in das Land zurückschicken, dem er eben mit so viel Mühe entronnen war. Außerdem wurde er von dem deprimierenden Verdacht geplagt, er habe sich, da seine Harnröhre mit Gonorrhoe infiziert war, auch die Syphilis geholt. Dieser Verdacht hatte jeden Drang nach einem neuen Betätigungsfeld für seine schöpferische Phantasie unterdrückt.

Es waren fünf Wochen vergangen, seit er den Distrikt besucht hatte, wo Schwarz und Weiß in allen Schattierungen miteinander verschmolzen, und noch hatte sich kein Primärsymptom der Syphilis eingestellt. Außerdem schob er Halsschmerzen vor, um vom Sanitäter der Truppe nacheinander kleine Antibiotikumgaben zu erhalten, die die Beschwerden an der Harnröhre etwas linderten; erst danach fühlte er sich von seiner völligen Mutlosigkeit befreit. Als Takashi während des langen Aufenthaltes in New York (von hier aus unternahm die Truppe ihre Abstecher in andere Großstädte) Bekanntschaft mit einer Krankenschwester aus der Sanitätsstelle des Hotels geschlossen hatte, überredete er sie, sich ein Rezeptformular zu verschaffen. Die Schwester, ein schwarzes Mädchen voll grenzenloser Hilfsbereitschaft, schrieb ihm nicht nur die Arznei und Dosis auf, die seinen Harnröhrenbeschwerden am besten abhelfen konnte, sondern nannte ihm auch einen Drugstore in einem belebten Stadtteil, wo man die Unregelmäßigkeit wahrscheinlich nicht entdecken würde.

»Zuerst«, sagte Takashi, »wollte ich dem Mädchen die unangenehmen Symptome an meinem Penis abstrakt, mit unkörperlichen Begriffen beschreiben – irgendwie über der Sache stehend, weißt du. Ich hatte keinen besonderen

Grund dazu, aber ich dachte, das Wort ›Gonorrhoe‹ wäre zu plump und würde sie schockieren. Deshalb sagte ich erst einmal, es wäre wohl Urethritis. Aber sie begriff nicht. Da sagte ich, ich hätte eine ›Entzündung an der Röhre‹. Du hättest sehen sollen, wie verständnisvoll ihre Augen da aufleuchteten! Nichts hätte weniger abstrakt, weniger unkörperlich sein können – mir wurde auf einmal die ganze klebrige und fleischliche Realität der Schmerzen an meinem Ding wieder bewußt.
Sie fragte: ›Spüren Sie ein brennendes Gefühl an Ihrem Penis?‹ Gott, war ich geschockt! Ihre Worte trafen es so genau, daß mein ganzer Körper brannte – vor Verlegenheit nämlich!«
Er lachte laut auf, und mein Freund stimmte ein. Die Nichtjapaner ringsum, die bei den in Takashis Bericht eingestreuten bedeutungsschweren englischen Wörtern die Ohren gespitzt hatten, sahen immer mißtrauischer zu ihnen herüber. Der Apotheker kam hinter den Regalen hervor, das sorgenvolle Gesicht in Schweiß gebadet. Das Lächeln auf Takashis sonnenverbranntem Vogelgesicht war plötzlich einem gespannten Ausdruck von Unruhe und Verlangen gewichen. Mein Freund beobachtete ihn und spürte, wie er dabei selbst nervös wurde. Aber der glatzköpfige Apotheker, der wie ein Ire aussah, sagte in väterlichem Ton lediglich: »So viele Kapseln, das ist ganz schön teuer. Warum nehmen Sie nicht bloß ein Drittel?«
Takashi fand sofort sein Gleichgewicht wieder und lachte. »Teuer sind sie. Aber nichts kann schlimmer sein als der quälende Schmerz, den ich in den letzten Wochen in meiner Röhre aushalten mußte.«
»Ich kauf sie dir«, sagte mein Freund mit munterer Stimme. »Zur Feier des Beginns eines neuen Lebens für dich in Amerika.«
Takashi war nun eitel Freude. Unverwandt blickte er auf die Kapseln, die mit der Zärtlichkeit gewitzter Mädchen aus der Flasche blinkten, und verkündete dann, er werde seine Siebensachen packen und noch am gleichen Tag seine Streifzüge durch Amerika beginnen. Die beiden Männer verließen den Drugstore, um so schnell wie möglich von dem Tatort wegzukommen, und gingen zu einer nahen Bushaltestelle.

»Sobald ein Problem gelöst ist, scheint das, was einen gequält hat, furchtbar dumm und trivial«, sagte mein Freund, fast neidisch auf das gelungene Rendezvous zwischen dem überglücklichen Takashi und den Kapseln in der Flasche.
»Jede Sorge kommt einem trivial vor, sobald sie vorbei ist, oder etwa nicht?« entgegnete Takashi aggressiv. »Wenn du nach Hause in eine Klinik fährst, ist es doch genauso. Sobald die Knoten in deinem Kopf gelöst sind, bleibt vielleicht nur das Gefühl zurück, daß alles viel Lärm um etwas Albernes und Unwichtiges war.«
»*Wenn* sie gelöst werden«, sagte mein Freund mit unverhohlener Sehnsucht. »Wenn nicht, ist das Alberne und Unwichtige die Summe meines Lebens.«
»Und was sind das eigentlich für Knoten in deinem Kopf?«
»Schwer zu sagen. Wenn ich es wüßte, würde ich sie überwinden und anfangen zu bereuen, daß ich ein paar Jahre auf der Stelle getreten bin. Andererseits, wenn ich ihnen nachgäbe und den Weg der Selbstzerstörung ginge, und sie wirklich zur Summe meines Lebens würden, dann würde ich auch allmählich ihren wahren Charakter begreifen. Ich muß aber auch zugeben«, klagte er mit plötzlicher, trauriger Heftigkeit, »daß mir persönlich dieses Begreifen nicht viel nützen würde. Und es gäbe auch keinen Weg, jemand anderem mitzuteilen, daß einer, der wahnsinnig geworden ist, in seinem Extremzustand das begriffen hat.«
Es schien, als habe mein Freund Takashis außerordentliches Interesse erregt. Gleichzeitig ließ das Verhalten meines Bruders aber den dringenden Wunsch erkennen, so schnell wie nur möglich davonzukommen, und gerade daran erkannte mein Freund, daß seine Worte eine empfindsame Saite Takashis berührt hatten. In diesem Augenblick hielt ein Bus. Takashi stieg ein und reichte meinem Freund eine Flugschrift durch das Fenster – wie er sagte, als Gegengabe für die Arznei. Dann wurde er ohne weiteres von dem riesigen amerikanischen Kontinent verschlungen. Weder mein Freund noch ich hatten seither irgendeine eindeutige Nachricht über ihn erhalten. Dem Entschluß treu, den er meinem Freund anvertraut hatte, war er damals von der Truppe abgesprungen und hatte sich allein auf Reisen begeben.

Mein Freund stieg in ein Taxi und schlug sofort die Flugschrift auf, die Takashi ihm gegeben hatte. Sie befaßte sich mit der Bürgerrechtsbewegung. Die Vorderseite zeigte das Foto eines Schwarzen, dessen Körper voller Brandmale und so geschwollen war, daß die Einzelheiten unkenntlich wie bei einer grobgeschnittenen Holzpuppe waren. Um den Schwarzen herum standen einige gewöhnlich gekleidete Weiße. Das Bild, komisch, entsetzlich und ekelerregend, war eine so unmittelbare Darstellung nackter Gewalt, daß es den Betrachter wie ein Angsttraum in seinen Bann schlug. Wer es betrachtete, sah sich unvermeidlich der furchtbaren Gewißheit der Kapitulation vor der unablässig beklemmenden Angst gegenüber. So gesetzmäßig wie zwei Wassertropfen miteinander verschmelzen, stellte sich sogleich eine Verbindung zwischen diesem Anblick und den so schlecht zu definierenden Beschwerden im Kopf meines Freundes her. Er erkannte, daß Takashi, als er ihm die Flugschrift überließ, sich völlig im klaren gewesen war, was es bedeutete, die Schrift mit diesem Foto ausgerechnet ihm zu geben. Auch Takashi hatte Einblick in einen Wesenszug meines Freundes gewonnen.

»Manchmal erkennt man erst nachträglich«, sagte mein Freund, »daß die Kamera des Bewußtseins etwas Unerwartetes an seinem alleräußersten Rand erfaßt hat, so als ob zwei Dinge einander irgendwie überlagern. Als ich in den dunkleren Winkeln meiner Erinnerung herumstöberte, wurde mir klar, daß Takashi dieses Foto betrachtete, als er Limonade trank und ich von hinten an ihn herantrat. Er schien mit einem gewaltigen Problem zu ringen. Er hat sich wohl in Wirklichkeit gar keine Gedanken um das Antibiotikumrezept gemacht, von dem er so viel redete, sondern um eine wesentlich ernstere Angelegenheit. Hältst du Takashi für jemanden, der wegen einer kleinen Penisinfektion so viel Aufhebens machen würde? Seine Worte: ›Soll ich dir die Wahrheit sagen?‹, berührten mich eigentümlich, und vermutlich hatte er dabei etwas ganz anderes im Sinn, als er mir erzählte. Allerdings möchte ich wissen, was es war.«

Hier unten in der Grube, den Hund auf dem Schoß, wußte ich an diesem frühen Herbstmorgen auch nicht, was mein Bruder im Sinne gehabt hatte und mein Freund immerhin als vorhanden erkannte. Ebensowenig wußte ich, was für ein Gewächs in seinem eigenen Kopf immer größer geworden war und ihn schließlich zum Selbstmord in so bizarrer Maske getrieben hatte. Der Tod schneidet den Faden des Verstehens jäh ab. Es gibt Dinge, die die Überlebenden nie erfahren. In ihnen wächst der Verdacht, der Verstorbene habe gerade wegen dieses nicht Mitteilbaren den Tod gewählt. Was unklar geblieben ist, kann einen Überlebenden zuweilen direkt an den Schauplatz der Katastrophe führen, aber klar wird ihm lediglich, daß er auf etwas völlig Unfaßbares gestoßen ist. Hätte mein Freund, statt seinen Kopf knallrot anzumalen, sich die Gurke in den Hintern zu stekken und nackt zu erhängen, auch nur einen kurzen Aufschrei am Telefon hinterlassen, so wäre dies vielleicht ein Hinweis gewesen. Natürlich ist es auch möglich, daß der knallrot angemalte Kopf, die Gurke im After und das Erhängen eine Art *stummer Schrei* waren; aber dann genügte dieser Schrei allein nicht für die am Leben Gebliebenen. Die Hinweise waren zu unbestimmt, als daß ich ihnen weiter hätte folgen können.

Trotzdem war keiner der Überlebenden besser als ich imstande, meinen toten Freund zu verstehen. Seit unserem ersten Jahr an der Universität hatten wir alles gemeinsam unternommen. Unsere Kommilitonen sagten immer, wir seien wie siamesische Zwillinge. Selbst äußerlich war ich meinem Freund ähnlicher als meinem Bruder. Takashi ähnelte mir überhaupt nicht; und während seiner Streifzüge durch Amerika trug er sich mit Gedanken, die mir tatsächlich fremder waren als die, die meines toten Freundes Geist einst beherrscht hatten. An einem Herbstabend des Jahres 1945 – am Abend des Tages, an dem S., mein zweitältester und einziger von der Front heimgekehrter Bruder, in der Koreanersiedlung erschlagen wurde, die geschwulstgleich am Rande des Tales gewachsen war, in dem unser Dorf lag – sprach Mutter auf ihrem Krankenbett zu unserer Schwester und beurteilte Takashi und mich, die einzigen übriggebliebenen Männer unserer Familie, so: »Sie sind noch Kinder, ihre Gesichter sind noch nicht geformt. Aber nach und nach wird Mitsusaburo häßlich werden und Takashi hübsch. Man wird Takashi gern haben, und er wird ein erfolgreiches Leben führen. Du solltest dich gut mit ihm

stellen, solange es dir möglich ist, und auch mit ihm zusammenhalten, wenn du erwachsen bist.«
Nach Mutters Tod wurde ihr Rat insofern befolgt, als ein Onkel unsere Schwester und Takashi adoptierte. Meine Schwester nahm sich jedoch das Leben, noch ehe sie erwachsen war. Obwohl nicht in dem Maße unterentwickelt wie mein eigenes Kind, war sie doch so zurückgeblieben, daß sie, wie Mutter es gesagt hatte, nur überleben konnte, wenn sie sich an jemanden anschloß. Eigentlich reagierte sie nur auf Musik, oder überhaupt auf Klänge...
Der Hund bellte. Plötzlich war die Außenwelt wieder da und bedrängte mich unten in der Grube von zwei Seiten gleichzeitig. Meine zur Schaufel gerundete rechte Hand polkte an der Grubenwand vor mir; schon waren mir fünf oder sechs Ziegelsteinbrocken in den Schoß gefallen, die bis dahin im Lehm von Kanto begraben gewesen waren, und der Hund preßte sich gegen meine Brust, um ihnen auszuweichen. Eifrig scharrte meine Hand noch ein-, zweimal an der Grubenwand; und mir wurde bewußt, daß ein Unbekannter von oben in die Grube hereinblickte. Ich zog den Hund mit der linken Hand eng an mich und sah aus meinem Loch nach oben. Das Entsetzen des Hundes steckte mich an; ich empfand eine wahrhaft animalische Angst. Das Morgenlicht war umwölkt wie ein Auge vom grauen Star. Der Himmel, der in der Dämmerung weit und weißlich gewesen war, hing jetzt bleigrau dicht über der Grube. Hätte ich auf beiden Augen sehen können, so wäre die Szene vom Morgenlicht sicher besser ausgeleuchtet worden (dieser falschen Vorstellung erliege ich oft), aber für das verbliebene eine Auge war es ein dunkler und absolut trostloser Morgen. Nicht auf den Schmutz achtend, der mich bedeckte, saß ich in einer entwürdigenden Stellung da wie kein anderer normaler Bewohner dieser morgendlichen Großstadt, scharrte mit bloßen Händen an der Erdwand, wobei mich von außen vernichtende Kälte und von innen brennende Scham anfielen. Wie ein Turm, der sogleich umstürzen und den bleiernen Himmel auslöschen wird, versperrte die gedrungene Silhouette eines Menschen wiederum den Grubeneingang. Sie erinnerte an einen schwarzen Krebs, der sich auf den Hinterbeinen aufgerichtet hat. Der Hund raste, und ich war gelähmt vor Furcht und Scham. Das Klappern

unzähliger Glasgegenstände drang wie ein Hagelschauer in die Grube. Ich strengte mein Auge an, um die Züge des Riesen zu erkennen, der gottgleich auf mich herabsah, und erlaubte mir schamverwirrt ein schwaches, albernes Lächeln.

»Wie heißt denn der Hund?« fragte der Riese.

Die Frage war so ganz anders als alle die Bemerkungen, gegen die ich mich gewappnet hatte. In diesem Augenblick war ich an alltäglichen Ufern sicher gelandet und verspürte ein Gefühl unermeßlicher Erleichterung. Zweifellos würde dieser Mann die Geschichte in der Nachbarschaft herumerzählen, aber der Skandal würde in keiner Hinsicht die Grenzen des Alltäglichen überschreiten. Es wäre kein Skandal von der Art, über die ich einen Augenblick vorher mit solcher Angst und Verlegenheit gegrübelt hatte, die Borsten des Entsetzens und der Angst aus jeder Pore sprießen lassen und brutal und aggressiv alles Menschliche in die vier Winde zerstreuen würde. Nein, ein stiller Skandal, nicht schlimmer, als wenn man jemanden etwa mit einem ältlichen Hausmädchen in flagranti überrascht hätte. Der Hund auf meinem Schoß spürte, daß sein Beschützer der Gefahr entronnen war, die von dem grotesken Ding da oben ausging. Er beruhigte sich, war fügsam wie ein Kaninchen.

»Sind wohl da reingefallen, als Sie voll waren?« fragte der Mann weiter und rückte damit mein Verhalten völlig und endgültig in den Bereich des Alltäglichen. »Es war neblig heute früh.«

Ich nickte ihm vorsichtig zu (sein ganzer Körper hob sich als eine so schwarze Silhouette ab, daß mein Gesicht trotz des trüben Morgens für ihn in der Dunkelheit ein leuchtender Fleck sein mußte) und stand dann auf, den Hund noch immer auf dem Arm. Wassertropfen liefen wie Tränen die Rückseiten meiner Oberschenkel hinab und näßten die bis dahin trockene Haut um meine Knie. Irgendwie ängstlich, wich der Mann einen Schritt zurück, so daß mein Auge, nun in der Höhe seines Fußgelenks, ihn ganz betrachten konnte.

Er war ein junger Milchmann in einem Spezialkittel zum Milchaustragen, einem Kleidungsstück, das wie eine Schwimmweste mit einer Flasche in jeder Luftkammer aussah. Im Rhythmus seiner Atemzüge klirrte um ihn her aneinanderschlagendes Glas. Er atmete offenbar etwas mühsam. Er hatte ein plattes Gesicht wie ein Heilbutt, fast ohne Nasenrücken, und das Weiße in seinen Primatenaugen trat kaum hervor. Schwer atmend, starrte er mich mit diesen völlig braunen Augen fragend an; der Atem hing wie ein weißer Bart um sein schwaches Kinn. Ich wandte meinen Blick dem Hartriegelgehölz zu, das hinter seinem kugelrunden Kopf in herbstlichen Farben prangte, denn ich wollte vermeiden, auf seinem Gesicht einen Ausdruck erscheinen zu sehen, der irgend etwas bedeuten konnte. Aus meiner Froschperspektive fünf Zentimeter über dem Erdboden leuchteten die Rückseiten der Hartriegelblätter in brennendem Rot. Dieses bedrohliche und doch vertraute Rot erinnerte mich an die Flammen auf dem Bild von der Hölle, das ich alljährlich zu Buddhas Geburtstag in unserem Dorftempel gesehen hatte (mein Urgroßvater hatte es dem Tempel nach dem unglücklichen Vorfall von 1860 geschenkt). Der Hartriegel war wie ein Signal, dessen Bedeutung mir nicht völlig klar wurde, das aber einen plötzlichen Entschluß bewirkte. Ich setzte den Hund auf den Boden, wo die aufgeworfene Erde gelegen hatte und eine schmutzige Mischung aus schwarzem Schlamm und welkem braunen Gras entstanden war. Er rannte mit allen Anzeichen der Freude davon, als wollte er deutlich machen, wie lange er gelitten hatte. Vorsichtig stieg ich die Leiter hinauf. Der Gesang von mindestens drei verschiedenen Vogelarten drang an mein Ohr, zusammen mit dem Quietschen von Autoreifen. Ich mußte aufpassen, daß meine vor Kälte heftig schlotternden Beine keine Sprosse verfehlten. Als ich in meinem schmutzigen blaugestreiften Pyjama zitternd und in voller Größe oben auftauchte, wich der Milchmann scheu noch einen Schritt zurück. Ich war versucht, ihm Angst einzujagen, unterließ das freilich, ging in die Küche und schloß ohne weiteres die Tür hinter mir.

»Als ich Sie in dem Loch gesehen habe, dachte ich, Sie wären tot«, rief mir der Milchmann enttäuscht hinterher. Er schien die Sache als ausgemachten Schwindel zu betrachten, seit ich hineingegangen war, ohne ihm Beachtung zu schenken.

Vor dem Zimmer meiner Frau blieb ich einen Augenblick stehen, um zu sehen, ob sie noch schlief. Dann zog ich den

Schlafanzug aus und rubbelte mich ab. Mir kam der Gedanke, warmes Wasser zu bereiten und den Schmutz abzuwaschen, aber ich gab ihn wieder auf. Unversehens hatte ich das Bedürfnis verloren, mich sauberzuhalten. Ich zitterte immer ärger. Irgend etwas hinterließ einen dunklen Fleck auf dem Handtuch. Ich schaltete das Licht ein und sah, daß mein Finger blutete, ich hatte mir beim Kratzen am Grubenrand einen Nagel abgerissen. Es war mir zu umständlich, nach einem Desinfektionsmittel zu suchen; ich band mir das Handtuch um den Finger und ging, von Schüttelfrost gepackt, in mein eigenes Schlaf- und Studierzimmer zurück. Mein ganzer Körper begann in dumpfem Schmerz zu pochen, der sich von dem stechenden Schmerz in meinem verletzten Finger abhob. Es war eine grausamere Abart der Pein, die ich stets beim Morgengrauen fühlte. Meine Finger hatten, wie ich jetzt erkannte, unbewußt versucht, die Ziegelsplitter herauszupolken und die Erdwand zum Einsturz zu bringen, damit sie mich lebendig begrabe. Schüttelfrost und ein dumpfer Schmerz steigerten sich ins Unerträgliche. Und ich begriff ein wenig von jenem täglichen Erleben beim Erwachen, bei dem mein Körper mir im Morgengrauen zerstückelt vorkam und jedes seiner voneinander losgelösten Teile schmerzte.

Am Nachmittag des Tages, an dem ein Telegramm meines Bruders uns über den jähen Abbruch seiner Streifzüge durch Amerika und seine unmittelbar bevorstehende Ankunft auf dem Flughafen Haneda informierte, trafen meine Frau und ich auf dem Flughafen mit zwei jungen Freunden meines Bruders zusammen. Über dem Stillen Ozean tobte ein Sturm, und das Flugzeug hatte Verspätung. Wir, das Begrüßungskomitee für Takashi Nedokoro, nahmen im Flughafenhotel ein Zimmer, um auf das verspätete Flugzeug zu warten. Meine Frau setzte sich mit dem Rücken gegen das von einer Kunststoffjalousie verdunkelte Fenster. Die Jalousie ließ allerdings etwas Außenlicht ein, ein schwacher Schein hielt sich im Zimmer wie Rauch, der keinen Abzug findet. Das Gesicht also im Schatten, damit niemand ihr Mienenspiel erkennen konnte, setzte sie sich in einen niedrigen Sessel und begann schweigend Whisky zu trinken. In der linken Hand hielt sie ein geschliffenes Glas, ihr Arm glänzte matte wie ein feuchter Ast; eine Whiskyflasche und ein Eiswürfelbehälter standen wie Schuhe neben ihren bloßen Füßen. Sie hatte den Whisky von zu Hause mitgebracht und das Eis im Hotel bestellt.
Hoshio und Momoko, Takashis Freunde, saßen aneinandergedrängt wie junge Tiere im Bau auf dem noch zugedeckten Bett. Die Knie ans Kinn gezogen, sahen sie sich eine Sportsendung in einem Transistorgerät an, das wie ein Moskitoschwarm summte. Ich hatte Hoshio und Momoko bisher zweimal gesehen. Kurz nach dem Verschwinden meines Bruders, als er sich von meinem Freund die Antibiotikumkapseln hatte bezahlen lassen, hatten sie mich aufgesucht, um seinen neuen Aufenthaltsort zu erfahren. Vor ihrem zweiten Besuch einige Monate später hatten sie wohl von meinem Bruder gerade eine Ansichtskarte oder so etwas bekommen, denn sie wußten, über welche Adresse er zu erreichen war. Sie weigerten sich aber, mir die Adresse mitzuteilen, und verlangten nur Geld, damit sie ihm einiges

Notwendige schicken konnten. Sie hatten weder bei meiner Frau noch bei mir einen tieferen Eindruck hinterlassen; immerhin berührte es uns, daß mein Bruder ihnen anscheinend fehlte und daß sie ihm demnach sehr zugetan waren.
Während ich mein Bier trank, das im Halbdunkel schwarz aussah, blickte ich zwischen den Jalousieschlitzen hindurch auf die riesige Fläche, wo unaufhörlich schwerfällige Jets und stattliche Propellerflugzeuge landeten und starteten. Den Raum zwischen den Flugbahnen und dem Zimmer, in dem wir hinter unserer Jalousie auf der Lauer lagen, überquerte in Augenhöhe eine Laufbrücke aus Stahl und Beton. Eine Gruppe Schulmädchen, die den Flughafen besichtigte, ging dort entlang, alle vorsichtig nach vorn gebeugt. Als sie in ihren eintönigen Uniformen den Krümmungspunkt der Brücke erreichten, schienen sie einen Augenblick lang wie Flugzeuge auf den Startbahnen in den wolkigen Himmel aufzusteigen. Das wirkte seltsam beruhigend. Aber was auf den ersten Blick aussah wie Schuhe, die den Mädchen von den Füßen fielen, waren in Wirklichkeit Tauben. Einige flatterten in die Luft, und eine kam heran und landete mit unnatürlichen Bewegungen, wie abgeschossen, gleich hinter der Jalousie auf der schmalen Brüstung, die mit trockenem Sand bedeckt war. Als ich genauer hinsah, stellte ich fest, daß sie lahmte. Sie war eindeutig zu fett, offensichtlich aus Mangel an Bewegung, und brachte keine glatte Landung zustande. Über Kropf und Bauch lag ein dunkler Schatten, der aussah wie die Haut am Arm meiner Frau. Da startete die fette Taube unvermittelt (auf der anderen Seite des schalldichten Fensters muß es eine Fülle knallender Geräusche gegeben haben, vor denen eine Taube erschrickt, aber weil keines dieser Geräusche uns erreichte, schienen alle Vorgänge draußen ohne Zusammenhang), blieb knapp zwanzig Zentimeter vor meinen Augen wie ein schwarzer Klecks in einem Rorschachtest stehen und flog dann schnell davon.
Zusammenfahrend, zog ich den Kopf ein. Ich drehte mich um und sah, daß meine plötzliche Bewegung offensichtlich sowohl meine Frau, die dessenungeachtet das Glas noch immer in der Hand hielt, als auch die jungen Freunde meines Bruders überrascht hatte, obschon sie weiter auf das Fernsehgerät blickten.

»Der Sturm muß ganz schön schlimm sein, wenn das Flugzeug so viel Verspätung hat«, sagte ich, um meine Verlegenheit zu verbergen.
»Man kann nie wissen, wie heftig ein Sturm ist.«
»Wenn es das Flugzeug tüchtig durchschüttelt, wird Takashi furchtbare Angst haben. Der Gedanke, unter großen körperlichen Schmerzen zu sterben, ist für ihn noch viel schrecklicher als für die meisten Leute.«
»Es heißt, bei einem Flugzeugunglück muß man nicht so sehr leiden. In einer Sekunde ist alles vorbei.«
»Takashi ist nicht der Typ, der Angst hat«, mischte sich Hoshio mit nervöser Stimme ein, als könne er nicht länger ruhig bleiben. Diese Feststellung interessierte mich, waren es doch außer einer flüchtigen Begrüßung die ersten Worte, die er an diesem Nachmittag sprach.
»O doch, er hat Angst«, sagte ich. »Er ist gerade der Typ, der immer vor irgend etwas Angst hat. Als Kind hatte er mal einen winzigen Schnitt in der Fingerkuppe, und es erschien vielleicht ein Hundertstel Milligramm Blut. Er kotzte wie ein Reiher und kippte um.«
Dieses Blut stammte aus einer Wunde, die ich ihm mit einer Messerspitze in den rechten Mittelfinger geritzt hatte. Er hatte geprahlt, er könne sich die Hand aufschneiden, ohne mit der Wimper zu zucken. Deshalb jagte ich ihm den Schrecken ein, den er verdient hatte. Er hatte mir gegenüber oft behauptet, er fürchte sich weder vor Gewalt noch vor irgendwelchen Schmerzen oder selbst dem Tod, und jedesmal widersprach ich ihm kategorisch. Das hatte zu meinem kleinen Spielchen geführt. Takashi war scharf darauf gewesen, sich in einer Mutprobe bewähren zu können.
»Ein Blutstropfen sickerte langsam aus einer winzigen Wunde an der Spitze seines Mittelfingers«, sagte ich und rieb dem ergebenen Leibwächter meines Bruders die Einzelheiten unter die Nase, um mich über ihn lustig zu machen. »Er sah aus wie das Auge eines jungen Aals. Wir betrachteten ihn beide, als Takashi sich plötzlich erbrach und ohnmächtig wurde.«
»Man kann Taka keine Angst machen. Ich hab gesehen, wie gelassen er bei den Junidemonstrationen war – er hatte einfach keine Angst.«
Der naive, sture Widerspruch der Freunde meines Bruders

wurde mir immer rätselhafter. Auch meine Frau hörte zu, die Augen auf Hoshio gerichtet. Ich sah mir den jungen Mann noch einmal an, der jetzt aufrecht auf dem Bett saß und meinen Blick ruhig erwiderte. Er wirkte wie ein Dörfler, der gerade erst in die Stadt gezogen war, wie ein landflüchtiger Bauer sozusagen. Seine groben Züge waren zwar jeder für sich betrachtet nicht häßlich, paßten aber nicht zusammen, als hätten sie beschlossen, einander nicht zu beachten, und das sah komisch aus. Der charakteristische Ausdruck eines trägen Geistes, mürrischer und bequemer Wesensart, der wie ein durchsichtiges Netz über seinem Gesicht lag, war ganz und gar typisch für einen Bauernjungen. Sein hell- und dunkelbraun gestreiftes Wolljackett trug er mit einer gewissen Sorgfalt, aber man konnte darauf wetten, daß es bald nur noch ein zerknitterter, ausgebeulter Sack sein und eher einer großen toten Katze gleichen würde.

»Zugegeben, Takashi wäre liebend gern der brutale Typ geworden, für den gewalttätiges Verhalten die Norm ist. Aber selbst wenn ihm das mal zufällig gelang, wirkte er wie ein Amateur. Das ist doch nicht gerade Mut?« Ich hatte immer noch kein Interesse, ihn zu überzeugen, hoffte aber, mit diesem letzten Pfeil gegen seine Feindseligkeit den Streit zu beenden. »Möchtest du nicht auch einen Whisky oder ein Bier?«

»Nein, danke!« antwortete der junge Mann in so offenkundig angewidertem Ton, daß es schon verdächtig war. Gleichzeitig streckte er mit ziemlich gekünstelter Geste ablehnend die Hand aus. »Taka hat gesagt, wer trinkt, ist schwach, wenn man ihn angreift. Er hat gesagt, wenn ein Mann, der trinkt, mit einem kämpft, der nicht trinkt, dann gewinnt immer der Nichttrinker, auch wenn sie sich an Kraft und Können nichts nehmen.«

Etwas entmutigt goß ich mir ein Bier und meiner Frau einen Whisky ein. Sie schien von einer so lebhaften Neugier erfaßt wie nie in den vergangenen Monaten. Wir umklammerten unsere Gläser wie zwei Alkoholiker, die im letzten verzweifelten Widerstand gegen eine Übermacht von Nichttrinkern zusammenstehen, und sahen uns der immer noch gegen uns ausgestreckten gedrungenen roten Hand gegenüber. Ein Blick auf diese Hand zeigte zur Genüge, wie wenig Zeit vergangen war, seit der junge Bursche sein Bauerndorf verlassen hatte.

»Sie haben sicher die rechte Vorstellung von Takashi«, sagte meine Frau zu ihm. »Ich begegne meinem Schwager heute das erstemal und höre mit Freuden, daß er so ein anständiger junger Mann ist.«

Der Junge deutete mit der Hand an, daß er von einem betrunkenen weiblichen Wesen keinen Sarkasmus hinnahm und wandte sich abrupt wieder der trivialen Sportsendung zu. Dabei erkundigte er sich leise bei dem Mädchen, das während unseres Gespräches den Apparat nicht ein einziges Mal aus den Augen gelassen hatte, nach dem Spielstand. Wohl oder übel zum Schweigen gezwungen, vertieften sich meine Frau und ich in unsere Getränke.

Das Flugzeug verspätete sich weiter. Es schien nie mehr anzukommen. Mitternacht rückte heran, und es war immer noch nicht da. Als ich durch die Jalousieschlitze blickte, war das Flugfeld ein Gewölbe aus bleichem Licht, glühenden Blau- und heißen Orangetönen, durchstochen von der gezackten, trübweißen Dunkelheit, die über der Stadt lag. Es war, als habe sich die Nacht auf den äußeren Rand des Gewölbes gesenkt und bliebe nun dort für unbestimmte Zeit schweben, ohne weiter vorzudringen. Müde vom Warten, hatten wir die Lichter im Zimmer gelöscht, das nun nur noch von den sinnlosen feinen Lichtstreifen aus dem Fernsehgerät erhellt wurde, dem sich die Freunde meines Bruders gewidmet hatten, bis es nach Programmschluß keinerlei Botschaft mehr für sie hatte. Es schien immer noch wie Moskitoflügel zu summen, aber vielleicht war das auch ein Geräusch in meinem Kopf.

Meine Frau nippte verbissen an ihrem Whisky, mit dem Rücken zu den Landebahnen sitzend, als wollte sie von vornherein jeden Besucher abwehren, der durch irgendeine imaginäre Tür eintreten könnte. Sie besaß ein eigentümliches Gefühl dafür, wie betrunken sie war. Wie ein Fisch, der in seinem Optimum bleibt, sank sie bis zu einer bestimmten Tiefe, ging aber unter keinen Umständen weiter und wurde auch nicht freiwillig wieder nüchtern. Nach ihrer eigenen Analyse hatte sie dieses Gefühl, diese automatische Sicherheitsvorrichtung, von ihrer Mutter geerbt, die ebenfalls getrunken hatte. Immer, wenn sie an einen bestimmten

Grenzpunkt innerhalb des sicheren Bereiches der Berauschtheit gelangte, entschloß sie sich, kurzerhand einzuschlafen. Und da sie niemals unter einem Kater litt, begann jeder neue Tag mit der Suche nach einem Vorwand, schnellstens wieder in diesen vertrauten Bereich zurückzukehren.
Ich hatte ihr gesagt: »Mindestens in einer Hinsicht bist du anders als Alkoholiker sonst – du kannst regulieren, wie betrunken du wirst, und aus eigenem Willen auf diesem Pegelstand bleiben. Ich denke, deine plötzliche Vorliebe für das Trinken ist in ein paar Wochen wieder vorbei. Du solltest eine vorübergehende Gier nach Alkohol nicht mit Erinnerungen an deine Mutter in Verbindung bringen, sie nicht vernunftmäßig zu erklären suchen oder als etwas Bleibendes hinstellen.« Ich hatte das immer wieder gesagt, aber jedesmal wurden meine Versuche, ihr zu helfen, weggewischt.
»Im Gegenteil. Gerade die Fähigkeit, den Rausch beliebig zu regulieren, macht mich zur Alkoholikerin. Mutter war genauso. Wenn ich ein bestimmtes Stadium erreicht habe, höre ich auf. Aber nicht, weil ich der Versuchung zu noch stärkerem Rausch widerstehe, sondern aus Angst, aus dem angenehmen Zustand herausgerissen zu werden.«
Angst und Ekel in verschiedenen Formen trieben sie in die Trunkenheit. Aber wie eine verwundete Ente, die unter Wasser verschwindet, wußte sie, daß sie beim Auftauchen sofort einem Hagel von Ängsten ausgesetzt sein würde. Daher war sie auch in ihrer Trunkenheit nie völlig frei von Angst und Ekel. Wenn sie trank, bekam sie ungewöhnlich blutunterlaufene Augen; als sie das einmal selbst bemerkte, meinte sie, offensichtlich von der Analogie mit der traumatischen Geburt unseres armen Babys beunruhigt: »In koreanischen Volkssagen heißt es, eine Frau mit rotunterlaufenen Augen hat Menschenfleisch gegessen.«
Der Geruch ihres whiskygeschwängerten Atems erfüllte das Zimmer. Mein Bier hatte bereits seine Wirkung verloren, und jedesmal, wenn sie ausatmete, spürte ich diesen Geruch mit der Regelmäßigkeit des Pulsschlages. Die Heizung meinte es zu gut, und wir hatten das Doppelfenster geöffnet, um etwas Luft hereinzulassen. Plötzlich toste das wilde Geheul einer verspäteten Düsenmaschine wie ein Wirbelwind durch den schmalen Spalt ins Zimmer. Mein Auge,

einsam mit den vor Müdigkeit trägen Reaktionen kämpfend, ging auf hektische Suche nach dem Flugzeug, das angekommen sein mußte. Aber alles, was es entdeckte, waren zwei parallele Lichter, die gerade in den Tiefen der milchigen Dunkelheit verschwanden.
Es waren die Triebwerke eines startenden Jets gewesen, die mich so aufgerüttelt hatten. Trotzdem ließ ich mich noch mehrfach auf gleiche Weise täuschen, obwohl jetzt nur noch wenige Maschinen in großen Abständen starteten und der Flugplatz wie halb gelähmt wirkte. Allein die Nacht war geblieben, hilflos, ohne Zuflucht vor den gnadenlos suchenden Scheinwerfern. Die Flugzeuge drängten sich stumm aneinander, dörrfischfarben inmitten eines Chaos aus glühendem Blau und heißem Orange.
In unserem Zimmer warteten wir schweigend und geduldig weiter auf das verspätete Flugzeug. Die Heimkehr meines Bruders konnte für meine Frau und mich nur wenig reale Bedeutung haben, wie immer es in dieser Hinsicht mit seiner Leibgarde stehen mochte, aber wir alle dort warteten so gespannt, als brächte er irgendeine Kraft mit zurück, die etwas Wesentliches bei einem jeden von uns in Gang setzen würde.
Mit einem kleinen Aufschrei schoß Momoko auf dem Bett in die Höhe. Sie hatte geschlafen, wie ein Fötus auf der Bettdecke zusammengerollt. Hoshio, der sich auf dem Fußboden ausgestreckt hatte, stand langsam auf und ging zum Bett hinüber. Meine Frau saß da, das Whiskyglas noch in der Hand, den Kopf hochgereckt wie ein Wiesel. Ich blieb mit dem Rücken zur Jalousie untätig stehen. Unfähig, diesem von seinen Träumen gequälten Mädchen irgendwie zu helfen, betrachteten wir ihr Gesicht, ein auf der Spitze stehendes Dreieck, das verzerrt vor Spannung und naß von strömenden Tränen war, die im Licht der Bildröhre weiß wie Vaseline schimmerten.
»Das Flugzeug ist abgestürzt«, schluchzte sie. »Es brennt! Es brennt!«
»Es ist kein Flugzeug abgestürzt, hör auf zu weinen!« sagte vorwurfsvoll und mit rauher Stimme der junge Bursche, der sich offenbar für sie schämte.
»Sommer... Sommer!« hauchte sie, sank auf das Bett zurück, rollte sich zusammen und glitt in einen anderen Traum.

Die Luft im Zimmer war in der Tat so heiß wie im Sommer. Meine Handflächen begannen zu schwitzen. Weshalb, so fragte ich mich, brauchen diese jungen Leute meinen Bruder so dringend als Schutzgott, daß sie die ganze Nacht hindurch warten und sich sogar im Traum seinetwegen ängstigen? Ist mein Bruder der Mann, ihre Erwartungen zu erfüllen? Voller Mitleid für Takas junge Freunde sprach ich Hoshio an.

»Möchtest du nicht doch einen kleinen Whisky?«

»Nein, danke.«

»Soll das heißen, du hast niemals Alkohol angerührt?«

»Ich? Ich habe viel getrunken. Nach der Abendoberschule, als ich Handlanger war, habe ich immer drei Tage gearbeitet und am vierten Tag Gin getrunken, ununterbrochen, vom Morgen bis zum Abend. Manchmal habe ich kurz geschlafen, aber irgendwie war ich immer voll, ob wach oder im Schlaf. Da habe ich das herrlichste Zeug geträumt.« Seine Stimme krächzte unerwartet gefühlvoll.

Er stellte sich neben mich und stieß mit dem Rücken gegen die Jalousie, daß sie laut rasselte. Plötzlich zeigte sich auf seinem Gesicht das erste Lächeln, das ich je dort sah; seine Augen strahlten in einem Glanz, der auch im Halbdunkel zu erkennen war, und mir wurde klar, daß er stolz auf seine Geschichte war.

»Warum hast du dann aufgehört zu trinken?«

»Ich bin Taka begegnet, und er sagte, man solle nicht trinken, sondern sich nüchtern dem Leben stellen. Da habe ich aufgehört. Seitdem habe ich nie wieder geträumt.«

Da hatte Takashi also pädagogischen Instinkt bewiesen; für diesen Typ hatte ich ihn vordem nie gehalten. Takashi vermochte demnach, große Autorität ausstrahlend, einem Teenager zu sagen, er solle nicht trinken, sondern sich dem Leben nüchtern stellen. Dies allein hatte offenbar genügt, einen jungen Hilfsarbeiter von seiner selbstzerstörerischen Lebensweise abzubringen. Zudem konnte der Junge diese Episode mit dem entspanntesten und zuversichtlichsten Lächeln der Welt erzählen.

»Was die Frage betrifft, ob Takashi Mut hat oder nicht...«, nahm er unseren früheren Streit wieder auf, da er sah, welches Wunder unser Dialog über das Trinken in mir bewirkt hatte. Als er wie ein Hund auf dem Fußboden gelegen hatte, hatte er sich offenbar die ganze Zeit den Kopf zerbrochen, wie er die Ehre seines Schutzgottes wiederherstellen konnte. »Bei den Junidemonstrationen hat er was ganz anderes getan als die anderen, völlig allein. Davon werden Sie sicher nichts wissen.«

In der Absicht, mich durch eine neue logische Folgerung herauszufordern, hatte er sich so postiert, daß er mir gerade in die Augen sehen konnte. Mit einem unklaren Gefühl des Zweifels begegnete ich seinem Blick; seine Augen waren jetzt nur noch ein Paar dunkle Einschußlöcher.

»Eines Tages schloß er sich einer Bande an und half seine eigenen Leute verprügeln, genau die Leute, mit denen er bis dahin gekämpft hatte und vom nächsten Tage an wieder zusammenging.«

Er lachte laut. Dieses Lachen, in dem insgeheim eine kindliche Freude anklang, war wie ein Stock, der die trüben Wasser meiner Antipathie endgültig aufrührte.

»Diese ›Großtat‹ zeigt doch, daß Taka ein launisches, verwöhntes Kind ohne Konsequenz in seinen Handlungen ist«, sagte ich. »Das hat nichts mit Mut zu tun.«

»Sie sind sauer auf Taka, weil Ihr Freund vor dem Parlamentsgebäude verletzt wurde und weil Sie soeben erfahren haben, daß Taka einen Stock auf der Seite schwang, die die Schläge austeilte«, erwiderte der Bursche mit unverhohlener Feindseligkeit. »Deshalb wollen Sie nicht zugeben, daß er tapfer ist.«

»Meinen Freund hat die Polizei zusammengeschlagen. Das kann Taka nicht gewesen sein. Es gibt keinen Zusammenhang zwischen den beiden Dingen.«

»Wer weiß – bei so einer Schlägerei jeder gegen jeden im Finstern?« deutete er verschlagen an.

»Ich glaube nicht, daß Taka einen Kopf so hart zerschlagen kann, daß einer einen Schädelbruch erleidet, verrückt wird und sich umbringt. Vergessen Sie nicht, daß ich ihn von Kind auf kenne. Ich weiß doch, wie ängstlich er ist.«

Noch während seiner Worte verließ mich allmählich die Begeisterung für einen derart sinnlosen Streit. Vor Müdigkeit und unklarem Verdruß war mir zumute, als sei aus einem verfaulten Zahn Eiter geflossen; mein Mund schien voll von einem unangenehmen Geschmack – dem der Sinnlosigkeit. Die Erinnerung an meinen toten Freund erwachte in mir mit der vorwurfsvollen Frage, ob dieser alberne Streit mit einem grünen Jungen alles sei, was ich für den Toten tun könne, der mir einmal so viel bedeutet hatte. Das würde doch nur heißen, die Hinterbliebenen könnten rein gar nichts für die Toten tun. Aus einem unbestimmten Grund hatte mich in den letzten Monaten eine undeutliche Vorahnung gepackt. Das waren die Monate, in denen mein Freund gestorben war, meine Frau mit dem Whiskytrinken angefangen hatte und wir gezwungen wurden, unser schwachsinniges Kind in eine Anstalt zu geben. Aber diese Vorahnung konnte sich auch auf etwas beziehen, was sich schon vorher entwickelt hatte. Sie hatte in mir die Überzeugung genährt, daß ich auf noch sinnlosere, absurdere und lächerlichere Art sterben würde als mein Freund. Ich war auch davon überzeugt, daß die Überlebenden danach nichts Ernsthaftes für mich tun würden.

»Sie verstehen Taka nicht. Sie kennen ihn überhaupt nicht«, beschwerte sich der Junge. »Sie haben nicht ein bißchen von ihm. Sie sind wie eine Ratte. Weshalb holen Sie Taka heute überhaupt ab?« Er sprach mit weinerlicher Stimme; das kam unerwartet und war deshalb rührend. Als ich dann den Blick von seinem Gesicht wandte, in dem es mitleiderregend zuckte, ließ er mich stehen und legte sich neben seine Gefährtin auf das Bett. Nichts mehr war von ihm zu hören.

Ich schnappte mir die Whiskyflasche neben den Füßen meiner Frau, dazu einen Pappbecher, der in einem Imbißbeutel für Schaulustige auf dem Flugplatz gesteckt hatte, und trank den übelriechenden Fusel, wie er war. Sie kaufte nur den billigsten Whisky. Er brannte mir in der Kehle, und ich gab ein Bellen von mir wie ein kranker Hund.

»He, Ratte –« rief mir meine Frau zu, »willst du die ganze Nacht auf das Flugfeld starren? Ich habe dir was zu sagen.« Sie redete eiskalt, während sie gemütlich in einen Rausch normaler Stärke trieb.

Whiskyflasche und Becher sorgfältig festhaltend, setzte ich mich neben ihre Knie.

»Was wollen wir sagen, wenn Taka nach dem Baby fragt?«

»Wir müssen gar nichts sagen, oder?«

»Aber wenn er dann fragt, warum ich trinke, kann ich nicht

ruhig bleiben«, sagte sie mit der merkwürdigen Objektivität, die ihr die Trunkenheit stets verlieh. »Andererseits, wenn ich eine der beiden Fragen beantworte, erübrigt sich die andere, und alles wird einfacher.«

»So einfach auch wieder nicht. Verstündest du die Kausalbeziehung zwischen beiden Problemen so gut, wie du dir einbildest, dann wärst du schon über die Sache mit dem Kind und dem Trinken hinweg. Du wärst nüchtern und wieder schwanger.«

»Ich bin gespannt, ob Takashi mich auch belehren wird. ›Hör auf zu trinken. Stell dich dem Leben nüchtern!‹ Das Dumme ist bloß«, setzte sie matt hinzu, »ich hab keine Lust, umerzogen zu werden.« Ich schenkte ihr nach. »Glaubst du nicht, er erwartet vielleicht, daß wir ihn hier mit dem Baby abholen?«

»Er ist nicht in dem Alter, daß er sich über ein Baby bestimmte Gedanken macht. Er ist doch selbst kaum erwachsen.«

Sie schien auf eine Vision des Babys irgendwo zwischen ihrem linken und meinem rechten Knie zu blicken. Das Glas gefährlich auf der Armlehne placiert, streckte sie ihre jetzt leere Hand aus und schien die Kontur eines dicken oder dick eingepackten Babys in einem Zug nachzuzeichnen, was meine Unbehaglichkeit und allgemeine Gereiztheit verschlimmerte.

»Ich habe beispielsweise das Gefühl, Taka könnte einen Teddybär oder so etwas für das Baby mitbringen. Dann wären wir alle in Verlegenheit.«

»Ich glaube nicht, daß er Geld für Teddybären übrig hat«, sagte ich und erkannte in diesem Augenblick, daß es mir zwar nicht recht war, wenn sie bei ihrer ersten Begegnung meinem Bruder über das bedauernswerte Baby sprach, daß ich aber ebensowenig Lust hatte, dies zu übernehmen.

»Was für ein Mensch ist er – empfindsam oder dickfellig?«

»Gemischt – in einigen Dingen sehr empfindsam, in anderen ganz das Gegenteil. Jedenfalls ist er nicht gerade der Typ, mit dem du in deinem jetzigen Zustand bekanntgemacht werden solltest.« Der junge Mann auf dem Bett rührte sich, rollte sich zusammen wie eine erschreckte Assel und räusperte sich schwach. Takashis Gefolgsmann hatte einen schwachen Protest angemeldet.

»Ich will von niemandem ins Kreuzverhör genommen werden«, sagte sie abwehrend, jäh erregt und ebenso schnell wieder beruhigt, als habe sie gerade in dem Augenblick gesprochen, da der in die Luft geworfene Emotionsball seinen Ruhepunkt erreicht hatte.

»Das brauchst du auch nicht«, sagte ich tröstend für den Fall, daß sie den endlosen Abstieg auf einer inneren Wendeltreppe der hysterischen Selbstverachtung oder Selbstbemitleidung antrat. »Es gibt keinen Grund, weshalb du vor Takashi besondere Angst haben solltest. Du bist nur nervös, weil du ein neues Familienmitglied kennenlernst. Es gibt sonst nichts zu befürchten, und ich glaube auch gar nicht, daß du Angst hast.« Ich goß ihr noch einen Schuß Whisky ein. Wenn sie sich nicht selbst zum Schlafen entschloß, so mußte sie eine Stufe über ihre normale Trunkenheit hinausgeführt werden. Ihr stets beeinflußbarer Geist war bedroht, war belagert von einem bösen Gespenst, das schlimmer war als jeder körperliche Schmerz.

Sie trank einen Schluck Whisky und rang sichtlich mit der Übelkeit. Ich strengte mein schmerzendes und vom Kampf gegen die Dunkelheit ermüdetes Auge an und beobachtete ihr Gesicht: hilflos, einsam, nach innen gekehrt. Schließlich hatte sie die Übelkeit bezwungen. Die scharfen Konturen des mit geschlossenen Augen leicht nach oben gekehrten Gesichtes wurden weicher, und das Gesicht eines jungen Mädchens erschien. Die Hand, die das Glas hielt, zitterte über den Knien. Ich nahm ihr das Glas ab, die dünne, sehnige, bleiche Hand fiel auf ihren Schoß wie eine sterbende Schwalbe. Meine Frau war eingeschlafen. Ich leerte ihr Glas, gähnte und streckte mich, dem Beispiel des jungen Mannes folgend, auf dem Fußboden aus (*Sie sind wie eine Ratte*), um das schwankende Gefährt des Schlafes zu besteigen.

In meinen Träumen stand ich an der Kreuzung einer breiten, von Straßenbahnen befahrenen Allee mit einer Nebenstraße. Hinter mir kamen viele Leute, die mich beim Vorbeigehen fortwährend in die Seite und in den Rücken stießen. Die Blätter der die Allee säumenden Bäume zeigten den Spätsommer an; das Laubwerk war so dicht wie in

einem tiefen Wald, der das Tal mit unserem Dorf umgab. Im Gegensatz zur täglichen Hektik des wirklichen Lebens um mich her war diese andere Welt – die ich beobachtete wie einer, der den Kopf in einen Fluß steckt, um auf den Grund zu sehen – in tiefes, geisterhaftes Schweigen gehüllt. Ich fragte mich, woher diese absolute Stille kam, und bemerkte, daß alle Leute, die ausgesprochen langsam zu beiden Seiten des Fahrdamms gingen, alt waren. Auch die Leute, die die Straße in Autos entlangfuhren, waren sämtlich alt. Alle waren sie alt, die Verkäufer in den Schnapsläden, Apotheken, Importwarengeschäften und Buchhandlungen und auch ihre Kunden. Gleich rechts an der Ecke war ein Herrenfrisiersalon, und alle bis zum Hals in weißes Tuch gehüllten Kunden, die ich durch die halboffenen Fenster in dem breiten Spiegel sah, waren ebenso wie die Friseure alte Männer. Und mit Ausnahme des Personals und der Kunden im Frisiersalon trugen alle die alten Leute dunkle Anzüge, über die Ohren gezogene Hüte und eng die Knöchel umschließendes Schuhwerk, das an Wetterstiefel gemahnte. Diese in Schweigen gehüllten alten Leute – so empfand ich, und versuchte angestrengt, mich an etwas Beruhigendes zu erinnern – hatten eine tiefe Bedeutung. Da sah ich, daß sowohl mein Freund, der sich erhängt hatte, als auch das in eine Anstalt gegebene schwachsinnige Kind unter den alten Leuten waren, die die Straße füllten. Beide trugen ebenfalls schwarze Anzüge, Hüte bis über die Ohren und Wetterstiefel. Sie verschwanden zwischen ihren Gefährten und tauchten wieder auf, und da sie den anderen alten Leuten fast aufs Haar glichen, konnte ich sie nicht immer herausfinden. Doch diese Ungewißheit war kein Hindernis für ein emotionales Erlebnis; alle die alten Leute da auf der Straße waren für mich irgendwie bedeutungsvoll. Ich versuchte, mit Gewalt in ihre Welt einzubrechen, spürte einen unsichtbaren Widerstand und schrie verzweifelt:
»Ich habe euch im Stich gelassen!«
Aber mein Schrei verlor sich in endlosem Echo, das meinen Kopf umschwirrte; ob er die Welt der alten Leute überhaupt erreichte, wußte ich nicht. Sie spazierten gelassen weiter, fuhren langsam in ihren Autos, wählten sorgfältig Bücher aus, saßen steif vor dem Friseurspiegel – immerfort, bis in alle Ewigkeit.

Ein Schmerz durchzuckte mich, als trampelte mir jemand auf dem Leib herum: Wieso hatte ich sie im Stich gelassen? Weil ich – so sagte ich mir – mich nicht an ihrer Stelle mit knallrot angemaltem Kopf erhängt hatte; weil ich nicht in eine Anstalt gebracht worden war, um mich dort vielleicht in so etwas wie ein Tier zu verwandeln. Warum aber war mir das jetzt so klar? Einfach deshalb, weil ich nicht bei ihnen auf dieser Straße im Spätsommer war, als sanfter alter Mann in schwarzem Anzug, den Hut bis über die Ohren und Wetterstiefel an den Füßen...

»Ich habe euch im Stich gelassen!«

Ich wußte schon, daß alles ein Traum war, aber dadurch wurde die Bedrückung nicht geringer, die von diesen sanften Gestalten ausging. Ich *erlebte* sie so wirklich wie nur möglich.

Eine Hand legte sich mir schwer auf die Schulter. Irgendeine Kraft hielt meine Lider geschlossen – vielleicht war es Scham, vielleicht Lichtempfindlichkeit. Ich öffnete sie trotzdem und sah meinen Bruder, der wie ein Jäger Jeans und eine Jacke mit Dachskragen (vielleicht Imitation) trug und auf mich niederschaute. Sein Gesicht war tiefgebräunt, wie verrostet.

»Ja – du!« rief er mir aufmunternd zu.

Ich setzte mich auf und sah, wie sich auf der anderen Seite des Bettes das Mädchen fast nackt vornüber beugte, um ein dunkelbraunes Kleid aufzuheben. Das wollte sie anziehen, mitten im Winter, mit nichts darunter als einem winzigen Slip. Meine Frau und Hoshio beobachteten sie mit der ernsten Aufmerksamkeit von Pflegern. Nackt sah sie so frostig und verloren aus wie ein gerupftes Huhn, und ich empfand den Anblick nicht als erotisch, sondern als furchtbar trostlos.

»Das ist ein indianisches Lederkleid«, sagte Takashi. »Mein einziges Mitbringsel aus Amerika. Ich mußte dafür Schwesters Anhänger verkaufen.«

»Das macht nichts«, sagte ich und verbarg meine Enttäuschung darüber, daß uns nun gar nichts mehr von unserer toten Schwester blieb.

»Schön, daß du das sagst«, meinte er glücklich, als sei ihm wirklich ein Stein vom Herzen gefallen. Er ging zum Fenster hinüber und stieß dabei mit offensichtlichem Vergnü-

gen die Whiskyflasche, das Glas und das leere Eßgeschirr vom Abend zuvor mit dem Fuß weg. Dann zog er die schon in halber Höhe befindliche Jalousie vollends empor.
Schwaches weißes Morgenlicht durchdrang die Luft unter einem eintönigen Wolkenhimmel, und die wie Heuschrekken am Boden klebenden Flugzeuge standen in trüben Dunst gehüllt. Dieser Anblick erzeugte in mir dieselbe grausame Verzweiflung – wenn auch in unvergleichlich stärkerem Maße – wie vorher der des nackten Mädchens. Daran erkannte ich, daß dieses Gefühl seinen Ursprung in mir hatte; vom Schlafmangel, dem Kater und der Erschöpfung der letzten Nacht herrührte.
In dem schwachen Licht, das nun durch das ganze Fenster einfiel, sah ich Momoko verzweifelt den kleinen Kopf hin- und herdrehen, der durch den breiten ovalen Kragen des Lederkleides rutschte. Der Saum des Kleides lag auf ihren Hüften und ließ den Hintern halb unbedeckt, aber ihr Gesicht glühte vor naivem Stolz, weil sie die einzige war, der Takashi etwas mitgebracht hatte. Sogar ihr Schimpfen, gleichsam als gäbe sie dem Lederkleid selbst die Schuld, klang eher wie ein Lied unbezwingbarer guter Laune.
»Dieses Leder scheuert auf meiner Haut. Und ich habe keine Ahnung, welches Riemchen in welches Loch gehört. Sieh doch bloß mal, wie viele Riemchen das hat, Takashi. Ich möchte wissen, wie die Indianer mit einer solchen Menge zurechtkommen – mit ihren Rechenkünsten kann es doch nicht sehr weit her sein!«
»Damit hat das nichts zu tun«, warf Hoshio in ebenso fröhlichem Ton ein und streckte seine ungeschickte hilfreiche Hand aus. »Bist du sicher, daß die Lederstreifen nicht nur Schmuck sind?«
»Ob Schmuck oder nicht – du brauchst sie nicht abzureißen!«
Meine Frau gesellte sich zu der fröhlichen Gruppe um das Lederkleid und half Momoko schwesterlich, es anzuziehen. Ich war überrascht, auf welch natürliche Art sie an diesem Morgen mit Takashis Leibwächtern zu harmonieren schien. Während meines schmerzlichen und erniedrigenden Schlummers war mein Bruder seinem verspäteten Flugzeug entstiegen und hatte in geschwinder Zauberei meine Frau mit seinen jungen Freunden ausgesöhnt. Die Seelenqualen,

die sie den ganzen Abend vorher gelitten hatte und die auch mich angesteckt hatten, trug ich nun allein.

»Das Baby war schwer geistesgestört, weißt du«, sagte ich. »Wir mußten es schließlich in eine Anstalt geben.«

»Hm. Hab schon gehört«, antwortete Takashi in angemessen tröstendem bedrücktem Ton.

»Nach fünf Wochen wollten wir es abholen, aber in der Zwischenzeit hatte es sich völlig verändert. In diesem Zustand konnten nicht einmal meine Frau und ich sagen, das ist unser Sohn. Natürlich erkennt er uns auch nicht. Er sieht aus, als hätten sie ihm etwas Schreckliches angetan. Man hat das Gefühl, er ist jetzt weiter weg, als wenn er gestorben wäre. Da haben wir ihn schließlich dort gelassen.« Ich sprach gedämpft, daß meine Worte nicht bis an die Ohren meiner Frau drangen.

Mein Bruder hörte schweigend zu, mit düsterem offenem Gesichtsausdruck, durch den er in die äußersten Winkel meiner Gefühle vordringen konnte, ohne Widerspruch hervorzurufen. Bereits beim Erwachen hatte ich in seinem gebräunten, fremd gewordenen Gesicht etwas gesehen, was auch in seiner Stimme mitschwang, als er mir sagte, daß er von dem Unglück mit dem Baby schon gehört hätte. Ich hatte nicht erwartet, daß dieser Schatten erwachsener Ernsthaftigkeit auf ihm liegen würde, der eine Folge seines Lebens in Amerika war.

»Hast du auch von dem anderen gehört?« fragte ich.

»Nein, aber ich wußte, daß etwas Furchtbares geschehen sein mußte«, sagte mein Bruder, ebenfalls mit leiser Stimme und fast ohne die Lippen zu bewegen.

»Weißt du, daß sich mein Freund das Leben genommen hat?«

»Ja. Er hatte etwas ganz Besonderes an sich, nicht?«

Takashi wußte also auch schon im einzelnen, wie mein Freund gestorben war. Zum erstenmal hatte ich eine solche Achtungsbezeigung aus dem Munde eines Menschen außerhalb der Familie meines Freundes gehört.

»Ich scheine vom Geruch des Todes umgeben«, sagte ich.

»Wenn dem so ist, Mitsu, dann schüttel ihn ab und steige wieder empor in die Welt der Lebenden. Sonst wirst du von dem Geruch angesteckt!«

»Bist du etwa in Amerika abergläubisch geworden?«

»Ganz recht«, fuhr mein Bruder unbeirrt fort. Er durchschaute meinen Versuch, den Widerhall zu verwischen, den seine Worte in der Leere meines Innern gefunden hatten. »Aber damit habe ich eigentlich nur etwas wiederentdeckt, was als Kind bei mir sehr ausgeprägt war und was ich dann später irgendwie unterdrückt habe. Erinnerst du dich, wie Schwester und ich eine Hütte mit Strohdach gebaut und eine Weile darin gewohnt haben? Wir fingen damals ein neues Leben an, wollten weg vom Geruch der Sterblichkeit. Du weißt ja, es war kurz nachdem man S erschlagen hatte.«
Ich beobachtete ihn schweigend, ohne eine angemessene Erwiderung, und indessen tauchte in den Augen, die meinem Blick begegneten, ein schwelender Verdacht auf, der zu etwas Gefährlichem und Gewalttätigem aufzulodern drohte. Takashi hatte stets die Fassung verloren, wenn man auf etwas anspielte, was mit dem Tod unserer Schwester zusammenhing. Auch jetzt, dachte ich, ist das nicht anders. Aber so, wie ein über seine Elastizitätsgrenze hinaus beanspruchter Stahl ohne Warnung bricht, verschwand auch ganz plötzlich aus Takashis Augen, was immer da Gestalt zu gewinnen begonnen hatte. Das war die nächste Überraschung für mich.
»Die Sache ist die«, sagte er im Ton leidenschaftsloser Überzeugung. »sie mag zwar gestorben sein, aber der Zauber unseres neuen Lebens tat doch seine Wirkung. Ihr Tod, siehst du, war dazu bestimmt, mich weiterleben zu lassen. Ihr Tod war es, der Onkels Mitleid erregte und ihn bewog, mich auf die Universität in Tokyo zu schicken. Wenn ich weiter im gleichen Dorf gewohnt hätte wie er, dann wäre ich vor Verzweiflung gestorben. Meinst du nicht, du solltest jetzt ein neues Leben anfangen, ehe es zu spät ist?«
»Ein neues Leben? Und wo soll ich deiner Meinung nach *meine* strohgedeckte Hütte finden?« fragte ich spöttisch, obschon in Wahrheit das Gespräch nicht ohne Wirkung auf mich blieb.
»Was für ein Leben führst du denn im Augenblick?« fragte er ernst, als habe er meine Unsicherheit erkannt.
»Als mein Freund gestorben war, gab ich sofort meine Stellung an der Universität auf, wo wir als Dozenten gearbeitet hatten. Sonst hat sich nichts weiter geändert.«

Nach dem Abschluß meines Literaturstudiums an der Universität hatte ich meinen Lebensunterhalt vor allem dadurch verdient, daß ich Berichte von Leuten übersetzte, die wilde Tiere fingen und dann gefangenhielten. Ein Tierbuch war in mehreren Auflagen erschienen, und die Einnahmen sicherten meiner Frau und mir ein bescheidenes Auskommen. Zugegeben, das Haus, in dem wir wohnten, verdankten wir ihrem Vater, ganz zu schweigen von den Kosten für das Baby in der Anstalt. Ich konnte mir auch denken, daß mein Schwiegervater alle unerwarteten Ausgaben im Haushalt bestritt, seit ich die Dozentur aufgegeben hatte. Anfangs war mir die Vorstellung, daß jemand mir ein Haus gekauft hatte, nicht recht gewesen, aber zumal seit sich mein Freund erhängt hatte, war es mir ziemlich gleichgültig, wie weit meine Frau ihren Vater in Anspruch nahm.

»Wie ist es mit deinem Innenleben? Da ist doch was nicht in Ordnung, hm? Ich war ganz schön entsetzt, als du da auf dem schmutzigen Fußboden schliefst. Auch als du aufwachtest, waren dein Gesicht und deine Stimme irgendwie anders als sonst. Gerade heraus, mit dir geht es abwärts. Ich habe den Eindruck, du findest keinen Halt.«

»Ich gebe zu, der Tod meines Freundes hat mich arg mitgenommen. Und dann noch die Sache mit dem Baby«, sagte ich in zögernder Selbstrechtfertigung.

»Aber meinst du nicht auch, daß das schon zu lange so geht?« drang Takashi in mich. »Machst du noch eine Weile so weiter, behält dein Gesicht diesen Ausdruck des Abgleitens. In New York ist mir ein japanischer Philosophiestudent begegnet, der als Außenseiter, als gesellschaftlich Ausgestoßener lebte. Er war nach Amerika gekommen, um die Nachfolger von Dewey zu studieren, verlor völlig seinen Glauben an das Leben – und auf diese Art endete er. Du erinnerst mich an ihn, Mitsu – dein Gesicht, deine Stimme, deine ganze körperliche und seelische Verfassung. Genau das gleiche.«

»Dein Leibwächter meinte, ich sei wie eine Ratte.«

»Eine Ratte? Der Philosoph trug auch den Spitznamen ›Ratte!‹« sagte Takashi. »Aber du glaubst mir sicher nicht, wie?« setzte er verlegen lächelnd hinzu.

»Ich glaube dir«, sagte ich und wurde rot, weil aus meiner Stimme offenkundiges Selbstmitleid klang.

Es stimmte zweifellos. Ich war einer Ratte ähnlich geworden, genau wie der Philosoph, der den Glauben an das Leben verloren hatte. Seit jenen hundert Minuten am Morgen in der Baugrube für den Sickerbehälter hatte ich ständig über dieses Erlebnis gegrübelt. Mir war völlig klar, daß es körperlich und geistig mit mir abwärts ging, daß mein Weg nach unten mich an eine Stelle bringen mußte, wo es sicherlich noch stärker nach dem Tode stank. Mittlerweile hatte ich die Bedeutung dieser erst so unerklärlichen, scheinbar unzusammenhängenden Schmerzen an verschiedenen Körperteilen klar erkannt. Aber mit dem Begreifen ihres psychischen Ursprungs hatte ich sie nicht überwunden – die Anfälle waren im Gegenteil immer häufiger geworden. Und auch jenes brennende Gefühl der Erwartung hatte ich noch nicht wiedergefunden.

»Du mußt ein neues Leben anfangen, Mitsu«, wiederholte Takashi noch eindringlicher.

»Ja, du solltest tun, was er sagt«, meinte meine Frau, die geblendet die Augen zusammenkniff und uns ruhig ansah, wie wir nebeneinander am Fenster standen. »Selbst ich sehe das ein.«

Inzwischen hatte sich Momoko wie eine kleine Indianerbraut angeputzt, bis hin zum Haarschmuck ganz in Leder. Meine Frau hatte ihr bis jetzt geholfen, die Ausstattung anzulegen, und kam nun auf uns zu. In diesem Augenblick war sie dem Morgenlicht zum Trotz recht ansehnlich.

»Natürlich, ich würde gern ein neues Leben anfangen«, sagte ich ernst. »Das Problem ist nur, wo soll ich meine strohgedeckte Hütte finden?« Ich fühlte buchstäblich, daß ich eine solche Hütte mit ihrem unvergessenen Geruch nach frischem Stroh brauchte.

»Warum läßt du nicht alles in Tokyo stehen und liegen und kommst mit mir nach Shikoku? Das wäre kein schlechter Anfang, Mitsu«, erwiderte Takashi, der sich alle Mühe gab, mich zu überreden und doch deutlich Angst hatte, ich könnte seinen Gedanken einfach verwerfen. »Schließlich habe ich deswegen die Düsenmaschine bestiegen und bin heimgekommen.«

»Taka – wenn wir nach Shikoku wollen, dann laß uns mit dem Auto fahren!« warf der Junge ein. »Wir drei passen bequem rein, auch mit dem Gepäck, und einer von uns könnte unterwegs hinten schlafen. Ich hab einen abgewirtschafteten alten Citroën gekauft für den Fall, daß wir fahren.«

»Hoshi hat die letzten beiden Jahre in einer Autoreparaturwerkstatt gewohnt und gearbeitet«, sagte Momoko ungefragt. »Er hat den alten Citroën gekauft – der war fast schrottreif – und ihn so hingekriegt, daß er recht und schlecht fährt. Und das ganz allein!«

Die Wangen des jungen Mannes und die Haut um die Augen wurden auf eine fast widerliche Weise rot.

»Ich hab schon gekündigt in dem Laden«, sagte er voller außergewöhnlich naiver Aufregung. »Gleich an dem Tag, als dein Brief kam und Momoko mir davon erzählt hat.«

Takashi zeigte, trotz seiner Verwirrung über diese Eröffnungen, eine gewisse kindliche Genugtuung.

»Nichtsnutzige Bande«, sagte er, »strengen nie ihren Kopf an.«

»Erzähle mir doch ein bißchen genauer, wie du dir dieses neue Leben in Shikoku praktisch vorstellst!« sagte ich. »Ich nehme an, du wirst nicht auf dem Feld arbeiten wollen wie unsere Vorväter?«

»Taka hat für eine japanische Touristengruppe gedolmetscht, als sie einen Supermarkt in Amerika besichtigte«, sagte Momoko. »Einer der Touristen wurde aufmerksam, als er Takas Familiennamen hörte. Sie kamen ins Gespräch, und offenbar besitzt er Supermarktfilialen in Shikoku. Er ist furchtbar reich, kontrolliert heute den ganzen Landstrich bei Ihnen, und wie sich herausstellt, will er unbedingt das Speicherhaus von dem Hof kaufen, auf dem Sie und Taka geboren sind. Er hat vor, das ganze Haus nach Tokyo transportieren zu lassen und als rustikales Restaurant zu betreiben.«

»Kurzgesagt«, fuhr mein Bruder fort, »ein Neureicher aus der Gegend ist aufgetaucht, um uns das verfallene Fachwerkmonster abzunehmen. Wenn du also einverstanden bist mit dem Verkauf, dann sollten wir wohl hinfahren und den Abbau überwachen. Außerdem würde ich mich über die Gelegenheit freuen, im Dorf herumzufragen, was sich seinerzeit wirklich mit Urgroßvater und seinem jüngeren Bruder zugetragen hat. Das ist ein weiterer Grund für meine Rückkehr aus Amerika.«

Ich war nicht so schnell von der Durchführbarkeit seines Plans zu überzeugen. Selbst wenn er plötzlich an sich verborgene Talente als Geschäftsmann entdeckt haben sollte, war es doch unwahrscheinlich, daß es ihm gelingen würde, ein heruntergewirtschaftetes Gebäude an einen Mann zu verkaufen, der als Besitzer einer Supermarktkette sicherlich so moderne Ideen hatte wie nur irgendeiner. Ein rustikales Restaurant? Aber das Speicherhaus war gute einhundert Jahre alt und nicht reizvoll genug. Mehr als dieses Gerede beeindruckte mich das Interesse, mit dem Takashi noch immer nach der Wahrheit über unseren Urgroßvater und dessen jüngeren Bruder suchte. Zu der Zeit, als die Familie zwar noch in dem Dorf im Tal wohnte, aber schon am Auseinanderbrechen war, hatte mein Bruder eines Tages Wind von dem Skandal bekommen, der unsere Familie vor etwa einem Jahrhundert betroffen hatte.

»Urgroßvater hat seinen jüngeren Bruder getötet, um dem Aufruhr im Dorf ein Ende zu machen«, so erzählte Takashi damals mit entsetzter Stimme, was er gehört hatte. »Und er hat ein Stück Fleisch vom Schenkel seines Bruders gegessen. Das hat er getan, um den Amtsträgern zu beweisen, daß er nichts mit dem Aufruhr zu tun hatte, der von seinem Bruder entfacht worden war.«

Ich selbst hatte keine genauen Informationen über den Vorfall. Zumal während des Krieges hatte man den Eindruck, daß die erwachsenen Leute im Dorf das Gespräch möglichst nicht auf diese Sache bringen wollten; und auch unsere Familie hatte stets so getan, als gäbe es das häßliche Gerücht gar nicht. Trotzdem hatte ich Takashi, um ihm das Entsetzen zu nehmen, eine andere Version erzählt, die man mir, wie ich mich entsann, einmal im Vertrauen berichtet hatte.

»Das ist nicht wahr«, sagte ich. »Nach dem Aufruhr hat Urgroßvater seinem Bruder geholfen, durch den Wald nach Kochi zu entkommen. Mit dem Schiff ist er nach Tokyo gefahren, wo er einen anderen Namen angenommen und Karriere gemacht hat. Etwa zur Zeit der Meiji-Restauration hat Urgroßvater mehrere Briefe von ihm bekommen. Er hat bis zuletzt darüber geschwiegen, deshalb mußten die Leute solche Lügen erfinden, wie du sie gehört hast. Er schwieg, weil viele Leute aus dem Dorf durch die Schuld seines Bruders umgekommen waren und er nicht den Zorn ihrer Familien wecken wollte...«

»Na, jetzt wollen wir erst einmal zu mir fahren«, schlug ich vor und erinnerte mich wehmütig des gewaltigen Einflusses, den ich gleich nach dem Krieg über mehrere Jahre auf meinen Bruder ausgeübt hatte. »Dort können wir die Pläne für ein neues Leben besprechen.«

»In Ordnung. Da also das Speicherhaus unserer Familie aus dem Dorf im Tal verschwinden wird, wo es hundert Jahre stand, kann es nichts schaden, wenn wir in Ruhe darüber reden.«

»Wenn Sie beide ein Taxi nehmen, komm ich mit Taka und Momoko in meinem Auto hinterher«, sagte der junge Mann in einem energischen Versuch, meine Frau und mich aus dem engeren Kreis herauszudrängen.

»Ich würde gern ein Glas trinken, ehe wir losfahren«, bat meine Frau, die bereits alle Vorsicht ihrem Schwager gegenüber aufgegeben hatte. Wehmütig stieß sie mit der Schuhspitze gegen die leere Flasche, die auf dem Fußboden lag.

»Ich habe auf dem Flugplatz eine Flasche zollfreien Bourbon gekauft«, kam mein Bruder ihr prompt zu Hilfe.

»Da hast du also wieder angefangen zu trinken?« fragte ich, insgeheim hoffend, einen kleinen Proteststurm bei den Leibwächtern meines Bruders auszulösen.

»Wenn ich in Amerika jemals wirklich betrunken gewesen wäre, hätte man mich sicherlich in irgendeinem finsteren Winkel totgeschlagen. Du kennst mich ja, wenn ich betrunken bin, was, Mitsu?« Er nahm eine Flasche Whisky aus der Reisetasche. »Die habe ich für meine neue Schwägerin gekauft.«

»Ihr scheint euch ganz schön angefreundet zu haben, während ich schlief.«

»Wir hatten recht viel Zeit dazu. Brauchst du immer so lange für deine unangenehmen Träume?« fragte Takashi, meinen Sarkasmus gehörig konternd.

»Habe ich im Schlaf geredet?« fragte ich, nun wieder völlig verstört.

»Mach dir keine Gedanken! Ich glaube nicht, daß du andere Menschen kaltblütig ihrem Schicksal überlassen würdest. Niemand glaubt das«, sagte er, sich meiner Qual erbar-

mend. »Du bist anders als Urgroßvater – nicht der Mann, der anderen etwas wirklich Furchtbares antun könnte.«
Ich sah, daß meine Frau einen großen Schluck Bourbon gleich aus der Flasche trank, nahm sie ihr weg und tat selbst einen kräftigen Zug, um meine Verlegenheit zu verbergen.
»Na denn! Ab zu Hoshis Citroën!« Vor Glück überschäumend, in ihrer indianischen Lederausstattung prächtig anzusehen, gab Momoko das Kommando, und wir, die wiedervereinigte Familie, setzten uns in Bewegung. Ich ging zuletzt, als der Älteste, als der mit dem rattenhaften Aussehen eines Abgleitenden, und dabei kam mir eine Vorahnung, daß ich mich schließlich auf Takashis äußerst unsicheren Plan einlassen würde. Im Augenblick fehlte mir die absolute Härte, die für eine Konfrontation mit ihm nötig war. Als mir dieser Gedanke kam, schien sich die Wärme von dem Schluck Whisky plötzlich mit einem Gefühl der Erwartung in den inneren Tiefen meines Körpers verbinden zu wollen. Aber als ich versuchte, mich auf dieses Gefühl zu konzentrieren, hinderte mich der nüchterne gesunde Menschenverstand daran, der so viele Gefahren in jedem Versuch erblickt, durch Selbstaufgabe zur Neugeburt zu gelangen.

Mitten im Wald hielt der Bus unerwartet, als ob der Motor streikte. Meine Frau schlief auf dem hintersten Sitz, von Kopf bis Fuß in Decken gehüllt, und als ich ihre mumienähnliche Gestalt davor bewahrte, vorzurollen, und sie wieder in ihre alte Lage schob, fürchtete ich plötzlich die möglichen Folgen dieser gewaltsamen Unterbrechung ihres Schlummers. Dem Bus im Wege stand eine junge Bäuerin mit einem großen Bündel auf dem Rücken. Zu ihren Füßen kauerte irgend etwas völlig Regungsloses wie ein Tier. Bei genauem Hinsehen erkannte ich, daß da ein Kind hockte, das Gesicht in die entgegengesetzte Richtung gewandt. Deutlich konnte ich den kleinen nackten Po erkennen und das Unrathäufchen, das sich unnatürlich hellgelb von der dunklen Kulisse des Waldes abhob.

Die beiderseits von dichten Reihen riesiger immergrüner Bäume gesäumte Waldstraße fiel vor dem Bus allmählich ab, und die Frau und das Kind zu ihren Füßen schienen etwa einen Viertelmeter über dem Boden zu schweben. Ohne es zu merken, hatte ich mich beim Hinaussehen mit der linken Seite weit aus dem Fenster gebeugt. Von einem unklaren Angstgefühl beherrscht, bereitete ich mich auf etwas Unbekanntes, Schreckliches vor, das hinter verdeckten Felsblökken, die mein blindes rechtes Auge dunkel in mein Gesichtsfeld einwob, hervorkommen und uns anspringen würde. Die Entleerung des Kindes zog sich mitleiderregend in die Länge. Ich fühlte mit ihm, und mich überkam die gleiche Unruhe, die gleiche Angst und Scham.

Da, wo wir hielten, verlief die Waldstraße, von dichten Mauern immergrüner Bäume eingerahmt, wie auf dem Boden eines tiefen Grabens. Darüber zog sich ein schmaler Streifen Winterhimmel hin. Langsam sank dieser Nachmittagshimmel auf uns herab und verblaßte dabei wie ein Strom, der fließend die Farbe wechselt. In der Nacht, sagte ich mir, würde der Himmel den riesigen Wald so zusperren wie die Schale der Ohrschnecke das Fleisch umschließt; der

Gedanke erzeugte eine Art Klaustrophobie. Wohl war ich in den Tiefen dieses Waldes geboren und aufgewachsen, doch konnte ich niemals das immer gleiche erstickende Gefühl loswerden, wenn ich auf dem Weg aus oder zu unserem Tal durch ihn hindurch mußte. Der Kern dieser Empfindung war ein Erbe jener längst untergegangenen Vorfahren, die, von dem mächtigen Chosokabe unaufhörlich angetrieben, immer tiefer in den Wald eingedrungen waren, bis sie an der Stelle gesiedelt hatten, wo eine spindelförmige Senke dem Vordringen des Waldes trotzte; dort gab es eine Quelle mit reinem Wasser. Meine Angst, ersticken zu müssen, wurde noch von den gleichen Gefühlen begleitet, die den Anführer jener Flüchtlinge bewegten, den Urahn unserer Familie, als er sich auf der Suche nach der in der Phantasie geschauten Senke in die drohenden Schatten des Waldes stürzte. Der Chosokabe ist der in Raum und Zeit allgegenwärtige, furchteinflößende und riesige Andere. Meine Großmutter drohte mir immer mit ihm, wenn ich ihre Autorität in Frage stellte. »Der Chosokabe kommt aus dem Wald und holt dich!« sagte sie dann, und der Klang ihrer Worte machte nicht nur mir kleinem Kind, sondern auch ihr selbst, die doch eine alte Frau von achtzig Jahren war, die Realität des mit uns gleichzeitig existierenden Ungeheuers klar...

Der Bus war seit der Abfahrt aus dem Depot in der Provinzstadt schon fünf Stunden unterwegs. An der Gabelung, wo die Straße über die Berge führte, waren alle Fahrgäste außer meiner Frau und mir in einen anderen Bus umgestiegen, der am Waldrand entlang zum Meer hinunterfuhr. Die Straße, die von der Stadt durch den dichtesten Teil des Waldes zu unserer Senke und danach den Fluß entlang, der durch das Tal abwärts führt und sich wieder mit der vorher zum Meer abzweigenden Busstrecke vereinigt, wird von Mal zu Mal schlechter. Der Gedanke, daß diese Straße, auf der wir mitten durch den Wald fuhren, dem langsamen Verfall preisgegeben war, versetzte mir irgendwo in den Tiefen meines Bewußtseins einen dumpfen, unangenehmen Schlag. Mich Ratte quälte eine sterbende Straße, und ich spürte, wie das Auge des Waldes mich aus Zedern, Tannen und verschiedenen Zypressenarten anblickte, alle von so dunklem Grün, daß man es fast für Schwarz hielt.

Ich sah, wie die Bäuerin, den Oberkörper von der Last nach

hinten gezogen, so daß nur der Kopf vorgebeugt war, in heftiger Rede die Lippen bewegte. Das Kind richtete sich auf, zog langsam die Hosen hoch, sah dabei auf seinen Unrat hinab und wollte ihn mit der Schuhspitze berühren. Unversehens gab ihm die Frau eine Ohrfeige. Dann stieß sie es grob vor sich her, während es mit beiden Händen den Kopf schützte, und kam um den Bus herum, der die neuen Fahrgäste aufnahm und wieder zu seiner Fahrt durch das bedrohliche Schweigen des Waldes startete. Die Frau und das Kind kamen entschlossen nach hinten und setzten sich auf die Plätze direkt vor uns. Die Mutter nahm den Fensterplatz ein, und der Junge lümmelte sich schräg über die hölzerne Armlehne auf der Gangseite, so daß sich der rasierte Kopf und das blasse Gesichtchen im Profil unserem Blick aufdrängten. Mit blutunterlaufenen, roten Pflaumen ähnlichen Augen, in denen noch die Spuren des Rausches zu sehen waren, starrte meine Frau das Kind an. Auch ich ertappte mich, wie meine Augen unwiderstehlich und voll Ekel von ihm angezogen wurden. Sein Kopf und die Farbe seiner Haut brachten uns die schlimmsten Erinnerungen zurück. Ich war sicher, daß der Kopf und die blutleere Blässe der Haut heimtückischen Anreiz für das bargen, was bereits im Inneren meiner Frau schwelte und beim geringsten Anlaß offen ausbrechen konnte. Sie beschworen unmittelbar den Tag wieder herauf, an dem unser Baby wegen des Gewächses an seinem Kopf operiert worden war.

Meine Frau und ich warteten an jenem Morgen auf der Etage des Operationssaales vor dem Patientenaufzug. Endlich öffneten sich die Außentüren und kündigten die Ankunft des eisernen Aufzugkäfigs an, aber die innere Tür – die des grünen Drahtkäfigs – wollte trotz der Bemühungen der Krankenschwester nicht aufgehen. »Das Baby will nicht operiert werden«, sagte meine Frau, die durch das Gitter blickte, obschon sie vor Entsetzen zurückschauderte, als wollte sie am liebsten davonlaufen.

Durch das grüne Drahtgitter sahen wir in einem schwachen, grünlichen Licht – dem Sonnenschein ähnlich, wenn er durch sommerliches Blattwerk bricht – den Kopf des Babys, das auf dem Rollbett der Kinderstation lag. Es war kahlgeschoren wie ein Verbrecher. Seine dichtgeschlossenen Augen bildeten Schlitze in der weißlichen leichenblassen, gleichsam gepuderten Haut. Auf Zehenspitzen stehend, konnte ich an der mir abgewandten Seite des Kopfes, in völligem Gegensatz zu dessen debilem und nervösem Aussehen, das orangene Gewächs sehen, aufgedunsen von Blut und Rückenmarkflüssigkeit, ein lebendiges Etwas, das in engster und dennoch sinnloser Beziehung zum Kopf des Babys stand. Der Klumpen flößte Entsetzen ein, war er doch lebendiger Zeuge für das Vorhandensein einer grotesken Kraft, die dem Ich innewohnte und doch nicht seiner Kontrolle unterlag. Konnten nicht auch wir – das Paar, das dieses Baby mit dem Gewächs voll unübersehbarer Kraft hervorgebracht hatte – eines Morgens beim Erwachen ähnliche Gewächse entdecken, die quicklebendig aus unseren Köpfen ragten, während das Rückenmark den raschen und intensiven Stoffwechsel zwischen ihnen und allen mit unserer Seele in Beziehung stehenden Organen besorgte? Konnte nicht auch an uns die Reihe kommen, in den Operationssaal gefahren zu werden, uns mit geschorenen Köpfen wie brutale Verbrecher zu fühlen?... Die Schwester stieß mit dem Fuß heftig gegen die Gittertür. Da riß das Baby den zahnlosen und wundroten Mund weit auf und begann zu weinen. Damals konnte es sich noch durch Weinen ausdrücken.

»Ich habe das Gefühl, als würde gleich der Arzt vorbeikommen und sagen: ›Nun, hier haben Sie Ihr Baby wieder‹ und uns die amputierte Geschwulst übergeben«, sagte meine Frau, während die Schwester das Baby durch endlose Türen in den Operationssaal entführte.

Ihre Worte machten deutlich, daß wir beide, sie ebenso wie ich, das aufgetriebene orangene Gewächs für realer empfunden hatten als das bleiche, schlaffgliedrige Baby, das mit geschlossenen Augen dalag.

Die Operation dauerte zehn Stunden. Während wir erschöpft auf ihren Abschluß warteten, wurde ich – nicht meine Frau – dreimal zur Bluttransfusion in den Operationssaal gerufen. Beim letztenmal hatte ich angesichts des mit eigenem und meinem Blut verschmierten Babykopfes das Gefühl, der Kleine werde in wallender Brühe gekocht. Meine Geisteskräfte waren durch den Blutverlust so geschwächt, daß mein Kopf eine seltsame Gleichung aufstellte: die Entfernung des Gewächses bei unserem Baby kam der

Amputation eines meiner Körperteile gleich. Ich spürte tatsächlich einen scharfen Schmerz im Inneren und mußte kämpfen, die so verbissen weiteroperierenden Ärzte nicht zu fragen: »Sind Sie sicher, daß Sie mir und meinem Sohn nicht etwas ganz Lebenswichtiges wegnehmen?«
Schließlich kam das Baby zu uns zurück, ein Geschöpf, das zu keiner anderen menschlichen Reaktion mehr imstande war, als einem aus sanften braunen Augen entgegenzuschauen, und ich hatte das Gefühl, daß man auch mir eine ganze Nervengruppe weggeschnitten und mich dadurch hochgradig unempfindlich gemacht hatte. Auch war dieser Verlust nicht nur bei mir und dem Baby zu erkennen; bei meiner Frau machte er sich noch deutlicher bemerkbar.
Als der Bus den Wald erreicht hatte, war sie still geworden und trank aus einer Taschenflasche unentwegt Whisky. Ich wußte, daß ihr Verhalten bei den ehrbaren Provinzlern im Bus einen Skandal erzeugen würde, aber ich hatte keine Lust, sie zu hindern. Vor dem Einschlafen hatte sie sich jedoch entschlossen, das neue Leben in dem Dorf im Tal nüchtern zu beginnen, und den restlichen Whisky mit der Flasche in hohem Bogen nach hinten zwischen die Bäume geworfen. Ich hatte gehofft, der Augenblick des Rausches, der ihr dann den Schlaf brachte, würde der letzte seiner Art sein. Als ich nun aber neben mir die heiße Realität ihrer vom Schlaf noch geröteten Augen sah, die starr auf den Kopf des Bauernjungen gerichtet waren, ließ ich jede allzu optimistische Erwartung fahren, daß sie das neue Leben wirklich nüchtern beginnen würde. Mein einziger Wunsch war, hier und jetzt ein akutes Wiederaufleben jener gefährlichen Gemütslage zu verhindern, die mit dem Tumor des Babys verbunden war. Aber ich sah immer klarer, daß sich auch dieser Wunsch nicht erfüllen würde. Es tat mir sehr leid um den Whisky, den sie weggeworfen hatte.
Die Schaffnerin kam nach hinten, den Bauch vorgeschoben, um das Gleichgewicht zu halten. Die junge Bäuerin beachtete sie nicht und sah mit finsterer Miene aus dem Fenster. Auch der Junge reagierte nicht auf die Schaffnerin, aber da ich ihn ständig beobachtet hatte, konnte ich erkennen, daß er immer nervöser wurde. Es sah aus, als hätten sie die Plätze vor uns gewählt, um der Schaffnerin zu entgehen.
»Fahrscheine!« sagte die Schaffnerin. Eine Weile mißachtete

die Frau die Aufforderung, dann ließ sie plötzlich einen Redeschwall vom Stapel. Sie attackierte die Schaffnerin, weil sie den vorgeschriebenen Fahrpreis für die ganze Fahrt oben vom Berg bis ins Tal hinein verlangte; sie sei mit dem Kind bereits zwei Drittel der Strecke bergab gelaufen; wenn es nicht über Bauchschmerzen geklagt hätte (dabei knuffte sie den Jungen, der sich an der hölzernen Armlehne festhielt, an die Schulter), wären sie den ganzen Heimweg gelaufen. Die Schaffnerin erklärte, neuerdings sei das, was sie fordere, der Mindestpreis. Diese Neuregelung durch die Busgesellschaft sei wegen der geringen Einnahmen auf dieser Route notwendig geworden – wie ich mir sagte, ein weiteres Zeichen für den Verfall der Waldstraße. Die Logik der Schaffnerin schien die junge Frau vom Lande vorübergehend außer Gefecht zu setzen. Aber dann zeigte sich auf ihrem roten, gewöhnlichen Gesicht, das bis dahin vor Entrüstung geglüht hatte, eine Reaktion, die mich zugleich überraschte und belustigte. Mit einem kleinen Kichern erklärte sie in selbstsicherem Ton: »Habe kein Geld.«

Der Junge war natürlich so blaß und nervös wie vorher. Die Schaffnerin zögerte einen Augenblick, und ging dann, als hilfloses Mädchen vom Lande, nach vorn, um die Sache mit dem Fahrer zu besprechen. Mir kam der Gedanke, das eigenartige Kichern der Bäuerin für einen ersten Schritt zum Abbau der Spannung in meiner Frau zu nutzen. Ich blickte sie lächelnd an, sah aber eine Gänsehaut auf ihrem Hals und der unteren Gesichtshälfte, obwohl die fest auf den Kopf des Jungen gerichteten Augen fiebrig glänzten. Angesichts des heraufziehenden Unheils zögerte ich betreten. Ziellos wie ein zischender Feuerwerksschwärmer stieg Ärger in mir auf: Warum hatte ich sie nicht gehindert, die Whiskyflasche wegzuwerfen? In meiner Verzweiflung entschloß ich mich zur Flucht nach vorn.

»Wir wollen aussteigen«, sagte ich. »Taka wird uns wahrscheinlich an der Haltestelle erwarten. Wir können ihm also durch die Schaffnerin ausrichten lassen, daß er uns mit dem Auto entgegenkommen soll.«

Meine Frau sah mich zweifelnd an und neigte langsam den Kopf, gleich einem Taucher, der sich in den Tiefen der Angst gegen den Wasserdruck bewegt. Ich spürte, wie die

Angst in ihr mit der Furcht rang, mitten im Wald hinter dem davonfahrenden Bus zurückzubleiben.

Mir war klar, daß ich sie irgendwie überreden mußte, ehe das Entsetzen vor dem Wald an sich stärker wurde und sie an ihren Platz im Bus bannte. Ich mußte mir eingestehen, daß von uns beiden ich es war, der hektisch versuchte, vor dem Phantom des Babys zu fliehen, das von dem geschorenen Kopf und der kränklichen Haut des Bauernjungen heraufbeschworen wurde.

»Und wenn das Telegramm nicht angekommen ist und Taka und die anderen nicht an der Haltestelle sind?«

»Auch wenn wir laufen müssen, erreichen wir das Tal, ehe es dunkel wird. Das Kind wollte doch auch laufen, oder?«

»Dann möchte ich aussteigen«, sagte sie mit einem Gefühl der Befreiung, das von einer undefinierbaren, nicht überwundenen Angst durchsetzt war, die mir sowohl Erleichterung brachte als auch Mitleid einflößte.

Ich winkte der aufgeregt mit dem Fahrer sprechenden Schaffnerin, die die ganze Zeit ein befangen wachsames Auge auf die geldlose Bauersfrau und deren Sohn warf.

»Mein Bruder müßte uns an der Haltestelle im Tal erwarten«, sagte ich. »Würden Sie ihm bitte unser Gepäck geben und ihm sagen, er möchte uns mit dem Auto entgegenkommen? Wir laufen von hier aus.« In den Augen der Schaffnerin, in denen sich eine dunkle Wolke der Überraschung bildete, erkannte ich zu meiner Bestürzung, daß ich mir keinen einem Dritten einleuchtenden Vorwand für unser Tun ausgedacht hatte.

»Ich vertrage das Fahren nicht«, sagte meine Frau, die meine Notlage schnell erkannt hatte. Aber die Schaffnerin sah immer noch zweifelnd drein, sinnierte, um Verständnis bemüht, über meine Worte.

»Der Bus fährt nicht ins Tal«, sagte sie. »Die Brücke ist vom Hochwasser weggespült worden.«

»Hochwasser? Im Winter?«

»Das war im Sommer.«

»Und seitdem ist alles so geblieben?«

»Die neue Haltestelle ist vor der Brücke. Bis dahin fährt der Bus.«

»Dann wird mein Bruder dort warten«, sagte ich. »Herr Nedokoro.«

Aber ich fragte mich, weshalb man eine vom Sommerhochwasser zerstörte Brücke bis zum Winter nicht repariert hatte.
»Ich kenne ihn, er ist mit dem Auto gekommen«, warf die Frau vom Lande ein, die unserem Gespräch gelauscht hatte.
»Wenn er nicht an der Haltestelle ist, kann der Junge hinaufrennen. Er kennt die Nedokoros auf dem Speicherhaus.«
Sie hielt »Speicherhaus« offensichtlich für die geographische Bezeichnung des Plateaus, auf dem unser Haus stand. Den Kindern, mit denen ich zwanzig Jahre früher gespielt hatte, war oft ein ähnliches Mißverständnis unterlaufen. Jedenfalls war ich erleichtert. Hätten wir bis zum Einbruch der Dunkelheit durch den Wald laufen müssen, so wäre durch dieses Erlebnis fast sicher der Keim für neue Unruhe in der Seele meiner Frau gelegt worden. Und wenn dann noch Nebel aufkäme, hätte sie der pechschwarze Wald unvermeidlich in Panik versetzt.
Als uns der Bus auf der Straße zurückließ, tauchten am Rückfenster nebeneinander die Gesichter der Bauersfrau und der Schaffnerin auf, sie beobachteten uns. Das Gesicht des Jungen war nicht zu sehen; vermutlich lümmelte er noch blaß über der Armlehne. Wir nickten ihnen zu, und die Schaffnerin winkte glücklich zurück, aber die noch immer vor sich hin kichernde junge Bäuerin machte eine obszöne Geste zu uns hin, umspannte einen Zeigefinger mit der vollen anderen Hand. Ich spürte, wie mein Gesicht vor Zorn und Verlegenheit rot anlief, aber meine Frau schien durch diese Beleidigung irgendwie erleichtert zu sein. Ihr Inneres war weitgehend von dem Bedürfnis nach Selbstkasteiung besessen, und die junge Mutter, die für das Kind mit dem geschorenen Kopf und der glanzlosen Haut, das so bewegungslos dasaß wie unser Baby, verantwortlich war, hatte dieses Bedürfnis zum Teil befriedigt.
In der feuchtkalten würzigen Brise, die uns in die Seite stieß, schlangen wir die Arme um die Mäntel und gingen unseren Weg durch das faulende Laub, das den roten Lehm der Waldstraße bedeckte. Wenn unsere Schuhspitzen die herabfallenden Blätter wegstießen, wurde die nackte Erde sichtbar, schreiend zinnoberrot wie der Bauch eines Wassermol-

ches. Heute schien selbst die Erde eine Drohung in sich zu bergen, wie sie es nie in meinen Erinnerungen an die Kindheit getan hatte. Da ich nun ein solches rattenähnliches, schwankendes, verdächtiges Geschöpf geworden war, stand zu erwarten, daß der Wald, dem ich entflohen war und in den ich nun wieder aufgenommen werden wollte, mich voller Mißtrauen betrachtete. So deutlich waren die Zeichen der Überwachung, daß schon ein Vogelschwarm, der hoch über den Bäumen kreischend vorüberzog, in mir das Gefühl weckte, die rote Erde erhebe sich, um mich an den Beinen zu packen.

»Wieso hat uns denn Takashi am Telefon nicht gesagt, daß das Hochwasser die Brücke weggespült hat?«

»Er hatte doch so schon genug zu erzählen!« nahm meine Frau ihn in Schutz. »Es ist kaum verwunderlich, daß er total vergessen hat, den Zustand der Brücke zu erwähnen, wo es eine so seltsame Geschichte zu berichten gab.«

Takashi war zwei Wochen vor uns in das Tal aufgebrochen. Er war mit seinen Leibwächtern im Citroën gefahren und hatte eine Gewalttour daraus gemacht. Tag und Nacht hatte er sich mit Hoshi am Lenkrad abgewechselt. Sie waren schnell und pausenlos gefahren, abgesehen von der einen Stunde auf der Autofähre nach Shikoku. Am übernächsten Tag waren sie im Dorf angekommen. In einem Ferngespräch vom Postamt aus erfuhren wir das erstemal von einer eigentümlichen Sache, die ihn sofort beeindruckt hatte. Es ging um eine Bauersfrau in mittleren Jahren namens Jin, die unser Haus verwaltete und dafür ein bißchen übriggebliebenes Ackerland bestellen durfte. Sie war nach Takashis Geburt als Kindermädchen in unsere Familie gekommen und seitdem bei uns geblieben. Nach ihrer Heirat lebte sie mit ihrem Mann und den Kindern weiter im Haus.

Takashi und seine Freunde hatten den Citroën auf dem freien Platz vor dem Gemeindeamt in der Talmitte abgestellt, ihre Sachen auf die Schultern geladen und stiegen den steilen und schmalen, gepflasterten Weg zu unserem Haus hinauf, als ihnen Jins Mann und Söhne atemlos entgegenkamen. Takashi und die anderen sahen erschrocken, wie mager sie waren, wie ungesund ihre Hautfarbe war und vor allem, was für große vorstehende Augen die Jungen hatten, deren Ausdruck an Flüchtlingskinder aus Mittel- oder Südamerika

erinnerte. Diese schwächlichen Kinder hier indes stürzten sich auf das Gepäck, rissen es ihnen aus der Hand, und schleppten es den Berg hinauf, worauf Jins melancholisch aussehender Ehegefährte ihnen in bedrücktem, verdrießlichem Ton etwas auseinanderzusetzen suchte. Er war jedoch so von Scham überwältigt, daß Takashi lediglich verstand, er wolle ihnen vor ihrer Begegnung mit Jin erklären, was ihr Außergewöhnliches zugestoßen sei. Schließlich zog er mit allen Anzeichen des Widerstrebens einen doppelt gefalteten Zeitungsausschnitt aus der Tasche und zeigte ihn Takashi. Das Blatt aus einer Lokalzeitung, an den Brüchen schon halb auseinandergefallen und schmierig, zeigte ein Foto von solcher Größe, daß es die Gestaltung der Zeitung bestimmt arg durcheinandergebracht hatte.
Takashi erschrak, als er das Bild sah. Die rechte Hälfte zeigte unverwechselbar Jins magere Familienangehörige, in heller Sommerkleidung, stramm und ernst wie eine Hochzeitsgesellschaft. Die linke Hälfte wurde von Jins enorm aufgedunsener Gestalt eingenommen. In einem bedruckten Baumwollkleid saß sie halb liegend auf ihren linken Arm gestützt und sah aus wie ein Blasebalg. Alle, Jin eingeschlossen, blickten kummervoll und geduldig in die Kamera, als strengten sie die Ohren an, um etwas zu hören.

Von krankhafter Eßlust befallene Dorfbewohnerin
Gewaltige Rationen jeden Tag –
»Das geht über meine Kräfte«, sagt der Ehemann

Allem Anschein nach ist in unserer Präfektur die dickste Frau des Landes zu Hause. »Japans dickste Frau«, das ist Frau Jin Kanaki im Dorf Okubo. Die fünfundvierzigjährige Mutter von vier Kindern ist mittelgroß – 1,52 m –, aber sie bringt verblüffende 132 Kilogramm auf die Waage. Oberweite und Hüfte messen 120 cm und Ihr Armumfang beträgt 41 cm. Sie war nicht immer so dick; vor sechs Jahren wog sie mit 43 Kilogramm eher zu wenig. Ihre »Tragödie« begann urplötzlich eines Tages vor sechs Jahren mit Krämpfen in Armen und Beinen, und mit einer akuten Anämie fiel sie in Ohnmacht. Einige Stunden darauf gelangte sie wieder zu Bewußtsein, leidet aber seither an einem krankhaften, unkontrollierbaren Heiß-

hunger. Sie meint, nicht weiterleben zu können, ohne ständig etwas zu essen. Die geringste Verzögerung einer Mahlzeit führt zu Schüttelfrost, Weinkrämpfen und schließlich zu Apathie.
Jetzt ißt sie stündlich. Sie beginnt den Tag damit, daß sie sich einen ganzen Topf gekochtes Gemüse, Süßkartoffeln und mit Weizen vermischten Reis einverleibt. Danach gibt es bis zum Mittag alle Stunden Buchweizenbrei oder Instantnudeln. Zu Mittag nimmt sie eine dem ersten Frühstück mehr oder weniger ähnliche Mahlzeit ein und danach wieder jede Stunde bis zum Abendbrot Buchweizen oder Nudeln. Zum Abendbrot gibt es erneut einen ganzen Topf gekochtes Gemüse, getrockneten Rettich und Teufelszunge mit Süßkartoffeln und Reis mit Weizen. Das ist der tägliche Magenfahrplan. Dank diesem abnormen Appetit hat sich ihr Gewicht in sechs Jahren verdreifacht, und sie nimmt immer noch zu.
Jins Ehemann ist davon am schwersten betroffen. Es ist kein Kinderspiel, für diesen Magen genug zu essen herbeizuschaffen. Eine besondere finanzielle Belastung sind die großen Mengen Instantnudeln.
Jin selbst verdient ein bißchen dazu, indem sie zu Hause näht, aber das ist angesichts der furchtbaren Forderungen ihres Magens nur ein Tropfen auf den heißen Stein. Die von der Notlage der Familie gerührten Behörden des Dorfes schießen zu den Lebensmittelkosten zu, aber auch das reicht nicht aus.
»Irgendwie komme ich mit meiner Näherei nicht voran«, sagt Jin. »Wenn ich mal eine Viertelstunde stehe, bin ich schon müde, also sitze ich den größten Teil des Tages nur da. Mit dem Bus kann ich nicht fahren; wir müssen jedesmal einen Lastwagen beschaffen, wenn ich ins Krankenhaus des Roten Kreuzes muß. Nachts kann ich nicht richtig schlafen und träume viel.«

Takashi blickte wortlos vor sich hin. Da erklärte Jins Mann, daß sie unter diesen Umständen das Haupthaus an einen Grundschullehrer vermietet hatten, um zusätzlich etwas einzunehmen. Sie hatten ihn aber überredet, im Lehrerquartier der Schule zu schlafen, solange Takashi und seine

Freunde da wären. Er hoffe auf ihr Verständnis, sagte er. Dies habe ihn eigentlich am meisten beunruhigt.
»Jin selbst saß in einem dunklen Winkel in der gedielten *doma* des Nebengebäudes«, sagte Takashi. »Sie schien von ihrem Unglück nicht sonderlich niedergedrückt. Sie sagte nur immer wieder: ›Es ist scheußlich, so dick zu sein.‹ Wenn du ihr ein Geschenk mitbringen willst, dann am besten eine große Kiste Instantnudeln.«
Meine Frau erwähnte Jin, als sie vor unserer Abreise ihre Eltern besuchte, und mein Schwiegervater, für sein Alter geistig ungewöhnlich beweglich, empfand wohl Mitleid mit so tragikomischem Mißgeschick und bestellte, ganz wie Takashi es vorgeschlagen hatte, bei der einschlägigen Firma ein halbes Dutzend große Kisten Instantnudeln. Wir sandten die Vorräte für »Japans dickste Frau« als Bahngut voraus.
Die Straße, die wir entlanggingen, und der Wald, der uns von beiden Seiten bedrängte, lagen endlos und eintönig vor uns. Durch den schlechten Perspektivesinn der Einäugigen hatte ich das Gefühl, daß wir auf der Stelle traten.
»Der Himmel kommt mir irgendwie rot vor«, sagte meine Frau. »Glaubst du, es liegt an meinen Augen? Es kann doch wohl nicht sein, daß alles rötlich aussieht, nur weil meine Augen gerötet sind, Mitsu?«
Ich sah auf. Der tieferwerdende Schatten über den großen Bäumen erzeugte die Illusion, von beiden Seiten würden Vorhänge zugezogen, aber der rötliche Schimmer über dem schmalen grauen Streifen zwischen ihnen war keine Illusion.
»Es ist Sonnenuntergang. Und deine Augen sind auch gar nicht mehr rot.«
»Das kommt davon, daß man immer in der Großstadt ist, Mitsu«, sagte sie, »da fällt einem nicht ein, daß eine solche Färbung nur vom Sonnenuntergang herrührt. Das rötlich gefärbte Grau sieht genauso aus wie ein Farbfoto des Gehirns in einem medizinischen Nachschlagebuch, nicht?«
Ihre Gedanken kreisten noch immer ziellos um die gleiche Gruppe von Bildern, die mit unserer schmerzlichen Erinnerung verbunden waren: vom geschorenen Kopf des Jungen im Bus zum Kopf unseres Kindes und von dort zu der geschädigten Substanz in seinem Schädel. Alle Zeichen des Rausches waren aus ihren Augen geschwunden; das Blut

war zurückgewichen und hatte zwei dunkelgraue Gruben hinterlassen. Die Gesichtshaut war völlig mit winzigen Schuppen bedeckt, die so dicht angeordnet waren wie die Blätter der Zedern im Wald. Ein Gedanke lauerte in mir und kündigte sich mit angstsaurem Geschmack im Munde an.

Ein Jeep tauchte auf, schoß wie eine wütende Bestie auf uns zu und wirbelte Laub und Erde um sich. Sein Erscheinen gab mir das Gefühl für die Perspektive zurück und befreite mich von der Vorstellung, die Zeit stehe still.

»Das ist Taka!«

»Und wo hat er den Citroën?« hielt ich ihr als Reaktion auf ihre zu offensichtliche Freude entgegen, obschon es dem ungestümen Rasen des Jeeps nach nur Takashi sein konnte, dieser Kandidat der Gewalt.

»Mitsu, es *ist* Taka«, beharrte sie zuversichtlich.

In einer Wolke aufstiebender roter Erde stieß der Jeep fünf Meter vor uns mit der Kühlerhaube in einen Haufen verwelktes Gras neben der Straße, streifte dabei mit dem Kotflügel einen Baum, kam zum Halten, fuhr in dem gleichen wilden Tempo rückwärts, und blieb dann plötzlich stehen. Meine Frau war schroff dem Arm ausgewichen, den ich ausgestreckt hatte, um sie vor dem Jeep zu schützen, und den ich nun als unerwünscht sinken ließ. Hoffentlich hatte Takashi das nicht gesehen, als er sich auf dem Fahrersitz umdrehte und den Kopf aus dem Jeep steckte!

»Hallo, Natsu! Hallo, Mitsu!« begrüßte er uns fröhlich. In seinem Ölzeug, mit der Kapuze auf den Schultern, sah er aus wie ein Feuerwehrmann.

»Danke, daß du gekommen bist, Taka!« Meine Frau lächelte ihm zu. Endlich gewann sie ihre Lebenskraft zurück, die ich seit dem Erwachen im Bus vermißt hatte.

»Scheint, die Brücke ist kaputt«, sagte ich.

»Stimmt. Den Citroën haben wir irgendwie rüber ins Tal gekriegt, aber es war zu mühsam, ihn wieder zurückzuschaffen, nur um euch beide abzuholen. So bin ich zum Waldhüter und hab mir sein Vehikel ausgeliehn. Er erinnerte sich an mich, weißt du, und hat mir zum Jeep gleich noch das Ölzeug gegeben.« Aus seinem Wort klang naiver Stolz.

»Mitsu steig du hinten ein, Natsu soll lieber vorn sitzen.«

»Danke, Taka.«

»Hoshi kümmert sich um das Gepäck«, sagte Takashi.

»Wenn er es einfach auf dem Rücken über den Fluß trägt, dort, wo die Brücke war, können wir drüben den Citroën nehmen.« Er startete mit einer Vorsicht, die in krassem Gegensatz zu seiner Fahrweise vorhin stand.
»Was ist mit Jin?« fragte ich.
»Ich war erschrocken, als ich sie das erstemal sah. Auch jetzt noch kommt sie mir manchmal richtig grotesk vor, aber ihr Gesicht sieht so dick jünger und angenehmer aus. Man könnte sie sogar reizvoll nennen – für eine Frau von über vierzig aus dem Tal.« Er lachte. »Und wißt ihr, als sie mit dem letzten Kind schwanger wurde, da war sie tatsächlich schon auf dem Wege so fett zu werden. Also muß ihr Mann sie sexuell anziehend finden, obwohl sie runde drei Zentner wiegt!«
»Ob es ihnen schlecht geht?«
»Nicht so sehr, wie man das nach dem Zeitungsartikel annehmen könnte. Sicher hat sich der Reporter genau wie ich von dem furchtbar niedergeschlagenen Gesicht ihres Mannes täuschen lassen. Sie kommen gut zurecht, weil die Leute aus dem Tal ihnen alles mögliche zu essen bringen. Mir will einfach nicht in den Kopf, warum diese geizige Bande das nun schon sechs Jahre macht. Also hab ich den Priester danach gefragt, als ich ihn im Tempel traf. Das ist der, der mit S in die Schule gegangen ist. Er meint, es hat damit zu tun, daß es für die Leute im Tal schwer ist, ihren Lebensstandard zu verbessern. Gerade im rechten Augenblick entdeckten sie dieses eigenartige, auf über zwei Zentner angewachsene Geschöpf in ihrer Mitte. Also machten sie es zu einer Art Kultobjekt: Jin, die mit dieser geheimnisvollen und hoffnungslosen Krankheit geschlagen war, konnte vielleicht als Opferlamm dienen und die Leiden all der anderen Dorfbewohner auf sich nehmen. Das war jedenfalls die Auslegung des Pfarrers. Er hat, weißt du, eine recht philosophische Art. Man wird wohl so, wenn man sich eine Weile um alle Seelen im Tal gekümmert hat. Du solltest ihn kennenlernen, Mitsu, er ist der beste Kopf hier.«
Takashis Worte machten einen lebhaften Eindruck auf mich. Der Gedanke vom Opferlamm, das die Sünden des ganzen Tales sühnte, beschwor eine Erinnerung herauf, die bis zu den Wurzeln meines Ichs reichte.

»Weißt du noch – der verrückte Gii, Mitsu?« fuhr Takashi fort, während ich schweigend meinen Gedanken nachhing.

»Gii, der Einsiedler aus dem Walde?«

»Eben der. Der Verrückte, der immer beim Dunkelwerden ins Tal herabkommt.«

»Ja, ich weiß noch. Sein wirklicher Name war Giichiro. Ich hab ihn gut gekannt. Einige Kinder im Tal hielten ihn für eine Legende, andere gar für ein Gespenst, das den ganzen Tag im Wald verschläft und nur im Dunkel durch das Tal streicht. Aber unser Haus«, erklärte ich meiner Frau, die sich nicht an unserem Gespräch beteiligen konnte, »steht zwischen dem Tal und dem Wald. So bekamen wir ihn manchmal in der Abenddämmerung zu Gesicht, wenn er den gepflasterten Weg ins Tal hinabstieg. Er eilte immer scheu den Berg hinunter, unheimlich behende wie ein Wildhund. Wir beobachteten ihn oft, und wenn er dann völlig außer Sicht war, lag das ganze Tal in Dunkelheit gehüllt. Er kam stets genau in der kleinen Spanne zwischen Tag und Nacht. Ich sehe ihn noch, wie er immer mit traurig gesenktem Kopf auf den schützenden Schatten zulief.«

»Ich hab ihn getroffen, weißt du«, sagte Takashi, ohne auf meine Bewunderung ausdrückenden Erinnerungen einzugehen. »Ich wollte mal sehen, ob wir spät am Abend noch etwas Eßbares auftreiben könnten, und bin rasch mit dem Auto ins Tal gefahren. Wir hatten nämlich vergessen einzukaufen. Aber der Supermarkt war geschlossen, und die anderen Läden auch – verständlich, da sie ja sowieso mehr oder weniger bankrott sind. Dafür hab ich aber Gii getroffen.«

»Gii der Einsiedler lebt noch? Na, das ist aber eine Überraschung! Er muß doch schon ziemlich klapprig sein. Ich hätte nie gedacht, daß ein Verrückter, der so viele Jahre im Wald verbracht hat, so alt werden kann.«

»Er wirkt gar nicht besonders alt. Ich konnte in der Dunkelheit nicht gut sehen, aber ich schätze ihn auf Anfang fünfzig. Er hat ungewöhnlich kleine Ohren. Sonst sieht nichts an ihm irre aus, aber diese Ohren verraten irgendwie seine jahrelange Verrücktheit. Unser Auto hat ihn interessiert, und plötzlich tauchte er aus der Dunkelheit auf. Als Momoko ihn grüßte, wurde er ganz ernst und stellte sich als ›Gii der Einsiedler‹ vor. Ich sagte ihm, daß ich einer von den Nedokorojungen bin. Er erinnerte sich daran, daß er sich einmal mit mir unterhalten hatte. Leider weiß ich absolut nichts davon.«

»Mich hat er gemeint. Als S von der Armee zurückkehrte, kam Gii zum Haus und unterhielt sich mit S und mir. Er wollte wissen, ob der Krieg wirklich aus wäre. Um nicht von der Armee geschnappt zu werden, ist er überhaupt in den Wald gegangen – er hat sich als einziger im Dorf dem Wehrdienst entzogen. S sagte ihm, er brauche sich nicht länger zu verstecken, aber Gii hat nicht den Weg zurück ins Dorf gefunden. In einer Stadt wäre er wahrscheinlich nach dem Krieg eine Weile ein Held gewesen. Doch hier ist es einfach nicht möglich, daß ein Verrückter, der draußen im Wald gelebt hat, wieder Anschluß an die Gemeinschaft findet. Selbst während des Krieges hat ein jeder ihm, dem Verrückten, das Lebensrecht zugestanden, also konnte ihm nach dem Krieg nichts passieren, solange er blieb, wo er war.« Eine vertraute, lang vergessene Stimmung stieg in mir auf und sog mir die Kraft aus den Gliedern.

»Gii der Einsiedler lebt also noch!« sagte ich. »Er muß recht schwere Zeiten durchgemacht haben.«

»Und er ist überhaupt nicht klapprig«, fügte Takashi hinzu. »Der Supermann des Waldes!« Er lachte. »Wir verließen Gii, fuhren im Tal hin und her und waren auf dem Rückweg, als wir ihn im Scheinwerferlicht entlangspringen sahen wie ein geschäftiges Kaninchen. Er war phantastisch behende. Zuerst sah es aus, als versuchte er verzweifelt, dem Licht zu entkommen, aber ich glaube, er wollte uns nur zeigen, wie gesund und munter er ist. Er ist wirklich ein liebenswerter Irrer!«

In meiner Kindheit hatten wir immer irgendeinen Verrückten im Tal. Obgleich der Ort seinen vollen Anteil an Nervenzusammenbrüchen und Dorftrotteln hatte, wurde nie mehr als eine Person allgemein als wirklich irre anerkannt. Es konnte weder gleichzeitig zwei rechtmäßige Verrückte geben, noch verließ der eine je das Tal; die Dorfgemeinschaft hatte gleichsam eine feste Zuteilung von einem Irren, ein Glied der Gesellschaft, das nicht normal und deshalb um so unentbehrlicher war. Ich glaube mich zu erinnern, daß diese Person von Zeit zu Zeit wechselte, so wie die Person der Könige, von denen es ja auch nur einen auf einmal gibt. Aber einige Zeit vor Kriegsende hatte Gii die Rolle dieses unentbehrlichen Einzelgängers übernommen.

Einmal war Militärpolizei aus der Stadt gekommen, um den Gerüchten über ihn nachzugehen. Die Frontkämpfervereinigung des Dorfes führte eine Suchaktion in den Bergen durch, aber ich bezweifle, ob es einem der Männer ernst damit war. Ganz abgesehen von den Sümpfen und von den umgestürzten Bäumen und den Schlingpflanzen, die tiefer im Wald den Weg versperrten, stießen sie schließlich auf den undurchdringlichen Urwald, der jede weitere Suche unmöglich machte. So war es ganz natürlich, daß Gii niemals gefaßt wurde. Die Militärpolizisten warteten in einem Zelt, das sie auf dem Platz vor dem Gemeindeamt aufgeschlagen hatten, nicht weit unterhalb unseres Hauses, so daß ich alles von meinem Platz oben auf der Mauer beobachten konnte. Den ganzen Tag kroch Giis Mutter weinend und wehklagend im wahrsten Sinne des Wortes auf den Knien vor den rot und weiß gestreiften Vorhängen des Zeltes herum. Am folgenden Tag aber, als die Polizei das Tal verlassen hatte, wurde sie sofort wieder eine normale Dörflerin und ging lächelnd ihrer Arbeit nach.

Gii der Einsiedler war das, was man im Dorf einen »Gebildeten« nannte; er hatte die Abendschule besucht und als Hilfslehrer gearbeitet. Einmal, als er spät abends das Dorf nach Lebensmitteln durchstreifte, lauerte ihm eine Truppe gerade demobilisierter betrunkener Kerle auf und jagte ihn. Einige Tage später entdeckte man morgens, daß Gii der Einsiedler ein Gedicht an die Anschlagtafel vor dem Gemeindeamt geschrieben hatte, die für die Demokratisierungskampagne im Dorf benutzt wurde. S behauptete, es sei ein Gedicht von Kenji Miyazawa, aber ich habe es in dessen Werken noch nicht gefunden. Es lautete: *Ein schöner Sport, sagt' ich, / für euch, die ihr die Steine werft – / für mich: der Tod. / Seht meinen grimmen Mund ihr nicht, / mein blasses, fremdes Angesicht?*

Während ich das Gedicht in der fröhlichen Menge vor der Anschlagtafel las, fragte ich mich, wer das so »blasse und fremde« Gesicht beobachtet haben könnte, wenn es Gii war, der sagte, daß es den Tod für ihn bedeutete. Ich fragte S,

aber anstatt mir zu antworten, preßte er die Lippen zusammen, starrte mich mit blassem und fremdem Gesicht an und jagte mich, mit der Faust drohend, davon.
»Ich habe Gii gefragt«, sagte Takashi, »ob das Einsiedlerdasein im Wald nicht unangenehm ist, weil der Mensch jetzt dort so unaufhaltsam vordringt. Aber er bestritt das ganz energisch. Er sagte, der Wald dehne im Gegenteil seine Macht ständig aus. Er ließ sich nicht davon abbringen, daß der Wald in naher Zukunft das Dorf im Tal schlucken würde. Tatsächlich sei der Wald in den letzten Jahren unermeßlich mächtiger geworden und beherrsche das Dorf. Er behauptete, dies zeige sich schon daran, daß der Fluß, der ja im Wald entspringt, zum erstenmal seit fünfzig Jahren die Brücke weggespült habe. Wenn Gii wirklich so verrückt ist, so ist dieses Gerede wohl ein Beweis für seinen krankhaften Zustand.«
»Ich halte das nicht für krankhaft, Taka«, warf meine Frau ein, die bis dahin geschwiegen hatte. »Seit der Busfahrt werde ich das Gefühl nicht mehr los, daß die Macht dieses Waldes zunimmt. Ich fand ihn so bedrückend, daß mir fast die Sinne schwanden. Wäre ich Gii der Einsiedler, ich hätte nicht in einer so schrecklichen Gegend Zuflucht gesucht, sondern wäre lieber in die Armee eingetreten.«
»Vielleicht empfindest du genauso wie Gii, Natsu«, sagte Takashi. »Man sollte zwar annehmen, daß jemand, der solche Angst vor dem Wald hat, das genaue Gegenteil von demjenigen ist, der überschnappt und dort Zuflucht sucht. Aber psychologisch gesehen sind sie meines Erachtens einundderselbe Typ.«
Seine Worte verdeutlichten mir, was eventuell geschehen wäre, wenn er uns nicht mit dem Jeep abgeholt hätte und die Knospen der Furcht, die ich auf dem von Gänsehaut überzogenen, verängstigten Gesicht meiner Frau gesehen hatte, zur Blüte gelangt wären. Als ich mir vorzustellen begann, wie sie wahnsinnig geworden in den Wald flüchtete, unterbrach ich schleunigst die Gedankenkette. An ihrer Schwelle hatte der Ausspruch eines bekannten Volkskundlers gestanden: »... eine Frau, nackt bis auf ein paar Lumpen um die Hüften, mit flammendem Haar und blauen, glänzenden Augen... Äußerst wichtigen Aufschluß bietet hier die Tatsache, daß Frauen vom Lande,

die in die Berge davonliefen, oft an postnatalem Wahnsinn litten.«
»Glaubst du, daß der Schnapsladen im Dorf Whisky hat, Taka?« fragte ich aus Selbsterhaltungstrieb.
»Mitsu will meinen Entschluß, nüchtern zu bleiben, umwerfen, Taka.«
»Nein, gar nicht. Ich brauche selbst etwas zu trinken. *Du* kannst Takas nüchterner Leibgarde beitreten.«
»Zur Zeit beunruhigt mich nur die Frage«, sagte sie, »ob ich ohne Alkohol einschlafen kann. Ich habe ja in der letzten Zeit nicht nur um des Rausches willen jeden Abend getrunken. Wie war das mit Hoshi? Litt er nicht unter Schlaflosigkeit, nachdem er aufgehört hatte zu trinken?«
»Wißt ihr, es ist nicht sicher, daß er überhaupt so ein großer Trinker war«, sagte Takashi. »Sein ganzes Gerede bedeutet vielleicht, daß er nie im Leben einen Tropfen angerührt hat. Er ist in dem Alter, wo man gern mit seiner heroischen Vergangenheit prahlt, ohne daß etwas Handfestes dahintersteckt. Man kann nicht wissen, wieviel davon erlogen ist. Ihr solltet ihn hören, wenn er Momoko Vorträge über Sexualität hält – ihr müßtet lachen. Er ist so ein Typ, der gern auf den Putz haut und wie ein Experte daherredet, obwohl er selbst keinerlei sexuelle Erfahrung hat.« Er lachte.
»Na schön, da werde ich die Abstinenz allein und ohne Hilfe durchhalten müssen«, sagte meine Frau mit unverhohlener Enttäuschung. Ihre Bemerkung hatte einen allzu jämmerlichen Klang, als daß ein weiterer Einwand möglich gewesen wäre.
Der Himmel, zwischen den großen Bäumen gefangen, deren Wipfel der Wind alle gelehrt hatte, sich in die gleiche Richtung zu neigen, zeigte sich in immer schwärzerem Rot, das mich an verkohltes Fleisch erinnerte. Nebel zog tief über die Straße. Einer Giftschwade gleich quoll er aus den Tiefen des die Straße säumenden Buschwerkes herauf und kroch langsam in Höhe der Jeepräder dahin. Wir mußten den Wald hinter uns lassen, ehe er Augenhöhe erreichte. Takashi beschleunigte vorsichtig. Schließlich fuhr der Jeep aus den Bäumen heraus und gelangte unerwartet auf ein kleines Plateau, wo sich unser Gesichtsfeld plötzlich weitete. Wir parkten und ließen unseren Blick über die spindelförmige Senke schweifen; sie war von dichtem Wald umgeben, der

sich, so weit das Auge reichte, wie ein gleichmäßiger dunkelbrauner Schatten unter düsterem rotem Himmel ausbreitete. Die Straße, auf der wir mit dem Jeep gekommen waren, bog am Plateau rechtwinklig ab und verlief dann schnurgerade immer am Waldrand den Hang hinunter bis zum Taleingang. Hier kreuzten sich die gepflasterte Straße, die über die Brücke führte und im Tal verschwand, und die Asphaltstraße, die dem Fluß folgte, der sich auf seinem Weg um den Fuß des Plateaus in der Senke staute und dann weiter zur Küste hinunterfloß. Von unserem Standpunkt sahen wir die Talstraße nur aus der Senke aufsteigen. Drüben, wo wieder der Wald begann, verschwand sie so plötzlich wie ein im Sand versickernder Fluß. Von dem Plateau aus betrachtet, wirkten die aneinandergedrängten menschlichen Behausungen mit den Feldern und Reisterrassen ringsum so klein, als könnte man sie mit einer Hand umschließen. So stark beeinträchtigte der dichte, tiefe Wald das Gefühl für Proportionen. Wie der verrückte Einsiedler richtig beobachtet hatte, war unser Tal ein schwaches Etwas, das sich gegen die zerstörende Gewalt des Waldes stemmte. Eigentlich war es natürlicher, die spindelförmige Senke nicht als Erscheinung an sich anzusehen, sondern als Fehlen der Baummassen, die sonst allenthalben standen. In dem Maße, wie man sich an den Gedanken gewöhnte, der umgebende Wald sei die einzige eindeutige Realität, hatte man den Eindruck, daß er wie ein riesiger schadhafter Deckel die Senke verschloß.

Vom Fluß unten im Tal, der die Senke in der Mitte teilte, stieg Nebel auf. Das Dorf hatte er bereits verschlungen. Das Haus unserer Familie stand auf einem kleinen Hügel, aber alles dort war verschwommen und undeutlich, so daß das Auge lediglich das Weiß der langen Steinmauer ausmachen konnte. Ich wollte es meiner Frau zeigen, doch der dumpfe Schmerz in meinem Auge war so stark, daß ich nicht lange hinsehen konnte.

»Ich werde wohl doch mal sehen, ob ich eine Flasche Whisky auftreiben kann«, sagte sie in schüchternem, Nachsicht heischenden Ton.

Taka sah sich sehr aufmerksam nach uns um.

»Probiere es doch lieber mal mit Wasser!« drang ich in sie.

»Hier gibt es eine Quelle, die das beste Wasser im ganzen Wald haben soll. Das heißt, falls sie nicht versiegt ist.«

Sie war nicht versiegt. Am Fuße des Hanges auf der Waldseite der Straße bildete ein unerwarteter Wasseraustritt einen Tümpel, etwa so groß wie der Armkreis eines Mannes. Das Wasser – fast zu reich fließend, als daß es so kleinen Anfängen entsprungen sein konnte – grub sich einen Kanal ins Tal hinunter. Neben dem Tempel waren einige ältere und neuere herdähnliche Feuerstellen zu sehen, deren Lehm und Steine innen scheußlich verrußt waren. In meiner Kindheit hatten meine Freunde und ich an dieser Stelle genau so einen Herd gebaut und Reis und Suppe darauf gekocht. In einem Ritual, das sich zweimal jährlich vollzog, wählte sich jeder von uns die Gruppe aus, mit der er draußen kampieren wollte. Auf diesem Wege wurde das Kräfteverhältnis zwischen den Kindern des Tales festgelegt. Die Ausflüge in jedem Frühjahr und Herbst dauerten nur zwei Tage, aber der Einfluß der von den Kindern dabei gebildeten Gruppen hielt das ganze Jahr über an. Nichts war so demütigend wie der Ausschluß aus der Gruppe, der man angehört hatte.

Als ich mich über die Quelle beugte, um direkt aus ihr zu trinken, hatte ich plötzlich die Gewißheit, daß alles – die kleinen runden Kiesel, graublau, zinnoberrot und weiß, auf dem Grund des Wassers, dessen Glanz noch das Mittagslicht zu bewahren schien – der aufwirbelnde feine Sand, der das Wasser nur leicht trübte – das schwache Erschauern, das über die Oberfläche lief –, daß all das genauso war, wie ich es zwanzig Jahre zuvor gesehen hatte. Es war eine aus Sehnsucht geborene und doch zumindest für mich völlig überzeugende Gewißheit, daß das unaufhörlich emporquellende Wasser genau dasselbe war wie damals. Diese Gewißheit gab mir unmittelbar das Gefühl, daß der, der sich jetzt dort bückte, nicht das Kind war, das einst seine bloßen Knie an dieser Stelle gebeugt hatte, daß es keine Kontinuität, keinen Zusammenhang zwischen diesen beiden »Ich« gab, daß das »Ich«, das sich nun hinabbeugte, ein völlig Fremder war. Das jetzige »Ich« hatte jede wahre Identität eingebüßt. Nichts in mir oder außerhalb meiner bot irgendeine Hoffnung, sie wiederzuerlangen.

»Ich hörte, wie die durchsichtigen Kräuselwellen auf dem Tümpel mir zuraunten, ich sei nicht besser als eine Ratte.

Ich schloß die Augen und sog das kalte Wasser ein. Mein Zahnfleisch zog sich zusammen, ein Blutgeschmack blieb mir auf der Zunge. Als ich aufstand, bückte sich meine Frau in gehorsamer Nachahmung, als wäre ich maßgebend dafür, wie man aus der Quelle trinken muß. Tatsächlich war ich der Quelle jetzt so fremd wie sie, die gerade zum ersten Male durch den Wald gekommen war. Mir schauderte. Die bittere Kälte bohrte sich mir wieder ins Bewußtsein. Fröstelnd stand auch meine Frau auf und versuchte zu lächeln, um zu zeigen, daß das Wasser ihr geschmeckt hatte; aber als ihre violetten Lippen sich öffneten, sah es aus, als fletsche sie wütend die Zähne. Schulter an Schulter, schweigend und vor Kälte zitternd, gingen wir zum Jeep zurück. Takashi wandte die Augen ab, als sei der Anblick gar zu jammervoll gewesen.

Durch immer dichteren und tieferen Nebel fuhren wir ins Tal hinunter. Als wir vorsichtig im Leerlauf bergab rollten, waren die einzigen Laute in der Stille um uns her das Geräusch der Reifen, die kleine Steinchen aufwarfen, das Pfeifen der Kühlerhaube im Wind und das leise Rascheln fallenden Laubes in dem freien Wald mit seinen riesigen Eichen und Buchen und ein paar vereinzelten Rotkiefern, die den steilen Hang zwischen unserem Weg und der Asphaltstraße im Tal bestanden. Von einer Kraft getrieben, die sie horizontal dahinfegte, schienen die von den obersten Ästen herabwehenden Blätter nicht zu fallen, sondern langsam seitwärts zu schweben, wobei sie ständig wisperten.

»Kannst du pfeifen, Natsu?« fragte Takashi ganz ernst.

»Ja, warum?« antwortete sie vorsichtig.

»Wenn man hier nach Einbruch der Dunkelheit pfeift, werden die Leute aus dem Tal verrückt, aber wirklich verrückt. Erinnerst du dich an dieses alte Dorftabu, Mitsu?« fragte er mit gedämpfter Stimme, die meiner augenblicklichen Stimmung recht gut entsprach.

»Ja, ich erinnere mich. Sie glauben, wenn man nach Eintritt der Dunkelheit pfeift, kommt ein übernatürliches Wesen aus dem Wald. Großmutter sagte uns immer, der Chosokabe würde kommen.«

»Ja? Jetzt, da ich hier im Tal bin, merke ich, daß ich mich wirklich nicht an viel erinnere. Wenn ich aber eine Erinnerung habe, kann ich mich nicht darauf verlassen, daß sie genau ist. In Amerika habe ich oft das Wort ›entwurzelt‹ gehört, und jetzt, da ich in das Tal zurückgekommen bin, um mich meiner eigenen Wurzeln zu versichern, stelle ich fest, daß sie alle ausgerissen sind. Ich fange schon an, mir entwurzelt vorzukommen. Also muß ich hier neue Wurzeln schlagen. Und natürlich merke ich, daß es notwendig ist, dafür einiges zu tun. Aber was, das weiß ich nicht. Mir wird nur immer klarer, daß ich handeln muß... An den Ort seiner Geburt zurückzukommen, bedeutet ja sowieso nicht, daß man dort seine Wurzeln findet, die schön bequem an der richtigen Stelle vergraben sind. Du hältst mich vielleicht für sentimental, Mitsu, aber die strohgedeckte Hütte von damals ist verschwunden.« Er sprach in einem Ton hoffnungsloser Müdigkeit, die seinem Alter schlecht anstand. »Nicht mal an Jin habe ich mich deutlich erinnert. Selbst wenn sie nicht so dick geworden wäre, hätte ich sicher nicht die Jin wiedererkannt, die mir vertraut war. Als sie zu weinen anfing, weil sie einige Züge von dem Kind an mir entdeckte, das sie einst betreut hatte, war ich wirklich besorgt, diese riesige fremde Frau könnte ihre massigen Arme ausstrecken und mich an die Brust drücken. Ich hoffe nur, Jin selbst hat nichts von meiner schäbigen kleinen Angst gemerkt.«

Unten im Tal war es schon dunkel. Von der anderen Seite der provisorischen Brücke, die sich verwegen über die Betonpfeiler spannte, grüßten uns die Teenager mit einem fröhlichen Hupen des Citroën, der Wagen aber war in der Dunkelheit nicht zu sehen. Takashi, der zur Waldhüterhütte gefahren war, um den Jeep und das Ölzeug zurückzugeben, trug jetzt die gleiche Jägerausrüstung wie bei seiner Rückkehr aus Amerika, sah aber unscheinbar und klein aus, als wäre er plötzlich geschrumpft. Vergeblich versuchte ich mir vorzustellen, wie der gleiche Takashi vor einem amerikanischen Publikum einen reumütigen Studenten spielte... Und doch, so dachte ich bei mir, war der schwarze Wald, wenn man unten im Tal stand, überwältigender als jedes Publikum, und nicht mein Bruder, sondern ich mußte mit seinem höhnenden Ruf fertigwerden: »Du bist nur eine Ratte!«

Während ich mich darauf konzentrierte, meiner Frau über

die gefährliche provisorische Brücke hinwegzuhelfen, fühlte ich, wie die in meinem Innern aufkeimende Freude über die Rückkehr ins Tal unaufhaltsam schwand. Der aus den dunklen Wassern direkt unter uns aufsteigende Wind stach mir mit seinen eisigen Dornen in die Augen und drohte auch das gesunde zu blenden. Von hinten und unten drang plötzlich das Gackern irgendeines Vogels zu uns herauf.
»Hühner«, sagte Takashi. »Die Jugendgruppe des Dorfes hat eine Hühnerfarm dort, wo früher die Koreanersiedlung war.«
Etwa hundert Schritte unterhalb der Brücke an der zum Meer führenden Asphaltstraße standen aneinandergedrängt ein paar Häuser, die einst koreanische Zwangsarbeiter als Holzfäller beherbergt hatten. Wir erreichten gerade die Mitte der Brücke, und das Glucksen der Hühner drang ungehindert zu uns herauf.
»Glucksen Hühner normalerweise so spät am Abend?«
»Es heißt, sie sind am Verhungern, Tausende. Wahrscheinlich melden sie sich vor Hunger.«
Meine Frau zitterte wie Espenlaub an meinem Arm.
»Die jungen Männer aus dem Tal bringen ohne einen Anführer nichts Gescheites zuwege«, sagte Takashi mit unverhohlenem Ekel. »Sie sind so lange hilflos, bis jemand wie Urgroßvaters jüngerer Bruder kommt. Sie finden nicht aus eigener Kraft aus einer Notlage heraus. Als ich ins Tal zurückkam, Mitsu, war das meine erste Feststellung über die Leute, die die ganze Zeit hier gelebt haben und mir fremd geworden sind.«

Am Morgen unseres ersten Tages im Tal frühstückten wir an der vertieften Feuerstelle mitten in dem gedielten Zimmer neben der geräumigen *doma* des Haupthauses, die einen Lehmfußboden hatte und wo es einen Ofen und einen mit schweren Brettern abgedeckten Brunnen gab. Zunächst unbemerkt waren Jins vier Kinder in der düsteren *doma* aufgetaucht. Nun standen sie in einer Reihe an der Tür und blickten uns aus ihren unnatürlich großen Augen an. Ihre schmalen Gesichter sahen aus wie auf der Spitze stehende Dreiecke. Als meine Frau sie einlud, mit uns zu essen, ließen sie ein einstimmiges verlangendes Stöhnen hören, das sich unmerklich in eine eindeutige Ablehnung verwandelte. Erst jetzt sagte der Älteste, daß Jin uns sprechen wollte.

Ich war Jin bereits am Abend vorher begegnet. Wie Takashi gesagt hatte, war sie massig und dennoch, von bestimmten Augenblicken abgesehen, keineswegs häßlich. Ihre traurigen Augen, völlig von weißlichen Tränen verschleiert, wirkten in ihrem großen bleichen Mondgesicht wie Fischaugenlinsen. Das Leuchten ihrer Augen war die einzige Spur von der Jin, die ich einst gekannt hatte. Sie roch wie ein Tier, so daß es meiner Frau bald übel wurde und sie nach vorn wegkippte; wir waren gezwungen, uns in das Haupthaus zurückzuziehen. Hoshio und Momoko, die Jin mit Muße beobachten wollten, waren geblieben. Hellrot im Gesicht, hielten sie sich die Nasen zu, stießen einander an, um nicht vor Lachen herauszuprusten, und ließen ihre neugierigen Augen in einer Weise über Jins ganzen Körper wandern, die offenbar die Feindseligkeit ihrer Kinder weckte... Wahrscheinlich war die Anwesenheit der beiden unerzogenen Teenager, die dasaßen und lautlos vor sich hin grinsten, daran schuld gewesen, daß die vier abgemagerten Kinder an diesem Morgen die Einladung meiner Frau abgelehnt hatten. Nach der Mahlzeit führte Takashi meine Frau und die Teenager durch das Speicherhaus, während ich mit

den Kindern zu dem Nebengebäude ging, in dem Jin mit ihrer Familie wohnte.
»Hallo, Jin, hast du gut geschlafen?«
Ich grüßte sie schon von der Tür her. Ihre großen, runden traurigen Augen blickten mir schon wie am Vorabend undeutlich aus dem Halbdunkel entgegen.
Umgeben von schmutzigen Töpfen und Geschirr wie ein Töpfer von seinen Erzeugnissen, blickte Jin mühsam zu mir auf, wobei ihr Kinn auf dem Fettpolster am Hals ruhte. Ostentativ schwieg sie weiter. Im Morgenlicht, das über meine Schulter auf ihren großen Schoß fiel, konnte ich erkennen, daß sie seitlings auf einem rohen, selbstgefertigten Stuhl ohne Beine saß, der wie ein umgestülpter Pferdesattel aussah. Am Abend zuvor, als ich den Stuhl für einen Teil von Jins fettem Körper gehalten hatte, war sie mir wie ein kegelförmiger Steinmörser vorgekommen. Ihr Ehemann, der jetzt neben ihrem Stuhl kniete, als wolle er gerade aufstehen, verharrte reglos in dieser Stellung und schwieg. Auch am Abend vorher war er, einen nachdenklichen Zug im abgehärmten Gesicht, stets bereit gewesen, mit unnötiger Behendigkeit aufzuspringen und Jin graue, aus Buchweizenmehl bereitete Kugeln in den Mund zu stopfen, sobald sie mit einer trägen Geste andeutete, daß sie essen wollte. Möglicherweise ließ Jins Appetit ihr auch in den knapp fünf Minuten unserer Anwesenheit keine Ruhe, aber mir kam das eher wie eine Szene vor, die sie uns vorspielten, um uns zu zeigen, in welch furchtbarer Notlage sie sich befand.
Schließlich atmete Jin mühevoll eine große Menge Luft aus und sagte mit vorwurfsvollem Blick auf mich: »Nein, ich habe nicht gut geschlafen! Nichts als schreckliche Träume. Ich habe geträumt, ich hätte kein Haus mehr!« Ich erkannte sofort, weshalb Jin mich hatte sprechen wollen und warum ihr Mann neben ihr kniete und mir schmerzlich ins Gesicht sah.
»Wir bauen doch nur das Speicherhaus ab und setzen es nach Tokyo um«, sagte ich. »Es besteht kein rechter Grund, Haupthaus und Nebengebäude abzureißen.«
»Du willst das Land verkaufen, nicht?« fragte Jin eindringlich.

»Land, Haupthaus und Nebengebäude bleiben, wie sie sind, bis klar ist, wo ihr wohnen werdet.«

Jin und ihr Mann zeigten ihre Erleichterung nicht deutlich, aber die vier Kinder, die hereingekommen waren, sich hinter ihre Eltern gestellt und mich im Auge behalten hatten, gaben mir durch ihr einhelliges Lächeln zu verstehen, daß die Befürchtungen von Jins Familie zumindest vorübergehend ausgeräumt waren. Ich freute mich.

»Was wird aus dem Familiengrab, Mitsusaburo?«

»Wir werden es wohl lassen müssen, wie es ist.«

»Du weißt doch, daß die Urne von S im Tempel ist?« fragte Jin. Aber die kurze Unterhaltung hatte sie bereits erschöpft; dunkle Schatten, die Ekel erregten, ob man wollte oder nicht, hatten sich um ihre Augen gelegt, und ihre Stimme rasselte, als hätten sich in ihrer Kehle zahllose Luftlöcher gebildet. In solchen Augenblicken war Jin unbestreitbar von einer Groteskheit, die über menschliche Häßlichkeit hinausging. Ich wandte die Augen ab und dachte mit Entsetzen, daß Jin wahrscheinlich einmal einem Herzschlag erliegen würde. Sie hatte Takashi tatsächlich schon von ihren Todesahnungen erzählt und von ihrer Besorgnis, ob ihr aufgedunsener Körper in den Ofen des Krematoriums passen würde.

»Jin ist so dick, daß sie kaum etwas arbeiten kann«, hatte Takashi mitleidig gesagt. »Und doch ist sie gezwungen, täglich enorme Mengen zu verzehren und immer dicker zu werden. Sie hat das Gefühl, daß ihr ganzes Leben sinnlos ist. Irgendwie ist es eine Offenbarung, wenn eine abscheulich fette Frau von fünfundvierzig Jahren sagt, daß die nur mit Essen zugebrachten Tage sinnlos sind. Das ist bei ihr nicht nur so eine vorübergehende Anwandlung – nein, sie ist völlig von der Sinnlosigkeit ihrer Existenz überzeugt. Und dennoch muß sie weiter von früh bis in die Nacht diese dämlichen Lebensmittelberge verschlingen. Also, wenn jemand Grund zu Pessimismus hat, dann sie.«

»Ich hole die Urne von S heute aus dem Tempel«, versprach ich Jin, als ich die *doma* verließ. »Ich werde hingehen, da kann ich mir gleich das Bild von der Hölle im Tempel ansehen.«

»Wäre S noch am Leben, er hätte das Speicherhaus niemals verkauft«, murrte sie mit heiserer, vorwurfsvoller Stimme hinter meinem Rücken. »Aber was kann man schon von Mitsusaburo als Familienoberhaupt erwarten!«

Ich beachtete sie nicht und ging, die anderen im Speicherhaus zu suchen, das die hintere Grenze des von Haupthaus und Nebengebäude gebildeten Hofes markierte. Die Türen standen offen – nicht nur die schwere Außentür mit der feuerfesten Gipsfüllung, sondern auch die innere Tür aus Holz und Maschendraht. Die beiden unteren Räume hatten helles Nachmittagslicht, das zwischen dem Schwarz der Zelkowabalken und dem Weiß der sie umgebenden Wände einen scharfen Kontrast entstehen ließ. Es war keiner da. Ich trat ein und betrachtete die zahlreichen Schwertmale an dem nur halb geschälten Wandgebälk. Von ihnen ging immer noch die schroffe Kunde aus, die mich schon in meiner Kindheit gruseln machte. Auf den bemalten Fächer in der Schmucknische des dahinter liegenden Raumes war mit Tusche ungelenk ein lateinisches Alphabet aufgemalt, das sich nun kaum noch von dem altersbraunen Papier abhob. Zwanzig Jahre vorher, als S mir beigebracht hatte, es zu entziffern, war die Unterschrift »John Manj« in der rechten unteren Ecke schon schwer zu erkennen gewesen. Urgroßvater hatte sich heimlich durch den Wald davongeschlichen, war nach Nakanohama in Kochi gegangen und hatte dort den aus Amerika zurückgekehrten Schiffbrüchigen getroffen. S hatte gesagt, Urgroßvater habe Manjiro bei dieser Gelegenheit um das Blatt mit dem Alphabet gebeten.

Von oben war ein schwaches Geräusch zu hören, als trete jemand auf der Stelle. Ich wollte die schmale Treppe hinaufsteigen, da stieß ich mit der rechten Schläfe gegen einen vorstehenden Balken. Ich stöhnte vor Schmerz, und rotglühende Teilchen flogen durch die sphärische Dunkelheit in meinem blinden Auge wie die elektrisch geladenen Teilchen in der Wilsonschen Nebelkammer. Dies erinnerte mich auch an ein Tabu, das mich stets am Betreten des Speicherhauses gehindert hatte.

Einen Augenblick verharrte ich wie betäubt, dann wischte ich mir die Wange mit der Hand ab, an der Blut und auch Tränen klebten. Ich drückte ein Taschentuch an den Kopf, als Takashi aus dem Obergeschoß auf mich hinabschaute.

»Wenn deine Frau mit einem anderen Mann allein ist, klopfst du dann immer erst warnend an die Wand und

wartest, Mitsu?« foppte er mich. »Du wärst das ideale Opfer für Ehebrecher!«
»Snd denn deine Leibwächter nicht hier?«
»Sie kümmern sich um den Citroën. Heutzutage sind Teenager nicht so sehr an der Konstruktion von Sparrendächern interessiert. Ich habe ihnen gesagt, daß dies das einzige Speicherhaus seiner Art in unserer Gegend ist, aber auch das ließ sie völlig kalt.«
Seine Bemerkung zeigte, mit welch naivem Stolz er vor seiner im Hintergrund stehenden Schwägerin mit dem Bauwerk prahlte.
Ich stieg nach oben. Meine Frau sah zu den großen Querbalken aus Zelkowaholz hinauf – und das so gebannt, daß sie meine blutende Wunde an der Schläfe nicht bemerkte. Dafür war ich dankbar, weil ich stets von einem irrationalen Schamgefühl gepackt werde, wenn ich mir den Kopf irgendwo einrenne. Schließlich seufzte sie voller Bewunderung auf und drehte sich um.
»Was für wunderschöne starke Balken! Die halten bestimmt noch mal hundert Jahre.«
Mir fiel auf, daß sie beide rot im Gesicht waren. Dadurch schien ein ganz schwacher Widerhall des von Takashi gebrauchten Wortes »Ehebrecher« noch oben im Gebälk zu schweben. Aber ich sagte mir, dieses Gefühl sei unbegründet. Meine Frau hatte das Drama mit dem Baby so tief erlebt, daß sie seither alles Sexuelle im Keime erstickte. Wenn wir uns auf geschlechtliche Dinge einließen, dann setzten wir uns einem gemeinsamen Gefühl des Abscheus und des Ekels aus, das wir beide vermeiden wollten. Deshalb wurde jede dahingehende Andeutung sofort unterdrückt.
»Bei dem unerschöpflichen Zelkowavorrat im Wald könnte man ein Speicherhaus fast umsonst bauen«, sagte sie.
»Glaub nur das nicht!« entgegnete ich möglichst beiläufig, weil sie nicht merken sollte, wie entschlossen ich den Schmerz in meiner Kopfwunde unterdrückte. »Ich glaube, es war für Urgroßvater eine ziemliche Belastung, dieses hier zu bauen. Die Konstruktion ist wohl auch recht ungewöhnlich. Selbst wenn es viel Holz gab, muß man doch bedenken, daß es zu einer Zeit gebaut wurde, als die Hilfsquellen des Dorfes völlig erschöpft waren. Ich bin ganz sicher, daß

es einen besonderen Eindruck machte. Im Winter des Baujahres gab es dann tatsächlich einen Bauernaufstand.«
»Das ist wirklich seltsam.«
»Ich denke mir, Urgroßvater hat die Möglichkeit eines Aufstandes vorausgesehen und es gerade deshalb für notwendig gehalten, ein feuerfestes Gebäude zu errichten.«
»Urgroßvater macht mich krank, Mitsu«, sagte Takashi. »Er war ein Konservativer, so umsichtig, so weitblickend. Bestimmt hatte sein jüngerer Bruder die gleiche Einstellung zu ihm wie ich. Sonst wäre er nicht als ein Anführer der Bauern gegen seinen Bruder gezogen. Er gehörte zu denen, die sich widersetzten; er war seiner Zeit voraus.«
»Glaubst du nicht, daß Urgroßvater ebenso über den Augenblick hinaussah wie sein Bruder? Er ging ja wohl bis nach Kochi, nur um das Neueste aus dem Westen kennenzulernen!«
»Es war doch sein Bruder, der nach Kochi ging?« wandte Takashi ein. Er hätte es gern geglaubt, darum übersah er fast bewußt, daß es falsch war.
»Nein. Zuerst ging Urgroßvater nach Kochi und nicht sein Bruder«, erwiderte ich und stellte mit boshafter Freude sein unzureichendes Gedächtnis bloß. »Nur sagen die Leute, daß sein Bruder später, nach dem Aufstand, nach Kochi geflohen und nie zurückgekehrt ist. Wenn es stimmt, daß einer der beiden Brüder den Wald verließ, John Manjiro traf und mit den neuen Erkenntnissen zurückkam, dann läßt sich nachweisen, daß es Urgroßvater war.
Denn John Manjiro war nach seiner Rückkehr nach Japan nur ein Jahr in Kochi, von 1852 bis 1853. Zur Zeit der Unruhen im Jahre 1860 war Urgroßvaters Bruder achtzehn oder neunzehn. Wenn er also 1852 oder 1853 nach Kochi gegangen sein soll, dann muß er den Wald mit etwa zehn Jahren verlassen haben. Das kann nicht sein.«
»Aber«, sagte Takashi, angeschlagen, doch hartnäckig, »es war der jüngere Bruder, der tief im Wald ein Stück gerodet und dort einen Trupp hitzköpfiger Bauernsöhne für den Aufstand ausgebildet hat. Die Ausbildungsmethoden müssen auf westlichem Wissen beruht haben, das er aus Kochi mitgebracht hat. Es ist doch unwahrscheinlich, daß Urgroßvater, der mit den Unterdrückern der Rebellion paktierte, seinem Bruder die erforderliche Guerillataktik bei-

gebracht hätte? Oder glaubst du, die beiden Gegenparteien haben die Unruhe gemeinsam angezettelt?«

»Vielleicht«, sagte ich mit bewußt gespieltem Gleichmut, obwohl meine Stimme scharf und gereizt klang. Schon seit unserer Kindheit mußte ich gegen die Neigung meines Bruders angehen, Urgroßvaters jüngerem Bruder Szenen heldenhaften Widerstandes zuzuschreiben.

»Aber Mitsu – du blutest ja«, rief meine Frau mit einem Blick auf meine Schläfe. »Was interessieren dich diese alten Legenden, wenn du verletzt bist und blutest?«

»Auch aus Legenden kann man etwas lernen«, sagte Takashi gereizt. Es war das erstemal, daß er ihr gegenüber schlechte Laune an den Tag legte.

Sie nahm mir das Taschentuch aus der herabhängenden Hand, wischte mir die Schläfe ab, benetzte ihren Finger mit Speichel und betupfte damit die Wunde. Mein Bruder sah zu, als beobachte er eine obskure Vereinigung des Fleisches. Dann stiegen wir drei schweigend die Treppe hinab, in einigem Abstand voneinander, wie um körperlichen Kontakt zu vermeiden. Im Speicherhaus war es überhaupt nicht staubig, aber nachdem ich eine Weile drinnen gewesen war, schien mir meine Nase trocken und verstopft, als wäre sie innen von einer dünnen Staubschicht verklebt.

Am späten Nachmittag gingen Takashi, meine Frau und ich zusammen mit dem Teenagerpärchen zum Tempel, um die Urne von S heimzuholen. Jins Söhne waren uns vorausgerannt, damit das Bild der Hölle, das Urgroßvater dem Tempel gestiftet hatte, herausgetragen und wie am Geburtstag von Buddha zur Schau gestellt werden konnte. Als wir den Citroën erreichten, der auf dem freien Platz vor dem Gemeindeamt stand, machten sich die Kinder des Ortes über sein Alter lustig und ergingen sich in verächtlichen Bemerkungen über den breiten Pflasterstreifen oberhalb meines rechten Ohres. Wir alle beachteten sie nicht – außer meiner Frau, die mit der guten Laune einer Genesenden (sie hatte seit dem Vorabend nichts mehr getrunken) alles ziemlich zu genießen schien, sogar die Beleidigungen, die die Kinder dem startenden Citroën hinterherschleuderten.

Als wir auf das Tempelgrundstück fuhren, stand der Priester, der mit S in die Schule gegangen war, im Garten und unterhielt sich mit einem jungen Mann. Ich stellte fest, daß

der Priester noch genauso aussah, wie ich ihn in Erinnerung hatte. Vorzeitig weiß gewordenes Haar leuchtete wie eine Krone über dem Oval seines lächelnden Gesichts, das von einer in keiner Weise angekränkelten Güte war. Er hatte eine Grundschullehrerin geheiratet, die jedoch mit einem ehemaligen Kollegen in die Stadt durchgebrannt war, nach einem Skandal, von dem jeder im Tal gewußt hatte. Über die ganze Episode hin war es ihm gelungen, sich das Lächeln eines schwächlichen Kindes zu bewahren. Das mußte jeden beeindrucken, der die grausame Wirkung eines solchen Mißgeschickes für das Mitglied einer Dorfgemeinschaft kennt. Jedenfalls überstand er die Krise, ohne auch nur einmal sein sanftes Lächeln zu verlieren.
Die markanten Züge seines jungen Gesprächspartners standen in völligem Gegensatz zu denen eines Priesters. Die meisten Gesichter in unserem Tal lassen sich einem von zwei verschiedenen Typen zuordnen, aber das Gesicht, das uns jetzt vorsichtig beobachtete, während wir aus dem Citroën stiegen, war etwas Besonderes.
»Das ist der Anführer der jungen Männer, die die Hühner halten«, erklärte Takashi meiner Frau und mir. Er ging zu dem jungen Mann hinüber und begann leise etwas mit ihm zu bereden; der hatte wohl hier auf Takashi gewartet. Wir anderen waren während dieses Zwiegesprächs gezwungen, uns im Hintergrund zu halten, und uns nichtssagend anzulächeln. Der junge Mann hatte einen gewaltigen Rundkopf, und die breite, helmartig gewölbte Stirn ließ den ganzen Kopf wie eine Fortsetzung des Gesichts wirken. Mit den links und rechts hervortretenden Backenknochen und dem kräftigen, runden Kinn glich er aufs Haar einem Seeigel in Menschengestalt. Außerdem waren Augen und Lippen der Nase so nahe, daß er aussah, als hätte eine gewaltige Kraft das Gesicht in die Breite gezogen. So wie das Gesicht, weckte auch das bewußt arrogante Benehmen in mir etwas, was vielleicht keine Erinnerung an eine Katastrophe, sondern eher eine Vorahnung war. Wegen meiner zunehmenden Tendenz zur gefühlsmäßigen Abkapselung reagierte ich allerdings fast immer gleich auf alles Fremde und Ausgeprägte.
Takashi brachte den jungen Mann zum Citroën herüber, wobei er die ganze Zeit leise auf ihn einredete. Die beiden

Teenager steckten noch im Auto, ihrem Lieblingsplätzchen. Takashi verstaute den jungen Mann auf dem Hintersitz, gab Hoshio am Lenkrad einen Befehl, und schon bewegte sich der Citroën in Richtung Taleingang.

»Der Lieferwagen, mit dem sie die Eier transportieren, hat Motorschaden. Nun soll Hoshio ihn reparieren«, erklärte Takashi voll naiven Stolzes darüber, daß alle Kontakte mit den jungen Männern über ihn liefen. Offensichtlich befriedigte das seinen kindlichen Wettbewerbssinn, der in dem Streit über Urgroßvaters Gang nach Kochi verletzt worden war.

»Ich denke, die Hühner sind am Verhungern?« fragte ich.

»Das ist ja der Ärger – die jungen Leute wissen nicht, was das Wichtigste ist«, antwortete anstelle Takashis der Priester mit schüchternem Lächeln, als schäme er sich als Talbewohner sowohl für sich selbst als auch für die jungen Männer. »Die Eier lassen sich so schlecht absetzen, daß kein Geld für Futtermittel da ist. Die Burschen sollten lieber eine Strategie erarbeiten, wie sie damit fertig werden, aber sie haben nichts im Sinn als einen Lieferwagen für den Eiertransport. Natürlich, wenn der auch noch ausfällt, dann ist alles vorbei.«

Wir betraten die Haupthalle des Tempels und betrachteten das Bild von der Hölle. Mich erinnerten seine feurigen Flüsse und Wälder an das flammende Rot auf den Rückseiten der Hartriegelblätter, auf die an jenem bewölkten Frühmorgen nach den hundert Minuten in der Grube die Sonne geschienen hatte. Und die dunklen Stellen auf den scharlachroten Wogen des Flammenflusses riefen unmittelbar die Erinnerung an die Flecken wach, die diese Blätter zu verunzieren begonnen hatten, nachdem der Herbst nun den Höhepunkt überschritten hatte. Das Bild fesselte mich sofort. Die Farbe des Feuerstroms und die mit großer Sorgfalt gezeichneten weichen Linien der Wellen bescherten mir einen seltsamen Seelenfrieden. Grenzenloser Friede ergoß sich aus dem Flammenstrom in mein Inneres. In den Flammen schrie das Heer der Toten, die Arme gen Himmel gestreckt und das Haar zu Berge stehend, als sei ein grimmiger Wind hineingefahren. Von einigen ragten nur die mageren, eckigen Hintern und Beine in die Luft. Aber auch in den verschiedenartigen Äußerungen der Pein lag etwas, was

mir Frieden brachte; denn trotz ihrer offenkundigen Leiden erweckten diese gequälten Körper den Eindruck, einen feierlichen Sport auszuüben. Sie schienen mit dem Schmerz auf du und du zu stehen. Die Männer, die mit unbedecktem Glied an einem Ufer standen, während flammendes Gestein sie an Kopf, Bauch und Hintern traf, erweckten den gleichen Eindruck. Die Weiber, von eisenschwingenden Dämonen auf den Flammenwald zugetrieben, schienen beinahe darauf aus zu sein, die wohlvertrauten Ketten zu behalten – die Bande zwischen Peiniger und Gepeinigten –, die sie an die Dämonen schmiedeten. Ich erläuterte dem Priester meine Gedanken.
»Die Toten in der Hölle haben so schrecklich lange gelitten, daß sie mittlerweile daran gewöhnt sind«, stimmte er mir zu. »Vielleicht stellen sie sich nur leidend, um die rechte Ordnung zu bewahren. Die Dauer der Martern in buddhistischen Höllen ist nämlich überaus streng definiert. Zum Beispiel sind ein Tag und eine Nacht in dieser Flammenhölle sechzehntausend Jahre lang, von denen eines wiederum sechzehnhundert Erdenjahren entspricht. Das ist eine recht lange Zeit! Und dann haben die Toten in dieser Hölle hier auch noch volle sechzehntausend Jahre aus diesen überlangen Tagen und Nächten zu leiden – genügend Zeit auch für die schwerfälligste Seele, sich gründlich an alles zu gewöhnen!«
»Siehst du diesen Dämon hier? Er sieht aus wie ein Gesteinsbrocken, kehrt uns den Rücken zu und arbeitet mit aller Kraft. Sein Körper ist mit schwarzen Löchern bedeckt«, sagte meine Frau. »Ich weiß nicht, ist das der Schatten seiner Muskeln, oder sind es Narben, aber er sieht doch sehr entkräftet aus. Das Weib, auf das er einschlägt, wirkt ein Gutteil gesünder. Du hast recht, Mitsu – die Toten scheinen so an die Dämonen gewöhnt zu sein, daß sie keine Angst mehr haben.«
Sie stimmte mir zu, ließ aber nicht erkennen, daß ihr das Bild die gleiche psychische Erleichterung brachte wie mir. Im Gegenteil, die gute Laune, die sie seit dem Morgen ausgestrahlt hatte, schien zu schwinden. Ich bemerkte auch, daß Takashi beiseite getreten war und nun hartnäckig schweigend vor dem goldenen Dunkel des Allerheiligsten stand.

»Was meinst du, Taka«, wandte ich mich unbefangen an ihn. Er ging nicht auf meine Frage ein, sondern sah sich um und sagte unvermittelt: »Warum lassen wir uns nicht Bruders Urne geben und verschwinden, ohne uns um die Bilder zu scheren?«

Der Priester trug seinem jüngeren Bruder, der uns von der Veranda der Haupthalle aus neugierig beobachtet hatte, auf, mit Takashi die Urne zu holen.

»Taka hat sich immer vor dem Höllenbild gefürchtet, schon als Kind«, sagte der Priester. Dann lenkte er das Gespräch wieder auf den jungen Dorfburschen, der Takashis wegen gekommen war, und begann, das tägliche Leben im Dorf kritisch zu beleuchten. »Vor welcher Frage sie auch stehen mögen, die Leute wollen einfach nichts auf lange Sicht überlegen. Sofort verlieren sie den Boden unter den Füßen und rudern sinnlos umher. Daß der junge Mann herkam, um von Takashis Freund den Lieferwagen reparieren zu lassen, ist typisch. Sie regen sich endlos über Kleinigkeiten auf und bilden sich dabei ein, daß sich die Lage schon irgendwie ändern wird und ihre Schwierigkeiten sich von allein lösen werden, wenn alles völlig aus dem Lot ist. Die Sache mit dem Supermarkt ist ein treffendes Beispiel. Der hat alle Läden im Dorf kaputtgemacht. Der Laden für Schnaps und Gemischtwaren hält sich als einziger noch, führt aber nur Schnaps. Doch sie tun nichts zu ihrem eigenen Schutz, und die meisten stecken mehr oder weniger tief beim Supermarkt in der Kreide. Ich glaube, sie warten auf ein Wunder: Wenn sie nicht mehr aus noch ein wissen und keine Aussicht mehr haben, die Schulden loszuwerden, so hoffen sie, verschwindet der Supermarkt in einer Rauchwolke, und niemand drängt mehr auf Rückzahlung. Ein einziger Supermarkt hat sie in eine Lage gebracht, wo ihnen allen in den alten Zeiten nichts übriggeblieben wäre, als mit Sack und Pack zu verschwinden.«

Da kehrte Takashi aus dem Beinhaus zurück. Er trug ein in ein weißes Baumwolltuch gehülltes Etwas, und seine Verzagtheit und üble Laune hatten sich nahezu in ein Hochgefühl verwandelt.

»In der Urne mit der Asche habe ich das Stahlgestell seiner Brille gefunden«, sagte er zu mir. »Es hat mich ganz deutlich daran erinnert, wie er aussah, wenn er die Brille trug.«

Wir stiegen in den Citroën, den anstelle von Hoshio und Momoko einer der jungen Männer zurück auf das Tempelgelände gebracht hatte.
»Halt du bitte die Urne, ja, Natsumi? Mitsu kann man sie nicht anvertrauen«, sagte Takashi unverschämt. »Der kann ja nicht mal seinen Kopf tragen, ohne anzustoßen.«
Er schien nicht einfach Liebe und Verehrung für S zu empfinden, sondern auch mich, die Ratte, so weit wie möglich von ihm fernhalten zu wollen. Meine Frau mußte sich mit der Urne im Arm neben ihn setzen, und er erzählte ihr beim Fahren von S. Ich zog die Knie an, legte mich auf den Rücksitz, und gab mich meinen Gedanken über die Farbe der Flammen im Höllenbild hin.
»Weißt du noch, wie die Winteruniform der Kadetten aussah, Natsu? In so einer blauen Uniform kam S mitten im Sommer die Straße entlang, mit einem Militärschwert und in halbhohen Fliegerstiefeln. Wenn er einem Dorfbewohner begegnete, riß er die Hacken zusammen wie die Nazisoldaten. Ich höre heute noch das Knallen der harten Lederabsätze und seine männliche Stimme durch das Tal schallen: ›S Nedokoro, von den Streitkräften zurück!‹«
Mochte Takashi reden, was er wollte, in *meiner* Erinnerung war S weit entfernt von solcher Prahlerei. Als er entlassen wurde, da warf er Käppi, Stiefel und Schwert von der Brücke ins Wasser, zog die Jacke aus und kam in gebeugter Haltung, die Jacke unter dem Arm, den gepflasterten Weg herauf. So habe zumindest *ich* seine Heimkehr in Erinnerung.
»Noch lebhafter erinnere ich mich an den Tag, an dem er erschlagen wurde«, erzählte Takashi meiner Frau, »davon träume ich oft, noch jetzt. Ich sehe die Szene überaus deutlich vor mir.«
S, sagte er, lag rücklings auf einer zu feinem weißen Pulver getrockneten, von zahllosen Füßen zertretenen Schlammschicht mit kleinen runden Kieseln. Im Widerschein der hellen Herbstsonne glänzte nicht nur die Straße weiß, sondern auch das grasbewachsene Flußufer tief unten, und am grellsten in all diesem Weiß flammte der Fluß. Auch Takashi, der etwa einen halben Meter von der Stelle entfernt kauerte, wo S' Kopf, die Wange am Boden, mit dem Gesicht zum Fluß lag, und der Hund, der in hohen Tönen

winselnd immer und immer wieder um ihn herumrannte, sahen weiß aus. Alle drei – der Leichnam, Takashi und der Hund – waren in eine Wolke weißen Lichts getaucht. Eine einzige Träne zeichnete einen schwarzen Fleck auf die feine weiße Staubschicht, die einen Kieselstein neben Takashis Daumen bedeckte. Aber der Fleck trocknete sofort und hinterließ ein kalkiges Bläschen auf der Oberfläche des Steines.

S' bloßer, zerschmetterter Kopf sah aus wie eine flache schwarze Tasche, aus der etwas Rotes schaute. Der Kopf selbst und die herausquellende Masse waren bereits trocken wie ein Gegenstand von faseriger Beschaffenheit, den man der Sonne ausgesetzt hat. Der einzige Geruch war der von sonnenheißer Erde und Steinen. Selbst S' zerschmetterter Kopf war so geruchlos, als wäre er aus Papier. Die Arme lagen weich an die Schultern hochgezogen wie bei einem Tänzer. Die Beine hielt er wie ein Hürdenläufer mitten im Sprung. Und die Haut an Hals, Armen und Beinen – er trug das Turnzeug der Marinefliegerkadetten – war gleichmäßig dunkelbraun wie Ziegenleder, so daß sich der weiße Staub deutlich von ihr abhob. Bald entdeckte Takashi eine Kolonne Ameisen, die durch die Nasenlöcher in S' Kopf eindrangen und aus den Ohren wieder herauskamen, jede ein rotes Tröpfchen im Mundwerkzeug. Ihm wurde klar, daß der Körper wegen dieser Ameisen so mumienhaft und geruchlos war. S würde wahrscheinlich austrocknen wie Dörrfisch. Die Ameisen hatten die Augen hinter den fest geschlossenen Lidern völlig weggefressen und rote walnußgroße Löcher zurückgelassen, durch die ein schwaches rötliches Licht auf ihre winzigen Füßchen fiel, die auf dem sich dreifach gabelnden Weg zwischen Ohren und Nase hin- und herliefen. Durch die hauchdünne und wie trübes Glas durchscheinende Haut seines Gesichts konnte man wahrnehmen, wie ein einziger Blutstropfen gerade eine Ameise ertränkte...

»Du willst doch nicht sagen, du hast das tatsächlich alles gesehen?« fragte ich.

»Zugegeben, einiges stammt aus meinen Träumen. Aber jetzt bin ich schon nicht mehr sicher, wo die Grenze liegt zwischen den Träumen und dem, was ich wirklich dort auf der Straße, hundert Schritt unterhalb der Brücke, an dem

Tag gesehen habe, als S erschlagen wurde. Die Erinnerung nährt sich von Träumen, weißt du.«
Ich selbst spürte kein großes Verlangen, meine Erinnerungen an den Tod unseres Bruders heraufzubeschwören. Aber im Interesse von Takashis psychologischer Gesundheit hielt ich es für geraten, ihn darauf hinzuweisen, daß seine Erinnerungen stärker auf Traumgespinsten beruhten, als er selbst gewahr wurde.
»Taka«, sagte ich, »was du da gesehen haben willst, diese Erinnerungen, in denen du ständig gewühlt hast, das hast du alles nur geträumt. Das Bild von S' ausgetrocknetem Leichnam muß aus etwas anderem entstanden sein, vielleicht hast du mal einen überfahrenen Frosch gesehen. Ja, was du da von seinem total zerschmetterten schwarzgewordenen Kopf mit der herausquellenden Masse sagst, das erinnert an einen zerquetschten und plattgedrückten Frosch mit herausgepreßten Eingeweiden.« Nach dieser grundsätzlichen Kritik ging ich daran, meine Einwände gegen seine Erinnerungen im einzelnen vorzubringen. »Es ist einfach nicht möglich, daß du ihn überhaupt tot gesehen hast, schon gar nicht dort auf der Straße. Die einzigen, die ihn damals sahen, waren ich, als ich seine Leiche mit einem Karren holte, und die Leute aus der Koreanersiedlung, die mir halfen, ihn auf den Wagen zu legen. Die Koreaner mögen ihn vielleicht erschlagen haben, aber sobald er tot war, zeigten sie sich von der rücksichtsvollsten und höflichsten Seite. Sie behandelten den Leichnam so liebevoll, als wäre S einer der ihrigen gewesen. Sie haben mir auch ein weißes Seidentuch gegeben. Ich habe es über ihn gebreitet, als er auf dem Karren lag, und mit vielen kleinen Steinen beschwert, damit es nicht flatterte. Dann habe ich den schweren zweirädrigen Karren zurück ins Tal geschoben. Ich habe ihn nicht gezogen, einmal weil es bei der schweren Last einfacher schien, das Gleichgewicht schiebend zu halten, und zum anderen, weil ich den Leichnam im Auge behalten wollte, für den Fall, daß er herunterfiel oder sich in einen Dämon verwandelte, der aufstand, um mir die Zähne ins Fleisch zu schlagen. Es dämmerte schon, als ich mit ihm im Tal ankam, aber nicht ein Erwachsener trat aus einem der Häuser zu beiden Seiten der Straße. Auch die Kinder lugten nur heraus und ließen sich kaum sehen. Sie wollten nichts

mit dem Leichnam zu tun haben, aus Angst, in das Unglück, das er verkörperte, hineingezogen zu werden... Ich ließ den Karren eine Zeitlang vor dem Gemeindeamt stehen und ging nach Hause. Dort sah ich dich mit einem großen Stück Kandis im Mund hinten in der *doma* stehen. Dunkelbrauner Saft tropfte dir aus den Mundwinkeln. Dadurch sahst du aus wie eine Gestalt auf dem Bauerntheater, der das Blut zwischen den gefletschten Zähnen herausläuft, nachdem sie Gift geschluckt hat. Mutter lag krank im Bett, und unsere Schwester, die sich krank stellte, lag neben ihr. Mit anderen Worten, ich konnte mich an keinen von unserer Familie um Hilfe wenden. Also ging ich zu Jin, die hinter dem Speicherhaus Holz hackte. Damals war sie noch schlank, ein starkes, gesundes Mädchen. Als wir zum Gemeindeamt hinuntergingen, stellten wir fest, daß man das weiße Seidentuch gestohlen hatte und der Leichnam unbedeckt auf dem Karren lag. Ich sehe ihn noch vor mir, in sich zusammengerollt, nicht größer als ein schlafendes Kind. Er war dreckverkrustet und roch nach Blut. Jin und ich versuchten, ihn hinauf ins Haus zu bekommen, indem wir ihn unter den Armen und an den Beinen packten, aber er war zu schwer. Dabei haben wir uns überall mit Blut besudelt. Deshalb bat ich Jin, zurückzugehen und die Trage zu holen, die wir bei Luftschutzübungen verwendet hatten. Ich mühte mich, sie von ihrem Platz unter dem Vordach der *doma* herunterzuheben, während ich Mutter über mein und dein Aussehen reden hörte. Ich glaube mich zu erinnern, daß du in der dunklen Küchenecke selig an deinem Kandis gelutscht und mich überhaupt nicht beachtet hast. Es war finster geworden, als wir S endlich auf dem Weg, der unterhalb der Steinmauer um das Haus herumführte, nach Hause geschleppt hatten, und wir brachten ihn gleich ins Speicherhaus. Ich begreife also nicht, wie du von der ganzen Sache irgend etwas gesehen haben willst.«
Takashi blickte unverwandt auf die Straße vor sich und konzentrierte sich auf das Fahren. Daß er gerührt war, merkte ich lediglich an einem schwachen Zittern und Erröten, das sich über Hals und Ohren ausbreitete, und dem dumpfen Grunzen, das immer wieder tief aus seiner Kehle drang. Offensichtlich war er von der grundlegenden Umwertung erschüttert, die die Welt seiner Erinnerungen

durch die der meinigen erfahren hatte. Eine Weile schwiegen wir alle drei. Dann sagte meine Frau, gleichsam um Takashi zu trösten: »Aber ist es nicht seltsam, daß Taka, wenn er die ganze Zeit in der Küche gestanden hat, gar kein Interesse an der Leiche zeigte, als sie auf dem Karren nach Hause gebracht wurde?«

»Jetzt entsinne ich mich«, sagte ich und tauchte in die nächste Gedächtnisschicht hinab, »ich hatte ihm verboten, die *doma* zu verlassen. Damit er sein Versprechen hielt, habe ich ihm einen Kandis gegeben, und die Mühe, den Leichnam außenherum an der Steinmauer entlangzuschleppen, machten wir uns, weil du in der *doma* und Mutter und Schwestern, die im Vorzimmer zu Bett lagen, sie nicht sehen sollten.«

»Ich kann mich noch an den Kandis erinnern«, sagte er. »S hat ihn mir gegeben. Er schlug mit dem Griff seines Dolches etwas von einem großen Stück ab, das er sich beim ersten Überfall auf das Koreanerdorf geschnappt hatte. Ich erinnere mich noch genau an Form und Farbe der Waffe; es war ein Marinedolch. Gleich danach machte S den zweiten Überfall mit und wurde erschlagen. Jedenfalls sah er den Kandis als Teil der Kriegsbeute an und war in Hochstimmung, als er ihn mir gab. Ich glaube, er hat den Dolchgriff absichtlich benutzt, um den Augenblick so eindrucksvoll wie möglich für seinen kleinen Bruder und auch sich selbst zu gestalten. Im Traum sehe ich die Szene immer noch – wie der Marinefliegerkadett in makellos weißem Trainingszeug den Dolch mit der Hand umschloß, den Griff nach unten, und damit den Kandis zerschlug. In meinen Träumen schwang S immer einen blinkenden Dolch und lächelte strahlend.« Er sprach voller Leidenschaft, als könnten seine Worte sofort alle Wunden heilen, die ich ihm mit meinen Korrekturen geschlagen hatte. Es bereitete mir eine perverse Freude, auf die neuen Fehler zu warten, die sie aus Takashis Gedächtnis herauslockten, und sie sofort auszumerzen. Einen gewissen Ekel vor mir selbst unterdrückend, machte ich mich energisch daran, das heldische Bild zu zerstören, das Takashi meiner Frau soeben von S vermittelt hatte.

»Taka, das ist doch schon wieder eine Traumerinnerung. Diese Erfindungen deiner Phantasie haben sich in deinem Gedächtnis so fest verwurzelt wie tatsächliche Ereignisse.

Es stimmt, daß S und seine Freunde beim ersten Überfall schwarz gebrannten Schnaps und Kandis aus dem Koreanerdorf gestohlen haben. Aber S, der sich seit seiner Rückkehr von der Armee nicht mit Mutter verstand und sie zur Beobachtung in eine Nervenklinik stecken wollte, hat den Kandis in einem Strohbündel in der Scheune versteckt, weil Mutter nach all dem Vorgefallenen nicht erfahren sollte, daß er ihn gestohlen hatte. Ich habe mir selbst etwas davon stibitzt, als niemand in der Nähe war. Ich habe etwas gegessen und dir davon abgegeben, Taka. Und vor allem, er konnte nach dem ersten Überfall unmöglich in Hochstimmung sein – einfach deshalb, weil im Koreanerdorf ein Mann getötet worden war. Der zweite Überfall war im Grunde gar keiner, sondern sollte auch den Japanern aus dem Tal ein Opfer abfordern, damit die Sache ohne Polizei bereinigt werden konnte. Schon lange vorher war entschieden, wer dabei fallen würde. Kurz gesagt, S wußte, daß *er* es war. Ich habe nur eine Erinnerung wie ein verschwommenes Bild an sein Aussehen zwischen den beiden Überfällen, und dieses Bild entstammt nicht meiner Phantasie. Während sich die anderen an dem gestohlenen Schnaps betranken, lag der S meiner Erinnerung völlig nüchtern im hinteren Raum des Speicherhauses reglos zusammengerollt, das Gesicht dem schattigen Teil des Raumes zugekehrt. Vielleicht betrachtete er John Manjiros Fächerbild in der Nische. Wenn ich mich recht erinnere, entdeckte ich etwa zu dieser Zeit Kandis, den er versteckt hatte, und schämte mich furchtbar, als er mich mit einem Stück davon im Mund ertappte. Aber diese Erinnerung mag wie bei dir aus einem Traum stammen; ich habe sie mir vielleicht zusammengereimt, nachdem ich schließlich einsah, für wie schändlich und dumm S das Stehlen im Koreanerdorf hielt. Auch ich habe nämlich schrecklich oft von S geträumt. Sein Tod machte in vielfältiger Weise tiefen Eindruck auf uns heranwachsende Kinder. Deshalb träumten wir so oft und unterschiedlich davon. Wenn wir nun darüber sprechen, erkenne ich allerdings, daß in unseren Träumen eine ganz unterschiedliche Atmosphäre geherrscht haben muß.« Voller Gewissensbisse, weil ich Takashi zu sehr bedrängte, bot ich einen Kompromiß an. »Sein Tod scheint sich auf uns beide ganz unterschiedlich ausgewirkt zu haben.«

Gedankenverloren ignorierte Takashi meine versöhnliche Geste. Er stöberte in den schattigen Winkeln der Erinnerung und im Reich der Träume und suchte etwas, was mit einem einzigen Schlag die Vorherrschaft meiner Erinnerung beseitigen konnte. Leider aber brachte unser Streitgespräch auch eine gefährliche Angstlawine bei meiner Frau ins Rollen, die wir bis dahin nur hatten zuhören lassen.

»Warum nahm S an dem Überfall teil, wenn er wußte, daß er umkommen würde, und wieso wurde er überhaupt umgebracht? Weshalb sollte er sich damit abfinden, zur Vergeltung zu sterben? Es ist schrecklich, sich ihn ganz reglos dort hinten im Dunkel des Speicherhauses vorzustellen. Der Gedanke, daß er, ein junger Mann, nur darauf wartete, der zweite Überfall möge losgehen, entsetzt mich. Um so mehr, als ich das Speicherhaus heute früh von innen gesehen habe. Ich muß mir einfach vorstellen, wie das alles war. Ich sehe sogar die Krümmung seines Rückens ganz deutlich!« Ihr Gemüt glitt bereits kopfüber den Abhang des Ameisenloches hinab, der zum Whisky führte. Das neue Leben in Nüchternheit, das sie irgendwann zwischen Nacht und Morgen begonnen hatte, gehörte schon wieder der Vergangenheit an. »Warum mußte gerade S zur Wiedergutmachung sterben? Weil er beim ersten Überfall den Koreaner getötet hatte?«

»Deswegen doch nicht, nicht wahr, Mitsu?« warf Takashi ernst ein. »Er war einfach der Anführer. Auch ohne daß Mitsu es mir sagt, weiß ich, daß ich das nur geträumt habe, aber ich glaube mich an eine herrliche Szene zu erinnern – S in der Winteruniform eines Marinefliegerkadetten steht an der Spitze einer Gruppe aus dem Tal, die den Stärksten aus dem Koreanerdorf eine Schlacht liefert.«

»Taka«, sagte ich, »genau betrachtet sieht deine verzerrte Erinnerung nach einem schlimmen Fall von Wunschdenken aus. Das ist ganz offensichtlich. Nicht, daß ich nicht mitfühlen könnte... aber S war niemals der Anführer der jungen Männer im Tal. Eher umgekehrt. Sogar als kleiner Bruder von zehn Jahren konnte ich das ohne weiteres feststellen. Die haben sich sogar lustig über ihn gemacht. Es ist doch nicht anzunehmen, daß irgend jemand im Tal gleich nach Kriegsende die inneren Beweggründe für S' seltsames Verhalten am Tag seiner Rückkehr von der Armee verstanden und gebilligt hätte. Gerade heraus: S war eine lächerliche Figur. Wahrscheinlich könnt ihr alle beide nicht die entsetzliche Vernichtungskraft dieses gehässigen Spotts in einem hinterwäldlerischen Gebirgsdorf wirklich begreifen. Und dann war S bestimmt der einzige junge Mann, der nach dem Krieg ins Tal zurückkam und keine Frau aufs Kreuz legte. Gewiß, er hatte seinen Platz als Mann in der Dorfgemeinschaft gefunden. Doch er war der Jüngste unter den Kriegsteilnehmern, denen man die Aufgabe zugeschoben hatte, das Koreanerdorf zu überfallen. Er war klein, schwach und furchtsam. Übrigens bestand der eigentliche Anlaß für den Überfall darin, daß die koreanischen Schwarzhändler nicht nur einmal von den Dorfbauern versteckten Reis entdeckt und in der Stadt verkauft hatten. Der Gemeindevorsteher und andere angesehene Bauern stachelten die jungen Männer bewußt so lange an, bis sie einfach zuschlagen mußten. Die Bauern hatten einen Teil ihrer Reisvorräte nicht gemeldet. Jedes Einschalten der Polizei wäre nur zu ihrem Nachteil ausgeschlagen, und darum setzten sie ihre Hoffnung auf die Dorfrowdys, die stark genug waren, es mit den Koreanern aufzunehmen. Die meisten dieser Rowdys waren Bauernsöhne, und so trug ihre Teilnahme am Überfall irgendwie ›Klassencharakter‹. Unser Hof aber war schon vor den Bodenreformen der Nachkriegszeit heruntergewirtschaftet. Nicht ein einziges Körnchen Reis war versteckt, ja Jin hatte sogar Verbindung zu den Koreanern aufgenommen, um Reis vom Schwarzmarkt zu kaufen. Und trotzdem nahm S am Überfall teil und spielte das Opferlamm, nachdem seine wilden Gefährten einen Koreaner umgebracht hatten. Ich als Kind begriff es einfach nicht. Mutter war krank und konnte sich die Leiche im Speicherhaus nicht ansehen kommen, nachdem Jin sie zurechtgemacht hatte. Mutter sagte, nicht sie, sondern S sei verrückt gewesen, als er versucht habe, sie in die Klapsmühle zu stecken. Sie war so wütend über die wilde Verzweiflung seines Tuns, daß sie ihn schließlich regelrecht haßte. Darum bekam er keine Totenfeier. Jin wandte sich an die Erwachsenen von der Nachbarschaftshilfe, die noch vom Kriege her bestand, und die besorgten die Einäscherung. Deshalb ist auch seine Urne bisher nicht aus dem Tempel abgeholt worden. Bei einer richtigen Totenfeier wäre es doch ein leichtes gewesen, die Urne im

Familiengrab beizusetzen. Die von Schwester ist ja auch dort.«

»Hat man ihn gezwungen?« fragte meine Frau, aber Takashi antwortete nicht. Er preßte die Lippen zusammen, nur weil ich den Tod unserer Schwester erwähnt hatte.

»Ich glaube nicht«, sagte ich. »Eher hat er sich freiwillig gemeldet. Aber das hinderte sie nicht, seine Leiche einfach liegenzulassen, so daß ich sie mit dem Karren holen mußte.«

»Aber warum hat er es getan? Warum?« fragte sie eindringlich und entsetzt.

»Ich war nicht in der Lage, das herauszufinden, als alles vorbei war«, sagte ich. »Die anderen Teilnehmer am Überfall, die zurück ins Dorf flohen, nachdem sie sich vergewissert hatten, daß man S erschlagen hatte, wollten natürlich hinterher nichts mit seinen Angehörigen zu tun haben, also waren von ihnen keine Einzelheiten zu erfahren. Ich glaube nicht, daß noch viele von ihnen im Dorf sind. Einer ging in die Stadt und ist ein Berufsverbrecher geworden. In meiner Oberschulzeit fand ich im Lokalblatt mal einen groß aufgemachten Bericht über ihn. Ich hegte den Verdacht, daß er es war, der beim ersten Überfall den Koreaner umgebracht hatte, darum sah ich mir das Foto in der Zeitung an und erkannte ihn sofort. Das Morden scheint man sich anzugewöhnen.«

Ich versuchte, das Gespräch auf allgemeinere Themen zu lenken, aber meine Frau stand viel zu sehr im Banne des Entsetzens, als daß sie auf mein Manöver reagiert hätte. Statt dessen drang sie noch ausdrücklicher in Takashi, der nichts mehr sagen wollte.

»Taka, befrage deine Traumerinnerungen, warum hat er es getan?«

»Traumerinnerungen?...« begann er im Ton hinhaltender Geduld – dem Takashi völlig unähnlich, den ich seit früher Kindheit kannte – und natürlich ergab das keine zufriedenstellende Antwort auf die Frage meiner Frau.

»In meinen Träumen«, fuhr er fort, »hatte ich nie den geringsten Zweifel, warum S diese Rolle spielen mußte. Mein Phantasie-S wurde eigens dazu geboren, diese Doppelrolle als Held und Opfer zu spielen. Außerdem betrachte ich ihn nie so kritisch wie Mitsu, weder im Traum noch sonst. Es ist geradezu ein Schock, nach dem Warum gefragt zu werden. In meinen Träumen brauche ich S so etwas nicht zu fragen. Und in der Wirklichkeit vor zwanzig Jahren hatte ich den ganzen Mund voll Kandis – sagt Mitsu –, und so konnte ich ihn nicht fragen, selbst wenn ich gewollt hätte.«

»Warum? Warum hat er das getan?« Ihre Frage galt nicht mehr Takashi oder mir, sondern wollte fassen, was in der Leere ihres Inneren widerhallte: *Warum?... Warum?... Warum?... Warum?... Warum?...*

»Warum nur?« wiederholte sie. »Es ist entsetzlich, sich vorzustellen, wie er, ein junger Mann, dort zusammengekauert und reglos im Dunkel des Speicherhauses liegt. Ich werde sicher heute nacht davon träumen, und ich werde es auch nie vergessen können – so wenig wie Taka...«

Ich bat Takashi, uns zu dem Schnaps- und Gemischtwarenladen zu fahren, von dem der Priester gesprochen hatte. Wir waren kurz vorher wieder auf dem freien Platz vor dem Gemeindeamt angekommen und hatten uns in dem dort geparkten Citroën unterhalten. Nachdem wir eine Flasche billigen Whisky gekauft hatten, fuhren wir die gepflasterte Straße zurück.

Zu Hause begann meine Frau zu trinken. Schweigend und weder Takashi noch mich beachtend, saß sie völlig aufrecht vor der Feuerstelle in der Mitte des Raumes und glitt langsam, aber sicher in den Rausch. Im Zwielicht der unzureichenden Beleuchtung dieses unwirtlichen Hauses im Tal und des Holzkohlenfeuers in der viereckigen Bodenvertiefung sah sie genauso aus wie an jenem Tag, als ich sie in der Bibliothek zum erstenmal betrunken erlebt hatte. Das war ganz offenbar, fand ich doch in Takashis Augen, der zum ersten Male sah, wie sich meine Frau auf diese Art betrank, alle meine Gefühle von jenem Tag widergespiegelt, und zeigte mir doch seine Haltung trotz seiner gespielten Gleichgültigkeit so eindeutig, daß er geschockt war. Sie hatte sich seit seiner Rückkehr nach Japan schon oft betrunken, aber immer in unserem Kreise, da war in ihren Augen und ganz an der Oberfläche ihrer Haut nie der Zugang zu jener Wendeltreppe zu sehen gewesen, die zu der furchterregenden Finsternis dort drinnen hinabführte. Kleine Schweißperlen saßen ihr in dichter Reihe wie Läuse auf der schmalen

Stirn, den umschatteten Partien unterhalb der Augen, der aufgeworfenen Oberlippe und am Hals. Ihre heißroten Augen zeigten, daß sie sich bereits außerhalb unseres Schwerefeldes befand. Langsam, aber unaufhaltsam stieg sie die Wendeltreppe zu jenen beängstigenden Tiefen hinab, die nach fuseligem Whisky stanken und von Schweiß klebten.

Da sie keinerlei Interesse an ihrer Umgebung zeigte, bereitete die inzwischen zurückgekehrte Momoko an ihrer Stelle das Essen zu. Hoshio hatte den Motor ausgebaut und in die *doma* gebracht, wo er ihn unter den wachsamen Augen der vier mageren Kinder reparierte, eingehüllt in schwachen Benzingeruch wie in durchsichtigen Nebel. Wenigstens Hoshio hatte das Mißfallen der Kinder in Respekt umzuwandeln gewußt. Auch ich, der ich noch nie einen so fleißigen Teenager gesehen hatte, mußte meine vorgefaßte Meinung aufgeben. Er schien seit der Ankunft im Dorf voll neuer Zuversicht, so daß auf seinen komischen Zügen so etwas wie Schönheit der Harmonie zu finden war. Meine Frau trank schweigend weiter, während Takashi und ich es uns auf der anderen Seite des Feuers bequem machten und uns auf einem altertümlichen Koffergrammophon eine alte Platte aus der Sammlung unserer toten Schwester anhörten. Lipatti mit einem Chopinwalzer in der letzten Konzertaufnahme seines Lebens...

»Wie sie Klavier hörte, war ganz ungewöhnlich, weißt du«, sagte Takashi ruhig und mit rauher Stimme. »Sie ließ sich keine einzige Note entgehen. So schnell Lipatti auch spielte, sie erfaßte jeden einzelnen Ton des Pianos. Man hatte sogar das Gefühl, daß sie die Akkorde zerlegte und die einzelnen Noten heraushörte. Einmal sagte sie mir, aus wie vielen Noten dieser Es-Dur-Walzer besteht. Dummerweise habe ich die Zahl in ein Notizheft geschrieben und das später verloren. Aber ihr Gehör war wirklich etwas Besonderes.«

Mir fiel auf, daß er unsere Schwester zum erstenmal seit ihrem Tod von sich aus erwähnte.

»Konnte sie denn so weit zählen?« fragte ich.

»Nein. Sieh mal, sie hatte ein großes Blatt Papier über und über mit Bleistiftpunkten wie mit kleinen Staubteilchen bedeckt. Es sah aus wie ein Foto von der Milchstraße, nur daß alle Himmelskörper als schwarze Punkte erschienen.

Der ganze Walzer opus 18 war darauf. Ich habe eine Ewigkeit gebraucht, die Zahl aus dem Diagramm zu ermitteln. Aber dann habe ich das Ergebnis verloren. Das ist schade, denn ich bin sicher, daß sie genau die richtige Anzahl getroffen hat.« Dann machte er unerwartet eine Geste der Versöhnung in meine Richtung. »Deine Frau scheint auch etwas Besonderes zu sein.«
Ich erinnerte mich der gleichen Worte Takashis für meinen Freund, der sich mit knallrot angemaltem Kopf erhängt hatte. Tief bewegt, brachte ich dies mit dem in Verbindung, was er soeben gesagt hatte. Auch S war »etwas Besonderes« gewesen, und wenn Takashi das wirklich glaubte, dann wollte ich an seinen Traumerinnerungen nicht länger unverschämte Korrekturen anzubringen versuchen. Seine Worte zeigten, daß er die Existenz eines Etwas in den Tiefen aller derer gespürt hatte, die gestorben waren – gestorben in den Klauen einer Angst, die sie keinem mitteilen konnten.

An einem klaren, bitterkalten Morgen war die Handpumpe in der *doma* eingefroren, und wir holten draußen am Brunnen Wasser. Dieser befand sich mit seinem schweren Zieheimer in dem langen, schmalen Garten hinter dem Haus, der nur durch einen kleinen Maulbeerhain von dem mit dichtem Buschwerk bestandenen Berghang getrennt war und den wir einst »unsere Quersenke« genannt hatten. Mein Bruder belegte den ersten Eimer mit Beschlag und wusch sich gründlich Gesicht und Hals – sogar hinter den Ohren. Dann machte er den Oberkörper frei und schrubbte sich unbarmherzig Brust und Schultern. Während ich müßig neben ihm stand und auf den Eimer wartete, sagte ich mir, daß Takashi, der als Kind die Kälte gehaßt hatte, an sich gearbeitet haben mußte. Sein Rücken, den er mir zweifellos absichtlich zur Schau stellte, wies dunkle Narben auf, wo Haut und Fleisch durch die Schläge mit einem stumpfen Gegenstand zerfetzt worden waren. Als ich die Narben jetzt zum ersten Male sah, zog sich mein Magen zusammen, wie in der Erinnerung an selbst erlittene Schmerzen.

Ich wartete immer noch auf Wasser, als Momoko mit dem Seeigel im Schlepp durch die *doma* zu uns in den Garten kam. Trotz der empfindlichen Morgenkälte trug der junge Bursche mit den auffälligen Zügen lediglich ein Paar hellblaue Jeans und ein Hemd, aus dessen langen Ärmeln nur die Fingerspitzen heraussahen. Er stand da, zitterte wie Espenlaub, zog den großen Kopf ein und machte keine Anstalten, mit Takashi zu sprechen, solange ich dabei war. Er sah blaß aus, nicht nur weil er fror, sondern als sei er bis in die tiefsten Tiefen seines Wesens erschöpft.

Schließlich gab ich jeden Gedanken ans Waschen auf und ging an die Feuerstelle zurück – es machte mir schon nichts mehr aus, daß ich mir das Gesicht nicht waschen konnte; die Zähne hatte ich mir jedenfalls schon monatelang nicht geputzt, sie waren gelb wie bei einem Tier. Was mich betraf, so hatte ich nicht bewußt an mir gearbeitet, vielmehr hatten mein toter Freund und das in eine Anstalt gegebene Kind mir einen neuen Charakter hinterlassen.

»Mitsu, ob der junge Mann die Kälte gar nicht spürt?« fragte meine Frau leise, damit Takashi und die anderen es nicht hörten.

»Und wie er sie spürt! Er klappert fürchterlich. Aber er will allen zeigen, daß er ein ungewöhnlich stoischer Mensch ist. Also trägt er mitten im Winter weder Mantel noch Jacke. Das allein würde vielleicht nicht einmal hier im Tal genügen, die Achtung der Leute zu erringen, aber seine ganze Erscheinung und die Art, wie er andere ignoriert, verhelfen ihm zu einer Sonderstellung.«

»Wenn das ausreicht, um Anführer einer Gruppe Jugendlicher zu werden, dann ist das Ganze doch recht primitiv!«

»Ja, aber in der Praxis muß derjenige, der eine solche naive Schau abzieht, nicht unbedingt simpel in seiner psychologischen Struktur sein«, sagte ich. »Das macht ja das Taktieren unter den Jugendlichen des Dorfes so schwierig.«

Bald kam Takashi mit dem jungen Mann in die *doma* zurück. Er ging mit übertriebener Freundlichkeit neben ihm her. Dann schüttelte er ihm so energisch die Hand, daß selbst ein Außenstehender erkennen konnte, wie aufmunternd das gemeint war. Danach beobachtete er, wie der andere sich schweigend entfernte. Als der junge Bursche über die Schwelle trat, ließ sein breites Gesicht in der Sonne eine herbe Schwermut erkennen, die mich bestürzte.

»Stimmt etwas nicht, Taka?« fragte meine Frau furchtsam und ebenso beunruhigt wie ich. Er antwortete nicht sofort, sondern trat zu uns ans Feuer, ein Handtuch um den Hals geschlungen wie ein Boxer beim Training. Seinem Gesichtsausdruck nach wurde er von zwei ungestümen widerstreitenden Gefühlen hin- und hergerissen. Es war, als kämpfte er gleichzeitig mit dem Lachen über etwas ungewöhnlich Komisches und mit der Bestürzung über etwas unsagbar Deprimierendes. Dann sah er meine Frau und mich prüfend an. In seinen Augen leuchtete stolze Leidenschaft, und laut sagte er: »Vor Hunger oder wegen der Kälte sind alle Hühner krepiert, mehrere tausend Stück.« Er lachte kurz auf.

Ich sagte nichts, denn ich wurde von der gleichen Mischung aus Absurdität und Entsetzen überwältigt, weil ich mir die

Tausende von unglücklichen Hühnern vorstellte, die alle tot dalagen. Dann dehnten sich meine Vorstellungen auf das Schauspiel aus, wie der Seeigel und seine Freunde unaufhörlich zitterten, während sic Gleichgültigkeit gegen die Kälte heuchelten, und das Entsetzliche ihrer Lage erregte selbst in mir ein Gefühl des Ekels und der Scham.

»Nun haben sie mich gebeten, zum Kaiser zu gehen und mit ihm zu besprechen, was mit den toten Hühnern werden soll. Ich kann die Burschen nicht ihrem Schicksal überlassen. Ich fahre in die Stadt.«

»Zum Kaiser? Ach so – du meinst den Besitzer der Supermarktkette! Ich traue nicht mal ihm zu, aus toten Hühnern Profit zu schlagen. Es sei denn, sie stellen eine riesige Menge Suppenwürfel her.«

»Das meiste Geld für die Hühnerfarm stammt vom Kaiser. Die jungen Leute wollten unabhängig vom Supermarkt werden, aber offensichtlich war der Kaiser schwer da herauszuhalten, weil Futtermittel gekauft und die Eier transportiert werden mußten. Jetzt, wo alle Hühner hops sind, ist das ein Verlust nicht nur für die Jugendlichen, sondern auch für ihn. Deshalb wollen sie, daß ich mit ihm verhandle und allen Vorwürfen der Verantwortungslosigkeit zuvorkomme, die er gegen die Gruppe äußern könnte. Natürlich sind sie ein so dämlicher Verein, daß die Phantasievolleren unter ihnen bestimmt immer noch hoffen, er denkt sich etwas aus, wie man die toten Hühner mit Gewinn losschlägt.«

»Es geht ja auch nicht, daß die Leute im Tal die toten Hühner essen und sich eine Lebensmittelvergiftung oder so etwas holen.«

Ich seufzte, und meine Depression wurde schlimmer.

»Wenn die Hühnchen mit leerem Magen erfroren sind, können sie hygienisch ebenso einwandfrei sein wie chemisch gedüngtes Feinfrostgemüse. Vielleicht überrede ich die Burschen sogar dazu, mir als Belohnung für den Weg in die Stadt zwei oder drei nicht zu magere Hühnchen abzulassen, damit Jin zu etwas Eiweiß kommt. Was meint ihr dazu?«

»Trotz ihres krankhaften Appetits ißt sie fast kein tierisches Eiweiß«, sagte meine Frau. »Es bekommt ihrer Leber nicht.«

Während sie hastig frühstückten, besprach Takashi mit Hoshio ins einzelne gehend die Fahrt in die Stadt, wie lange sie hin und zurück mit dem Lieferwagen der jungen Leute dauern würde und welche Entfernungen zwischen den Tankstellen lagen. Sie hielten sich bei keinem Punkt lange auf. Hoshio hatte praktische und detaillierte Kenntnisse über Autos und beantwortete Takashis Fragen sofort prägnant und treffsicher. Als Hoshio die Mängel des Motors erläuterte, zeigte sich immer deutlicher die Wahrscheinlichkeit eines Schadens auf der mehrstündigen Fahrt durch den Wald. Schließlich beschloß man, daß Hoshio mit in die Stadt fahren würde.
»Hoshio ist ein As im Reparieren alter Kisten«, sagte Momoko. »Wenn er dabei ist, kann man unbesorgt jede Entfernung mit jedem Auto in Angriff nehmen. Je älter es ist, desto besser kriegt er es zurecht. Er wird dir wirklich eine Stütze sein.« Nach dieser Bemühung um Fairneß seufzte sie in kindischem Neid auf: »O Mann, ich möchte wissen, was für Filme man in der zivilisierten Welt zeigt? Ob Brigitte Bardot noch dabei ist?...«
»Wir nehmen dich mit«, sagte Takashi. »Diese Teenagermädchen überdrehen immer bei allem«, fügte er mit einem Lächeln hinzu, aus dem unverhohlene Anteilnahme an der Freude sprach, die Momokos ganzer Körper ausdrückte.
»Fahr vorsichtig, Taka«, sagte meine Frau. »Die Straße durch den Wald ist vereist.«
»In Ordnung. Und auf der Rückfahrt bin ich besonders vorsichtig, weil ich ein Halbdutzend Flaschen Whisky mitbringe, ein bißchen was Besseres, als es hier im Dorf gibt. Was ist mit dir, Mitsu? Können wir für dich irgend etwas tun?«
»Nichts.«
»Mitsu erwartet schon lange nichts mehr«, revanchierte sich Takasho spottend für meine Verdrießlichkeit, »von anderen ebenso wie von sich selbst.«
Unfehlbar hatte er erkannt, daß mir jedes Gefühl der Erwartung mangelte. Soviel ich wußte, konnte man dies tatsächlich schon allein aus meiner äußeren Erscheinung ablesen.
»Und bitte etwas Kaffee, Taka!« warf meine Frau ein.
»Ich bringe eine ganze Ladung Proviant mit – ich laß mir

vom Kaiser einen Vorschuß auf das Speicherhaus zahlen. Ihr beide habt das Recht auf etwas Freude von dem Geld.«

»Wenn möglich, hätte ich gern eine Filtermaschine und etwas frischgemahlenen Kaffee, Taka«, sagte meine Frau. Sie begann sich offenbar ebenfalls nach der Fahrt in die Stadt zu sehnen.

Als Takashi und seine Leibwächter mit dem Frühstück fertig waren, rannten sie zusammen zum Citroën, der vor dem Gemeindeamt stand. Meine Frau und ich unterbrachen die Mahlzeit und beobachteten die Abfahrt vom Vorgarten aus, wo der Boden von angewehten Eisnadeln glatt geworden war.

»Taka findet schnell Kontakt zu den jungen Männern aus dem Tal«, sagte meine Frau. »Du nicht – du vergräbst dich hier genauso wie in deinem Zimmer in Tokyo.«

»Taka versucht, hier wieder Wurzeln zu fassen«, antwortete ich.

»*Ich* habe wohl überhaupt keine Wurzeln.« Der wehleidige Ton meiner Stimme widerte mich selbst an.

»Hoshi scheint der Meinung zu sein, Taka verkehre zu freundschaftlich mit den jungen Männern.«

»Aber er hilft doch Taka bei der Arbeit für ihren Verein?«

»Er macht mehr oder weniger begeistert alles mit, was Taka tut. Trotzdem scheint er diesmal insgeheim unzufrieden mit ihm zu sein. Vielleicht ist er auf Takas neue Freunde eifersüchtig.«

»Wenn er das ist, empfindet er sicherlich eine Art Abscheu des Artverwandten vor den anderen jungen Burschen. Schließlich hat er vor kurzem selbst noch auf einem Bauernhof gelebt. Er kennt wohl den Bauernschlag zu gut, als daß er ihm so naiv vertraute wie Taka. Der hat ja fast alles über das Leben hier vergessen.«

»Bist du der gleichen Meinung?« fragte sie, aber ich gab keine Antwort.

Der Auspufflärm des Citroën, der Takashi und die anderen entführte, schlug ungewöhnlich laut an die Steinmauer, an der wir standen, verlor sich dann in dem rechteckigen von Hochwald umgrenzten Stück Himmel und lief mit vielfachem Widerhall kreuz und quer durch das Tal. Als der Wagen dann ebenso schnell wie das Echo verschwand, stieg über dem wieder völlig reglosen Tal eine dreieckige Flagge von eigenartig leuchtendem Gelb in die frühe Morgenluft. Sie wehte fröhlich von einem Fahnenmast am Speicherhaus für Sake, das den Brauern gehörte. Diese Familie war so alteingesessen wie die unsere und neben den Nedokoros die einzige, deren Haus während des Bauernaufstandes von 1860 angegriffen worden war. Die Brauer hatten mittlerweile das Dorf verlassen; ihr Speicherhaus war verkauft und nach dem Abtragen einer Wand zu einem Supermarkt gemacht worden.

»Auf die Flagge sind die Buchstaben ›DSD‹ aufgestickt«, sagte ich mit erwachendem Interesse. »Was zum Teufel soll das wohl heißen?«

»Natürlich ›Dynamische Selbstbedienung mit Diskont‹. Ich habe das gestern auf einem Prospekt gesehen, der mit der Lokalzeitung kam. Ich glaube, der Besitzer der Supermarktkette ist während seiner Amerikareise auf diese Idee gekommen. Mir jedenfalls gefällt das sehr, es ist eine sehr gute und einprägsame Bezeichnung«, sagte sie in einem Ton, der mich stutzig machte.

»Wie stark bist du denn wirklich beeindruckt?« fragte ich und suchte in meinen unvollständigen Erinnerungen sorgfältig nach dem gewöhnlichen Bild des Tals, um festzustellen, ob die Flagge bisher jeden Tag geweht hatte. »Ich glaube nicht, daß ich die Flagge schon mal gesehen habe.«

»Man wird sie rausgehängt haben, weil heute Ausverkauf ist. Jin sagt, an solchen Tagen kommen die Leute nicht nur aus den Häusern am Waldrand, sondern auch aus den Nachbardörfern zum Einkaufen. Sie kommen mit dem Bus die Straße am Fluß herauf.«

»Jedenfalls scheint der Kaiser seine fünf Sinne beisammen zu haben«, sagte ich und schrak zurück, weil eine dreieckige Flagge in einer eben aufgekommenen Brise flatterte.

»Ja, nicht wahr?« sagte sie, war aber bereits bei einem anderen Gedanken. »Angenommen, alle Bäume hier im Wald würden erfrieren und an Ort und Stelle verfaulen – wie lange würden die Leute in der Senke wohl den Gestank aushalten?«

Ich wollte schon darauf eingehen und den Wald ringsum betrachten, als irgend etwas in mir ein Zeichen von Abwehr gab. Ich blickte weiter zu Boden, wo die Eisnadeln schon zu schmelzen begonnen hatten. Mein gefrorener Atem senkte sich ihnen entgegen und blieb dann unschlüssig hängen. Immer träger breitete er sich horizontal aus, ohne jedoch gänzlich zu verschwinden. Während ich dies beobachtete, spürte ich eine Erinnerung in mir aufleben, an den atemberaubenden Gestank der fleischigen Blätter erfrorener und verfaulender Zierpflanzen.

»Na, komm«, drängte ich sie schaudernd, »jetzt wollen wir in Ruhe zu Ende frühstücken.«

Aber als sie sich umwandte und einen Schritt tat, rutschten die Eisnadeln unter ihrem Fuß weg. Sofort verlor sie das Gleichgewicht und fiel hin, wobei sie sich Hände und Knie auf dem gefrorenen Boden beschmutzte. Ihr nach einer Nacht des Rausches labiler Gleichgewichtssinn wurde immer wieder einmal durch irgendeine Einwirkung physischer oder psychischer Art gestört. In diesem Augenblick hatte ihn wohl die erneute Erinnerung an den Geruch noch weiter beeinträchtigt. Kurz gesagt, sie war durch die Geister einiger Zierpflanzen zu Fall gebracht worden, die in unserer Wohnung in Tokyo eingegangen waren.

Seit unserer Heirat hatte sie stets Gummibäume, Monsterae und verschiedene Farne und Orchideen gezüchtet. Dazu diente ihr ein kleiner Wintergarten hinter Glas, den sie an der Südseite unserer Küche mit Eßecke angelegt hatte. Sobald im Winter eine Kältewelle vorausgesagt wurde, ließ sie die Gasheizung in diesem Raum die ganze Nacht hindurch brennen und stand jede Stunde auf, um die warme Luft in den Wintergarten einzulassen. Ich schlug verschiedene Kompromißlösungen vor. Sie sollte zum Beispiel die Trennwand zwischen der Eßecke und dem Wintergarten ein wenig offen lassen oder ein Holzkohlebecken in den Wintergarten stellen. Aber seit ihrer Kindheit hatte sie so schreckliche Angst vor Einbrechern und Bränden, daß sie darauf gar nicht einging. Dank ihrer neurotischen Emsigkeit füllte sich der Wintergarten vom Boden bis zur niedrigen Decke mit wild ins Kraut schießenden Pflanzen. Doch in diesem Winter, da sie sich allabendlich mit Whisky in den Schlaf trank, war es ihr schwergefallen, die ganze Nacht hindurch an den Wintergarten zu denken. Ich hatte auch Angst, sie betrunken mitten in der Nacht an der Gasheizung hantieren zu lassen. Als im Radio mitgeteilt wurde, die erste Kältewelle dieses Winters stehe unmittelbar bevor, da erwarteten wir sie in der gleichen Geisteshaltung wie ein winziger Trupp Soldaten das Heranrücken einer mächtigen Armee.

Eines frühen Morgens, nachdem wir wegen der Kälte nur schwer Schlaf gefunden hatten, ging ich in den Eßraum und sah durch die Glastür in den Wintergarten. Dabei stellte ich fest, daß die Blätter der Pflanzen durch dunkle Flecken verunziert wurden. Doch das hielt ich nicht für besonders schlimm; die Blätter hatten alle etwas abbekommen, waren aber noch nicht welk. Erst als ich die Glastür öffnete und hineinging, erkannte ich zu meinem großen Erschrecken das ganze Ausmaß des Schadens, den unsere Zierpflanzen genommen hatten. Übermächtiger gemeiner Gestank schlug mir wie aus einer geifernden Hundeschnauze entgegen. Sobald dieser Geruch sich meines Bewußtseins bemächtigt hatte, sahen die in verschiedenen trüben Grüntönen gesprenkelten Gummibäume und Monsterae auf beiden Seiten plötzlich wie im Stehen sterbende Riesen und die düstere Masse breitblättriger Orchideen zu meinen Füßen wie ein krankes Tier aus. Die Knie wurden mir weich. Ich ließ alles, wie es war, ging ins Schlafzimmer zurück und legte mich nieder, immer noch verfolgt von dem Geruch, der mir in alle Poren gedrungen zu sein schien. Gegen Mittag stand ich auf und fand meine Frau schweigend bei einem späten Frühstück. Der sie umgebende wohlbekannte aufdringliche Geruch nach Hund erinnerte mich sogleich an die Minuten, die ich im Wintergarten zugebracht hatte, während sie noch im Schlaf lag. Von allen Vorzeichen des Untergangs, die es in unserem Haushalt gegeben hatte, seit meine Frau mitunter in den tieferen Bereichen des Rausches trieb, war keines so herausfordernd und eindringlich gewesen. Meinen Widerwillen überwindend, warf ich noch einen Blick durch die Glastür und stellte fest, daß sich im starken Sonnenlicht die schwärzlichen Flecke bereits über alles Blattwerk ausgebreitet hatten und verwelkte Blätter an den Stielen baumelten wie Hände an gebrochenen Gelenken. Es war nur zu offensichtlich, daß diese Pflanzen im Sterben lagen.

Ja, dachte ich, wenn alle Bäume im Wald rings um das Tal erfrören, dann würde ein Gestank wie aus Millionen feuchtkalten Hundeschnauzen die Dorfbewohner einhüllen. Bei diesem Gedanken spürte ich, daß auch ich auf den schmelzenden Eisnadeln ausgleiten konnte. In von Grauen geschwängertem Schweigen gingen wir gemeinsam wieder ins Haus und beendeten unser Frühstück in einer gedrückten Stimmung, die so ganz anders war als die Atmosphäre vordem, als Takashi Mittelpunkt unserer Gruppe gewesen war.

Am Nachmittag brachte der Postbote einen Brief für Momoko und teilte uns mit, daß auf dem Postamt ein Paket für uns bereitlag. Es enthielt einen »Toilettenstuhl«. Meine Frau hatte ihn in einem Inserat in einer Zeitschrift gesehen und ihre Familie gebeten, einen solchen Sitz zu kaufen. Dem Katalog zufolge handelte es sich um eine Art Stuhl ohne Sitzfläche. Stellte man ihn über eine japanische Toilette, so konnte man diese in derselben Haltung benutzen wie eine westliche Toilette, ohne die Knie zu beanspruchen. Meine Frau war auf den Gedanken gekommen, Jin einen solchen Stuhl zu schenken und damit »Japans dickste Frau« von der Erschwernis zu befreien, die ihr enormes Gewicht bei solchen Gelegenheiten bedeuten mußte. Allerdings gab es Zweifel, ob die Leichtmetallrohre des Stuhls ein Gewicht von 132 Kilogramm aushalten würden und ob die altmodische Jin jemals dazu überredet werden konnte, einen solchen Sitz zu verwenden. Aber die Ankunft des Stuhls erregte unser Interesse, und da wir es satt hatten, in krankhaftem Warten auf die anderen zu Hause zu sitzen, stiegen wir sofort den gepflasterten Weg hinab.

Als wir am Supermarkt vorbeikamen, blieben wir stehen, um uns das ungewöhnliche Gedränge dort anzusehen. Die lebhafte Stimmung erinnerte mich an das Getümmel während des Schreinfestes. Ein wenig abseits von der Menschentraube an den Türen des Supermarktes waren ein paar Kinder in ihren besten Kimonos in ein altes Steinstoßspiel vertieft; auch ihre Fröhlichkeit paßte zu meinen Erinnerungen an das Fest. Ein kleines Mädchen trug einen scharlachroten Kimono mit eingewebtem goldgrünem Phönixmuster. Der Kimono, offensichtlich während der Lebensmittelknappheit im Tausch für Reis in den Besitz der Eltern des Mädchens gelangt, wurde von einer silbernen Schärpe zusammengehalten, und im Rücken hing eine goldfarbene runde Schelle von der Größe einer Männerfaust. Das Mädchen hatte einen kräftigroten synthetischen Pelz um den Hals geschlungen. Jedesmal, wenn es mit dem Fuß einen Stein fortstieß, rasselte die Schelle lärmend und erschreckte die anderen Kinder. Von der Dachrinne des Speicherhauses, dessen Mauern herausgebrochen und durch Plastik ersetzt worden waren, wehte eine leuchtend rote Flagge mit einer Aufschrift in grünen Buchstaben:

DSD, das Haus, das alles führt.
Das Geschäft, von dem jeder spricht,
Veranstaltet jetzt, als Dank für Ihre Treue,
Einen noch nie dagewesenen Ausverkauf!
Versäumen Sie nicht diesen letzten Sonderverkauf des Jahres!
Das Geschäft ist voll beheizt.

»Das Geschäft ist voll beheizt«, sagte ich, »na, wenn das nichts ist!«
»Ach was, sie haben bloß ein paar dickbäuchige Öfen aufgestellt«, meinte meine Frau, die schon einige Male mit Momoko hier gewesen war.
Die Frauen, die ihre Einkäufe erledigt hatten, machten keine Anstalten, wegzugehen, sondern blieben vor dem breiten Schaufenster zwischen Ausgang und Eingang stehen. (Auf das Glas hatte man mit weißer Farbe die Preise verschiedener Artikel geschrieben, so daß wir von unserem Platz aus nicht in den Laden hineinsehen konnten.) Manche der Frauen drückten ihre Stirn gegen das Fenster und sahen zwischen dem Labyrinth weißer Zahlen hindurch. Bald kam eine kleine Bauersfrau heraus, die über Schulter und Kopf eine bunte Decke wie eine südamerikanische Indiofrau und in den Händen eine volle Einkaufstasche trug. Ein Wirbel neidischer Seufzer erhob sich von den Frauen draußen. Während die in ihrer Nähe stehenden wie mit Affenpfoten nach der Decke griffen, krümmte sich die kleine Bäuerin und lachte kreischend, als würde sie gekitzelt. Ich war lange nicht im Tal gewesen und hatte den Eindruck, daß die Leute hier alle nicht aus dem Dorf waren, aber das konnte nicht gut sein; diese Art hatte sich wohl spontan bei den Talbewohnern herausgebildet.
Als wir uns wortlos entfernten, sahen wir den jungen Tempelpriester hinter den Frauen herauskommen. Auch er drückte ein Päckchen Eingekauftes an die Brust. Sein gutmütiges, lächelndes Gesicht errötete immer stärker, als er

uns bemerkte und zu uns herüberkam. Unter dem kurzgeschnittenen, vorzeitig ergrauten Haar, das dank sorgfältigem Waschen silbrig glänzte, verlieh ihm der rosige Hauch auf den Wangen und unter den Augen das Aussehen eines neugeborenen Kaninchens.

»Ich habe Reiskuchen für Neujahr gekauft«, erklärte er und schaute sehr verlegen drein.

»Reiskuchen? Bringt die Gemeinde die nicht mehr in den Tempel mit?«

»Keine Familie im Tal stampft mehr Reis, um selbst Kuchen zu bereiten, verstehen Sie. Man kauft sie im Supermarkt, oder erhält sie dort gegen Abgabe von Reis. Das ist typisch dafür, wie die Grundfesten des Lebens im Tal eine nach der anderen zusammenbrechen. Genauso zerfallen die Zellen eines Grashalms. Sie haben doch sicher einen Grashalm unter dem Mikroskop gesehen, als Sie in die Schule gingen, Natsumi?«

»Ja.«

»Vielleicht erinnern Sie sich: Jede Zelle im Halm hat eine feste Struktur. Bricht sie zusammen und wird feucht und formlos, dann ist sie geschädigt oder tot. Nimmt die Zahl dieser Zellen zu, so verfault der Grashalm. Ist es nicht mit dem Leben im Tal ebenso? Man kann kaum erwarten, daß es weitergeht, wenn jede einzelne Grundfeste allmählich zusammenbricht. Aber ich kann auch nicht gut den Dorfleuten sagen, sie sollen wieder beim Reisstampfen schwitzen und dieselben alten Stößel und Steinmörser benutzen wie ihre Väter. Sie würden bloß denken, ich sage das, weil ich die Kuchen haben will!« Er lachte kurz auf.

Der Vergleich mit der Pflanze war uns unangenehm. Alles, was wir zustande brachten, war ein schwaches Lächeln meiner Frau als Antwort auf das Lachen des Priesters. Wieder kamen zwei, drei Frauen aus dem Supermarkt und wurden von den draußen Wartenden begrüßt. Aber eine von ihnen, eine Bäuerin in mittleren Jahren, deren Gesicht vor Aufregung von tiefem Kupferrot übergossen war, rief plötzlich mit vor Selbstverspottung barscher Stimme: »Was für ein Schund!« Die Stirn runzelnd und doch kichernd schwenkte sie ein blaues Kunststoffspielzeug, das aussah wie ein Golfschläger.

»Ein Golfschläger ist doch sinnlos hier im Tal?« sagte meine

Frau in fragendem Ton. »Auch wenn es nur ein Spielzeugschläger ist. Ich möchte wissen, wozu sie so etwas kauft!«

»Sie hat ihn nicht gekauft«, sagte der Priester und wandte das Gesicht von uns ab. »Alles, was sie nicht in Tüten tragen, sind Geschenke. Die Decke, das Spielzeug – der ganze Krempel. Im Laden steht eine Losbude gleich neben dem Ausgang, da gibt es allerlei alberne Preise zu gewinnen. Deshalb bleiben auch die hier, die mit dem Einkaufen fertig sind. Sie wollen einfach sehen, was für kleine Sachen die anderen gewinnen.«

Als wir auf das Postamt zugingen, Natsumi zwischen dem Priester und mir, sprachen wir über die Katastrophe, die die Hühner und die Jugendgruppe betroffen hatte. Der Priester hatte schon von den toten Hühnern erfahren, wurde aber blaß, als er hörte, daß Takashi in die Stadt gefahren war, um mit dem Kaiser über Möglichkeiten zu sprechen, dieser Katastrophe zu begegnen.

»Wenn sie Takashi darum gebeten haben, wieso sind sie dann nicht an den Kaiser herangetreten, bevor die Hühner umkamen? Aber schließlich stellen sie ja nur ungereimtes Zeug an! Sie tun erst dann etwas, wenn es zu spät ist.«

»Vielleicht wollten sie so unabhängig wie möglich vom Kaiser bleiben«, wandte ich in meiner Eigenschaft als neutraler Beobachter ein, »selbst wenn dadurch zwangsläufig eine Lage entstand, in der sie sich ihm völlig unterwerfen müssen.«

»Eigentlich war der wirkliche Grund ihres Mißerfolges in erster Linie der, daß sie sich nicht vertraglich binden wollten, alle Eier direkt an den Supermarkt zu liefern. Statt dessen versuchten sie, ihr Recht zu behaupten, auch an andere Groß- und Einzelhändler zu verkaufen. Das war von vornherein eine merkwürdige Idee. Sehen Sie, sowohl der Grund und Boden als auch das Gebäude, wo sie die Hühner aufzogen, gehören dem Besitzer der Supermärkte. Theoretisch wurde das Land, auf dem die Koreanersiedlung stand, nach dem Krieg an die Koreaner verkauft, die im Wald Zwangsarbeit geleistet hatten. Aber es dauerte nicht lange, da hatte einer von ihnen allen Grund und Boden an sich gebracht und die Anteile der anderen aufgekauft. Er machte sich immer mehr heraus, und das Ergebnis ist der Kaiser von heute.«

Ich war zutiefst betroffen. Auch in Kenntnis der Tatsache, daß Takashi und ich das Speicherhaus an den Besitzer der Supermärkte verkaufen wollten, hatten weder Jins Familie noch unsere alten Bekannten ein Sterbenswörtchen über die frühere Laufbahn des Kaisers verloren.
»Ich hoffe nur, Takashi weiß das alles, wenn er mit dem Kaiser verhandelt«, sagte meine Frau. »Ich bezweifle, daß die jungen Männer ihm wirklich die ganze Geschichte erzählt haben.« Ganz offensichtlich war sie mißtrauisch gegenüber dem Seeigel, weil der sich stets leise mit Takashi unterhalten hatte, ohne uns die geringste Beachtung zu schenken.
Ich war jedoch mit viel zu vielem beschäftigt, als daß ich mir müßige Gedanken darüber gemacht hätte, welche kleinen Enttäuschungen Takashi bei seinem entschlossenen Versuch erleben würde, mit dem Kaiser zusammenzuarbeiten. Mein Hirn war völlig davon in Anspruch genommen, daß die Dorfbewohner die Herkunft des Kaisers ganz und gar verschwiegen hatten.
»Selbst wenn er inzwischen die japanische Staatsbürgerschaft angenommen hat, zeugt es doch von eingefleischter Bosheit, einen Mann koreanischer Herkunft als Kaiser zu bezeichnen«, sagte ich. »Das sieht den Leuten aus dem Tal ähnlich. Aber ich möchte wissen, warum mir bisher niemand etwas davon gesagt hat.«
»Ganz einfach, Mitsu«, sagte der Priester. »Die Leute im Tal wollen heute nicht zugeben, daß sie wirtschaftlich von einem Koreaner beherrscht werden, der noch vor zwanzig Jahren als Zwangsarbeiter im Wald Bäume gefällt hat. Und ich kann mir denken, daß das gleiche unterdrückte Gefühl sie bewogen hat, ihn ganz bewußt als Kaiser zu bezeichnen. Die Leute im Tal zeigen Symptome eines nahen Zusammenbruchs.«
»Da mögen Sie recht haben«, stimmte ich düster zu. Ich mußte zugeben, daß es Anzeichen für eine tiefsitzende Untergangsstimmung gab. Die Beziehung zwischen den Dorfbewohnern und dem Kaiser schien von etwas undefinierbar Dunklem und Bösartigem geprägt zu sein. »Aber nichts deutet doch direkt auf Zusammenbruch hin, zumindest nichts von dem, was ich seit meiner Rückkehr im Tal gesehen und gehört habe.«

»Die Leute haben sich an den Zustand gewöhnt«, antwortete der Priester. »Und sie haben gelernt, ihn vor Außenstehenden zu verbergen.« Er sprach, als enthülle er ein Geheimnis.
»Was für ein Typ ist denn dieser Kaiser?«
»Sie meinen, ob er ein Schuft ist oder nicht? Ich muß zugeben, Mitsu, ich kann nichts Direktes gegen ihn vorbringen. Was die Geschäftspraktiken anbelangt, sind die Leute im Tal eher schlimmer als er. Trotzdem werden sie auf lange Sicht in die Klemme geraten. Das mit den Hühnern ist ein typisches Beispiel. Manchmal bekomme ich es mit der Angst und frage mich, was für Anschläge er wohl gegen die Leute im Tal ausheckt. Aber das ist im Moment alles, also kann ich nichts sagen.«
»Trotzdem ist das sehr unerfreulich. Dadurch wird mir immer klarer, daß mit dem Tal etwas nicht in Ordnung ist.«
»Für uns ist es mehr als nur unerfreulich.« Einen Augenblick lang traf mich ein stechender Blick, dann fuhr er traurig fort: »Ich kann das nicht erklären, Mitsu. Eines ist sicher, das Tal steht vor dem Zusammenbruch.«
Er rückte die Tüte mit Reiskuchen auf seinem Arm zurecht und entfernte sich schnell, als fürchte er, ich könnte noch etwas fragen.
Ich ging raschen Schrittes die Straße entlang. Meine Frau kam mir eilig hinterher. Wir holten am Postamt das Paket mit dem Toilettenstuhl ab und gingen wieder den gepflasterten Weg hinauf. Am Supermarkt blieb meine Frau stehen und ging hinein, Reiskuchen für uns und Jins Familie kaufen. Obwohl sie nicht völlig unberührt blieb von meinem Gefühl empörter Ablehnung gegenüber dem zum Supermarkt umgemodelten Speicherhaus, so war dies doch für sie kein unüberwindliches Hindernis. Als sie herauskam, hielt sie einen grünen Plastikfrosch in der Hand, den sie gewonnen hatte.
»Mein erster Losgewinn seit unserer Hochzeit – und dann so etwas!« klagte sie enttäuscht.
Wir packten den Stuhl aus. Es handelte sich um ein simples Gerät, das aus zwei U-förmig gebogenen und mit Streben verbundenen Rohren bestand. Die Realität bescherte uns Stoff zum Nachdenken: Es würde uns nicht leichtfallen, Jin

zum Gebrauch einer solchen Vorrichtung zu überreden. Es konnte durchaus geschehen, daß sie den Stuhl als »Schund« abtat und dabei weitaus mehr Gift in das Wort legte als die Frauen vor dem Laden. Vielleicht hielt sie den Stuhl auch für einen aufwendigen Versuch, mich über sie lustig zu machen. Daher überließ ich es meiner Frau, ihr das Geschenk zu erklären. Ich rief inzwischen Jins Kinder in den Vorgarten und machte ein kleines Feuerchen aus Schnur und Verpackung. Dabei löschte ich fleißig die beunruhigenden Funken der Spekulation über den Kaiser, dem ich noch nicht begegnet war.

Die Kinder wußten schon, daß es die Hühner der jungen Männer dahingerafft hatte. Sie erzählten, die jungen Leute hätten einen Streifendienst an den Hühnerställen organisiert, damit die Leute aus dem Tal die toten Vögel nicht stehlen konnten. Was von der Koreanersiedlung noch übrig war, erinnerte an einen schmutzigen Bienenkorb und lag völlig unter den mehrstöckigen Hühnerställen und den Gestellen zum Trocknen des Hühnerdrecks begraben. Über der ganzen Gegend hing ein strenger Geruch. An jenem Morgen lagen die unglücklichen Geschöpfe tot da, ein jedes in seiner engen Behausung. Jins Söhne waren mit den anderen Kindern hingegangen, um sie sich anzusehen, aber die jungen Männer von der Streife hatten sie verjagt.

»Sie spielten so verrückt, als hätten *wir* die Hühner umgebracht«, beschwerte sich Jins Ältester. »Wer stiehlt schon einen Haufen toter Hühner, frage ich Sie! Wer weiß, vielleicht sind sie so wütend, daß sie es selbst getan haben!« fügte er mit einer unbeschreiblichen Mischung aus Sanftmut und Arglist hinzu.

Und Jins magere Söhne lachten einstimmig und schrill. Es war klar, daß sich hinter ihrem spöttischen Gelächter die nämliche kalte Gleichgültigkeit gegenüber der Gruppe der jungen Männer und deren züchterischer Unfähigkeit verbarg wie bei allen Erwachsenen im Tal. Zum erstenmal tat mir die Gruppe leid, die sich zwischen dem Kaiser – den ich mittlerweile für ein ränkeschmiedendes Ungeheuer hielt – und den ebenso heimtückischen Erwachsenen im Tal aufrieb. Mit der Gruppe junger Kriegsteilnehmer, deren Gewalttaten schließlich zum Tode von S geführt hatten, war es so gewesen: Die Haltung der Erwachsenen, die sich ihrer für ihre eigenen Zwecke bedient hatten, beruhte auf tiefverwurzelter Skepsis und Verachtung. Erst als ich in die Welt draußen entflohen war, wo ich objektiv auf das tägliche Leben im Tal zurückschauen konnte – schon älter als S bei seinem Tode –, erkannte ich, daß es wirklich so war. Ein Unterschied bestand natürlich darin, daß sich früher die Kinder gegen die Erwachsenen gestellt und die jungen rauflustigen Leute verherrlicht hatten, während sie jetzt beiden gleichgültig gegenüberstanden.

Das Feuer verlosch und hinterließ ein warmes schwarzes Mal im gefrorenen Boden. Die Kinder stampften es sinnlos nieder.

»Ihr könnt jetzt hineingehen«, sagte meine Frau, die aus dem Nebengebäude zurückkam. »Es sind ein paar Reiskuchen für euch da.«

Aber sie beachteten ihre gutgemeinte Mitteilung nicht und stampften weiter auf den Überresten des Feuers herum. Sie waren zu befangen und zu stolz hinsichtlich aller Dinge, die etwas mit dem Essen zu tun hatten. Ich fragte mich, ob sie so dünn waren, weil ihre Mutter, die aus Haß auf ihren eigenen gewaltigen Appetit an allem Eßbaren die Dornen des Leidens sah, auch ihnen eine Abneigung dagegen eingeflößt hatte.

»Jin hat sich sehr gefreut«, sagte meine Frau.

»Sie ist nicht wütend geworden?«

»Als sie den Stuhl sah, meinte sie, du willst sie ›hochnehmen‹, aber schließlich machte ich ihr begreiflich, daß ich ihn bestellt habe. Sie sagte tatsächlich ›hochnehmen‹.«

»Ja, das glaube ich. Das war ein ganz geläufiges Wort hier im Tal, wenigstens noch in meiner Kindheit. Immer, wenn ich mir einen Spaß erlaubte, kanzelte Mutter mich ab und sagte, daß ich meine Eltern ›hochnehme‹. Und sonst? Glaubst du, das Ding wird Jin etwas nützen?«

»Ich denke schon. Sie wird aufpassen müssen, daß sie nicht zur Seite kippt und sich weh tut, aber zumindest der erste Versuch war erfolgreich.« Einzelheiten ersparte sie sich wegen der Kinder, die hartnäckig mit gespitzten Ohren weiter herumlungerten, und sagte plötzlich: »Jin hat mich gefragt, und da habe ich ihr das mit dem Baby erzählt.«

»Ah gut. Jeder, der ein solches Gerät mitbringt, würde

natürlich alles Mögliche beichten, nur damit die eigentliche Sache nicht ganz so peinlich ist.«

»Deine gute Laune wird dir vergehen, wenn du hörst, was Jin dazu zu sagen hatte. Natürlich habe ich es ihr nicht geglaubt.« Sie schien sich überwinden zu müssen, ehe sie sprach. »Sie wußte nicht recht, ob die Mißbildung des Babys vielleicht mit einer Erbanlage bei dir zusammenhängt.«

Eine Welle brennenden Zorns durchfuhr mich. Für einen Augenblick war sie stark genug, den ominösen Schatten des Kaisers zu vertreiben. Ich rang darum, meine Abwehrkräfte zu sammeln, und wurde rot vor zielloser Angst, als stünde ich unter dem Angriff eines unsichtbaren Feindes.

»Die Gründe für ihren Verdacht sind wirklich schrecklich trivial«, fuhr sie hastig fort und wurde ebenso rot, wie ich es war. »Es ist nur, daß du einmal, noch als Vorschulkind, einen schlimmen epileptischen Anfall hattest.«

»Ich hatte einen Anfall und wurde ohnmächtig, als ich mir eine Aufführung des Schultheaters ansah«, sagte ich mit einem Gefühl der Erleichterung, das so tief war wie der vorangegangene Schreck, obschon ich noch am ganzen Körper die zurückgebliebene Zorneshitze spürte.

Jins Söhne lachten kreischend. Vielleicht diente ihr kindisches Geschrei, das darauf angelegt war, sowohl meine Frau als auch mich zu beleidigen, der Begleichung unseres geistig-seelischen Kontos, denn als ich sie finster anblickte, zogen sie sich hastig in Richtung ihrer korpulenten Mutter und der Reiskuchen zurück, immer noch lachend und völlig unerschrocken. Meine Frau und ich gingen zur Feuerstelle. Ich hatte das Gefühl, ich müßte ihr den bösen Geist genau beschreiben, der mich ohne Vorwarnung heimgesucht hatte, als ich der Schulaufführung beiwohnte, müßte die Saat des Mißtrauens vernichten, die sonst mit Sicherheit in ihr aufgehen würde, wenn sie sich am Abend betrank.

Das fragliche Stück war wohl das letzte gewesen, das an der Grundschule aufgeführt wurde, ehe die Laienspielarbeit nach dem Krieg wieder begann. Es muß im Herbst vor Kriegsausbruch gewesen sein. Mein Vater war in Nordostchina und erledigte dort irgendeine Aufgabe, die nicht nur für uns Kinder ein Geheimnis blieb, sondern auch für Großmutter, die damals noch lebte, und für Mutter. Um dieser Arbeit willen verkaufte er immer wieder so viele Felder, daß das Geld für die Überfahrt und für einen mehr als sechsmonatigen alljährlichen Aufenthalt in China reichte. Unser ältester Bruder studierte an der Universität Tokyo, und S besuchte die Mittelschule in der nahe gelegenen Stadt. Somit bestand die Familie in dem Haus im Tal aus Großmutter und Mutter, Jin und den Kindern – mir, meinem jüngeren Bruder und unserer neugeborenen Schwester. Also machten sich an jenem Tag Jin und wir drei Kinder mit der an Vater gerichteten Einladung auf den Weg zur Schulaufführung. Takashi und ich saßen zu beiden Seiten Jins, die das Baby auf dem Rücken trug. Unsere Beine baumelten von Holzstühlen in der Mitte der ersten Reihe im größten Klassenzimmer der Grundschule. Ich konnte mich an den Schauplatz so klar erinnern, als hätte ich ein drittes Auge oben an der Zimmerdecke gehabt, das mir einen Blick aus der Vogelschau vermittelte.

Etwa einen Meter vor uns hatte man durch Zusammenrükken zweier Podeste eine Bühne gebildet, auf der die älteren Schüler ihr Stück vorführten. Es begann damit, daß eine Schar Kinder, baumwollene Handtücher um den Kopf geschlungen (der Gesamtstärke der oberen Klasse nach konnten nicht mehr als vierzehn oder fünfzehn auf der Bühne agieren, aber meinen kindlichen Augen schienen sie eine ziemlich große Schar) so taten, als bestellten sie ein Feld. Kurz gesagt, sie waren Bauern in der alten Zeit. Bald legten sie ihre Hacken zur Seite und begannen Kampfübungen mit Äxten und Sicheln. Ihr Anführer trat auf, ein junger Bursche von außerordentlicher Schönheit, die auch meine unreifen Augen wahrnahmen, und unter seinem Kommando trainierten die bewaffneten Bauern für den Kampf, in dem sie den mächtigsten Mann des Fürstentums einen Kopf kürzer machen wollten. Ein schwarzes Bündel stellte den Kopf dar, und die Bauern teilten sich in zwei Gruppen, die sich um das Bündel rissen. Im zweiten Akt trat ein Mann in herrlichem Kostüm auf und warnte davor, der Standesperson den Kopf abzuschlagen, aber sie waren schon so aufgereizt, daß sie ihm nicht zuhörten. Da sagte er ihnen, er selbst wolle sich den Kopf holen. Eine maskierte Gestalt ging an dem dunklen Ort vorüber, wo die Bauern in Hinterhalt lagen, und ohne Warnung stürzte sich der Akteur in dem herrlichen Kostüm mit dem Schwert auf den Maskierten. Dessen Rolle wurde von einem Schüler gespielt, der ein schwarzes Tuch über dem Kopf trug, an dessen oberem Ende eine schwarze Kugel befestigt war, wodurch er zu einer Schreckensgestalt wurde, die die anderen Akteure beträchtlich überragte. Der »echte« Kopf des mit dem Schwert Angegriffenen fiel mit lautem Poltern zu Boden, worauf der Angreifer den verborgenen Bauern zurief: »Seht! Der Kopf meines Bruders!«

Die Bauern nahmen dem Kopf die Maske ab, erkannten ihren jungen Anführer und weinten vor Scham bitterlich.

Jin hatte mir die Handlung schon erzählt, und ich hatte auch viele Proben des Stücks gesehen, so daß ich mit dem Ablauf der Szene völlig vertraut war, und trotzdem packte mich die Furcht (entweder in dem Augenblick, als der »echte« Kopf, ein mit Steinen gefüllter Bambuskorb, auf die Bühne fiel, oder als der Schrei »Seht! Der Kopf meines Bruders!« mich so erschreckte, oder auch – um alles so zu berichten, wie mein Gedächtnis es aufgezeichnet hat – als beides zusammentraf). Schreiend stürzte ich zu Boden, wand mich in Krämpfen und verlor das Bewußtsein. Als ich zu mir kam, hatte man mich schon nach Hause getragen, und Großmutter saß an meinem Bett und sagte zu Mutter: »Das Erbe ist etwas Furchtbares, sogar bei einem Urenkel.« Ich fürchtete mich so sehr, daß ich die Augen geschlossen und den Körper steif hielt und mich weiter bewußtlos stellte.

»Erinnerst du dich, daß ich von einem pensionierten Grundschullehrer einen Brief erhielt, als meine erste Übersetzung erschienen war?« fragte ich meine Frau. »Er war zur Zeit der Aufführung stellvertretender Direktor, gab Mathematik, befaßte sich aber auch mit Heimatgeschichte und hatte das Stück geschrieben. Aber in jenem Winter begann der Krieg. Im Jahr darauf wurden die ›Nationalschulen‹ eingeführt. Es habe allerhand Lärm um das Stück gegeben, so schrieb er mir, und er sei zum einfachen Lehrer heruntergestuft worden. In meinem Antwortbrief fragte ich ihn, ob Urgroßvater tatsächlich seinen jüngeren Bruder getötet habe. Darauf erwiderte er, er neige jetzt zu der Ansicht, mein Urgroßvater habe in Wirklichkeit seinen jüngeren Bruder, den Rädelsführer bei dem Aufstand, nach Kochi entkommen lassen. Ich erkundigte mich auch nach den genauen

Umständen des Todes meines Vaters, aber er schrieb mir, meine Mutter, die etwas darüber gewußt haben müsse, habe nicht nur die Bedeutung ihres Wissens nicht begreifen wollen, sondern alles getan, es zu vergessen. So könne nun keine Seele mehr etwas Genaues darüber sagen.«

»Ob Taka wohl vorhat, mit diesem Lehrer zu sprechen?« fragte meine Frau.

»Freilich interessiert er sich für all die rätselhaften Umstände, unter denen die Toten unserer Familie gestorben sind. Aber ich bezweifle, daß der Heimatgeschichtler in der Lage sein wird, Takas Vorliebe für das Heroische zu befriedigen«, sagte ich und brach die Unterhaltung ab.

Bei Kriegsausbruch hatte Vater uns mitgeteilt, er wolle seine Arbeit in China aufgeben und nach Hause kommen. Dann aber blieb er spurlos verschwunden, bis die Polizei in Shimonoseki meiner Mutter ein Vierteljahr später seinen Leichnam übergab. Die Umstände seines Todes waren verdächtig, und es gingen zahlreiche Gerüchte um: Er wäre an Bord des Fährschiffes einem Herzanfall erlegen; oder gerade in dem Augenblick über Bord gesprungen, als das Schiff in den Hafen einlief; oder während des Verhörs bei der Polizei gestorben. Aber als meine Mutter den Leichnam ins Dorf geholt hatte, weigerte sie sich, irgend etwas über seinen Tod zu sagen. Nach dem Krieg war unser Bruder S so gereizt wegen der glatten Ablehnung, mit der sie auf jeden seiner Versuche reagierte, ihr Einzelheiten über Vaters Tod zu entlocken, daß dies zumindest der unmittelbare Anlaß für sein Vorhaben war, sie zur Untersuchung in eine Nervenklinik zu bringen.

Um die Zeit der Dämmerung kam am Eingang zum Tal plötzlich Wind auf, zauste auf seinem Weg die spindelförmige Senke und trug einen eigenartigen Gestank zu den Häusern im Tal, wie nach riesigen Mengen verbrennenden Tierfleisches, das unmittelbaren körperlichen Schmerz und Übelkeit erzeugte. Meine Frau und ich traten in den Vorgarten hinaus, Taschentücher an Nase und Mund gepreßt, und blickten hinunter auf das Tal und darüber hinweg. Aber wir sahen weiter nichts als spärlichen weißen Rauch, der aufstieg. Und er war nicht einmal deutlich zu erkennen und verlor sich bald in den strudelnden Wogen neuen Nebels, so daß in den rotschwarzen Tiefen des Abendhimmels nur ein paar Rauchfetzen sich über die schwere Nebelschicht zu erheben versuchten, aber auseinanderrissen und sich auflösten. Dort, wo der schwarze Wald einen Hintergrund bildete, hoben sie sich leuchtend weiß, wie hingespien, ab. Jins Mann und die Söhne waren aus dem Nebengebäude getreten und betrachteten, einige Schritte hinter uns stehend, ebenfalls den unteren Bereich des Himmels. Die Jungen schnupperten eifrig, in dem Bemühen, den Geruch zu bestimmen. Ihre kleinen Nasen, die wie schmutzige Finger aussahen, wiesen geräuschvoll und energisch das Vorhandensein der Kinder in der herabsinkenden Dunkelheit nach. Auch vor dem Gemeindeamt war eine Reihe schwarzer Gestalten aufgetaucht, die zum Himmel aufsahen.

Als Takashi und seine Leibwächter nach Hause kamen, war es völlig dunkel. Sie sahen alle gleich schmutzig und erschöpft aus, aber Hoshio schwieg, während sich Takashi und Momoko in bester Stimmung befanden. Mein Bruder hatte sein Wort gehalten und meiner Frau Whisky mitgebracht, ein halbes Dutzend Flaschen. Sie zuckte unwillkürlich zusammen, als sie sie in Reih und Glied dastehen sah. Außerdem hatte er für Hoshio eine Lederjacke und für Momoko einen Pullover gekauft. Doch trotz ihrer neuen Kleidung haftete ihnen der gleiche eigenartige Geruch an, der auf dem Tal lastete, eher noch strenger, wie eine Schutzhülle.

»Was schaut ihr zwei so skeptisch drein?« fragte Takashi, der unsere Reaktion auf den Geruch, den sie verbreiteten, absichtlich mißdeutete. »Jeder würde denken, wir wären bei einem Unfall tief im Wald ums Leben gekommen und nun wieder auferstanden, um bei euch zu spuken. Zugegeben, wir sind mit höchstem Tempo im Nebel eine vereiste Straße entlanggefahren, in einem klapprigen alten Laster mit einer mistigen beschissenen Kupplung, aber Hoshio hat ihn genial gesteuert. Er gab sich auf der finsteren Waldstraße nicht angestrengter als ein Hund, der auf seinen Krallen eine vereiste Straße entlangtrappelt. Das Maschinenzeitalter bringt offenbar einen besonderen Typ Mann hervor, der einen sechsten Sinn für alles Mechanische hat.«

Er wollte ganz eindeutig Hoshio aufmuntern, aber der jugendliche Techniker ging darauf überhaupt nicht ein.

Entweder war er nach der irrsinnigen Raserei auf der gefährlichen Straße mit den Nerven am Ende, oder irgendein anderes aufregendes Erlebnis hatte seine noch nicht ausgereiften Kräfte erschöpft.
»Taka«, sagte ich geradeheraus, »du bist vielleicht kein Gespenst, aber du stinkst!«
»Wer würde das nicht, nachdem er ein paar tausend Hühner verbrannt hat?« Er lachte kurz auf. »Wir haben die Bretter von den Hühnerställen abgerissen und alles verbrannt – die steifen Hühner, den weichen Scheißdreck und alles. Mann, war das ein Gestank! Der ist uns bestimmt direkt ins Blut gegangen.«
»Hat sich denn niemand beschwert?«
»Na feste! Aber wir haben sie einfach reden lassen. Zum Schluß kam der Polizist – immerhin war es ein ganz hübsches Feuerchen. Aber als er sah, daß vier oder fünf von uns den Zugang zur Brücke sperrten, sagte er nichts und ging wieder weg. Dabei entdeckten die Jungen, daß sie stark genug sind, es mit der Polizei aufzunehmen. Das gibt ihnen ganz schön Oberwasser. Zwar sind ein paar tausend Hühner verreckt und in Rauch aufgegangen, aber dadurch ist die Gruppe wieder ein bißchen schlauer. So war es kein völlig sinnloser Verlust.«
»Es war nicht nötig, den Bullen zu verjagen«, warf Hoshio ein, als könne er nicht länger schweigen. »Was sollte das überhaupt? Sie haben die Oberhand behalten, weil er allein war, aber wäre Verstärkung gekommen, dann hätten sie keine Chance gehabt.«
Ich mußte an die Hartnäckigkeit denken, mit der er mich spät nachts herausgefordert hatte, als wir Takashi auf dem Flughafen erwarteten. Hoshio gehörte offenbar zu der Art junger Männer, die ihren einmal gefaßten Ideen nicht nur treu bleiben, wenn es um die Glorifizierung ihrer Schutzgottheit ging, sondern auch, wenn sich diese Ideen gegen die Gottheit wandten.
»Aber Hoshi – wenn es erst einmal schneit und die Verbindung zur Stadt und zum Dorf an der Küste abgeschnitten ist, dann bleibt sowieso nur der eine Bulle. Als du klein warst, hat man dir doch bestimmt gedroht: ›Ich sag's dem Polizisten!‹, wenn du nicht folgen wolltest.«
»Ich sage ja nicht, man soll die Bullen nicht bekämpfen«,

entgegnete Hoshio halsstarrig. »Damals im Juni habe ich dich doch bei allem unterstützt, oder nicht? Aber warum Scherereien mit der Polizei bloß wegen eines Vereins von Hühnerzüchtern? Das begreife ich nicht.«
Plötzlich blickte Momoko auf, die bis dahin Briefe von ihren Verwandten gelesen hatte, und sagte in spöttischem Singsang, als wären sie noch Kinder: »Hoshi redet doch bloß so, weil er dich für sich allein haben will, Takashi. Streiten ist zwecklos, Hoshi würde dann auch noch mekkern wie ein Mädchen. Wir wollen essen und ins Bett gehen. Natsumi hat etwas Gutes gekocht.«
Der junge Mann wurde bleich und blickte Momoko finster an, war aber sprachlos vor Erregung, so daß der Streit damit endete.
»Was machen die Verhandlungen mit dem Kaiser?« fragte ich, obschon ich an Takashis geringer Neigung, zur Hauptsache zu kommen, bereits mit Sicherheit erkannte, daß die Antwort ungünstig ausfallen würde.
»Zwecklos! Es sieht aus, als müßten die Jungen sich auf einen ziemlichen Kampf gefaßt machen, wenn er sie nicht noch fester in seine Fänge bekommen soll. Sein einziger praktischer Vorschlag war, daß wir die Hühner allesamt verbrennen. Ich glaube, er hatte Angst, die Leute aus dem Tal könnten die toten Hühner essen und die Lebensmittel in seinem Supermarkt würden schlechter weggehen. Als ich ins Dorf zurückkam und sagte, daß wir die Hühner verbrennen wollen, sahen mich einige feindselig an. Also schienen seine Befürchtungen gerechtfertigt zu sein. Meiner Meinung nach aber hat die absolut sinnlose Handlung, Benzin über ein paar tausend Hühner zu gießen und sie zu verbrennen, zumindest dazu beigetragen, die genußsüchtige Gier in ihren stumpfen, halbfertigen Hirnen in bitteren und zäheren Haß zu verkehren.«
»Was für eine Art Happy-End hatten sie denn vor Augen, als sie dich in die Stadt schickten?« fragte ich niedergeschlagen.
»Gar nichts hatten sie vor Augen. Sie haben keinerlei Phantasie. Wahrscheinlich haben sie erwartet, daß ich die meine für sie einsetze. Aber ich bin nicht in die Stadt gegangen, um meine Phantasie auf einem Präsentierteller vor mir herzutragen. Ich wollte ihnen die vernebelten Augen öff-

nen, damit sie die Wahrheit und den Wolfshunger in ihren Bäuchen erkennen!« Er lachte.

»Wußtest du, daß der Kaiser aus der Koreanersiedlung stammt?«

»Er hat es mir heute selbst gesagt. An dem Tag, an dem S umgebracht wurde, war er in der Siedlung. Also habe ich einen persönlichen Grund, mich beim Kampf der Jungen gegen ihn anzuschließen.«

»Ach, Taka! Ich habe den Eindruck, du würdest auch jede Menge öffentliche und persönlicher Gründe finden, wenn du zum Beispiel eine Rechtfertigung dafür brauchtest, dich mit deiner Gruppe gegen den armen Dorfpolizisten zusammenzutun«, sagte ich und lenkte das Gespräch wieder auf seinen Streit mit Hoshio, damit seine Bemerkungen nicht neue Wellen der Angst im Zusammenhang mit dem Beherrscher der Supermärkte in mir hochspülen konnten. »Mir scheint, Hoshi geht fairer als du an die Dinge heran.«

»›Fairer‹? Redest du immer noch von Gerechtigkeit?« fragte er so verzweifelt, daß es mir kalt den Rücken herunterlief. Dann verstummte er unvermittelt, woraufhin Momoko, die seit einiger Zeit »Wir wollen essen« gemurmelt hatte, um uns an den Tisch zu bekommen, schließlich die Gelegenheit nutzte, ihn direkt anzusprechen.

»Alle zu Hause haben das Buch über die Gorillas gelesen, das Mitsu übersetzt hat«, erklärte sie. »Sie schreiben, sie wären viel ruhiger, seit sie wüßten, daß ich unter dem gleichen Dach wohne wie ein so hervorragender Gelehrter. Mitsu gehört so richtig zum Establishment, wie?« Offensichtlich stellte sie sich nur beeindruckt.

»Mitsu hat sich zwar aus dem gesellschaftlichen Leben zurückgezogen«, meinte meine Frau, die bereits ihren ersten Whisky getrunken hatte, »aber er gehört durchaus noch dem Establishment an. Daß Taka genau zum entgegengesetzten Typ gehört, dürfte ja doch wohl klar sein.«

»Richtig«, sagte Takashi und wandte den Blick von mir ab. »Völlig klar. Urgroßvater und Großvater – und auch deren Frauen – waren vom gleichen Schlage wie Mitsu. Fast alle anderen Leute in unserer Familie starben vorzeitig. Sie aber lebten ruhig und auskömmlich bis in ein hohes Alter. Weißt du, Natsumi, Mitsu wird neunzig, bevor er überhaupt Krebs kriegt. Und dann ist es auch bloß ein leichter Fall!«

»Meiner Meinung nach willst du unsere Familie viel zu eifrig in Typen einteilen«, entgegnete ich, weil ich nicht kapitulieren wollte. Aber niemand außer Hoshio achtete auf mich. »Wenn du nicht herausfindest, daß du selbst von diesem Schlag bist, haben all deine Anstrengungen einer eingebildeten Welt gegolten und bringen dir gar keinen realen Nutzen.«

Nach dem Abendessen gab Takashi meiner Frau die Hälfte des Vorschusses, den er vom Kaiser erhalten hatte, aber sie war bereits betrunken und zeigte kein Interesse. Ich wollte das Geld gerade selbst einstecken, als er sagte: »Mitsu, wie wäre es mit fünfzigtausend Yen für die Fußballmannschaft, die ich jetzt zusammenstelle, um mit den jungen Burschen zu trainieren? Ich habe in der Stadt zehn Bälle gekauft, sie liegen im Citroën. Aber die Ausgaben häufen sich.«

»Sind Fußbälle so teuer?« fragte ich gereizt. Takashi hatte der Fußballmannschaft der Universität angehört.

»Die Bälle habe ich von meinem eigenen Geld gekauft. Aber einige der künftigen Spieler fahren jeden Tag zur Arbeit in die Nachbarstadt, verstehst du. Zahle ich ihnen nicht für eine Weile Tagesgeld, dann sehen sie sich einen Fußball gar nicht erst an.«

Schlafend hörte ich das Splittern von Bambus in der das Dunkel meiner Gestalt umgebenden kalten Finsternis. Das Geräusch verwandelte sich in eine scharfe Stahlkralle und hinterließ einen Kratzer auf meinem heißen, schlafenden Kopf. Die Schauplätze meines Traumes wechselten; mehrere Bilder aus dem Bauernaufstand im Tal zerflossen übergangslos zu Erinnerungen an den Tag kurz vor Kriegsende, als aus jedem Haushalt ein Erwachsener zum Bambusschlagen im großen Hain mobilisiert wurde. Danach führte eine Bilderfolge wieder zu jenem schicksalhaften Jahr 1860. Ich sank erneut in die Tiefen des Schlafs und gab mich der feigen, beklemmenden Versuchung hin, lieber die vertrauten schlimmen Träume endlos zu ertragen, als aufzuwachen und dem Kaiser mit dem robusten koreanischen Leib und der unergründlichen Miene sowie all den anderen Sorgen gegenüberzustehen, die aufgetaucht waren, mich zu beunruhigen...

In meinem neuen Traum, der zeitlich zwischen 1860 und den letzten Kriegstagen pendelte, waren die Bauern – in der gleichen einheitlichen Khakikleidung der Heimwehr und mit Stahlhelmen auf den Rücken, aber das Haar zu altmodischen Knoten aufgesteckt – damit beschäftigt, riesige Mengen Bambusspeere zu schneiden. In diesen Bauern verschmolzen die Männer, die mit solchen Speeren in der Schlacht von 1860 alle Gegner vor sich hertrieben, mit denen, die im Jahre 1945 letzte verzweifelte Angriffe gegen die gepanzerten Flanken von Flugzeugen und Landungsbooten hatten führen sollen. Meine Mutter befand sich unter ihnen und beschädigte mit schwingender Axt den Bambus an der Wurzel. Sie hatte solche Angst vor scharfen Geräten aller Art, daß ihr schon vom bloßen Anfassen einer Axt schlecht wurde. Darum hackte sie blindwütig auf den Bambus los, Schweißperlen auf dem aschfahlen Gesicht und die Augen fest geschlossen. Der Bambus stand so dicht, daß ein Unglück unvermeidlich war. Ganz plötzlich holte Mutter mit der Axt weit aus und stieß mit Griff und Handrükken gegen den Bambus hinter sich. Die Axt glitt ab und traf sie mit lautem Krachen am Scheitel. Ohne Hast legte Mutter die Axt in das Farngestrüpp, und ebenso gemächlich führte sie die Hand zum Kopf, hielt sie dann dicht vor ihre Augen und besah sich den roten Fleck – hellrot wie die gefärbten Kuchen bei der buddhistischen Totenfeier – auf ihrer Handfläche. Ein Gefühl des Abscheus und Entsetzens, das bis in die Tiefen meines Wesens reichte, fesselte mich an den Boden. Mutter hingegen wirkte wieder ganz lebendig und sagte triumphierend zu mir: »Ich habe mich verletzt! Nun muß ich nicht mehr zur Ausbildung!« Sie ließ die Axt und den beschädigten Bambus hinter sich und ging hangabwärts, wobei sie fast auf den Knien über die Farnwedel zu gleiten schien.

Während Mutter und ich uns im Speicherhaus verborgen hielten, kam ein Trupp Dorfbewohner mit geschulterten Bambusspeeren den gepflasterten Weg herauf. Ihr Anführer war Takashi; sein Alter war nicht zu bestimmen. Da er als einziger aus dem Tal tatsächlich einmal Amerika und die Amerikaner gesehen hatte, hielten sie ihn zweifellos für den zuverlässigsten Mann, der sie mit ihren Speeren gegen die amerikanischen Truppen führen konnte, die bald an der Küste landen und die Stadt angreifen würden. Aber das erste Ziel des Trupps war das Speicherhaus, in dem Mutter und ich versteckt waren.

»Sie können das Haupthaus dem Erdboden gleichmachen, das Speicherhaus aber brennt nicht! Es hat auch 1860 nicht gebrannt!« sagte meine Mutter, während sich ihr verschmiertes, breites Gesicht mit der kahlen Stirn feindselig verfinsterte. »Dein Urgroßvater, mußt du wissen, hat die Angreifer verjagt, indem er sein Gewehr durch die Schießscharte im Speicherhaus abfeuerte.«

Ich hielt eine altmodische Muskete in der Hand, aber trotz aller anspornenden Bemerkungen meiner Mutter hatte ich nicht die geringste Vorstellung, wie ich die Waffe bedienen sollte. Im Nu war das Haupthaus zerstört, war das Nebengebäude in Brand gesteckt; ich sah Jins fette Gestalt sich wie eine Käferlarve im Schein der Flammen wälzen, sah, wie ihr jeder Fluchtweg abgeschnitten war, und wie Flüssigkeit aus ihrem gemarterten Körper strömte. Takashi, der als Anführer des Mobs nunmehr völlig mit Urgroßvaters jüngerem Bruder im Jahre 1860 identisch war, brüllte Mutter, mir und den Familiengeistern herausfordernde Bemerkungen zu, während wir uns im Speicherhaus versteckt hielten. Seine um ihn gescharten Gefolgsleute waren Mitglieder der Jugendgruppe, die bei ihm Fußball trainiert hatten. Seeigel und die anderen Burschen trugen Uniformen aus altmodischen, quergestreiften Pyjamas und hatten das Haar zu großen schwarzglänzenden Knoten aufgesteckt. Und einhellig suchte der ganze Mob gerade mich als Zielscheibe für den Angriff aus: »Du bist wie eine Ratte!«

Bis dahin hatte mein Bewußtsein im Traum aus zwei gesunden Augäpfeln bestanden, die hoch über dem Tal dahinglitten. Unter ihnen hing eine kurze Nervenspule wie ein Mikrofon. Aber von dem Hohngeschrei wurden die Augäpfel heruntergeschossen und mit ihnen mein physisches Ich, das hilflos, die Muskete auf den Knien, im Speicherhaus saß.

Ich erwachte stöhnend, denn die im Traum gefühlte Verzweiflung steckte mir noch im ganzen Leib. Mehr noch: Da dem Traum jetzt keine Wirklichkeit entsprach, drückte die düstere Beklemmung unverhältnismäßig stark auf mein erwachendes Ich. Ich sehnte mich verzweifelt nach meiner rechtwinkligen Grube, die jetzt leider von einem Sickerbehälter besetzt und mit einer Betonplatte abgedeckt war. Meine Frau lag reglos neben mir, von der anhaltenden Wirkung des Alkohols und der Wärme des Schlummers heiß wie ein Kind. Mein eigener Körper aber wurde immer kälter, während ich wach lag.

Talaufwärts am Ende der Senke verschwindet der Fluß zwischen versteckten Waldfalten, die sich von beiden Seiten herandrängen, so daß ein Beobachter auf der Anhöhe am Taleingang meinen muß, das Tal sei dort abgeriegelt. Oberhalb dieser Stelle bildet freiliegendes Felsgestein das Flußbett, und von beiden Seiten schiebt sich ein großer Bambushain heran und zwingt die Asphaltstraße vom Flußufer hinweg steil bergan. Die Bewohner der hier und da hingetüpfelten kleinen Häusergruppen an dieser Straße werden von denen aus der Senke als »die Leute vom Lande« bezeichnet. Der große Bambushain bildet einen breiten Gürtel, der den durch die spindelförmige Senke entstandenen

Riß im Wald rechtwinklig abschließt und die Senke vom »Land« trennt. Als einmal die Leute aus dem Tal auf dem Schulhof antreten mußten, mit Speeren bewaffnet, die aus dem großen Bambushain stammten, versetzte der subalterne Beamte aus der Präfektur, der die Ausbildung inspizieren kam, den Gemeindevorsteher und die anderen Persönlichkeiten des Dorfes in Wut, indem er unüberlegt bemerkte, die Leute aus dem Dorfe Okubo seien »es gewohnt, Bambusspeere herzustellen«. Der Vorsteher beschwerte sich in der Stadt, und der Beamte wurde abgelöst.
Für die Dorfkinder war es ein unerklärliches Geheimnis, welche plötzliche Wut die im allgemeinen gefügigen Erwachsenen veranlaßt hatte, sich gegen die allmächtige Präfekturkanzlei aufzulehnen und auf ganz wunderbare Weise die Oberhand zu behalten. Jeden Morgen, wenn ich Mutter – die sich genau wie in meinem Traum vor Äxten und allen scharfen Instrumenten fürchtete – mit den anderen in den großen Bambushain begleitete, wenn das Geräusch von brechendem Bambus wieder anhaltend und beeindruckend um mich her erklang und die Erinnerung an den wilden Zorn der Erwachsenen in mir weckte, erwachte unklare Angst in meinem kindlichen Gemüt. Erst nach Kriegsende hörte ich während des Sozialkundeunterrichts in der Schule vom Bauernaufstand im Jahre 1860. Der Lehrer wies eigens darauf hin, daß die Speere der Bauern aus dem Bambushain stammten, und ich begriff endlich, was den Gemeindevorsteher und die anderen Männer in solche Wut versetzt hatte. Der Bambushain stellte die greifbarste Erinnerung an den Aufstand von 1860 dar und galt während des Krieges als Schandfleck für alle Dorfbewohner. Die Leute aus dem Tal waren unglücklicherweise wieder in diesen Hain zum Bambusschlagen geschickt worden, wo sie Speere der gleichen Art anfertigen mußten. Man durfte nicht erwarten, daß sie dem Beamten eine Bemerkung durchgehen lassen würden, die das alte Schamgefühl so brennend in ihnen weckte. Indem sie pflichteifrig Speere im Dienste des Staates schnitten, wollten der Gemeindevorsteher und andere Leute von ähnlich konformistischem Schlage, die sich schämten, daß ihre Vorfahren das gleiche zugunsten einer Rebellion gegen das damalige Regime getan hatten, den noch auf ihnen liegenden Makel von 1860 tilgen.

Auch Mutters Reden in meinem Traum hatte ich über zwei Jahrzehnte zuvor wirklich gehört. Nach Vaters Tod verließ mein ältester Bruder die Universität und trat kurz darauf in die Armee ein, während S sich freiwillig als Kadett zu den Marinefliegern gemeldet hatte. Daraufhin begann Mutter, die durch zu viele solcher Enttäuschungen einen Verfolgungswahn entwickelt hatte, hin und wieder vorauszusagen, die Dorfbewohner würden unser Haus angreifen, alles kurz und klein schlagen und in Brand stecken. Wir müßten uns darauf vorbereiten, in das Speicherhaus zu flüchten, sobald die Angreifer in Sicht kämen. Auf meine Einwände erzählte sie mir von den Gewalttaten, denen unser Haus im Jahre 1860 ausgesetzt war, in der Hoffnung, die eigenen Ängste auf ihren kleinen Sohn zu übertragen.
Mutter schrieb den Aufstand von 1860 der Gier und Vertrauensseligkeit der Bauern zu. Es habe damit angefangen, so sagte sie, daß sich die Bauern wegen eines Darlehens an den Fürsten wandten, der zu seinem Reichslehen mit einem Jahresertrag von zweihundertfünfzigtausend Scheffeln Reis eine Burg in der Gegend besaß, wo sich unser Fluß in die Inlandsee ergießt. Das Darlehen wurde verweigert, und die Familie Nedokoro, damals Inhaber des Schulzenamtes im Dorf, streckte die Summe vor. Die Bauern beschwerten sich jedoch, der Zinssatz sei unannehmbar hoch. Sie fertigten sich Speere im großen Bambushain, griffen den Wohnsitz der Nedokoro an und machten das Haupthaus dem Erdboden gleich. Dann stürmten sie das Speicherhaus der Brauer, ließen sich vollaufen und zogen weiter, wobei sie die Wohnsitze der reichen Familien attackierten und ständig Zulauf erhielten, bis sie die Burgstadt am Meer erreichten. Urgroßvater hatte sich im Speicherhaus eingeschlossen und sich ganz allein mit dem aus Kochi stammenden Gewehr verteidigt, sonst hätten die Rebellen wahrscheinlich auch das Speicherhaus gestürmt. Sein jüngerer Bruder, die zentrale Gestalt unter den von den listigen alten Bauern des Tales zum Losschlagen aufgereizten jungen Männern, ließ sich »Chef« des ganzen Tales nennen. Er hatte nicht nur persönlich mit dem Fürsten über das Darlehen verhandelt, sondern sich auch an die Spitze der Aufrührer gestellt, als es verweigert wurde. So war er zumindest in den Augen der anderen Nedokoro ein Verrückter von der schlimmsten

Sorte, der sein eigenes Vaterhaus zerstört und in Brand gesteckt hatte. Vater, der Leben und Gut für irgendeine geheimnisvolle und brotlose Beschäftigung in China geopfert hatte, war mit dem gleichen Hang zur Verrücktheit behaftet. Was meine Brüder anging, so war der älteste – der, wenn auch nur für kurze Zeit, nach dem Jurastudium einer Arbeit nachgegangen war – nicht so schlimm, da er der Armee nicht freiwillig beigetreten war; S aber, der alles getan hatte, um als Freiwilliger unterzukommen, hatte von seinem Vater die gleichen Anlagen geerbt, wie Urgroßvaters jüngerer Bruder sie gehabt hat. Er sei nicht *ihr* Kind, betonte meine Mutter.

»Aber dein Urgroßvater«, sagte sie immer wieder, »*das* war ein feiner Mann! War der Mob nur mit Bambusspeeren bewaffnet, so hatte Urgroßvater ein Gewehr parat gehabt. Er hatte ein Speicherhaus gebaut, das weder zerstört noch niedergebrannt werden konnte, und er hatte aus dem oberen Stock auf die Angreifer geschossen. Wer von euch beiden wird wohl einmal wie Urgroßvater werden: Takashi oder du?«

Wenn ich mich schweigend weigerte, eine so offensichtlich didaktische Frage zu beantworten, redete Mutter unaufhörlich weiter; erklärte ich aber widerwillig, *ich* würde wie Urgroßvater werden, so antwortete sie mir mit einem dünnen skeptischen Lächeln.

Der ehemalige Lehrer und Heimatforscher, mit dem ich in Briefwechsel gestanden hatte, wollte Mutters Ansichten über die Entstehung des Aufstandes weder bestreiten noch hundertprozentig bestätigen. Er zog ein akademisches Herangehen vor und maß der Tatsache große Bedeutung bei, daß es um das Jahr 1860 nicht nur in unserem Lehnsbezirk, sondern im ganzen Gebiet Ehime alle möglichen Erhebungen gegeben hatte, die insgesamt als Symptom der folgenden Restauration von 1868 angesehen werden konnten. Die einzige Besonderheit unseres Aufstands sah er darin, daß unser Fürst als Amtierender Kommissar für die Schreine und Tempel um das Jahr 1848 die Einnahmen aus seinen Gütern erschöpft und von da an allen Stadtbewohnern in seinem Gebiet eine geringfügige tägliche Steuer unter der Bezeichnung »allgemeine Einsparungen« auferlegt hatte. Von den Bauern trieb er zunächst eine »Vorauszahlung auf die Reissteuer« und danach eine »zusätzliche Vorauszahlung« ein. Ganz zum Schluß seines Briefes hatte der Heimatforscher ein Zitat aus seiner Sammlung zeitgenössischer Dokumente angefügt. »Wenn das *yin* leidet«, hieß es da, »wird das *yang* wiederhergestellt, und wenn das *yang* leidet, erwacht das *yin* zum Leben. Himmel und Erde kreisen ewig; nichts ist vergangen, was nicht wiederkehrt. Der Mensch ist der Herr der Schöpfung; wenn die Regierung nicht weise ist und die Menschen leiden, warum sollte er dann nicht eine Veränderung herbeiführen?« Solche revolutionären, aufklärerischen Gedankengänge würden wohl eher auf Takashi als auf mich begeisternd wirken; vielleicht sollte er sich wirklich, wie meine Frau vorgeschlagen hatte, mit dem Heimatforscher treffen, sofern der nicht inzwischen dem Krebs oder einem Herzschlag erlegen war... Ich für meinen Teil war unfähig, mich im Traum oder in der Wirklichkeit einem Mob anzuschließen. Ich konnte vielleicht im Speicherhaus Zuflucht suchen, niemals aber mit einem Gewehr kämpfen. Bei meiner Veranlagung stand mir alles, was mit dem Aufstand zu tun hatte, völlig fern. Takashi hingegen war drauf und dran, ein Mann von genau entgegengesetztem Schlag zu werden – und zumindest in meinen Träumen hatte er dieses Ziel schon erreicht.

Aus der Richtung des Nebengebäudes hörte ich ein Geräusch. Wahrscheinlich stand die Frau in mittleren Jahren mit dem unbezähmbaren Appetit, von einem Alptraum geängstigt, in der Dunkelheit auf, um noch mehr Nahrung zu sich zu nehmen, die den Magen füllte und nur ein Minimum an Kalorien enthielt. Es war noch tiefe Nacht. Mit ausgestreckter Hand suchte ich in der Dunkelheit nach der Flasche Whisky, die meine Frau sicherlich nur zur Hälfte geleert hatte. Da berührte meine Hand etwas Kaltes, das sich anfühlte wie die Schale eines Krebses, aus der man das Fleisch herausgelöst hat. Ich schaltete die Taschenlampe neben meinem Bett ein und fand eine leere Sardinenbüchse. Behutsam, damit das Licht nicht auf das Gesicht meiner schlafenden Frau fiel, ließ ich den kleinen hellen Kreis umherwandern, bis ich den Whisky fand, und trank dann im Schein der Lampe gleich aus der Flasche. Vergeblich versuchte ich mich zu erinnern, ob sie am Abend Sardinen zum Whisky gegessen hatte. Daß sie trank, war mittlerweile

zum festen Bestandteil meines täglichen Lebens geworden. Meist konnte ich beobachten, wie sie sich berauschte, und war dabei so wenig beunruhigt, als ob sie rauchte.
Beim Trinken blickte ich unverwandt auf die leere Sardinenbüchse. In die Mitte der fingernagelförmigen Öffnung, die der Büchsenöffner in den Deckel geschnitten hatte, war mit besessener Genauigkeit eine kleine Gabel gesteckt. Das dünne Blech auf der Außenseite der Büchse war wolkig weiß von Öl, das Innere aber glänzte golden durch die dünne Schicht von Fisch- und Ölresten. Ich sah meine Frau vor mir, wie sie den Deckel mit dem zerbrechlichen Schlüssel zurückdrehte, dabei die festgewickelte Blechschnecke nach einem Büchsenende rollte und beim Anblick der sauber ausgerichteten, appetitlichen Sardinenschwänze die primitive Freude eines Menschen empfand, der gerade das weiche Fleisch einer Auster aus der lippenzerschneidenden Schale herausholen und verspeisen will. Sie aß die Sardinen, ließ einen Schluck Whisky zwischen die von Öl feuchten Lippen gleiten und leckte sich dann die drei Finger ab, mit denen sie die Fische herausgenommen hatte. Es gab eine Zeit, da waren ihre Finger so schwach, daß sie jedesmal mich bat, die Sardinendose zu öffnen. Erst seit sie sich das einsame Trinken angewöhnt hatte, waren ihre Finger kräftig geworden, was den Eindruck beklagenswerten Verfalls eher noch verstärkte. Mit geschlossenen Augen nahm ich einen großen Schluck Whisky, um mein Mitleid mit ihr und die in mir aufsteigende unerklärbare sentimentale Wut, die außer Kontrolle zu geraten drohte, in die Schranken zu weisen. Der Alkohol brannte mir die Kehle, brannte mir den Magen und verbrannte dann die Schwärze in meinem Kopf, so daß ich in einen traumlosen Schlaf sank.
Am nächsten Morgen machten sich Takashi und seine Leibwächter auf den Weg zur Grundschule, wo jetzt Ferien waren. Dort wollten sie sich den jungen Burschen aus dem Dorf anschließen, die sich auf dem Sportplatz zum ersten Fußballtraining versammeln sollten. Allein gelassen, empfanden meine Frau und ich ein frustrierendes Leeregefühl, als müßten auch wir jetzt etwas beginnen. Diese Stimmung wurde so stark, daß ich mir von Jins Kindern helfen ließ, Tatami und ein Holzkohlebecken aus dem Hauptgebäude hinauf in das Obergeschoß des Speicherhauses zu tragen,

und mich wieder an die Übersetzung machte, an der ich mit meinem toten Freund gearbeitet hatte. Das Buch, der amüsante Bericht eines englischen Naturforschers über seine am Ägäischen Meer verbrachte Kindheit, hatte mein Freund entdeckt und besonders geliebt. Als ich nun mit der Arbeit begann, beschloß meine Frau, die Lektüre einer alten Ausgabe der Werke Soseki Natsumes aufzunehmen, die sich angefunden hatte, als wir in einem unbenutzten Zimmer des Haupthauses herumstöberten. So gelang es uns irgendwie, uns zu beschäftigen.
Die noch rüstige Großmutter meines Freundes hatte versprochen, die von ihm bereits übersetzten Teile sowie seine Notizen und sonstigen Papiere aufzubewahren und mir zu übergeben. Aber Verwandte hatten Einspruch erhoben, und nach dem Begräbnis wurde alles verbrannt, was mein Freund geschrieben hatte. Sie hatten Angst gehabt, ein neues Ungeheuer mit knallrot angemaltem Kopf und einer Gurke im Hintern könnte nackt aus den hinterlassenen Manuskripten und Aufzeichnungen springen und die Welt derer bedrohen, die überlebt hatten. Selbst ich konnte eingestandenermaßen das Gefühl großer Erleichterung nicht völlig unterdrücken, das die dürren Flammen, gespeist von Papieren und Notizbüchern, in mir entfacht hatten. Aber das hatte nicht genügt, mich gänzlich von der Bedrohung durch das Ungeheuer zu befreien. Während ich den Penguin-Band mit all den Kritzeleien und Unterstreichungen durchsah und über die Neuübersetzung der Teile nachdachte, für die er verantwortlich gewesen war, stellte ich fest, daß mir Unvorsichtigem viele Fallen gestellt waren. Am Rande eines Abschnitts, in dem eine griechische Schildkröte mit einer Schwäche für Erdbeeren beschrieben wurde, hatte mein Freund eine etwa drei mal drei Zentimeter große Schildkröte aus einem illustrierten Tierbuch abgezeichnet. Hier zeigte sich die humorvolle Seite seiner Sensibilität ganz lebendig in ihrer zartesten und kindlichsten Ausprägung. Und ein anderer Abschnitt, den er angestrichen hatte, schien mir eine Botschaft aus seinem eigenen Mund zu übermitteln:

»Dann wollen wir uns also verabschieden«, hub er an, aber seine Stimme zitterte und brach, und hervorstürzende Tränen rannen die faltigen Wangen hinab. »Ich werde doch nicht heulen, verdammt noch mal!« schluchzte er und schob seinen dicken Bauch vor, »aber es ist, als nehme man Abschied von seinem eigenen Fleisch und Blut. Mir war, als wärst du mein eigen.«

Meine Frau, die schweigend ihren Soseki las, schien ebenfalls auf vielerlei gestoßen zu sein, was ihre Gefühle erregte. Bald kam sie herüber und nahm sich das Wörterbuch, das ich benutzte. Sie schlug einige englische Wörter nach und fragte dann: »Hast du gewußt, daß Soseki in seinem Tagebuch, das er in Shuzenji schrieb, wo ihn ein Magengeschwür ans Bett fesselte, eine Menge englischer Wörter und Ausdrücke verwendet? Sie scheinen heutzutage alle auf dich zu passen, Mitsu. Hör zu: ›schlaffe Stille‹, ›geschwächter Zustand‹, ›schmerzlos‹, ›Passivität‹, ›Güte‹, ›Frieden‹, ›Ruhe‹* ...«
»›Schmerzlos‹*? Meinst du wirklich, daß das auf meinen Zustand zutrifft? Ich mag vielleicht zu fix und fertig sein, Energie für etwas anderes als ›Güte‹ aufzubringen, aber glaubst du ernstlich, daß ich mich in einem Zustand des *›Friedens‹* befinde?«
»*Mir* jedenfalls kommst du so vor, Mitsu«, beharrte sie mit der übertriebenen Selbstbeherrschung des Trinkers in einer nüchternen Phase. »Du bist in den letzten Monaten so friedlich gewesen wie noch nie in unserer Ehe.«
Ich kämpfte, um der schrecklichen Vision zu entrinnen, die diese Worte in mir heraufbeschworen: wie ich versuchte, den höchsten Frieden zu erlangen, der einem fleischlichen Wesen möglich ist, und schließlich den extremen Frieden pflanzlichen Lebens fand. Ich habe einmal gelesen, im späten Mittelalter hätte ein betagter Mönch, der sich in eine Mumie verwandeln wollte, allmählich immer weniger Nahrung zu sich genommen, so daß er an dem Tage, an dem er bereit war, in das Grab zu steigen, lediglich das Atmen einstellen mußte, damit sein Fleisch zu vertrocknen begann. Ganz in der gleichen Weise hatte ich während meines Aufenthaltes in der Grube im Frühherbst den Nicht-

* Oe verwendet hier, wie Soseki, die englischen Begriffe: »languid stillness, weak state, painless, passivity, goodness, peace, calmness...« – »Painless?«

animalischen gespielt und bewußt den Tod herausgefordert, mich möglichst unauffällig zu sich zu nehmen. Schließlich war ich, von tiefer Angst erfüllt, in die Welt zurückgekehrt und hatte geglaubt, daß ich wieder ein normales Leben führte. In den Augen meiner Frau aber war ich wohl noch der gleiche, der reglos am Boden der für den Sickerbehälter ausgehobenen Grube gesessen, mit feuchtem Hintern, den Hund in den Armen. Schamgefühl drang mir bis in die letzte Ader und sandte immer wieder ein beißendes Gefühl der Nichtswürdigkeit in Wellen durch mich Ratte. Wenn meine elende Lage sogar jemandem wie meiner Frau klar war, dieser in ihre ständige Betrunkenheit Eingefangenen, so würde es noch schwerer werden, wieder Kontakt zu jenem Gefühl der Erwartung zu finden. Ein neues Leben? Eine strohgedeckte Hütte? Ich konnte sie ebensogut ein für allemal abschreiben...

»Und wie ist es mit dir – hast du das Gefühl, ein neues Leben begonnen zu haben?« fragte ich.

»Weshalb fragst du? Du weißt doch, daß ich Whisky trinke wie immer. Ich könnte es kaum verbergen, selbst wenn ich wollte – der Whisky, den man hier im Tal bekommt, ist so starkes Zeug, daß einen schon die Fahne verrät.« Sie hatte meine Frage fälschlich so aufgefaßt, als wäre sie sarkastisch gemeint und sollte nur verletzen, und deshalb bellte sie ihre Worte trotzig heraus. »*Dir* und nicht mir hat doch Takashi geraten, ein neues Leben anzufangen?«

»Du hast recht. Das ist mein Problem«, stimmte ich ihr zu und sank in mich zusammen. »Aber eines möchte ich gern klarstellen, was dein Trinken betrifft.«

»Du willst vermutlich wissen, ob ich meinen Alkoholismus als Jugenderlebnis ansehe, das von selbst verschwindet, oder als etwas, mit dem ich bis zu meinem Tode zurechtkommen muß – als Ausdruck beginnenden Verfalls meiner Jugend. Nun, tatsächlich habe ich das Trinken geerbt – von meiner Mutter. Und ich bin nicht mehr so jung, daß die Ausschweifung des einen Tages am nächsten geheilt wird. Also werde ich wohl damit leben müssen. Ich bin in dem Alter, wo ich mich bei der Entdeckung jeder neuen Falte damit abfinde, sie mit ins Grab zu nehmen.«

»Wenn du das nur sagst, um die Lasterhafte zu spielen, in der Hoffnung, ich würde dich trösten, dann überleg es dir lieber noch mal«, sagte ich. »Denn du bist wirklich in diesem Alter, und Aufschub wird nicht gewährt. Wenn du noch ein Kind haben willst, dann mußt du dich entschließen, ehe das Jahr herum ist. Nächstes Jahr führt kein Weg mehr zurück.«

Gleich darauf bereute ich meine Worte auf das heftigste. Die Bosheit in ihnen war selbst mir zu scharf. Eine Weile schwiegen wir beide, dann sah sie mich an. Ihre Augen waren ausnahmsweise nicht von Whisky, sondern von Tränen gerötet und kündeten von unglücklicher Feindseligkeit, als sie sagte: »Wenn die Zeit kommt und, wie du sagst, kein Weg mehr zurückführt, werden wir vielleicht etwas freundlicher zueinander sein.«

»Willst du dir nicht Taka und die anderen beim Fußballspielen ansehen?« erwiderte ich und überging ihre Bemerkung mit einem Gefühl des Ekels vor mir selbst.

»Dann packe ich etwas zu essen ein für die Mannschaft, Mitsu«, sagte sie und ging zum Haupthaus zurück. »Wenn ich nur etwas tue, wird die Aussicht auf ein neues Leben vielleicht etwas heller – und auch der Nebel des Skandals im Tal wird sich vielleicht ein wenig lichten.« Sie verspottete sich selbst und auch mich; was sie als »Skandal« bezeichnete, war das durch das Tal ziehende Gerücht, die Frau des dritten Nedokoro-Jungen sei eine elende Alkoholikerin und zu nichts imstande. Sie hatte es selbst gehört, im Supermarkt.

Die Art, wie sie gegen meine Worte anging, zeigte mir, daß ihr Wille, den Erdrutsch in ihrem Inneren aufzuhalten, vom Alkohol noch nicht völlig ausgehöhlt war. Ich hätte ihr hilfreich meine Hand entgegenstrecken sollen, aber ein ähnlicher Erdrutsch drohte auch mir die Füße wegzuziehen.

Ich konzentrierte mich auf die Übersetzung und versuchte, die Stimmen meiner Vorfahren zu überhören, die das Speicherhaus mit dem Ruf »Ratte, Ratte!« füllten. In der Ferne glaubte ich gellende durch Mark und Bein gehende Schreie und das Geräusch eines hin- und hergestoßenen Balles zu hören, aber das konnte ebensogut ein Lärmen in meinem Kopf sein.

Am Nachmittag kam Jins jüngster Sohn vorbei und teilte mit, daß der junge Priester aus dem Tempel da sei, um mich zu sprechen. Als ich in das Haupthaus kam, wallte in der

Küche nach Bambusgras riechender Dampf. Meine Frau nahm gerade einen alten Dämpfeinsatz, an den ich mich noch gut erinnerte, von einem großen Topf auf dem Herd, wobei ihr zwei von Jins Söhnen und der Priester zusahen, je nach ihrer Größe bis zum Kopf oder zur Brust in Dampf gehüllt. Laut hustend ging der Junge, der mich geholt hatte, zu seinen älteren Brüdern zurück und verschwand im Dampf.

»Sie werden sich verbrennen!« riefen Jins Jungen überlegen warnend, als meine Frau mit leuchtendroten Wangen und Ohren eine Hand nach dem Inhalt des Dämpfers ausstreckte. Und als ihre Finger an die Lippen zurückzuckten, lachten sie laut und herzlich.

»Was machst du da?« fragte ich erleichtert, als ich in den dämpfenden Kreis trat, der sie umgab.

»Reisklöße in Bambusblättern. Jin hat es mir beigebracht. Die Kinder haben mir die Blätter aus dem Wald geholt.« Ihre Stimme hatte einen jugendlichen Schwung, der ihr während unseres Gesprächs im Speicherhaus völlig abgegangen war. »Sie scheinen ganz gut geworden zu sein. Kannst du dich an die Klöße erinnern, Mitsu?«

»Die Leute aus dem Tal nahmen sie immer mit, wenn sie zum Holzfällen in den Wald gingen«, sagte ich. »Jins Vater war ursprünglich Holzfäller, also ist ihr Rezept bestimmt echt.«

Sie gab jedem von uns einen ihrer »echten« Klöße, groß wie zwei Männerfäuste. Der Priester und ich zerteilten sie auf dem Teller, ehe wir sie verspeisten, so daß wir die Bambusblätter, von denen noch das heiße Wasser tropfte, nicht brauchten. Jins Kinder aber hielten die Klöße in den Händen und rollten sie auf feuchten Handflächen, während sie geschickt vom Rande her an ihnen kauten, ohne die Form zu zerstören. Es waren Kugeln aus klebrigem Reis, mit Sojasoße gewürzt und mit Schweinefleischpaste und frischen Pilzen gefüllt. Die Bambusblätter, in die meine Frau sie eingewickelt hatte, sahen an den Rändern trocken und weißlich aus. Wenn sie auch zerschlissen waren, so mußte es den Kindern doch rechte Mühe, wenn nicht sogar Angst bereitet haben, sie um diese Jahreszeit herbeizuschaffen. Als ich so beobachtete, wie gekonnt sie ihre Klöße verspeisten, wollte ich auch nicht glauben, daß sich irgend etwas an der traditionellen Abneigung der Kinder im Tal geändert hatte, im Winter in den Wald zu gehen.

»Die Klöße sind gar nicht schlecht, schmecken aber nach Knoblauch«, sagte ich kritisch. »Als *ich* hier lebte, hat man nie Knoblauch an irgendein Gericht getan, schon gar nicht an Klöße.« Meine Frau nahm die übrigen Klöße aus dem Dämpfer und legte sie in lange, flache Holzschachteln, deren Art mir ebenfalls aus meiner Kindheit vertraut war. Sowohl der Dämpfer als auch die Schachteln waren auf Jins Vorschlag aus dem Speicherhaus geholt worden.

»Was?« rief sie mißtrauisch. »Jin hat mir extra geraten, etwas Knoblauch daran zu tun, also hab ich welchen aus dem Supermarkt mitgebracht, als ich dort Schweinefleisch holte.«

»Da haben Sie es, Mitsu«, sagte der Priester, der einen Happen zwischen den Fingern balancierte, »das ist typisch dafür, wie sich das Leben im Dorf verändert. Vor dem Krieg spielte der Knoblauch hier überhaupt keine Rolle. Vermutlich wußten die meisten Leute nicht einmal, daß es eine solche Pflanze gibt. Aber sie entdeckten den Knoblauch, als der Krieg ausbrach, und das nur, weil sich die koreanischen Arbeiter, die zum Holzfällen in den Wald kamen, die Siedlung bauten. Durch die Verachtung für ein Volk, das so ein stinkendes Gewächs essen konnte, wurden unsere Leute überhaupt erst auf den Knoblauch aufmerksam. Sie wissen, was ich meine, nicht wahr, Mitsu? Nun, als die Dorfbewohner die Koreaner zur Zwangsarbeit in den Wald schickten, erzählten sie ihnen absichtlich irgendwelchen Unsinn, sie dürften den Wald nur unter Mitnahme einiger Klöße betreten. Damit wollten sie ihre eigene Überlegenheit herausstreichen. Also fingen auch die Koreaner an, Klöße zu machen, und kamen auf den Gedanken, sie nach ihrem Geschmack mit Knoblauch zu würzen. Das wiederum beeinflußte die Dorfbewohner, die ihn nun ebenfalls zum Würzen ihrer selbstbereiteten Klöße verwendeten. Hier zeigte sich eben, wie der dumme Stolz der Einwohner und ihre Prinzipienlosigkeit zu Veränderungen in den Bräuchen des Dorfes führen. Im Dorf wurde Knoblauch früher niemals als Gewürz verwendet, jetzt aber ist er ein Verkaufsschlager im Supermarkt. Also hat der Kaiser doppelten oder dreifachen Grund, mit sich zufrieden zu sein.«

»Das ist mir egal, solange sich die ›Prinzipienlosigkeit‹ gut auf meine Kochkünste auswirkt«, sagte meine Frau aggressiv. »Selbst *wenn* ich gegen die Tradition verstoße.«
»Sie hat sich fein ausgewirkt«, sagte ich. »Wenn du die übliche sentimentale Beurteilung gestattest, Mutter hat sie nicht so gut gemacht.«
»Ganz recht!« stimmte der Priester ein. Sie warf uns jedoch einen mißtrauischen Blick zu und ließ sich nicht besänftigen.
»Aber ich bin eigentlich nicht wegen einer kostenlosen Mahlzeit hergekommen«, sagte der Priester zu mir gewandt. Sein kleines rundes Gesicht, im allgemeinen ein Muster der Freundlichkeit, zog sich vor Verlegenheit in Falten. »Die Sache ist die, ich bin auf das Tagebuch Ihres ältesten Bruders gestoßen, das S mir überlassen hatte, und nun habe ich es Ihnen zurückgebracht.«
»Kommen Sie, wir wollen uns oben im Speicherhaus unterhalten«, sagte ich. »Ich geh nicht zum Fußballtraining, also habe ich nichts zu tun.« Ich wollte ihn nicht nur aufmuntern, sondern mich wirklich gern unterhalten. »Interessieren Sie sich zufällig für den Aufstand von 1860?«
»Ja, ich habe einiges über ihn studiert und auch selbst manches zu Papier gebracht«, sagte er eifrig und offenkundig erfreut, daß ich ihm aus seiner Verlegenheit geholfen hatte. »Sehen Sie, die zweitwichtigste Rolle dabei – nach Ihren Vorfahren, heißt das – spielte einer meiner Amtsvorgänger im Tempel, mit dem ich allerdings nicht blutsverwandt bin.«
Die egozentrische Empfindlichkeit des Priesters nicht beachtend, gab meine Frau den Söhnen Jins bereits energische Anweisungen. Sie sollten ihrer Mutter einige Klöße bringen und Hoshio auf dem Schulsportplatz ausrichten, er möge mit dem Citroën den Proviant abholen. Dann, gerade als der Priester und ich das Haus verließen, rief sie uns herausfordernd nach: »Ich schau mir heute nachmittag auch das Fußballtraining an, Mitsu. Ich will hören, was sie von den Klößen halten.«
Der verlegene Priester und ich machten uns auf den Weg zum Speicherhaus, Knoblauchdünste ausstoßend, wie Ungeheuer in einem utopischen Film Feuer speien. Das Tagebuch war ein kleines in dunkelroten Kaliko gebundenes

Büchlein. Mein ältester Bruder war für mich ein entfernter Verwandter gewesen, meist in seinem Internat in der Stadt oder in einem möblierten Zimmer in Tokyo und auch während der Ferien nur selten zu Hause. Meine einzige deutliche Erinnerung an ihn war der unangenehme Eindruck, den die Erwachsenen des Dorfes machten, die bei seinem Tod kaum zwei Jahre nach Abschluß des Universitätsstudiums moralische Betrachtungen darüber anstellten, wie sinnlos es sei, Geld in die höhere Schulbildung eines Sohnes zu investieren. Ich nahm das Tagebuch und legte es auf den von meinem Freund hinterlassenen Penguin-Band. Der Priester war wohl recht enttäuscht, weil ich nicht an Ort und Stelle mit der Lektüre begann. Aber in Wahrheit erweckte dieses Vermächtnis meines ältesten Bruders, weit davon entfernt, lebhafte Neugier hervorzurufen, ein unbestimmtes, jedoch nichts Gutes verheißendes Vorgefühl in mir. Ich beschloß, mich so zu verhalten, als wäre ich an dem Tagebuch gänzlich uninteressiert, und redete ohne Pause weiter: »Mutter sagte immer, Urgroßvater habe den Mob auf Distanz gehalten, indem er aus dem Fenster im oberen Stock des Speicherhauses ein Gewehr abfeuerte. Dieses Fenster ist tatsächlich genau wie eine Schießscharte geformt; das macht die Geschichte so wahrscheinlich, daß ich sie gerade deshalb nicht zu glauben geneigt bin. Was meinen Sie? Sie sagte, das Gewehr habe Urgroßvater von seiner Reise nach Kochi mitgebracht. Ich frage mich, ob wohl im Jahre 1860 ein Bauer in Ehime ein Gewehr besessen haben kann.«

»Die Bezeichnung ›Bauer‹ ist kaum zutreffend«, sagte der Priester. »Ihr Urgroßvater war als Dorfschulze ein wichtiger Mann in der Gegend, und es wäre nichts Merkwürdiges daran, wenn er ein Gewehr gehabt hätte. Wahrscheinlich hat aber nicht er es aus Kochi mitgebracht, sondern jemand, der unmittelbar vor den Unruhen heimlich ins Dorf kam. Nach der Theorie meines Vaters hielt sich ein Mann aus Kochi im Tempel auf und bearbeitete Ihren Urgroßvater und dessen Bruder mit Hilfe des damaligen Priesters, die Unruhen auszulösen. Der Eindringling ist vielleicht ein Samurai aus dem Fürstentum Tosa gewesen, aber dafür gibt es keine schlüssigen Beweise. Jedenfalls kam er von jenseits des Waldes. Da es der Priester war, der ihn mit Ihrem

Urgroßvater und dessen Bruder in Kontakt brachte, ist der Mann vielleicht als Wandermönch verkleidet durch den Wald gekommen. Damals war nicht nur das Tal, sondern das ganze Fürstentum von Unruhe ergriffen. Daraus ergab sich Spielraum für die Umtriebe eines Agenten der Leute jenseits des Waldes, die von allem profitierten, was unsere hiesige Obrigkeit erschüttern konnte. Ich stelle mir vor, der Priester und Ihr Urgroßvater teilten die Ansicht, nur ein Aufstand könne den Bauern im Tal Erleichterung bringen. Der Priester blieb neutral, während der Dorfschulze auf der Seite der Obrigkeit stand – aber der Ruin der Massen hätte auch für sie beide den Untergang bedeutet. So beschäftigte sie die Frage, um was für einen Aufstand es sich handeln sollte und wo er anzuzetteln war. Am einfachsten nämlich mußte es sein, ein Ventil für die gewaltigen Energien zu schaffen, die sich zu einem Aufstand zusammenballten, bevor sich die Lage so zuspitzte, daß sich der Angriff auf den Schulzen selbst konzentrieren würde. Auch galt es, die Gewalttaten im Tal auf ein Mindestmaß zu beschränken und den Rest in die Burgstadt abzuleiten. Nun ja, zu einem Aufstand gehört eine Führungsgruppe, aber welchen Erfolg dieser konkrete Aufstand auch bringen mochte – es stand fest, daß man seine Führer ergreifen und töten würde. Wie also sollten sie diese Gruppe auswählen, der letztendlich der Opfergang bestimmt war, die aber während des Aufstandes selbst die Kontrolle über die Bauern nicht nur des Tales, sondern des ganzen Gebietes bis hin zur Burgstadt ausüben würde? An dieser Stelle wurde man auf die Gruppe junger Männer aufmerksam, die der Bruder Ihres Urgroßvaters ausbildete. Zwar mögen ihr einige erstgeborene Söhne angehört haben, die das Land ihrer Väter erben würden, aber die meisten waren Zweit- oder Drittgeborene – Überschußbevölkerung mit keinerlei Aussicht, je eigenes Land zu besitzen. Eine solche Gruppe zu opfern, das wäre kein besonders harter Schlag für das Tal und würde sogar helfen, ein öffentliches Ärgernis aus dem Weg zu räumen.«

»Das heißt doch wohl, daß der Mann von jenseits des Waldes und auch der Priester und Urgroßvater den jüngeren Bruder von Anfang an für entbehrlich ansahen?«

»Mir scheint es durchaus denkbar, daß der Bruder im

Gegensatz zu den anderen eine geheime Zusicherung hatte, nach dem Aufstand nach Kochi und von da aus nach Osaka oder Edo fliehen zu können. Der Mann von draußen wird wohl für die Einlösung dieser Zusage verantwortlich gewesen sein. Sie haben sicher auch von dem Gerücht gehört, daß der Bruder Ihres Urgroßvaters den Wald verließ, einen anderen Namen annahm und hoher Beamter in der Restaurationsregierung wurde?«

»Das würde bedeuten, daß er von Anfang an zu den Verrätern gehörte. So oder so stamme ich wohl aus einem Geschlecht von Verrätern.«

»Wie können Sie so etwas sagen, Mitsu? Daß Ihr Urgroßvater so weit ging, während des Überfalls sein Gewehr abzufeuern, kann gar keinen andern Grund haben, als daß ihm Zweifel gekommen waren, ob man die Absprache mit seinem Bruder, das Speicherhaus nicht in Brand zu stecken. wirklich einhalten würde. Selbst wenn man einräumt, daß das Haupthaus zerstört werden mußte – dann wäre das Haus der Nedokoro überhaupt nicht angegriffen worden, hätten die Mächtigen des Fürstentums Ihren Urgroßvater verantwortlich gemacht – so vermute ich, daß er aus diesem Zweifel heraus die von außen eingeschmuggelte Waffe behielt und nicht den jungen Männern aushändigte. Im Ergebnis des fünf Tage und Nächte währenden Aufstandes wurde das System der ›Steuervorauszahlung‹ abgeschafft, ganz wie die Bauern es forderten. Der konfuzianische Berater, der dem Fürsten dieses System empfohlen hatte, wurde hingerichtet. Danach kämpften der Bruder Ihres Urgroßvaters und seine Gruppe im Speicherhaus, damit niemand von ihnen zum Sündenbock gemacht werden konnte. In dem gemeinsamen Kampf während des Aufstandes muß sich bei den Anführern ein Gefühl der Solidarität herausgebildet haben, das sich auf die Gestalt des Bruders Ihres Urgroßvaters konzentrierte.«

Nach dem Aufstand hatten sich Urgroßvaters Bruder und seine Gruppe im Speicherhaus verschanzt und den Untersuchungsbeamten des Fürstentums getrotzt. Bewaffnet und verängstigt in der Falle sitzend, hatten sie auf das Gebälk eingehauen und die Schwertmale hinterlassen, die meinen kindlichen Geist so oft zu blutrünstigen Phantasien angeregt hatten. Die Bauern verweigerten denen, die noch am Vortage ihre Führer gewesen waren, Nahrung und Wasser, und so sahen sich die Eingeschlossenen isoliert. Sie gaben auf, ließen sich aus dem Speicherhaus locken und wurden auf der kleinen Anhöhe enthauptet, die jetzt den freien Platz vor dem Gemeindeamt bildet. Die unmittelbare Verantwortung dafür, daß die dem Verdursten und Verhungern nahen jungen Burschen aus dem Speicherhaus herausgelockt wurden, trug Urgroßvater. Er veranlaßte, daß die Mädchen des Dorfes ihren Sonntagsstaat anlegten und daß vor dem Haus eine provisorische Küche errichtet wurde, und brachte dann Untersuchungsbeamte herbei, um die jungen Männer ergreifen zu lassen, sobald sie in trunkenen Schlaf gesunken waren. Großmutter pflegte diese Episode stolz als Beweis für die Findigkeit der Vorfahren der Nedokoro zu erzählen. Ich erinnere mich auch, daß Mutter mir sagte, eines der Mädchen, die Urgroßvater für seine Kriegslist benutzt hatte, sei noch am Leben gewesen, als sie als Braut zum erstenmal ins Tal kam. Urgroßvaters Bruder war der einzige, der sich der Hinrichtung entziehen und in den Wald entkommen konnte. Am Ende hatte er sogar die Kameradschaft seiner Mitrebellen verraten, von der der junge Priester gesprochen hatte – falls es diese Kameradschaft je gegeben hatte. Als Abkömmling derselben Familie konnten mich die Worte des Priesters nicht sonderlich beruhigen. Ich fragte mich, ob sich Urgroßvaters Bruder auf seiner Flucht in den Wald nicht vielleicht ganz oben umgewandt und bei einem Blick zurück auf die Senke seine unglücklichen Gefährten erblickt hatte, die, roh aus trunkenem Schlaf gerissen, auf dem Hügel im Tal enthauptet wurden. Auch Urgroßvater mußte entweder bei der Hinrichtung zugegen gewesen sein oder sie von einem Aussichtspunkt auf der Steinmauer beobachtet haben.

»Was die Frage angeht, weshalb der jüngere Bruder Ihres Urgroßvaters den jungen Männern eine Sonderausbildung hatte zuteil werden lassen, so denke ich, es war deshalb, weil die *Kanrin-maru* zur Überfahrt nach Amerika ausgelaufen war«, wechselte der junge Priester, meine bedrückte Stimmung erkennend, zartfühlend das Thema. Und dieser Mann, der soviel Empfindsamkeit bewies, war der gleiche, der es fertiggebracht hatte, all die verschiedenen Gerüchte zu ertragen, die im Tal kursierten, seit ihm die Frau davongelaufen war, darunter auch die boshafte Version, er sei impotent.

»Nehmen wir nun an«, fuhr er fort, »dieser Bruder hörte davon, daß John Manjiro, dem Ihr Urgroßvater in Kochi begegnet war, mit der *Kanrin-maru* wieder nach Amerika gegangen war. Bestimmt hätte es ihn gewurmt, in einem kleinen Tal festgehalten zu sein, während Fischersöhne von jenseits des Waldes ein abenteuerliches Leben an einem Ort führten, der neue Erlebnisbereiche erschloß. Zu Anfang des Sommers in jenem Jahr war nämlich die Nachricht eingetroffen, das Shogunat habe Männern aus unserem Fürstentum genehmigt, an der Marineakademie zu studieren. Sofort hatte er sich über jenen Priester für eine Kampagne eingesetzt, durch die Studenten dafür ausgewählt werden sollten. Mein Vater sagte, er habe eine Kopie dieser Eingabe gelesen; deshalb denke ich, daß sie noch existiert und bei Durchsuchung des zum Tempel gehörenden Speicherhauses auftauchen würde. Es dürfte für den zweitgeborenen Sohn eines beamteten und zu den Dorf-Samurai zählenden Schulzen nicht unmöglich gewesen sein, sich in die niederen Ränge der Kriegerklasse hinaufzuarbeiten. Es war ja gerade um diese Zeit, daß die Söhne des Dorfadels jenseits des Waldes sich aktiv in der kaiserfreundlichen, auslandsfeindlichen Bewegung betätigten. Zugegeben, sein Versuch schlug fehl. Und das nicht so sehr, weil es ihm an Fähigkeit gemangelt hätte, sondern weil das Fürstentum nicht den notwendigen Unternehmungsgeist aufbrachte, überhaupt jemanden auf die Marineakademie zu schicken. Wie ich es sehe, hat ihn seine Enttäuschung und Empörung zu dem militanten Regimegegner gemacht, der die Sonderausbildung der jungen Dorfburschen plante oder es übernahm, die Bauern bei ihren Bemühungen um ein Darlehen vom Fürstentum zu vertreten. Und der Agent von jenseits des Waldes, der Priester und Ihr Urgroßvater wurden auf diesen gefährlichen jungen Führer aufmerksam und begannen, ihn zu bearbeiten. Zu diesen Schlußfolgerungen haben mich wenigstens meine Studien geführt.«

»Das ist sicher die überzeugendste Auffassung, die ich bisher über die Sache von 1860 gehört habe«, gab ich zu. »Betrachtet man sie zusammen mit dem Vorfall unmittelbar nach dem Krieg, als S umgebracht wurde, dann spielen die jungen Rowdys des Dorfes beide Male haargenau die gleiche Rolle, und alles ergibt einen Sinn.«

»Um ehrlich zu sein«, erwiderte der junge Priester ebenfalls freimütig, »könnte man sagen, daß mich ein Geistesblitz während der Beobachtung des Vorfalls im Koreanerdorf zu meiner Interpretation der Geschehnisse von 1860 geführt hat. Manches an S' Verhalten konnte nur bedeuten, daß er den Aufstand von 1860 im Sinn hatte, als er sich zu solchem Handeln entschloß. Ich glaube nicht, daß ich krampfhaft eine Analogie konstruiere, wenn ich Zusammenhänge zwischen 1860 und dem Sommer 1945 sehe.«

»Meinen Sie, S war beunruhigt, weil Urgroßvaters Bruder als einziger Rebellenführer der Hinrichtung entging, und hat sich deshalb bewußt entschlossen, im Gegensatz zu ihm als einziger beim Überfall auf die Koreanersiedlung zu sterben? Wenn ja, dann ist das zumindest die freundlichste Auslegung, nun da er tot ist.«

»Ich war sein Freund, wissen Sie«, sagte der junge Priester, deutlich verlegen, und sein kleines Gesicht errötete bis unter das vorzeitig weiß gewordene Haar. »Kein sehr nützlicher Freund, wie ich zugeben will...«

»Takashi ist wie S«, sagte ich. »Er legt es anscheinend darauf an, daß seine Aktionen durch das Geschehen von 1860 beeinflußt werden. Heute zum Beispiel hat er damit angefangen, die jungen Männer aus dem Dorf zum Fußballtraining zusammenzuholen, nur weil ihm die Geschichte gefällt, daß Urgroßvaters Bruder eine Lichtung im Wald als Übungsplatz für die Kampfausbildung der jungen Männer anlegen ließ.«

»Aber ein Aufstand in der Art von 1860 wäre heute nicht möglich«, erwiderte der Priester, der sein gewohntes Lächeln wiederfand. »Und die Zeiten sind vorbei, in denen ein tödlicher Kampf zwischen den Koreanern und den Leuten aus dem Tal stattfinden konnte, ohne daß die Polizei einschritt, so wie es gleich nach dem Krieg passierte. In einer friedlichen Zeit wie der unsrigen könnte sich nicht einmal Takashi zum Anführer eines Aufstandes aufschwingen. Also würde ich mir keine Gedanken machen.«

»Übrigens«, sagte ich, sein Lächelnd nutzend, um einen Fühler auszustrecken, »steht irgend etwas in dem Tagebuch, was sich mit einem friedliebenden Zeitalter nicht verträgt? Wenn ja, gebe ich es wohl lieber Takashi. Unter den vielen Menschentypen in der Familie Nedokoro gehöre ich zu denen, die sich von der Sache im Jahre 1860 nicht zu heroischen Gedanken inspirieren lassen. Sogar im Schlaf ist es das gleiche: Weit davon entfernt, mich mit Urgroßvaters furchtlosem Bruder zu identifizieren, habe ich elende Träume, in denen ich mich als feiger Zuschauer im Speicherhaus verkrieche, unfähig, auch nur ein Gewehr abzufeuern wie Urgroßvater.«

»Sie glauben demnach, es wäre besser, Takashi das Tagebuch zu geben, ja?« fragte der Priester, dessen Lächeln augenblicklich erstorben war.

Ich nahm das rote Tagebuch vom Penguin-Band meines toten Freundes, steckte es in die Manteltasche und ging mit dem Priester hinunter zum Schulsportplatz, wo Takashi mit seinen neuen Kameraden beim Fußballtraining war.

In einer scharfen Brise, die unter blauem Himmel ziellos durch das Tal wehte, schossen die jungen Männer den Ball schweigend und mit bedrückender Zielstrebigkeit hin und her. Zumal der Seeigel stürzte verzweifelt hierhin und dahin, ein dickes Handtuch um den Kopf gebunden, der sich dadurch über dem kurzen Rumpf unverhältnismäßig groß ausnahm. Mehrmals schlug der Bursche lang hin, aber eigenartigerweise lachte niemand. Selbst die Dorfkinder am Rande des Sportplatzes standen in ernstes Schweigen versunken – das ganze Gegenteil der fröhlichen Lebhaftigkeit von Stadtkindern, die einem Sportereignis zusehen.

Takashi und Hoshio, die von der Spielfeldmitte aus den umherjagenden Spielern Anweisungen zuriefen, machten auch dann keine Anstalten, das Training zu unterbrechen, als der Priester und ich ihnen Zeichen gaben. Momoko und meine Frau hingegen kamen in dem Citroën zu uns herüber, in großem Bogen um die Fußballspieler herumfahrend.

»Ist das nicht ein erschreckender Anblick?« fragte ich. »Warum gehen sie so scharf ran, wenn es ihnen doch gar keinen Spaß zu machen scheint?«

»An alles scharf ranzugehen, ist die einzige Methode, die sie kennen. Momoko und mir gefällt ein so ernsthaftes Fußballtraining. Wir werden es uns jetzt jeden Tag ansehen«, sagte meine Frau, die meine Bedenken nicht teilen wollte.

Der Ball rollte aus dem Kreis der jungen Burschen zu mir

herüber. Ich versuchte, ihn zurückzugeben, aber mein Fuß stieß fast ins Leere, und der Ball drehte sich wie toll, ehe er in kurzer Entfernung liegenblieb. Die Frauen im Auto beobachteten mich und den Ball völlig gleichgültig und schmunzelten nicht einmal. Der junge Priester lächelte wie gewohnt, als wolle er meine Verlegenheit überspielen, aber das verwirrte mich nur noch mehr.

Nach dem Abendessen, als wir alle um die offene Feuerstelle lagen, rückte Takashi an mich heran und sagte in häßlich kaltem Ton, obschon er die Stimme senkte, damit ihn meine betrunkene Frau nicht hören konnte: »Mitsu – in dem Tagebuch stehen schreckliche Sachen.«

Ich starrte in die Dunkelheit und vermied es, ihm ins Gesicht zu sehen. Noch ehe ich seine nächsten Worte hörte, stieg ein Gefühl des Abscheus in mir auf.

»Er hatte an der Universität, wie du weißt, auch Deutsch betrieben. Er gebraucht das deutsche Wort *zusammengewürfelt,* bezeichnet die Streitkräfte als einen zusammengewürfelten Haufen. Ein Soldat, den man schlug, weil er während der Kompanieausbildung aus der Reihe getreten war, beging tatsächlich Selbstmord, schreibt er, und hinterließ ein paar sarkastische Zeilen, in denen er sich beim Kompaniechef entschuldigte. Dieser Kompaniechef war unser Bruder. ›Seht euch das heutige Japan an!‹ schreibt er. ›Ein völliges Chaos! Total unwissenschaftlich, total unvorbereitet. Und obendrein halbbacken. Und dann schaut euch Deutschland an – die Karten für das jetzige Rationierungssystem wurden bereits 1933 gedruckt, als Hitler gerade an die Macht gekommen war. Ich wünschte, die Sowjetunion würde Bomben auf uns regnen lassen. Die Japaner wurden mit dem Traum vom Frieden vergiftet und haben sich in eine furchtbare Misere gebracht, rasen aber immer nur im Kreis herum.‹ Er schreibt auch, daß ihm die Armee nur eines gegeben hat: ›eine gewisse Zunahme an Stehvermögen und Körperkraft‹. Er meint, man sollte viel, gründlich und zielstrebig lesen, und macht Aufzeichnungen über irgendeine Art von Tiefenatmung. Auf einer Seite schreibt er: ›In der und der Einheit auf der Insel Hainan sagte sogar der Kommandeur, es sei in Ordnung, eine Jungfrau (er schreibt: *Fräulein*) zu vergewaltigen, sofern danach die entsprechenden Maßnahmen getroffen werden – was natürlich heißt, die Frau zu töten.‹ Und auf der nächsten Seite heißt es dann in moralisierendem Ton: ›Wer den Fujisan bis zum Gipfel besteigen will, muß am Fuße beginnen.‹ Dann beschreibt er im Detail die Szene auf Leyte, als der Kommandeur der Einheit einen Einheimischen als angeblichen Spion exekutiert. ›Der Kommandeur, der ihn gefangennahm, sagte wohl zunächst, er werde ihn von einem Rekruten mit dem Bajonett erstechen lassen, übernahm die Sache aber dann selbst, schwang zum erstenmal in seinem Leben ein japanisches Schwert und hieb dem Eingeborenen den Kopf ab.‹ Möchtest du es lesen, Mitsu?«

»Du weißt gar nicht, wie egal mir dieses Tagebuch ist, Taka«, sagte ich grob. »Und ich will es nicht lesen. Ich hatte schon eine Ahnung, es würden solche Sachen drinstehen, darum habe ich es dir gegeben. Aber was soll der ganze Wirbel darum? Ist es nicht nur eine normale Sammlung von Kriegserinnerungen?«

»Für mich jedenfalls lohnt es den Wirbel«, sagte er, meine kritischen Bemerkungen entschieden zurückweisend. »Denn nun habe ich wenigstens einen nahen Verwandten gefunden, der auch auf dem Schlachtfeld sein normales Lebensgefühl bewahrte und doch ein wirklicher Übeltäter war. Ja, hätte ich die gleiche Zeit miterlebt wie er, dann könnte dies mein eigenes Tagebuch sein. Dieser Gedanke scheint eine ganz neue Perspektive für meine Weltsicht zu eröffnen.«

Seine Stimme muß stark genug gewesen sein, vorübergehend sogar das alkoholumnebelte Hirn meiner Frau zu erreichen. Als ich mich ihm zuwandte, hatte auch sie den Kopf gehoben und betrachtete unverwandt sein Gesicht, und er stand da, wild erregt und doch nüchtern, irgendwie an einen Gewaltverbrecher gemahnend.

Beim Erwachen am nächsten Morgen war mir sofort klar, daß ich allein schlief, wie das in Tokyo normal gewesen war, daß ich mich drehen und wenden konnte, unter den Schmerzen am ganzen Körper und angesichts der trostlosen Leere hinter meinen Rippen, ohne die feige Sorge, daß nur ja meine neben mir schlafende Frau mich nicht so sah. Das gab mir ein ausgeprägtes, körperliches Gefühl der Befreiung. Ich lag da, verbarg alle meine Mängel nicht, war so unbekümmert um fremde Blicke wie immer, wenn ich allein schlief. Zunächst hatte ich versucht, nicht darüber nachzudenken, was mich eigentlich zu meiner Körperstellung inspirierte. Aber jetzt gestand ich mir ein, daß es die Erinnerung an jenes groteske, völlig entmutigende Etwas in dem Holzbettchen war, auf das wir so leeren Blickes hinabgeschaut hatten, als wir unser Baby aus der Anstalt holen wollten. Der Arzt war sich nicht sicher gewesen, ob das Kind nicht einem Schock erliegen könnte, wenn es wieder in eine neue Umgebung käme. Aber eigentlich hatten wir es dort gelassen, weil wir selbst an dem Schock hätten sterben können, den dieses furchtbare Etwas uns einflößte. Unser Verhalten war natürlich ganz und gar nicht zu rechtfertigen, und wäre der Kleine gestorben und als schwächliches, abgezehrtes Gespenst erschienen, uns zu Tode zu martern, hätte ich jedenfalls nicht versucht, ihm zu entkommen.

Die Nacht hatte meine Frau, der der Gedanke nicht gefiel, sich auf meiner Seite der Schiebetür zur Ruhe zu begeben, bei Takashi und dessen Leibwächtern an der Feuerstelle geschlafen. In ihrem von Whisky erhitzten Hirn arbeitete das Gespräch weiter, das wir im Obergeschoß des Speicherhauses über das neue Leben, den Verfall und den Tod geführt hatten. Sie hatte die Folgerungen noch weitergeführt und schließlich einen festen Standpunkt bezogen. »Wir wollen schlafengehen«, hatte ich sie gedrängt. »Du kannst dort noch trinken.« Aber sie weigerte sich mit so klarer Stimme, wie mir angesichts des Themas nicht lieb

war. Allerdings war sie zu betrunken, als daß sie Takashi und den anderen zuliebe laut gesprochen hätte.
»Du sprichst davon, daß wir von vorn anfangen und uns ein neues Baby anschaffen sollten, so als beträfe dich das nicht unmittelbar. Aber es würde bedeuten, daß auch du neu anfängst. Das hast du in Wirklichkeit aber gar nicht vor. Wieso sollte ich also deine Befehle ausführen und wie ein treues Schoßhündchen zwischen die Decken kriechen?«
Insgeheim erleichtert, hatte ich sie verlassen und mich allein zur Ruhe begeben. Takashi machte keine Anstalten, sich in unseren kleinen Streit einzumischen. Angeregt von der unbekannten Stimme seines ältesten Bruders, die ihn aus den Seiten des roten Tagebuchs verfolgte, suchte er sich wie eine scharfkantige Schraube noch tiefer in die finsteren Winkel seiner ganz persönlichen Probleme hineinzudrehen. Ich hatte nicht den Wunsch, mich vom Gespenst unseres Bruders beeinflussen zu lassen, und auch das Tagebuch hatte mich nicht besonders aus der Fassung gebracht. Ich wollte es lieber als eine völlig normale Darstellung von Kriegserlebnissen abtun. Es war viel unbedenklicher, mit einer leeren Stelle in meiner Phantasie schlafen zu gehen, als die mit böser Vorbedeutung beladene Gestalt unseres Bruders heraufzubeschwören, die blutbefleckt auf unbekannten Schlachtfeldern stand.
Zum erstenmal seit Monaten steckte ich den Kopf unter die Decken und beroch die warme Ausdünstung meines eigenen Körpers. Es war, als schnüffelte ich in meinen Eingeweiden. Ich war ein einhundertzweiundsiebzig Zentimeter langes Hohltier und tauchte den Kopf ins Gedärm, um den behaglichen Kreis meines eigenen Fleisches zu schließen. Es war fast so, als hätten der dumpfe Schmerz überall in meinem Körper und das Gefühl der Leere sich in eine obskure und schuldbewußte Freude verwandelt, die dem Bewußtsein entsprang, daß keine fremden Augen mich sahen und Schmerz und Leere wenigstens mein eigen waren. Ich hatte das Gefühl, ich könnte von diesen Empfindungen gar schwanger werden und mich wie die niedrigsten Lebensformen einzellig fortpflanzen. Ich war der zur Ruhe gekommene Mensch. Obwohl ich schlecht Luft bekam, ließ ich den Kopf in der warmen, dünstenden Dunkelheit zwischen den Decken begraben und versuchte mir auszumalen, wie ich

dort erstickte, den Geruch meines eigenen Körpers in der Nase, den Kopf knallrot angemalt, eine Gurke im Hintern. Immer realer begannen die Umrisse der Szene Gestalt zu nehmen...

Kurz vor dem Ersticken, das Gesicht heiß und aufgedunsen von Blut, stieß ich den Kopf mit gewaltigem Schwung in die kühle Luft außerhalb der Decken und vernahm die leisen Stimmen Takashis und meiner Frau hinter der Schiebetür. Takashis Stimme klang ebenso begeistert wie am Abend vorher. Ich hoffte, daß meine Frau beim Zuhören ihr Gesicht nicht dem Licht preisgab. Zwar wollte ich die auf ihrem eben erwachten Gesicht sicherlich sehr deutlichen Zeichen des Verfalls durchaus nicht geheimhalten, aber der Gedanke, daß die Augen meines Bruders auf diese Weise in unsere Ehe eindrangen, verletzte meine Selbstachtung, ob ich wollte oder nicht. Er sprach von Erinnerungen, der Welt der Träume und dergleichen. Allmählich formten sich die Bruchstücke zu einem Sinnkern, der mich an den Streit im Citroën erinnerte.

»... auf die Verzerrungen hinwies, konnte ich, ehrlich gesagt, nichts erwidern. Erinnerst du dich? Da verlor ich allen Kampfesmut, verfiel in Zweifel, auch an mir selbst, aber durch das Gespräch mit der Fußballmannschaft, ... ich bin wieder obenauf, Natsumi.«

»... Taka, deine Erinnerungen... mit dem verglichen, woran Mitsu sich erinnert«, sagte meine Frau tonlos und matt, was durchaus nicht von Unaufmerksamkeit zeugte, sondern davon, daß sie – die im nüchternen Zustand gut zuhören konnte – sich auf Takashis Worte konzentrierte.

»Nein, ich behaupte nicht, daß meine Erinnerungen den Tatsachen entsprechen. Aber ich habe sie auch nicht bewußt verzerrt. Schließlich hatte ich doch hier einmal meine Wurzeln, so daß man es wohl kaum als Persönlichkeitsstörung bezeichnen kann, wenn ich am Leben und Streben des Tals Anteil nehme? Nachdem ich keine Verbindung mehr zum Dorf hatte, vermischten sich in meinem Geist die Erinnerung und die Träume vom Dorf zu einer Art Reinkultur. Als Kind sah ich tatsächlich beim Nembutsutanz auf dem Bonfest den ›Geist‹ von S, in der Winterjacke der Marinefliegerkadetten, an der Spitze einer Gruppe junger Burschen die Männer aus der Koreanersiedlung bekämpfen, bis er schließlich erschlagen, seiner Jacke beraubt und mit dem Gesicht nach unten, nur in weißem Hemd und weißer Hose liegenblieb. Ich hab dir doch sicher gesagt, daß er die Arme hochreckte wie ein Tänzer und die Beine spreizte wie ein Hürdenläufer? Das stammt direkt aus einem plötzlichen Augenblick der Stille im Nembutsutanz, auf dem Höhepunkt eines der wildesten Sprünge. Der Tanz wurde am hellichten Tage im Hochsommer gezeigt, also ist sogar das weiße Sonnenlicht meiner Erinnerung ein Teil meines tatsächlichen Erlebnisses während des Bonfestes. Verstehst du, es war keine Erinnerung an den wirklichen Überfall auf die Koreanersiedlung, sondern ein Erlebnis in der Welt des Tanzes, wo die Tatsachen in den gemeinsam dargestellten Gefühlen der Leute aus dem Tal wieder sichtbar gemacht wurden. Die Jungen von der Mannschaft sagten mir, daß sie auch nach meinem Weggang alljährlich beim Bonfest den gleichen Tanz von S' ›Geist‹ gesehen haben. Ich habe also lediglich den Nembutsutanz meiner Erinnerung mit der wirklichen Überfallszene verwechselt. Das bedeutet sicherlich, daß mich innerlich noch vieles mit dem Gemeinschaftsgefühl der Leute im Tal verbindet. Davon bin ich überzeugt. Mitsu muß sich den Tanz mit mir angesehen haben, als ich klein war, und er, der Ältere, müßte sich genauer daran erinnern können als ich, aber während des Streits im Auto schwieg er bewußt, seinen eigenen Argumenten zuliebe. Er hat etwas Durchtriebenes an sich.«

»Wie war der Nembutsutanz, Taka?« fragte meine Frau. »Meinst du mit den ›Geistern‹ die der Toten?« Aber ich hatte den Eindruck, daß sie Takashi im wesentlichen schon begriffen hatte, und ich verstand auch sehr gut, daß er stolz war, auf dem Umweg über die Träume seine Bindungen an die Gemeinschaft des Tals entdeckt zu haben.

»Warum fragst du nicht Mitsu danach? Er wird eifersüchtig, wenn ich dir alles über das Tal erzähle. Ich bin mehr daran interessiert, daß du heute wieder Mittagessen für die Mannschaft bereitest. Ich spiele mit dem Gedanken, sie für die Zeit des Trainings alle hier unterzubringen. Es war immer Brauch im Tal, daß die jungen Burschen sich zu Neujahr treffen und ein paar Tage zusammenbleiben. Deshalb möchte ich das auch arrangieren. Ich hoffe, du hilfst mir dabei, Natsumi.«

Ihre Antwort konnte ich nicht recht verstehen, aber mir war klar, daß sie jetzt zu Takashis engerem Kreis gehörte. Am Nachmittag bat sie mich, ihr von den Bräuchen zum Bonfest im Tal zu erzählen. Natürlich gebrauchte sie Takashis Wort »Eifersucht« nicht, und so beschrieb ich ihr den Nembutsutanz, ohne zu erwähnen, daß ich das Gespräch am frühen Morgen mit angehört hatte.
Von all den bösen Wesen, die Unglück über das Tal brachten, war der Chosokabe der typischste. Mit diesem Feind wollte man absolut nichts zu tun haben. Aber das Tal wurde noch von einem anderen Übel, oder besser gesagt, von anderen Übeltätern, heimgesucht, denen mit bloßer Zurückweisung und Austreibung nicht zu begegnen war, weil sie ursprünglich selbst zu den Talbewohnern gehört hatten. Alljährlich zum Bonfest kamen sie in einer Reihe hintereinander aus den oberen Waldrevieren die gepflasterte Straße herabgeschritten. Einem Artikel aus der Feder eines bekannten Volkskundlers entnahm ich, daß es sich bei diesen aus dem Wald zurückkehrenden Wesen, die von den Bewohnern mit solcher Verehrung begrüßt wurden, um »Geister« handelte, die zuweilen aus der anderen Welt (dem Wald) einen schädlichen Einfluß auf die hiesige Welt (das Tal) ausübten. Alle anhaltenden Hochwasser, die das Tal verwüsteten, und jeder besonders bösartige Reisschädling wurden diesen »Geistern« zugeschrieben, und eigens zu ihrer Besänftigung wandten die Menschen so viel Kraft für das Bonfest auf. Während der Fleckfieberepidemie gegen Kriegsende wurde zu Ehren der »Geister« ein besonders ausgefallener Tanz aufgeführt. Die in jenem Jahr aus dem Wald herabschreitende Bonprozession, mit einer Gestalt wie ein riesiger weißer Tintenfisch in der Mitte, flößte den Kindern im Tal Entsetzen ein. Die Gestalt sollte wahrscheinlich den bösen »Geist« einer Laus darstellen – natürlich nicht den einer wirklichen Laus, sondern den eines verstorbenen Dorfbewohners, der ein brutaler Mensch gewesen oder eines guten Mannes, der eines unglücklichen Todes gestorben war und sich in jenem Jahr in Gestalt einer Laus zeigte, um Unglück über das Tal zu bringen. Ein Dorfbewohner, von Beruf Tatamimacher, war Experte für den Nembutsutanz und bereitete stets mit großem Einfallsreichtum die Festprozession vor. Als einmal eine Epidemie das Infek-

tionskrankenhaus im großen Bambushain bis zum Bersten füllte, befaßte er sich zum Beispiel gleich ab Frühlingsbeginn mit der Planung des nächsten Bonfestes. Sogar wenn er in seiner Werkstatt arbeitete, fragte er die Passanten auf der gepflasterten Straße laut und aufgeregt nach ihrer Meinung zu diesem und jenem Einfall. Wenn der Festzug den Hof unseres Hauses erreichte, bildeten die Teilnehmer einen Kreis und tanzten. Danach traten sie ins Speicherhaus und verbrachten einige Zeit mit höflichen Bemerkungen über die Innenausstattung, bis jeder etwas zu essen und zu trinken bekommen hatte. Somit war ich, zumindest was das Anschauen des Umzugs betraf, den anderen Kindern aus dem Tal gegenüber im Vorteil gewesen.

Als auffälligste Veränderung an den Prozessionen ist mir in Erinnerung geblieben, daß in einem Kriegssommer plötzlich »Geister« in Armeeuniform auftauchten. Das waren die Geister gefallener Soldaten aus dem Tal. Die Zahl dieser Uniformierten wuchs von Jahr zu Jahr. Der »Geist« eines jungen Mannes, der in einer Fabrik in Hiroshima gearbeitet hatte und von der Atombombe getötet worden war, stieg aus dem Wald herab, den ganzen Körper schwarz wie halbverbrannte Holzkohle. Zum Bonfest im Sommer nach S' Tod kam sich der Tatamimacher eine Kadettenuniform ausleihen. Ohne Mutter zu verständigen, gab ich ihm die Jacke der Winteruniform. Am nächsten Tag befand sich in der Gruppe, die auf der gepflasterten Straße vom Wald herabkam, ein »Geist« in dieser Jacke, der hingebungsvoll tanzte...

»Es war nicht fair gegen Takashi, das im Auto nicht zu erwähnen.«

»Aber ich habe es nicht bewußt verschwiegen. Sieh mal, ich *weiß*, daß S nicht der Anführer der jungen Männer im Tal war, und ich habe meine eigene eindrucksvolle Erinnerung an die Stelle, wo S erschlagen lag. Also konnte ich gar keine Verbindung zwischen einem so heldenhaften und attraktiven ›Geist‹ und S' wirklichem Tod herstellen.«

»Das heißt nur, daß du von dem ausgeschlossen bist, was Taka das ›Gemeinschaftsgefühl‹ der Talbewohner nennt.«

»Wenn ich wirklich vom Tal isoliert bin, dann hat zum Glück jegliche Schererei, die die ›Geister‹ hier machen könnten, nichts mit mir zu tun«, sagte ich und nahm so dem

Angriff, der in ihren harmlos klingenden Worten verborgen lag, die Spitze. »Solltest du den Nembutsutanz einmal sehen, wirst du bald selbst feststellen, daß der Tanz des ›Geistes‹ in der Kadettenuniform in einem Kreis mit vielen großartigen Bewegungen ausgeführt wird. Aber in der Prozession, die damals aus dem Wald kam, war es ein Geist niedrigen Rangs, der irgendwo am Ende mitlief. An der Spitze der Prozession marschierte als herausragende Zentralgestalt, zu der die Zuschauer und die anderen Mitwirkenden aufsahen, der Geist des Führers jenes Aufstandes von 1860, mit anderen Worten, der von Urgroßvaters jüngerem Bruder.«

»Heißt das, den Nembutsutanz gibt es seit dem Aufstand?«

»Nein. Es gab ihn schon vorher – und die Geister sind wohl im Tal, seit hier Menschen wohnen. Die ersten Jahre oder Jahrzehnte nach dem Aufstand war der Geist von Urgroßvaters jüngerem Bruder wahrscheinlich nur ein Anfänger, der ganz am Ende des Umzugs Schläge einsteckte, so wie der Geist von S. Ein Volkskundler bezeichnete die neuen Geister als Novizen und ihre Ausbildung im Nembutsutanz als eine Art Probezeit. Beim Tanzen muß man im Kostüm viele wilde Bewegungen vollführen. Das ist recht harte Arbeit und verlangt neben der Schulung der ›Geister‹ den jungen Dorfburschen, die die Rollen spielen, sicher einiges ab. Besonders wenn Unglück oder Krankheit das Leben in der Senke bedrohen, tanzen sie mit nahezu erschreckender Hingabe.«

»Das möchte ich mir einmal anschauen«, sagte meine Frau sehnsüchtig.

»Du siehst doch täglich Takashi und den anderen beim Fußballtraining zu, nicht? Wenn Takashi wirklich in dem Gemeinschaftsgefühl des Tals verwurzelt ist, so hast du da den Nembutsutanz in neuer Gestalt. Auch wenn die Geister nicht tatsächlich von den jungen Burschen Besitz ergreifen, bleiben diese ordentlich in Übung und werden körperlich hart, so daß das Training mindestens zur Hälfte wie der Tanz wirkt. Schlimmstenfalls heißt das, durch das viele Fußballtraining werden sie nicht außer Atem kommen, wenn sie im Sommer den Tanz aufführen. Ich hoffe nur, Takashis Trainingsstunden dienen hauptsächlich solchen friedlichen Zwecken und es handelt sich nicht um eine Ausbildung der Art, wie sie Urgroßvaters Bruder seinen jungen Männern auf dem Übungsplatz auf der Waldlichtung angedeihen ließ...«

Am Tag vor Silvester sah ich mit eigenen Augen, daß das Training einen wohltuenden Einfluß auf das Leben im Tal ausübte. An jenem Nachmittag strömte warme Luft zu den schweren Fenstern des Speicherhauses herein, umspülte mich wie laues Wasser, taute mir Kopf, Schultern und Seiten auf, bis ich allmählich eins wurde mit dem Wörterbuch, dem Penguin-Band und dem Bleistift, bis alle meine anderen Ichs sich auflösten und nur das eine zurückließen, das die Übersetzung vorantrieb. Beim Arbeiten hatte ich immer das unbestimmte Gefühl, ich könnte, wenn ich so weitermachte, dahinleben, bis ich vor Altersschwäche stürbe, und niemals die Härte schwerer Arbeit erfahren, niemals etwas Besonderes vollbringen. Plötzlich stieß ein Schrei an mein warmes, auf nichts gefaßtes Ohr:

»Mann im Fluß!«

Ich zog meinen schlaffen, wäßrigweichen Körper am Haken des Bewußtseins hoch, ganz so, wie man einen toten Rochen herankurbeln würde, und polterte wild die Treppe hinab. Es war ein Wunder, daß ich nicht hinschlug – in der Finsternis am Fuß der Treppe holte mich die verspätete Angst ein und brachte mich zum Stehen. Gleichzeitig überlegte ich mir die Sache: Es war unwahrscheinlich, daß jemand mitten im Winter von dem nahezu ausgetrockneten Fluß mitgerissen wurde. Dann aber hörte ich, diesmal ganz in meiner Nähe, die sich jagenden Rufe von Jins Kindern.

»Mann im Fluß!«

Ich trat in den Vorgarten hinaus und sah die Jungen, bellend wie Hunde hinter der Beute, den gepflasterten Weg hinabstürmen und gleich darauf meinem Blick entschwinden. Die Geschicklichkeit, mit der sie auf den in der Mitte rund wie ein Schiffsboden ausgetretenen Steinen das Gleichgewicht hielten, während sie den steilen, schmalen Pfad hinabrannten oder -hüpften, weckte tief in mir lebhafte Erinnerungen an rennende Füße und ertrinkende Menschen. Jedes Jahr zur Zeit des Hochwassers im Spätsommer und Frühherbst, besonders aber nach den rücksichtslosen Holzeinschlägen im Kriege, wurde ein Unglücklicher von den angeschwollenen Wassern des Flusses davongetragen. Wer es zuerst entdeckte, schrie in den höchsten Tönen: »Mann im Fluß!« Alle, die den Ruf vernahmen, stimmten in ihn ein und rannten gemeinsam, so schnell sie konnten, die Straße neben dem Fluß hinab. Aber für das stromab treibende Opfer gab es keine Rettung. Die Erwachsenen stürmten lediglich die gepflasterte Hauptstraße und die kleinen Nebenpfade hinab, über die Brücke und dann gemeinsam weiter auf der Asphaltstraße – all dies in der vergeblichen Hoffnung, schneller zu sein als das wütend voranstürmende Hochwasser. Die Jagd wurde mit großem Tumult fortgesetzt, bis auch der Robusteste erschöpft zusammenbrach; dabei aber wurde nicht ein einziger wirklicher Rettungsversuch unternommen. Am nächsten Tag, wenn das Hochwasser ein wenig zurückgegangen war, begaben sich die Erwachsenen in Feuerwehrkleidung und mit trägen, zaudernden Bewegungen, so viel Zeit wie möglich vergeudend, an ihre schwierige und zweifelhafte Aufgabe, stießen mit Bambusstöcken in den weichen Schlamm, unter dem sich ein Gewirr von Bambus und Weidenkätzchen verbarg, und kehrten erst nach Hause zurück, wenn sie die Wasserleiche gefunden hatten...

Ich war bereits fest überzeugt, daß der Schrei eine Täuschung gewesen war. Tatsache aber blieb, daß er in mir – obwohl ich bei meiner zum Dorfleben völlig beziehungslosen Arbeit im Speicherhaus zu einer weichen Fleischmasse erschlafft war – eine Reflexhandlung ausgelöst hatte, beinahe als gehörte ich zu den Talbewohnern. Der Gedanke erregte mich. Um diese Erregung nicht so rasch abklingen zu lassen, entschied ich mich, die Worte »Mann im Fluß« tatsächlich gehört zu haben und sie für bare Münze zu nehmen. Auf jeden Fall hatte ich plötzlich viel Zeit. Also rannte ich, wie einst, als ich im Tal Kind gewesen war, so wie nun Jins Söhne, den gepflasterten Weg hinab, die Fußsohlen gegen die rund ausgetretenen Steine pressend und mit den Armen rudernd, um das Gleichgewicht zu halten. Als ich den Platz vor dem Gemeindeamt erreichte, schwindelte mir, mein Atem ging schwer, und die Knie waren empfindungslos. Beim Laufen hörte ich die ganze Zeit meinen fetten weichen Körper schwappen. Trotzdem lief ich in Richtung Brücke weiter, das Kinn vorgestreckt wie ein weit abgeschlagener Langstreckenläufer, nach Luft japsend und verstört ob der Wucht meines Herzens, das gegen die Rippen drückte. Als ich sah, wie Frauen und Kinder mich überholten und vor mir verschwanden, wurde mir bewußt, daß ich jahrelang nicht mehr gerannt war.

Schließlich erblickte ich eine farbenfroh gekleidete Menge am Rande der Brücke. In der alten Zeit hätte eine Gruppe von Dorfbewohnern die düsteren Farbtöne eines Sardinenschwarms gezeigt, aber durch die Flut von billiger Bekleidung aus dem Supermarkt war das alles anders geworden. Die Leute blickten nach vorn, in dichtes, beinahe greifbares Schweigen gehüllt, als umspannte sie ein Netz. Ich stellte mich wie die Kinder auf das vertrocknete Gras neben der Straße, so daß ich die Vorgänge um den geborstenen Brükkenpfeiler sehen konnte.

Der mittlere Pfeiler hatte dem Druck des Wassers nicht standgehalten, und dort, wo er einst im Brückenkörper verankert war, ragten jetzt Verbindungsstücke wie verrenkte Finger in alle Richtungen. Jedes dieser geborstenen Teile, zwar von Moniereisen durchzogen, war ein freischwingender Betonbrocken. Eine wo auch immer ansetzende Kraft mußte einen komplizierten und gefährlichen Drall auslösen, der ungeheure Energien freisetzte. Auf einem der Teile lag seltsam still ein Kind, die Mütze über die Augen gezogen. So eindringlich reglos lag es da, daß es durchaus schon bewußtlos sein mochte. Das Kind war zwischen den Brettern der provisorischen Brücke hindurchgerutscht und hatte sich in seiner Angst an das Betonteil geklammert. Aber schon durch sein bloßes Gewicht geriet dieses ins Schwingen, so daß es gezwungen war, sich völlig unbeweglich zu halten.

Zwei junge Männer versuchten gerade, die wie versteinert daliegende Gestalt zu befreien. Vom Stützgerüst der provisorischen Brücke hatte man zwei zusammengebundene Baumstämme an einem Seil neben dem mittleren Pfeiler herabgelassen. Einer der Männer stand barfuß im flachen Wasser und zog an einem Seil, das man um die Mitte der beiden Stämme geschlungen hatte, damit sie nicht an den Pfeiler stießen. Zwei andere junge Burschen saßen rittlings auf den Stämmen und bewegten sich allmählich an den Betonbrocken heran, der das Kind gefangenhielt. Sie arbei-

teten sich auf den Stämmen nach vorn und sprachen beruhigend auf es ein wie auf ein verängstigtes Tier.
Als der erste der beiden jungen Männer direkt unterhalb des Kindes angelangt war, faßte ihn sein Hintermann mit beiden Armen fest um die Taille und hielt sich selbst im Gleichgewicht, indem er die Beine um die Stämme schlang. Dann brachte der erste mit einer schnellen Bewegung, als finge er eine Zikade am Baum, das Kind in Sicherheit. Ein Schrei stieg von den Zuschauern auf. In diesem Augenblick geriet das Betonteil, auf dem das Kind gelegen hatte, in eine hüpfende, drehende Bewegung und stieß an die zerklüftete Ecke des Hauptteils der geborstenen Brücke, worauf ein gewaltiger Donner das Tal erschütterte und über dem Wald verhallte. Takashi, der bäuchlings auf der provisorischen Brücke unmittelbar über dem Betonbrocken gelegen und von dort aus die Bewegungen der jungen Männer dirigiert hatte, erhob sich und hieß die Seilhalter, die drei jungen Menschen auf den Stämmen bis zur Höhe der provisorischen Brücke hinaufziehen. Die durch den Zusammenstoß ausgelösten Druckwellen erschütterten mein Inneres heftig und langanhaltend. Ihre Wirkung ergab sich zum Teil aus einer tiefen, beinahe Übelkeit erregenden Erleichterung darüber, daß ein naher Verwandter gerade eine schwere Gefahr ohne Schaden überstanden hatte. Dieses Gefühl aber wurde aufgewogen von einem noch stärkeren Gefühl der Verzweiflung über die Brutalität des Lebens bei dem Gedanken, was geschehen wäre, wenn Takashi keinen Erfolg gehabt hätte. Wäre die Rettungsaktion fehlgeschlagen und das Kind zusammen mit dem Betonbrocken gegen die zerklüftete Fläche geschmettert worden, so hätte man Takashi als den für das blutige Unglück Verantwortlichen unweigerlich zu dem Betonklotz hinabgestoßen, der wie ein Gewicht an einer Schnur pendelte und an dem er sich den Kopf eingeschlagen hätte. Tatsächlich wäre für den von draußen gekommenen Mann, der ein so junges Mitglied der Gemeinschaft umgebracht hätte, eine noch grausamere und abschreckendere Bestrafung denkbar gewesen. Wenn ich mir auch klarmachte, daß Takashi ja Erfolg gehabt hatte, konnte ich doch den galligen Angstgeschmack nicht unterdrücken, der mir in die Kehle stieg. Weshalb, so fragte ich mich in ziellosem Ärger, hatte Takashi sich freiwillig in solche

Gefahr begeben? Die Menge, von den anderen Fußballspielern bisher zurückgehalten, damit die Rettungsarbeiten ungestört verlaufen konnten, drängte sich nun um das Kind. Als ich mich abwandte und den Weg zum Dorf einschlug, erinnerte ich mich Takashis düsteren, gereizten und irgendwie trotzigen Gesichtsausdrucks, mit dem er vor Jahren behauptet hatte, sich vor Gewalttätigkeit beliebiger Art, vor körperlichem Schmerz, ja sogar vor dem Tode nicht zu fürchten. Dann aber war er in Ohnmacht gefallen, als er einen Blutstropfen aus seiner Fingerkuppe rinnen sah. Angenommen, er hätte gesehen, wie das Kind direkt unter seinen Augen zermalmt wurde, keinen halben Meter unter ihm, als er bäuchlings auf der provisorischen Brücke lag, während Betonklümpchen mit Blut und Fleischfetzen vermengt ihn voll ins Gesicht trafen – hätte er dann geglaubt, sich durch ein rasches Erbrechen wieder der Wirklichkeit entziehen zu können?
Ein freudiger Lärm von aufgeregtem Gelächter und Kriegsgeschrei ertönte hinter mir. Er trieb mich davon; ich ging raschen Schrittes und atmete schwer in einer Erregung, die sich grundlegend von der der anderen Leute unterschied. »Mann im Fluß!« – es war Takashi selbst, den die gefährlichste aller Fluten fortriß. Jetzt würde der Vorfall ihm und seiner Mannschaft wahrscheinlich eine gewisse Macht über das Tal verleihen. Zumindest würde er ihm Selbstvertrauen einflößen und das Gefühl vermitteln, hier fest verwurzelt zu sein. Die scharfe Realität dessen, was in seiner Welt Gestalt gewann, würde meine Frau immer stärker beeindrucken und sie noch mehr davon überzeugen, daß sich mit mir wahrscheinlich niemals etwas ereignen würde. Zum erstenmal nahm das Wort »Eifersucht«, das Takashi meiner Frau gegenüber gebraucht hatte, einen klaren Sinn an. Unmittelbar vor dem Weggehen fiel mein Blick auf den Citroën, der hinter der Menge geparkt stand. Ich hätte mir den Weg dorthin bahnen und mich meiner Frau und den anderen anschließen können. Aber ich ignorierte den Wagen und kehrte der Menge den Rücken. Knisternde Funken sprangen aus dem Wort »Eifersucht«, das jetzt eine neue Bedeutung trug, und machten mir klar, daß es mich nicht danach verlangte, gemeinsam mit meiner Frau Zeuge von Takashis Erfolg zu sein...

Ein Mann mit unnatürlich langen Beinen auf einem uralten Fahrrad überholte mich in einem Tempo, als trainierte er für einen Wettbewerb im Langsamfahren, setzte dann gemächlich einen Fuß auf den Boden und sah sich um.

»Ihr Bruder hat beachtliche Führerqualitäten, Mitsusaburo.« Das klang nicht besonders beeindruckt. So sprachen alle, die im Tal etwas darstellten. Außerordentlich vorsichtig, trugen sie stets eine Maske kühler Distanziertheit, hinter der sie raffiniert versuchten, die Gefühle des Gesprächspartners auszuloten. Zu der Zeit, als ich das Tal verließ, hatte dieser Mann als Hilfsbeamter im Gemeindeamt gearbeitet. Inzwischen war er dick geworden und hatte einen Hautton wie ein Nierenkranker, aber das Fahrrad, auf dem er breitbeinig saß, während er mit undefinierbarem Gesichtsausdruck meine Reaktion beobachtete, war noch dieselbe alte Mühle vom Gemeindeamt.

»Wenn es schiefgegangen wäre, hätte man ihn wahrscheinlich gelyncht«, sagte ich mit möglichst ruhiger, aber von Abscheu erfüllter Stimme. Der Mann hatte wohl erkannt, daß mir die grundlegenden Kunstgriffe durchaus vertraut waren, die die erwachsenen Talbewohner in ihren Gesprächen anwandten. Er ließ ein nichtssagendes Grunzen hören, aus dem aber hintergründige heimliche Verachtung sprach.

»Wäre er im Tal aufgewachsen«, fuhr ich fort, »dann hätte er niemals so übereilt gehandelt. Er hat ja das Schicksal regelrecht herausgefordert, so als wäre er absichtlich am Rand einer Falle herumgetappt. Er kennt die Leute aus dem Dorf einfach nicht!«

»Na, hören Sie mal!« Irgendwo hinter dem zweideutigen Lächeln lauerte eine Andeutung von Furchtsamkeit und Unzuverlässigkeit zugleich. »So schlimm sind unsere Leute nun auch wieder nicht!«

»Warum hat man die Brücke nicht repariert?« Ich ging neben ihm her, während er sein Fahrrad schob.

»Die Brücke, eh...«, begann er, verstummte und schwieg eine Weile. In spöttischem Ton, der gleichfalls zu den Gewohnheiten der durchtriebenen Erwachsenen des Tals gehörte, fügte er dann hinzu: »Anfang nächsten Jahres werden wir in die Nachbarstadt eingemeindet. Es hat keinen Sinn, daß das Dorf bis dahin die Brücke allein instand setzt.«

»Und was wird da aus dem Gemeindeamt?«
»Na, ein Hilfsbeamter wird jedenfalls nicht gebraucht«, sagte er, und das war seine erste freimütige Reaktion. »Im Gemeindeamt gibt es jetzt schon kaum noch Arbeit. Die Forstgenossenschaft ist längst einem Zweckverband von fünf Städten und Dörfern angeschlossen, und die landwirtschaftliche Genossenschaft hat Bankrott gemacht. Dadurch steht das Gemeindeamt praktisch verwaist. Der Gemeindevorsteher hat das Interesse an seiner Arbeit verloren und sitzt den ganzen Tag zu Haus am Fernseher.«
»Am Fernseher?«
»Na ja, der Supermarkt hat an der höchsten Stelle im Wald eine Gemeinschaftsantenne gebaut und mit dem Verkauf von Fernsehern angefangen. Dreißigtausend Yen kostet die Antennenbenutzung. Trotzdem haben zehn Familien im Tal sich einen Apparat angeschafft!«
Obwohl das Dorf als ganzes wahrscheinlich kurz vor dem Ruin stand, schien es doch mindestens zehn wohlhabende Familien zu geben, die dem Supermarkt nicht erlegen waren, sondern ihre eigene Version des Konsumlebens genossen – obschon dieselben zehn Familien (wenn man den pessimistischen Theorien des jungen Priesters Glauben schenken wollte) vielleicht beim Supermarkt tief in der Kreide steckten, weil ein Teil der Antennengebühr und die Fernsehapparate noch nicht bezahlt waren.
»Keiner zahlt Fernsehgebühren. Sie sagen, mit der Antenne vom Supermarkt kriegen sie die Programme von NHK nicht ran.«
»Was sehen sie sich dann an? Die Reklamesendungen aus der Stadt?«
»Aber nein! Eigentlich kommt NHK am besten ran.« Er schien sich ein wenig zu freuen.
»Findet der Nembutsutanz noch statt?«
»Nein, seit fünf Jahren nicht mehr«, sagte er, das neue Thema mit Vorsicht behandelnd. »In Ihrem Haus wohnt nur die Verwalterin, und der Tatamimacher hat sich eines Nachts aus dem Staube gemacht. Wer sich heutzutage im Dorf ein Haus baut, richtet die Zimmer nach westlicher Mode ein, ohne Tatami.«
»Weshalb eigentlich mußte die Nembutsuprozession im Garten unseres Hauses einen Tanz aufführen? Sie hätten sich

doch ebensogut den Hausgarten des Gemeindevorstehers oder des Waldbesitzers aussuchen können. Kam es daher, daß unser Haus am Wege vom Wald ins Tal hinab liegt?«

»Sicher doch daher, daß das Haus Ihrer Familie Nedokoro heißt, also ›Wurzel-Ort‹, daß demnach die Seele der Talbewohner hier ihre Wurzeln hat. Bei einem Vortrag in der Grundschule sagte Ihr Vater, auf Okinawa, wo er arbeitete, ehe er in die Mandschurei ging, gebe es ein Wort *nendokoru* mit derselben Bedeutung. Er hat der Schule auch ein Geschenk gemacht. Zwanzig Faß Rohzucker.«

»Meine Mutter hat ihn wegen dieser *nendokoru*-Theorie verachtet, sie hielt nichts davon«, erwiderte ich. »Was den Rohzucker anging, so meinte sie, Vater habe sich damit im Tal lächerlich gemacht. Unmittelbarer Anlaß für Späße über ihn war wohl, daß ein Mann, dessen Familie vor dem Ruin stand, solche Geschenke machte.«

»Nein, nein, bestimmt nicht!« sagte der Mann und räumte die bösartige Falle weg, die er selbst mit so unschuldiger Miene gestellt hatte. Für das Tal hatte die Nedokoro-*nendokoru*-Theorie tatsächlich Anlaß zu Späßen gehässigster und häßlichster Art geboten. Wenn sich die Dorfbewohner die Zeit damit vertrieben, die vielen verschiedenen Fehlschläge im Leben meines Vaters anzuführen, der sich stets zu sehr von den Reden anderer hatte beeinflussen lassen, bildete diese Anekdote regelmäßig eine Art Höhepunkt des fröhlichen Erzählens. Noch jahrelang hatten sie sich über Vater als den Mann lustig gemacht, der mit zwanzig Faß Rohzucker versucht hatte, das Monopol über die Seelen im Tal zu erwerben. Hätte mich der Mann aus dem Dorf dazu verleitet, die Theorie zu bestätigen, so hätten er und seine Bekannten fast mit Sicherheit eine neue Anekdote ausgeheckt, aus der hervorging, wie sehr der junge Nedokoro seinem Vater nachschlug.

»Sie haben das Speicherhaus und das Land verkauft, nicht, Mitsusaburo? Ich wette, Sie haben ganz schön was rausgeschlagen!«

»Ich habe noch nicht offiziell verkauft. Wahrscheinlich behalte ich das Land ohnehin. Ich muß auch an Jin und ihre Familie denken.«

»Sie brauchen mir nichts vorzumachen, Mitsusaburo. Ich bin sicher, Sie haben einen guten Preis erzielt«, beharrte er.

»Takashi ist mit dem Geschäftsführer des Supermarkts ins Gemeindeamt gekommen, um den Verkauf des Bodens und der Gebäude eintragen zu lassen, daher sind mir die meisten Einzelheiten bekannt.«

Ich ging weiter, wortlos, mit einem sanften Lächeln, um meine körperlichen Reaktionen unter der Kontrolle zu behalten. Die gepflasterte Straße unter meinen Schuhsohlen war voller Vertiefungen und machte meine Schritte schwer Die Augen der Frauen und der alten Leute, die uns so wachsam aus dem Schatten hinter schmutzigen Glastüren beobachteten, an denen noch der getrocknete Schlamm längst vergangener Regentage klebte, waren plötzlich scharf geworden wie die Augen von Fremden. Der Mann neben mir aus dem Gemeindeamt war typisch für sie alle. Der Wald ringsum lag in Düsternis getaucht, und der bezogene Himmel drohte Schnee an. Aber plötzlich war mir die ganze Szene völlig fremd geworden. Ruhig bemühte ich mich, mein sanftes Lächeln zu wahren, so absolut ruhig, wie die Augen unseres Babys ausgesehen hatten, dem es letzten Endes nicht gelungen war, eine Beziehung des Verständnisses zur realen Welt herzustellen. Ich hatte mich in mich eingeschlossen, hatte an nichts im Tal Interesse und war durch nichts im Tal zu berühren. Ich befand mich nicht auf der gepflasterten Straße, war nicht da für irgendeinen der Fremden, die hier an dieser Straße wohnten...

»Ich muß nun weiter«, sagte der Mann und stieg wieder auf das Rad. Irgendwie hatte er an meinem Verhalten den Außenseiter erkannt, hatte die Klugheit seiner Vorfahren ins Spiel gebracht und versucht, sich in nichts hineinziehen zu lassen. Aber die fremde Art, die er an mir entdeckt hatte, war nicht die Erregung eines Mannes, dem der jüngere Bruder heimlich Haus und Land an Fremde verkauft hat. Ein solcher Vorfall wäre für das Tal der denkbar größte Skandal gewesen, und beim geringsten Verdacht hätte der Mann sich sofort in die Höhle meiner Erregung eingegraben, so wie sich Zecken in die Ohren von Jagdhunden einbohren und nicht wanken und weichen. Ich zeigte ihm ein etwas anderes Gesicht: das eines Fremden, der absolut gar nichts mit ihm, den anderen Dorfbewohnern und all ihren Angelegenheiten zu schaffen hatte. Also stieg er auf und radelte immerhin so kräftig davon, daß sein langer

Oberkörper schaukelte. Zweifellos fragte er sich nun mißmutig, ob er vielleicht doch mit einem Geist gesprochen hatte. Ganz unerwartet war ich für ihn etwas so Fernes und Bedeutungsloses geworden wie ein Gerücht aus einer entlegenen Stadt.

»Na, dann auf Wiedersehen«, antwortete ich so ruhigen Tons, daß es sogar meinen eigenen Ohren angenehm war. Aber er ließ sich von einer Geistererscheinung nicht ansprechen und radelte, den Kopf traurig gesenkt, den Hang hinauf davon. Ich ging langsam weiter und lächelte vor mich hin, ein Unsichtbarer auf fremdem Wege. Ein paar kleine Kinder, die die Brücke nicht rechtzeitig erreicht hatten, sahen zu mir empor, aber die Ähnlichkeit ihrer schmutzigen Gesichter mit meinem früheren Ich flößte mir kein Entsetzen mehr ein, und ich verlor auch nicht sonderlich die Fassung, als ich am Speicherhaus der Brauer vorüberkam, das man niedergerissen hatte, um Platz für den Supermarkt zu schaffen. Der Laden war heute verwaist, und die gelangweilte junge Frau an der Registrierkasse warf mir, als ich vorbeiging, einen Blick aus trüben, verschleierten Augen zu.

»Du mußt ein neues Leben anfangen, Mitsu«, hatte Takashi mich ohne Vorbereitung überfallen. »Warum läßt du nicht alles in Tokyo stehen und liegen und kommst mit mir nach Shikoku? Das wäre kein schlechter Anfang.« Damals war ich mir zum erstenmal seit einem Dutzend oder mehr Jahren wieder bewußt geworden, daß es das Dorf im Tal wirklich gab. Also war ich auf der Suche nach meiner »strohgedeckten Hütte« in das Tal zurückgekehrt. Aber ich hatte mich lediglich von der unerwarteten Tünche aus Schwermut täuschen lassen, die Takashi – wie Schmutz auf der Haut – auf seinen Streifzügen durch Amerika erworben hatte. Mein »neues Leben« im Tal war nur eine Finte gewesen, die sich Takashi ausgedacht hatte, um meiner Weigerung vorzubeugen und sich freie Hand für den Verkauf von Haus und Land zu verschaffen, irgendeinem verschwommenen Ziel zuliebe, das ihn gerade beflügelte. Von Anfang an hatte die Reise ins Tal für mich nichts Wirkliches an sich gehabt. Da ich hier nicht mehr verwurzelt war und auch nichts unternahm, um aufs neue Wurzeln zu fassen, waren selbst Haus und Land so gut wie nicht vorhanden; kein Wunder, daß mein

Bruder mir beides mit einem Minimum an Schlauheit hatte abluchsen können.
Schleppend und unstet stieg ich wieder den rund ausgetretenen Weg hinauf, den ich nur kurz zuvor dank der Erinnerung an den Gleichgewichtssinn meiner Kindheit so leichtfüßig hinabgerannt war. Natürlich störte mich irgendwie, daß mir das ganze Tal einschließlich dieses Weges jetzt so fremd war, andererseits aber war ich das Schuldgefühl los, das mich seit meiner Rückkehr ins Tal quälte, weil ich die Identität verloren hatte, die ich mir von der Kindheit her hätte bewahren sollen.
Jetzt könnte ich, selbst wenn das ganze Tal mich anklagte, eine Ratte zu sein, voller Feindseligkeit erwidern: »Und wer seid ihr, die ihr einen Fremden beleidigt, dessen Angelegenheiten euch nichts angehen?« Nun war ich nur auf der Durchreise im Tal, ein einäugiger, für sein Alter zu dicker Reisender. Und das Leben dort hatte nicht die Kraft, die Erinnerung an ein anderes, wahreres Ich oder auch nur die Illusion davon heraufzubeschwören. Ich hatte ein Recht, meine Identität als Durchreisender zu wahren. Selbst eine Ratte besaß als solche eine Identität. War ich eine, dann brauchte es mich nicht zu beunruhigen, wenn ich so genannt wurde. Und ich *war* eine Ratte: eine winzige Hausratte, die geradewegs in ihr Nest rannte, ohne auf die Schimpfworte zu achten, die man ihr hinterherschleuderte. Ich lächelte still vor mich hin.
Wieder in dem Haus angekommen, das mein Bruder bereits an den Kaiser verkauft hatte, das nicht mehr mir gehörte, keinem in meiner Familie, packte ich meine Siebensachen in einen Koffer. Hatte Takashi tatsächlich nicht nur die Gebäude verkauft, sondern auch den Grund und Boden, so mußte er ein Vielfaches des Betrages erhalten haben, den er meiner Frau und mir als Vorschuß genannt hatte. Außerdem hatte er mir über die Hälfte meines Anteils an dem sogenannten Vorschuß als Spende für die Fußballmannschaft wieder abgenommen. Ich sah ihn vor mir, wie er der Mannschaft voll naiven Stolzes erzählte, wie er mir nicht nur Haus und Land entrissen, sondern von dem angeblichen Vorschuß auch noch eine Spende abgeknöpft hatte. Zweifellos war meine Spende für die Fußballmannschaft die humorvolle Lösung des Knotens in der Komödie, in der Takashi in

seiner Rolle als raffinierter Schurke den unbedarften Tugendbold ausgespielt hatte, den ich zu geben hatte. Ich holte mir den Penguin-Band, die Wörterbücher, die Notizhefte und Aufzeichnungen aus dem Speicherhaus, verstaute sie im gleichen Koffer und wartete dann auf die Rückkehr meines Bruders und seiner Leibwächter, einschließlich der neuesten Anwerbung, meiner Frau. Ich würde nach Tokyo zurückkehren und dort jeden Morgen beim Erwachen jenen dumpfen, anhaltenden Schmerz in allen Körperteilen fühlen. Gesicht und Stimme würden unaufhaltsam verfallen, bis mein Mund spitz wäre wie eine richtige Rattenschnauze und meine Stimme nicht mehr als ein leises, quietschendes Pfeifen. Ich würde mir im Hintergarten eine Grube ausheben, diesmal einzig zu dem Zweck, am frühen Morgen hineinzukriechen. Ich würde meine eigene Höhle zum Meditieren besitzen, so wie manche Amerikaner ihren eigenen Atombunker. *Mein* privater Bunker aber würde mir helfen, dem Tod so ruhig wie möglich ins Auge zu sehen. Ich würde nicht versuchen, mir ein sicheres Plätzchen zu verschaffen, von dem aus ich den Tod anderer überleben konnte, also würden weder die Nachbarn noch der Milchmann Grund zu Vorbehalten gegen meine ungewöhnlichen Gepflogenheiten haben. Meine Entscheidung würde mir zwar, wie ich mir eingestand, jede künftige Möglichkeit nehmen, ein neues Leben zu beginnen oder eine »strohgedeckte Hütte« zu finden. Aber sie würde mir Gelegenheit bieten, die Einzelheiten meiner eigenen Vergangenheit und somit auch die Worte und das Verhalten meines Freundes tiefer zu begreifen.

Als Takashi mit den anderen zurückkam, schlief ich hinter der Feuerstelle. Die Art, wie ich dalag, hatte wohl deutlich die regressive Gelassenheit in meinem Gemütszustand ausgedrückt, denn beim Erwachen hörte ich Momoko maulen: »Während Taka und die anderen so großartige Dinge vollbrachten, hat eine gewisse zum Establishment gehörende Person friedlich im Warmen gelegen wie eine alte Katze!«

»Eine alte Katze, die nichts weiter ist als eine Ratte?« fragte ich und setzte mich auf. »Deine bildlichen Vergleiche geraten ein bißchen durcheinander, was?«

Momoko, die naive, wurde rot wie eine Tomate. »Taka und die anderen...«, redete sie herausfordernd weiter, um

ihre Verlegenheit zu überspielen, aber meine Frau brachte sie zum Schweigen.
»Mitsu weiß sehr wohl, was geschehen ist«, sagte sie. »Er hat Taka und die anderen aus den hinteren Reihen beobachtet. Trotzdem hat er der Mannschaft nicht gratuliert, sondern ist ohne ein Wort davongerannt. Kein Wunder, daß er eingeschlafen ist!«
Ich bemerkte, daß Takashis Aufmerksamkeit jetzt meinem Koffer galt, der am Rande des erhöhten Fußbodens neben der Küche stand.
»Ich habe gesehen, wie der Hilfsbeamte aus dem Gemeindeamt ihm mit dem Fahrrad hinterhergefahren ist«, sagte er in sorgsam sondierendem Ton. »Mir fiel das besonders auf, weil Mitsu und er als einzige verschwanden, ohne das von uns gerettete Kind sehen zu wollen.«
»Er wollte mich etwas wegen des Verkaufs von Haus und Land fragen. Wie steht es damit, Taka, hast du ein Vermögen daran verdient?« fragte ich und geriet wieder in die herrische Stimmung wie in meiner Kindheit, wenn ich ihm absichtlich mit unangenehmen Fragen zugesetzt hatte.
Takashis Kopf schoß nach oben wie der eines wütenden Raubvogels; er funkelte mich an. Aber als ich seinen Blick ruhig erwiderte, wandte er sich matt ab. Während das Blut deutlich sichtbar in das kleine, fahle Gesicht schoß wie vorher bei Momoko, schüttelte er den Kopf wie ein verzagtes Kind und fragte ängstlich: »Fährst du also nach Tokyo zurück, Mitsu?«
»Ganz recht«, sagte ich. »Ich habe doch meine Schuldigkeit getan?«
»Ich bleibe hier, Mitsu«, warf meine Frau entschlossen ein. »Ich will Taka und den anderen helfen, solange sie trainieren.«
Takashi und ich blickten meine Frau an, die zwischen uns stand, und waren gleichermaßen überrascht von diesen Worten. Tatsächlich hatte ich beim Kofferpacken überhaupt nicht an die Möglichkeit ihrer Abreise gedacht. Aber ich hatte auch nicht erwartet, daß sie so fest entschlossen sein würde, hier bei Takashi und den anderen zu bleiben.
»Du wirst das Tal sowieso eine Weile nicht verlassen können, Mitsu«, sagte Takashi. »Wir werden heute nacht Schnee bekommen.«

Mit der Spitze seines Turnschuhes, den er beim Training getragen hatte, tippte er gegen meinen Koffer. Zum erstenmal, seit ich von seinem Betrug erfahren hatte, rann mir die Wut wie ein Tropfen rotglühendes Eisen vom Kopf durch den ganzen Körper. Das verging aber bald.

»Auch wenn wir einschneien, werde ich im Speicherhaus schlafen, getrennt von euch anderen«, sagte ich. »Im großen Haus könnt ihr machen, was ihr wollt«, gestand ich mit der schwachen Großmut erschöpfter Entrüstung zu, »um eure Mannschaft während des Trainings unterzubringen.«

»Wenn du allein sein willst, werde ich dir das Essen bringen müssen, Mitsu«, sagte meine Frau.

»Wird es im Speicherhaus nicht nachts und frühmorgens zu kalt?« fragte Hoshio, der als einziger Mitgefühl zeigte. Er hatte unserem Gespräch niedergeschlagen und schweigend zugehört. Es war, als hätte selbst Takashis Erfolg wenige Stunden zuvor seine Zweifel nicht ganz ausgeräumt.

»Der Kaiser hat mir gesagt, daß er ein paar importierte Petroleumöfen da hat, die er im Supermarkt anbieten will, obwohl er bestimmt nicht einen davon los würde. Ich werde einen kaufen«, sagte Takashi, der seine Energie wiedergewann. »Zumindest brauchen wir uns wegen des Preises keine Sorgen zu machen«, setzte er mit einem Blick auf mich hinzu, und der Anflug eines trotzigen Lächelns huschte über sein Gesicht.

Schon einige Zeit hatte ich die jungen Männer vor dem Haus arbeiten hören. Wahrscheinlich kamen sie nicht in die *doma,* weil sie merkten, daß sich ein fremdes Element – das war ich – neben dem Herd niedergelassen hatte. Bald darauf hörte ich den Klang von Metall, das auf einem Amboß bearbeitet wird. Als ich meinen Koffer hinüber zum Speicherhaus, meinem neuen Heim, brachte, sah ich sie um den Amboß hocken. Sie drehten lässig die Köpfe nach mir um, aber ihre Gesichter blieben unbewegt und ausdruckslos, als wollten sie mich daran hindern, irgend etwas von ihnen abzulesen. Sie schlugen mit Hämmern und Meißeln auf kleine Eisengeräte ein, die in dieser Gegend zum Mitsumataschälen benutzt und als »Abreißer« bezeichnet wurden. Die Oberteile mit der scherenartigen Vorrichtung hatten sie bei einigen dieser Geräte schon abgenommen, die unteren Teile lagen auf den Boden gereiht. Mit dem Griff, der Klinge in der Mitte und der scharfen, rechtwinklig zur Klinge gebogenen Spitze sahen sie aus wie Enterhaken. Beim Mitsumataschälen mußte man die scharfe Spitze kräftig in den Baum schlagen, bis das Gerät festsaß, dann die Rinde aufschlitzen und die äußere Schicht abreißen. Alles an den auf dem Boden liegenden »Enterhaken« – der Griff, die Klinge, die scharfe Spitze – kündete überdeutlich davon, daß sie als Waffen gedacht waren.

Ein Impuls der Selbstverteidigung durchzuckte mich, aber ich ging weiter auf das Speicherhaus zu, ohne länger darüber nachzudenken. Mittlerweile stand ich allem, was im Tal geschehen mochte, fremd gegenüber.

Sowohl in der Senke, in der das Dorf lag, als auch auf dem »Lande« hatte man stets hochwertiges Mitsumata gewonnen. In der alten Zeit wurde die Rinde geschält, geschnitten, gedämpft und getrocknet und danach gebündelt im Mitsumataspeicher unserer Familie eingelagert. Später löste man die Bündel wieder, weichte die Rinde im Fluß ein, befreite sie mit den Schälern von der schwarzen Oberfläche und trocknete sie dann. Über lange Jahre war es Aufgabe der Familie Nedokoro gewesen, die getrocknete Rinde zu sortieren, zu rechteckigen Blöcken zu pressen und als Rohstoff für die Papierherstellung an die Staatsdruckerei zu liefern. Das Abschälen der Außenrinde hatte den Bauern in der Senke die wichtigste Nebeneinnahme gebracht. Der Karren, mit dem ich S' Leichnam geholt hatte, war dazu dagewesen, die ungeschälten Bündel auf die Bauernhöfe zu bringen und die geschälten abzuholen. An die in Frage kommenden Bauernhöfe hatte man Rindenschälmesser ausgegeben, die der Schmied im Tal eigens angefertigt hatte. Auf dem Griff eines jeden Messers wurde ein einziges Schriftzeichen eingemeißelt, das als Kennzeichen der jeweiligen Familie diente. Die Zahl der Schälmesser war begrenzt; damit schützte man die Interessen der Bauernfamilien, die seit Generationen von dieser Arbeit abhingen, um ihr Einkommen aufzubessern. So war zumindest bis kurz nach Kriegsende der Besitz eines solchen Messers mit Familienkennzeichen eine Art Statussymbol bei den Talbewohnern. Ich erinnere mich, wie ein Bauer, dem das Gerät wegen eines zu niedrigen Ertrags an weißer Rinde entzogen worden war, in der Küche kauerte und bittend auf meine

Mutter einredete. Unmittelbar vor ihrem Tode hatte Mutter alle mit der Herstellung von Mitsumata für die Regierungsdruckerei zusammenhängenden Rechte an die landwirtschaftliche Genossenschaft übertragen. Die jungen Männer hatten die Schälmesser unter den Dielenbrettern des Haupthauses hervorgeholt, wo man sie deponiert hatte, als die Bauern sie abliefern mußten. Fast ein jeder von ihnen hätte ein Messer mit dem eingemeißelten Zeichen seines Vaters finden können – eine Waffe (denn keine andere Verwendung dieser Gegenstände schien denkbar) mit einem Zeichen, das seit Generationen seine Familie symbolisierte. Hatte Takashi etwa im Sinn, jedem seiner Fußballer ein solches Werkzeug als eine Art Ausweis zu übergeben und ein System zu schaffen, demzufolge er das Schälmesser – genau wie Großvater und Vater zu ihrer Zeit – jedem schwarzen Schaf entziehen konnte, das er in seiner neuen Gemeinschaft entdeckte? Aber all das war für mich jetzt unerheblich. Selbst wenn ein »Enterhaken« mit dem Schriftzeichen für meinen eigenen Namen, »Mitsu«, auftauchen sollte, verspürte ich keinerlei Verlangen nach seinem Besitz.

Ich blickte durch das schmale Fenster des Speicherhauses hinaus auf den Wald, der schon in tiefem Dunkel lag und einen Kontrast zu der blaßrosa Wand des hohen Sonnenuntergangshimmels darüber und zu dem ebenso fahlen Graublau der ferneren, alles umhüllenden Himmelsregionen bildete. Der Himmel wirkte jetzt irgendwie heller als die Schneewolken, zu denen ich tagsüber hinaufgeblickt hatte, aber es lag immer noch ein ausgeprägtes Vorgefühl von Schnee in der Luft. Im Hof reparierte Hoshio gerade die seit langem defekte Lampe an der Dachtraufe, die den jungen Männern bei der Arbeit Licht spenden sollte. Die Hämmer klangen gegen das Eisen, und die Farbe des Waldes verblaßte mit einem Male. Der ganze Wald bebte jetzt in fahlem Dunkelgrün. Dort oben, in den höheren Lagen, hatte es begonnen zu schneien, und jetzt trieb der Schnee auf das Tal zu. Ich fühlte, wie eine unbeschreibliche Depression über mich kam. Da ich mich jetzt frei von den Dingen außerhalb meiner selbst wußte, erkannte ich, daß diese Niedergeschlagenheit von mir ganz allein ausging. Entwickelte sie sich weiter, so war völlig klar, was meine Finger tun würden, wenn ich wieder einmal frühmorgens in einer Grube saß, einen heißen, stinkenden Hund in den Armen. Wieder wurde ich von der Erinnerung an den Schüttelfrost und die Schmerzen überwältigt, die an jenem Morgen nicht einmal dann verschwinden wollten, als ich in mein Schlafzimmer zurückging. Für mich hielt das Tal weder ein neues Leben noch eine »strohgedeckte« Hütte bereit. Ich war wieder einsam und verloren, ohne Hoffnung, in den Fängen einer eindeutig noch tieferen Niedergeschlagenheit als vor der Rückkehr meines Bruders nach Japan. Ich durchlebte die volle Bedeutung dieser Depression.

Als Takashi und Hoshio den vollständig verkleideten und keineswegs in einem warmen Farbton gehaltenen Petroleumofen ins Speicherhaus brachten, sah ich Pulverschnee, trocken und hart wie Sand, auf ihren Schultern liegen. Meine Frau und Momoko hatten sich in der Aufregung über den Schneefall mit dem Abendessen verspätet. Als ich zur Mahlzeit zum Haupthaus hinüberging, war der Hof davor bereits weiß. Es lag aber vorerst nur eine zarte, vergänglich aussehende Decke. Das Schneetreiben und die Dunkelheit waren für meinen Blick so undurchdringlich, daß ich beim Aufsehen, als ich die Elemente voll in meinem Gesicht spürte, im Boot auf einem Meer aus fallendem Schnee zu treiben schien und nur mit Mühe das Gleichgewicht hielt. Feine, pulvrige Flocken reizten meine Augen zu mechanischen Tränen. Ich glaubte mich zu erinnern, daß früher die Schneeflocken im Tal stets so groß wie Daumennägel gewesen waren. Vor meinem geistigen Auge zogen mehrere Schnee-Erlebnisse vorüber. Aber meine Erinnerung an Schnee im Tal war verschwommen und lag unter einer Vielzahl von Bildern aus den Städten begraben, in denen ich gewohnt hatte. Jedenfalls schien mir der Schnee, den ich nun auf meiner Haut spürte, so fremd wie der Schnee in jenen fremden Städten. Beim Laufen trat ich die angehäuften Wehen achtlos mit dem Fuß zur Seite. In meiner Kindheit hatte ich mich stets beeilt, vom ersten im Tal gefallenen Schnee eine Handvoll zu verschlingen; er schien nach all den Mineralstoffen zu schmecken, die die Atmosphäre zwischen dem Himmel hoch über dem Tal und der Erde unter meinen Füßen anreicherten. Takashi und die anderen hatten die Tür offenstehen lassen und sahen im schwachen Licht der an der Dachtraufe hängenden Lampe den weißen Flocken zu, die die Dunkelheit streifig durchdrangen. Sie ließen sich vom Schnee berauschen; ich aber blieb nüchtern.

»Wie ist der Petroleumofen?« fragte meine Frau. »Es gab sie in keiner Farbe, die im Speicherhaus besser ausgesehen hätte.« Sie mochte zwar schneetrunken sein, mit dem Whisky hatte sie diesen Abend jedoch noch nicht angefangen.

»Ich will nicht ewig drüben wohnen. Ich würde schon morgen abreisen, wenn es nur aufhörte zu schneien. Also wird keine Zeit für Gedanken darüber sein, ob der Ofen in den Raum paßt oder nicht.«

»Taka«, sagte sie und wandte sich, da ich so wenig Interesse bekundete, meinem Bruder zu, »findest du es nicht merkwürdig, daß man Öfen aus Skandinavien importiert und den weiten Weg bis hierher transportiert?«

»Durch das Ausstellen von Waren, die hier keiner erwartet, zeigt der Kaiser dem ganzen Dorf eine lange Nase«, sagte Takashi.

Mir kam der Gedanke, Takashi könnte eine derartige Theorie dazu benutzen, seine jungen Fußballspieler anzustacheln, aber ich ging diesem Gedanken nicht weiter nach. Mich reizte es nicht mehr, über die Beziehungen zwischen Takashi und dem Tal nachzudenken. Ich aß schweigend, als säße ich gar nicht mit an der Feuerstelle. Takashis Leibwächter schienen diese Veränderung in meiner Gemütsverfassung wie selbstverständlich zu begreifen. Das Gespräch wurde über meinen Kopf hinweggeführt, als sei eine Erdspalte zu überbrücken, ohne Widerstand, ohne die Spur von Hemmnis. Von Zeit zu Zeit versuchte Takashi, den als einzigen mein Schweigen ein wenig zu stören schien, mich in das Gespräch einzubeziehen, aber ich ging nicht darauf ein. Dafür hatte ich keinen besonderen Grund; sie interessierten mich einfach nicht. Vorher, als wir S' Urne im Auto nach Hause gebracht hatten, war es Takashis verzerrten Erinnerungen gelungen, mich aus der Reserve zu locken, aber nur, weil auch ich verzweifelt versucht hatte, in meinem Inneren die konkreten Einzelheiten der Vergangenheit und der Gegenwart im Tal zu verbinden, um unbedingt einen Weg zu einem neuen Leben dort zu finden. Nunmehr aber fehlte jede derartige Motivation, und zum erstenmal verstand ich genau den Sinn der letzten Ereignisse. Takashi redete, als wären wir ein Dreieck, mit mir in der Spitze und ihm und meiner Frau auf der gegenüberliegenden Seite. Aber ich spürte kein Verlangen, an einem Dreiecksverhältnis teilzuhaben. Ich war völlig isoliert und einer zunehmenden Depression ausgesetzt, die mir wie in einem Alptraum die Glieder lähmte.

»Du sagtest doch, Mitsu, am Abend des Tages, an dem S umgebracht wurde, hätte ich völlig reglos in der dunklen *doma* gestanden und Kandis gegessen?« Ich schwieg weiter, Takashis bittenden Blick mißachtend, so daß er sich matt Natsumi zuwandte und sie statt meiner ansprach. Das zeigte mir, daß sein Betrug ihm Unruhe und Schuldgefühl einflößte. Eigentlich aber war es für mein Erleben ganz gleichgültig, was er im einzelnen empfand. Seine Handlungsweise hatte mich nicht verletzt; im Gegenteil, es war gerade meinem jüngeren Bruder zu danken, daß ich nun in der Lage war, etwas anderes zu sehen als nur mein eigenes Innenleben. »Mir fällt gerade ein, Natsumi, ganz genau fällt es mir ein, was damals in meiner Kindheit in mir und um mich her vorging. Ich stand in der Küche und lutschte glücklich an meinem Kandis. Aber nicht nur das. Meine Zunge fuhr geschäftig hin und her, hielt den Raum zwischen Gaumen und Lippen frei, damit mir der Speichel nicht aus den Mundwinkeln tropfte. In gewissem Grade hat auch Mitsu die Phantasie bemüht, um seine Erinnerung zu verschönen. Er sagte, kandisbrauner Speichel sei mir wie Blut aus dem Mund getropft, aber das kann nicht stimmen. Ich wandte meine beste Lutschtechnik an, um gerade das zu verhindern. Es lag nämlich eine Art Zauberei darüber... Der Abend dämmerte, aber als ich aus der dunklen *doma* zur Tür hinaussah, leuchtete der Boden im Hof ganz weiß – in einem noch auffälligeren Weiß als der Schnee von heute. Mitsu hatte gerade S' Leichnam zurückgebracht. Mutter war im Vorderzimmer, eine Irre, die jeden Augenblick den Wandschirm beiseite schieben und auf nicht vorhandene Pächter im Hof losschimpfen konnte. Das Vorderzimmer war nämlich so angelegt, daß der Herr des Hauses sitzen bleiben konnte, während er Draußenstehenden Anweisungen gab.

Obwohl noch ein Kind, sah ich mich also von furchtbarer Gewalttätigkeit umringt, denn schließlich verkörpern Leichen und Verrückte die Gewalt in der krassesten Form. Ich war in eine Klemme geraten, aus der ich mich trotz aller Schläue nicht retten konnte. Ich lutschte intensiv an meinem Kandis und hoffte, mein Bewußtsein würde sich in meinem

Körper verstecken und der Gewalttätigkeit draußen gänzlich den Rücken kehren, so wie eine Wunde sich im schwellenden Fleisch vergräbt. Da dachte ich mir meine Zauberei aus. Wenn alles klappte – mit anderen Worten, wenn es mir gelang, nicht einen einzigen Tropfen zu verlieren –, dann würde ich der schrecklichen Gewalttätigkeit entrinnen, die mich umgab. Weißt du, es ist vielleicht naiv von mir, aber ich habe mich stets gefragt, wie es meinen Vorfahren gelang, all die Gewalttaten ringsum zu überstehen und mir, ihrem Abkömmling, das Leben zu vermachen. Schließlich lebten sie in einer wüsten Zeit. Unglaublich, gegen welch massive Gewalt die Leute, von denen ich abstamme, ankämpfen mußten, damit ich jetzt am Leben sein kann!«

»Wollen wir hoffen, daß auch du der Gewalttätigkeit Widerstand leistest und dein Teil tust, um das Leben weiterzugeben«, setzte meine Frau ebenso einfach wie Takashi und in einem Ton hinzu, der auf die gleichen Emotionen schließen ließ, die sein Bekenntnis durchdrungen hatten.

»Als ich heute bäuchlings auf der provisorischen Brücke lag und sah, wie das Leben des Kindes in der Schwebe hing, da habe ich über das Problem der Gewalttätigkeit nachgedacht und mich genau erinnert, wie es war, als ich in der Küche Kandis aß. Das ist nicht wieder bloß so ein Traum von mir.« Er verstummte und sah mich von neuem an.

Ich ging durch den Schnee zurück zum Speicherhaus, hockte mich wie ein Affe vor den Petroleumofen – den ersten aus Skandinavien, sagte ich mir in düsterer Belustigung, der je im Tal in Betrieb genommen wurde – und blickte in das runde Schauglas, das man in den schwarzen Zylinder eingelassen hatte. Dahinter zitterten unaufhörlich Flammen, blau wie das Meer an einem wolkenlosen Tag. Eine Fliege, die plötzlich auftauchte, hatte es auf meine Nase abgesehen, stieß gegen sie und stürzte auf mein linkes Knie. Die erwärmte Luft war zur Zimmerdecke aufgestiegen und hatte die Insekten hervorgescheucht, die eigentlich bis zum Frühjahr in ihren gemütlichen Schlupfwinkeln hinter den großen Balken hätten bleiben sollen. Eine plumpe, fette Fliege von dieser Größe hätte man früher mitten im Winter niemals in einer menschlichen Behausung gefunden. Vielleicht in einem Stall, aber so eine Fliege war es nicht. Abgesehen von ihrer Größe, handelte es sich ganz eindeutig um eine gewöhnliche Fliege, wie sie sich in der Nähe des Menschen aufhält. Mit einer einzigen raschen Bewegung meiner gewölbten Handfläche aus etwa zehn Zentimeter Entfernung fing ich sie ein. Ich bin ein vortrefflicher Fliegenfänger, auch wenn das nach Eigenlob klingt. Der Unfall, bei dem mein rechtes Auge erblindete, ereignete sich im Hochsommer, und im Krankenbett setzten mir ganze Fliegenschwärme zu. Dafür revanchierte ich mich, indem ich meine Technik im Fliegenfangen vervollkommnete, was mir auch half, mit nur einem Auge perspektivisch sehen zu lernen.

Ich schaute eine Weile zu, wie die Fliege zwischen meinen Fingerspitzen zuckte, an den Knoten in einer Arterie erinnernd. Dann zerquetschte ich sie mit leichtem Druck, und meine Finger wurden feucht von ihren Körpersäften. Ich hatte das Gefühl, sie würden nie wieder ganz sauber werden. Entsetzen breitete sich um mich aus und drang in mich ein wie die Wärme aus dem Ofen. Aber ich wischte mir nur die Fingerspitzen an der Hose ab. Ich blieb weiter völlig reglos hocken, mein ganzer Körper war gelähmt, als wäre die tote Fliege ein Klotz, der das motorische Zentrum meines Nervensystems bremste. Mein Bewußtsein hatte sich mit den Flammen identifiziert, die hinter dem runden Schauglas flackerten, so daß mein Körper nur eine leere äußere Hülle war. Es war angenehm, die Zeit so zu verbringen und sich den Verantwortlichkeiten des Fleisches zu entziehen. Meine Kehle wurde trocken und heiß und begann zu kitzeln. Der Gedanke, daß ich eigentlich einen Kessel mit Wasser auf den Ofen setzen müßte, machte mir klar, daß ich mich – weit davon entfernt, am nächsten Morgen nach Tokyo abzureisen – unbewußt damit abgefunden hatte, eine beträchtliche Reihe von Tagen im Obergeschoß des Speicherhauses zu verbringen. Mittlerweile sagten mir meine Ohren, daß der Schnee liegenbleiben würde. Sogar mitten in der Nacht entdeckte das Gehör sonst dort im Tal, wenn es sich an die Stille gewöhnt und die Wahrnehmung immer feinerer Geräusche gelernt hatte, überraschend viele Klänge im Wald. Jetzt aber war aus dem Tal buchstäblich kein Laut zu hören. Über die gesamte Senke und den riesigen Wald ringsum hatte der Neuschnee einen Mantel des Schweigens gebreitet.

Gii der Einsiedler, so hieß es, führte immer noch sein

einsames Leben in den Tiefen des Waldes. Aber selbst er, der vermutlich an das tägliche Schweigen gewöhnt war, würde sicherlich etwas Neues und Unstimmiges an der absoluten Lautlosigkeit dieser verschneiten Mitternacht finden. Wenn er im tiefverschneiten Wald erfror, würden die Leute aus dem Tal je seinen Leichnam finden? Welche Gedanken würden ihm durch den Kopf gehen, wenn er in der schweigenden Dunkelheit unter dem sich türmenden Schnee lag, einen so häßlichen, einsamen Tod vor Augen? Würde er schweigen oder unaufhörlich vor sich hinmurmeln? Ich wußte ja nichts von ihm; vielleicht hatte er sich eine tiefe, rechtwinklige Grube ausgehoben, ähnlich der, die einen Tag lang mir gehört hatte, und fand in ihr Zuflucht dort draußen im Wald. Ich verfluchte mich wieder, daß ich meine Grube mit etwas so Profanem wie einem Sickerbehälter gefüllt hatte; weshalb hatte ich sie nicht mehr geschätzt? Ich malte mir zwei Gruben aus, tief im Waldesinneren, in der älteren der Einsiedler und in der neueren ich, beide in der feuchten Kälte sitzend, die Knie an die Brust gezogen, friedlich darauf wartend, daß die Gefahr vorüberging. Früher einmal, so empfand ich, hatte ich den Begriff Erwartung in seiner positiven Bedeutung aufgefaßt, aber jetzt war von ihm nur die allernegativste Bedeutung übriggeblieben, und beim Nachdenken erkannte ich, daß ich einen Geisteszustand erreicht hatte, wo ich ohne Furcht und Abscheu den Tod in einer Grube gutheißen und annehmen konnte, unter Erde und Steinen begraben, die ich eigenhändig heruntergerissen hatte. Die Reise in das Tal war eine Ablenkung gewesen, aber die ganze Zeit über war meine heimliche Abwärtsfahrt weitergegangen. Und mir kam in den Sinn, daß ich mir bei meiner einsamen Lebensweise hier oben im Speicherhaus nach Wunsch den Kopf knallrot anmalen, mir eine Gurke in den Hintern stecken und mich erhängen konnte, ohne daß jemand einschritt. Im Zimmer gab es passenderweise auch schwere Zelkowabalken, die bereits einhundert Jahre überdauert hatten. Aber diese Vorstellung weckte erneut Furcht und Abscheu in mir, und ich hielt abrupt in der Kopfbewegung inne, mit der ich nach oben blicken und mich vom Vorhandensein der Balken überzeugen wollte.

Mitten in der Nacht waren im Hof Geräusche zu hören. Es

klang wie ein Pferd, das über feuchten Boden trappelt. Die Geräusche wurden sogleich als Folge dumpfer Schläge ohne den geringsten Widerhall in den Boden gestampft. Ich wischte eine ovale Fläche, von der Form eines altmodischen Spiegels, auf der schmutzigen, schmalen Glasscheibe frei (solche modernen Einbauten im Speicherhaus, auch die Fenster nach hinten hinaus, waren gegen Kriegsende vorgenommen worden; dazu gehörten auch die elektrische Beleuchtung und die Toiletten neben dem Speicherhaus; man hatte Evakuierte erwartet, die jedoch, von Gerüchten über Mutters Verrücktheit abgeschreckt, dann niemals gekommen waren), blickte hinab und sah Takashi, der im Hof splitternackt in Kreisen und immer neuen Kreisen durch den Schnee lief. Der Schein der Lampe an der Dachtraufe wurde durch den reflektierenden Schnee auf der Erde, dem Dach und auf verschiedenen kleinen Sträuchern unter der Traufe verstärkt. Er erfüllte den Garten mit einem Leuchten, das das unbestimmte Licht der Dämmerung wiedergebar. Es schneite immer noch unentwegt. Das hatte eine eigenartig statische Wirkung, so als blieben die von den Schneeflocken in diesem Augenblick gezeichneten Linien unverändert und ließen keine andere Bewegung zu, solange weiter Schnee vom Himmel über dem Tal fiel. Das Wesen dieses Augenblicks würde sich hinauf ins Unendliche erstrecken; die Dimension der Zeit wurde von den stetig fallenden Flocken so verschluckt wie die Geräusche vom Schnee. Allgegenwärtige Zeit: Takashi, wie er da splitternackt umherrannte, war Urgroßvaters Bruder und auch der meine; alle Sekunden jener einhundert Jahre waren in diesem Augenblick zusammengedrängt. Die nackte Gestalt hörte auf zu laufen, ging eine Weile, kniete dann im Schnee nieder und ließ beide Hände über seine Oberfläche gleiten. Ich sah Takashis schmalen Hintern und seinen langen, gebeugten Rücken, biegsam wie der eines Insekts mit zahllosen Segmenten.

Plötzlich ließ Takashi mehrere scharfe Grunzlaute hören und wälzte sich einige Male im Schnee. Er erhob sich, Schnee klebte an seinem nackten Körper, er ging langsam dorthin zurück, wo das Licht der Lampe stärker leuchtete. Seine unproportionierten langen Arme baumelten trostlos herab wie bei einem Gorilla. Ich sah, daß sein Glied steif war. Es vermittelte den gleichen Eindruck stoisch unter

Kontrolle gehaltener Kraft und das gleiche eigentümliche Pathos wie die schwellenden Oberarmmuskeln eines Athleten. Er versuchte es ebensowenig zu verbergen wie etwa seinen Bizeps. Als er durch das offene Tor trat, kam eine junge Frau heraus, die in der *doma* gewartet hatte, und hüllte seinen nackten Körper in ein ausgebreitetes Badetuch. Mein Herz krampfte sich schmerzhaft zusammen. Es war aber nicht meine Frau, sondern Momoko. Ohne mit der Wimper zu zucken, hielt sie ihm das Tuch hin, als er, vor Kälte bebend, auf sie zukam und seine Erektion nicht verbarg. Wie eine jungfräulich reine jüngere Schwester, dachte ich. Wortlos gingen sie ins Haus. Die Tür schloß sich hinter ihnen, und nichts blieb zurück als die Erfüllung zur Ruhe gekommener Bewegung auf dem Schnee, einhundert Jahre in einen Augenblick gebannt.

Ich hatte das Gefühl, so weit in Takashis verborgene Tiefen vorgedrungen zu sein wie nie zuvor – und wenn ich sie auch nicht verstand, fand ich doch zumindest ihr Vorhandensein bestätigt. Ich fragte mich, ob dort, wo sein nackter Körper den Schnee aufgewühlt hatte, am Morgen frischer Schnee liegen würde. Normalerweise stellte nur ein Tier, etwa ein Hund, sein steifes Glied so offen, so mit sich selber mitleidlos zur Schau: durch all das, was Takashi in einer mir unbekannten Welt der Dunkelheit erlebt hatte, war in seinen Charakter so etwas wie die inbrünstige Offenheit eines einsamen Hundes gekommen. Und so wie ein Hund seine Schwermut nicht in Worten ausdrücken kann, wurde Takashis Denken von etwas Schwerem und Verwickeltem beherrscht, für das er keine gemeinsame Sprache mit anderen hatte.

Ich ging schlafen und fragte mich, wie es wohl wäre, wenn die Seele eines Hundes von mir Besitz ergriffe. In der Dunkelheit fiel es mir nicht schwer, das Bild einer spezialgefertigten Bestie heraufzubeschwören, den Körper eines langen, fetten Hundes mit ingwerrotem Fell, auf den mein Kopf aufgepfropft war. Den runden, dicken Schwanz, der wie eine lange Peitsche federte, hatte er zwischen die Hinterbeine geklemmt, um das Geschlechtsteil zu verdecken. Er sah mich fragend an, während er schlaff in der Dunkelheit trieb, und war ganz eindeutig nicht von dem Schlag, der im Schnee mitten in der Nacht einem Entblößertrieb frönt. »Wau!« Mit meinem Bellen wollte ich ihn vertreiben. Dann schlief ich wieder ein und achtete sorgfältig darauf, nicht von neuem ingwerrote Hunde aus der Dunkelheit herbeizurufen.

Kurz vor Mittag erwachte ich. Es war Silvester, und das Gelächter einer großen Gruppe junger Männer klang aus dem Haupthaus herüber. Wir hatten Frost, aber keinen strengen. Noch immer schneite es, und der Himmel war düster, aber die Erde leuchtete in sanftem, hellem Licht. Die Häuser im Tal, weit unten und spielzeugklein, wirkten im Schnee so schlicht und unscheinbar, daß ihr Anblick nicht mehr die Drohung in sich barg, verzwickte Dinge aufzuwühlen, die in den Tiefen der Erinnerung lauerten. In gleicher Weise hatte der Schnee auch die dunkle, wilde Realität des allumgebenden Waldes gemindert. Dieser schien sich zurückgezogen zu haben, und die Senke, obschon noch immer voller Flockenwirbel, war geräumiger geworden. Ich hatte das Gefühl, mich in unbekannter Umgebung aufzuhalten, wo alles angenehm abstrakt war. Die Stelle, an der sich mein Bruder in der vorigen Nacht im Schnee gewälzt hatte, sah aus wie das maßstabgerechte Modell einer archäologischen Fundstätte. Von Schuhspuren nicht beschädigt, wurden die Vertiefungen und Erhebungen durch die Neuschneedecke getreu wiedergegeben. Ich betrachtete die Stelle einige Augenblicke und lauschte dem Gelächter, das aus der *doma* aufstieg, wie aus einem Studentenwohnheim.

Als ich ins Haupthaus trat, verfielen die jungen Fußballer, die um die offene Feuerstelle saßen, urplötzlich in Schweigen. Ich war befangen und kam mir in dem einträchtigen Kreis um Takashi wie ein fremder Eindringling vor. Meine Frau und Momoko arbeiteten am Herd. Ich ging auf sie zu in der unbestimmten Hoffnung, dort Beistand zu finden, und stellte fest, daß sie noch immer vom ersten Schnee im Tal berauscht waren.

»Ich habe Stiefel für Sie, Mitsu!« sagte Momoko voll unschuldiger Fröhlichkeit. »Ich hab sie heute früh im Supermarkt gekauft. Sie hatten eine große Lieferung mit neuen Sachen hereinbekommen, alles für den Schnee. Es heißt, der Lieferwagen sitzt jetzt mit der Ware drüben vor der Brücke im Schnee fest. Armer, heimwehkranker

Mitsu – alles scheint sich gegen Ihre Abreise zu verschwören, nicht?«
»Hast du im Speicherhaus nicht gefroren?« fragte meine Frau. »Kommst du dort einige Zeit zurecht?« Ihre Augen waren vom Schnee gerötet, zeigten aber in der Tiefe ein lebhaftes und kräftiges Leuchten, wie niemals, wenn sie vom Trinken rot gewesen waren. Ganz offenbar hatte sie am Abend vorher keinen Whisky getrunken und hatte auch tief geschlafen.
»Es wird schon gehen«, sagte ich teilnahmslos und niedergeschlagen. Bei den jungen Männern rings um die offene Feuerstelle rief meine Antwort, die sie mit leidenschaftsloser Neugier abgewartet hatten, Verachtung und zugleich Zufriedenheit hervor, das spürte ich. Ich als der einzige Mensch im Tal, der am Tag des ersten Schnees ruhig blieb, war in ihren Augen vermutlich eine trübe Tasse.
»Könnte ich wohl etwas zu essen haben?« fragte ich, die Rolle des unglücklichen, hungrigen Ehemannes annehmend, in der Hoffnung, zunehmende Verachtung werde die jungen Männer veranlassen, den Eindringling nicht weiter zu beachten.
»Weißt du, wie man einen Fasan zubereitet, Mitsu?« fragte mich Takashi leichten Tons. »Der Vater des Kindes, das gestern durch die Brücke gerutscht war, hat heute in aller Frühe mit seinen Freunden ein paar für uns geschossen.« Vor der Mannschaft kehrte er ein anderes Ich heraus, das mit einem Schutzpanzer aus Selbstvertrauen und Autorität. Dies war nicht der Takashi, der sich nackt im Schnee gewälzt hatte wie ein Hund.
»Ich werde es versuchen, wenn ich etwas gegessen habe.«
Ohne länger Toleranz zu üben, ließen die jungen Männer einstimmig einen übertrieben angeekelten Seufzer hören. Es gab einmal eine Zeit, da hätte im Tal kein Mann, der etwas auf sich hielt, sein Essen selbst zubereitet. Ich mutmaßte, daß diese Tradition fortlebte. Die jungen Männer hatten wieder einmal das Schauspiel genießen können, wie ihr Anführer seinen älteren Bruder um den Finger wickelte. Die ganze Truppe, trunken vom Schnee, befand sich in Hochstimmung und war für jede anspruchslose Ablenkung zu haben. Alle Talbewohner ließen sich stets vom ersten Schnee berauschen. Das hielt immer rund zehn Tage an, in

denen sie ständig dem Drang nachgaben, in die weiße Pracht hinauszumarschieren, die Kälte nicht achtend, getrieben von den inneren Feuern. War aber diese Zeit vorüber, dann setzte die Ernüchterung ein, und alle waren ebenso erpicht darauf, dem Schnee zu entrinnen. Die Bewohner dieser Gegend hatten nichts von der Härte der Menschen in wirklichen Schneegegenden. Die Feuer in ihrem Inneren würden bald verlöschen, und die den Kälteeinbrüchen wehrlos ausgelieferten Menschen würden krank werden. So liefen die Begegnungen des Dorfes mit dem Schnee regelmäßig ab. Insgeheim hoffte ich, die Schneenarretei würde den Geist meiner Frau nicht lange beeinflussen.

Ich setzte mich dorthin, wo der erhöhte Fußboden in die *doma* hineinragte, ganz wie es die Pächter in der alten Zeit getan hatten, wenn sie ihre Glückwünsche zum Jahreswechsel darbrachten, und begann, den Rücken zur offenen Feuerstelle, mit meinem verspäteten Frühstück.

»Der Aufstand gelang«, sagte Takashi, den Faden dort wieder aufnehmend, wo er bei meinem Eintreten gerissen war, »weil die Bauern, nicht nur in unserem Dorf, sondern in allen Dörfern ringsum, die jungen Burschen als einen wüsten Mob ansahen, eine gefährliche Bande von Schädlingen, die bedenkenlos eine Brandstiftung oder Plünderei begehen würden. Es sollte mich nicht wundern, wenn die Bauern mehr Angst vor ihren eigenen gesetzlosen Anführern gehabt hätten als vor dem Feind innerhalb der Burgtore in der Stadt.« Er versuchte offensichtlich, ein Bild des Aufstandes von 1860 in den Köpfen der Dorfjungen zu neuem Leben zu erwecken und es in ihrer Erinnerung wachzuhalten.

»War es Takashis Beschreibung des Aufstandes, worüber die Mannschaft so fröhlich gelacht hat?« fragte ich meine Frau leise, als sie mir das Essen brachte. Am meisten verwirrte mich, daß sich die Rolle der jungen Männer beim Aufstand von 1860 – zumindest, wie ich sie verstand – nur durch brutale Grausamkeit ausgezeichnet hatte und kaum dazu angetan war, herzliches Gelächter hervorzurufen.

»Takashi hat geschickt einige amüsante Episoden eingearbeitet«, sagte sie. »Ich finde, er hat so etwas Munteres an sich, hat keine vorgefaßte Meinung über den Aufstand und sieht ihn auch im Gegensatz zu dir nicht ausschließlich als deprimierend an.«

»Hat die Sache von 1860 denn soviele amüsante Episoden zu bieten?«

»Das darfst du doch wohl nicht *mich* fragen?« erwiderte sie.

Trotzdem nannte sie ein Beispiel. »Er hat ihnen erzählt, wie die Dorfschulzen und örtlichen Beamten in den am Wege zur Burgstadt liegenden Dörfern gezwungen wurden, am Straßenrand niederzuknien, so daß jeder der Bauern ihnen im Vorübergehen einen einzigen Schlag mit der bloßen Faust auf den Kopf versetzen konnte. Das brachte sie wirklich zum Lachen.«

Zweifellos hatte die Vorstellung, wie jeder den Amtsträgern einen Schlag versetzte, etwas von dem rohen Humor an sich, der eine Truppe unbedarfter Bauernjungen anspricht. Leider aber waren die Männer, die von jedem der in die Zehntausende gehenden Aufrührer einen Schlag erhalten hatten, daran gestorben, das Hirn in ihren Schädeln zerstampft wie Bohnenmus.

»Hat ihnen Takashi denn nichts von den alten Leuten erzählt, die tot mit dem Gesicht nach unten liegenblieben, nachdem der Mob vorübergezogen war?« fragte ich weiter, mehr aus Neugier als dem Wunsch, Takashi und seine neuen Freunde zu kritisieren. »Ausgestreckt lagen sie vor ihren Häusern, völlig beschmutzt mit Kot und Urin – darüber hätten unsere jungen Sportler sicherlich noch lauter und herzlicher gelacht?«

»Ganz recht, Mitsu!« sagte sie. »Wie Takashi schon sagt: ›Ist die Welt voller Gewalttaten, dann besteht die gesündeste und menschlichste Reaktion nicht darin, Trübsal zu blasen, sondern etwas zu finden – irgend etwas –, über das man lachen kann.‹« Damit ging sie wieder an ihren Platz neben dem Herd zurück.

»Die jungen Männer waren sehr brutal, das gebe ich zu«, sagte Takashi gerade, »aber irgendwie gab ihre Brutalität den Bauern eine gewisse Sicherheit. Seht mal, immer wenn es darauf ankam, den jeweiligen Feind zu verletzen oder zu töten, konnten sie das den jungen Männern überlassen, ohne sich selbst die Hände schmutzig zu machen. Auf diese Weise konnte die Masse der Bauern am Aufstand teilnehmen, ohne später eine Anklage wegen Brandstiftung oder Mord befürchten zu müssen. Bei diesem Aufstand brauchten sie von Anfang an keine Angst zu haben, daß Blut an ihren Händen kleben würde. Außer dem einen derben Schlag auf die Köpfe der Amtsträger lagen jeder unmittelbare Gewaltakt und alles andere Unangenehme in der Verantwortung der jungen Männer – die von der Natur dazu ausgestattet waren, dies alles mit größter Gründlichkeit zu vollziehen. Kamen die Bauern auf ihrem Weg in die Burgstadt an einem Dorf vorbei, dessen Bewohner sich ihnen nicht anschließen wollten, dann steckten die jungen Männer die Häuser am Dorfeingang in Brand und erledigten einfach alle Leute, die etwa herausstürzten und sich ihnen in den Weg stellen wollten. Die Dorfbewohner aber, die zufällig dem Tode entrannen, waren so eingeschüchtert, daß auch sie sich der Bewegung anschlossen. Obwohl auf beiden Seiten Bauern standen, haben also praktisch die halbverrückten jungen Aufrührer Gewalttaten begangen, um die ehrbaren Bauern ihren Wünschen fügsam zu machen. Die Bauern entsetzten sich vor ihnen, und so gab es auf der ganzen Wegstrecke vom Tal bis hinunter zur Burgstadt auch nicht einen, der nicht Tritt gefaßt hätte. In jedem Dorf schlossen sie ausgewählte Jugendliche zu einem Bund junger Männer zusammen. Der hatte keine Satzung; die Mitglieder mußten lediglich der Gruppe junger Männer aus unserem Dorf die Treue schwören und bereit sein, bedenkenlos jede Gewalttat zu begehen. Also wurde der Aufstand von den jungen Männern aus unserem Tal, sozusagen dem Generalstab, und einer Basis in den Dörfern getragen, die sich jeweils aus Gruppen junger Männer rekrutierte. In jedem befreiten Dorf riefen die Jungen aus unserem Dorf die Rowdys zusammen und ließen sie alle Verbrechen reicher Familien berichten, deren Häuser dann überfallen wurden. Der Einfachheit halber nahmen sie an, die meisten wohlhabenden Häuser seien ohnehin Brutstätten der Ungerechtigkeit. In die Orte nahe der Burgstadt waren schon Gerüchte über den Aufstand gedrungen. Daher hatten einige Schulzen ihre Wertsachen, Dokumente oder Hauptbücher in den Tempeln versteckt. Die Jungen des Ortes suchten die Anführer der Rebellen in ihrem Lager auf und meldeten ihnen solche Fälle. Sie genossen die neugewonnene Freiheit vom

Einfluß der älteren Leute mit anständigen, konservativen Ansichten. Weder der Oberschulze, den die einfachen, ehrbaren Bauern über Generationen hinweg als Autorität angesehen hatten, noch die Tempel, denen als Träger der Verantwortung für die Dinge von Geburt und Tod die Ehrfurcht der Bauern gehörte, bedeuteten ihnen etwas. Am Ende wurden stets die Tempel gestürmt und die dort versteckten Dinge im Tempelbezirk verbrannt. Dann nahmen diese armen, halbverhungerten Jungchen, die man noch am Tage zuvor kaum als Menschen angesehen hatte, selbst die Macht in die Hände und bildeten eine neue Führungsschicht im Ort... Warum solche jugendlichen Kriminellen ausgewählt wurden, ließe sich kurz wie folgt erklären: Erstens hatten sie keinen rechten Status im Dorf und waren immer als Außenseiter des normalen Dorflebens angesehen worden. Darum waren sie anders als die Älteren, die nur Umgang mit Bewohnern des gleichen Dorfes hatten und ein instinktives, unerschütterliches Mißtrauen gegen Fremde hegten. Die Jugendlichen konnten nur mit Außenseitern irgendeine Beziehung aufnehmen. Darüber hinaus wurden sie, sobald sie in Aktion traten, von ihren Grundinstinkten und ihrer neugefundenen Freiheit zu Taten veranlaßt, bis hin zu Brandstiftung und Mord, wegen derer sie mit Sicherheit nach dem Aufstand nicht wieder in die Dorfgemeinschaft aufgenommen werden würden. Dadurch verband sie ein gemeinsames eigenes Interesse an dessen Fortgang. Im Bunde mit Fremden fühlten sie sich sicherer, und die Jungen aus unserem Dorf setzten sich wirklich für sie ein. Gegen Ende des Aufstands wurden einige junge Burschen gefangengenommen, die zurückgeblieben waren, um die Töchter ansässiger Kaufleute zu vergewaltigen. Aber sie wurden nicht von den Mächtigen aus der Burg arretiert. Der Mob hatte sich bis an das Haupttor herangeschoben, wo er Verhandlungen mit denen drinnen führte, konnte jedoch nicht in das Burginnere eindringen. Die Polizei wartete deshalb mehr oder weniger tatenlos darauf, daß der Mob die Stadt verließ. Nachdem die Hauptmacht der Bauern abgezogen war, strichen jedoch noch einige Kerle durch die Straßen, als hätten sie keine Lust, sich davonzumachen. Wahrscheinlich waren sie nie zuvor in einer Burgstadt gewesen und barsten vor sexueller Begierde. Aus unerfind-

lichem Grund sollen sie lange, rote Unterkimonos von Frauen angelegt haben, die sie irgendwo geplündert hatten.« (Hier gaben seine Zuhörer ein halb erregtes, halb verlegenes Lachen von sich.) »Da kam ihnen die Idee, eines der Häuser zu überfallen, in dem man die Aufständischen nicht willkommen geheißen hatte, und die Tochter zu vergewaltigen. Also stürmten sie in eine Baumwollgroßhandlung. Unglücklicherweise hatte einer von der Wache, der den beginnenden Abzug der anderen Bauern beobachtet hatte, den walghalsigen Gedanken, diese in Frauensachen gekleideten Kerle gefangenzunehnen. Er war Wachaufseher, mobilisierte also die ihm Unterstellten, und sein Vorhaben gelang tatsächlich. Einer konnte entwischen und das Geschehene melden, worauf die Gruppe aus dem Tal den Befehl gab, die Burgstadt von neuem zu besetzen. Unter großem persönlichem Risiko kehrten die Jungen aus unserem Tal um, um die verfluchten Frauenhelden zu retten. Im Nu waren die Gefangenen befreit, das Haus des Baumwollhändlers – als Wurzel allen Übels – wurde dem Erdboden gleichgemacht, die Angestellten wurden bestraft, und das Haus des Wächters brannte man nieder. Damit hatte er seinen Teil!«
Takashi lachte, und die anderen stimmten ein. Ich beendete meine Mahlzeit, setzte das schmutzige Geschirr übereinander und schaffte es zur Spüle, wo meine Frau mich mit grimmiger Trotzmiene empfing.
»Wenn dir nicht paßt, was Taka macht«, sagte sie, »dann trag es lieber direkt mit ihm und den jungen Männern aus, Mitsu.«
»Ich doch nicht. Ich habe keine Lust, seine Propagandatätigkeit zu stören«, sagte ich. »Mich interessiert nur, daß ich die Fasanen für das Kochen vorbereiten kann. Wo sind sie denn?«
»Taka hat sie an die großen Holzhaken hinten am Haus gehängt«, antwortete Momoko anstelle meiner Frau. »Es sind schöne Vögel, fett wie Schweine. Sechs Stück!« Sie schnitt mit Natsumi große Mengen Gemüse in einen Bambuskorb für ein Mittagessen, das den Vitaminbedarf einer kräftigen Fußballmannschaft decken konnte.
»Zunächst«, fuhr Takashi fort, »flößten die jungen Männer aus dem Tal den besonneneren Bauern Angst ein, aber im Verlaufe des Aufstandes erwarben sie sich Respekt – wenn

der auch vielleicht oberflächlich und nur durch ihr gewalttätiges Verhalten erzwungen war. Jedenfalls wurden sie zu Volkshelden nicht nur im Tal, sondern im ganzen Land. Daher betrugen sich die einstigen Dorfrüpel in der kurzen Zeit ihrer Freiheit nach dem Aufstand eher wie Aristokraten des Tales. Eine Zeitlang hätten sie sogar die Bauern nach Belieben wieder unter Waffen stellen und aus dem Tal herausführen können. Auch anderswo behaupteten Gruppen junger Burschen die Bollwerke, von denen aus sie ihre Dörfer unter Kontrolle hielten. Als die Aufständischen auseinanderliefen, hatte die Gruppe aus dem Tal den Teilnehmern aus anderen Dörfern die feierliche Verpflichtung auferlegt, bei Repressalien der Behörden des Fürstentums sofort wieder ihre Streitmacht zu organisieren und jedes dabei zögernde Dorf gleich zu Beginn zu zerstören. Diese Umstände zwangen die Behörden, erst später nach den Führern des Aufstandes zu fahnden. In dieser glücklichen Zeit lebten diese jungen Burschen nicht nur von den beim Plündern erbeuteten Lebensmittel- und Schnapsvorräten, sondern verführten wohl auch die Töchter und verheirateten Frauen des Dorfes. Es kann natürlich auch sein, daß die Töchter und Frauen sie verführt haben!« (Die jungen Männer lachten wieder alle herzlich über diesen billigen Witz.) »Schließlich hatte der Bund im Tal als Zusammenschluß von Rowdys begonnen. Für die Dorfgemeinschaft war das praktisch eine Zeit der Anarchie, solange die Burschen noch bewaffnet einherstolzierten und ihre Autorität genossen. Gnadenlos schlachteten sie Leute ab, die mit ihnen in Streitigkeiten gerieten, und ich bin sicher, wer bei den Frauen keinen großen Anklang fand, hat sich einstweilen mit Notzucht beholfen. Als sich das Alltagsleben wieder normalisierte, stellten die Bauern also fest, daß eine neue Clique tyrannischer Oberherren über ihnen thronte. Als die Untersuchungsbeamten des Fürstentums ins Tal kamen, hatten die jungen Burschen schon keinen Kontakt mehr mit den anderen Einwohnern. Schließlich verschanzten sie sich im Speicherhaus vor den Behörden, wurden aber von den Leuten aus dem Tal verraten, die sämtliche Hilfsversprechen brachen...«

Ein entrüstetes Gemurmel brach aus dem Kreis um die offene Feuerstelle hervor. Mit beinahe verdächtiger Naivität

schienen sich die jungen Männer mit den Bauernjungen des Aufstands von 1860 zu identifizieren. Takashis Kniff, die Führung des Aufstandes nicht Urgroßvaters jüngerem Bruder zuzuschreiben, sondern der gesamten Gruppe junger Männer im Tal, hatte seinen Zweck erreicht.
Ich stand zum Wärmen am Küchenherd und ging dann um das Haus nach hinten, wo ich sechs Fasanen nebeneinander an den langen Holzpflöcken hängen fand, an die früher Kaninchen und Fasanen gehängt wurden. Es war der kühlste Platz auf unserem Grundstück; im Hochsommer lagen die Katzen immer unmittelbar unter der Hakenreihe ausgestreckt. In allen Einzelheiten des täglichen Lebens suchte Takashi die Gewohnheiten jener Vergangenheit beizubehalten, in der die Männer unserer Familie noch reibungslos zusammengewirkt hatten. Die Art, wie er die Fasanen mittels Binsen an den Hälsen aufgehängt hatte, bewies eine verbohrte Ehrerbietung davor, wie Großvater und Vater das getan hatten. Die Vögel waren hinten, wo man das Gedärm entfernt hatte, sogar mit Tang ausgestopft. Takashi war noch zu klein gewesen, damals, als die Nedokoro eine geachtete Familie waren, seine Umgebung wahrzunehmen. Demnach hatte er ein außergewöhnliches Maß an Studium und harter Arbeit aufgewandt, um die traditionelle Lebensweise des Tales neu zu erwecken und wieder als Ganzes zu erleben.
Ich legte die plumpen Vögel in den Schnee und begann die lackschwarz und rotbraun gezeichneten Federn zu rupfen. Die meisten mischte der Wind sofort unter die herabtanzenden Schneeflocken, so daß nur die schwereren Schwanzfedern zu meinen Füßen liegen blieben. Das Fleisch darunter war kalt und fest, fühlte sich aber angenehm elastisch an. Die flaumigen Daunen zwischen den Federn steckten voller winziger, durchsichtiger Läuse, die aussahen, als seien sie noch lebendig. Vorsichtig durch die Nase atmend, um die mit Läusen durchsetzten Daunen nicht in die Lunge zu bekommen, rupfte ich mit immer empfindungsloseren Fingern weiter. Plötzlich barst die zerbrechliche, butterfarbene Haut, und meine Fingerspitzen gerieten in bestürzenden Kontakt mit dem Darunterliegenden. Durch den rasch breiter werdenden Riß wurde das schwarzrote, verletzte Fleisch sichtbar, das überall mit Blutperlen und Schrotkugeln be-

deckt war. Ich rupfte als letztes die Schwanzfedern von dem nun völlig nackten Körper und drehte mehrmals den Hals um, weil ich mit Gewalt den Kopf abreißen wollte. Aber gerade als der Hals nachzugeben schien, weigerte sich etwas in mir, das kleine bißchen mehr Kraft anzuwenden. Ich lockerte meinen Griff, der Kopf schnellte zurück, und der Schnabel bohrte sich mir schmerzhaft in den Handrücken. Dadurch sah ich den Fasanenkopf erstmals als eigenständiges Objekt und konzentrierte mich eine Weile auf die so hervorgerufenen Gefühle. Stimmengemurmel hinter meinem Rücken wurde von einer plötzlichen Lachsalve abgelöst, aber das Geräusch verlor sich sofort in der Schneeschicht auf dem Hang, der die Quersenke vom Maulbeerhain trennte, so daß nur noch das Fallen des Schnees, der an meinem Ohrläppchen vorbeistrich, zu hören war, ein schwaches eisiges Knistern, als rieben feine Eiskristalle aneinander.
Der Fasanenkopf war mit dichtem kurzem braunem Gefieder bedeckt, das einen rötlichen Glanz wie von Flammen besaß. Das Hahnenkammrot um seine Augen war schwarz gepunktet wie das Fleisch einer Erdbeere. Und die Augen selbst waren trocken und weiß – aber das waren keine Augen, sondern Büschel winziger weißer Federn; die wirklichen Augen, unmittelbar darüber, hatten ihre schwarzen, fadenähnlichen Lider fest geschlossen. Ich schob eines mit dem Nagel zurück, und etwas wie das Fleisch einer mit einem Rasiermesser aufgeschlitzten Weintraube quoll hervor und drohte auszufließen. Einen Augenblick durchzuckte mich Entsetzen, aber ich sah das Auge unverwandt an, und es verlor rasch seine Macht über mich. Es war nur das Auge eines toten Vogels. Die weißen Scheinaugen aber ließen sich nicht so einfach abtun. Ich hatte ihren Blick auf mir gespürt, während ich die letzten Federn von dem nahezu nackten Körper abrupfte, noch ehe ich mir des Vogelkopfes bewußt wurde. Deshalb war ich zu ungeduldig gewesen, ein Messer zu holen, hatte den Kopf mit seinen Scheinaugen gepackt und ihn am Hals umzudrehen versucht. Zwar war mein rechtes Auge in seiner Blindheit den Scheinaugen des Fasans ähnlich, aber es erzielte nur den rein negativen Effekt des Nichtsehens. Sollte ich mich aufhängen wie mein Freund, den Kopf knallrot angemalt, nackt,

mit einer Gurke im Hintern, hätte ich auf mein Oberlid ein starrendes grünes Auge malen müssen, um einen effektvolleren Totenschmuck zu haben als er...

Ich legte die sechs splitternackten Fasanen auf den Schnee und ging in die *doma* zurück, um etwas Brennbares zu holen. Dabei bewegte ich in der Art der Einäugigen den Kopf einhundertundachtzig Grad von einer Seite zur anderen, um mich zu überzeugen, daß keine Hunde oder Katzen in der Nähe waren.

»... natürlich wurde der junge Mann, der seine Gefährten verraten hatte, aus der Gruppe ausgeschlossen«, sagte Takashi gerade. »Wäre er in Richtung Burgstadt geflüchtet, hätte man ihn im Nu ergriffen; wäre er im Tal geblieben, isoliert von den anderen, so hätten seine Freunde ihm keinen Schutz gewährt, und die von ihm in seiner Herrschaftszeit so grob behandelten Bauern hätten ihm mit gleicher Münze heimgezahlt. Seine einzige Hoffnung bestand also darin, auf Biegen und Brechen die Flucht durch den Wald nach Kochi zu versuchen. Ob sie ihm gelungen ist...«

»Sind die Fasanen gut zugedeckt, Mitsu?« fragte er mich, seinen Vortrag unterbrechend, gerade als ich meine Frau um eine Schachtel Streichhölzer bat, mit denen ich das alte Strohbündel anzünden wollte, das ich zwischen den Hauspfeilern hervorgezerrt hatte. Ich zweifelte, ob er großes Zutrauen zu den Fakten hatte, die er berichtete. Ich jedenfalls kannte durchaus keine solchen Einzelheiten über die Handlungen und das Alltagsleben der jungen Männer nach dem Aufstand von 1860.

Ich trat eine Kuhle in den Schnee, warf das zu einem Ring zusammengebogene Strohbündel hinein und zündete es an. Der feine, an der Haut der Fasanen haftende Flaum brannte zuerst und verströmte einen beklemmenden Gestank. Fast sogleich legten sich dunkelbraune Fäden aus schmelzendem Tierfleisch kreuz und quer über die Fasanenkörper. Die Haut selbst nahm im Rauch eine trübe Färbung an, und Perlen gelben Fetts quollen hier und da heraus. Das erinnerte mich sofort an etwas, was mein toter Freund über das Foto des verbrannten Schwarzen gesagt hatte: »Sein Körper war so verbrannt und geschwollen, daß die Einzelheiten unkenntlich waren wie bei einer grobgeschnitzten Holzpuppe.«

Hinter mir stand jemand und betrachtete ebenso angespannt die Fasanen. Ich wandte mich um und erblickte Takashi. Sein Gesicht war so gerötet von seinem eifrigen Reden an der Feuerstelle, daß ich erwartete, die herabfallenden Schneeflocken würden bei der ersten Berührung schmelzen. Ich war sicher, daß die Fasanen mit ihren versengten Daunen in ihm die gleichen Erinnerungen geweckt hatten.
»Mein verstorbener Freund sagte mir, du hast ihm eine Broschüre der Bürgerrechtsbewegung gegeben, als ihr euch in New York begegnet seid. Er sagte, darin war ein Foto von einem bei lebendigem Leibe verbrannten Schwarzen.«
»Das ist richtig. Sieht scheußlich aus, so etwas! Dadurch begreift man ein wenig vom Wesen der Gewalttätigkeit.«
»Er sagte auch, du hast ihn mit der Drohung erschreckt, ›die Wahrheit zu sagen‹. Er war beunruhigt, weil er den Eindruck gewann, du hättest eine andere ›Wahrheit‹ im Sinne als deine Worte, brächtest sie aber nicht heraus. Wie stand es damit – er hat ja keine Antwort bekommen, aber war der Verdacht, mit dem er starb, wenigstens begründet?«
Takashi blickte weiter auf die Fasanen, seine Augen verengten sich angstvoll, beinahe wie geblendet, und das nicht nur von dem Licht, das – vom Schnee reflektiert – auf seine immer blasser werdenden Wangen fiel, sondern auch von etwas, was in ihm emporstieg.
»Soll ich dir die Wahrheit sagen?« fragte er. Ich war sicher, daß er meinen Freund in New York das gleiche mit dem gleichen Ton gefragt hatte. »Das ist eine Zeile von einem jungen Dichter. Ich habe sie damals dauernd zitiert. Ich dachte über die absolute Wahrheit nach, die einem Mann, der sie ausspricht, keine andere Wahl läßt, als umgebracht zu werden, sich selbst umzubringen oder zu einem wahnsinnigen Ungeheuer zu entarten. Eine Wahrheit, die, einmal ausgesprochen, wie eine Bombe in der Hand liegt, deren Zündschnur unaufhaltsam brennt. Was meinst du, Mitsu, kann ein normaler Mensch aus Fleisch und Blut den Mut aufbringen, anderen die Wahrheit zu sagen?«
»Ich kann mir jemanden vorstellen, der sich aus lauter Verzweiflung entschließt, diese Wahrheit zu sagen, aber ich glaube nicht, daß er danach entweder umgebracht wird, sich selbst umbringt oder zu einem wahnsinnigen Ungeheuer

entartet. Er würde irgendeinen Weg zum Weiterleben finden«, widersprach ich, in der Hoffnung, herauszufinden, was Takashi mit seiner unerwarteten Gesprächigkeit bezweckte.

»Nein, das ist ebenso schwer wie das perfekte Verbrechen«, sagte Takashi und wischte meine unüberlegte Meinung mit der Entschiedenheit eines Mannes weg, der offensichtlich lange über dieses Thema gegrübelt hatte. »Lebt der Mann, der eine derartige Wahrheit ausgesprochen hat, weiter, ohne daß ihn ein solches Geschick ereilt, so beweist das unmittelbar, daß die Wahrheit eben nicht von dieser Art war, die ich meine, keine Bombe mit brennender Zündschnur.«

»Meinst du denn, wer deine Art Wahrheit ausspricht, hat absolut keinen Ausweg?« fragte ich entsetzt. Aber dann kam mir der Gedanke zu einem Kompromiß. »Wie ist es bei einem Schriftsteller? Sicher gibt es welche, die die Wahrheit ausgesprochen und danach weitergegeben haben?«

»Schriftsteller? Gelegentlich, das räume ich ein, sagen sie etwas, was der Wahrheit nahekommt, und leben weiter, ohne daß man sie erschlägt oder daß sie wahnsinnig werden. Sie täuschen andere mit einer Fiktion, und was ihre Arbeit vom Wesen her untergräbt, ist gerade die Tatsache, daß sie mit Hilfe eines solchen Fiktionsgefüges alles sagen können, so erschreckend, gefährlich oder schändlich es auch sei, ohne selber Schaden zu nehmen. Mag die von ihm ausgesprochene Wahrheit noch so ernst sein – zumindest der Schriftsteller ist sich stets bewußt, daß er in der Belletristik aussprechen kann, was er will; also ist er von Anfang an immun gegen alles Gift, das in seinen Worten stecken könnte. Dies teilt sich schließlich dem Leser mit, der eine niedrige Meinung von der Belletristik als einer Sache gewinnt, die niemals gradlinig bis in die innersten Winkel der Seele dringt. So gesehen, läßt sich die Wahrheit in dem Sinne, der mir vorschwebt, einfach nicht in Geschriebenem oder Gedrucktem finden. Das Höchste, was man erwarten kann, ist der Autor, der so tut, als spränge er ins Dunkel.«

Der Schnee blieb auf den Fasanen liegen, die mit abgesengtem Flaum und fleischigen, schweren Körpern in einer Reihe dalagen. Ich hob immer zwei zusammen auf und stieß sie mit Schwung gegeneinander, um den Schnee abzuschüt-

teln. Dabei entstand ein dumpfes Geräusch, das häßliche Echos in meiner Magengrube auslöste.
»Mein Freund erzählte mir von seinem Verdacht, du hättest dir das Foto von jenem verbrannten Körper angesehen, als du sagtest, du würdest ›die Wahrheit sagen‹, kurz bevor er dich erschreckte, indem er von hinten auf dich zukam. Er hatte doch recht, nicht wahr? Du hast an der Theke des Drugstores gesessen und dir vorgestellt, wie du deine Wahrheit aussprachst und auch zu so einem verkohlten Leichnam wurdest.«
»Ja, ich hatte das Gefühl, er hat etwas davon gemerkt. Und ich begreife wohl zumindest, warum er auf diese Weise aus dem Leben gegangen ist.« Er sprach freimütig und erweckte in mir wieder die Empfindung wie auf dem Flughafen, als er seinen Tribut an meinen toten Freund entrichtet hatte. »Vielleicht wirkt es komisch, daß ich mir so sicher bin über etwas, was einen Freund von dir betrifft, aber seit mir Natsumi davon erzählt hat, habe ich immer wieder überlegt, was es zu bedeuten hat. Ehe er sich seinen Kopf rot anmalte und sich erhängte, nackt...« (und, dachte ich, mit einer Gurke im Hintern, aber das konnte Takashi nicht wissen, weil meine Frau es auch nicht wußte), »... da hat er, dessen bin ich sicher, noch ein letztes Mal geschrien: ›Soll ich die Wahrheit sagen?‹ Auch wenn er die Worte nicht wirklich laut herausgeschrien hat, so denke ich doch, daß schon allein sein Sprung in dem kalten Bewußtsein, einen Augenblick später würde sein Körper dort nackt und mit rotem Kopf für alle sichtbar hängen, ein solcher verzweifelter Aufschrei war. Gibst du mir nicht recht, Mitsu? Glaubst du nicht, daß man furchtbar viel Mut braucht, die letzte Geste mit dem eigenen nackten Körper, mit knallrotem Kopf, zu vollziehen? Er sprach die Wahrheit aus, indem er starb. Ich weiß nicht, was für eine Wahrheit das war, aber absolut gewiß ist eben, daß er sie aussprach. Als ich es von Natsumi erfuhr, gab etwas in mir das Signal: ›In Ordnung, ich habe deine Wahrheit gehört.‹«
Ich verstand, was Takashi meinte.
»Er hat anscheinend nicht draufgezahlt, als er dir das Medikament bezahlte.«
»Wenn je die Zeit an *mir* ist, diese Art Wahrheit auszusprechen, dann möchte ich, daß du sie hörst, Mitsu. Sie ist von

der Art, daß sie ihre ganze Wirkung nur haben kann, wenn ich sie dir mitteile.« Er sprach mit der naiven Aufregung eines Kindes, das um die Gefährlichkeit seines Tuns weiß.

»Du meinst, mir als einem nahen Verwandten?«

»Ja.«

»Du meinst, die Wahrheit betrifft unsere Schwester?« fragte ich, von einem beklemmenden Verdacht gepackt.

Takashis Körper wurde augenblicklich steif, dann blickte er so wild, daß ich befürchtete, er würde auf mich losgehen. Aber er fixierte mich nur mit gespannter Vorsicht, um genau zu ermessen, was hinter meinen Worten steckte, und nach einer Weile entspannte er sich plötzlich und wandte den Blick ab.

Schweigend sahen wir auf den Schnee, der sich jetzt auf den toten Fasanen festsetzte. Die feuchte Kälte ging uns durch Mark und Bein. Wie sein Kamerad mit den auffälligen Zügen und der nicht zur Jahreszeit passenden Kleidung, zitterte Takashi und hatte blaue Lippen. Ich wollte einerseits so rasch wie möglich wieder in die *doma,* andererseits unser Gespräch freundschaftlich beenden. Takashi jedoch befreite uns aus der Verlegenheit, während ich noch verwirrt nach ein paar unbedenklichen Worten suchte.

»Daß ich dich überredet habe, ins Tal zurückzukommen«, sagte er, »war nicht nur einfache Berechnung. Ich habe das nicht nur getan, um beim Verkauf des Speicherhauses und des Grundstücks im Gemeindeamt sagen zu können, mein älterer Bruder habe mich gebeten, das für ihn zu erledigen. Es geschah auch, weil ich dich als Zeugen brauche, wenn ich die Wahrheit ausspreche. Ich hoffe, dieser Augenblick kommt, solange wir beieinander sind.«

»Das Grundstück und das Haus spielen jetzt keine Rolle«, sagte ich. »Aber ich glaube auch nicht, daß du je irgendwem eine so furchtbare Wahrheit sagen wirst – vorausgesetzt, du hast sie überhaupt in dir verborgen. Auch nehme ich nicht an, daß ich je mein neues Leben oder meine strohgedeckte Hütte finden werde...«

So gingen wir nebeneinander und völlig durchfroren ins Haus zurück. Es war Mittagszeit, und Momoko gab gerade dicke Gemüsesuppe an die jungen Männer aus, die um die Feuerstelle gruppiert waren. Für Takashi und seine Freunde, die zusammen lebten wie zur Neujahrsfeier die jungen

Männer einer früheren Generation, würde dies die erste Mahlzeit unter einem gemeinsamen Dach sein. Der stets geschäftige Hoshio saß, abseits vom glücklichen Kreis seiner neuen Kameraden, in einer Ecke, mit vielen Fußbällen, die er einen nach dem anderen mit Öl einrieb, um das Leder zu schützen. Ich gab die sechs toten Fasanen meiner Frau, zog die neuen Stiefel an und stapfte durch den Schnee zurück zum Speicherhaus.

Die Zeit verging, aber der pulverige Schnee fiel weiter und enttäuschte meine heimliche Hoffnung, er würde sich in größere, blütenblattähnliche Flocken verwandeln, und ich konnte mich nicht an ihn gewöhnen. Ich verschanzte mich weiter im Speicherhaus, konzentrierte mich auf meine Übersetzung und ging nie in den Schnee hinaus. Meine Mahlzeiten wurden mir gebracht; ins Haupthaus ging ich nur, wenn ich das Wasser im Kessel auf meinem Ofen nachfüllen mußte.

Sooft ich hinüberging, fand ich Takashi und seine Gefährten in einer unschuldig kindlichen Stimmung, trunken vom Schnee; bis jetzt zeigten sie noch keine Merkmale von Ermüdung oder Verschleiß, die nach einem Rausch auftreten. Neuer Schnee verwischte alle häßlichen Spuren, die sich mit der Zeit ergeben hatten, und erneuerte immer wieder den ersten Eindruck, so daß sich für seine Anbeter im Haupthaus keine Gelegenheit bot, von ihrer Schneebetörung zu genesen.

Schließlich kam ich darauf, geschmolzenen Schnee zu verwenden, und mein tägliches Leben wurde noch weiter vom Haupthaus abgetrennt. Ich verbrachte drei Tage umgeben von treibendem, fremdem Schnee und kostete die Erleichterung eines Menschen, der aller Überwachung ledig ist. Dieses Gefühl war so stark, daß mein Gesichtsausdruck merklich schlaffer und meine Bewegungen langsamer wurden.

Zeitig am Neujahrstag jedoch war ich in meinem Einsiedlerdasein von Jin und ihrer Familie gestört worden. Der erste Eindringling war Jins ältester Sohn, der mich um die Zeit der Morgendämmerung weckte, um mir von seiner Mutter auszurichten, ich solle als derzeitiges Oberhaupt der Familie Nedokoro das »erste Wasser« holen gehen. Der Junge war so aufgeregt, als gehörte er zu den Alten, die sich leicht von solchen Bauernsitten beeinflussen ließen, und blickte finster drein, während er mir einen Werbeprospekt

entgegenhielt, auf dessen Rückseite kaum erkennbar mit hartem Bleistift eine Lageskizze aufgezeichnet war. Im schwachen Schimmer der Glühbirne am Fuße der Treppe und unter dem wachsamen Blick der kleinen, umschatteten Augen des Jungen versuchte ich, die diesjährige Strecke zum Holen des »ersten Wassers« zu erfassen, die Jin selbst aufgezeichnet hatte. Doch dann gab ich es auf, ging wieder die Treppe hinauf und hüllte mich in meinen Mantel. Der unglückliche Junge, den man offensichtlich geheißen hatte, mich auf der Expedition zu begleiten, stand reglos und schweigend da und bebte beim Warten wie ein Hund mit nassem Fell.
Ich sah ins Haupthaus hinein und fand Takashi und meine Frau nebeneinander schlafend in der Nähe der Feuerstelle, in der ein wenig Asche noch rot glühte. Hoshio lag auf der anderen Seite neben Takashi, und Momoko ruhte unter der gleichen Decke wie meine Frau, aber Takashis Arm, der eindeutig ausgestreckt war, um unter der Decke meine Frau an der Seite zu berühren, erweckte den Eindruck, daß die beiden ganz allein schliefen. Während ich am Eingang zur Vorküche stehenblieb, halb verlegen, halb unfähig, den Blick abzuwenden, holte Jins behender Nachwuchs neben dem Herd einen hohen Eimer hervor, der eine so heilige, wenn auch kurze Rolle spielen sollte. Dann tauchten wir gemeinsam in die schnee-erfüllte Dunkelheit. Der an mein Gesicht wehende Schnee zeigte mir, daß meine Haut brannte und gut durchblutet war, aber meine gefühlsmäßigen Reaktionen waren beherrscht bis zur Trägheit. Traurig dachte ich daran, daß zwischen meiner Frau und mir wie eine Krebsgeschwulst das Empfinden gewachsen war, jegliches Geschlechtsleben wäre für uns unmöglich. Sicherlich, so sagte ich mir, war es doch letzten Endes wünschenswert, daß wir jede Chance nutzten, müden Schrittes, wie erschöpfte Krieger, diesem zähen Sumpf des Unmöglichen zu entkommen? Trotzdem vermochte ich mir unmittelbare sexuelle Beziehungen zwischen ihr und Takashi nicht als gegeben vorzustellen; nur wurde mein Bewußtsein, leer bis auf die drängende Notwendigkeit, weiter durch den dunklen Schnee zu eilen, wieder und wieder von einem geheimnisvollen Phantasiebild bedrängt, in dem die mächtige Anziehungskraft, die mir in Takashis aufgerichtetem Glied so

stoisch unterdrückt vorgekommen war, als er nackt und schneebedeckt dastand, sich durch die an der Seite meiner Frau liegenden Finger auf sie übertrug.
Der Schnee auf der Straße, die von der durch das Tal führenden Hauptstraße zum Flußufer stieß, war noch frisch. Jins Sohn hatte wohl an der Seite seiner Mutter gespannt aufgepaßt, als sie ihre Almanache und Streckenpläne durchblätterte und die Strecke für das »erste Wasser« festlegte, denn er pflügte sich mit absoluter Selbstsicherheit seinen Weg durch den kniehohen Schnee. Als der Fluß in Sicht kam, blieb ich in meiner Spur stehen, erschrocken über den Anblick des von Schnee gesäumten schwarzen Wassers. Sofort erstarrten die in meinem noch nicht völlig wachen Kopf treibenden Phantasiebruchstücke und fielen zu Boden. *Du bist ein Außenseiter, du hast keine Bindung an das Tal,* sagte ich mir immer wieder, um wie mit einem Zauberspruch die beängstigenden Dinge abzuwehren, die die schwarzen Wasser in mir zu wecken drohten. Obschon es mir vielleicht gelingen mochte, ihm jegliche Bedeutung abzusprechen, war doch der im Schnee gefangene schwarze Fluß der bedrohlichste Anblick, den ich seit meiner Rückkehr in das Tal ertragen mußte. Jins Sohn schloß aus meiner versteinerten Miene, ich wäre steckengeblieben und fürchte, im tiefer werdenden Schnee den Halt zu verlieren. Daher wartete er eine Weile, nahm mir aber dann den Eimer aus der Hand und rutschte allein, bis zu den Knien im Schnee, die Uferböschung hinab. Man hörte ein verstohlenes, beinahe schuldbewußtes Plätschern, dann kämpfte sich der Junge mit dem aus dem Fluß geschöpften Wasser wieder die Böschung herauf, und ich sah, daß er außer meinem Eimer auch eine alte Trockenmilchdose trug, die er irgendwo aufgelesen und hier ehrfurchtsvoll mit Flußwasser gefüllt hatte.
»Du hättest dir doch etwas von unserem ›ersten Wasser‹ nehmen können!« sagte ich. Aber der Junge deckte mit einer abrupten Bewegung beide Handflächen über die Dose, als wollte er sie vor einem Angriff schützen.
Mir wurde klar, was für ein hartnäckiger Gedanke gerade in seinem kleinen Kopf gereift war. Ich hatte das »erste Wasser« nicht selbst geschöpft, sondern es mir holen lassen. Dadurch wurde es zum Schwindel, während seine Dose echtes »erstes Wasser« enthielt, da er es selbst geschöpft

hatte. Bisher hatte Jins Familie stets vom »ersten Wasser« der Nedokoro abbekommen, und wäre ich ans Flußufer getreten, um es selbst zu holen, hätte er sich wahrscheinlich mit einem Teil unseres »echten« Wassers begnügt. Weil ich jedoch steckengeblieben war und es betrügerisch für mich hatte holen lassen, war er auf den Gedanken gekommen, für sich selbst etwas zu schöpfen und es seiner Mutter mitzunehmen. Wenn der Sohn einer so hoffnungslos und unheilbar verfetteten Frau ein derartig sturer Mystiker werden konnte, dann mußte hinter dem Vorgang irgendeine mächtige Realität stecken. Nun, da mein Gehirn völlig wach war, begann ich einzusehen, daß es töricht und sinnlos gewesen war, so früh am Morgen zum Fluß hinabzulaufen, und ich schleppte mich verstimmt die gepflasterte Straße zurück. Die Aufgabe, das »erste Wasser« zu holen, hätte Takashi besser angestanden als mir. Vor dem Haupthaus gab ich Jins Sohn den Eimer, um die dort drin schlafenden Leute nicht noch einmal sehen zu müssen, hieß ihn, das Wasser in die *doma* tragen, und ging zum Speicherhaus zurück. Aber der Schmerz in meinen halberfrorenen Schultern verzerrte die Träume in meinem wiederaufgenommenen Schlummer, und in einem Alptraum kämpfte ich brüllend gegen zwei riesige Hände mit gewaltigem Greifvermögen, die aus den schwarzen Fluten des Flusses auftauchten und meine Schultern packten.

Kurz vor zwölf kam der Junge mich wieder rufen und teilte mit, Jin sei an der Spitze ihrer ganzen mageren Kinderschar gekommen, ihre Neujahrswünsche auszusprechen. Ich stieg die Treppe hinab und erblickte Jin, die, unglaublich dicker als je zuvor, auf dem Rand des erhöhten Fußbodens am Eingang saß und auf das dichte Flockentreiben hinaussah. Sie wirkte wie eine riesige Kugel, die von irgendwoher hereingerollt war. Ich trat in den Vorraum hinab, um ihr die Mühe zu ersparen, sich umzudrehen, und postierte mich mit der Familie etwas seitlich von ihr. Ihr Gesicht, gleichmäßig von dem schattenlosen Licht beleuchtet, das der Schnee zurückwarf, wirkte eigentümlich jung. Ein Zittern lief über die straffe, faltenlose Haut ihres an eine große Metallschüssel erinnernden Gesichts, aber sie sah mich nur wortlos an und atmete weiter schwer und mühevoll. Die wenigen Schritte vom Nebengebäude hatten sie so mitgenommen, daß sie an einen todkranken Tümmler erinnerte. Ihre Angehörigen sagten auch nichts, solange sie schwieg, und nachdem ich voll ungewisser Spannung zum Vorraum hinabgegangen war, fühlte ich mich seltsam verunsichert. Außer Jin selbst, die in eine Art formlosen schwarzen Sack gehüllt war, bei dem man vorn und hinten und oben und unten nicht unterscheiden konnte, trugen sie mehr oder weniger den herkömmlichen Neujahrsstaat. Ich aber steckte noch in Kordhemd und Sweater, in denen ich geschlafen hatte, und war nicht einmal rasiert. Ich begann mir Gedanken zu machen, daß Jin meinen könnte, ihre Mühe, eigens zum Überbringen der Grüße herzukommen, werde nicht gebührend gewürdigt. Nach einer unendlich scheinenden Zeit aber, in der sie nach Atem rang, räusperte sie sich schließlich heiser und kraftlos und sagte mit aufrichtiger Freundlichkeit: »Ein glückliches neues Jahr, Mitsusaburo!«

»Das wünsche ich dir auch, Jin!«

»Ein frommer Wunsch!« meinte sie, und ihre Freundlichkeit war wie weggewischt. »Was soll im kommenden Jahr glücklich verlaufen für ein armseliges Geschöpf wie mich? Angenommen, das ganze Dorf wird wieder geräumt – wie würde *ich* wohl davonkommen? Zurückbleiben würde ich, von den Hunden aufgefressen werden oder Hungers sterben.«

»Wieso bringst du diese alte Geschichte wieder hoch?« fragte ich. »Zum letztenmal ist das ganze Dorf vor dem Aufstand von 1860 geflüchtet, nicht?«

»Glaub nur das nicht – ich hab sie selbst türmen sehen!« konterte sie in einem Ton halsstarriger, törichter Überzeugtheit. »Gleich nach der Kapitulation, als die Besatzer mit den Jeeps ankamen. Kannst du dich nicht erinnern? Alles, was rüstig war, lief weg in den Wald und ließ die Alten und Behinderten im Tal zurück. Davon spreche ich.«

»Aber du hast unrecht, Jin«, sagte ich. »Ich weiß es, denn ich war im Tal, als der erste Jeep ankam. Ein Ami gab mir eine Büchse Spargel, aber die Erwachsenen wußten nicht, ob es etwas zu essen war, darum ließ ich die Büchse schließlich im Lehrerzimmer der Grundschule stehen.«

»Nein – sie rissen aus, alle miteinander!« beharrte Jin ruhig.
»Mitsusaburo«, warf ihr schweigsamer Ehemann ein, »Jin wird langsam komisch im Kopf.«
Die Bemerkung entsetzte die Kinder, die eine sogar einem Außenstehenden erkennbare schmerzhafte Angst an den Tag legten.
Mir drängte sich die Erinnerung auf, wie Jin in meinem Traum vom Überfall auf das Speicherhaus keine Hoffnung auf Entrinnen gehabt hatte. Und dennoch, wie ich sie so dasitzen sah – die kleinen, wie zwei Nabel in das schwellende Fleisch ihres Gesichtes eingesunkenen und nun gegen den blendenden Schnee noch enger zusammengekniffenen Augen, die zwischen das Zahnfleisch eingezogenen kleinen Lippen und die schmutzigen, schuppig aussehenden Ohren, die wie Henkel von einem Vollmond abstanden – strahlte sie eine robuste Gesundheit aus, die die Unförmigkeit ihres Fleisches Lügen strafte. Dieser zur Schau gestellten Geistesgestörtheit mißtraute ich als einer neuen Taktik, die mich daran hindern sollte, das Nebengebäude zum Verkauf anzubieten. Leider aber war es Takashi und nicht ich, auf den sie ihre Tricks hätte ansetzen müssen – und Takashi hatte ja schon alles Land und alle Gebäude der Nedokoro verkauft, auch Jins Zuhause. Wenn irgend etwas Takashi tatsächlich für die Rolle des echten Übeltäters qualifizierte, so war es der Mangel an Sensibilität, der es ihm gestattete, so ohne weiteres die armseligen Pläne einer Frau mittleren Alters zunichte zu machen, die durch ihre unnormale Leibesfülle in diesem gottverlassenen Tal festgehalten wurde.
»Unser Dorf Okubo geht vor die Hunde«, verkündete sie. »Die Leute haben ihr Gefühl für Anstand eingebüßt. Zum Beispiel gestern abend – es war Silvester, aber eine Schar völlig fremder Leute aus dem Dorf und vom ›Lande‹ machte sich in den Häusern breit, die Fernsehen haben. Sie hielten die Bewohner von den Vorbereitungen für Neujahr und allem anderen ab. Widerwärtig nenne ich so etwas!«
»Habt *ihr* euch auch irgendwo das Fernsehen angeschaut?« fragte ich die Jungen.
»Hm, wir haben uns die Silvesterschau angesehen«, antwortete der Zweitälteste stolz. »In einigen Häusern haben sie den Fernseher heimlich angestellt, bei verschlossenem

Haus. Da ist die Meute verrückt geworden und hat an den Regenläden gerüttelt. Die meisten Kinder sind von Haus zu Haus gegangen und haben sich erst auf den Heimweg gemacht, als alle ihren Fernseher in das hintere Zimmer geräumt hatten.«

Ich ging zurück zu meinem Lager im Obergeschoß des Speicherhauses, während Jin und ihre Familie sich unendlich langsam durch den Schnee auf das Haupthaus zubewegten, um jetzt Takashi und den anderen ihre Grüße zu überbringen. Als ich aus dem Fenster blickte, sah Jins Gestalt wie ein sich wiegender Schneemann aus. Ich sah, daß ihr runder Kopf oben in der Mitte kahl wurde. Ein wenig später blickte ich noch einmal hinaus; diesmal stützten mehrere junge Männer sie auf dem Rückweg zum Nebengebäude. Der »Übeltäter« sprang um die voranschreitende Gruppe herum, daß der Schnee aufstob, und gab mit schriller Stimme Anweisungen, bis es schließlich zuviel für alle zu sein schien, auch für Jins Kinder, und sie in unschuldiges Gelächter ausbrachen...

Am Morgen des 4. Januar ging ich zum erstenmal ins Tal hinunter, um ein Ferngespräch zu führen. Seit mehreren Tagen hatte es ununterbrochen geschneit, aber die schmale Straße zum freien Platz vor dem Gemeindeamt war gut zu begehen, weil unter der dünnen Schicht Neuschnee auf dem rund ausgetretenen Weg eine Schicht hartgepreßten Altschnees lag. Die jungen Fußballer hatten die ersten Tage des neuen Jahres – an denen die älteren Männer sternhagelbetrunken gewesen waren – mit kraftvollem Training zugebracht, waren den Weg auf- und abgerannt und hatten dabei den Schnee festgetreten. Als ich am Supermarkt vorbeiging, sah ich etwas, was mich dunkel beunruhigte. Das Geschäft war vorübergehend geschlossen und lag hinter einem großen Fensterladen, dessen gelblich-graugrüne Färbung an die Tarnfarbe der Panzer erinnerte, aber einige Bauersfrauen vom »Lande« standen völlig reglos unter der Dachtraufe, und eine jede hatte, wie auf Verabredung, ein Kleinkind bei sich. Leere Körbe in ihren Armen deuteten darauf hin, daß sie auf das Öffnen des Ladens warteten, um etwas einzukaufen. Offenbar hatten sie aber schon eine ganze Weile geduldig gewartet, denn einige der Kinder kauerten müde im Schnee. Der Supermarkt hatte seit Neujahr geschlossen. Die

Türen waren auch jetzt noch zu, und kein Angestellter war in der Nähe zu sehen. Warum also standen die Frauen vom »Lande« mit ihren leeren Einkaufskörben da? Ich ging weiter, an ihnen vorbei, und überlegte immer noch.
Die vom Supermarkt aus dem Felde geschlagenen Läden hatten tief überhängende Dachtraufen, hinter denen sich die Bewohner in den finstersten Winkeln verbargen und in die Außenwelt hinaussahen. Sie waren das einzige Lebendige; auf der verschneiten Straße war niemand, so daß ich keinen Passanten anhalten und nach dem Grund für die überraschende Anwesenheit der Frauen fragen konnte. Selbst wenn jemand auf der Straße aufgetaucht wäre, hätte er sich wahrscheinlich zum Wasserlassen abgewandt oder irgendeine andere Möglichkeit gefunden, mir auszuweichen, wenn ich mich näherte. Ich fragte mich, wie es mit den Leuten auf der Post sein würde – ob wohl jemand mit mit reden würde, während ich auf mein Ferngespräch wartete? Wie bei den stillgelegten Läden, war die Dachtraufe der Post mit hohem Schnee bedeckt, und niemand hatte sich die Mühe gemacht, ihn wegzukehren. Ich stieg über einen Schneehaufen vor dem Haupteingang, an dem nur eine Tür geöffnet war, und betrat den düsteren Innenraum. An den Schaltern waren keine Angestellten zu sehen, aber irgendwo hörte ich Leute, und so rief ich laut, ich wolle ein Ferngespräch führen.
»Der Schnee hat die Leitungen heruntergerissen. Telefonieren kann man nur innerhalb des Dorfes«, kam prompt die Antwort einer gereizten Altmännerstimme von dicht über dem Fußboden und unerwartet nahe.
»Wann wird der Betrieb wieder aufgenommen?« erkundigte ich mich, und ein Bruchstück einer uralten Erinnerung regte sich beim Klang dieser Stimme.
»Die jungen Kerle, die an den Leitungen arbeiten, haben sich bei den Nedokoro verkrochen. Sie kommen nicht heraus zur Arbeit, wenn ich sie holen will«, sagte der Alte im Ton offensichtlich zunehmender Entrüstung. Plötzlich erinnerte ich mich: die Stimme gehörte dem alten Postmeister, der schon in meiner Kindheit ebenso reizbar und untüchtig gewesen war. Trotzdem ging ich weg, ohne genau zu ergründen, wie er sich in seiner Ecke versteckt hatte.
Ich war auf dem Rückweg kurz vor dem Supermarkt, als

ich vor mir zwei Männer einander gegenüberstehen sah, die feierlich ihre Hände abwechselnd nach dem Kopf des jeweils anderen ausstreckten. Ich ging gesenkten Kopfes auf sie zu, um mich vor dem Schnee zu schützen, den mir der Wind auf dem Rückweg gerade ins Gesicht wehte, und schenkte ihrem Ritual keine besondere Beachtung. Mehr Gedanken machte ich mir um die Frauen vom »Lande«, die so sinnlos vor dem festverschlossenen Haupteingang standen. Als ich näher herankam, stellte ich fest, daß sie immer noch da und daß es ihrer im Nu über zehn mehr geworden waren. Sie warteten ebenso geduldig wie vordem, aber die Kinder, die erst umhergelaufen waren oder im Schnee gehockt hatten, klammerten sich jetzt an die Beine ihrer Mütter. Ich fühlte, daß etwas nicht stimmte, blieb stehen und sah, daß die Männer unmittelbar vor mir in Wirklichkeit wütend aufeinander einschlugen. Mir blieb keine Wahl, als dazustehen und in tiefer Verlegenheit, die wegen des außerordentlich geringen Abstands zwischen uns fast an Furcht grenzte, diesem wortlosen Schlagabtausch zuzusehen, der so gemessen vor sich ging, daß man ihn für ein vorgeschriebenes Ritual halten konnte.
Beide Männer, respektable Leute aus dem Tal, knapp über die mittleren Jahre hinaus, trugen Anzüge ohne Krawatten – die normale Feiertagskleidung im Tal – und hatten schwer gezecht. Ihre Gesichter waren kupferrot und glänzten vom Schweiß, und ihr Atem stieß schwer und dampfend in den fallenden Schnee. Den Unterkörper hielten sie still – wohl weniger aus Angst, in tiefen, weichen Schnee zu treten und den Halt zu verlieren, als vielmehr aus einfacher grimmiger Entschlossenheit. Abwechselnd versetzten sie einander einen Hieb mit der Faust: ans Ohr, ans Kinn, an den Hals. Sie gingen unendlich geduldig und stupide schweigend, wie balgende Hunde aufeinander los. Aber während ich zusah, begann der Ausdruck des Rausches im Gesicht des etwas kleineren Mannes sichtlich zu schwinden, und er schien regelrecht einzuschrumpfen. Ich war sicher, beim nächsten Schlag, den er einstecken mußte, würde ein Schrei aus der bleichen, trockenen Haut seines angespannten Gesichts hervorbrechen wie Schweiß. Aber da riß er etwas aus der Gesäßtasche, packte es fest mit der Hand und stieß damit zum Mund seines Widersachers. Es gab ein Geräusch wie

beim Aufbrechen einer Auster, und ein kleiner undefinierbarer Fetzen kam, in roten Schaum gebadet, in meine Richtung geflogen. Die vom Trinken noch kupferrote untere Gesichtshälfte bedeckend, sauste der Verletzte gesenkten Kopfes an mir vorüber, und sein Angreifer raste ihm hinterher. Direkt an meinem Ohr hörte ich das schreckliche, kraftlose Stöhnen des Opfers und das heftige Atmen des Verfolgers; dann wandte ich mich um und sah sie in der Ferne verschwinden. Ich bückte mich und suchte den Schnee zu meinen Füßen nach dem heruntergefallenen Ding ab. Auf der weißen aufgewühlten, aber nicht beschmutzten Schneefläche fand ich eine rote Vertiefung von der Größe eines Aprikosenkerns; in ihr lag die braungelbe Knospe an einem Baum, ein winziges Klümpchen, an dessen unterem Ende ein hellrosa Etwas in Form eines Judasohres hing. Ich streckte die Hand danach aus, nahm es in die Finger und schleuderte es sofort wieder von mir, wobei mir Übelkeit in die Eingeweide fuhr.
Es war ein ausgeschlagener Zahn mit einem Stück Zahnfleisch. Noch immer gekrümmt, blickte ich mit der kraftlosen Verzweiflung eines sich erbrechenden Hundes um mich. Die Frauen standen immer noch vor dem Supermarkt und sahen ausdruckslos in die Luft. Die kleinen Kinder, die sich noch nicht von ihrer Angst erholt hatten und die Finger fest in die Nähte der schäbigen Mäntel ihrer Mütter klammerten, warfen mir verstohlen ängstliche Blicke zu, als sei ich eine neue Gefahr. Und die Leute in den Häusern ringsum, die alles mitangesehen haben mußten, während sie aus der Düsternis hinter den gläsernen Schiebetüren heraussahen, hielten sich immer noch verborgen und machten keine Anstalten herauszukommen. Überstürzt floh ich vom Schauplatz, rannte den gepflasterten Weg hinauf und empfand die gleiche hilflose Bedrückung wie in einem Alptraum, wenn man vor etwas Schrecklichem ausreißt. Oft geriet ich in die lockeren, nachgebenden Stellen am Rande, wo der Schnee noch nicht festgetreten war.
Ich war so verstört, daß ich zum erstenmal, seit ich mich im Speicherhaus verschanzt hatte, das dringende Verlangen empfand, Takashi von meinem Erlebnis zu erzählen. Als ich ans Haupthaus kam, rief ich ihn heraus. Die hier wohnenden jungen Männer arbeiteten in der *doma,* und ich zögerte

hineinzugehen. Aber obgleich Takashi mir aufmerksam zuhörte, ließ ihn meine tiefe Verzweiflung völlig kalt.

»Seit Neujahr hat es im Tal eine Menge Schlägereien gegeben, Mitsu«, sagte er. »Die Erwachsenen des Dorfes sind seit einigen Wochen furchtbar gereizt. Verschlimmert wird das noch dadurch, daß sie während der Neujahrstage nichts zu tun hatten, als billigen Schnaps zu trinken. Die wildesten jungen Männer, die sich sonst bald an die Kehle gesprungen wären, sind bei mir geblieben und haben mit Volldampf trainiert. Also sahen sich die alten Männer, die es eigentlich besser wissen müßten, genötigt, ihre Handgemenge diesmal unter sich selbst auszutragen. Die Leute, die ihren aufgestauten Aggressionstrieb sonst stets ablassen konnten, indem sie den Schlägereien und Streitigkeiten der Jüngeren zusahen oder zwischen diesen vermittelten, liegen sich diesmal gegenseitig in den Haaren. Und hast du bemerkt, daß jemand versucht, den Ausbruch einer Schlägerei zu verhindern? Die Streitigkeiten zwischen den älteren Männern sind verwickelter als die zwischen den jüngeren, und Außenstehenden fällt das Dazwischengehen schwer. Darum dauern die Schlägereien endlos lange.«

»Das mag sein, wie es will«, beharrte ich, nicht überzeugt von Takashis Analyse, die alles in den Rahmen des normalen Alltagslebens stellte, »aber ich habe noch niemals zwei Leute aus dem Tal einander so hart prügeln sehen, daß einer von ihnen einen Zahn und gleich noch ein Stück Zahnfleisch einbüßte. Sie droschen völlig wortlos aufeinander ein, immer abwechselnd, mit aller Kraft, die in ihren Fäusten steckte. Das ist nicht normal, Taka, selbst wenn sie betrunken waren.«

»In Boston habe ich mir das Geburtshaus des Präsidenten angesehen«, sagte er. »Das ganze Ensemble von *Unser war die Schande* wurde dorthin geführt. Auf dem Rückweg fuhr unser kleiner Bus durch das Ghetto, und wir sahen zwei junge Schwarze miteinander im Streit. Der eine bedrohte den anderen mit einem Ziegelstein, den er über dem Kopf schwang. Seine Schultern waren schmal und nicht sehr muskulös. Der andere, nicht im geringsten beunruhigt, verhöhnte ihn aus sicherer Entfernung. Aber in der kurzen Spanne, die unser Bus brauchte, um vorüberzufahren, wurde er unachtsam und ging das entscheidende Stückchen zu nahe heran. Sofort schlug ihm der andere den Ziegelstein auf den Kopf. Der wurde im wahrsten Sinne des Wortes gespalten, so daß man das Innere sehen konnte. Und die ganze Zeit saßen die in der Nähe wohnenden Leute in ihren Schaukelstühlen oder den dort üblichen Rohrstühlen mit großen Armlehnen auf den Veranden ihrer Häuser und sahen völlig ungerührt zu. Bei uns im Tal bedeutet Gewalttätigkeit höchstens, daß ein Fetzen Zahnfleisch fehlt – Morde gibt es hier nicht. Vielleicht bewahren wir Japaner uns beim Kämpfen ein Gefühl für das rechte Maß, vielleicht sind wir auch nicht so stark. Psychologisch gesehen aber könnte aus dem Tal so etwas wie ein Ghetto werden.«

»Vielleicht hast du recht. Soweit ich mich erinnere, hätte man in der alten Zeit hier nie die nackte Gewalt erlebt, schon gar nicht am Morgen. Früher wären die Kinder schon bei einem viel harmloseren Streit zum Polizeirevier gerannt. Heute morgen aber blieb jedermann im Haus und sah zu.«

»Der Polizist ist nicht auf dem Revier. Er wurde in der Nacht nach dem ersten Schnee telegrafisch in die Stadt beordert und ist dort geblieben. Busse kommen nicht durch, und die Telefonleitung wurde mit den Bäumen vom Schnee heruntergerissen. Also weiß niemand hier, wie der Polizist den Neujahrstag verbringt.«

Takashis Ausdrucksweise deutete darauf hin, daß er einen Verdacht in mir wecken wollte, aber ich unterdrückte die Versuchung, eine Frage zu stellen. Ich wollte unbedingt unbeteiligt bleiben an allem, was Takashi und seine Mannschaft taten. Es war ebenso gefährlich wie langweilig für mich, Takashis Spiel mitzuspielen, indem ich mich auf die rätselhaften Andeutungen einließ, die er stückweise einstreute. Außerdem hatte ich bereits jeden Gedanken aufgegeben, ihn zu kritisieren, mochte geschehen, was da wollte.

»Der Supermarkt ist doch bestimmt an sämtlichen Neujahrstagen geschlossen?« fragte ich, das Thema wechselnd.

»Die Rolläden waren unten, aber eine Gruppe Frauen vom ›Lande‹ stand vor dem Eingang. Was wollen die bloß? Man sollte denken, daß sie doch wenigstens während der Neujahrswoche mit den Lebensmitteln auskommen, ohne auf den Supermarkt angewiesen zu sein! Noch eigenartiger aber

war, daß sie so völlig reglos vor den geschlossenen Türen standen.«
»Ach, waren sie schon da?« fragte er, vielleicht wieder in dem Versuch, mein Mißtrauen zu wecken. »Wir machen heute nachmittag eine kleine Vorstellung im Supermarkt. Warum kommst du sie dir nicht ansehen, Mitsu?«
»Mir ist nicht danach zumute«, sagte ich, ganz auf meiner Hut.
»Ach, der kleine Einsiedler, was!« sagte Takashi. »Von Anfang an überzeugt, daß er nicht kommen will, ohne auch nur zu fragen, worum es sich handelt!«
»Richtig!« erwiderte ich. »Ich habe absolut keine Lust, mir irgend etwas in diesem Tal anzusehen.«
»Du hast also keine Lust, dir hier irgend etwas anzusehen – ganz zu schweigen natürlich davon, an etwas teilzunehmen. Eigentlich ist das so, als wärst du überhaupt nicht hier.«
»Sieh mal«, sagte ich, »ich bleibe wider meinen Willen hier, wegen des Schnees. Was auch für eigentümliche Dinge hier geschehen mögen, ich will nichts weiter als erst einmal hier herauskommen und dann dieses Loch im Wald ein für allemal vergessen.«
Takashi lächelte zweideutig, als mache er sich über mich lustig, schüttelte dann ein paarmal schweigend den Kopf und ging wieder in die *doma*. Ich hatte das Gefühl, er wollte mich um keinen Preis sehen lassen, welche Arbeit die jungen Männer dort verrichteten. Aber auch ich hatte nicht den Wunsch, mich einzumischen, und ging zum Speicherhaus zurück.
Als Momoko mir das Mittagessen brachte, wollte sie mich überlisten, aus dem Fenster zu blicken und mir die neuen Banner auf dem Dach des Supermarktes anzusehen. Bezaubert von der kindlichen Spannung, mit der sie mir diese offensichtliche Falle stellte, brachte ich es nicht übers Herz, mich zu sperren. Zwei verschiedene Banner, in fröhlichem Gelb und Rot, flatterten oben auf dem jetzt als Supermarkt benutzten Speicherhaus. Wegen des unaufhörlich fallenden Schnees ähnelte das Ganze einer Szene aus einem abgespielten alten Film. Als ich mich vom Fenster abwandte, sah ich, wie Momoko mich gespannt beobachtete. In ihrem Blick lag unverhüllte Erwartung. Natürlich hatte ich keine Ah-

nung, was die beiden verschiedenen Banner bedeuten sollten.
»Nun möchte ich mal wissen, wieso dir diese Banner so gefallen«, sagte ich.
»Wieso?« wiederholte Momoko und erschauerte, mit einem beinahe wilden Ausdruck in den Augen, hin- und hergerissen zwischen dem Tabu und dem Wunsch, alles zu erzählen. »Gefallen sie Ihnen denn nicht?«
»Wenn ich nach Tokyo zurückkomme, schicke ich dir ein paar wirklich schöne, Momoko«, sagte ich, um das jüngste Mitglied von Takashis Leibwache zu frotzeln, und begann mein Mahl.
»Wenn Sie um vier Uhr ins Tal hinunterkommen, merken Sie vielleicht, was losgeht, Mitsu – sogar so ein Angehöriger des Establishments wie Sie! Denken Sie dran – vier Uhr! Ich wette, Sie möchten gern wissen, was da bevorsteht. Aber ich kann es Ihnen nicht sagen – ich kann die Mannschaft nicht verraten.«
Ich mußte ihr einfach zulächeln. Sie sah wie eine komische, altmodische Terroristin aus in ihrem Indianerhabit aus Leder, den sie trotz des Schnees immer noch stolz ohne jede Unterwäsche trug wie am ersten Tag auf dem Flugplatz. Mittlerweile war es nicht nur zu einer Masse Falten geworden, sondern platzte auch an den Nähten auf, und enthüllte große Partien fahlen Fleisches.
»Ich könnte mich gar nicht weniger dafür interessieren, Momoko. Du brauchst niemanden zu verraten.«
»Ach, ihr Leute vom Establishment seid ja so *langweilig*!« rief sie mit einer Mischung aus Bedauern und Gereiztheit und machte sich auf den Rückweg zu ihren unverratenen Gefährten.
Um vier Uhr an jenem Nachmittag stieg ein gewaltiger, mehrfacher Schrei aus zahllosen Kehlen unten aus dem Tal auf und wand sich langsam in einer Schallspirale empor. Der mächtige Schrei, in dem sich drängendes Verlangen mit versteckter, angenehmer Erregung mischte, kitzelte den schändlichsten Teil der Psyche – eine Falte, wenn man so will, in ihrer hellroten, übervollen Schleimhaut. Dieser Klang versetzte mich in eine durch nichts begründete Panik, so als hätte man mich überrascht, wie ich mich mit einer obszönen exhibitionistischen Handlung entehrte. Gleichzei-

tig ertappte ich mich bei der lauten Frage: »Was ist das? Was zum Teufel ist das?« Etwas Namenloses hätte mir von der Ecke des Speicherhauses sofort geantwortet, aber in neuer Panik schrie ich »Nein! Nein!« und schüttelte den Kopf. Wellenförmig schwollen die Schreie an und ab. Nach einer Weile verstummten die Schreie und wichen einer ruhiger wogenden Erregung, einer Art pulsierenden Gemurmels, ähnlich dem Schwirren unzähliger Bienenflügel, das von Zeit zu Zeit durch brutale, kehlige Stimmen unterbrochen wurde, die sich in ihm nicht unterkriegen lassen wollten und mit Kindergekreisch und Freudenschreien wetteiferten. Solange das Geräusch in gleichmäßigen Kadenzen anschwoll und abfiel, gelang es mir irgendwie, mit der Übersetzung voranzukommen, aber als diese scharfen, stoßweisen und undeutbaren Schreie einsetzten, konnte ich mich nicht länger konzentrieren. Schließlich stand ich auf, trat ans Fenster und spürte, wie die Kälte der eisigen Scheibe auf meine Augen und heißen Wangen ausstrahlte. Ich sah durch das anlaufende Glas hinaus in den Raum über dem Tal, wo schon der Abend hereinbrach. Es schneite nur noch ganz schwach, der Wald lag in tiefem Schatten rings um das Tal, das sich mit einem trüben, milchigen Nebel zu füllen schien; selbst der Himmel mit seinen Schneewolken ähnelte einer großen dunkelbraunen Hand, die das Tal darunter auslöschte. Ich strengte mein schmerzendes Auge an, um die Banner des Supermarktes zu erkennen, und sah sie allmählich aus dem Nebel auftauchen, schlaff herabhängend und trostlos wie Vögel mit angelegten Flügeln, von unbestimmter Farbe, blaß wie Porzellanscherben unter schmutzigem Wasser. Ich hatte keine Ahnung, was im Supermarkt vorging; aber die Erinnerung an die Frauen, die während des schweigenden Schlagabtausches der beiden Männer mittleren Alters regungslos und wortlos vor den Rolläden stehengeblieben waren, lag mir noch unverdaut im Sinn, der jetzt abermals von den Schreien aus dem Tal verstört wurde. Bald kehrte ich, beunruhigt von einem unbehaglichen Gefühl meiner Unzulänglichkeit, an meinen Schreibtisch zurück. Es war mir gelungen, das mir selbst auferlegte Verbot, ins Tal hinunterzugehen, einzuhalten, aber dieses Verbot hinderte mich nicht an der Überlegung, daß dort offenbar etwas Seltsames im Gang war, was fast ebenso offensichtlich mit

Takashi und dessen Fußballern zusammenhing. Außerstande, meine Übersetzung weiterzuführen, nahm ich ein übriggebliebenes Stück von dem Ochsenschwanz, von dem ich zu Mittag gegessen hatte, und beschäftigte mich damit, es mit sorgfältig schattierten Details auf einen Bogen Notizpapier zu skizzieren. Der Knochen, in der gleichen Farbe wie das Fleisch einer Auster, wies allerlei Vertiefungen und Vorwölbungen verschiedener Richtungen auf. Außerdem fanden sich an beiden Seiten angesetzte runde Gallertfetzen und kleine Höhlungen wie Termitenlöcher, deren Funktion für den Schwanz des lebendigen und aktiven Tieres unmöglich zu erraten war. Ich hielt mich unendlich lange mit dieser müßigen Zeichnerei auf, legte aber schließlich den Bleistift weg und nagte an den Gallertfetzen, um den Geschmack, an den ich mich noch erinnerte, wieder im Mund zu haben. Aber jetzt schmeckte alles nur nach kaltem Fett und nach den Brühwürfeln, die man zur Zubereitung der Soße verwendet hatte. Mein Gefühl der Hilflosigkeit dehnte sich in unergründliche Tiefen aus, und ich strampelte mich in einer Grube der Depression ab, die keinen Halt bot, an dem ich mich herausziehen konnte. Um fünf Uhr sank vor dem Fenster die Dunkelheit nieder, aber noch immer hörte ich lautes Getöse, in das sich gelegentlich aufgeregte Schreie mischten. Immer häufiger war auch das explosionsartige Gebrüll zu hören, wie es betrunkene Männer verursachen.

Beim Klang schwerer metallischer Gegenstände, die aneinanderschlugen, kamen Jins Söhne nach Hause und unterhielten sich in vor Erregung bebendem Ton schnell und angeregt miteinander. Normalerweise hätten sie beim Vorübergehen am Speicherhaus mit Rücksicht auf meine Arbeit die Stimmen schüchtern gesenkt, aber diesmal war ihnen der einsam da oben sitzende Mann offensichtlich völlig egal. Wie die Erwachsenen wirkten sie, so, als hätten sie sich gerade an etwas beteiligt, was entscheidende Folgen für die Dorfgemeinschaft haben würde. Bald darauf kehrten Takashi und seine Mannschaft in das Haus zurück, und eine Zeitlang waren laute Stimmen im Hof zu hören. Noch spät in der Nacht drangen zuweilen Schreie aus dem Tal zu mir herauf, als kämpften mehrere Gruppen betrunkener Männer gleichzeitig. Manchmal erhob sich plötzlich ein wildes Gelächter, das ein langes Echo nach sich zog, bevor es erstarb.

Meine Frau brachte mir das Abendessen selbst. Um den Kopf trug sie einen Turban mit dem gleichen grellen Muster, das ich bei den Frauen in der Menge am Rand der Brücke gesehen hatte. Sie hoffte wahrscheinlich den Charme der unbedarften, jungen Mädchen aus dem Tal nachzuahmen, aber der Turban betonte die Breite ihrer wohlgeformten Stirn und verlieh ihr eher ein nüchternes und reifes Aussehen. Außerdem hatte sie an diesem Abend noch nicht angefangen zu trinken.

»Ein bißchen jugendlich für dich, diese Aufmachung, nicht?« fragte ich. »Oder gibt dir die Hochstimmung der Fußballmannschaft deine Jugend zurück?« Ich hätte mir die Zunge abbeißen mögen vor Abscheu über den gemeinen Beiklang nach eifersüchtigem Ehemann in meiner Bemerkung. Sie sah mir ruhig ins Gesicht, während ich vor Scham und Ärger rot wurde. Dann ging sie mit der fast beklemmenden Gelassenheit, die ihr in nüchternem Zustand eigen geworden war – wenn auch eindeutig erst, nachdem sie sich das Trinken angewöhnt hatte –, direkt zu dem Thema über, das ich nicht anzuschneiden gewagt hatte, obschon es mich so sehr beunruhigte.

»Man hat mir das Tuch im Supermarkt gegeben, Mitsu«, sagte sie. »Hast du die Banner auf dem Dach gesehen? Sie besagten, daß der Kaiser jedem Stammkunden einen Artikel aus dem Laden schenken wollte. Es war entsetzlich, als sie um vier aufmachten. Ich nehme an, du hast das Gebrüll sogar hier oben im Speicherhaus gehört, oder? Alle stürmten auf den Eingang zu – zuerst die Frauen vom ›Lande‹, dann die aus dem Tal, dann die Kinder und schließlich auch die Männer, da kannst du dir das Gedränge vorstellen. Ich wäre beinahe ohnmächtig geworden, so mußte ich kämpfen, nur um diesen Turban zu bekommen.«

»Na, das nenne ich mir einen schönen Kundendienst«, sagte ich. »Aber was meinst du mit ›einen Artikel schenken‹? Man konnte sich doch sicher nicht einfach aus dem Laden nehmen, was man wollte?«

»Takashi stand vor dem Supermarkt und machte Fotos von allen, die mit ihrer Beute herauskamen. Die meisten Frauen schienen Kleidungsstücke oder Lebensmittel erwischt zu haben. Aber nach Einbruch der Dunkelheit fingen einige Männer an, größere Sachen fortzuschaffen. Offensichtlich haben sich die, die sich im ersten Gedränge Schnaps geholt hatten, einen angetrunken und sind unter dem Schutz der Dunkelheit noch einmal hineingegangen. Zu Anfang waren die kostenlosen Artikel alle abseits von den normalen Regalen gestapelt. Aber das Gedränge war wirklich so scheußlich, besonders wegen der Frauen vom ›Lande‹, daß fast im Nu alles außer Kontrolle geriet.«

Ich wollte mich gerade auf das schiefe, scheue Lächeln des machtlosen Außenseiters zurückziehen, der von der bloßen Tatsache einer Zurschaustellung der Gewalt so schockiert ist, daß er kein Verlangen verspürt, deren Wesen und Zweck zu erörtern, als mir ein unangenehmer Gedanke durch den Kopf schoß und mir ungewollt einen konkreteren Verdacht eingab. Die simple Überraschung in meinem Kopf ebbte ab und wich einem Vorgefühl der Gefahr und unnötiger Komplikationen.

»Aber im Supermarkt haben sie doch sicher keinen Alkohol auf Lager, oder doch?« fragte ich.

»Es haben wohl Leute, die in den Laden gingen, kurz bevor die Anweisung zum Schlußmachen kam, zusammen mit den Geschenken auch Flaschen auf den Regalen aufgereiht gesehen. Tatsache ist jedenfalls, daß jede Menge Flaschen mit Whisky, Sake und so weiter dastanden.«

»War Taka dafür verantwortlich?« fragte ich. Den Namen meines Bruders sprach ich mit einer Empfindung aus, in der sich unklare Übelkeit mit dem Verlangen mischte, die ganze unangenehme Welt der Realität abzuweisen und mich in die Kindheit zurückzuziehen.

»Ja, Mitsu, das war er. Takashi hat vorher den ganzen Vorrat aus dem Schnapsladen im Tal aufgekauft und in den Supermarkt gebracht. Aber die Idee, jedem Kunden etwas zu schenken, stammt wohl ursprünglich wirklich vom Kaiser – er macht das am 4. Januar jeden Jahres in allen Läden seiner Kette. Das wird so gehandhabt, daß man den Verkäuferinnen die Quittungen für Einkäufe während des zweiten Halbjahres vorweist und von ihnen eine Kleinigkeit bekommt, Lebensmittel oder etwas zum Anziehen. Die einzige besondere Idee Takashis bestand darin, Alkohol unter die anderen Geschenke zu schmuggeln, dann die

Verwirrung durch verspätete Ladenöffnung zu steigern und den Kunden freie Hand zu lassen, indem er die Verkäuferinnen veranlaßte, ihre Posten zu verlassen, sobald die Kunden eintraten. Aber das dadurch wirklich hervorgerufene Chaos zeigte mir, daß Takashi echtes Talent zum Unruhestifter hat.«

»Aber wie ist es Taka gelungen, die Leute im Laden selbst zu beeinflussen?« fragte ich. »Sicher liegt die Wahrheit darin, daß das allgemeine Durcheinander spontan entstand und Taka die günstige Gelegenheit erkannte, seine eigenen Zwecke zu verfolgen.«

»Der Kaiser, mußt du wissen, wollte die jungen Männer als Aushilfe für die Verkäuferinnen und Lagerwächter haben, die wegen des Neujahrsfestes nach Hause gefahren sind. Er hoffte, soviel unbezahlte Arbeit wie möglich aus den Leuten herauszupressen, die die Hühnerfarm betrieben hatten, und damit den Verlust an den mehreren tausend toten Hühnern teilweise wettzumachen. Sein Vorschlag brachte Takashi und die anderen auf diesen Gedanken. Sicher ist es ohnehin keine schlechte Sache, daß die Frauen eine Gelegenheit erhielten, wenigstens einen Teil dessen zurückzuholen, was der Supermarkt bisher an ihnen verdient hat.«

»Aber ich kann mir nicht vorstellen, daß das einfach so abgeht«, sagte ich. »Besonders wenn die betrunkenen Männer teure Sachen beiseite geschafft haben; das läuft doch auf Raub im Großen heraus, mit Beteiligung der ganzen Gegend.« Ich spürte, wie ein schaler Strom von Depression durch meinen Körper schoß.

»Natürlich glaubt Takashi nicht einen Augenblick, daß das so abgeht. Seine Fußballer haben den Geschäftsführer des Supermarktes heute den ganzen Tag in seinem Haus eingesperrt. Erst morgen legt Takashi richtig los. Und die Spieler freuen sich wirklich schon darauf!«

»Ich frage mich, weshalb sie sich von Taka so leicht überreden lassen«, klagte ich hilflos, mit einem Anflug von Wut.

»Seit dem Fehlschlag mit der Hühnerfarm hatten die jungen Männer aus dem Tal stets das Gefühl, in der Falle zu sitzen«, sagte sie und ließ langsam der Erregung die Zügel schießen, die sie bis dahin mit ihren eigenen geheimen Mitteln unter Kontrolle gehalten hatte. »Sie zeigen es vielleicht nicht, hegen aber zweifellos ernsten Groll. Und die Zukunft sieht hier selbst für den nüchternsten und fleißigsten Jungen ziemlich trostlos aus. Sie haben den Fußball nicht zum Spaß getreten, sondern aus Verzweiflung, weil sie absolut nichts anderes zu tun hatten!«

Ihre Augen glänzten fiebrig und waren feucht bis in die Winkel, wie vor Lust, aber ohne jede Spur von der Röte, die sonst in solchen Augenblicken typisch war. Mir wurde klar, daß sie seit meinem Rückzug in das Speicherhaus die unbestimmte, tiefverwurzelte Angst in der Zeit vor dem Einschlafen ohne Hilfe des Alkohols überwunden hatte. Demzufolge litt sie jetzt weder an Schlaflosigkeit noch an Depression und hatte die Füße offensichtlich fest auf den Hang gesetzt, der hinauf zur Genesung führte. Wie Takashis junger Leibwächter hatte sie den Rat befolgt, mit dem Trinken aufzuhören und sich dem Leben nüchtern zu stellen. Außerdem war sie dabei, die gefährliche Kluft ohne jegliche Hilfe von mir, ihrem Mann, zu überqueren. Ich fühlte mich wie ein geprügelter Hund und sehnte mich nach der Natsumi, die sich einen Rausch angetrunken hatte, während wir Takashi auf dem Flugplatz erwarteten, nach der Natsumi, die so bestimmt jedem Wunsch abgeschworen hatte, umerzogen zu werden.

»Solltest du die Absicht haben, dich irgendwie in Takashis Geschichten einzumischen«, sagte sie, den Finger geschickt auf den Punkt legend, auf den mein an der Vergangenheit orientierter Versuch zur Verbrüderung gerichtet war, und sofort mit einem stahlharten Blick reagierend, »so wirst du vorsichtig an ihn herantreten müssen, damit dich die Mannschaft nicht erwischt.« Bei diesen Worten strahlte sie eine jugendliche Robustheit aus, die mich daran erinnerte, wie sie vor jener unglückseligen Entbindung gewesen war. »Auf unserem Heimweg vom Supermarkt habe ich den Priester gesehen. Es schien, als wollte er dich wegen des heutigen Vorfalls aufsuchen. Er ist aber schnell nach Hause gerannt, als ihn die Jungen mit ihren scheußlichen Waffen bedrohten. Taka meinte, wahrscheinlich traue der seinen Armen nichts mehr zu.«

Ganz wie man das Fleisch eines Schaltieres aus den Tiefen der Schale herausholt, so zog sie meine Selbstachtung – die ich so klein wie möglich zusammengedrückt und unauffällig weggesteckt hatte – ans Tageslicht, nur um sie anzugreifen. Zorn rüttelte mich auf.

»Alles, was im Tal geschieht, ist mir gleichgültig. Das hat weder mit Abneigung noch mit Zuneigung gegenüber Takashi etwas zu tun. Ich habe einfach kein Verlangen mehr, sein Verhalten und das seiner Mannschaft zu kritisieren. Was hier auch geschehen mag, ich habe vor, das Tal zu verlassen, sobald die Verkehrsverbindungen wieder normal sind, und alles zu vergessen.« Ich sprach emphatisch, um mir zu bestätigen, daß ich wirklich so empfand. Auch wenn diese in ihrem Anklang an schändliche Lust so verstörenden Schreie morgen wieder aus dem Tal aufsteigen sollten, wollte ich sie nicht beachten und die Übersetzung vorantreiben, die innere Zwiesprache mit dem Freund, der sich umgebracht hatte. Jedesmal wenn ich nach einem Wort suchte, würde ich mich fragen, was er an dieser Stelle geschrieben hätte, und das flüchtige Gefühl der Gemeinschaft mit dem Toten genießen. In solchen Augenblicken war mir mein toter Freund körperlich näher als jeder lebendige Mensch.

»Ich bleibe mit Takashi hier«, sagte meine Frau. »Vielleicht zieht mich sein Verhalten an, weil ich selbst nie gegen das Gesetz verstoßen habe. Alles, was ich je getan habe, lag im Rahmen der Gesetze des Staates – so sehr, daß ich dagestanden und zugesehen habe, wie mein eigenes Baby zu wenig mehr als einem Tier wurde.«

»Ich gebe dir völlig recht«, sagte ich. »Ich habe ja ebenso gelebt. Um die Wahrheit zu sagen, ich habe weder das Verlangen noch die Voraussetzungen, zu kritisieren, was ein anderer tut. Nur vergesse ich das manchmal.« Ein peinliches Schweigen machte sich breit; wir wandten die Blicke voneinander ab. Dann sagte sie, das Gesicht schüchtern meinem Knie nähernd: »Ja, da klebt doch eine tote Fliege, Mitsu. Warum machst du sie nicht ab?«

Ihr Ton war sanft und fraulich geworden, geprägt von der übertriebenen Zartheit eines Menschen, der sich seiner selbst schämt. In einer dementsprechenden Stimmung unendlicher Willfährigkeit kratzte ich das winzige, schwarze, eingetrocknete Klümpchen mit einem tintenfleckigen Nagel ab. Schließlich, so dachte ich bei mir, waren wir immer noch Mann und Frau und hatten keine andere Wahl,

als unser gemeinsames Leben auf diese Art endlos fortzusetzen. Wir trugen die Last zweier schlimm zugerichteter und dabei so sehr miteinander verstrickter Seelen, daß eine Scheidung nicht in Frage kam.
»Schopenhauer wohl hat einmal gesagt, daß man eine Fliege zerquetschen kann, daß aber das ›Ding an sich‹ nicht stirbt«, flüsterte sie und blickte angespannt auf den schwarzen Fleck. »Du hast nur die Ercheinung Fliege getötet. So eingetrocknet, wirkt es tatsächlich, wie ein ›Ding an sich‹.« Das waren ihre ersten Worte, die ein Nachlassen der Spannung anzeigten und keinen Stachel enthielten.
Als ich spät in jener Nacht im Halbschlaf lag, hörte ich eine Mädchenstimme laut schreien; der Klang schien beinahe meinem eigenen Kopf zu entspringen, und ich konnte nicht erkennen, ob er Furcht oder äußerste Wut ausdrückte. Ich verwies den Schrei geschickt auf einen Platz irgendwo zwischen meinen Erinnerungen am Tage und der Welt der Träume, um ihn zu bewältigen und wollte wieder einschlafen. Beim zweiten Schrei traten sowohl die Erinnerungen als auch die Träume zurück, und wie auf einem Bildschirm sah ich ganz deutlich Momoko, den Mund weit geöffnet, und aus Leibeskräften schreiend. Aus dem Haupthaus drangen Anzeichen herüber, daß viele Leute sich in heller Aufregung befanden. Ich stand auf und schlurfte, ohne Licht zu machen, zum Fenster, das sich schwach von der Dunkelheit abhob. Ich sah in die Richtung des Hauses hinunter.
Es schneite nicht mehr, und im Hof, wo das Licht der Lampe an der Dachtraufe einen hellen Fleck frischen Schnees beleuchtete, stand Takashi in Unterhemd und Trainingshosen mit einem jungen Mann in kurzem Baumwollkimono, der Brust und Unterschenkel freiließ. Unter der Dachtraufe standen die Fußballer in einer Reihe, die Arme verschränkt, alle in ähnlichen wattierten Schlafröcken, als trügen sie Uniformen. Der Takashi gegenüberstehende junge Mann, der einzige ohne Schlafrock, wirkte ganz so, als sei er soeben aus der Gruppe ausgeschlossen worden. Niedergeschlagen und umständlich erklärte er Takashi etwas. Mein Bruder, den Oberkörper nach vorn gebeugt und die langen Arme schlaff an den Seiten, schien zuerst gespannt zuzuhören, was der andere sagte, versuchte aber tatsächlich gar nicht, die Entschuldigungsgründe des Schwächeren zu

begreifen. In unregelmäßigen Abständen schnellte er vor und versetzte dem jungen Mann einen derben Schlag an die Schläfe. Es war, als zuckte etwas noch weit Brutaleres durch Takashis Körpermitte und entlüde sich in einem gefährlichen purpurfarbenen Blitz. Widerstandslos ließ sich der junge Bursche mehrmals von Takashi schlagen, der viel kleiner war und schmalere Schultern hatte. Er wich kraftlos nach hinten aus, bis er schließlich im Schnee den Halt verlor und rücklings hinstürzte. Aber selbst noch auf den Liegenden schlug Takashi ein. Ein Gefühl rein körperlichen Entsetzens legte sich mir schwer auf den Magen, weil ich einem nahen Verwandten bei einer Gewalttätigkeit zusah. Den galligen Geschmack der Traurigkeit auf der Zunge, ließ ich den Blick sinken und ging durch die Dunkelheit zurück zu meinen Decken. Dieser Bruder, der einen keine Gegenwehr leistenden Jüngeren weiter ins Gesicht schlug, hatte aufgehört, ein Amateur der Gewalt zu sein; seine Anfälle von Brutalität und seine rachsüchtige Beharrlichkeit kennzeichneten ihn als Verbrecher. Die Aureole krimineller Gewalt, die ich an Takashi entdeckt hatte, wurde ständig größer und heller, bis sie einer bedrohlichen Morgenröte gleich das ganze Tal beleuchtete, in deren Licht der Vorfall um Supermarkt eine ganz neue Färbung annahm. Nur der Rückzug in die rein persönlichen Gefilde des Schlafs bot noch Hoffnung, dem verhaßten Licht der Gewalt zu entrinnen; aber der Schlaf wollte und wollte sich nicht in meinen Kopf hineinfressen, in dem wie in einem tiefen Suppenkessel die Hitze düstere Klumpen herauftrieb. Als alle Anstrengung versagte, öffnete ich in der tiefen Finsternis die Augen und blickte dorthin, wo milchweiß das Fenster zu ahnen war. Zuweilen wurde das schwache Licht stärker, dann wieder verging es völlig, bis es nur noch als Deckel auf einer Grube der Finsternis lag. Licht und Dunkel folgten einander überdies in verwirrendem Tempo...

Ich fragte mich, ob meinem gesunden Auge nach mehreren Tagen in dem grellen Schnee etwas zugestoßen war. Die Angst vor der Blindheit schuf für einen Augenblick ein Vakuum, das meinem erschöpften und überhitzten Gehirn zur Entspannung verhalf; und einsame körperliche Angst versetzte mich unerwartet in die Lage, mir die vergiftete Erinnerung an die Gewalttat meines Bruders aus dem Sinn

zu schlagen. Ich starrte auf den Wechsel von Licht und Dunkelheit am Fenster und überließ mich der reinen und einfachen Sorge. Bald jedoch fiel so helles Licht durch das lange schmale Fenster, daß mir klar wurde: Nicht Sehschwäche hatte mich genarrt, sondern draußen schien ganz einfach der Mond. Ich stand wieder auf, trat ans Fenster und blickte auf den schneebedeckten Wald im Mondschein. Während ein Teil des Waldes von Schnee glänzte, bildete der andere eine kontrastierend schwarze Vertiefung, ein Schattengebiet, in dem sich unzählige durchnäßte Tiere zusammenzudrängen schienen. Jedesmal wenn der Mond von schnell dahintreibenden Wolken verhüllt wurde, nahm die Tierherde einen Bronzeton an, der sich immer mehr vertiefte, bis sie schließlich in die Dunkelheit entschwand. Begann dann der Schnee auf dem herausragenden Teil des Waldes wieder im Mondschein zu glänzen, leuchteten die Tiere fast schlagartig von neuem feucht auf und kamen langsam und mit hängenden Köpfen herausgetrottet.
Im Mondschein erzeugte die an der Dachtraufe im Hof aufgehängte Lampe nur einen kaum sichtbaren, schmutziggelben Lichtring. Deshalb hatte ich zunächst nicht bemerkt, was sie beleuchtete, aber plötzlich sah ich den jungen Mann, der völlig zerschlagen im zertretenen Schnee saß. Um ihn verstreut lagen ein Deckenbündel, ein wattierter Schlafrock, ein Kochgeschirr. Die Mannschaft hatte ihn ein für allemal ausgestoßen. Mit eingezogenem Kopf und seltsam sattelförmigen Schultern hockte er völlig regungslos da wie eine Assel bei Gefahr. Sofort schwand das leicht erhebende Gefühl, das der im Mondschein liegende Wald in mir erweckt hatte. Ich vergrub mich bis zum Kopf in der Dunkelheit und intimen Wärme der Decken, aber sogar mein Brust und Knie streifender Atem konnte meinen bebenden Körper nicht beruhigen, und mir klapperten die Zähne. Bald darauf hörte ich Schritte hinten um das Speicherhaus herumgehen und sich in der Ferne verlieren, nicht in Richtung des gepflasterten Weges ins Tal hinab, sondern zu dem Pfad hin, der in den Wald hinaufführte. Das schwache, aber unverkennbare Knirschen des Schnees sagte mir, daß es sich nicht um einen Hund handelte, der in den Wald hinauftrottete, im Schnee verborgene Hasen aufzustöbern.
Am nächsten Morgen war ich noch nicht aufgestanden, als

meine Frau mir das Frühstück brachte. Sie erzählte mir, was spät nachts vorgefallen war, und in ihrer Stimme lag Abscheu vor diesem plötzlichen Ausbruch nackter Gewalt. Entgegen den Regeln der Fußballmannschaft hatte der junge Mann eine kleine Flasche billigen Fusels geleert, die er heimlich aus dem Supermarkt mitgebracht hatte, war dann mit Momoko in ein Zimmerchen in einem abgelegenen Teil des Hauses gegangen und hatte versucht, sie zu verführen. Obwohl er betrunken war, und trotz der späten Nachtstunde, war Momoko ganz fröhlich mit ihm gegangen, in ein Nachtgewand gekleidet, das sie selbst im Supermarkt ausgesucht hatte, das aber einer Hure aus Tausendundeiner Nacht besser angestanden hätte. Alle Zurückhaltung abstreifend, hatte sich der junge Mann sofort über diese aufreizende junge Frau aus der Großstadt hergemacht. Als sie sich verzweifelt wehrte und mehrmals lauthals schrie, erschrak er so sehr, daß er sich auch unter Takashis Schlägen nicht völlig von seinem verständnislosen Staunen erholt hatte. Der Schock hatte Momoko in einen hysterischen Zustand versetzt. Als sie im Hinterzimmer zu Bett gegangen war, hatte sie Gesicht und Körper gegen die Wand gepreßt, und an diesem Morgen war sie noch nicht aufgetaucht. Sie hatte das Nachthemd, die Ursache eines so entsetzlichen Mißverständnisses, ausgezogen und alle ihre Kleidungsstücke wie eine Rüstung angelegt und atmete ganz flach. Auf ihrem Weg zum Speicherhaus hatte meine Frau die Waffe des jungen Ausgestoßenen im zertrampelten Schnee liegen sehen. Das darin eingemeißelte Schriftzeichen hieß »Mitsu«.

»Nach dem Geräusch seiner Schritte zu urteilen«, sagte ich, »ist er wohl hinten um das Speicherhaus herum und in den Wald hinaufgegangen. Ich frage mich, wohin er wollte.«

»Vielleicht will er durch den Wald nach Kochi, wie der Bauernjunge zur Zeit des Aufstandes von 1860, der ausgestoßen wurde, weil er die anderen verraten hatte.«

Diese phantastische Annahme erweckte in mir das unklare Gefühl, daß sie mit dem jungen Übeltäter sympathisierte und nicht mit Momoko.

»Du weißt eben nicht, wie verwuchert und unpassierbar der Wald ist«, sagte ich, um ihr die romantischen Gedanken auszutreiben. »Wenn einer mitten in der Nacht bei diesem

Schnee dort hindurch wollte, wäre das Selbstmord. Du hast dich zu sehr von Takashis Gerede über den Aufstand beeinflussen lassen. Selbst wenn der Junge aus der Fußballmannschaft ausgeschlossen wurde, kann er bestimmt weiter im Tal bleiben. Takashi hat nicht so viel Macht über die anderen. Vergangene Nacht zum Beispiel, als er den armen Kerl verprügelte, weil der Momokos unbewußte Aufforderung falsch ausgelegt hatte, hätten die anderen Burschen genausogut rebellieren und statt dessen Taka windelweich schlagen können.«

»Aber Mitsu, erinnerst du dich denn nicht, was Hoshi dir auf dem Flugplatz sagte, als er so weinerlich wurde?« konterte sie mit robustem Selbstvertrauen. »Ich habe den Verdacht, du begreifst einfach nicht, wie Takashi jetzt ist. Das einfache, unkomplizierte Kind, das du von zu Hause kennst, hat Sachen durchgemacht, die du dir nicht einmal vorstellen, geschweige denn begreifen könntest.«

»Aber selbst wenn der junge Mann meinte, der Ausschluß aus Takashis Gruppe mache es ihm gefühlsmäßig unmöglich, im Tal zu bleiben, so ist doch seit dem Aufstand mehr als ein Jahrhundert vergangen. Sicherlich würde jeder Flüchtling versuchen, sich auf der Asphaltstraße zur Küste hinunter durchzuschlagen? Weshalb sollte er in den Wald gehen?«

»Dieser Junge wußte sehr gut, daß das von ihnen heimlich angerichtete Chaos im Supermarkt bereits ein Verbrechen darstellt. Ginge er über die Brücke und die verschneite Straße entlang bis in die nächste Stadt, so würde ihn vielleicht dort die Polizei in Empfang nehmen oder die Bande, die sich der Kaiser angeblich hält, fiele über ihn her. Zumindest könnte er sich doch eingeredet haben, daß das geschehen würde, nicht? Ich habe langsam den Verdacht, du verstehst von der Gruppenpsychologie der Mannschaft nicht viel mehr als davon, was wirklich in Takashi vorgeht.«

»Natürlich«, sagte ich und machte einen ganz kleinen Rückzieher, »rede ich mir nicht ein, bloß weil ich im Tal geboren wurde, seien meine Bindungen zu ihm noch erhalten, oder ich könnte die hier lebenden jungen Männer voll begreifen. Eher trifft das Gegenteil zu. Das waren nur ein paar objektive Bemerkungen, diktiert vom gesunden Menschenverstand. Haben Takashis demagogische Reden eine Gruppenpsychose bei seiner Mannschaft ausgelöst, dann treffen meine Bemerkungen natürlich nicht zu.«

»Du solltest nicht etwas als Psychose abtun, nur weil es dich nicht gepackt hat, Mitsu«, fuhr sie unnachgiebig fort. »Als beispielsweise dein Freund sich umbrachte, genügten dir so einfache Worte doch auch nicht, oder?«

»Dann sage Takashi, er soll einen Suchtrupp in den Wald schicken«, schloß ich kapitulierend.

Ich ging hinaus, um mir das Gesicht zu waschen, wählte den Weg hinten herum, damit ich nicht am Eingang des Hauses vorbei mußte, und war auf dem Rückweg, als ich den jungen Männern begegnete, die aufgeregt in den Hof stürzten. Ein winziger Greis in altem Holzfällerölzeug war in den Hof gekommen. Er zog einen rohgebauten Schlitten aus zusammengebundenen Bambusstöcken, an denen noch die Blätter hingen. Auf dem Schlitten lag der junge Ausgestoßene, der wie ein Sackspinner bis zum Hals in einem aus alten Lumpen zusammengesetzten Kleidungsstück steckte. Takashi war eben aus dem Haus getreten und auf sie zugegangen. Der Greis hatte sich halb abgewandt, den Oberkörper nach hinten gedreht, als fürchte er, die so energisch aus dem Haus herbeieilenden jungen Männer könnten ihn jeden Augenblick angreifen. Aber Takashi hielt ihn zurück. In dem blendenden Morgenlicht, das der zertrampelte Schnee reflektierte, kniff ich die Augen zusammen und sah ein mageres, häßliches Profil mit Augen, die nur ein Schlitz waren. Sofort erkannte ich Gii den Einsiedler, wie er mir seit einem Dutzend oder mehr Jahren in Erinnerung geblieben war. Sein Kopf war fast so klein wie ein Schrumpfkopf; die verkrüppelten Ohren waren kaum größer als das erste Daumenglied, so daß um sie her unnatürlich viel Raum zu sein schien. Mit der flachen eckigen Mütze auf dem winzigen Kopf sah er aus wie ein altmodischer Briefträger. Sein kleines Gesicht voller Unreinheiten und mit grauen Stoppeln wie Teppichfusseln zwischen der sonnengebleichten Mütze und dem gelblichen Spitzbart war gelähmt von Angst.

Takashi hielt seine Mannschaft hinter sich im Zaum und redete in dem ruhigen, freundlichen Ton auf Gii ein, mit dem man etwa eine verängstigte Ziege beruhigt. Den Körper noch nach hinten verdreht und die Augen halb geschlossen, antwortete der alte Mann, wobei seine Lippen zuckten wie zwei Fingerspitzen, die etwas aufheben wollen. Dann schüttelte er den Kopf, wie um anzudeuten, daß er es schwer bereute, den Schlitten aus dem Wald herabgezogen zu haben, und sich in dem durchdringenden Licht für alles schämte, was mit ihm selbst zu tun hatte. Auf einen Befehl Takashis wurde der in Lumpen gehüllte junge Mann vom Schlitten gehoben und ins Haus gebracht. Den Fußballern, die ihn fröhlich trugen wie einen Schrein bei einem religiösen Fest, folgte Gii der Einsiedler, dem Takashi den Arm um die schmächtigen Schultern legte, um ihn trotz schwacher Proteste in die *doma* zu führen. Allein im Hof zurückgeblieben, sah ich auf das Bündel aus frischem Bambus herab, das mit hartgefrorenem Schnee bedeckt verloren auf dem weicheren Schnee lag. Rundum mehrfach mit grobem Seil umschlungen, sah es aus, als erwartete es die Strafe für eine Missetat.

»Natsumi richtet dem Einsiedler eine Mahlzeit, Mitsu.«

Ich drehte mich um. Da stand Takashi mit einem lebhaften rosigen Hauch auf den sonnengebräunten Wangen. Ein wildes, beinahe trunkenes Licht spielte in den braunen Augen, und einen Moment lang verfiel ich der Illusion, bei unserem Gespräch läge das hochsommerliche Meer hinter uns.

»Gii war unten im Tal, wie meist des Nachts. Im Morgengrauen ging er zurück, und erblickte einen jungen Mann, der zügig in den Wald hineinmarschierte. Da folgte er ihm, bis der Junge erschöpft war und nicht mehr weiter konnte, und brachte ihn sicher zurück. Und was glaubst du, Mitsu, er hatte versucht, in all dem Schnee durch den Wald nach Kochi zu gelangen! Er identifizierte sich mit dem jungen Burschen des Aufstands von 1860!«

»Natsumi ist zu dem gleichen Schluß gekommen, noch bevor Gii ihn zurückgebracht hat«, sagte ich und verstummte.

Während er sich durch den tiefen Schnee im pechschwarzen Wald kämpfte, voller Scham und Verzweiflung, weil seine Kameraden ihn ausgestoßen hatten, hatte er sich offenbar als den Bauernsohn mit dem Haarknoten aus dem Jahre 1860 gesehen. Und eigentlich gab es nichts, was den leichtgläubigen Jungen, der in immer panischerer Angst durch den dunklen Mitternachtswald eilte, hätte überzeugen können, daß seit jenem schicksalhaften Jahre 1860 tatsächlich einhundert Jahre vergangen waren. Wäre er am Wegrand zusammengebrochen und erfroren, hätte er genau den gleichen Tod erlitten wie der im Jahre 1860 davongejagte junge Mann. Alle die verschiedenen Zeitpunkte, die in den Waldeshöhen zugleich existierten, hätten von seinem sterbenden Gehirn Besitz ergriffen.

»Da sich nun bei ihm die ersten Anzeichen eingestellt haben, bin ich sicher, daß sich bald die gesamte Mannschaft mit den jungen Männern von 1860 identifizieren wird. Ich werde das bei allen Leuten im Tal erreichen. Ich will hier einen neuen Aufstand beginnen und den unserer Vorfahren von vor einem Jahrhundert sogar noch realistischer reproduzieren als den Nembutsutanz. Mitsu, das ist durchaus möglich!«

»Aber was in aller Welt soll das für einen Sinn haben, Takashi?«

»Sinn?« Er lachte. »Als dein Freund sich erhängte, Mitsu, hast du da nach dem Sinn gefragt? Oder fragst du dich je, worin der Sinn deines eigenen Fortlebens liegt? Selbst eine Neuauflage des Aufstandes hat vielleicht keinerlei Sinn. Aber zumindest werde ich so intensiv wie möglich nachfühlen, was Urgroßvaters jüngerer Bruder seelisch durchgemacht hat. Das habe ich mir schon lange verzweifelt gewünscht.«

Wieder im Speicherhaus, stellte ich fest, daß das tropfende Geräusch des in der warmen Sonne schmelzenden Schnees, der durch die dicke auf dem Dach verbliebene Schicht hinabzurinnen begann, das Speicherhaus auf allen vier Seiten wie ein Bambusvorhang umgab. Und ich gedachte, mich hinter diesem Geräusch einzuigeln, mich vor allem zu schützen, was im Tal geschah, so wie Urgroßvater mit seinem Gewehr sich und seinen Besitz vor der modernen Welt jenseits des Waldes geschützt hatte.

Die Begleitmusik für die Nembutsuprozession, gespielt von großen und kleinen Trommeln und Gongs, war seit Tagesanbruch ständig zu hören gewesen. Eindringlich ertönte sie von immer wieder verändertem Ausgangspunkt. Der stets gleiche Rhythmus, wenn man das so nennen konnte – *bum,* bum, bum! *bum,* bum, bum! *bum,* bum, *bum,* bum! hielt nun schon seit Stunden an. Ich hatte zum Hinterfenster des Speicherhauses hinausgesehen, als Gii der Einsiedler den gepflasterten Weg zum Wald hinaufging. Wie tief in Gedanken, neigte er den Kopf nach einer Seite, stieg aber stetig den steilen, verschneiten Pfad hinan. Er stapfte kräftig auf und zog den Schlitten, auf dem die neue Decke lag, die meine Frau ihm als Ersatz für die alte, zerschlissene, geschenkt hatte. Wenig später hatte die Musik eingesetzt. Als meine Frau mir Reisklöße und eine ungeöffnete Dose Lachs zum Mittag brachte und ich sie nach der Musik fragte, war meine Stimme rauh vor Gereiztheit über diese durchdringenden Töne, denen man sich nicht entziehen konnte, und klang meinen überraschten Ohren barsch und fremd.

»Ist euer Führer Takashi auf die Idee gekommen, die Nembutsu-Musik außerhalb der Zeit zu spielen?« fragte ich. »Denkt er, sie wird die Leute an den Aufstand von 1860 erinnern? Das wäre ein kindischer Einfall, mit dem er lediglich die Nachbarn verärgert. Takashi, du und die anderen, ihr seid die einzigen, die sich hinreißen lassen. Glaubt ihr wirklich, diese stumpfen Dörfler geraten wegen ein paar Trommeln und Gongs in Aufregung?«

»Nun, dich zumindest hat es geärgert, Mitsu«, sagte sie ruhig, »obwohl du dir so große Mühe gibst, gleichgültig gegenüber allem im Tal zu sein. Die Büchse Lachs gehört übrigens zur Kriegsbeute aus dem Supermarkt – die Plünderei ging heute früh wieder los –, also iß sie lieber nicht, wenn du mit der Sache nichts zu tun haben willst. Ich kann dir etwas anderes holen.«

Ich öffnete die Büchse, nicht als Eingeständnis meiner

Komplizenschaft mit Takashi, sondern um ihr zu zeigen, daß ihr Sarkasmus mich kaltließ. Lachs mag ich nicht einmal.

Was die gewöhnlichen Dorfbewohner anging, so hatten sie die Plünderung des Supermarktes am Vortage nicht beabsichtigt. Aber meiner Frau zufolge hatten Takashi und die anderen an diesem Morgen die Auffassung verbreitet, es gebe keinen Grund, die einmal begonnene Plünderei nicht fortzusetzen, da sie ohnehin ungesetzlich sei.

»Hat niemand Einspruch gegen diese Aufwiegelungsversuche Takashis und der anderen erhoben?« fragte ich. »Als heute früh bekannt wurde, was hinter den Kulissen geschehen war, hat sich da keiner die Sache anders überlegt und die gestohlenen Sachen zurückgebracht?«

»Das Dorf hat sich vor dem Supermarkt versammelt, aber niemand hat dergleichen angeregt. Du nimmst doch wohl nicht an, daß sie groß an eine Rückgabe denken, wenn die Mädchen aus der Buchhaltung saftige Einzelheiten über die Profite aus dem Supermarkt erzählt und die Verkäuferinnen gesagt haben, wie minderwertig die Waren sind? Selbst wenn ein Außenseiter es gewollt hätte, hätte ihm die allgemeine Stimmung nicht ermöglicht, das im Alleingang zu tun.«

»Es ist, als wenn man Kinder hereinlegt«, sagte ich, giftig auf meinem Lachs herumkauend, der trocken war und von Gräten und anderen ungenießbaren Teilen strotzte. »Aber bald wird die Rückwirkung einsetzen.«

»Die Stimmung gegen den Supermarkt«, sagte sie, »geht sowieso hoch. Mehrere Frauen, die man einmal wegen Verdachts auf Ladendiebstahl durchsucht hat, haben weinend ihre Erlebnisse berichtet.«

»Was für ein dummer Haufen!« sagte ich. Der gestohlene Lachs blieb mir schier im Halse stecken.

»Weißt du, Mitsu«, sagte sie beiläufig, »du solltest wirklich mal selbst ins Tal hinuntergehen und dich überzeugen, was dort los ist!« Damit ging sie die Treppe hinab. Ich spie den halbzerkauten Lachs und die Reiskörner in meine Hand.

Die pausenlose Nembutsumusik ging mir auf die Nerven und schwächte meine Konzentration. Ob ich wollte oder nicht, erinnerten mich meine Ohren immer wieder an die unnormalen Vorgänge im Dorf. Irgendwo tief in meinem

Gehör war der »Aufstand« bereits Tatsache. Und der Widerwille, den die Musik in mir weckte, war bereits unabänderlich mit dem Gift der Neugier vermischt, so wie eine einmal geschädigte Leber nie wieder gesund wird. Aber ich verbot mir, mich aus dem Speicherhaus zu rühren, ehe ich einen ganz simplen Grund dafür fand, der nicht direkt mit der von Takashi und seinen Gefährten geförderten Unruhe zu tun hatte. Bis dahin würde ich weder selbst meinen Fuß in das Tal setzen noch Kundschafter hinabschicken. Die Musik, deren Eintönigkeit nur Gefühlsarmut ausdrückte, war vielleicht nur Takashis Art, mir gegenüber damit zu prahlen, daß seine Aktivitäten noch nicht beendet waren. Jede Handlung von meiner Seite wäre eine schändliche Kapitulation vor seiner schändlichen psychologischen Taktik gewesen. Ich würde durchhalten. Bald mischte sich der Klang einer Autohupe aus dem Tal in den Lärm. Takashi fuhr wahrscheinlich dort unten umher, mit Schneeketten an den Reifen des Citroën, und präsentierte sich auf seine naive Art den Kindern. Oder vielleicht nahm er als Führer vom Auto aus die Parade der Aufständischen ab – wenn sich die Leute aus dem Tal tatsächlich in Meuterer verwandelt haben sollten...

Ich spürte, daß die Wärmestrahlung des Ofens nachließ. Der Brennstoff im Behälter ging zu Ende, und meine Reserven hatte ich bereits aufgebraucht. So blieb mir nur die Wahl, jemanden in den Supermarkt zu schicken oder selbst ins Tal hinunterzugehen. Endlich war ich der bedrückenden Fesseln des Ausharrenmüssens ledig. Seit Tagesanbruch, mehr als vier Stunden, hatte mich die Nembutsumusik ständig gemartert und verhöhnt.

Im Haupthaus kümmerte sich meine Frau um Momoko, die nach ihrem hysterischen Anfall immer noch zu Bett lag. Von ihnen konnte ich keine Hilfe erwarten. Der junge Ausgestoßene war mit Erfrierungen zum Arzt gebracht worden, und alle anderen Fußballer hatten sich Takashi und Hoshio angeschlossen, um die Lustbarkeiten im Tal zu dirigieren. Ich konnte mich nur an Jins Söhne halten. Ich stand vor der geschlossenen Tür des Nebengebäudes und rief laut. Dabei nahm ich nicht im geringsten an, die Kinder hätten sich der Verlockung der Musik entzogen und säßen immer noch bei ihrer dicken, deprimierenden Mutter in der kühlen Düsternis. Ich wollte mir aber bestätigen, daß alle Bedingungen erfüllt waren, die mich zwangen, ins Tal hinabzugehen. Jins Söhne gaben keine Antwort. Gerade wollte ich mich zufrieden von der geschlossenen Tür abwenden, als zu meiner Überraschung Jin selbst mit fester, beinahe fröhlicher Stimme nach mir rief. Ich öffnete die Tür und sah hinein. Meine Augen huschten in der unvertrauten Finsternis hin und her wie ein verängstigter Vogel und hofften halb, Jins Mann statt ihrer selbst vorzufinden.

»Oh, hallo, Jin«, sagte ich, Entschuldigung heischend. »Ich dachte, deine Jungen könnten mal für mich ins Tal runterlaufen. Ich habe kein Petroleum mehr für meinen Ofen.«

»Sie sind seit dem Morgen unten im Tal, Mitsusaburo«, sagte sie ungewohnt umgänglich, während ihr massiger Körper langsam in Sicht kam, wie ein riesiges Schlachtschiff, das aus dem Nebel über dem Meer auftaucht. Ihre Augen, die wie zwei heiße leuchtende Magneten aus ihrem runden, aufgedunsenen Gesicht hervortraten, richteten ihre Kraft direkt auf mich. Wie ihr Ton schon hatte vermuten lassen, saß sie in einsamer Erhebung auf dem Thron ohne Beine. »Und die jungen Kerle unter Takashis Kommando haben meinen Mann geholt. Da ist er mit ihnen ins Tal hinuntergegangen.«

»Takashis Meute hat ihn geholt?« entrüstete ich mich, vorsichtig Mitleid mit Jins Mann bekundend. »Aber er ist doch so ein sanfter Mann. Weshalb müssen sie ihn in so etwas hineinziehen?«

Die Vorsicht war berechtigt gewesen: Jin erwartete keineswegs, daß ich Mitleid mit ihrem Mann hätte.

»Die jungen Kerle haben aus allen Häusern im Dorf Leute herausgeholt«, sagte sie. »Sie haben besonders darauf geachtet, auch Familien heranzukriegen, die sich bisher noch nichts aus dem Supermarkt geholt hatten. Am Ende war dann das ganze Dorf auf den Beinen.« Als sie mühsam lächelte, blitzten die schmalen Schlitze ihrer Augen zwischen dem wuchernden Fleisch, und träge Kräuselbewegungen liefen über ihre Haut, die die dicke Fettschicht dicht umschloß. Vergessen war die schmerzhafte Atemnot, die sie dieser Tage meist quälte; Jin war wieder die von einer unstillbaren Neugier aufrechtgehaltene Tratschtante Nummer eins. »Die Jungen waren schon viel eher ins Tal gegangen, aber mein Mann war hiergeblieben. Da kamen zwei von den Burschen an die Tür und verlangten, er solle zum Supermarkt gehen. Als meine Jungen zurückkamen, um sich zwischendurch mal auszuruhen, sagten sie, zu jeder noch so reichen oder bedeutenden Familie, die sich noch nichts aus dem Supermarkt geholt habe, gingen ein paar junge Leute, um sie hinzubestellen. Anscheinend haben sowohl die Schwiegertochter des Gemeindevorstehers als auch die Frau des Posthalters etwas genommen. Und die Tochter des Schuldirektors soll sehr entrüstet gewesen sein, weil man ihr eine große Packung Waschmittel gab, die sie gar nicht brauchte!« Plötzlich preßte sie die Lippen zusammen, als stünde ihr der Mund voller Wasser, und schniefte geräuschvoll; dann bekam die Haut des großen Mondgesichts rote Flecken, und ich wurde gewahr, daß Jin gelacht hatte. »Also ist alles fair, Mitsusaburo. Jeder hat sich gleich viel Schande aufgeladen. Ist das nicht hübsch?«

»Hat denn niemand Mitgefühl mit dem Kaiser, Jin?« Mit dieser von ihrem kriegslüsternen Geschnatter etwas abgelegenen Frage umging ich mehr oder weniger das, was sich unklar als eine gefährliche Falle ansah, die mir diese krankhaft fette Frau in mittleren Jahren mit ihrem Gerede von der »Schande« gestellt hatte.

»Mitgefühl mit diesem Koreaner?« zischte sie gereizt. Bis zum Vortage hatte sie wie die meisten Leute im Tal auch nicht im geringsten darauf angespielt, daß der allmächtige Besitzer des Supermarkts, der solches Unheil über das Tal gebracht hatte, Koreaner war. Aber nun betonte sie das Wort »Koreaner« bewußt und bezog sich unbedenklich auf die Nationalität des Mannes, als wollte sie unterstreichen, daß die Plünderung des Supermarkts das Kräfteverhältnis mit einem Schlage verändert habe.

»Die Leute aus dem Tal haben nichts als Ärger gehabt, seit die Koreaner hier sind«, fuhr sie fort. »Nach Kriegsende sind sie emporgekommen, weil sie das Land und das Geld in unserm Tal an sich brachten. Wir versuchen nur, uns ein bißchen davon zurückzuholen. Was soll da Mitgefühl?«

»Aber Jin, zunächst einmal sind sie doch nicht freiwillig hergekommen, sondern als Zwangsarbeiter gegen ihren Willen aus ihrer Heimat hierher verschleppt worden. Außerdem haben sie es – zumindest, soweit mir bekannt ist – niemals darauf angelegt, den Leuten hier Scherereien zu machen. Selbst als nach dem Krieg das Land verkauft wurde, wo früher die Koreanersiedlung stand, hat keiner hier im Tal direkt etwas eingebüßt, oder? Wieso erinnerst du dich absichtlich falsch an alles?«

»S ist von den Koreanern umgebracht worden!« sagte sie mißtrauisch und war rasch wieder vor mir auf der Hut.

»Das geschah zur Vergeltung dafür, daß S' Freunde kurz zuvor einen Koreaner getötet hatten. Du weißt das sehr gut, Jin.«

»Jeder hier hat das Gefühl, daß alles in Scherben gegangen ist, seit die Koreaner da sind. Man sollte sie alle abmurksen!« schrie sie ungewöhnlich heftig, und peitschte sich in ihrer Unvernunft auf. Ihre Augen waren dunkel vor Haß.

»Aber Jin, die Koreaner haben nie bewußt ein Unglück über die Ansässigen gebracht. An der Unruhe gleich nach dem Krieg waren beide Seiten gleich schuld. Warum sagst du so etwas, obwohl du die Tatsachen so gut kennst wie ich?« Aber plötzlich senkte sie vor meinen anklagenden Worten den großen, traurigen Kopf. Ihre einzige sichtbare Reaktion kam von ihrem Genick, das von meinem Standort aussah wie der Nacken eines Seehundes und sich im Takt mit ihrem wieder schwergehenden Atem hob. Ich stöhnte vor machtlosem Ärger und Groll.

»Die Leute aus dem Tal werden es sein, die teuer dafür bezahlen, einen so törichten Tumult begonnen zu haben, Jin«, sagte ich. »Ich kann mir nicht vorstellen, daß ein ausgeplünderter Kettenladen dem Kaiser sehr weh tut, aber die meisten Leute im Tal werden sich weiter elend fühlen, weil sie geklaut haben. Was haben sie sich bloß dabei gedacht – sogar die älteren, die es besser wissen müßten –, sich in so etwas hineinziehen zu lassen, von einem wie Takashi, der eben erst aus dem Ausland zurückgekommen ist?«

»Ich bin froh, daß sich alle Leute im Tal gleicherweise mit Schande bedeckt haben!« wiederholte Jin in einem Ton, als hätte das nichts mit ihr persönlich zu tun. Hartnäckig behielt sie den Kopf unten und sah mir nicht in die Augen. Das überzeugte mich, daß das Wort »Schande« in ihrem Wortschatz eine sehr spezielle Bedeutung hatte.

Da mein Blick jetzt bis in die düsteren Winkel drang,

erkannte ich, daß verschiedene billige Konserven ringförmig in Reichweite um Jins Stuhl aufgestapelt waren. Aufrecht und gehorsam wartend standen sie da, Soldaten einer zuverlässigen Einsatztruppe, bereit zur Schlacht gegen unheilbaren Hunger. Sie waren Jins persönliche »Schande« – eine ganze Armee, ordentlich ausgerichtet, für jedermann sichtbar, in ihrem wahren Charakter auch für den zufälligen Betrachter unverkennbar. Ich besah sie mir und wußte nicht, was ich sagen sollte, als Jin in trotzig betonter Ehrlichkeit eine halboffene Dose zwischen ihren mächtigen Knien hervornahm. Der Dosendeckel ragte halbkreisförmig wie ein Ohr auf, und Jin machte sich wie eine Wölfin über den undefinierbaren Inhalt her. Ich entsann mich, daß tierisches Eiweiß nicht gut für Jins Leber war, brachte es aber nicht fertig, das zu erwähnen, sondern fragte nur: »Soll ich dir Wasser holen, wo ich schon einmal hier bin, Jin?«
»Ich esse schon nicht so viel, daß ich davon Durst kriege!« erwiderte sie. Aber ihre nächsten Worte waren von einer solchen Offenheit, wie ich sie bei ihr nur damals erlebt hatte, als wir gemeinsam die Geschicke der Familie Nedokoro in die Hand nahmen. »Wissen Sie, Mitsusaburo«, sagte sie, »dank Takashis Aufruhr habe ich zum erstenmal mehr zu essen da, als ich verdrücken kann. Es sind nur Konserven, aber mehr als ich schaffe, wirklich! Wenn ich nur alles herunterbrächte, dann bräuchte ich nie wieder etwas zu essen. Ich würde so dünn wie früher, dabei immer schwächer, und schließlich würde ich sterben.«
»Sei nicht albern, Jin«, sagte ich tröstend und spürte zum erstenmal seit meiner Rückkehr ins Tal ein versöhnliches Gefühl.
»Das ist nicht albern! So elende Geschöpfe wie ich haben ein Gefühl für diese Dinge. Sogar im Rotkreuzkrankenhaus haben sie mir gesagt, meine Psyche und nicht mein Körper ist schuld, daß ich so viel esse. Wenn ich es nur fertigbrächte, nicht mehr essen zu wollen, würde ich noch am gleichen Tag abnehmen. Ich würde wieder so wie früher werden. Und dann bliebe nur noch das Sterben!«
Ganz unvermittelt brach kindliche, von Zuneigung erfüllte Traurigkeit über mich herein, denn nach Mutters Tod war es allein Jins Hilfe zu verdanken gewesen, daß ich die Prüfungen des Jungenlebens im Tal überstanden hatte. Ich

schüttelte schweigend den Kopf, trat in den Schnee hinaus und schloß die Tür, sperrte »Japans dickste Frau« in die friedliche Finsternis, wo sie allein war mit ihrem Glück und ihrer »Schande« und mit dem großen Stapel von Lebensmitteln, die ihre Leber durchaus tödlich schädigen konnten...

Der niedergetretene Schnee auf dem gepflasterten Weg war weich, grau und glitschig geworden. Vorsichtig ging ich hinunter. Ich hatte nicht vor, mich in die Plünderung des Supermarktes einzumischen; ich war nun einmal entschlossen, mich um keinen Preis in Takashis Handlungen verwikkeln zu lassen. Sollte sich zeigen, daß im Supermarkt jetzt völlige Anarchie herrschte, so würde ich auf normalem Wege keinen Brennstoff kaufen können. Also war mein Plan ganz simpel: Ich würde Takashi oder seinen Mitstreitern den vollen Preis für einen Kanister bezahlen, der die Plünderung vielleicht überstanden hatte, und sofort wieder gehen. Ich jedenfalls würde nicht an der gemeinschaftlichen »Schande« teilhaben. Außerdem hatten die Anstifter des kleinen Aufruhrs es bewußt unterlassen, mich in den Laden zu zerren. Das hieß, daß ich von Anfang an ein Außenseiter war und als solcher nicht an ihrer »Schande« teilhaben mußte.

Als ich auf dem freien Platz vor dem Gemeindeamt ankam, tauchte aus heiterem Himmel Jins Ältester auf und begann vor mir herzulaufen wie ein Hund, der von seinem Herrn ausgeführt wird. Meiner Miene entnahm er rasch, daß jetzt nicht der Zeitpunkt für eine Unterhaltung war. Also beschränkte er sich darauf, seine innere Erregung durch einen stolzierenden Gang auszudrücken. Die so lange verschlossen gewesenen Häuser zu beiden Seiten der Straße waren heute weit geöffnet, und die Bewohner standen davor im Schnee, in angeregter Unterhaltung oder einander laut begrüßend. Das ganze Tal befand sich im Zustand fröhlicher Erwartung. Selbst die.Leute, die vom »Land« herabgekommen waren, bildeten Grüppchen auf der Straße, beteiligten sich an der Unterhaltung oder gingen langsam von einem zum anderen. Ihre Arme waren voller Beutegut aus dem Supermarkt, aber sie lungerten noch herum und machten keine Anstalten, nach Hause zurückzukehren. Als eine Mutter vom »Land« für ihr Kind um die Erlaubnis bat, die

Toilette benutzen zu dürfen, stimmten die Frauen aus dem Tal gutmütig zu. Nicht einmal an Festtagen hatte ich Tal und »Land« so frei und tolerant miteinander umgehen sehen, denn schon in meiner Kindheit hatten die Feste im Tal ihre traditionelle Kraft eingebüßt, Schranken zu brechen. Die Kinder traten den Schnee auf der gepflasterten Straße zu Rutschbahnen fest oder machten die Nembutsumusik nach, die unaufhörlich weiterspielte. Jins Sohn beteiligte sich mal hier, mal da an dem fröhlichen Treiben, kam aber immer wieder bald zu mir gerannt. Mehrere Erwachsene, die im Gespräch beieinanderstanden, grüßten mich mit leutseligem Lächeln.

Zum erstenmal seit meiner Rückkehr nach Hause hatten sie die gegen mich aufgerichteten Schranken so deutlich fallen lassen. Ich hatte nicht gleich eine Einstellung zu ihrer unerwarteten Aufgeschlossenheit und eilte, zerstreut nickend, an ihnen vorüber, aber sie waren zu berauscht von ihrer neuentdeckten Geselligkeit, als daß sie sich darüber geärgert hätten. Meine Überraschung schlug tiefere Wurzeln, trieb kräftige Äste und üppiges Laubwerk. Ein langaufgeschossener Mann, der während des kriegsbedingten Lehrermangels als Hilfslehrer für japanische Geschichte und nach dem Krieg als Sekretär der landwirtschaftlichen Genossenschaft gearbeitet hatte, schwenkte ein aufgeschlagenes Geschäftsbuch über dem Kopf und erklärte den um ihn Versammelten den Inhalt. Die jungen Fußballer standen schweigend und aufmerksam neben ihm – woraus ich schloß, daß er von der Führungsgruppe des neuen »Aufstands« als Sonderberater herangezogen worden war und in dieser Eigenschaft öffentlich die Unredlichkeit der Leitung des Supermarkts entlarvte. Als sein Blick auf mich fiel, breitete sich ein schiefes Lächeln, gemischt aus gespieltem Zorn und natürlichem Stolz, auf seinem Gesicht aus.

»He, Mitsusaburo!« rief er mich laut an, sein Vorlesen unterbrechend. »Ich habe eben enthüllt, wie die Bilanz des Ladens frisiert wird. Wenn das Steueramt davon Wind bekommt, muß der Kaiser seinem Thron den Abschiedskuß geben!« Durchaus nicht ärgerlich über diese unerwartete Unterbrechung, drehten sich die Zuhörer nach mir um und machten sich mit fröhlichen Gesten über den steuerhinterziehenden Supermarkt lustig. Es waren ungewöhnlich viele alte Leute darunter. Das war mir auch schon bei den Grüppchen aufgefallen, die ich von der gepflasterten Straße aus gesehen hatte. Noch gestern hatten die alten Leute sich in die Finsternis hinter den schmierigen Glastüren verkrochen, heute aber hatten sie mit den anderen die Selbstbefreiung gefunden und ihre Stellung als vollwertige Glieder der Gemeinschaft im Tal wiedergewonnen.

Plötzlich gab Jins Sohn einen schrillen Schrei von sich, um meine Aufmerksamkeit auf sich zu lenken.

»Das ist er!« rief er mit hoher Stimme in erregter Entdeckerfreude. »Er ist der Geschäftsführer!«

Ich beobachtete, wie ein dicklicher Mann unsteten Schrittes vorbeihastete. Er trug eine Lederjacke, und der Kopf auf dem Stiernacken war völlig kahl, obwohl der Mann sicher noch keine vierzig Jahre zählte. Mit den Armen in der Luft rudernd wie ein auf Land geratener Seehund trabte er entschlossen durch einen Hagel von Schmähungen, den die Kinder auf ihn losließen. Man hatte ihn offensichtlich aus dem Hausarrest entlassen, aber da die Brücke sicherlich streng von den Fußballern bewacht wurde, konnte er sich nur im Tal frei bewegen; praktisch blieb er eingesperrt wie zuvor. Daher sah es komisch und rätselhaft zugleich aus, als er geschäftig wie ein Zeitungsjunge durch diesen Hagel von Beschimpfungen eilte. Bildete er sich ein, nach irgendeinem Plan alles wieder ins Lot bringen zu können, er ganz allein, ohne jeglichen Verbündeten im Tal? Gerade in diesem Augenblick fand eines der Kinder heraus, daß es Spaß machte, Schneebälle nach ihm zu werfen, und die anderen folgten diesem Beispiel sofort. Ein Schneeball traf ihn beim Rennen am Knöchel und warf ihn ohne weiteres um. Er rappelte sich wieder auf, wischte sich nicht mal den Schnee ab, der von Kopf bis Fuß an ihm klebte, und stieß eine ohnmächtige Drohung gegen die halb übergeschnappten Kinder aus. Aber sie setzten das Schneeballwerfen nur noch fröhlicher fort. In meinem trockenen Mund schmeckte ich wieder die rohe, spontane Angst jenes Tages, an dem ich durch den Angriff fremder Kinder ein Auge verlor. Ich hatte das Gefühl, jetzt endlich den Schlüssel dafür gefunden zu haben, warum sie damals den Stein geworfen hatten.

Elend und wütend ging der Mann weiter und schrie immer-

zu etwas mit schwacher Stimme, während er mit beiden Armen die Schneeballsalven abwehrte.
»Was schreit er da?« fragte ich Jins Sohn, der sich sofort an dem Angriff beteiligt hatte, nun aber an meine Seite zurückgekehrt war und noch vor Aufregung sprühte.
»Er sagt, sobald es taut, kommt der Kaiser mit einer Bande und überfällt das Dorf. Er vergißt, daß wir Waffen haben, mit denen wir zurückschlagen können!« setzte er stolz hinzu. Er blickte in die Keksschachtel, die er geleert hatte, schleuderte sie fort, zog eine andere der Packungen, die seine Joppentasche füllten, heraus und steckte sich von neuem eine Handvoll Kekse in den Mund. »Die glauben doch wohl nicht, sie werden mit einer solchen Bande fertig? Das sind schließlich Profigangster.«
»Takashi wird ihnen das Kämpfen beibringen. Er hat gegen die Rechten gekämpft, er versteht was davon!« erklärte er und schluckte ungeduldig herunter, was er im Mund hatte. »Haben Sie auch gekämpft, Mitsusaburo?« fragte er mit unbeschreiblicher Schärfe.
»Ich frage mich, wieso man den Geschäftsführer nach Belieben umherspazieren läßt.«
»Haja«, begann der Junge unverbindlich und gab dann eigentlich die treffendste Antwort auf meine vage Frage. »Er redet solchen Quatsch, daß die Leute aus dem Tal ihn und den Kaiser nicht länger beachten. Er ist doch auch Koreaner, wissen Sie!«
Mich widerte dieser unvernünftige Korenerhaß bei einem nach dem Kriege geborenen Kinde an, aber wenn ich versuchte, den Geschäftsführer in Schutz zu nehmen, dann würde der Junge sicher seine Bande aus kleinen Tunichtguten zusammentrommeln, so daß ich ebenso tatternd und ziellos davonrennen müßte.
»Du brauchst nicht weiter mitzukommen«, sagte ich einfach. »Geh zu deinen Freunden spielen!«
»Aber Taka hat mir befohlen, Sie zu ihm zu bringen!« sagte er, und ernste Ratlosigkeit stand in seinem ganzen kleinen Gesicht geschrieben. Ich aber blieb fest und ließ ihn schließlich stehen, die Wangen mit einer weiteren Handvoll Pralinen vollgestopft, um die Enttäuschung zu lindern. Zum erstenmal, seit sich Jins abnormer Appetit eingestellt hatte, besaß auch ihr magerer Sohn mehr zu essen, als sein zusam-

mengeschrumpfter Magen so zögernd verlangte. Ein sonderbares Pflichtgefühl gegen ihn und dazu ein Unbehagen, dessen Wesen er selbst nicht verstand, ließen ihn essen und immer wieder essen. Am Ende würde er wahrscheinlich alles von sich geben.

Der Schnee rund um den Supermarkt war zu Matsch zertreten, und die gepflasterte Straße sah chaotisch aus. Das war ein Vorgeschmack auf die Tage, die kommen würden, wenn es richtig taute und das ganze Tal zu Schlamm wurde. Vor dem Laden standen viele verschiedene Grüppchen. Einige hatten Fernsehapparate herausgeholt und sahen sich nun das Programm an, andere schauten zu, wie man verschiedene Elektrogeräte auspackte und an ihnen herumbastelte.

Auf den Bildschirmen liefen zwei verschiedene Programme. Kleine Kinder hockten vor den Apparaten und starrten gebannt auf die Mattscheibe. Halb kauernd, hatten sich einige so postiert, daß sie zwei Apparate mit verschiedenen Programmen auf einmal im Blickfeld hatten. Aber die hintenstehenden Erwachsenen wirkten unruhig und konzentrierten sich nicht recht auf das Fernsehen. Diese Berührung mit Menschen, die in fernen Städten ihrem täglichen Leben nachgingen, war gleichzeitig mit dem eigenartigen Notstand im Tal gekommen, und sie hatte eine eigentümliche Wirkung ausgeübt. Das verschwommene Bild eines jungen Mädchens, das in Großaufnahme mit vorgestrecktem markantem Kinn und unechtem Lächeln auf dem Bildschirm sang, unterstrich nur die Anomalität dessen, was im Tal geschehen war und noch geschah.

Die ausgepackten Elektrogeräte hatte man auf den nassen Erdboden gestellt, und zwei Männer in mittleren Jahren machten sich mit Hammer und Meißel daran zu schaffen – der Schmied und der Klempner des Dorfes, offensichtlich zwei weitere Sonderberater der jungen Männer. Die Zuschauer waren vorwiegend Frauen. Ganz offensichtlich verrichteten die beiden Männer zum erstenmal eine solche Aufgabe, und obwohl sie wahrscheinlich die geschicktesten Handwerker im Tal waren, ging die Arbeit nur langsam und unsicher voran. Ihrem Wesen nach war sie ein wenig zerstörerisch; es ging darum, die Firmenschilder und Gerätenummern zu entfernen. Einmal fraß sich der Meißel, mit dem einer der Männer versuchte, das Firmenschild von der Vorderseite eines Elektroheizgerätes zu entfernen, tief in die leuchtende scharlachrote Farbe an der Seite hinein, und unter der Welle von Seufzern aus den Kehlen der Frauen, die rings um den Handwerker hockten, schrumpfte dieser vor Verlegenheit deutlich zusammen. Diese Kleinarbeit stand in keinem Zusammenhang mit den Fertigkeiten, die ihm so viel Selbstsicherheit gaben. Das kindische Zerstörungswerk zielte eigentlich darauf ab, die Beweise dafür zu vernichten, daß man die Geräte aus dem Supermarkt gestohlen hatte. Dies geschah in Vorbereitung auf den Tag, da es tauen und die Streitmacht des Kaisers auf der Asphaltstraße aus der Stadt in die Senke kommen würde.

Als ich mich von der Menge abwandte und auf den Eingang des Supermarktes zuging, bemerkte ich, daß die jungen Fußballer meine Bewegungen im Auge behielten. Sie hatten sich unter all die Gruppen gemischt, die um die Fernsehgeräte herumstanden oder den Handwerkern zusahen, und lagen wie dunkle Flecke auf der festlichen Stimmung der Menge, mit verschlossener und mürrischer Miene, aber strahlenden Augen. Ich wappnete mich gegen ihr entnervendes Starren und stieß gegen die Tür, aber die ging nicht auf. Ich blickte durch die Glasscheibe auf das wüste Chaos drinnen und schob und zog mit zunehmendem Entsetzen am Türgriff.

»Das Plündern ist für heute vorbei! Morgen gibt es eine neue Runde!« Das war die Stimme von Jins Sohn, ich wandte mich um und sah ihn, die Wangen immer noch mit Süßigkeiten vollgestopft, grinsend mit seinen Freunden dicht hinter mir stehen. Halb und halb in Erwartung einer Ohrfeige, trat er einen Schritt zurück, und seine Freunde taten es ihm nach.

»Ich bin nicht hergekommen, um zu plündern, sondern um Petroleum zu kaufen.«

»Das Plündern ist für heute vorbei! Morgen eine neue Runde!« schrien die Freunde des Jungen mit derselben Begeisterung im Chor und lachten höhnisch. Diese Kinder hatten sich bereits dem neuen Lebensstil angepaßt, den der »Aufstand« mit sich brachte, und benahmen sich wie die Rebellen.

Auf Unterstützung hoffend, rief ich über die drohende Traube von Kinderköpfen den Fußballern zu, die mich noch immer ausdruckslos beobachteten: »Ich möchte mit Taka sprechen. Bringt mich zu ihm, ja?«
Aber die jungen Männer hoben wie verwirrt die runden Köpfe und schwiegen, ihre unfertigen, durchaus nicht einnehmenden Züge wurden immer starrer und ausdrucksloser. Hysterische Reizbarkeit packte mich.
»Taka hat mir aufgetragen, Sie zu ihm zu bringen!« sagte Jins Sohn tröstend, mit wiederhergestelltem Vertrauen. Ohne meine Reaktion abzuwarten, ging er vor mir her den Weg entlang, der um den Laden herum zur Hinterseite führte. Ich hastete ihm nach und pflügte mich mühsam durch den Schnee. Eiszapfen lauerten mir auf und schlugen mir schmerzhaft neben das blinde Auge, ehe sie abbrachen und herunterfielen.
Hinter dem zum Supermarkt umgebauten Sakespeicherhaus lag ein quadratischer Hof, wo einst die Braubottiche zum Trocknen aufgestellt wurden. Das baufällige Supermarktbüro, das man dort errichtet hatte, diente jetzt den Anführern als Hauptquartier. Ein junger Mann stand an der Tür Posten. Als Jins Sohn mich bis hierher gebracht hatte, hockte er sich in den unberührten Schnee in einer Hofecke, um auf mich zu warten. Unter dem wachsamen Blick des Postens öffnete ich schweigend die Tür und betrat den Raum, der von heißer Luft und dem animalischen Geruch junger Körper erfüllt war.
»Hallo, Mitsu! Ich hatte eigentlich gar nicht gedacht, daß du kommen würdest«, begrüßte Takashi mich fröhlich. »Damals bei den Demonstrationen gegen den Sicherheitsvertrag bist du ja nicht mal zusehen gekommen!« Er war bis zum Hals in ein weißes Tuch gehüllt und ließ sich gerade die Haare schneiden.
»Setzt du dir nicht recht große Rosinen in den Kopf, wenn du das hier mit den Unruhen wegen des Sicherheitsvertrages vergleichst?« fragte ich mit beißender Schärfe.
Takashi saß komisch balancierend auf einem kleinen Holzstuhl neben einem Kanonenofen. Der Dorffriseur, fast noch ein Kind, handhabte seine Schere mit der Hingabe eines Menschen, der herbeigeeilt war, dem Helden des »Aufstandes« seine Dienste anzubieten. Neben Takashi stand eine

junge Frau mit kurzem rundem Hals, deren ganzes Aussehen sofort auf eine labile Gefühlslage hindeutete. Sie preßte ihren dicklichen Körper vertraulich an Takashi und fing die herunterfallenden Haare in einer aufgeschlagenen Zeitung auf. Ein wenig abseits, im Hintergrund des Zimmers, zogen Hoshio und drei der Fußballer etwas auf einem Vervielfältigungsgerät ab – vermutlich ihre ideologische und sachliche Rechtfertigung des Übergriffs auf den Supermarkt.
Takashi achtete nicht auf meinen Sarkasmus, aber seine Gefährten unterbrachen ihre Arbeit und beobachteten seine Reaktion. Ich stellte mir vor, daß er auf seine unerfahrenen jungen Mitstreiter durch Erzählungen von seinen Erlebnissen im Juni 1960 und einen hinkenden Vergleich zwischen jenen Ereignissen und der jetzigen unbedeutenden Unruhe erzieherisch eingewirkt hatte.
»In ›Unser war die Schande‹ hast du einen bekehrten militanten Studenten gespielt«, wollte ich meinem Bruder sagen, den die Hitze des Ofens und die Schere des Friseurs wie einen jungen, unbedarften Bauern zugerichtet hatten. »Hast du diesmal die entgegengesetzte Rolle übernommen?« Aber ich brachte es fertig, den Mund zu halten.
»Wie steht es mit dem Petroleum?« fragte Takashi seine Gefährten.
»Ich gehe ins Speicherhaus und sehe nach, Taka«, antwortete Hoshio sofort und übergab die Kurbel des Vervielfältigungsgerätes dem jungen Mann an seiner Seite. Trotzdem vergaß er nicht, mir und Takashi je ein Exemplar des frischgedruckten Flugblattes zu überreichen, als er den Raum verließ. Als Assistent des Führers war er offensichtlich ein sehr tüchtiger Teilnehmer des »Aufstandes«. Ich warf einen Blick auf das Flugblatt.

Warum wird der Kaiser der Supermärkte schweigend dulden müssen?
Weil er sonst:
– den Umsatz in den Kettenläden drückt!
– Scherereien mit der Steuer bekommt!
– nie wieder im Tal etwas verkaufen könnte!
Ein Schuft wie der Kaiser wird sich doch nicht selber morden wollen!

»Zuallererst, Mitsu«, warf Takashi rasch hin, offensichtlich um etwaigen kritischen Bemerkungen über den Wortlaut des Flugblattes zuvorzukommen, »kommt es darauf an, daß alle, bis hinab zur untersten Ebene, auf diese Grundgedanken ausgerichtet werden. Wir haben noch raffiniertere und handfestere Karten in der Hinterhand. Dieses scharfe kleine Biest hier zum Beispiel war früher eine Beauftragte des Kaisers, jetzt aber arbeitet sie mit uns zusammen. Sie ist kühn und furchtlos bei ihren Angriffen auf den Kaiser – besonders weil sie sowieso hofft, bald entlassen zu werden, damit sie in die Stadt ziehen kann.«

Ihr herzförmiges Gesicht lief rosa an vor Freude über diese geschickte Schmeichelei, und sie warf sich in die Brust, als wollte sie zu singen anfangen. Offensichtlich war sie so ein Mädchen, wie es in jedem Bauerndorf eines gibt, das mit zwölf oder dreizehn Jahren zum Objekt der lüsternen Sehnsüchte aller jungen Männer der Umgebung wird.

»Es heißt, du hast gestern den Priester daran gehindert, zu einem Gespräch zu mir zu kommen«, sagte ich und wandte meine Augen von dem Mädchen ab, die jetzt ihren Charme nicht nur auf Takashi, sondern auf alle ansetzte. »Stimmt das?«

»Ich nicht, Mitsu. Aber zumindest den ganzen gestrigen Tag hat die Mannschaft natürlich die Intellektuellen und Prominenten des Tales besonders scharf im Auge behalten. Schließlich muß man mit deren Einfluß rechnen. Als die Dorfleute zum Beispiel unter Führung eines betrunkenen Tagelöhners wieder in den Supermarkt einbrechen wollten, was wäre da wohl geschehen, wenn eine wichtige Persönlichkeit des Dorfes den einfachen Leuten weiter hinten gesagt hätte, sie sollten aufhören? Da wäre die Plünderung wohl beim ersten, fast zufälligen Ansturm stehengeblieben. Mittlerweile aber haben sich die meisten Leute des Tals ins Unrecht gesetzt. Wenn sich die Privilegierten jetzt völlig selbstgerecht und neutral verhielten, dann würden sie sich nur verhaßt machen. Also haben wir unsere Taktik geändert, und niemand bewacht diese Leute mehr. Im Gegenteil, unsere Kameraden gesellen sich zu ihnen, wo immer sie zusammenkommen, äußern ihre Meinung oder fragen um Rat. Mitsu, erinnerst du dich an den spartanischen Helden an der Spitze der Hühnerzüchter? Er sucht zur Zeit eine

Möglichkeit, wie das Dorf den Supermarkt übernehmen kann. Seine Idee läuft darauf hinaus, den Kaiser zu vertreiben und den Supermarkt unter die kollektive Leitung der Talbewohner zu stellen. Hältst du das nicht für einen reizvollen Plan? Er hat einen speziellen Blick für solche Dinge, so daß ich mich auf die *gewaltsamen* Aktivitäten konzentrieren kann.«

Die jungen Männer ließen das pflichtschuldige Lachen offiziell anerkannter Komplizen hören. Sie schienen von Takashis Redeweise angetan.

»Aber seit der zweiten Plünderungswelle mußten wir die Verteilung der Beute aus dem Supermarkt überwachen, so daß meine Aufgabe auch recht schwierig ist. Zum Beispiel muß ich dafür sorgen, daß die Beute zweier Gruppen von Familien vom ›Lande‹ nicht allzu unterschiedlich ausfällt. In unserem Plündern liegt Methode, verstehst du!« Er lachte. »Die Mannschaft bewacht Laden und Lager streng, bis morgen wieder die Verteilung beginnt. Die Jungen bleiben diese Nacht hier. Wie ist es, Mitsu? Was hältst du von unserem kontrollierten ›Plündern‹?«

»Jin hat es als ›Takas Aufstand‹ bezeichnet, weißt du«, sagte ich. »Wenn du das Interesse der Leute aus dem Tal daran so lange wie möglich erhalten willst, darfst du sie die Energiequelle des Aufruhrs nicht zu schnell verbrauchen lassen, wie? Also denke ich mir, daß eine gewisse Überwachung auf alle Fälle notwendig ist.«

Ich suchte meine Reaktion auf Takashis erregte Redelust nicht zu verbergen. Aber Takashi schien das überhaupt nicht zu stören. Er fand dies alles wohl fesselnd und sah mich auch bei seinen nächsten Worten herausfordernd an.

»›Takas Aufstand‹ – das gefällt mir. Aber sie ist natürlich voreingenommen. Doch weißt du, Mitsu, es ist nicht einfach materielle Habgier oder ein Gefühl der Entbehrung, was alle diese Leute, Erwachsene wie Kinder, so aus dem Häuschen gebracht hat. Ich nehme an, du hast die Trommeln und Gongs der Nembutsumusik heute den ganzen Tag dröhnen hören? Nun, das hilft, den Topf am Kochen zu halten – es ist die emotionale Energiequelle des Aufstands! Die Plünderung macht eigentlich noch keinen Aufruhr aus, Mitsu. Sie ist ein tändelnder kleiner Sturm im Wasserglas, wie jeder Teilnehmer sehr wohl weiß. Trotzdem versetzen sie sich durch ihre Mitwirkung ein Jahrhundert zurück und erleben die Erregung des Aufstandes von 1860 nach. Es ist ein Aufruhr der *Phantasie*. Doch ich nehme nicht an, daß es für dich als Aufruhr rangiert, wie? Nicht, wenn du nicht bereit bist, diese Art Phantasie aufzubringen.«

»Nein, das stimmt.«

»Aha...«, sagte Takashi. Unerwartet wurde er verschlossen und düster. Er verstummte, kniff den Mund zusammen und stierte in den kleinen quadratischen Spiegel, der gegen den Stuhl vor ihm gelehnt war. Es schien ihm sogar langweilig geworden zu sein, sich im Büro des Supermarkts die Haare schneiden zu lassen, da es nun seiner Kontrolle unterstand.

»Ich habe einen Kanister Petroleum gefunden, Mitsu«, warf Hoshio ein, der hinter mir auf eine Unterbrechung unseres Gesprächs gewartet hatte. »Jins Sohn sagte, er und seine Freunde tragen ihn zum Haus hinauf.«

»Danke, Hoshi«, sagte ich und wandte mich um. »Ich zahle ihn natürlich. Ich bin ein Außenstehender, also hat der Laden auf *meine* Kosten keinen Profit gemacht. Wenn niemand das Geld nimmt, dann leg es auf das Regal, wo das Benzin stand.«

Hoshi zögerte verlegen. Er wollte gerade den Geldschein nehmen, den ich ihm hinhielt, als seine beiden Freunde erschreckend behend herzusprangen, ihre von Druckerschwärze verschmierten Fäuste gleichzeitig vorschnellen ließen und ihm einen mächtigen Stoß gegen die Schultern versetzten. Hoshio fiel rückwärts und schlug mit dem Kopf hart gegen die hölzerne Wand. Ich stand da und kam mir töricht vor mit meinem dünnen weißen Arm, den ich immer noch kraftlos mit dem Geld ausstreckte. Hoshio rappelte sich wutentbrannt auf und zischte durch die gefletschten Zähne wie eine Schlange. Er sah Takashi an und wartete auf Genehmigung für einen Gegenangriff. Aber sein Schutzheiliger saß regungslos da und blickte finster sein Spiegelbild an, als hätte er nicht einmal den furchtbaren Krach bei Hoshios Sturz bemerkt.

»Das ist gegen die Vorschriften, Hoshio«, warnte ihn das neben ihm stehende Mädchen keß mit hoher Stimme. Zu meinem Erstaunen wurde Hoshio plötzlich ganz still und begann zu weinen.

Ich ging, vor schmerzlicher Erregung siedend, aus dem Büro. Die Nembutsumusik spielte noch immer. Sie untermalte mein Herzklopfen so kräftig, daß ich mir beim Laufen die Ohren zuhalten mußte. Vor dem Supermarkt wartete der junge Priester auf mich. Widerwillig nahm ich die Hände von den Ohren.

»Ich bin zum Haus hinaufgegangen, und eines von Jins Kindern sagte mir, daß Sie hierhergekommen sind«, stieß er hervor. Ich erkannte in seiner Erregung sofort mehr oder weniger das Gegenstück zu dem mich nahezu erstickenden Gefühl. »Ich habe das Speicherhaus des Tempels durchsucht und die dort verwahrten Dokumente der Familie Nedokoro gefunden!«

Ich nahm den großen braunen Papierumschlag, den er mir reichte. Die schäbige Aufmachung weckte Erinnerungen an die Einschränkungen der Kriegszeit, auch war der Umschlag zerknittert und altersschmutzig. Mutter hatte ihn offenbar gleich nach Kriegsende dem Tempel zur Aufbewahrung übergeben. Jedoch war es nicht der Inhalt des Umschlages, was den Priester erregte. »Dies ist höchst interessant, Mitsu! Höchst interessant«, wiederholte er eifrig mit gedämpfter Stimme. »Faszinierend nenne ich das!«

Seine Reaktion war ganz anders, als ich erwartet hatte, und ich sah ihn voll tiefen Mißtrauens an. Eine Weile schwieg ich verwirrt und dachte über die Bedeutung seiner Worte nach.

»Wir wollen uns beim Weitergehen unterhalten!« sagte er. »Alle möglichen Leute hören hier zu!« Und er trabte vor mir los, in einem Tempo, das einem sonst so zurückhaltenden Manne schlecht anstand. Ich eilte ihm hinterher, eine Hand in der Herzgegend an den Mantel gepreßt.

»Mitsu«, begann er wieder, »wenn sich das Gerede über die Sache ausbreitet, kann es durchaus passieren, daß die Supermärkte überall im Land von den Bauern überfallen werden. Passiert das, so werden sich unverzüglich die schwachen Stellen in der Wirtschaft zeigen. Die Geschichte ist in Bewegung! Es heißt oft, in zehn Jahren werde die japanische Wirtschaft in eine Sackgasse geraten, aber es ist schwierig für Laien wie uns, genau zu erkennen, wann der Zusammenbruch beginnt, nicht wahr? Doch jetzt haben wir hier unzufriedene Bauern, die unversehens einen Supermarkt überfallen. Nimmt man weiter an, nacheinander würden einige zehntausend Supermärkte überfallen, so würfe das zweifellos ein bezeichnendes Licht auf den Niedergang und die Schwächen der Wirtschaft. Das ist alles höchst interessant, Mitsu.«

»Aber ein Überfall auf den Supermarkt im Tal wird keine Kettenreaktion im ganzen Land auslösen«, wandte ich ein. »In zwei oder drei Tagen legt sich der Trubel, und die Leute aus dem Tal placken sich weiter ab wie vorher.« Die unerwartete Erregung dieses als Repräsentanten der ehrbaren intellektuellen Kräfte des Tales geltenden Mannes hatte mich so deprimiert, daß ich richtig traurig war. »Ich habe nicht vor, mich in diese Sache einzumischen, aber ich weiß genau, daß Takashi nicht der Typ ist, irgend etwas auszulösen, was den Gang der Geschichte beeinflussen könnte. Ich kann nur hoffen, daß dies alles ihn in keine zu schlimme Isolierung treibt. Er hat sich diesmal wohl keinen Ausweg offengelassen. Nachdem er jetzt alle Leute im Tal an der »Schande« beteiligt hat, kann er doch wohl von ihnen kein Mitleid erwarten wie ein bekehrter militanter Student. Ich frage mich immer wieder, was ihn so weit treibt, komme aber nie zu einem endgültigen Schluß. Sicher bin ich mir nur, daß er innerlich hoffnungslos gespalten ist. Ich mische mich nie in das ein, was er tut, aber ich begreife einfach nicht, wie er so geworden ist. Ich habe nur so eine leise Ahnung, daß der Wendepunkt kam, als unsere Schwester – sie war geistig zurückgeblieben, wie Sie wissen – sich umbrachte, während sie mit ihm zusammenlebte.«

Ich verstummte, übermannt von einem unsäglichen Kummer und einer so heftigen Müdigkeit, als hätte ich selbst den ganzen Tag revoltiert. Zwar nahm der junge Priester meine Worte schweigend hin, aber mittlerweile war ganz deutlich, daß gleich unter der Oberfläche seines sanften, untadelig ehrbaren Gesichtes eine Schutzschicht heuchlerischer Herausforderung lag, die sich als Gutmütigkeit ausgab. Schließlich war dieser selbe Mann hart genug gewesen, all das Gerede im Tal zu überstehen, als ihm die Frau durchgebrannt war. Sein Schweigen resultierte aus Mitleid mit meinem angeschlagenen Zustand und nicht aus Sympathie für meine Ansichten. Mir wurde klar, daß er – während ich

mich ausschließlich für das Schicksal meines Bruders interessierte – um das gemeinschaftliche Schicksal der jungen Männer des Tales besorgt war. Schweigend gingen wir nebeneinander her, Schulter an Schulter, wie in tiefem Einvernehmen, vorbei an den Männern und Frauen, alten Leuten und Kindern, die immer noch die Straße bevölkerten und uns freundlich zulächelten. Als wir auf dem Platz vor dem Gemeindeamt ankamen, sagte der Priester zum Abschied: »Früher ließen sich die jungen Burschen stets auf irgendein törichtes, kurzlebiges Projekt ein, gerieten in Schwierigkeiten und warfen dann das Handtuch. Aber dieses eine Mal wenigstens versuchen sie, aus eigener Kraft mit einer größeren Schwierigkeit fertig zu werden. Oder sollte ich besser sagen, sie haben aus freien Stücken eine Lage geschaffen, die sie aus eigener Kraft nicht bereinigen können? Und sie haben die Verantwortung dafür übernommen, was ich ebenso interessant finde. Wirklich interessant! Lebte der jüngere Bruder Ihres Urgroßvaters heute, dann hätte er sich bestimmt genau so verhalten wie Taka!«
Mit gesenktem Kopf, mühsam atmend und um mein Herz besorgt, stieg ich den gepflasterten Weg hinauf, der jetzt doppelt gefährlich war, weil der getaute Schnee bereits wieder leicht überfroren war. Formen in dunklem Schwarzrot krochen um mich her: Die Schatten, die völlig verschwunden gewesen waren, als der erste Schnee fiel, kehrten ins Tal zurück. Der Wind hatte die zerfallenden Wolken davongefegt, so daß am Himmel der Sonnenuntergang zu sehen war. In der zunehmenden Kälte zitternd, klomm ich zwischen vom Schnee herabgedrückten und durch die wiederauflebenden Schatten nur um so fester im Boden verankerten Büschen empor. Meine Haut, die in der Ofenhitze des Supermarktbüros zu schwitzen begonnen hatte, kapitulierte rasch vor der Kälte. Ich konnte mir vorstellen, was für einen Ausdruck die schwarzroten Schatten in die kältestarre Haut meines Gesichts gruben. Ich rieb mir die Wangen mit den Händen, konnte aber bei aller Mühe der Starrheit nicht Herr werden. Träge und mechanisch stieg ich weiter, wie eine hoffnungslos verspätete Eisenbahn im Norden, von einer so tiefen Erschöpfung übermannt, daß ich niemals zu Hause anzukommen glaubte. Als ich aufblickte, erblickte ich das an den dunklen, verschneiten Hang gelehnte Haus.

Es sah aus wie ein Teerklumpen mit rotem Heiligenschein.
Eine Gruppe von Frauen bildete einen kleinen, dunklen Fleck an der Tür des Haupthauses. Sie trugen nicht mehr die Kleider, mit denen der Supermarkt das Tal überschwemmt hatte, sondern waren wie auf Verabredung zur alten Mode des Tals zurückgekehrt und von Kopf bis Fuß in langweilige, indigogestreifte Arbeitskleidung gehüllt, die außer dem Gesicht kein Stückchen Haut direkt der Luft aussetzte. Als ich den Hof betrat, drehten sie sich mit einem Ruck um wie eine Schar Enten und beäugten mich mit ausdruckslosen Gesichtern, auf denen ein dunkelroter Schatten lag. Dann wandten sie sich sofort wieder meiner in der *doma* stehenden Frau zu und ließen ein Beschwerdegeschrei hören. Es waren Frauen vom »Lande«, und sie drängten darauf, daß Takashi die Negative der Fotos wegwarf, die er beim Plündern am ersten Tag aufgenommen hatte. Als sie vom Supermarkt nach Hause gekommen waren und von Takashis Bildern erzählten, hatten ihre Männer und Schwiegerväter gleich verlangt, sie sollten dafür sorgen, daß die Negative vernichtet würden. Ich dachte bei mir, dies sind die ersten Aufrührer, die sich ihr Tun noch einmal überlegt haben.
Die untergehende Sonne flammte orange auf und verschwand dann rasch. »Taka entscheidet alles«, wiederholte meine Frau immer wieder tonlos und müde. »Ich kann Taka nicht umstimmen. Ich habe keinen Einfluß auf sein Denken. Er entscheidet immer selbst.«
Unvermittelt brach die Musik des Nembutsutanzes ab, die stetig wie eine Quelle aus dem Tal heraufgeströmt war, und zusammen mit dem ziegelsteinfarbenen Schleier zog ein akutes Gefühl der Leere durch die Senke in dem pechschwarzen Wald.
»Ach, was sollen wir tun?« jammerte eine junge Bäuerin. Die offenkundige Verzweiflung in ihrer Stimme machte meine Frau einen Augenblick schwanken, vermochte aber nicht, sie zu einer anderen Auskunft zu bewegen.
»Ich mache genau das, was Taka bestimmt. Taka entscheidet alles. Er entscheidet immer selbst, was er tut.«

Am nächsten Morgen war der »Aufstand« noch im Gange, die Nembutsumusik aber war nicht zu hören, und das ganze Tal lag in düsteres Schweigen gehüllt. Als Momoko mir das Frühstück brachte, stellte ich fest, daß ihr Erlebnis mit der Gewalt und die anhaltenden hysterischen Anfälle hinterher ihr eigenartigerweise eine gewisse Reife verliehen hatten. Sie hielt ihr Gesicht – das jetzt blaß war und eine angemessene weibliche Weichheit zeigte – nach unten und wich meinem Blick hartnäckig aus. Ihre Stimme klang leise, zögernd und heiser. Am Morgen hatten Takashis Leibwächter entdeckt, daß der Geschäftsführer des Supermarktes den wachsamen Augen des Postens am Brückenende entgangen und aus dem Tal geflohen war. In der Hoffnung, auf den Kaiser und seine Bande zu stoßen, hatte er den durch die Schneeschmelze gefährlich angeschwollenen Fluß überquert und war ungeachtet seiner triefenden Kleidung die schneebedeckte, zum Meer hinabführende Straße entlanggerannt. Am selben Morgen hatte der Vater des auf der geborstenen Brücke vor dem Tode geretteten Jungen heimlich ein Jagdgewehr und allerhand Munition zu Takashi gebracht.
»Er hat es Taka geliehen, damit er sich wehren kann, wenn die Bande des Kaisers angreift«, sagte Momoko. »Ich allerdings meine, ein Gewehr macht die Sache nur noch gefährlicher.« Sie sprach in dem deprimierten, leicht ängstlichen Ton eines Menschen, der keinerlei Freude mehr an der Gewalt findet.
Ich selbst interpretierte die vorgesehene Rolle des Gewehrs anders als Momoko, schwieg jedoch, um sie nicht noch mehr zu ängstigen. Das Gewehr, dessen war ich sicher, sollte Takashi nicht an der Seite seiner Leibwächter und der Dörfler gegen den Kaiser und dessen Bande verwenden. Es war eine Waffe für den Augenblick, da er schließlich, von allen Gefährten völlig verlassen, genötigt sein würde, sich allein in einem feindlichen Tal zu verteidigen. (Allerdings hatte er sich mindestens einen Verbündeten im Tal erwor-

ben, und dieser besaß Selbstaufopferung genug, ihm sein kostbares Gewehr zu leihen.) Takashi selbst mußte feststellen, daß keiner der Bauern an jenem Morgen vom »Lande« herabgekommen war, um wieder mit dem Plündern zu beginnen. Deshalb hatte er Schneeketten auf den Citroën montiert und war losgefahren, im Gebiet hinter dem großen Bambushain etwas Agitation zu betreiben.
Nachdem Momoko diese Neuigkeiten losgeworden war, fragte sie mich plötzlich mit der Demut einer jüngeren Schwester, die in nichts an ihre frühere Art erinnerte, ob es nach meinem Dafürhalten noch anständige Menschen auf der Welt gebe. Die Frage kam unerwartet und verblüffte mich. Ich zögerte noch mit der Antwort, als sie schon weitersprach.
»Wir waren die ganze Nacht hindurch hierher nach Shikoku gefahren. Als es früh dämmerte, sahen wir, daß wir irgendwo am Meer entlangfuhren, und Takashi sagte plötzlich: ›Ich möchte wissen, ob in den Menschen wirklich noch etwas Gutes übriggeblieben ist?‹ Aber ehe wir antworten konnten, bejahte er selbst diese Frage. Er wisse das, sagte er, weil immer noch Menschen den weiten Weg zu den Ebenen Afrikas zurücklegten, um Elefanten zu fangen, und sich der Mühe unterzogen, sie über das Meer nach Hause in die zoologischen Gärten zu schicken. Als Kind hatte er sich eingeredet, er werde sich selbst einen Elefanten halten, wenn er einmal reich wäre. Er wollte einen Käfig für den Elefanten ans Speicherhaus bauen lassen und alle die hohen Bäume neben der Steinmauer fällen, so daß die Kinder im Tal, wo immer sie gerade spielten, nur hinaufblicken müßten, um den Elefanten zu sehen.«
Nun schien es doch, daß Momoko von mir als einem »Angehörigen des Establishments« keine Antwort erhoffte. Sie hatte ihre Frage lediglich als Aufhänger für die Elefantengeschichte benutzt. Seit sie sich durch ihre unerwartete Begegnung mit der Gewalt in sich selbst zurückgezogen hatte, verbreitete sie sich stets wehmütig über die Sanftmut Takashis vor der Übernahme der Leitung seines wilden »Aufstands«. Ich hegte den Verdacht, daß Momoko das erste Mitglied von Takashis Leibgarde war, das von ihm abfiel.
Wieder allein, verwandte ich einige Gedanken auf den Ele-

fanten. Es hieß, in Hiroshima sei nach dem Abwurf der Atombombe als erstes eine Kuhherde in die Vorstädte geflüchtet. Angenommen, ein umfassender Kernwaffenkrieg zerstörte die Großstädte der zivilisierten Länder – würden die Elefanten in den Zoos dann ausreißen können? Vermochten die Menschen vielleicht Atombunker zu bauen, die groß genug für diese massigen Geschöpfe wären? Nein – bei dem Inferno würden wahrscheinlich alle Elefanten in den Zoos umkommen. Weiter angenommen, es bestünde eine gewisse Aussicht, die Städte wieder aufzubauen – würde sich dann wirklich das Schauspiel ereignen, daß menschliche Wesen, gebrochen und durch Strahlen mißgestaltet, sich irgendwo auf einer Klippe am Meer versammelten und zuschauten, wie ihre Beauftragten nach den Savannen Afrikas aufbrachen, um Elefanten zu fangen? Für jeden, den die Frage beschäftigte, ob es noch etwas Gutes im Menschen gab, würde hier sicherlich eine reale Antwort liegen... Ich hatte seit dem ersten Schnee keine Zeitungen mehr gelesen, und selbst wenn sich die Gefahr eines Kernwaffenkrieges verschärft haben sollte, ich wüßte davon nichts. Aber irgendwie erzeugte die durch diesen Gedanken in mir erweckte Angst und Hilflosigkeit kein heftigeres Gefühl als meine üblichen einsamen Besorgnisse.

Der Umschlag, den der junge Priester für mich aufgestöbert hatte, enthielt fünf Briefe von Urgroßvaters jüngerem Bruder und ein mit Großvaters Namen gezeichnetes Heft mit dem Titel »Darstellung des Bauernaufstandes im Dorfe Okubo«. Darin ging es nicht um den Aufstand von 1860, sondern um einen anderen, der in diesem Gebiet durch das Edikt von 1871 ausgebrochen war, mit dem die Fürstentümer aufgelöst und Präfekturen geschaffen wurden. Auf allen Briefen fehlten Adresse und Unterschrift. Urgroßvaters Bruder mußte es darauf angelegt haben, den Schauplatz seines neuen Lebens ebenso geheimzuhalten wie den neuen Familiennamen, den er sich dort zugelegt hatte.

Der erste Brief jedoch, aus dem Jahre 1863, ließ darauf schließen, daß der ehemalige Rebellenführer zunächst durch den Wald nach Kochi entkam, und dann, wie der Priester vermutet hatte, durch einen Agenten von jenseits des Waldes dabei unterstützt worden war, in die Neue Welt aufzu-

brechen. Der Brief zeigte, daß der junge Mann weniger als zwei Jahre nach seiner Flucht bereits eine Begegnung mit seinem Traumhelden, John Manjiro, erreicht und sogar dessen Zustimmung erhalten hatte, an der nächsten Fahrt teilzunehmen. Wenn der Mann von jenseits des Waldes einen so gewaltigen Einfluß auf John Manjiro ausübte, was seinen Schützling betraf, so mußte er tatsächlich ein Geheimagent gewesen sein, der mit den Behörden des Fürstentums Tosa in Verbindung stand. In dem Brief wurde berichtet, wie der junge Mann im Jahre 1862 von Shinagawa aus als einfacher Seemann auf John Manjiros Walfänger mitfuhr. Anfang des nächsten Jahres erreichte das Schiff dann Chichijima von den Bonininseln und nahm von dort Kurs auf die Walfangplätze. Dort fing man zwei Walbabys und segelte, wegen Mangels an Süßwasser, zurück nach den Bonininseln. Hier heuerte Urgroßvaters Bruder ab, der eine Grund dafür war Seekrankheit und der andere Ärger darüber, daß er mit ausländischen Seeleuten auf dem Schiff häufig in Streit geriet. Dennoch wollte es schon etwas heißen, daß ein junger Mann, der in einem Tal tief im Wald aufgewachsen war, zwei lebendige Wale gesehen hatte, wenn auch nur Babys.
Der zweite Brief stammte aus dem Jahre 1867. Ein kräftigerer und freierer Stil zeigte, daß einige Jahre in der Stadt in ihm einen jugendfrischen Humor geweckt hatten, der während der Zeit auf dem Walfänger in dem jungen Deserteur aus dem Wald verborgen gewesen war. Der Brief enthielt einen amüsanten Artikel, den er in Yokohama in der ersten Zeitung fand, die er in seinem Leben zu Gesicht bekam, und den er eigens für seinen älteren Bruder zu Hause im Tal in der Wildnis von Shikoku abschrieb:

> Heute habe ich etwas, was dich vielleicht amüsieren wird. Die Zeitung, in der ich es fand, untersagt zwar die Wiedergabe ohne Genehmigung, aber ich bezweifle, ob das für Briefe wie diesen gilt. Da hat sich ein Mann im USA-Staat Pennsylvania, möglicherweise im einem Zustand geistiger Verwirrung, wegen unglücklicher familiärer Umstände das Leben genommen, die er in seinem Abschiedsbrief wie folgt beschreibt: »Ich habe eine Witwe geheiratet, die eine Tochter in die Ehe mitbrachte. Mein

Vater hat sich in die Tochter verliebt und sie geheiratet. Dadurch wurde er mein Schwiegersohn, und die Tochter, jetzt Frau meines Vaters, wurde meine Stiefmutter. Dann schenkte mir meine Frau einen Sohn, der der Schwager meines Vaters und, als Bruder meiner Stiefmutter, mein Onkel wurde. Die Frau meines Vaters, meine Stieftochter, bekam ebenfalls einen Sohn, der nicht nur mein Stiefbruder, sondern, als Kind meines Stiefkindes, auch mein Enkel wurde. So wurde meine Frau, als Mutter meiner Stiefmutter, meine Großmutter. Ich war demnach der Mann und Enkel meiner Frau und gleichzeitig mein eigener Großvater und Enkel.«

Die Zeitung enthält ein Inserat: »Erteile jungen japanischen Herren Englischunterricht« und ein weiteres: »Unterstützung und Beratung für alle, die Studien-, Geschäfts- und Besichtigungsreisen nach Amerika unternehmen.«
Zwischen diesem Brief und dem nächsten lagen mehr als zwei Jahrzehnte. In diesen reichlich zwanzig Jahren ist der Junge, der aus Erregung über seine Freiheit von allem, was mit dem Leben im fernen Tal zusammenhing, jenen humoristischen Artikel so faszinierend gefunden hatte, der so offensichtlich den geheimen Ehrgeiz hegte, nach Amerika zu reisen, vielleicht wirklich dorthin gelangt. Jedenfalls hatte der Verrat, um dessen Preis er den Aufstand überlebte und so viele grausam Hingerichtete im Tal hinter sich ließ, ihm wohl auch ein neues Leben in Freiheit eingebracht. Der folgende, nach so langer Unterbrechung im Frühjahr 1889 entstandene Brief war im Stil eines Mannes voll reifer Weisheit geschrieben. Er enthielt die nüchterne, kritische Antwort auf einen Brief, in dem Urgroßvater zu Hause im Tal seine Freude über die Verkündung der neuen Verfassung ausgedrückt hatte. In dem Brief wurde recht niedergedrückt die Frage gestellt, ob es nicht ein wenig voreilig sei, sich an dem Begriff »Verfassung« zu berauschen, ohne auch nur danach zu fragen, welche Bestimmungen eigentlich darin enthalten seien. Aus der Darlegung eines Angehörigen einer ehemaligen Samuraifamilie in der Präfektur Kochi – also eines möglichen Helfers des Agenten von jenseits des Waldes – wurde folgendes zitiert:

Es gibt in der Welt ihrer Natur nach zwei Arten von Bürgerrechten. Die Bürgerrechte in England und Frankreich können als »zurückeroberte« Rechte bezeichnet werden, denn sie wurden den Herren von den unteren Schichten durch eigene Bemühungen abgerungen. Es gibt aber noch eine andere Art, die man »verliehene« Rechte nennen könnte, da sie als Gnade von oben gewährt werden. Da die »zurückeroberten« Rechte von unten her gewonnen werden, kann auch ihr Ausmaß und Wesen von denen frei bestimmt werden, die sie genießen. »Verliehene« Rechte aber, die von oben gewährt werden, lassen eine derartige Entscheidung nicht zu; es ist absurd, wenn ihr Empfänger meint, sie ließen sich in »zurückeroberte« Rechte verwandeln.

Urgroßvaters Bruder sagte mißbilligend voraus, die neue Verfassung werde lediglich einige Rechte aus Gnade von oben gewähren. Er forderte nachdrücklich, es sollte eine Organisation zum Kampf um fortschrittlichere Bürgerrechte geschaffen werden. Wie dieser Brief zeigte, betrachtete er das politische Regime nach der Restauration mit den Augen eines Mannes, der einem »Ziel« anhing, das mit der Sache der Bürgerrechtler übereinstimmte. Wahrscheinlich war also die Legende, er sei hoher Beamter in der Restaurationsregierung geworden, das genaue Gegenteil der Wahrheit.
Die beiden letzten Briefe, obwohl nur fünf Jahre später geschrieben, ließen darauf schließen, daß seine Begeisterung für das »Ziel« bereits rapide abgenommen hatte. Er war immer noch der in aktuellen Fragen bewanderte Intellektuelle wie 1889, aber verschwunden war der Wunsch, Aussagen über die Lage der Nation zu treffen. Der überwältigende Eindruck war nun der eines immer älter werdenden, einsamen Mannes, der ängstlich um das Wohlergehen eines nahen Verwandten in der Ferne besorgt ist. Der Ikichiro, von dem in den Briefen die Rede ist, war Großvater. Unter diesem Namen hatte er die »Darstellung eines Bauernaufstandes im Dorf Okubo« geschrieben. Urgroßvaters jüngerer Bruder empfand tiefe Zuneigung zu seinem einzigen Neffen, wenngleich nicht feststeht, ob sie sich je persönlich begegnet sind. Er war sehr eifrig bemüht, durch seine Briefe dem Neffen zu helfen, sich der Einberufung zu entziehen.

Als der Junge dann doch in den Krieg mußte, blieb sein Onkel in gleicher Weise um seine Sicherheit besorgt. Es zeigte sich sehr deutlich, daß der brutale Führer des Aufstandes von 1860 unter der Oberfläche auch eine Neigung zu freundlicher Besorgtheit hatte:

> Vielen Dank für Deinen Brief, dem ich entnehme, daß Du vorhast, für Ikichiro einen Aufschub der Einberufung zu beantragen, gleichgültig, ob er armeetauglich ist oder nicht. Wir waren uns doch einig, daß ein Gesuch um Aufschub natürlich nicht erforderlich wäre, wenn er untauglich ist. Möglicherweise haben sich unsere Briefe gekreuzt, aber Deine Frau hatte mir mitgeteilt, daß er nicht tauglich ist. Daraufhin hatte ich beschlossen, im Augenblick nichts zu tun und das Gesuch, das ich sonst natürlich entworfen hätte, nicht aufzusetzen. In dieser Lage ist es nicht nötig, daß Du durch irgendwen das Gesuch einreichst. Ich hoffe, von Dir zu erfahren, daß Du mich verstanden hast und mir zustimmst.
> Dein Brief beruhigt mich wenigstens dahingehend, daß Du noch am Leben bist. Aber er stillt nicht meinen Durst nach weiteren Einzelheiten über das Leben, das Du dieser Tage führst. Ist von Ikichiro seit seiner Abkommandierung nach China noch keine Nachricht eingetroffen? Der Angriff auf Weihaiwei dauert an, und ich fürchte, daß Ikichiro sich im Augenblick, da ich dies schreibe, in Lebensgefahr befindet. Ich möchte sehr gern wissen, wie es ihm geht. Ich bitte Dich, mich postwendend zu informieren, wenn ein Brief von ihm kommt.

Dies war der letzte Brief. Aller Wahrscheinlichkeit nach war Urgroßvaters Bruder gestorben und hatte noch im Tod vergeblich im Rauch ferner Schlachtfelder nach seinem jungen Neffen, dem Krieger, Ausschau gehalten. Nichts deutete darauf hin, daß er länger gelebt hätte.
Unmittelbar vor der Mittagsstunde setzte die Nembutsumusik wieder ein. Heute kam sie immer von der gleichen Stelle vor dem Supermarkt, ohne auch die Talbewohner zum Musikmachen anzustacheln, wie das am Vortage der Fall gewesen war, als sie an mehreren Stellen abwechselnd erklang. Takashi und seine Mannschaft spielten demnach

ganz allein. Ich fragte mich, ob sie die Energie aufbringen würden, endlos mit dieser eintönigen Musik fortzufahren, wenn sie bei den einfachen Talbewohnern keine günstige Resonanz fanden. Ich hatte das Gefühl, daß beim nächsten Verklingen der Musik durchaus der Augenblick kommen könnte, da die Gegenreaktion auf den »Aufstand« einsetzte.

Als Hoshio mir das Mittagessen brachte, sah er verstört und fiebrig aus, und seine Augen hingen mit nahezu hungriger Aufmerksamkeit an allen meinen Bewegungen. Es war, als sei in seinem Kopf abgrundtiefe Scham angeschwollen, weil man ihn vom »Aufstand« ausgeschlossen hatte, und trete nun aus seinen Augen nach außen. Aber wieso, fragte ich mich, hatte er es nötig, sich dermaßen vor Takashi zu schämen? Takashi, der Hoshio im Stich gelassen hatte, als er wegen seines Verstoßes gegen die »Vorschriften« im Supermarktbüro niedergeschlagen wurde, besaß kaum das Recht, ihn wegen seines Abfalls zu kritisieren. Schließlich hatte Hoshio freiwillig am »Aufstand« teilgenommen, ihm als Techniker praktische Unterstützung erwiesen, obgleich er nicht die geringste Beziehung zum Tal hatte. Das einzige, was ihn vielleicht an den »Aufstand« band, war Takashis Freundlichkeit. Solche Gedanken im Kopf, sagte ich aus naivem Mitgefühl zu ihm: »Es sieht so aus, als ob es um Takas ›Aufstand‹ heute bedeutend ruhiger geworden wäre, nicht?«

Aber Hoshi starrte mich in wortloser Zurückweisung an, als wolle er andeuten, daß er zwar aus der Sache ausgestiegen sei, aber durchaus nicht den Wunsch verspürte, zusammen mit einem Zuschauer wie mir Takashi und die Fußballer zu kritisieren.

»Die Elektrogeräte reichen nicht für alle«, sagte er, sich auf eine objektive Lagebeurteilung beschränkend. »Wenn es um die Entscheidung geht, wer sie denn nun bekommen soll, traut sich keiner hervor.«

»Jedenfalls hat Taka damit angefangen und muß es also auch zu Ende bringen«, sagte ich in einem Ton, der die gleiche objektive Haltung ausdrücken sollte. Aber damit verstärkte ich nur seine Gereiztheit. Die Scham, die sich schon eine Weile auf seinem Gesicht angedeutet hatte, erreichte plötzlich Explosionsstärke, und wie bei einem Schlaganfall stürzte ihm dunkles Blut in die Wangen. Als er schließlich die Augen hob und mich mit dem Blick fixierte, hatten sie einen steten Glanz, so als bräche alles, was sie bisher verborgen hatten, plötzlich heraus. Aber er schluckte schwer wie ein Kind und sagte: »Können Sie mich von heute an hier unterbringen, Mitsu? Ich kann unten schlafen, die Kälte macht mir nichts aus.«

»Warum das?« fragte ich verblüfft. »Was gibt es?«

Ein beinahe obszönes Rot breitete sich über das an einen Bauernjungen erinnernde Gesicht aus. Er schürzte die aufgerissenen Lippen, atmete heftig aus und sagte: »Taka treibt es mit Natsumi. Ich will nicht dort schlafen.«

Sobald er das heraus hatte, wurde sein Gesicht völlig bleich. Ich sah zu, wie seine wegen des Schnees sonnenverbrannte Haut trocken wurde und zu einem feinen weißen Pulver zu zerfallen schien. Bis dahin hatte ich angenommen, ich wäre der Beobachter, und hatte Hoshios übertrieben verlegenes Getue der Tatsache zugeschrieben, daß er seinen Platz in Takas »Aufstand« eingebüßt hatte. In Wahrheit aber war er es, der meine Schande beobachtet hatte. Der Zeuge der Niederlage eines Mannes zu sein, dessen Frau mit einem anderen schlief, hatte in ihm wiederum ein unerträgliches Gefühl nahezu eigener Schande erweckt. Diese Einsicht schmetterte den Ball der Schande sofort wieder zu mir. Aufsteigende heiße Flüssigkeit schien mir bis in die Augenhöhlen zu treten.

»Dann hole lieber deine Decken hierher, solange es hell ist, Hoshi. Du kannst oben bei mir schlafen. Unten ist es zu kalt.« Der wilde Trotz schwand aus seinem Blick und ließ nur mißtrauische Wachsamkeit zurück. Er sah mich an und schwankte unschlüssig zwischen der naiven Mutmaßung, ich hätte ihn nicht verstanden, und feiger Angst, ich könnte plötzlich auf ihn losgehen. Dann, immer noch mit einem Auge meine Bewegungen beobachtend, murmelte er einfältig, mit vor Ekel und Hilflosigkeit matter Stimme: »Ich habe Taka immer wieder gesagt, er soll es nicht tun, es ist unrecht, aber er hat es trotzdem getan.« Eine Träne, winzig wie ein Speicheltröpfchen, rann ihm die weißliche, von feinen Rissen durchzogene Wange hinab.

»Hoshi«, sagte ich, »wenn das alles nicht nur Einbildung oder Wunschdenken ist, solltest du mir lieber genau sagen,

was du gesehen hast. Entweder das, oder du hältst den Mund!« Ich wußte tatsächlich, daß diese Sache für mich keine Realität haben würde und ich nicht reagieren könnte, wenn er mir nicht die Einzelheiten beschrieb. Das Blut war mir in den Kopf geschossen, wo es laut pochte, aber mein Bewußtsein trieb umher und war nicht in der Lage, sich auf Eifersucht oder irgendeine andere praktische Reaktion festzulegen.
Hoshi räusperte sich schwach, um seiner Stimme mehr Gewicht zu geben, und sprach dann langsam weiter, das Ende eines jeden Satzes betonend, als wollte er mir seine Worte einhämmern: »Ich habe ihm immer wieder gesagt, er soll es nicht tun. Ich drohte ihm Schläge an. Ich verschaffte mir eine Waffe und wollte in das Zimmer stürmen, in dem sie schliefen. Aber als ich die Tür öffnete, drehte sich Taka – er hatte nur sein Turnhemd an, und ich konnte sein nacktes Hinterteil sehen – nach mir um und sagte: ›Ich dachte, du wärst der einzige in der Mannschaft, der nicht mit einer Waffe umgehen kann.‹ Ich stand nur da, ich konnte ihn nicht schlagen, ich sagte immer wieder: ›Tu es nicht, tu es ja nicht, du darfst es nicht!‹ Aber Taka tat es. Er nahm gar keine Notiz von mir!«
Weit davon entfernt, irgendein konkretes Bild der sexuellen Vereinigung Takashis und Natsumis heraufzubeschwören, erregten Hoshios Worte nur die flacheren, gröberen Schichten meines Gedächtnisses und weckten das Wort »Ehebrecher« zu neuer Realität, das Takashi hier im Speicherhaus gebraucht hatte und dessen schwacher Widerhall endlos hinter den robusten schwarzen Balken nachzuklingen schien. Was die beiden Ehebrecher betraf, so hatte ich angenommen, meine Frau habe alles Sexuelle in sich völlig ausgemerzt, so daß zwar gelegentlich ein flüchtiges Begehren sie streifen mochte, sie aber nicht imstande wäre, es auf sexuellen Boden zu verpflanzen, wo es sich natürlich entwickeln könnte. Als wir einst Schulter an Schulter gestanden hatten, um eine Topfpflanze aus einer Ecke des übervollen Wintergartens herauszuholen, übermannte uns – obwohl wir seit der Schwangerschaft meiner Frau und erst recht seit dem Trauma der Geburt unseres Babys kaum sexuelle Beziehungen gehabt hatten – gleichzeitig ein Begehren, das wie ein vorübergehendes Fieber im Blut lag.

Grob packte sie meinen Penis, der sich steif gegen den hindernden Stoff meiner Hose erhoben hatte, blickte dann finster vor Qual und Widerwillen drein und verschwand mit seltsam schlurfendem Gang ins Schlafzimmer. Später, als sie blaß auf dem Bett lag und sich dank Aspirin wieder besser fühlte, nannte sie ihre Entschuldigungsgründe: »In dem Augenblick, als meine Hand dich berührte, hatte ich das Gefühl, wieder den großen Fötus in mir zu tragen. Ich spürte, wie mein Schoß ganz groß und eng war und sich vor sexueller Erregung schmerzhaft zusammenzog. Ich bekam vor Angst keine Luft; ich hatte Angst vor einer Fehlgeburt, Angst, etwas Großes zu verlieren. Du kannst das sicher nicht verstehen, oder doch?«

Aber sogar beim Zuhören spürte ich tief unten im Bauch die anhaltende Erinnerung an den Schmerz, der vorher die verdeckten Wurzeln meines Penis, die von hinter den Hoden bis zum Steißbein verliefen, in schraubstockartigem Griff gehalten hatte...

»Er hat sie also vergewaltigt?« drang ich entsetzt in ihn. »Bist du hineingegangen, um ihn zurückzuhalten, weil sie vor Schmerzen geschrien hat?« In meinem Kopf drehte es sich vor neu aufwallendem Zorn. Aber die Züge des bis dahin von tränenlosem Schluchzen gequälten Hoshio entspannten sich unerwartet. Er bedachte meine Worte und beeilte sich mit allen Zeichen der Überraschung, meine Frage zu verneinen.

»Oh, nein! Er hat sie nicht vergewaltigt. Als ich das erstemal durch die Schiebetür lugte, dachte ich, sie sei nur zu müde, seine Hand von ihren Brüsten und zwischen ihren Beinen wegzuschieben, aber als ich die Tür öffnete, wartete sie darauf, daß er anfing. Ich sah ihre beiden nackten Fußsohlen aufgerichtet und irgendwie gehorsam zu beiden Seiten seines Hinterteils aufragen. Deshalb sagte ich diesesmal zu ihr: ›Ich erzähle es Mitsu, wenn ihr nicht aufhört!‹ Aber sie antwortete nur: ›Von mir aus, Hoshi‹ und kümmerte sich nicht darum. Selbst als Taka wirklich anfing, hielt sie die Fußsohlen ganz still; es sah mir nicht so aus, als täte er ihr weh.«

Die Ehebrecher nahmen allmählich realere Gestalt an. Die Wirklichkeit weckte sogar eine schändliche, perverse Lust in mir.

»Ich wollte die Tür schließen, weil ich es nicht aushalten konnte, Taka dabei zu beobachten, aber ohne von ihr abzulassen, drehte er den Kopf nach mir und sagte: ›Morgen gehst du Mitsu alles erzählen, was du gesehen hast.‹ Er sprach so laut, daß ich wirklich Angst hatte, Momoko könnte davon aufwachen. Sie hatte Schlaftabletten genommen, weil sie nicht zur Ruhe kam, und war gerade erst eingeschlafen.«

Hoshio war mitten in der Nacht erwacht und hatte gemerkt, daß Takashi, der neben ihm gelegen hatte, aus seinen Decken geschlüpft war. Dann hörte er seine Stimme gleich neben Natsumi, die mit Momoko hinter der Schiebetür schlief. »Ich hatte das Gefühl, in Stücke gerissen zu werden«, sagte Takashi gerade. »Bei meinen Reisen durch Amerika war es natürlich ebenso...« Aber was dann kam, hatte der noch verschlafene Hoshio nicht ganz mitbekommen. Zunächst hörte er nur einzelne Wörter, deren Bedeutung hin und wieder klar wurde, ohne daß er den Sinn des Ganzen verstand. Dann wurde er allmählich aufnahmefähiger, bis er alles lückenlos verstehen konnte. Eine seltsame Anspannung hatte statt des Schlafs von seinem Kopf Besitz ergriffen.

»... Ankunft... unter Beobachtung gehalten... nicht weil ich geil gewesen wäre, eher im Gegenteil... also in das Negerviertel... der Taxifahrer wollte mich davor warnen... aber ich hatte das Gefühl, in zwei Teile gerissen zu werden. Wenn ich nicht beiden widerstrebenden Kräften in mir Substanz gab und sie analysierte... erkenne jetzt, daß ich die ganze Zeit zwischen dem Wunsch, mich als Gewalttäter zu rechtfertigen, und dem Drang, mich dafür zu bestrafen, hin- und hergerissen wurde. Wenn du siehst, daß ich so veranlagt bin, kannst du es mir dann übelnehmen, daß ich weiterleben will, wie ich bin? Je stärker andererseits die Hoffnung wurde, desto dringender empfand ich auch die Notwendigkeit, diese meine widerwärtige Seite zu vernichten, und desto schlimmer wurde die Spaltung. Ich entschloß mich bewußt, während der Kampagne gegen die Revision des Sicherheitsvertrages in Gewalttätigkeiten verwickelt zu werden, weil ich mich weiter so akzeptieren wollte, wie ich bin, weil ich mich als Mann der Gewalt rechtfertigen wollte, ohne mich ändern zu müssen. Damals ging es um eine Auflehnung der Schwachen, die notwendigerweise ungerechte Gewalt übten. Aus dem gleichen Grund aber konnte ich mich dann wieder einer ganz anderen Bande von Schlägern anschließen, ohne daß ich mich fragte, in welchem Sinne und von welchem Standpunkt aus sie sich der ungerechten Gewalt verschworen hatten...«

»Warum sagst du ›wie ich bin‹, Taka?« warf meine Frau traurig ein. »Warum sagst du ›mich als Mann der Gewalt‹?«

»Sie war nicht betrunken?« fragte ich, Hoshios Bericht unterbrechend. Aber er machte sofort die schwache Hoffnung zunichte, die meiner jämmerlich drängenden Stimme Halt gab.

»Sie trinkt gar nicht mehr«, sagte er.

»Es hängt mit dem Erlebnis zusammen, über das ich nicht sprechen kann, solange ich weiterleben will«, fuhr Takashi nach einer Pause fort, während der Lauscher mit angehaltenem Atem wartete. »Aber du brauchst nichts davon zu erfahren, sofern du mir glaubst, daß ich wirklich zwischen zwei Dingen hin- und hergerissen werde.«

»Ich denke schon... Solange ich weiß, daß in dir eine tiefe Kluft besteht, brauche ich nicht genau zu wissen, wie es dazu kam.«

»Gut. Fest steht jedenfalls, daß ich schon immer unter einer solchen Zerrissenheit leide. Jedesmal wenn das Leben eine Weile ruhig dahinläuft, verspüre ich den Drang, mich vorsätzlich aufzuregen, um die Zerrissenheit zu bestätigen. Es ist wie bei der Drogensucht – der Reiz muß immer größer werden. Jedes Jahr muß das Aufputschen ein klein wenig gewalttätiger vor sich gehen.«

»Wenn du am Abend deiner Ankunft in Amerika das Negerghetto aufsuchtest, nur um dich zu erregen, was hast du da eigentlich erwartet?« fragte Natsumi.

»Ich hatte keine klare Vorstellung, was geschehen würde, nur dieses starke Gefühl, ich würde dort wahrscheinlich eine kräftige Tracht Prügel bekommen. Schließlich verbrachte ich jene ›besondere‹ Nacht im Bett mit einer hinfälligen alten Schwarzen, die so fett war wie Jin. Aber denke ja nicht, sexuelles Verlangen hätte mich von vornherein in das Ghetto getrieben. Auch wenn es eine Art Begehren war, so ging es doch viel tiefer. Der Taxifahrer versuchte, mir die

Fahrt dorthin auszureden. Er sagte, nachts sei es gefährlich, und bot mir sogar an, mich in eine sichere Gegend zu fahren, wenn ich mit einer schwarzen Prostituierten schlafen wollte. Ich lehnte ab. Wir gerieten in Streit, mit dem Ergebnis, daß ich vor einem Saloon ausstieg. Drinnen gab es eine phantastisch lange Bar, die sich in die Dunkelheit erstreckte, und vor ihr saß eine Reihe Betrunkener in feierlichem Schweigen – natürlich alles Schwarze. Ich setzte mich auf einen für einen Japaner zu hohen Hocker und stellte fest, daß hinter der Bar ein Spiegel hing und alle die über fünfzig Schwarzen, die in ihn hineinsahen, mich böse anstarrten. Ich spürte plötzlich starkes Verlangen nach einem doppelten Wodka und erkannte zum erstenmal, daß mein Gehirn schmerzlich nach Selbstbestrafung verlangte. Weißt du, immer wenn ich Alkohol trinke, werde ich high und will jedermann zusammendreschen. Aber wenn so ein komischer Asiate wie ich eine Bar im Ghetto besucht, eigens um eine Schlägerei anzuzetteln, dann wird er fast mit Sicherheit zu Tode geprügelt. Also verlangte ich, als der Riese von Barkeeper zu mir herüberkam, ein Ingwerbier. Ich empfand nicht nur den Drang nach Bestrafung, sondern war auch blind vor Angst. Ich fürchte mich schon immer vor dem Tod, besonders vor einem gewaltsamen. Diese Angst mußte ich in mir bekämpfen seit dem Tage, als S erschlagen wurde...«

»Das war das erstemal – als er sagte, er habe Angst –, daß mir Zweifel an Taka kamen«, sagte Hoshio in einem Ton finsteren Grolls, der seinen Jahren schlecht anstand. »Also lugte ich durch die Schiebetür. Sehen konnte ich etwas, weil sie das Licht für Momoko brennen ließen, die sich immer noch fürchtet, im Dunkel schlafen zu gehen. Die ganze Zeit, während er redete, lagen Takas Hände auf Natsumis Brüsten und zwischen ihren Beinen. Da dachte ich, sie lasse ihn nur gewähren, weil sie zu müde sei, die Hand wegzuschieben...«

»Ich trank mein Ingwerbier in kleinen Schlucken aus«, hatte Takashi weitererzählt, »ging dann hinaus und die dunkle Straße entlang. Nur ab und an brannte eine Straßenlampe. Es war spät in der Nacht, und Schwarze in großer Zahl saßen draußen in der Kühle, auf Feuerleitern und auf den offenen Veranden großer, finsterer, altmodischer Häuser.

Ich hörte im Vorübergehen, wie sie über mich sprachen, und fing gelegentlich ein paar Worte auf wie ›verdammtes Schlitzauge‹... Automatisch beschleunigte ich meinen Schritt und bildete mir ein, die schwitzenden riesigen Schwarzen verfolgten mich, schlügen mir den Schädel ein und ließen mich auf dem dreckigen Gehsteig verrecken. Aber obwohl ich vor Angst triefte, bog ich in eine noch dunklere und noch gefährlichere Seitenstraße ab. Du hättest sehen sollen, wie ich schwitzte – selbst die Schwarze, mit der ich später schlief, meinte, ein Japaner habe gewöhnlich keine so starke Ausdünstung, sie selbst stank allerdings erbärmlich. Ich stürzte sogar in die Hinterhöfe von Wohnblocks, und diesmal brannte in meinem Kopf die Einbildung, man würde auf mich schießen. Und während dieses ganzen Gewaltmarsches drehten sich meine Gedanken nur um eine lächerliche Geschichte, die die Parlamentsabgeordnete und Leiterin unserer Truppe uns auf dem Schiff im Stillen Ozean zum Zwecke der Abschreckung erzählt hatte und mit der sie unser Wohlverhalten in Amerika sichern wollte. Ich glaube, zu Hause hat es in den Zeitungen gestanden: Ein Bankangestellter aus Tokyo, den man nach Amerika geschickt hatte, war nach nur einmonatigem Aufenthalt vom zwölften Stockwerk eines New Yorker Hotels zu Tode gestürzt... Eine achtzigjährige amerikanische Dame, die im Zimmer nebenan schlief, erwachte mitten in der Nacht und sah einen nackten Japaner auf allen vieren auf der schmalen Brüstung vor dem Fenster liegen und mit den Fingernägeln an der Scheibe kratzen. Niemand weiß, warum er nackt war und am Glas kratzte. Er war nicht einmal betrunken, sagte die Abgeordnete. Aber ich war sicher, daß dies die Handlung eines Mannes war, der sich mit übergroßer Todesangst selbst bestrafte. Und wie ich so in später Nacht durch das dunkle Ghetto eilte, war ich so wie jener Mann, der nackt auf dem schmalen Sims in zwölf Stockwerken Höhe auf das Zimmer der alten Dame zukroch – nur daß es in meinem Fall, verstehst du, keinen Fremden gab, der aufwachen und mich mit seinem Schrei in den Tod schicken würde. Nach einiger Zeit kam ich zufällig auf einer breiteren, etwas besser beleuchteten Straße heraus, wo ein Taxi auf mich zukam. Ich winkte es mit wilden Bewegungen heran, wie ein Schiffbrüchiger, der ein Schiff sichtet...

Wenn erst einmal ein Faden reißt, dann geht alles unaufhaltsam kaputt. Eine halbe Stunde später war ich wohlbehalten im Zimmer der Prostituierten gelandet, erzählte ihr auf Englisch die schändlichsten Geheimnisse und forderte sie auf, sich so zu verhalten, als erteile sie mir die verdiente Strafe. Ich war völlig schamlos, bat sie, so zu tun, als wäre sie ein riesiger Schwarzer, der ein junges Mädchen aus dem Fernen Osten vergewaltigt.
›Ich tue alles, was du willst, wenn du mir's nur bezahlst‹, sagte sie...«
»Hoshi«, unterbrach ich die Flut seiner Klage, »du tust dir unrecht, falls du Schuldgefühle hast, weil du Taka nicht hindern konntest. Als du schriest: ›Tu es nicht, tu es ja nicht, du darfst es nicht!‹, war es schon zu spät, und als du sie beim Liebesspiel beobachtet hast, da war das schon das zweitemal, nachdem sie sich ausgeruht hatten. Ich bin sicher, daß sie es schon einmal taten, während du noch schliefst. Sonst hätte Taka ihr nicht solche Sachen gebeichtet, wie du mir gerade erzählt hast. Als Vorspiel zu einer Verführung würde das einfach nicht passen.«
»Sind Sie gar nicht wütend, Mitsu?« fragte Hoshio, als finde er mit seiner moralischen Empfindsamkeit meine Haltung unentschuldbar.
»Auch dafür ist es zu spät«, sagte ich. »Was sollte es wohl nützen, wenn jetzt *ich* schreie: ›Hör auf, hör auf! Tu es nicht, du darfst das nicht‹?«
Hoshio starrte mich mit so geballtem Ekel an, daß sein Blick Gift zu sprühen schien. Dann gab er plötzlich jeden Versuch auf, Mitgefühl oder Interesse für den Gehörnten zu empfinden. Er zog sich in die einsamen Gefilde seines eigenen Gemüts zurück, hockte sich hin, den unsauberen Kopf auf die Knie gelegt, in einer erbärmlichen Neuauflage des Gejammers der Bauersfrauen vom Abend vorher: »So ein verdammter Mist! Was soll ich bloß machen? Ich habe meine Ersparnisse in den Citroën gesteckt und kann nicht wieder zu meiner Arbeit in der Reparaturwerkstatt zurück. Was soll bloß aus mir werden? Mit mir ist es vorbei!«
Ich hörte ein Gemisch von Tönen zum Haus heraufdringen: Nembutsumusik, das ängstliche Bellen von Hunden auf dem Sprung zur Flucht, Gelächter und Rufe von Menschen jeden Alters. Während Hoshio erzählte, hatte ich dies die

ganze Zeit als eine Art akustischer Halluzination wahrgenommen, jetzt aber war es eindeutig real und kam auf das Haus zu. Die Musik und das Stimmengewirr strahlten genau die entgegengesetzte Atmosphäre aus wie der gedämpfte »Aufstand« am Morgen. Statt in die Klagen Hoshios einzustimmen, der sich von aller Vernunft dieser Welt verlassen fühlte, stand ich auf und blickte aus dem Fenster auf den Hof hinab.
Bald erschienen zwei »Geister« an der Spitze einer größeren Truppe von Musikanten, Hunden und Zuschauern, als ich je in meiner Kinderzeit bei einem Nembutsutanz gesehen hatte. Sie strömten in den Hof und füllten ihn ganz aus. In der Mitte ließen sie einen kleinen Ring frei; dort begannen die »Geister« sich langsam im Kreis zu bewegen. Die Musiker – Mitglieder der Mannschaft – spielten ihre Instrumente mit voller Konzentration und stemmten sich mit den Schultern gegen die hinter ihnen andrängenden Zuschauer. Wild bellend rasten zwei ingwerfarbene Hunde im Kreis den »Geistern« Runde um Runde hinterher und sprangen jedesmal zurück, wenn sie einen Schlag auf den Kopf erhielten. Die »Geister« selbst schienen es für einen Teil des Nembutsutanzes zu halten, die Hunde zu immer wilderer Ekstase aufzustacheln. Bei jedem Schlag, den ein Hund versetzt bekam, stießen die Zuschauer einen Schrei grausamen Entzückens aus.
Die Kostüme der »Geister« waren von einer Art, an die ich mich aus keinem der verschiedenen Tänze der alten Zeit erinnern konnte. Der Mann trug einen Homburger, einen schwarzen Cutaway und eine dazu passende schwarze Weste, aus der aber ein breites Stück nackter Brust hervorschaute. Der Cutaway war Großvaters Abendanzug. Ich hatte ihn schon einmal gesehen, im Speicherhaus aufbewahrt, zusammen mit einem gestärkten Chemisett. Ich fragte mich, weshalb das Hemd bei der formellen Kleidung des »Geistes« fehlte. Paßte es dem Darsteller nicht? Oder war es zerschlissen? Oder war es in Übereinstimmung mit den Gewohnheiten des Darstellers verworfen worden, des jungen Mannes mit den auffälligen Zügen, der so stolz auf seine leichte Bekleidung gewesen war? Am Hut hatte man zahlreiche Schlitze angebracht, damit er ihm auf den Kopf paßte, der dick und rund war wie ein Helm. Der Schlitz am

Hinterkopf hatte sich zu einem gleichseitigen Dreieck erweitert, durch das man überraschend ein Stückchen weißen Nacken und ein bißchen zottiges schwarzes Haar zu Gesicht bekam. Beim Gehen neigte der Tänzer den Körper aristokratisch nach vorn und verbeugte sich mehrmals mit einer würdevollen knappen Bewegung vor den Zuschauern ringsum. Die Hunde trieb er zur Raserei, indem er ihnen plötzlich ein schmutziges Stückchen Trockenfisch zuwarf, das er aus der Tasche seines Cutaway gezogen hatte. Die Hunde tobten wie wahnsinnig, wühlten mit scharfen Krallen in dem dunklen, niedergetretenen Schnee und bellten wütend.
Die Rolle des zweiten »Geistes«, der dem ersten in den Fußstapfen folgte, wurde von dem kernigen jungen Mädchen gespielt, das ich am Vortag im Büro des Supermarkts gesehen hatte und das jetzt ein blütenweißes koreanisches Kostüm trug. Die beiden Bänder, die von der hohen, engen Taille des Obergewandes flatterten, und der im leichten Wind schwingende lange Hosenrock weckten in mir andere Erinnerungen an weiße Seide. Obergewand und Hosenrock sahen noch nagelneu aus. Ich fragte mich, aus welchem Versteck man sie zur Verwendung als Kostüm im Nembutsutanz herbeigeschafft hatte. Sehr wahrscheinlich hatten die jungen Männer des Tals, die am Tag von S' Tod die Koreanersiedlung überfielen, nicht nur Kandis und schwarzgebrannten Schnaps geplündert, sondern auch den Sonntagsstaat irgendeines Koreanermädchens mitgehen lassen und über zwanzig Jahre versteckt. Ich argwöhnte, daß sie beim ersten Überfall außer einem Mord noch eine weitere Schandtat begangen hatten, die durch S' Tod allein nicht gesühnt werden konnte, und daß S wegen seines Wissens darum, nach seinem Entschluß, beim zweiten Überfall als Opfer zu dienen, in verzweifelter Schwermut grübelnd im unteren Hinterzimmer des Speicherhauses gelegen hatte. Der Mord an dem Koreaner war getilgt, als die Talbewohner S' Leichnam vorzeigten. Demnach hatte wahrscheinlich noch ein anderes Verbrechen dahintergesteckt, als das Dorf den Koreanern den Boden verkauft hatte, auf dem ihre Siedlung stand. Mit rosigem Teint, hübsch in ihrer nahezu unanständig zur Schau getragenen Erregung, ging das Mädchen anmutig dem jungen Mann in Homburg und Cutaway

hinterher, auf ihrem Gesicht das gespannte, verzückte Lächeln des Stars, die Augen in Ekstase halb geschlossen, den Körper in die weißen Kleider gehüllt, die ihre älteren Brüder im Sommer 1945 einem Mädchen aus der Koreanersiedlung heruntergefetzt haben mußten, nachdem sie ihren Willen gehabt hatten.
Auch die Zuschauer legten zufriedene Erregung an den Tag. Freudenschreie, einige unschuldig, andere grausam, brachen aus ihren lächelnden Gesichtern. Unter ihnen sah ich einige Frauen vom »Lande«, die am Vorabend während der Dämmerung gekommen waren, ihre Bitte vorzubringen, wieder in die Arbeitskleidung unserer Gegend gehüllt, finstere Verzweiflung ausdrückend. Auch jetzt trugen sie dieselben eintönigen, indigogestreiften Bäuerinnenkleider, übertrafen aber nun alle anderen mit ihrem fröhlichen Gelächter. Die »Geister« des Kaisers und seiner Frau in koreanischer Kleidung hatten in allen diesen Leuten aus dem Tal und vom »Lande« ringsum neue Erregung entfacht.
Ich suchte Takashi in der Menge, aber diese wogte so heftig den Bewegungen der »Geister« und Hunde folgend, daß es körperlich anstrengte, in ihr jemanden herauszufinden. Mein erschöpftes Auge abwendend, erblickte ich meine Frau, die auf der Schwelle des Haupthauses stand und sich reckte, um über die Köpfe der Menge hinweg in den inneren Ring blicken zu können. Mit der rechten Hand stützte sie sich gegen den Türpfosten, und mit der linken beschattete sie die Augen, während sie dem Tanz zusah. Schatten lag über Stirn, Augen und Nase, so daß ich ihren Gesichtsausdruck nicht erkennen konnte. Trotzdem wirkte sie so ausgeprägt weiblich und entspannt wie der in dichte Falten gelegte Hosenrock, den der »Geist« des koreanischen Mädchens trug. Das war ganz und gar nicht die erschöpfte, verzagte, unglückliche Frau, die ich mir, völlig grundlos, vorgestellt hatte. Ich erkannte, daß sie dank Takashi ein Geschlechtsleben für sich nicht mehr für unmöglich hielt – was am Herzen unseres Ehelebens gezehrt hatte wie eine Krebsgeschwulst. Zum erstenmal seit unserer Heirat gelang es mir, sie als selbständiges Wesen zu sehen. Die Hand vor ihren Augen bewegte sich ein winziges Stückchen, und auf die obere Hälfte ihres ruhigen, sanft gewordenen Gesichts drohte das Sonnenlicht zu fallen. Mit einer Reflexbewegung

trat ich vom Fenster zurück, als fürchtete ich, ihr unmittelbarer Anblick könnte mich zu Stein verwandeln. Hoshio, der sich mittlerweile mehr für den Lärm vor dem Speicherhaus als für seine eigene schmerzliche Verlassenheit interessierte, trat rasch nach mir ans Fenster und drückte statt meiner die Nase an die Scheibe. Ich ging weg und legte mich lang neben dem Tisch nieder, den Blick zu den schwarzen Zelkowabalken erhoben. Nun, da mein Gefährte mir den Rücken zuwandte und völlig in den neuen Tanz versunken war, ruhten zum erstenmal, seit ich von der Treulosigkeit meiner Frau erfahren hatte, keine fremden Blicke auf mir. Ich lag wie ein Käfer friedlich atmend da, sandte das Blut siebzigmal in der Minute von meinem Herzen aus, ließ es wieder zurückströmen und war mir schwach der sechsunddreißig Grad Celsius in meinem Körper bewußt.

Genau mitten im Kopf glaubte ich das Blut zu spüren, das, beträchtlich wärmer als der Körper, in einem winzigen Wirbel murmelnd um und um pulsierte. Dann tauchten zwei unzusammenhängende Bilder auf. Ich blickte mit dem Auge meines Bewußtseins hinab, dorthin, wo die Finsternis in meinem Kopf schwach von diesen Bildern beleuchtet wurde, und schloß mein anderes, sehendes Auge. Da sah ich eine Begebenheit in der Morgendämmerung des Tages, an dem Vater nach China abgereist war, zur letzten Fahrt seines Lebens. Mutter stand auf der Schwelle des Hauses und gab den Arbeitern Anweisungen, die sein Gepäck in die Küstenstadt transportieren sollten. Als Vater entdeckte, wo sie stand, schlug er sie in einem Wutanfall nieder und ging fort. Er ließ sie bewußtlos liegen, beschmiert von Blut aus ihrer Nase, während Großmutter uns Kindern erklärte, das Familienoberhaupt werde unfehlbar von einem Unglück heimgesucht, wenn sich eine Frau auf die Schwelle stellte. Mutter wollte von diesem volkstümlichen Aberglauben nie etwas wissen. Sie haßte Vater ganz einfach, weil er sich so brutal verabschiedete, und verachtete Großmutter, die das Verhalten ihres Sohnes zu rechtfertigen suchte. Trotzdem konnte ich, als Vater im Verlauf dieser Reise ums Leben kam, eine geheimnisvolle Angst vor Mutter nicht unterdrücken. Ich fragte mich, ob sie nicht vielleicht stärker als er an das Tabu geglaubt und sich bewußt auf die Schwelle

gestellt hatte. Ich fragte mich auch, ob Vater sich so brutal benommen hatte und Großmutter und die Arbeiter ihm nicht in den Arm gefallen waren, weil sie Mutters Absicht durchschauten.
Das andere Bild war ein unbestimmtes, vergebliches Tasten nach der Gestalt und Farbe des nackten Körpers meiner Frau. Ich versuchte, mir etwas Schönes und Erotisches vorzustellen, aber die einzigen klaren Bilder, die ich heraufzubeschwören vermochte, waren beide dazu angetan, mir einen tiefen, im Körperlichen wurzelnden Ekel einzuflößen: Es waren Bilder ihrer Fußsohlen, die dank der Aussage des Tatzeugen ihrem Ehebruch Realität gaben, und ihres Hinterns, an dem durch unsere vorübergehende Neigung zu sexuellen Variationen ein Riß im Fleisch entstanden war. Außerdem wurde die Eifersucht allmählich zu einer eindeutigen Tatsache, die heiß und rauh in meinen Bronchien klebte, als hätte ich giftigen Rauch eingeatmet. Der ätzende Dunst griff das Auge meines Bewußtseins an, so daß sich die Einzelheiten ihres nackten Körpers in rötlicher Dunkelheit verloren. Mich packte plötzlich das erschreckende Gefühl, sie niemals besessen zu haben...
»Mitsu!« rief eine herausfordernde Stimme voll Vitalität und Selbstvertrauen aus dem Untergeschoß. Es war Takashi.
Ich öffnete die Augen und sah, daß Hoshio mit dem Rücken zuckte und wie gebannt am Fenster stehenblieb. Die Nembutsumusik, das Gebell der Hunde und das fröhliche Stimmengewirr zogen jetzt ins Tal hinab.
»Mitsu!« rief Takashi in extrovertiertem Ton noch munterer als das erstemal. Ohne auf Hoshio zu achten, der mich mit einer Reflexbewegung aufhalten wollte, ging ich halb die Treppe hinab und setzte mich. Takashi stand in der Tür, das Tageslicht im Rücken, von einem Heiligenschein umgeben, der wie regenbogenfarbene Wolle aussah. Nicht nur Gesicht und Körper, die mir zugewandt waren, sondern auch die ausgestreckten Arme befanden sich völlig im Schatten. Wollte ich unter gleichen Bedingungen antreten, so mußte auch ich mein Gesicht strategisch klug in der Dunkelheit verbergen.
»Mitsu, hat Hoshio dir erzählt, was ich getan habe?« fragte mich die schwarze Gestalt, die ringsum von winzigen Licht-

bläschen glänzte, die wie Sonnenschein auf gekräuseltem Meer aussahen. Dadurch glich die Silhouette einem aus dem Wasser steigenden Salamander.

»Ja, das hat er«, sagte ich ruhig. Ich wollte zeigen, wie unbeteiligt ich war im Vergleich zu ihm, meinem jüngeren Bruder, der mit seinem Ehebruch vor dem Hahnrei prahlen wollte, mit dem gleichen Eifer, mit dem er mich einst als Kind gebeten hatte, zuzusehen, wie er sich von einem harmlosen Tausendfüßler in den Finger beißen ließ.

»Ich habe es nicht nur wegen des Sex getan. Es war ein Weg, zur Bedeutung einer für mich sehr wichtigen Sache vorzustoßen.«

Ich schüttelte schweigend den Kopf, um meine Zweifel an seinen Worten anzudeuten. Takashis Gefühle schwankten – wie die Hunde, die die »Geister« ankläfften – zwischen Aufregung und gespannter, ängstlicher Erwartung, und dieser böse Pfeil traf genau ins Schwarze.

»Es ist wahr. Es war nicht nur wegen des Sexuellen!« beteuerte er aufgebracht. »Tatsächlich spürte ich überhaupt kein Verlangen. Ich mußte allerlei mit mir anstellen, um mich richtig zu erregen.«

Einen Augenblick spürte ich, wie mein Gesicht heiß wurde von einer Mischung aus Wut und Lachen. Das befreite mich von aller Eifersucht. Er mußte also allerlei »mit sich« anstellen, ja? Ich bebte vor Wut und mußte gleichzeitig die Zähne zusammenbeißen, um nicht loszulachen. Wie angestrengt mußte er sich darum bemüht haben, »mit sich«! Dieser infantile Rowdy verstand überhaupt nicht, daß, wenn überhaupt jemand, dann meine Frau als ein sexuell reifer Mensch (sofern sie tatsächlich jenes Gefühl der Unmöglichkeit alles Geschlechtlichen abgeschüttelt hatte) etwas »mit sich« erreicht hatte! Wie verzweifelt mußte er sich bei seinem ersten Ehebruch abgemüht haben, vergehend vor Angst, vielleicht nicht richtig zu ejakulieren und sich deshalb nicht nur vor seiner Gefährtin im Ehebruch, sondern auch vor mir zu Tode schämen zu müssen! Die ganze Sache schmeckte nach einer düsteren Erinnerung aus der Jugendzeit.

»Mitsu, ich werde Natsumi heiraten, ich hoffe, du legst uns nichts in den Weg«, sagte er und schüttelte gereizt den schwarzen Schattenriß seines Kopfes.

»Willst du allerlei ›mit dir‹ anstellen, auch wenn du verhei-

ratet bist?« fragte ich spöttisch. »Ohne überhaupt ein Verlangen zu spüren?«
»Das ist meine Sache!« schrie er, die Demütigung durch zur Schau gestellte Wut verdeckend.
»Richtig. Das geht nur dich und Natsumi etwas an. Aber es setzt voraus, daß du den Zusammenbruch deines ›Aufstands‹ irgendwie überlebst und ungeschoren mit ihr aus dem Tal kommst.«
»Sieh mal, der Aufstand ist wieder richtig in Schwung. Du hast miterlebt, wie wild sowohl die Talbewohner als auch die Leute vom ›Lande‹ wegen der ›Geister‹ waren, nicht? Wir haben dem Aufstand eine Transfusion gegeben. Wir haben ihm die Kraft wiedergegeben mit einer großen Spritze vom Blut der Phantasie!« Seine Stimme klang wieder so erregt wie bei seinem ersten Ruf von unten. »Sie hatten Angst, unsere Gewalttaten hätten vielleicht nicht die Durchschlagskraft wie die Bande des Kaisers. Aber daß sie sich vor Lachen über die beiden ›Geister‹ ausschütten konnten, hat ihnen die Nervenstärke gegeben, sie zu verachten. Sie haben wieder genug Mumm, in dem Mann, den man den ›Kaiser der Supermärkte‹ nennt, nur einen ehemaligen Holzfäller zu sehen, einen Koreaner, der zufällig ein bißchen Reichtum angehäuft hat. Also legten sie prompt ihre hämische Verachtung und ihren boshaften Egoismus an den Tag, indem sie alles fortschleppten, was sie im Laden an Elektrogeräten entdeckten. Sobald sie sicher sind, daß der Feind ein hilfloser Schwächling sei, glauben sie, auf ihm herumtrampeln zu können. Und entscheidend ist die Tatsache, daß der Kaiser Koreaner ist. Sie waren sich stets völlig im klaren darüber, wie verpfuscht ihr Leben ist. Und sie hielten sich immer zurück, weil sie glaubten, die unbedeutendsten Leute im Wald zu sein. Aber jetzt entsinnen sie sich der köstlichen Überlegenheit, die sie in der Vorkriegszeit und während des Krieges gegenüber den Koreanern empfunden haben. Sie berauschten sich an der Entdeckung, daß es andere, noch unter ihnen stehende Ausgestoßene gibt. Und sie haben angefangen, sich selbst für allmächtig zu halten. Sie sind wie ein Schwarm Fliegen – ich brauche sie nur zu organisieren und kann mich dem Kaiser ewig widersetzen. Sie mögen klein und garstig sein wie Fliegen, aber das verleiht ihnen in der Masse eine besondere, ganz eigene Macht.«

»Bildest du dir denn ein, deine ›Fliegen‹ werden nie begreifen, wie sehr du die Leute hier verachtest? Warte es nur ab – eines Tages wirst du erleben, daß sich die Macht der Fliegen gegen dich selbst richtet! Vielleicht ist dein ›Aufstand‹ erst wirklich zu Ende, wenn das geschieht.«

»Das ist nur die falsche Sicht eines Pessimisten, der von seinem hochgelegenen Haus auf das Tal hinabsieht«, erklärte Takashi, der sich mittlerweile gefaßt hatte. »Der Aufstand der letzten drei Tage, weißt du, hat die Einstellung der Fliegenelite verändert, die eine Stufe über den einfachen Fliegenmassen steht. Unter ›Elite‹ verstehe ich die Besitzer des Waldlandes. Sie haben immer geglaubt, auch wenn das Leben im Tal in eine Sackgasse geriete und alle Bewohner der Senke fortzögen oder wegstürben, brauchten sie doch nur zu warten, bis die Bäume hoch genug für neue Einschläge gewachsen wären. Aber dieser Aufstand hat ihnen den greifbaren Beweis erbracht, daß man von Verzweiflung getriebene Fliegen fürchten muß. Es war eine praktische Unterrichtsstunde über den Vorfall von 1860. Und außerdem, sobald sie es als konkrete Tatsache erkannten – mag diese Konkretheit auch nur gespielt gewesen sein –, daß der ›Geist‹ des Kaisers nur ein armseliger Koreaner ist, da wurden sie über Nacht alle zu Patrioten. Psychologisch gesehen ist es genau die gleiche Art von Patriotismus, in einem strengen, ortsbeschränkten Sinn, den ihre lausigen Vorfahren an den Tag legten, die – nachdem sie durch den Einschlag in einem Teil des Waldes zu dem nötigen Geld gekommen waren – Sitze in der Präfekturversammlung einnahmen, obwohl sie kein praktisches politisches Programm zu bieten hatten. Sie setzten es sich langsam in den Kopf, das Tal wirtschaftlich wieder unter japanische Kontrolle zu bringen. Zu ihrem Glück ist der Feind jener dumme alte Kaiser, der beim Umzug in einem altmodischen Cutaway herumläuft, ohne Hemd, von Krawatte und Handschuhen gar nicht zu reden... So ist die Idee entstanden und mittlerweile zu einem fertigen Plan geworden, daß einige von ihnen das Geld aufbringen und den Supermarkt einschließlich der Verluste aus der Plünderung übernehmen und ihn gemeinsam durch die pleitegegangenen Ladenbesitzer aus dem Tal betreiben lassen. Der junge Priester ist überall herumgerannt und hat den Boden bereitet. Weißt du, Mitsu, dieser Priester ist mehr als ein bloßer Philosoph – er hat die Begeisterung eines Revolutionärs, der darauf erpicht ist, seine liebgewordenen Phantasien in die Praxis umzusetzen. Und noch mehr, er ist der einzige in der Senke ohne auch nur die Spur von Egoismus. Er ist unser sicherster Verbündeter!«

»Ich gebe dir recht, daß er völlig selbstlos für die einfachen Menschen des Tales Partei ergreift«, sagte ich, »denn Taka, das ist seit Generationen die Aufgabe des Tempelpriesters. Aber bilde dir nicht ein, daß er auf der Seite solcher die Talbewohner gründlich verachtender Leute, wie du es bist, steht.«

»Das ist mir gleich. Ich stehe an der Spitze eines Aufstandes, und zwar eines erfolgreichen. Ich bin ein ›wirklicher Übeltäter‹, wie unser ältester Bruder auf dem Schlachtfeld.« Er lachte. »Ich *brauche* keine echten Verbündeten. Alles, was ich brauche, sind die scheinbaren Mitmacher.«

»Du weißt es am besten, Taka, also geh lieber zurück auf dein Schlachtfeld!« sagte ich und erhob mich. »Ich kann deinen Humor in dieser Sache leider nicht teilen.«

»Wie geht es Hoshi jetzt?« fragte er. »Versuche, nett zu ihm zu sein! Nachdem er uns zugesehen hat, wurde ihm übel. Er ist ja noch ein Kind!« Und er eilte davon.

In diesem Augenblick hatte ich plötzlich die Ahnung, die bald zur Überzeugung wurde, daß Takashis Projekt erfolgreich sein könnte. Selbst wenn der »Aufstand« als solcher fehlschlagen sollte, würde sich Takashi beim ersten Anzeichen eines solchen Endes dem dann entstehenden Durcheinander geschickt entziehen, um ein neues, normales und überaus ereignisloses Eheleben mit einer Natsumi zu beginnen, die sich auf die gleiche Weise aus einem gefährlichen Kontrast herausgearbeitet hatte. Dieses ruhige Leben würde außerdem das eines Menschen sein, der einst ein Geschöpf der Gewalttätigkeit war und in der stolzen Erinnerung schwelgte, eine große Umwälzung erlebt zu haben. Dann würde er durch sein völlig ereignisloses Alltagsdasein ein für allemal die Kluft zwischen dem Verlangen nach Selbstkasteiung, die von einem namenlosen Etwas in seinem Inneren erzeugt wurde, und dem Wissen um die eigene Liebe zur Gewalttätigkeit beseitigt haben. Der Brief von Urgroßvaters Bruder, den ich an diesem Tag gelesen hatte,

bestärkte mich in meiner Überzeugung. War er nicht entkommen und hatte ein friedliches Alter genossen, obwohl er einen Aufstand angeführt hatte, der in Katastrophe und Verzweiflung endete?
Ich ging wieder hinauf. Der junge Mann – von seiner Schutzgottheit im Stich gelassen, um nicht zu sagen lächerlich gemacht – stand immer noch wie gebannt am Fenster. Ohne sich umzudrehen, klagte er: »Der Schnee im Hof ist ganz naß und dreckig, weil so viele drauf herumtrampeln. Ich hasse den Dreck – er versaut den Wagen, und man kann nichts dagegen tun.«
Spät in jener Nacht, als Hoshio und ich nebeneinander in unseren Decken lagen, ein jeder seinen ausgekühlten Körper zusammenrollend, und die Zeit schlaflos in dem Versuch hinbrachten, die Kälte des Tauwetters abzuwehren, das nun ernsthaft eingesetzt hatte, kam plötzlich meine Frau wortlos die Treppe herauf. In erschöpftem und unangenehm rauhem Ton sagte sie, anscheinend ohne sich auch nur zu fragen, ob wir in der Dunkelheit nicht vielleicht fest schliefen: »Komm rüber ins Haus! Taka hat versucht, ein Mädchen aus dem Tal zu vergewaltigen, und sie umgebracht. Die Mannschaft hat ihn verlassen und ist nach Hause gegangen, und am Morgen kommen die Männer aus dem Tal und holen ihn sich.«
Wir setzten uns in der Dunkelheit auf, Hoshi und ich. Eine Zeitlang blieben wir starr und wortlos und lauschten dem rasselnden Atem meiner Frau, die leise zu schluchzen begann.
»Wir sollten lieber gehen«, brachte ich hervor. Aber mein Körper, plötzlich schwer wie ein Ledersack voller Wasser, wurde unaufhaltsam von einer honigsüßen Schläfrigkeit hinabgezogen, die das ganze Gegenteil der Schlaflosigkeit war, unter der ich eben noch gelitten hatte. Ich brauchte nur die Augen zu schließen, mich rückwärts fallen zu lassen und konnte, zusammengerollt wie ein Fötus, alle Realität leugnen; und wenn die Realität zu existieren aufhörte, dann würden auch mein verbrecherischer Bruder und sein Verbrechen verschwinden. Aber schließlich schüttelte ich resigniert den Kopf, sagte nochmals: »Wir sollten lieber gehen, wir sollten lieber gehen«, und raffte mich langsam auf.

Schweigend mühten sich meine Frau, der junge Mann und ich durch den Hof, wobei sich unsere Absätze unsicher und knirschend in den halbgefrorenen Matsch gruben. Ich sah hinab auf die dunkle, lautlose Leere des Tals, das jetzt eine bodenlose Grube war, aus deren Tiefen ein naßkalter Wind heraufstieg. Die Tür zum Haupthaus stand offen. Zögernd blieben wir alle drei stehen, wie von dem schwachen Licht zurückgehalten, das von innen drang, und traten schließlich doch gemeinsam über die Schwelle. Takashi saß gesenkten Kopfes neben der offenen Feuerstelle, in der Hand das aufgeknickte Jagdgewehr, das er fachmännisch mit der anderen Hand putzte, als täte er dergleichen seit Jahren. Der kleine Mann, der völlig reglos ihm gegenüber in der dunklen Vorküche stand, bewegte sich, als er uns hereintreten hörte, hatte aber Mühe, uns auch nur den Kopf zuzuwenden, weil er vor Spannung so starr war, daß er jeden Augenblick umzukippen drohte. Es war Gii der Einsiedler.

Takashi unterbrach mit widerwilliger Miene seine Arbeit und sah zu uns auf. Sein dunkelhäutiges Gesicht war seltsam verzerrt und gleichzeitig irgendwie eingefallen. Haar und Gesicht vom linken Ohr hinab bis zum Mundwinkel waren mit etwas Schwarzem, Klebrigem beschmutzt. Mit einer Bewegung wie im Traum streckte er langsam beide Hände nach mir aus. Der kleine Finger und der Ringfinger seiner linken Hand waren unter einem breiten Verband verborgen, ansonsten waren beide Hände mit dunklen Flecken übersät. Er hatte sich nicht die Mühe gemacht, sich vor dem Putzen der Waffe die Hände abzuwischen. Was an ihnen und am Kopf klebte, war Blut.

Seine ausgestreckten Hände zitterten, mit traurigen Affenaugen beobachtete er, wie ich zurückfuhr, und gab dann ein leises Kichern von sich, immer und immer länger, als stieße er Bläschen zwischen den zusammengepreßten Lippen hervor. Dieses bestialische Kichern ließ mich abermals erschau-

dernd zurückschrecken. Plötzlich stieß meine Frau, die allein neben die Feuerstelle getreten war, mit der Faust gegen das eingefrorene Grinsen auf Takashis Mund. Dann sank sie in die Knie, und eine runde Brust schlüpfte aus ihrem Nachtkimono heraus wie ein unbeschädigtes Teil, das aus einer demolierten Maschine ragt. Mehrere Male rieb sie sich die Faust am Nachtgewand ab, und erst, als das Blut verschwunden war, bedeckte sie die Brust.
Takashis Lächeln verschwand sofort. Er blickte mich fragend an, warf aber keinen Blick auf die Frau, die ihn geschlagen hatte. Seine Oberlippe war mit frischem Blut verschmiert, diesmal aus seiner eigenen Nase. Er spitzte den Mund und atmete geräuschvoll und kräftig ein, wobei er das Blut aus seinen Nasenlöchern mit einsaugte. Ich war sicher, daß er das Blut verschluckt hatte. Sein Gesicht wurde immer dunkler, bis es aussah wie der Kopf einer Amsel. Die Tatsache, daß er mit meiner Frau geschlafen hatte, wurde mir mit neuer und überzeugender Realität bewußt. Sie ließ den Blick von Takashi auf den Einsiedler gleiten, der sich schwerfällig in den Schatten neben dem Herd zurückzog und Angst hatte, sie könnte als nächstes ihn schlagen.
»Ich habe versucht, die Sexbiene zu vergewaltigen, die du gestern kennengelernt hast, Mitsu, und das kleine Miststück hat sich doch tatsächlich gewehrt. Trat mir in die Weichteile und versuchte, mir die Augen auszukratzen. Da bin ich wild geworden. Ich habe sie mit den Knien auf den Walfelsen heruntergedrückt, ihr die Arme mit einer Hand festgehalten, mir dann mit einer freien Hand einen Stein gegriffen und ihr damit den Kopf eingeschlagen. Sie schrie aus vollem Halse ›Nein! Nicht!‹ und drehte den Kopf von einer Seite zur anderen, um zu zeigen, wie ernst sie das meinte, aber ich habe immer wieder zugeschlagen, bis ihr Schädel zertrümmert war.« Die schwache, verwaschene Stimme schien aus weiter Ferne zu kommen. Die blutverschmierten Hände hielt er immer noch ausgestreckt, damit ich sie auch unbedingt richtig sah. Aber irgendwo tief unten in seiner Stimme hörte ich einen Anklang von trotzigem Exhibitionismus, als wollte er sich nackt ausziehen und vor der Welt mit seiner Schande protzen. Er sprach ohne jede Betonung und in keine Richtung; seine Stimme hätte in alle Zeiten

weiterplätschern können. Ich empfand heftigen Ekel deswegen.
»Als ich sie erschlug«, fuhr er fort, »versteckte sich Gii der Einsiedler hinter dem Felsen. Er hat alles gesehen, ist also Zeuge. Gii sieht auch im Dunkeln!«
Er rief mit vertrauenerweckender Stimme »Gii, Gii!« zu dem dunklen Schatten neben dem Herd hinüber, wo der Zeuge seines Verbrechens sich verborgen hielt. Es klang, als riefe er einen schwachen, aber geliebten Schützling an seine Seite, doch der Einsiedler kam keineswegs hervor; er rührte sich nicht einmal und gab auch keine Antwort.
»Warum hast du versucht, sie zu vergewaltigen? Warst du betrunken?« fragte ich, nur um sein entnervendes Gerede zu unterbrechen. Ich verspürte nicht das geringste Interesse an seinem Trieb zur Vergewaltigung des Mädchens mit dem rosigen Gesicht, dem das koreanische Kostüm so gut gestanden hatte.
»Ich war nicht betrunken. Ich halte mich an das, was ich predige: sich der Wirklichkeit nüchtern zu stellen. Immer, Mitsu! Ich war nüchtern – aber ich konnte nicht anders. Ich *mußte* sie vergewaltigen!« Ein schwaches, mißlungenes Lächeln regte sich unter der straffen Haut seines Gesichts.
»Aber hast du nicht gesagt, mit Natsumi im Bett hast du kein Verlangen gespürt?« fragte ich, eine Mörsergranate voll Bosheit auf ihn und meine Frau abschießend, die noch immer neben ihm auf den Hacken hockte und ihn bestürzt anstarrte. Mit immer größerem Ekel sah ich, was für eine nahezu schamvolle Bestürzung das bei Takashi hervorrief; aber die Augen meiner Frau blieben fest auf ihn gerichtet, und ihr Gesicht, eine weiße Maske, zeigte nach wie vor keinen anderen Ausdruck als Verblüfftheit. Das mit getrocknetem Blut verschmierte Gesicht war jetzt dunkel und geschwollen, da das lebendige Blut unter der Haut hochschoß, und Takashi war es, der voll Unbehagen, Panik und Schande am liebsten den Schrei »Nein! Nicht!« ausgestoßen hätte. Seine Reaktion darauf, vor meiner Frau bloßgestellt zu werden, verriet eine Überempfindlichkeit und Unreife, die einem »Mann der Gewalt« nicht anstand. Ich fragte mich, ob er nicht so dasaß und sich nicht einmal das Blut seines Opfers abwusch, einfach um vor mir mit den Blutflecken zu protzen und auch sein Fortleben als Verbrecher

zu sichern. Mit unerhörter Anstrengung gelang es ihm, das über sein ganzes Gesicht geschriebene Entsetzen durch eine brutale Erregung abzulösen. Er warf mir einen vielsagenden Blick zu und erklärte dann spröde, als schwelle immer noch ungestillte Begierde in seinen Eingeweiden: »So was von einer geilen Hure! Und dazu war sie jung – hatte ein Ding zwischen den Beinen, das konnte einen schon erregen!«

Erniedrigt rutschte meine Frau auf den Knien in den Hintergrund. Sie sah niemanden mehr an, weder Takashi noch einen anderen, und ich glaubte in der verzagten Verzweiflung ihrer niedergeschlagenen, umschatteten Augen ein Glitzern der Wut zu entdecken. Sie war nicht länger Takashis Mätresse – so viel war klar. Aber das bedeutete nicht, daß sie zu mir zurückgekehrt war. In Ehebruchgeschichten war dies stets das Los des Ehemanns, der sich am Liebhaber seiner Frau rächte. Eigentlich hatte ich ihn ja gar nicht bestraft: Ich hatte einfach verachtungsvoll bestätigt, daß er immer noch das Kind aus der Episode mit dem Tausendfüßler war. Das Gefühl der Verachtung gab mir die Kraft zu freier Beobachtung wieder. Zum erstenmal seit der Nachricht von der tödlichen Falle, in der Takashi plötzlich saß, war ich der Zwangsjacke aus Bestürzung und Verzagtheit ledig. Ich trat hinauf an die Stelle, wo erst meine Frau gestanden hatte, und winkte Hoshio, mir zu folgen. Mit einer Geschwindigkeit, die sein träges Getue Lügen strafte, zog Takashi das Gewehr dichter an sich und schuf einen Abstand zwischen uns, der für ein Streitgespräch ausreichte.

»Taka«, leitete ich meine Auseinandersetzung mit seiner Darstellung ein, »du sagst, du wolltest das Mädchen vergewaltigen und hast ihr, als sie sich wehrte, mit einem Stein den Kopf eingeschlagen. Aber das ist doch gelogen, nicht wahr?«

»Frage Gii! Er soll dir sagen, was er gesehen hat!« erwiderte er mit vor Mißtrauen starrer Stimme.

»Der ist doch nur ein Narr und würde alles wiederkäuen, was du ihm eingeredet hast. Ich glaube nicht, daß du gemordet hast, Taka!«

»Wie kannst du so sicher sein, Mitsu? Sieh dir das Blut an, mit dem ich beschmiert bin! Geh zu ihr nach Hause, wo sie die Fußballspieler hingebracht haben, und sieh selbst! Ihr Kopf ist zu Brei zerschlagen. Wie kannst du dastehen und mich verhöhnen, so sicher all dieser Theorien, die du da zusammenbraust?«

»Ich bezweifle gar nicht, daß sie tot ist. Vielleicht ist auch ihr Kopf eingeschlagen – armes Kind! Aber ich bezweifle, ob du ein vorsätzliches Verbrechen begangen hast. Das brächtest du nicht fertig. Schon als Junge, als du dich von dem Tausendfüßler in den Finger beißen ließest, hast du dir sorgsam die Art ausgesucht, die nicht sticht. Du bist ein feiger Mistkerl, nicht? Ich möchte wetten, daß sie bei einem Unfall ums Leben gekommen ist!«

»Morgen früh«, sagte er, »wenn die Fliegen in einem wütenden Schwarm aus dem Tal kommen, um mich zu holen, wird Gii ihnen erzählen, was geschehen ist. Warum willst du nicht lieber dann zuhören, anstatt dir alles selbst zusammenzuträumen? Er wird es dir schon sagen. Er wird dir sagen, wie ich mit dem Stein auf sie eingeschlagen habe – diese dumme, kleine Sexbiene, die glaubte, sie könnte mich an der Nase herumführen –, während sie sich wehrte wie eine tollgewordene Katze. Das wird dir zeigen, wie gefährlich es ist, Faxen mit dem Anführer einer ausgewachsenen Rebellion zu machen.«

»Wer wird schon der Aussage eines Verrückten glauben?« fragte ich und empfand den ersten Anflug von Mitleid mit ihm, der sich so hartnäckig an seine kindischen Fiktionen klammerte. »Ausgerechnet die Talbewohner, die schon seit Jahrzehnten wissen, wie verrückt er ist?«

Als sein Name fiel, hatte Gii seinen Oberkörper halb hinter dem Herd hervorgereckt und mit einem verkrüppelten Ohr, das wie ein Klumpen braun und grau gefleckten Haars aussah, unserem Gespräch gelauscht. Wir hätten seine Richter sein können, die über sein Schicksal entschieden, die darüber befanden, ob die Existenz dieses geistesgestörten Einsiedlers ein Verbrechen darstellte oder nicht. Aber obwohl er aufmerksam schweigend zuhörte, ließ er ebensowenig erkennen, daß er uns verstand, als wenn wir uns einer fremden Sprache bedient hätten. Wie tief in Gedanken versunken, seufzte er vernehmlich auf.

»Keine Bange, Gii!« rief Takashi dem Alten aufmunternd zu. »Vor morgen früh brauchst du nichts zu tun. Warum gehst du nicht bis dahin in die Speicherkammer und legst dich schlafen, wo du niemandem im Wege bist?«

Sofort schlich Gii lautlos wie ein Nachttier ins Dunkel davon. Ich dachte mir, Takashi wollte nicht, daß Gii meine kritischen Bemerkungen zu seinem, Takashis, Geständnis hörte. Meine Theorie, daß das Mädchen bei einem Unfall ums Leben gekommen war und Takashi ihren Leichnam für seine eigenen Zwecke benutzt hatte, wurde zur Gewißheit. Zweifel hatte ich aber noch, weshalb er die Aussage eines Verrückten verwendete, um sich als Mörder darzustellen. Hatte er vor, sich mit dem ganzen Tal anzulegen? Wenn ich wollte, konnte ich aussagen, daß Takashi mit dem, was er als Mord ausgab, zwar vielleicht etwas zu tun hatte, daß es aber doch nur ein Unfall war. Aber Takashi würde selbst entscheiden müssen, ob er meine Hilfe annahm und seinen Plan aufgab, sich mit dem Einsiedler zu verbünden.

»Wieso eigentlich bist du mit ihr zum Walfelsen hinaufgegangen?« erkundigte ich mich, ziemlich an einen Verteidiger erinnernd, der den Wünschen seines Klienten zuwiderhandelt. Der Walfelsen, geformt wie das Meeressäugetier, war ein riesiger Felsblock, der an der Stelle aus dem Boden ragte, wo die durch das Tal führende gepflasterte Straße steil zur Brücke hinabführte. Er verengte die Straße und versperrte den Blick zur Brücke. Die knapp fünfzig Meter von dort hinab bis zur Brücke waren nicht nur steil, sondern auch gewunden. Dies war der Unfallschwerpunkt für Autos im Tal und kaum der Platz für ein Stelldichein in einer Winternacht.

»Ich wollte sie auf dem Autositz vergewaltigen und hielt nach dem besten Platz zum Anhalten Ausschau«, erwiderte Takashi mit der gleichen hartnäckigen Vorsicht. »Parkt man den Wagen neben dem Felsen, so kommt niemand – das heißt, außer Gii – den weiten Weg vom Tal dorthin, um einem nachzuspionieren. Außerdem schirmt einen der Felsen von dem Fußballspieler ab, der die ganze Nacht als Posten an der Brücke steht.«

»Du sagst, du hast sie gegen den Felsen gepreßt und mit einem Stein auf sie eingeschlagen. Da hat sie sich wohl gewehrt und ist aus dem Wagen geflüchtet, und du hast sie wieder eingeholt?«

»Das stimmt.«

»Wenn sie sich im Wagen wirklich gewehrt hat, dann doch wohl nicht stillschweigend, oder? Und nachdem sie dir entwischt war, wird sie kaum schweigend davongerannt sein. Sie war aktiv am ›Aufstand‹ beteiligt und wußte vermutlich, daß einer ihrer Freunde an der Brücke auf Posten stand. Also hätte sie doch bestimmt um Hilfe geschrien? Du sagst weiter, nachdem du sie eingefangen hattest, schlugst du ihr den Schädel ein und sie schrie: ›Nein! Nicht!‹ Warum ist dann der Posten, der nur knapp fünfzig Meter weiter unten stand, nicht heraufgekommen und hat dich daran gehindert, sie umzubringen?«
»Nachdem ich sie erledigt hatte, entdeckte ich, daß Gii uns beobachtet hatte. Ich unterhielt mich gerade mit ihm, als der Posten heraufgerannt kam. Er war entsetzt über meine Tat und rannte davon, um jemanden zu holen, der die Leiche des Mädchens mit wegtragen sollte. Also habe ich Gii hinter dem Felsen hervorgeholt, in den Wagen gesteckt und bin davongefahren.«
»Nur die Aussage des jungen Postens könnte uns ein objektives Bild von dem Vorgefallenen vermitteln«, sagte ich. »Wenn es so hell war, daß du das Mädchen nach dem Entwischen sofort wieder einfangen konntest, dann muß der Posten mindestens kurz gesehen haben, wie du mit dem Stein auf sie einschlugst. Die ganze Sache dauerte nur ein paar Minuten. Also könnte der Posten zwar den Schrei des Mädchens im Auto überhört haben, aber als du den letzten Schlag führtest, hätte er genau hinter dir stehen müssen. Zumindest hätte er sie stöhnen hören.«
»Als er herbeirannte, saß ich vielleicht doch schon wieder auf dem Fahrersitz und wendete den Wagen, um mich aus dem Staube zu machen«, korrigierte sich Takashi nach kurzem Überlegen. »Er konnte *vielleicht* aussagen, daß ich im Auto saß, als er mich zu Gesicht bekam.«
»Ich bin ganz sicher, daß er genau das sagen würde«, drängte ich nach, von diesem neuen, verheißungsvollen Stichwort freudig erregt. »Es taute, und du hast sie im Auto auf der gepflasterten Straße ausgefahren. Dann passierte etwas zwischen euch, so daß sie aus dem Wagen sprang und sich am Walfelsen den Kopf einschlug. Das Blut an dir kommt daher, daß du sie nach dem Unfall aufgehoben hast. Oder vielleicht hast du dich auch absichtlich mit dem Blut

beschmiert, das aus ihrem Kopf sickerte. Außerdem bist du an einer Stelle gefahren, wo schlechte Sicht herrschte und nur knapp fünfzig Meter voraus eine Brücke war, und das in einem Tempo, daß es dem Mädchen den Kopf total zerschmettern mußte, wenn sie heraussprang. Sag, was du willst, ich bin sicher, daß du zu sehr aufs Fahren aufpassen mußtest, als daß du an ihr herumgrapschen konntest, geschweige denn sie vergewaltigen – obschon *irgend etwas* geschehen sein muß, was sie veranlaßte, aus dem Wagen zu springen. Ich vermute, du warst einfach deshalb im Auto, als der Posten kam, weil du auf die Bremsen getreten und zum Unfallort zurückgefahren bist. Eigentlich bin ich sogar sicher, daß du überhaupt nicht ausgestiegen bist. Du hast sie vielleicht gar erst gefunden, als der Posten seine Freunde holen gegangen war. Was Gii angeht, so bezweifle ich, ob er überhaupt etwas gesehen hat. Ich möchte wetten, du hast ihn auf dem Heimweg aufgelesen und ihm die Einzelheiten deines angeblichen Mordes eingeredet.«

Takashi saß schweigend da, gesenkten Kopfes, als dächte er über meine Worte nach. Wieder einmal hatte er sich ängstlich in die Hülle seiner Einsamkeit zurückgezogen, und aus seinem Aussehen war unmöglich zu erkennen, ob meine Vermutungen das Gewebe des Verbrechens, mit dem er sich brüstete, zerrissen hatten.

»Taka!« Hoshio, der bis dahin geschwiegen hatte, sprach mit kindlich hoher Stimme, die nicht nur vor Kälte heftig zitterte. »Du weißt sehr gut, daß sie es immer mit dir tun wollte. Selbst bei Tage versuchte sie andauernd, dich in der Dunkelheit des Lagerraums zu verführen. Du hattest es nicht nötig, sie zu vergewaltigen – du brauchtest ihr bloß den Schlüpfer runterzuziehen. Ich möchte wetten, sie ist dir im Auto so auf die Pelle gerückt, daß du schnell gefahren bist, um sie zu erschrecken. Ich erinnere mich deiner Worte, daß du in den Staaten auch solche Sachen gemacht hast. Und weiter möchte ich wetten, sie hat vor Angst den Kopf verloren und ist hinausgesprungen, um die eigene Haut zu retten, weil sie überzeugt war, du würdest die Kurve um den Felsen niemals kriegen!«

»Wenn das wirklich so ist, Taka, dann kann man es doch nicht Mord nennen, wie?« fuhr ich fort, von diesen Bemerkungen des Autofachmanns ermuntert. »Entweder war es ein Unfall oder Fahrlässigkeit. Selbst bei Fahrlässigkeit ist es nicht völlig deine Schuld, sondern zum Teil auch die des armen Kindes.«

Immer noch schweigend, lud Takashi das Gewehr mit einer Patrone. Er tat es sorgfältig und konzentriert, damit nichts passierte; aber ich konnte erkennen, daß das unter den Bogen der Augenbrauen nach unten gewandte und ganz im Schatten liegende Gesicht und der schmächtige Körper steif vor Spannung waren und von einer grausamen inneren Kraft beherrscht wurden, die alle Versuche Dritter ausschlossen, ihn zu begreifen. Ich hatte die eigenartige Vorstellung, unser Kind, das mit offenen und ausdruckslosen braunen Augen dagelegen hatte, einfach und still existierend, sei aufgewachsen, ohne je die Verbindung zur Außenwelt wieder herzustellen, und sitze jetzt hier und das Blut an seinem Körper künde von einem Verbrechen, das es begangen habe. Und plötzlich fühlte ich, wie meine Sicherheit – deren einzige Garantie, während ich so gesprächig wurde, in der Verzagtheit und dem mangelnden Selbstvertrauen Takashis bestanden hatte – völlig zerfiel. Ich war zwar überzeugt, Takashis vorgebliches Verbrechen als unwirklich nachweisen zu können. Aber das hartnäckige Schweigen, das er wahrte, während er mit dem Gesicht im Schatten saß und das Gewehr in der Hand hielt wie ein Kind, das völlig in einem neuen Spielzeug aufgeht, ließ in mir allmählich die groteske Furcht aufsteigen, ich blickte auf ein Tier.

»Glaubst *du,* er hat ein solches Verbrechen begangen?« Sein Schweigen trieb mich zu dieser Frage an meine gleichfalls schweigende Frau.

Sie saß da, überlegte und gab nicht sofort eine Antwort. Dann sagte sie, ohne aufzusehen, in einem trockenen Ton, der aufkeimendes Gefühl ersterben ließ: »Da er sagt, er hat sie umgebracht, muß ich ihm glauben. Er ist zumindest nicht der Typ, für den ein Mord absolut unmöglich wäre.«

Sie war eine unnahbare Fremde, die nichts von meinem Plädoyer als Anwalt der Verteidigung gehört hatte. Mit geschlossenen Augen und abgewandten Ohren hatte sie direkt auf das unverkennbare Fluidum von Kriminalität, das Takashi umgab, reagiert. Auch er hob einen offen fragen-

den, nahezu unschuldigen Blick zu ihr, und tief unter seiner Haut zog etwas wie der flüchtige Schatten einer Wolke vorüber. Dann betrachtete er wieder sorgfältig seine Waffe und sagte: »Sie hat recht. Ich habe das Mädchen umgebracht, indem ich mehrmals mit einem Stein auf den Kopf schlug. Wieso willst du das nicht glauben, Mitsu?«
»Es gibt kein Wieso oder Wozu! Es geht nicht um Glauben oder Nichtglauben. Ich sage lediglich, es scheint möglich, daß du keinen Mord begangen hast.«
»Ach, ich verstehe! Die wissenschaftliche Methode.« Er legte sich das geladene Gewehr vorsichtig quer auf die Knie und begann, mit der schmutzigen rechten Hand den breiten Tuchverband von dem kleinen Finger und dem Ringfinger der linken, ebenso schmutzigen Hand abzuwickeln. »Ich habe auch gegen die wissenschaftliche Methode nichts einzuwenden, Mitsu.«
Blutgetränkte Gaze zeigte sich unter dem Verband, so vielfach herumgewickelt, daß sie kein Ende zu nehmen schien. Aber schließlich tauchte ein Paar seltsam eingeschrumpfter, orangener Stiele auf, und aus beiden gleichlangen abgerundeten Spitzen schoß Blut. Während es auf seine Knie tropfte, hielt er mir die offenen Wunden zur Betrachtung hin. Im nächsten Augenblick krampfte er die rechte Hand um die beiden Fingerstümpfe, steckte diese zwischen die Knie, beugte sich nach vorn und begann, vor Schmerz zu stöhnen und sich zu winden.
»Scheiße!« ächzte er. »Mann, tut das weh!« Er erhob sich mühsam und wickelte die schmutzige Gaze und den Verband wieder um die Finger, aber sein Schmerz ließ offensichtlich dadurch nicht im geringsten nach, so daß Natsumi und ich nur entsetzt zusehen konnten. Wie ein alter, todkranker Hund kroch Hoshio taumelnd an den Rand des erhöhten Fußbodens, reckte den Hals, gab einen Ton wie ein Schluchzen von sich und erbrach sich.
»Teufel, tut das weh! Tut das weh!« Dann erholte Takashi sich ein wenig vom schlimmsten Schmerz, sah hinter halbgeschlossenen Lidern zu mir auf und erklärte mir unnötig detailliert: »Mit der linken Hand habe ich ihr Gesicht heruntergedrückt... und mit der rechten einen Stein auf ihren Kopf gehämmert. Zuerst schrie sie immer weiter ›Nein! Nicht!‹ aber plötzlich schloß sich ihr Mund mit einem

lautknirschenden Geräusch über meiner linken Hand. Ich zog sie schnell weg, aber ihre Zähne waren in das erste Glied des kleinen Fingers und das zweite des Ringfingers verbissen. Mir blieb nichts übrig, als mit dem Stein auf ihren Kinnbacken zu dreschen, damit sie den Mund öffnete. Aber ihre Zähne waren zu scharf – der Schlag ließ sie nur ein für allemal den Mund schließen, wobei sie mir die Fingerspitzen abbiß. Später versuchte ich, ihr den Mund mit einem Stück Holz zu öffnen und sie mir wiederzuholen, aber es war hoffnungslos. Der zertrümmerte Kopf hält immer noch ein paar Fingerstücke von mir im Mund.«

Unterstrichen von der offensichtlichen Realität seines Schmerzes, trafen mich diese Worte trotz meiner berechtigten Ungläubigkeit mit einer erschreckenden Überzeugungskraft, die jenseits aller Logik lag. Ich empfand die Realität des »Verbrechers« Takashi und ebenso gewiß die Tatsächlichkeit des Verbrechens. Wie Hoshio, so ergriffen auch mich an Übelkeit grenzende Angst und Abscheu vor Takashi. Ich begann nicht etwa zu glauben, er habe tatsächlich das Mädchen mit einem Stein erschlagen: Immer noch konnte ich mir nichts anderes vorstellen, als daß sie aus Angst vor dem wahnsinnigen Tempo, mit dem der Wagen durch die dunklen Straßenkurven raste, hinausgesprungen war. Aber sein monomanischer Eifer, als Verbrecher anerkannt zu werden und sein erfundenes Verbrechen für sich zu beanspruchen, hatte ihn dann zu einem weiteren grotesken und unerträglich abscheulichen Schritt geführt. Er hatte der mit eingeschlagenem Schädel daliegenden Toten mit einem Stock den Mund geöffnet, absichtlich zwei Finger seiner linken Hand zwischen ihre Zähne gesteckt und ihren Mund geschlossen. Ich konnte beinahe hören, wie der Mund zuschnappte. Dann ergriff er mit der rechten Hand einen Stein und hatte ihr wohl auf den Kinnbacken geschlagen, bis die Zähne der Toten die Finger durchbissen. Bei jedem Schlag auf das Kinn des toten Mädchens bespritzte er sich über und über mit Blut und Hirnmasse aus dem zertrümmerten Schädel und dem gebrochenen Kiefer und auch mit eigenem Blut...

»Taka, du bist ein wahnsinniger Mörder!« sagte ich heiser, brachte aber nicht die Willenskraft für weitere Worte auf.

»Jetzt spüre ich, daß du mich endlich richtig beurteilst!« erklärte Takashi und zog sich trotzig in die Höhe. Plötzlich schrie Hoshio, noch auf allen vieren, im Tone äußerster Verzweiflung: »Hör auf damit! Hör auf! Warum tut ihr nichts, um Takashi zu retten? Es war ein Unfall, sag ich euch!«

»Natsumi, gib Hoshi ein paar Schlaftabletten von Momoko – die doppelte Dosis«, sagte Takashi und sprach zum erstenmal seit langem wieder in dem sanften, onkelhaften Ton, den er gewöhnlich seinem jungen Leibwächter gegenüber anschlug. »Hoshi, es ist besser, wenn du ein bißchen schläfst. Das geht mal wieder über dein Froschgehirn hinaus«, setzte er hinzu. »Immer wenn er von etwas Wind bekommt, was sein Gemüt – nicht einfach sein Körper – nicht schlucken kann, dann schlägt es ihm auf den Magen, und er gibt auf.«

»Ich nehme sie nicht«, wehrte sich Hoshio gereizt. »Ich *will* nicht schlafen.« Aber Takashi hörte nicht auf ihn und sah mit schweigender Autorität meiner Frau zu; sie reichte Hoshio ein Glas Wasser und die Schlaftabletten, die er nach schwacher Gegenwehr schließlich herunterschluckte. Wir alle hörten das leise, vertraute Geräusch, mit dem das Wasser seine Kehle hinabglitt.

»Sie wirken bald«, sagte Takashi. »Hoshio ist ein Barbar – er hat fast noch nie Tabletten genommen. Natsumi, du bleibst bei ihm, bis er einschläft.«

»Ich will nicht schlafen, Taka! Ich habe das Gefühl, nie wieder aufzuwachen«, sagte Hoshio mit letztem, kraftlosem Protest in deutlich von Angst gefärbtem Ton, während er der Wirkung der Tabletten zu erliegen begann.

»Nein – schlaf ein, und morgen früh wachst du mit gesundem Appetit auf!« Takashi wandte sich ungerührt von dem jungen Mann ab und mir zu. »Mitsu, ich habe so das Gefühl, die Leute aus dem Tal werden mich lynchen kommen. Wenn ich mich mit dem Jagdgewehr verteidige, sollte ich mich wohl im Speicherhaus verschanzen wie Urgroßvaters Bruder. Also tausche heute abend mit mir den Platz, ja?«

»Sie werden dich doch nicht lynchen, Taka«, sagte meine Frau mit offensichtlicher Unruhe, die ihre Worte Lügen strafte. »Es wird nicht dazu kommen, daß du dir mit dem

Jagdgewehr einen Lynchmob vom Leibe halten mußt. Das ist alles nur deine Phantasie.«
»Ich kenne das Tal besser als du, Natsumi. Sie fangen gerade an, den Aufstand sattzukriegen und sich Vorwürfe zu machen, daß sie daran teilgenommen haben. Also werden einige von ihnen, da bin ich mir sicher, auf die Idee kommen, sie könnten alles sühnen, indem sie mir die ganze Schuld in die Schuhe schieben und mich dann erschlagen. Es würde vieles leichter, wenn ich in gleicher Weise wie S das Opferlamm spielte.«
»Ein Lynchmord ist einfach nicht möglich«, beharrte sie und warf einen raschen, beschwörenden Blick auf mich als das nächste Objekt. Ihre Augen schwammen vor hilflosem Bedürfnis nach Alkohol. »Mitsu, du hältst keinen Lynchmord für möglich, nicht wahr?«
»Jedenfalls«, sagte ich, »will Taka als geistiger Vater seines ›Aufstands der Phantasie‹ natürlich die Funken der Einbildungskraft bis zum bitteren Ende sprühen lassen. Entscheidend wird sein, wie die Leute aus dem Tal ihre Phantasierolle spielen. Ich möchte es noch nicht auf eine Voraussage ankommen lassen.« Ich sah, wie sie enttäuscht den Blick abwandte.
»Er hat recht.« Takashi wirkte ähnlich enttäuscht. Die Waffe und eine Patronenschachtel mit der gesunden Hand umklammernd, stand er langsam auf. Ich konnte erkennen, daß er völlig fertig war, so fertig, daß er wahrscheinlich an Ort und Stelle bewußtlos geworden wäre, wenn ihn das Gewicht der Waffe hinabgezogen hätte.
»Gib mir das Gewehr!« sagte ich. »Ich trag es dir.« Er warf mir einen grimmigen Blick zu und weigerte sich mit offener Feindseligkeit, als hätte ich versucht, ihm seine einzige Waffe abzulisten. Der flüchtige Verdacht, er könnte verrückt sein, weckte echte Furcht in mir. Aber fast sofort trat in seine Augen wieder der mit Sanftheit gemischte Ausdruck tauber Erschöpfung.
»Komm mit mir zurück zum Speicherhaus, ja?« bat er einfach. »Und bleib bei mir, bis ich einschlafe!«
Wir waren auf dem Weg von der *doma* in den Hof, als meine Frau ihm wie zum letzten Lebewohl zurief: »Taka, weshalb rettest du dich nicht? Es sieht aus, als *wolltest* du entweder gelyncht oder zum Tode verurteilt werden.«

Takashi gab keine Antwort; sein unnormal blasses, von Gänsehaut überzogenes, verschmiertes Gesicht blieb mürrisch verschlossen. Er benahm sich bereits so, als wäre in ihm alles Interesse an ihr erloschen. Ohne ersichtlichen Grund hatte ich plötzlich das Gefühl, meine Frau und ich seien hoffnungslose Verlierer. Als ich mich umsah, saß sie bewegungslos da; der Kopf war ihr auf die Brust gesunken. Der junge Mann neben ihr war in halb sitzender, halb liegender Stellung erstarrt wie ein von einem Giftpfeil gelähmtes Wildtier. Dank Takashis suggestiver Kraft stand er bereits völlig unter dem Einfluß der Schlaftabletten. Ich hoffte, daß meine Frau wenigstens irgendwo etwas Whisky verborgen hatte, der ihr über die Kälte und Langeweile dieser längsten Nacht hinweghelfen würde, und folgte zitternd im schwachen Licht der an der Dachtraufe hängenden Laterne meinem Bruder. Auch er bebte heftig und stolperte mehr als einmal. In der Speicherkammer ließ Gii der Einsiedler ein Geräusch hören wie ein niesender Hund. Nichts rührte sich in der Dunkelheit des Nebengebäudes: »Japans dickste Frau«, befreit von aller Sorge um Lebensmittel, schlief zum erstenmal seit sechs oder sieben Jahren sorgenfrei. Der Schlamm im Hof war hart gefroren und gab unter unseren Schritten nicht mehr nach.
Immer noch in seinen blutbefleckten Sachen, kroch Takashi zwischen meine Decken und rollte sich unter ihnen zusammen, um die Socken auszuziehen. Dabei sah er aus wie eine in einem Sack gefangene Schlange. Dann zog er das Gewehr wieder neben sich, schielte zu mir herauf, der ich ihm stehend zuschaute, und bat mich, das Licht zu löschen. Diese Bitte kam mir sehr gelegen. Das geschwärzte, schmutzige Gesicht meines Bruders, der dalag und ins Leere starrte, war an den Wangen und um die Augen eingesunken wie das eines alten Mannes und sah häßlicher und beunruhigter aus als je zuvor in Zeiten der Bedrängnis, an die ich mich erinnerte. Auch sein Körper, der sich unter den Decken und der Steppdecke kaum abzeichnete, war mitleiderregend hager. Während ich darauf wartete, daß das Bild des auf dem Rücken liegenden Takashi von meiner Netzhaut in die neugewonnene Dunkelheit schwand, wickelte ich mir Hoshios Decke um die Hüfte und setzte mich auf, die Knie an die Brust ziehend. Wir schwiegen eine Weile.

»Weißt du, Mitsu, deine Frau trifft manchmal den Nagel auf den Kopf«, begann Takashi in einschmeichelnd entgegenkommendem Ton. »Es stimmt – ich will mich nicht retten. Ich *will* gelyncht oder zum Tode verurteilt werden.«

»Ich weiß. Du hast nicht den Mut, selbst ein Gewaltverbrechen zu begehen, aber wenn ein Unfall passiert, den man fälschlich für ein solches halten könnte, bringst du dich gewaltsam ins Spiel und tust alles in deinen Kräften Stehende, unbedingt gelyncht oder zum Tode verurteilt zu werden. So sehe ich das.«

Takashi lag wortlos da, schwer atmend, als wolle er mich zu weiteren Ausführungen ermuntern. Aber ich hatte nichts mehr zu sagen. Ich fror entsetzlich und war unaussprechlich niedergeschlagen. Schließlich sprach er weiter: »Hast du vor, ihnen morgen entgegenzutreten?«

»Natürlich. Aber ich weiß nicht, ob ich etwas gegen deinen Plan der Selbstzerstörung ausrichten kann, nachdem du dich so tief in ihn verwickelt hast.«

»Mitsu, es gibt etwas, was ich dir sagen möchte. Ich will dir die Wahrheit sagen.« Er sprach schüchtern und scheu, halb, als zweifelte er, ernstgenommen zu werden, und halb, als sei er mit den Gedanken anderswo. Aber die Worte machten einen starken Eindruck auf mich und fanden sofort Widerhall in mir.

»Ich will sie nicht hören, also versuche nicht, sie mir zu erzählen!« protestierte ich hastig, von einem plötzlichen Drang bewegt, meinen Erinnerungen an ein früheres Gespräch mit Takashi über »die Wahrheit« zu entfliehen.

»Ich werde sie dir erzählen, Mitsu!« erklärte er in einem unangenehm nachdrücklichen Ton, der meinen Fluchtwunsch nur noch verstärkte. Wieder erschütterte mich seine auf bedingungslose Kapitulation hindeutende Art.

»Wenn du nur zuhören wolltest, könntest du mir bestimmt entgegenkommen, wenigstens so weit, daß du dich nicht einmischst, wenn ich gelyncht werde.«

Ich verzichtete auf jeden weiteren Versuch, ihn am Reden zu hindern. Dann begann er – nach einem Seufzer der Erschöpfung und Verzweiflung, so als hätte er bereits gesagt, was er zu sagen hatte, bereute es tief und versuchte verzweifelt und vergeblich, seine Worte zurückzunehmen. Bei jedem Wort schien er einen inneren Widerstand zu überwinden.

»Mitsu... ich habe immer gesagt, ich hätte keine Ahnung, warum sich unsere Schwester umgebracht hat. Onkels Familie hat mich dabei unterstützt. Sie haben gesagt, es sei ein Selbstmord ohne erkennbaren Grund gewesen. Dadurch konnte ich den wahren Grund immer für mich behalten. Eigentlich hat mich nie jemand ernsthaft danach gefragt. Ich habe die ganze Zeit geschwiegen. Nur einmal, in Amerika, habe ich es jemandem gesagt – einer schwarzen Prostituierten, einer völlig Fremden –, aber das geschah in meinem unzureichenden Englisch. Mit jemandem Englisch zu sprechen, ist für mich wie das Tragen einer Maske. Praktisch habe ich es also nie jemandem erzählt. Das war kein echtes Geständnis und hat mich nicht weiter gebracht. Demzufolge erhielt ich als einzige Strafe eine leichte Geschlechtskrankheit. Nicht ein einziges Mal habe ich über die Wahrheit in der Sprache gesprochen, die ich mit dir teile und mit meiner Schwester geteilt habe. Selbstverständlich habe ich auch dir gegenüber nie ein Wort darüber verlauten lassen. Höchstens, daß du vielleicht einen unbestimmten Verdacht hattest, mit ihrem Tod habe etwas nicht gestimmt, weil ich immer die Fassung verlor, wenn ich glaubte, du spieltest auf ihn an. An dem Tag, als du die Fasanen zubereitet hast, fragtest du zum Beispiel, ob die ›Wahrheit‹ etwas mit ihr zu tun hätte. Da war ich überzeugt, du wüßtest alles und spieltest Katz und Maus mit mir. Ich war so wütend und beschämt, daß ich dich am liebsten umgebracht hätte. Aber dann sagte ich mir, du könntest nichts davon wissen, und gewann die Selbstbeherrschung zurück. An dem Morgen, als sie sich umbrachte, habe ich, ehe ich es dem Onkel und den anderen gesagt habe, alle Winkel des Nebengebäudes, in dem sie und ich gewohnt hatten, abgesucht, um sicherzugehen, daß sie keine Nachricht hinterlassen hatte, die Verdacht erregen würde. Dann begann ich zu lachen und zu weinen, hin- und hergerissen zwischen meinem Schuldbewußtsein und der Erleichterung, endlich von dem Druck der Angst befreit zu sein. Ich bin erst ins Haupthaus gegangen, um ihren Tod zu melden, als ich sicher war, mich wieder in der Gewalt zu haben und nicht in einen neuen Lachanfall auszubrechen. An jenem Morgen fand ich sie in der Toilette. Dort kauerte sie, tot, gestorben an einer Dosis eines Pflanzenschutzmittels. Du wirst dich fragen, weshalb ich so erleichtert war, daß sie keine Aufzeichnungen hinterlassen hatte. Nun, ich hatte befürchtet, sie als Schwachsinnige hätte unser Geheimnis vielleicht preisgegeben. Ich hatte das Gefühl, daß ihr Tod dieses Geheimnis irgendwie auslöschte, beinahe als hätte es nie existiert. Aber die Wirklichkeit wurde natürlich anders: Ihr Selbstmord pflanzte mir im Gegenteil das Geheimnis tief in Körper und Seele, wo es anfing, mein tägliches Leben und meine Zukunftsaussichten anhaltend zu vergiften. All das geschah, als ich das zweite Jahr zur Oberschule ging. Seitdem reißt mich die Erinnerung daran hin und her.« Er hielt inne und begann zu schluchzen. Das war ein unbeschreiblich düsterer und elender Ton, und ich sah voraus, daß die Erinnerung an ihn mich für den Rest meines Lebens mit Phasen der Depression martern würde, die schon das Weiterleben zur Last machen würden.

»Obschon schwachsinnig, war sie eigentlich ein ganz besonderer Mensch. Sie liebte eines: schöne Klänge; am glücklichsten war sie, wenn sie Musik hörte. Bei Geräuschen von Flugzeugmotoren, anfahrenden Autos und so weiter klagte sie über stechende Ohrenschmerzen. Und ich bin sicher, daß ihr die Ohren wirklich wehtaten. Weißt du, daß man Glas zum Zerspringen bringen kann, indem man die Luft in Schwingungen versetzt? Nun, so ähnlich war es wohl – ein Schmerz, als zerbräche etwas Dünnes, Feines in den Ohren. Jedenfalls gab es keinen anderen Menschen in dem Dorf, wo Onkel wohnte, der die Musik so verstanden und der ein so unbedingtes Bedürfnis nach ihr gehabt hätte wie sie. Sie war nicht häßlich und hielt sich makellos sauber. Sie hatte eine fast unnatürliche Sauberkeit an sich; das war neben dieser abnormen Schwäche für die Musik ein weiteres Zeichen für ihren Schwachsinn. Einige der jungen Burschen in Onkels Dorf versäumten nie, sie heimlich angaffen zu kommen, wenn sie Musik hörte. Sobald die ersten Takte erklangen, war sie ganz versunken. Alles andere blieb draußen; nichts sonst konnte in ihr Bewußtsein dringen. Also waren die Gaffer ganz sicher – aber wenn ich sie je dabei erwischte, dann stürzte ich mich in blinder Wut auf sie. Für mich war Schwester das einzige weibliche Wesen in meinem Leben, und ich empfand es als notwendig, sie zu beschützen. Tatsächlich hatte ich mit den anderen Mädchen in Onkels

Dorf nichts zu schaffen; als ich auf die Oberschule in der Stadt ging, sprach ich nicht einmal mit den Mädchen in meiner Klasse. Ich erfand eine Geschichte, wir seien zwei Aristokraten, mit deren Familie es bergab gegangen sei, und bekundete übertriebenen Stolz auf unsere Abkunft von Urgroßvater und dessen Bruder. Mild urteilend, könnte man sagen, ich wollte damit meinen Minderwertigkeitskomplex darüber loswerden, daß ich von Onkel und dessen Familie versorgt wurde. Ich erzählte unserer Schwester, wir zwei seien eine ganz besondere Elite und würden und dürften uns nur füreinander interessieren. Unser Benehmen veranlaßte einige schmutzigdenkende Erwachsene, das Gerücht in Umlauf zu setzen, wir schliefen miteinander. Ich rächte mich, indem ich die Häuser der Leute, die so etwas erzählten, mit Steinen bewarf. Aber die ganze Zeit übten die Gerüchte eine suggestive Macht auf mich aus. Ich war ein blutjunger Oberschüler von siebzehn Jahren, mit einem noch wirren Kopf voller fanatischer Ideen und einsam genug, für eine derartige Suggestion empfänglich zu sein. An einem Spätnachmittag im Frühsommer betrank ich mich. An dem Tag war auf Onkels Feld das Reispflanzen beendet worden, und ein Trupp aus dem Dorf, den man zur Hilfe geholt hatte, trank drüben im Haupthaus. Schwester und ich, als ›Aristokraten‹, hatten natürlich nicht beim Pflanzen geholfen, aber die jungen Kerle holten mich und flößten mir zum erstenmal Alkohol ein, der mir sofort in den Kopf stieg. Onkel fand mich betrunken vor, hielt mir eine Gardinenpredigt und schickte mich ins Nebengebäude zurück. Zunächst war Schwester belustigt und lachte über meinen Zustand. Aber als die Bauern sich wüst besoffen und im Haupthaus anfingen, zu singen und Musik zu machen, bekam sie es plötzlich mit der Angst. Sie preßte die Hände an die Ohren und zog sich in sich zusammen wie eine Garnele. Trotzdem ging es über ihre Kraft, und bald schluchzte sie wie ein kleines Kind. Die drüben sangen mit ihren kehligen Bauernstimmen ihre vulgären Lieder immer und immer weiter, bis tief in die Nacht. Ich wurde ganz verrückt; ich haßte die Gesellschaft und alles, was mit ihr zu tun hatte. Ich drückte Schwester an mich und versuchte, sie zu beruhigen, und dabei empfand ich eine merkwürdige Erregung. Kurz darauf schlief ich mit ihr.«

Wir schwiegen, unsagbar verlegen wegen der Gegenwart des anderen, des Bruders. Reglos und in uns zurückgezogen, lagen wir in der Dunkelheit, atmeten kaum und suchten uns vor dem riesigen und furchtbaren Etwas zu verbergen, das uns bloßstellte in unserer Schande. Ich wollte aufschreien »Nein! Nicht!« – den gleichen Schrei, den das unglückliche Mädchen, wenn man Takashi glauben wollte, im Augenblick des Todes ausgestoßen hatte, als ihr der Stein den Kopf zertrümmerte – aber selbst dieser einfache Schrei entrang sich nicht einem Körper, an dem Fleisch und Knochen unabhängig voneinander und beziehungslos waren und der dem dumpfen Schmerz ausgesetzt war wie jedesmal beim furchtbaren Erwachen.
»Es ist absolut keine Entschuldigung, wenn ich sage, daß ich betrunken war, als wir es das erstemal machten«, fuhr Takashi langsam mit schwacher, kaum hörbarer Stimme fort, »denn am nächsten Tag tat ich es wieder, und da war ich nüchtern. Anfangs fand sie keinen Gefallen daran und hatte auch Angst. Aber der Gedanke, mir irgend etwas zu verweigern, war ihr ganz fremd. Ich merkte wohl, daß es schmerzhaft für sie war, aber ich hatte mich so sehr in Lust und Angst verloren, daß ich die Sache nicht mehr von ihrer Seite sehen konnte. Um ihre Angst wegen des Geschlechtlichen zu lindern, holte ich ein paar erotische Holzschnitte aus Onkels Speicherhaus und überzeugte sie, daß alle Ehepaare das gleiche taten. Am stärksten beunruhigte mich der Gedanke, sie könne tagsüber, wenn ich in der Schule und sie allein im Haus war, Onkels Familie von unserem Geheimnis erzählen. Also redete ich ihr ein, man würde schauderhafte Dinge mit uns anstellen, wenn irgend jemand von unserem Tun erführe. Ich zeigte ihr im Lexikon einige Bilder von Leuten, die im Mittelalter auf Scheiterhaufen verbrannt wurden. Auch sagte ich ihr, wenn wir sorgsam darauf achteten, daß kein anderer etwas merkte, dann könnten wir das ganze Leben lang als Bruder und Schwester zusammenleben und immer diese Sache tun, ohne jemand anderen zu heiraten. Das sei es doch, was wir beide eigentlich wollten, sagte ich, was machte es also aus, solange wir uns nicht ertappen ließen?... Ich glaubte wirklich, was ich sagte. Ich dachte, wenn wir uns nur entschlossen, weiter gemeinsam der Gesellschaft zum Trotz zusammenzuleben, dann wären

wir frei, zu tun, was wir am meisten begehrten. Bis dahin hatte es den Anschein gehabt, daß sie der Gedanke beunruhigte, früher oder später würde ich heiraten und sie allein lassen. Ich erinnerte sie auch daran, daß Mutter ihr vor ihrem Tode geraten hatte, stets in meiner Nähe zu bleiben. Sie war irgendwie überzeugt, ohne mich nicht zurechtzukommen. Als ich sie also mit ihr verständlichen Worten dazu überredete, wir sollten allen anderen den Rücken kehren und gegen die Welt verbündet weiter als Bruder und Schwester zusammenleben, war sie ehrlich entzückt. Bald widerstrebte ihr das Sexuelle nicht mehr, und sie fing selbst damit an. Eine Zeitlang führten wir ein Leben, in dem wir einander völlig genug waren, wie ein Liebespaar, und waren einfach glücklich, zusammen zu sein. Ich jedenfalls war nie so glücklich wie in jenen Tagen. Nachdem sie sich einmal entschlossen hatte, blieb sie stark und unerschütterlich. Sie war stolz bei dem Gedanken, daß sie bis zu unserem Tode alles mit mir gemeinsam tun würde. Und dann ... wurde sie schwanger. Unsere Tante merkte es als erste; als sie mich davon in Kenntnis setzte, wurde ich halb wahnsinnig vor Angst. Ich war sicher, auf der Stelle vor Scham tot umzufallen, falls mein sexueller Umgang mit ihr ans Licht käme. Aber Tante hegte nicht den geringsten Verdacht gegen mich, und so beging ich schließlich einen unverzeihlichen Verrat. Ich war ein niederträchtiger Ränkeschmied ohne ein Körnchen Mut. Eine so offene und ehrliche Schwester hatte ich nicht verdient. Ich befahl ihr zu sagen, sie sei von irgendeinem unbekannten jungen Mann aus dem Dorf vergewaltigt worden. Sie tat wie geheißen. Da brachte Onkel sie in die Stadt und ließ nicht nur eine Abtreibung vornehmen, sondern auch eine Sterilisation. Als sie zurückkam, war sie fix und fertig, nicht nur vom Erlebnis der Operation, sondern auch von dem bedrohlichen Getöse der Automotoren in der Stadt. Aber sie hatte mutig meine Anweisung befolgt und zu niemandem auch nur ein Sterbenswörtchen von mir gesagt, selbst nicht im Gasthaus, als Onkel anscheinend in sie drang – sie, die noch nie gelogen hatte! –, sich der besonderen Kennzeichen des Mannes zu entsinnen, der sie vergewaltigt hatte.«

Er hielt inne und schluchzte eine Weile. Dann, seinen Bericht immer wieder durch schwaches Stöhnen unterbrechend, erzählte er das grausamste seiner Erlebnisse. Ich hörte ihm völlig teilnahmslos daliegend zu, kläglich eingeschrumpft wie Dörrfisch, übermannt von der Kälte und den Schmerzen in meinem Kopf.

»In jener Nacht geschah es. Sie war vor Angst nicht imstande, sich zusammenzunehmen, und erwartete von mir die Rettung. Wie sollte man ihr das verdenken? Und da das Sexuelle uns bereits zur Gewohnheit geworden war, setzte sie sich in den Kopf, dabei Trost zu finden. Aber selbst mir, mit meinem damals so ungenauen Wissen um sexuelle Dinge, war klar, daß man unmittelbar nach einer solchen Operation keinen Verkehr haben konnte. Ich spürte Angst bei dem Gedanken, alle ihre Sexualorgane seien tief dort drinnen verletzt, und empfand auch physischen Ekel. Das kannst du mir auch kaum verdenken, nicht? Aber sie konnte nicht begreifen, was normalen Menschen ganz klar gewesen wäre. Als ich mich ihr verweigerte – zum allerersten mal –, wurde sie plötzlich stur. Sie kroch neben mir unter die Decken und wollte mein Ding anfassen. Da habe ich sie geschlagen – nie zuvor in ihrem Leben hatte jemand sie geschlagen. Nie wieder habe ich einen Menschen gesehen, der so bestürzt aussah, so traurig, so verloren... Nach einer Weile sagte sie dann: ›Es stimmte nicht, was du gesagt hast, Taka. Was wir getan haben, war schlecht, auch wenn wir es verheimlichten.‹ Und am nächsten Morgen nahm sie sich das Leben. *›Es stimmte nicht, was du gesagt hast, Taka. Was wir getan haben, war schlecht, auch wenn wir es verheimlichten...‹«*

Aus dem Tal drang nicht der schwächste Laut herauf. Jedes Geräusch wäre sofort von der Schneedecke erstickt worden, die noch unberührt über dem Wald lag. Auch der angetaute Schnee war wieder gefroren. Und doch war es, als schrillte die ganze Zeit eine für menschliche Ohren zu hohe Stimme zwischen den ragenden schwarzen Wänden des Waldes ringsum. Das war der Schrei des riesigen Wesens, dessen zusammengerollter Körper die Leere über der Senke ausfüllte. Einst in meiner Kindheit, mitten im Winter, nach einer von dieser zwar nie zu hörenden, aber so intensiv erlebten Stimme, erfüllten Nacht, hatte ich auf dem flachen Bett des unten im Tal entlangfließenden Stromes die Spur einer riesigen Schlange entdeckt und war bei dem Gedanken

erschauert, dies sei die Fährte des Ungeheuers, das ich die ganze Nacht schreien gehört hatte. Nun spürte ich wieder die überwältigende Gegenwart dieses tonlosen Pfeifens.
Meine Augen gewöhnten sich an die Dunkelheit und entdeckten in dem schwachen Lichtschein, der durch das Fenster fiel, verschwommene schwarze Umrisse aller Art, die drohend rings um mich aufragten. Innerhalb des ganzen Speicherhauses wimmelte es von Erscheinungen, die aussahen wie winzige Abbilder der fünfhundert Jünger Buddhas und die einander zuflüsterten: *Wir haben es gehört, wir haben es gehört!*
Plötzlich packte mich ein nicht zu bändigender Hustenreiz. Ich hatte das Gefühl, die Häutchen in meiner Kehle, meine Bronchien, ja sogar meine Lunge wären mit einmal von scharlachrotem Ausschlag bedeckt. Ich hatte Fieber; deshalb hatten sich Fleisch und Knochen meines Körpers wie zerstückelt angefühlt und so furchtbar geschmerzt.
Kaum hatte ich den Hustenanfall überwunden, als Takashi, der sich doch ein wenig von seiner tief in der Seele wurzelnden Erschlaffung zu erholen schien, im Ton völlig wehrloser Selbstbemitleidung sprach:
»Mitsu, solange du dich nicht einmischst, bin ich sicher, daß ich hingerichtet werde, auch wenn ich morgen mit dem Leben davonkommen sollte. Ganz egal, ob ich gelyncht oder exekutiert werde, möchte ich dir meine Augen geben, damit du die Netzhaut für eine Operation verwenden kannst. Dann überleben wenigstens meine Augen und sehen nach meinem Tode noch allerlei. Es wäre schon ein Trost, auf diese Weise nützlich zu sein. Du nimmst sie doch, nicht wahr, Mitsu?«
Ein übermächtiger Drang es abzulehnen, durchzuckte mich wie ein Blitzstrahl. Das Schreien des Waldes erstarb, und sogar die kleinen schwarzen Gestalten, die das Speicherhaus bevölkert hatten, verschwanden.
»Nein! Nichts könnte mich dazu bringen, deine Augen anzunehmen!« erklärte ich mit vor Entrüstung bebender Stimme.
»Weshalb denn nicht? Warum nimmst du sie nicht an?« schrie Takashi mit jämmerlicher Stimme, aus dem das Selbstmitleid schwand und durch einen immer stärker werdenden verzweifelten Verdacht abgelöst wurde. »Ist es, weil

du so wütend auf mich bist wegen unserer Schwester? Aber du hast sie doch nur gekannt, als sie noch ganz klein war! Während ich mit ihr in einem fremden Haus lebte, warst *du* im Tal und hattest Jin, die dich von vorn und hinten umsorgte. Und du hast doch auch unser ererbtes Geld dazu verwendet, in der Stadt die Oberschule und in Tokyo die Universität zu besuchen, oder etwa nicht? Hättest du nicht das ganze Geld für dich verbraten, dann hätten wir drei zusammen im Tal leben können. Du hast kein Recht, mir ihretwegen Vorwürfe zu machen. Ich habe dir die Wahrheit nicht deswegen gesagt, damit du mich wegen Schwester verurteilst!«

»Auch mir geht es nicht darum!« schrie ich zurück und schnitt seinen Protest ab, als neue, wilde Erregung ihn packte. »Zunächst einmal bin ich aus Gefühlsgründen nicht bereit, deine Augen anzunehmen. Aber etwas konkreter ausgedrückt, meine ich folgendes: Du wirst morgen früh nicht gelyncht, und es wird dich auch kein Gericht zum Tode verurteilen. Das ist nur dein Schuldgefühl – du willst dich selbst für die Blutschande bestrafen und für den Tod einer Unschuldigen, der daraus entstand. Und du hoffst, die Leute hier reihen dich unter die ›Geister‹ des Tales ein, so daß man sich deiner als eines Mannes der Gewalttaten erinnert. Ich gebe zu, *falls* deine Phantasterei je Wirklichkeit werden *sollte,* dann wären die beiden Seiten deiner Persönlichkeit im Tode wieder vereint. Und in hundert Jahren würde man dich vielleicht sogar als Reinkarnation von Urgroßvaters jüngerem Bruder, deinem Idol, ansehen. Aber, Taka, du spielst zwar immer mit der Gefahr, doch du bist der Typ, der im letzten Augenblick stets einen Ausweg findet. Du hast dir das seit dem Tage angewöhnt, als dir der Selbstmord unserer Schwester das Weiterleben frei von Strafe oder Schande ermöglichte. Ich bin sicher, daß du auch diesmal wieder irgendeinen häßlichen kleinen Trick anwendest, um zu überleben. Wenn dir das dann auf so schändliche Art gelungen ist, wirst du Schwesters Geist mit deinen Ausreden kommen. ›Tatsächlich‹, wirst du sagen, ›habe ich mich bewußt in eine ausweglose Lage gebracht, wo mir keine Wahl blieb, als gelyncht oder hingerichtet zu werden, aber ein Haufen lästiger Kerle mischte sich ein und zwang mich zum Weiterleben.‹ Genauso war es doch mit deinen Erlebnissen der Gewalt in Amerika – du hast dich gar nicht wirklich gebunden. Du hast lediglich nach einem Vorwand gesucht, frei von deinen schmerzlichen Erinnerungen eine Weile weiterzumachen. Praktisch hast du dir bloß eine leichte Geschlechtskrankheit geholt und dir damit eine Ausrede verschafft, während deines Aufenthaltes in den Staaten kein Risiko mehr einzugehen. Mit dem schmierigen kleinen Geständnis, das du gerade abgelegt hast, ist es dasselbe; wenn ich garantierte, daß selbst *das* nicht die absolute Wahrheit ist, daß ein Wort darüber zu verlieren nicht bedeutete, du würdest umgebracht oder müßtest dir das Leben nehmen oder zu einem verrückten Ungeheuer werden, glaubst du nicht, daß du dich dann augenblicklich für gerettet halten würdest? Vielleicht war es unbewußt, aber hast du nicht so lange schwadroniert in der Erwartung, daß ich dich so akzeptiere, wie du bist, mit all deinen bisherigen Erfahrungen, und dich so mit einem Schlag von deiner Zerrissenheit befreie? Traust du dir zum Beispiel so viel Charakter zu, dein Geständnis morgen früh vor den Leuten aus dem Tal zu wiederholen? Das wäre Mut zum Risiko. Aber ich denke nicht, daß du das Zeug dazu hast. Du gestehst es dir vielleicht nicht bewußt ein, aber du hoffst, ihre Lynchjustiz irgendwie zu überleben. Wenn man dich vor ein ordentliches Gericht stellt, wirst du mit solcher Aufrichtigkeit um deine Hinrichtung flehen, daß du dich sogar selbst täuschst. Aber tatsächlich wirst du gemütlich in deiner Zelle sitzen, weil dein einziges Verbrechen in der Verstümmelung einer Unfalleiche bestand. Lüge mir nicht vor, du würdest mir deine Augen überlassen, wenn du tot bist, als nähmest du an, du hättest nur noch eine Weile zu leben. Du weißt, daß ich sogar über die Augen eines Toten froh wäre, und spielst nur mit den Gebrechen eines anderen!«

Mit offensichtlicher Mühe richtete sich Takashi im Dunkel auf. Er stellte sich das Gewehr auf die Knie, legte den Finger an den Abzug und wandte sich mir zu. Ich dachte, er würde mich womöglich erschießen, zuckte aber mit keiner Wimper. Ich empfand zuviel Verachtung für die Art und Weise, in der er sich stets einen Ausweg aus der Falle offenließ, in die er geriet, als daß mich dieser plötzliche Übergang zur Gewaltandrohung beeindruckt hätte. Selbst der Anblick der

Waffe und seines kleinen schwarzen Kopfes, der im Takt mit seinem schwergehenden Atem bebte, flößte mir keine Furcht ein.

»Mitsu, warum haßt du mich so sehr?« fragte er kraftlos und weinerlich und spähte ungeduldig in die Dunkelheit, um meinen Gesichtsausdruck zu erkennen. »Warum hast du mich immer verabscheut? Du hast mich doch schon gehaßt, als du noch gar nicht wußtest, was ich mit unserer Schwester und mit Natsumi gemacht habe?«

»Gehaßt? Es geht nicht darum, was ich empfinde, Taka. Ich äußere einfach meine objektive Meinung, daß selbst jemand wie du, der sich für ein Leben auf der Jagd nach einer dramatischen Illusion entschieden hat, die kritische Spannung nicht endlos aufrechterhalten kann, sofern er nicht tatsächlich wahnsinnig wird. Nimm unseren ältesten Bruder! Vielleicht hat er die Gewalttätigkeit auf dem Schlachtfeld genossen, aber wäre er lebend heimgekommen, hätte er diese Erinnerung sicherlich über Bord geworfen und sich ohne weiteres wieder den gewaltlosen Gewohnheiten des Alltags angepaßt. Wenn dem nicht so wäre, dann würde die Welt nach jedem großen Krieg mit Gewaltverbrechern überschwemmt. Als Führer des Aufstands war Urgroßvaters Bruder, in den du so großes Vertrauen setzt, für zahllose Morde verantwortlich, und am Ende überließ er sogar seine Kameraden ihrem Schicksal, damit er durch den Wald entkommen konnte. Meinst du, er hat sich danach vorsätzlich in neue Gefahren gestürzt und weiter ein gewalttätiges Leben geführt, nur um seine Pose als Gewalttäter zu rechtfertigen? Nun, das hat er nicht. Ich habe seine Briefe gelesen. Sie zeigen, daß er kein Mann der Gewalt mehr war. Ja, er hat sogar die innere Begeisterung eingebüßt, die ihn als Rebellenführer beseelt hatte. Und das war auch kein Fall von Selbstkasteiung. Er vergaß einfach seine Erlebnisse während des Aufstands und brachte seine letzten Jahre als völlig normaler Bürger zu. Er versuchte allerlei weibische Kniffe, um seinen geliebten Neffen zu helfen, sich dem Wehrdienst zu entziehen, aber ohne Erfolg. Und der einstige Revolutionär ist wohl friedlich in seinem Bett dahingeschieden, wo er traurig über das Geschick eben dieses Neffen grübelte, von dem keine Nachricht eingetroffen war, seit man ihn bei Weihaiwei in die Schlacht geschickt hatte.

Praktisch starb er als lammfrommer Mann, der absolut ungeeignet war, irgendein ›Geist‹ zu werden. Auch du, Taka, wirst morgen früh nicht gelyncht werden; du wirst ins Tal hinabsteigen, um deine verletzten Finger behandeln zu lassen, man wird dich verhaften, und nach einem Freispruch auf Bewährung oder nachdem du etwa drei Jahre abgesessen hast, wirst du wieder deinen Platz als völlig rechtschaffenes, normales Glied der Gesellschaft einnehmen. Alle Phantastereien, die diese Tatsachen außer acht lassen, sind letzten Endes ohne Bedeutung. Du hast nicht genügend Vertrauen zu den Fakten. Aber du bist zu alt, Taka, für solche heldischen Phantastereien zu entbrennen. Du bist kein kleines Kind mehr.«
Ich stand allein in der Dunkelheit, tastete mit dem Fuß nach der obersten Stufe und stieg hinab. Hinter mir hörte ich wieder Takashis unsagbar elende Stimme (und hatte diesmal das Gefühl, er könnte vielleicht wirklich auf mich schießen, obschon sich keine echte Furcht einstellte und ich in mir nur die Beschwerden des Fiebers und den quälenden Schmerz an jedem einzelnen Körperteil spürte): »Mitsu, weshalb bin ich dir so zuwider? Warum hast du mich nie gemocht? Wir beiden Brüder sind doch alles, was von den Nedokoro übriggeblieben ist, nicht?«
Im Haupthaus trank meine Frau Whisky und starrte leeren Blicks vor sich hin. Ihre Augen waren bereits so blutunterlaufen wie die der Menschenfresserin in der koreanischen Sage. Hinter der offenen Schiebetür lag Hoshio dicht neben Momoko in tiefem Schlaf auf dem Gesicht, wie ein Hund, der vor Erschöpfung zusammengebrochen ist. Ich setzte mich ins Blickfeld meiner Frau, nahm mir die Whiskyflasche, die zwischen ihren Knien stand, trank einen Zug gleich aus der Flasche und erlitt abermals einen Hustenanfall; sie aber trieb weiter auf der stürmischen See der Trunkenheit, als gäbe es mich nicht. Ich sah, wie ihr Tränen in die dunklen, blutunterlaufenen Augen sprangen und die trockene Haut ihrer Wangen hinabrannen. Nach einer Weile klang ein Schuß vom Speicherhaus herüber, und seine Echos hallten endlos rings um den in Nacht gehüllten Wald. Als ich barfuß über den Hof rannte, war ein zweiter Schuß zu hören. Gerade da kam Gii der Einsiedler in panischer Angst aus der Speicherkammer geflüchtet. Um ein Haar

zusammengestoßen, fuhren wir erschrocken zurück. Vom Fuß der Treppe rief ich in das Obergeschoß hinauf. Das Licht brannte jetzt.

»Ich bin das, Mitsu«, kam Takashis Stimme, ruhig und wieder seelisch gerüstet. »Ich probiere die Durchschlagskraft und den Streubereich der verschiedenen Geschosse aus, als Vorbereitung auf den Kampf gegen meinen eingebildeten Mob morgen früh.« Auf meinem Weg zurück zum Haupthaus sah ich Jins Kinder reglos und schweigend im Hof stehen und versicherte ihnen, daß nichts passiert sei. Meine Frau starrte unverwandt auf ihr Glas, in dem Whisky und Wasser dunkel glänzten. Sowohl der Schuß als auch mein plötzliches Hinausgehen hatten sie gleichgültig gelassen, und ihr nach unten gewandtes Gesicht schien zu Bronze geworden. Hoshio und Momoko rührten sich, schliefen aber weiter. Eine halbe Stunde später war wieder ein Schuß zu hören. Ich wartete zehn Minuten auf einen vierten. Dann zog ich mir Stiefel an die schmutzigen Füße und ging zum Speicherhaus hinüber. Takashi gab keine Antwort, als ich ihn von unten an der Treppe rief.

Ich rannte hinauf und stieß mir überall den Kopf. Ein Mann lag an die gegenüberliegende Wand gestützt. Die Haut seines Gesichts und seiner bloßen Brust war zerrissen und blutig, als bestünde sie aus unzähligen aufgesprungenen Granatäpfeln. Er sah aus wie eine leuchtendrote, nur mit einer Hose bekleidete lebensgroße Gipspuppe. Als ich automatisch auf die Gestalt zulief, stöhnte ich auf, weil mir ein Jagdgewehr, das an den großen Zelkowabalken angebunden war, heftig gegen das Ohr schlug. Ein Leinenstreifen verband den Abzugshahn mit einem der Finger der roten Puppe, die auf die Matte hinunterhingen. Und auf Putz und Holz der Wand, genau in der Höhe, in der Takashi gestanden und auf die Gewehrmündung gestarrt haben mußte, war mit Rotstift die Kontur des Kopfes und der Schultern eies Menschen gezeichnet mit zwei sorgfältig ausgeführten großen Augen. Ich trat noch einen Schritt nach vorn, und während ich unter meinen Sohlen Schrotkugeln und glitschiges Blut spürte, sah ich, daß die Augen voll Schrot steckten, so daß mich zwei bleierne Augäpfel aus den Höhlen anzustarren schienen. An der Wand stand neben dem Kopf mit dem gleichen Rotstift geschrieben:

Der Mann stöhnte tief auf. Im Blut kniend, berührte ich Takashis knallrotes, zerfetztes Gesicht, aber er war eindeutig tot. Mich überkam das Gefühl, die trügerische Erinnerung, genau einem solchen Toten in eben diesem Speicherhaus schon bei zahllosen Gelegenheiten begegnet zu sein.

Der heftige, feuchte Wind, der die Senke im Wald die ganze Nacht hindurch umkreist hatte, blies jetzt herein und rief in dem Keller, in den ich mich verkrochen hatte, ständig kleine Luftwirbel hervor. Ich erwachte aus kurzem, angstvollem Schlaf, mit schmerzhaft geschwollener und verengter Kehle. Mein Rausch aber war verflogen, und mein Gehirn, vor dem Einschlafen fiebrig gedunsen, war auf sein Normalmaß zusammengeschrumpft und hatte eine Leere hinterlassen, in die sich düstere Depression eingeschlichen hatte. Mein Kopf war hoffnungslos und kläglich klar. Eine Hand noch in die Decke gekrallt, die mir der Selbsterhaltungstrieb sogar während meiner Träume um Schultern und Hüfte festgehalten hatte, streckte ich die andere in die Dunkelheit hinter meinen Knien aus, ertastete die mit Wasser gefüllte Whiskyflasche und nahm einen Schluck. Das kalte Wasser schien mir direkt in die Lunge und die gequälte Leber zu sickern. In meinen Träumen hatte Takashi in einem feinen Nebel fünf Schritt vor mir gestanden und immer noch ausgesehen wie eine zerbröckelte rote Gipspuppe, den Oberkörper aufgerissen wie reife Granatäpfel. Seine Augenhöhlen waren mit zahllosen glitzernden Schrotkugeln besteckt, so daß er aussah wie ein Ungeheuer mit eisernen Augen. Er stand an einer Ecke eines großen Dreiecks, dessen Spitze ich einnahm; in der dritten Ecke stand ein Mann mit gekrümmtem Rücken und fahlem Gesicht und beobachtete uns schweigend. Von meiner fußbodennahen Lage aus, den Kopf tiefer als die Knie, schienen die beiden Männer auf einem hohen Podium zu stehen. Ich saß auf einem Mittelplatz in der ersten Reihe eines Theaters mit unverhältnismäßig hoher Decke, und die beiden Geister standen nebeneinander auf der Bühne. Hoch über ihren Köpfen, gleichsam als erblickte man die Galerie in einem Spiegel im hinteren Teil der Bühne, sah ich viele alte Männer in dunklen Anzügen, die Hüte tief heruntergezogen. Sie sahen aus wie Pilze, die an einem dunklen, feuchten Fleck wachsen, und starrten auf uns herunter. Einer von ihnen war offensichtlich in einem früheren Leben der Freund gewesen, der sich mit knallrot angemaltem Kopf erhängt hatte, ein anderer das Baby, das nicht heftiger reagierte als eine Pflanze. Oben auf der Bühne öffnete Takashi weit den Mund, der ohne die weggeschossenen Lippen nichts war als ein klaffendes rotschwarzes Loch, und schrie haßtriumphierend: *In unserem Berufungsverfahren bist du der Angeklagte!* Und die alten Männer auf der Galerie, die ich in Wahrheit für von Takashi organisierte Geschworene hielt, nahmen die Hüte ab und winkten mit ihnen bedrohlich-bedeutungsvoll zu dem großen Zelkowabalken direkt über ihren Köpfen hinauf. Ich erwachte erschöpft und verzweifelt.

Der Winkel, in dem ich jetzt reglos saß – die Arme um die Knie gelegt, gerade so wie an jenem herbstlichen Frühmorgen im vergangenen Jahr unten in der Grube für den Sickerbehälter im Hintergarten –, war ein Steinkeller, den der Kaiser und seine Leute entdeckt und seiner langen Vergessenheit entrissen hatten, als sie Vermessungen für das Abtragen des Speicherhauses durchführten. Der innere Raum, in dem ich saß, hatte einen Vorraum mit einem Abort und sogar einen Brunnen. Hier hätte jemand in selbstgewählter Isolierung leben können, obschon der Brunnen mittlerweile verschüttet war und kein bißchen nach Wasser roch und im Abort eine heruntergebrochene Seitenwand die Benutzung unmöglich machte. Aus beiden quadratischen Höhlen drang der Geruch von Millionen Schimmelpilzsporen; vielleicht war sogar etwas Penicillin dabei. Ich hatte ein Sandwich mit Rauchfleisch gegessen, etwas Whisky getrunken und war im Sitzen eingenickt. Wäre ich im Schlaf seitlich weggekippt, hätte ich mir den Kopf an den hölzernen Stützpfeilern gestoßen, die zahllos wie die Bäume im Wald den Fußboden des Speicherhauses trugen. Ihre Ecken waren so scharf und hart wie je zuvor.

Es war noch mitten in der Nacht. Seit dem frühen Morgen, als die Nachricht eingetroffen war, der Kaiser statte erstmals seit dem »Aufstand« dem Tal seinen Besuch ab, waren die Südwinde, die das Ende des Winters ankündigten, durch Wald und Senke gefegt und hatten bis Mitternacht mit voller Kraft gewütet. Wenn ich durch die Öffnung in der Zwischendecke über mir zu der Lücke in der dem Tal zugewandten Mauer des Erdgeschosses spähte, begrenzte pechschwarzer Wald mein Blickfeld. Am Morgen war der Himmel wolkenlos gewesen, aber Staub vom Festland hatte einen tiefen gelbbraunen Schatten auf ihn gelegt, der die Sonnenstrahlen abschwächte. Die gleiche Düsternis hatte auch dann noch geherrscht, als der Wind auffrischte, und war schließlich in die Nacht übergegangen. Als der Sturm stärker wurde, brüllte der Wald aus der Tiefe herauf wie ein sturmgepeitschtes Meer, und das Toben schwoll an, bis auch der Waldboden aufzuschreien schien. Hier und da konnte ich einzelne Stimmen unterscheiden, die wie Schaumspritzer an die Oberfläche stiegen. Die hohen Bäume, die über dem Landstreifen zwischen Wald und Tal aufragten, stöhnten im Wind und riefen jeder mit eigener Stimme nach mir, was lebendige frühe Erinnerungen weckte. Wie alte Leute aus dem Tal, mit denen ich als Kind einoder zweimal gesprochen hatte und die sich mir für immer eingeprägt hatten, lebten die Riesen des Waldes noch in meiner Erinnerung. Nicht in der verworrenen Tiefe des Gedächtnisses, sondern ein jeder mit seinem eigenen unverwechselbaren Gesicht. Als ich noch klein war, hatte mich eines Tages ein alter Arbeiter aus dem Sojasoßengeschäft, der einer anderen Gesellschaftsschicht des Tales angehörte als ich und mit dem ich nie zuvor auch nur ein Wort gewechselt hatte, auf dem schmalen Weg überrascht, der an dem Speicherhaus, in dem sie die Soße brauten, vorüber zum Fluß hinabführte. Er drehte mir den Arm um und schrie mir, während ich mich wütend und hilflos wehrte, einen Schwall wüster Schmähungen wegen Mutters Geisteszustand in die Ohren. Und so wie ich mich genau an das große Hundegesicht dieses Mannes erinnerte, sah ich auch die alte Ulme auf dem Abhang hinter dem Haus vor mir. Und selbst dann, wenn kein Wind ging, wogte der ganze nach mir rufende Baum in allen Einzelheiten auf die Leinwand meiner Erinnerung.

Den Vormittag über, als es noch nicht so stürmisch gewesen war, hatte ich im Halbdunkel neben der offenen Feuerstelle gelegen und dem Rauschen der großen Bäume im Wind zugehört. Bei meinem ziellosen Grübeln hatte ich mich auch gefragt, ob ich mir die Bäume ein letztes Mal ansehen gehen sollte, ehe ich die Senke verließ. Mir wurde

klar, daß ich sie nach meiner Abreise nie wiedersehen würde, und dieser Gedanke ließ mich stark an der Zuverlässigkeit meiner Augen bei dieser letzten Gelegenheit zweifeln und führte mir statt dessen direkt und lebendig den Tod vor Augen, den ich eines Tages erleiden würde. Meine Hauptsorge galt jedoch zwei Briefen mit Stellenangeboten. Einer war vom Professor meiner alten Universität in Tokyo und der andere vom Büro einer Expedition, die nach Afrika aufbrach, um Tiere für einen Tierpark zu fangen, der irgendwo im Lande errichtet werden sollte. Der Professor bot mir die beiden Dozenturen für englische Literatur an, die an Privatuniversitäten für mich und den Freund, der sich erhängt hatte, freigehalten worden waren. Dieses Angebot verhieß eine gesicherte Zukunft. Der Brief des Expeditionsbüros war eine hastig hingeworfene und unverkennbar nach Gefahr riechende Aufforderung eines Akademikers, etwa in dem Alter, in dem S jetzt gestanden hätte, der eine Stelle als außerordentlicher Professor für Zoologie aufgegeben hatte, um den Tierpark einzurichten. Er war es gewesen, der meine Übersetzung des Buches über den Tierfang in der literarischen Rezensionsspalte einer führenden Zeitung gelobt hatte. Ich war ihm mehrfach begegnet; er war ein Mann von dem Schlag, der ein sinkendes Schiff noch dann als Kapitän betreten würde, wenn die Ratten es bereits verlassen hatten. Nun wollte er, daß ich mich seiner Expedition als verantwortlicher Dolmetscher anschloß.
Der erste der beiden Briefe bot mir wahrscheinlich die einzige verbleibende Chance, auf einen solchen Posten zurückzukehren; als mein Freund gestorben war, hatte ich die Dozentur an meiner alten Universität Hals über Kopf aufgegeben, ohne auch nur mit meinem Professor zu sprechen. Da mir Takashi außerdem nichts von dem Geld für Haus und Land hinterlassen hatte, würde ich mich früher oder später für irgendeine Beschäftigung entscheiden müssen. Die Dozentur war ideal, und dennoch zögerte ich. Meine Frau, mit der ich die Frage meiner nächsten Anstellung noch nicht erörtert hatte und die von den beiden Angeboten nur durch die auf Antwort drängenden Telegramme erfuhr, hatte ganz kühl gesagt: »Wenn du dich für die Arbeit in Afrika interessierst, warum fährst du dann nicht, Mitsu?« Ich hatte sofort eine zerschmetternde Vorahnung all der

Schwierigkeiten und Unbequemlichkeiten, die eine mir so gar nicht vertraute Arbeit mit sich bringen würde.

»Sicher bedeutet ›verantwortlicher Dolmetscher‹ nicht nur Papierkram, sondern auch das Erteilen von Befehlen an einheimische Träger und Arbeiter!« sagte ich. »Ich sehe mich schon in abscheulichem Swahili ›Vorwärts marsch!‹ und dergleichen schreien!« Ich sprach im Ton äußerster Niedergeschlagenheit, aber vor meinem geistigen Auge erblickte ich eine noch entsetzlichere Vision: mich selbst, wie ich ganz blutig umherlief, weil ich mir Schläfe, Backenknochen und auch mein blindes Auge an afrikanischen Bäumen mit eiserner Rinde und an afrikanischen Felsen eingestoßen hatte, die hart genug waren, Diamanten zu enthalten. Schließlich sah ich mich von einer schweren Malaria befallen, unter heftigem Fieber stöhnend, das mich sogar das Schimpfen und Mahnen des unbezähmbaren Zoologen verwünschen ließ, und erschöpft auf dem sumpfigen Boden liegen und auf Swahili schreien: »Morgen reisen wir ab!«

»Aber sicherlich würde dir das größere Aussicht auf ein neues Leben bieten, als wenn du an einer Universität Englisch lehrst?«

»Taka natürlich wäre sofort aufgebrochen und hätte sich ein neues Leben geschmiedet. Momoko hat einmal gesagt, in seinen Augen seien die einzige Hoffnung für die Menschheit die Leute, die sich auf den weiten Weg nach Afrika machen, um Elefanten zu fangen. Er hatte eine Vision von dem ersten Menschen, der sich in die Wildnis Afrikas aufmachte, um Elefanten zu fangen, nachdem alle Zoos in einem Kernwaffenkrieg zerstört worden waren. Das war sein idealer Mister Anthropus.«

»Ja, Taka hätte das Angebot mit Kußhand angenommen. Aber ich sehe jetzt ein, daß du der Typ bist, der nie, jedenfalls nicht bewußt, irgendeine Tätigkeit wählen würde, die dauernde Gefahren in sich bergen könnte. Du überläßt das anderen. Dann, wenn sie die Gefahren überstanden, ihre Erschöpfung überwunden und ein Buch über ihre Erlebnisse geschrieben haben, trittst *du* auf den Plan und übersetzt es.«

Es klang wie die objektive Beurteilung eines völlig Fremden. Aber so bestürzt ich war, derart leidenschaftsloses Beobachtungsvermögen in ihr zu entdecken, sagte ich mir doch, daß sie wahrscheinlich recht hatte. Ich war der Typ, der – statt ein neues Leben für sich zu entdecken und sich selbst eine strohgedeckte Hütte zu bauen – lieber als Dozent für englische Literatur leben würde, ohne einen einzigen Studenten, der ernsthaft etwas von seinem Unterricht erhoffte, dazu bestimmt, von ihnen allen nicht gemocht zu werden, wenn er nicht jede Woche mindestens eine Vorlesung ausfallen ließ, als schäbiger Junggeselle lebend (denn die Fortsetzung dieser Ehe war sinnlos) und von seinen Studenten »Ratte« genannt wie jener Philosoph, dem Takashi in New York begegnet war. Kurz, auf einen Kurs gebracht, auf dem als einzige Veränderungen das Alter und der Tod blieben.

Vor seinem Selbstmord hatte Takashi alle Geldscheine und Münzen aus seinen Taschen in einen an Hoshio und Momoko adressierten Briefumschlag gesteckt und diesen in einen Tischkasten gelegt, wo sein Blut ihn nicht beflecken würde. Unmittelbar nach seinem Begräbnis (wir setzten ihn und mit ihm S' Urne an der einzigen leeren Stelle auf dem Familienfriedhof bei) brachte Hoshio allein, alle Hilfsangebote der jungen Männer ablehnend, den Citroën über die provisorische Brücke, und fuhr, Momoko an seiner Seite, vorsichtig die immer noch von halbgetautem Schneematsch bedeckte Asphaltstraße hinab und davon. Vor seiner Abreise hielt er meiner Frau und mir folgende Rede, wobei Momoko, die fügsam und äußerst weiblich neben ihm stand, seine Bemerkungen immer wieder mit einem kleinen Nicken unterstützte: »Da wir Taka nun nicht mehr haben, müssen Momo und ich es allein schaffen. Also werde ich sie heiraten. Schließlich haben wir beide ja das gesetzliche Heiratsalter erreicht. Wir können unseren Lebensunterhalt zusammen verdienen – ich werde mir irgendwo eine Autowerkstatt suchen, und Momo kann eine Stelle als Serviererin in einem Café annehmen. Eines Tages werde ich hoffentlich meine eigene Tankstelle haben. Taka sagte immer, ich solle versuchen, so eine Tankstelle aufzumachen, wie er sie in Amerika gesehen hat, wo auch größere Reparaturen erledigt werden und wo es auch einen Imbiß gibt. Jetzt, da er tot ist, müssen Momo und ich es allein schaffen, es gibt sonst niemanden, von dem wir etwas erwarten dürften.«

Meine Frau und ich hätten die Senke mit ihnen verlassen

und sie gebeten, uns hinten im Citroën wenigstens bis zu der kleinen Stadt am Meer mitzunehmen, aber ich litt unter einer fiebrigen Erkältung. Auch danach waren meine Hände drei Wochen lang heiß und prickelnd, als hätte sich auf ihnen eine schwammige Schicht gebildet, die es mir unmöglich machte, irgend etwas anzufassen. Als mir dann besser wurde, sagte auf einmal meine Frau, sie fühle sich einer langen Reise nicht gewachsen. Tatsächlich litt sie häufig unter Übelkeit und Ohnmachten. Ich konnte unschwer folgern, worauf sie sich psychisch vorbereitete, was sie mit ihrem ganzen Körper hoffte, aber ich spürte kein Verlangen, darüber zu sprechen. Für uns gehörte das in die Kategorie der bereits erledigten Dinge.

Mit einem unbestimmten Gefühl der Resignation grübelte ich über der Frage meiner neuen Arbeitsstelle, während Natsumi im Halbdunkel auf der anderen Seite der Feuerstelle saß wie eine Puppe mit einem schweren Unterteil an den Füßen. Niemand mehr war im Haupthaus, der unser Zwiegespräch hätte unterbrechen können. Aber sie verfiel nun stets nach wenigen Worten in tiefes Schweigen, floh aus dem Kreis der Gespräche. Für einige Zeit nach Takashis Tod war sie in einen Zustand ständig erneuerter Trunkenheit geglitten. Bald jedoch hatte sie sich freiwillig aller übriggebliebenen Flaschen mit Whisky entledigt und sich angewöhnt, ihre Zeit außerhalb des Schlafs und der Mahlzeiten damit zu verbringen, daß sie schweigend und korrekt auf den Hacken saß, die Hände über dem Bauch gefaltet und die Augen halbgeschlossen. Ich argwöhnte, daß ihr Vorschlag, ich sollte nach Afrika gehen, nicht mehr gewesen war als eine uninteressierte Meinung zu der Wahl, vor der ein völlig Fremder stand. Ich warf keinen kräftigen Schatten mehr auf die Welt ihres Bewußtseins und sie nicht auf die meine.

Am Nachmittag schob sich Jins ältester Sohn in die Küche, er bewegte sich, beeindruckt vom Schweigen meiner Frau, nur leise. »Der Kaiser kommt über die Brücke«, meldete er. »Er hat fünf junge Kerle bei sich.«

Mittlerweile glaubte niemand von den Leuten im Tal mehr, der Kaiser würde eine Bande mitbringen. Gleich als das Tauwetter einsetzte, hatte er einen Beauftragten geschickt, der alle aus dem »Aufstand« erwachsenen Fragen so einfach wie möglich klärte. Vor allem hatte er den ersten Schwerlaster, der ins Tal gelangte, mit Waren beladen lassen und den Supermarkt wiedereröffnet. Er verlangte weder eine Entschädigung für das Plündern noch benachrichtigte er die Polizei. Der von dem jungen Priester und dem Seeigel vorgebrachte Plan, demzufolge die bessergestellten Einwohner die Mittel aufbringen wollten, den Supermarkt einschließlich der Verluste zu übernehmen, wurde kurzerhand abgetan. Es lief sogar das Gerücht um, der Vorschlag sei dem Kaiser niemals offiziell unterbreitet worden. Schon bald nach Takashis Tod war den hinter dem »Aufstand« stehenden Kräften das Rückgrat gebrochen. Sie hatten jede Möglichkeit eingebüßt, den Kaiser mit der Drohung neuentfachten Aufruhrs zu schrecken. Die Hausfrauen aus dem Tal und vom »Lande« krochen vor Dankbarkeit und Befriedigung, weil sie nicht wegen der Plünderungen verhört wurden, und kauften fröhlich Lebensmittel und Haushaltartikel ein, die durchschnittlich zwanzig oder dreißig Prozent mehr kosteten als vor der Unruhe. Was die geplünderten Elektrogeräte und anderen größeren Artikel anging, so wurden sie von den Leuten nach und nach und in aller Heimlichkeit in den Supermarkt zurückgebracht, wo sie als beschädigt mit Preisnachlaß von neuem angeboten wurden und im Nu ausverkauft waren. Die Frauen vom »Lande«, die sich am »Aufstand« beteiligt und miteinander um billige Kleidungsstücke gerangelt hatten, besaßen, wie sich jetzt erwies, beträchtliche Summen an Bargeld und gehörten zu den eifrigsten Kunden beim Ausverkauf. Die Waldbesitzer aber zogen sich mit hörbaren Seufzern der Erleichterung wieder in ihre Schneckenhäuser zurück.

Ich ging hinter Jins Sohn her ins Tal hinab, und meine Augen schmerzten von dem dicken Staub, den der ungestüme Wind von den nackten Feldern aufwirbelte. Alles um mich her – die dunkelbraunen Flächen verwelkten Graslandes, wo der Schnee völlig verschwunden war und der Boden zunächst ausgetrocknet und ohne die Kraft, neues Leben zu tragen, dalag, ja sogar die düsteren immergrünen Wipfel des Waldes hinter den hohen Laubbaumgehölzen – alles sah nach einem unerklärlichen Verlust aus, wie die sterblichen Überreste eines Menschen, und weckte in mir dunkles Unbehagen, wenn mein Blick über die Senke

schweifte. Ich schaute nach unten und sah das Genick des Jungen, auf dem Schmutz ein fleckiges Muster gezeichnet hatte. Stunde um Stunde hatte er auf dem großen Felsen gehockt, wo die unglückselige kleine Sexbiene ihr Ende gefunden hatte, und den staubbeladenen Windstößen getrotzt, um den Kaiser zu Gesicht zu bekommen, wenn er ins Tal einzog. Der Junge lief rasch, mit gesenktem Kopf, und sah von hinten seltsam müde für ein Kind aus. Es war dies die Müdigkeit des Angehörigen einer Familie, die endgültig die Waffen gestreckt hatte. Ich war sicher, daß alle Talbewohner die Ankunft des Kaisers und seiner Untergebenen in der gleichen müden Art erwarteten. Die Senke hatte kapituliert.
Der Junge hätte seine Rolle als Wachtposten nicht so begeistert gespielt, wäre der Grund, dessentwegen ich hinabstieg, dem Kaiser entgegen, nicht bedeutungsvoll für seine Mutter gewesen, die fast nichts mehr aß und rasch abnahm. Ich bezweifelte, ob er mir sonst überhaupt an diesem Tag einen Dienst erwiesen hätte, da Takashis Tod mich abermals vom täglichen Leben der Bewohner der Senke getrennt hatte. Nicht einmal die Kinder versuchten mehr, sich über mich lustig zu machen. Als wir auf dem freien Platz vor dem Gemeindeamt ankamen, erkannte ich sofort den Kaiser und sein Gefolge, die wohl den Supermarkt umgangen hatten und sofort die gepflasterte Straße heraufgekommen waren. Der lange Mann, der militärisch exakt ausschritt und dabei den Saum seines fast fersenlangen schwarzen Mantels mit den Füßen hochstieß, war der Kaiser. Selbst aus einigem Abstand sah das runde Gesicht unter der Jagdmütze gesund und wohlgenährt aus. Die ebenso kräftig ausschreitenden jungen Männer um ihn her waren alle von ähnlich robuster Statur. Sie trugen Mäntel aus billigem Stoff und waren barhäuptig, legten aber, dem Beispiel ihres Führers folgend, eine stolze Haltung an den Tag: die Schultern durchgedrückt und den Kopf hoch erhoben. Ich wurde lebhaft an den Tag erinnert, an dem die Jeeps der Besatzungstruppen ins Tal kamen; der Kaiser und seine Begleitung ähnelten den ruhig triumphierenden Fremden jenes Mittsommermorgens. Die Erwachsenen im Tal hatten sich, auch nachdem sie nun mit eigenen Augen den konkreten Beweis für die Niederlage der Nation registriert hatten, schwer daran ge-

wöhnen können, daß Besatzer kamen, und waren weiter ihren täglichen Verrichtungen nachgegangen, ohne die fremden Truppen zu beachten. Innerlich aber waren sie voller Scham. Anders die Kinder: Sie paßten sich der neuen Lage rasch an, rannten mit »Hello, hello!« den Jeeps hinterher – diese Rufe waren ein Teil der Notausbildung in der Schule – und erhielten Lebensmittelkonserven und Süßigkeiten.

Auch heute wandten alle Erwachsenen, die das Unglück hatten, der Prozession des Kaisers zu begegnen, das Gesicht ab oder ließen den Kopf hängen wie scheue Krabben, die sich danach sehnten, in irgendein passendes Loch auszureißen. Am Tage des »Aufstands« hatte ihnen das offene, spontane Annehmen der damit verbundenen Schande eine zerstörerische Wucht verliehen. Aber die Scham, die sie jetzt nach ihrer Kapitulation peinigte, war eine schmutzige, kraftlose Abart jenes Gefühls und nicht geeignet, ihrem Haß neue Nahrung zu geben. Ihre einzelnen »Schandflecke« waren Trittsteine, über die der Kaiser und seine Untergebenen stolz hinwegschritten. Der gewaltige Unterschied zwischen dem armseligen »Geist« des Kaisers im Cutaway ohne Hemd und der Realität des Kaisers selbst ließ mich mit einem Anfall fast persönlichen Schamgefühls darüber spekulieren, wie es wohl gewesen wäre, hätte der als »Geist« kostümierte junge Mann am Straßenrand ausharren müssen, während der Kaiser vorüberkam. Die Kinder aus dem Tal, die den Schluß der Prozession bildeten, sagten kein Wort, als ängstigte sie das Brüllen des ungestümen Windes, das sich in Spiralen aus den oberen Waldbereichen herabbewegte. Sie paßten sich als erste der neuen Lage im Tal an, wie ich und meine Gefährten das als Kinder getan hatten. Aber auch sie hatten an dem »Aufstand« teilgenommen und dadurch ihre Stimme verloren, waren beunruhigt von so viel Schamgefühl, wie in ihren kindlichen Köpfen nur Platz hatte.

Bald wurde der Kaiser meiner Anwesenheit gewahr. Schließlich wartete ich als einziger im Tal erhobenen Hauptes auf ihn und wich seinem Blick nicht aus. Er blieb vor mir stehen, hinter sich die Gruppe junger Männer, deren Gesichtszüge so deutlich zeigten, daß sie der gleichen Abstammung waren wie er. Der Kaiser schwieg, und die Haut zwischen seinen Augenbrauen zog sich in senkrechte Furchen, die nichts weiter andeuteten als sorgfältige Konzentration, während er mich mit großen Augen ruhig ansah. Auch seine Gefolgsleute beobachteten mich schweigend, und ihr schwerer Atem bildete weiße Wolken in der Luft.

»Mein Name ist Nedokoro«, unterbrach ich die Stille, und meine Stimme klang gegen meinen Willen rauh. »Ich bin der ältere Bruder von Takashi, der mit Ihnen verhandelt hat.«

»Ich bin Paek Sun-gi«, sagte der Kaiser der Supermärkte. »Das mit Ihrem Bruder tut mir wirklich leid. So eine Tragödie! Er war ein recht ungewöhnlicher junger Mann.«

Ich musterte ihn mit einer Mischung aus unerwarteter Emotion und Mißtrauen: die weitgeöffneten Augen, die mich gleichmütig mit einem Ausdruck aufkommenden, unverhohlenen Kummers betrachteten, die fleischigen Wangen, das ganze fröhliche Gesicht. Takashi hatte uns nicht gesagt, daß der Kaiser so war. Er hatte uns und auch die Leute aus dem Tal hereingelegt, indem er den Kaiser vorsätzlich als einen besonders verächtlichen »Geist« präsentierte. Tatsächlich argwöhnte ich, daß er selbst von dem Koreaner tief beeindruckt gewesen war und ihm gesagt hatte, er sei ein »recht ungewöhnlicher« Mensch. Also hatte der Kaiser wahrscheinlich die gleichen Worte verwendet, um dem Toten das Kompliment heimlich zurückzugeben. Seine Brauen waren dick und breit, die Nase kräftig. Aber die kleinen Lippen leuchteten rot und feucht wie bei einem Mädchen, und die Ohren sahen beinahe wie betaut aus, was dem ganzen Gesicht jugendliche Vitalität verlieh. Während ich ihn wortlos anstarrte, lächelte er mir offen und einnehmend zu, daß seine weißen Zähne blitzten.

»Ich bin heruntergekommen, weil ich eine Bitte habe«, sagte ich.

»Und ich war gerade auf dem Weg hinauf, um mir das Speicherhaus anzusehen«, erwiderte Paek, immer noch mit demselben Lächeln und die Brauen zusammengezogen. »Und um gleichzeitig mein Beileid auszusprechen.«

»Es geht um die Familie des Kleinen hier«, fuhr ich fort. »Sie wohnen im Nebengebäude. Die Mutter ist zur Zeit krank, darum möchte ich Sie bitten, das Gebäude zunächst nicht niederzureißen!«

»Die Kranke wird so dünn, daß sie meint, im Sommer ist sie tot!« warf Jins Sohn ein, um meine Darstellung zu ergänzen. »Das Konservenzeug, das sie gegessen hat, ist ihrer Leber nicht bekommen. Sie ist nur noch etwa halb so dick wie früher und hat jetzt das Essen eingestellt. Sie macht es nicht mehr lange!«

Paeks Lächeln verschwand, und er musterte Jins Sohn eingehend. Im Gegensatz zu mir war der Junge kein Außenstehender, der sich nur vorübergehend im Tal aufhielt. Der Kaiser widmete ihm dementsprechend ein nüchternes Interesse, das im Gegensatz zu dem leichten, geselligen Ton stand, in dem er mit mir gesprochen hatte. Fast sofort aber setzte er wieder das leutselige Lächeln und das winzige, fast nach Selbstvorwürfen aussehende Stirnrunzeln auf und sagte: »Ich sehe nicht ein, warum die Leute nicht im Nebengebäude wohnen bleiben sollten, solange das beim Abtragen des Speicherhauses nicht stört. Aber sie müssen sich vielleicht mit einigen Unannehmlichkeiten abfinden, während die Arbeit im Gange ist.« Mit mehreren Pausen, als wolle er seine Worte in das Gedächtnis des Jungen eingraben, fügte er dann hinzu: »Wenn ihr aber bleibt, nachdem wir mit dem Speicherhaus fertig sind, zahle ich euch keine Entschädigung für den Umzug.«

Jins Sohn stakte davon, und der wie bei einem jungen Hahn gebogene Hals zeigte sein Mißvergnügen. Feindseligkeit gegen den Kaiser war wieder in seinem Geist aufgeflammt. Gleichzeitig unterstrich seine Hinteransicht wohl, daß meine Passivität bei Paeks Worten mich die letzte Andeutung von Freundschaft gekostet hatte.

»Wir werden einen Teil der Wand des Speicherhauses abtragen, um die Demontage vorzubereiten«, sagte Paek, während wir zusahen, wie der Junge in der Ferne verschwand. »Ich habe ein paar junge Männer mitgebracht, die Architektur studieren.«

Gemeinsam gingen wir den Weg zum Speicherhaus hinauf. Die Studenten, alle sommersprossig und mit Ringerfiguren, auf denen Köpfe wie Kanonenkugeln saßen, waren äußerst verschlossen und flüsterten nicht einmal miteinander.

»Falls noch irgend etwas Wertvolles drin ist, würden Sie es

wohl bitte herausholen?« sagte Paek, als wir im Hof ankamen.
Der Form halber holte ich das Fächerbild, auf dem das von John Manjiro geschriebene Alphabet bereits völlig unleserlich war. Einer der jungen Männer nahm Werkzeug aus einem Sack, den er auf der Schulter getragen hatte, und breitete es am Boden aus. Die zuschauenden Kinder schreckten zurück, als handelte es sich um Waffen. Zuerst hängten die jungen Männer die Türen des Speicherhauses aus und trugen die Tatami und andere Gegenstände mit nahezu ehrfürchtiger Sorgfalt heraus. Aber nach einer Weile gab Paek einen Befehl auf Koreanisch, und plötzlich erinnerten sie viel stärker an Abrißarbeiter. Als sie die talseitige Wand vom Erdgeschoß niederrissen, zerfielen der Mörtel und die Bambusstäbe, die seit mehr als einem Jahrhundert hier gestanden hatten, zu Staub, der in die Luft stieg und mir und den zum Zusehen hergekommenen Kindern aus dem Tal auf den Kopf fiel.
Die jungen Männer schwangen abwechselnd einen schweren Schmiedhammer und schienen, nachdem erst einmal die Wand niedergerissen war, keinerlei Interesse mehr für die Struktur und das Gleichgewicht des Speicherhauses aufzubringen. Das galt auch für Paek, der die Arbeiten ganz unbeeindruckt von dem Staub leitete. Irgendwie sah das nach einer bewußten Geste der Gewalt gegen die Leute aus dem Tal aus. Indem sie die Wand des ältesten erhalten gebliebenen Symbols der traditionellen Lebensweise des Tals einschlugen, demonstrierten Paek und sein Gefolge, daß sie die Talbewohner ihrer gesamten Existenzgrundlage berauben konnten, wenn sie das nur wollten. Das war den Kindern völlig klar, die mit verhaltenem Atem der Arbeit zusahen, und auch die Erwachsenen mußten es gespürt haben, denn niemand kam aus dem Tal herauf, um wegen der Staubwolken zu protestieren, die es einzuhüllen drohten. Zwar zerbröckelten die Wände vor Altersschwäche, aber immer noch trugen sie das Ziegeldach, das so schwer war wie ein Jahrhundert zuvor, und ich fürchtete, das Abreißen auch nur eines Teils der Wände könnte in dem starken Wind das ganze Speicherhaus zum Einsturz bringen. Mich durchzuckte der Verdacht, Paek habe nie die Absicht gehabt, das Fachwerk des Speicherhauses mit

seinen großen Balken abzutransportieren und in der Stadt wieder aufbauen zu lassen, sondern habe es einfach zu dem Vergnügen erworben, es vor den Leuten des Tals zu zerstören.
Bald war fast ein Drittel der talseitigen Wand von der Decke bis zum Fußboden herausgeschlagen, und was der Wind von den Mörtelhaufen zurückgelassen hatte, wurde weggeschaufelt. Hinter Paek stehend, spähten die Kinder und ich in das Innere des Speicherhauses, das jetzt vom nackten Tageslicht grausam beleuchtet wurde. Es lag offen vor den Blicken des Tales wie eine Theaterbühne – ein Eindruck, der sich bald darauf in meinen Träumen wiederholen sollte. Es sah eigentümlich eng aus, und alle Unregelmäßigkeiten des Inneren standen deutlich zur Schau. Die Erinnerungen an das Halbdunkel eines Jahrhunderts waren für immer verflogen, und während ich hinsah, wurde auch die Erinnerung an S, der mit dem Gesicht zum hinteren Teil des Zimmers reglos dort lag, unwirklich und verschwand. An der Stelle, wo man die Wand niedergerissen hatte, bot sich ein Blick auf das Tal aus einem ungewöhnlichen Winkel. Man sah den Fußballplatz, auf dem Takashi die jungen Männer in Trab gebracht hatte, und das kastanienbraune Flußbett, das wieder winterliches Niedrigwasser führte, nachdem die Schneeschmelze vorbei war.
»Haben Sie irgendwo eine Brechstange?«
Paek hatte sich koreanisch mit den Architekturstudenten unterhalten, deren erste Aufgabe erledigt war. Aber jetzt kam er herüber, und die gaffenden Kinder fuhren zurück, als er zwischen ihnen hindurchging. Lächelnd hatte er mich angesprochen, doch die senkrechte Furche stand noch immer zwischen seinen staubverklebten Augenbrauen. »Ich möchte einige Dielenbretter herausheben, um mir den Keller anzusehen. Die Keller solcher Häuser haben Wände und Fußböden aus Stein, so daß wir mehr Arbeitskräfte brauchen, wenn wir ihn auch mitnehmen wollen.«
»Aber hier gibt es gar keinen Keller.«
»Es muß einen geben«, sagte einer der Studenten, dessen Gesicht kalkweiß von Staub war, so ruhig, daß ich unsicher wurde. »Man sieht das an der Art, wie der Fußboden erhöht ist.«
Ich führte ihn in die Speicherkammer, um die Eisenstangen

zu holen, die die Leute aus dem Tal immer benutzten, wenn sie sich gemeinsam an die Reparatur der gepflasterten Straße machten. Am Eingang zur Speicherkammer lag ein ordentlicher Stapel Rindenschälmesser. Die Mannschaft hatte die Waffen im Hof zurückgelassen, als sie desertierte, und ich hatte sie am Morgen nach Takashis Tod eingesammelt und hierhergebracht. Unter dem Fußboden zogen wir eine rostbedeckte Stange hervor. Immer noch nicht überzeugt, daß es einen Keller gab, stand ich dann neben Paek in der Tür des Speicherhauses und sah zu, wie die jungen Männer die Dielenbretter aushoben. Die altersfaulen Bretter gaben bald nach, und die Zuschauer mußten sich häufig abwenden, weil neue Staubwolken entstanden. Dann stieg hinten im Speicherhaus plötzlich ein schwarzer Nebel aus feinem, feuchten Staub auf, ähnlich der Tintenwolke, die ich in irgendeinem Unterwasserfilm einen Oktopus hatte ausstoßen sehen, und kam langsam auf uns zu. Wir schraken davor zurück, hörten aber, wie die jungen Männer die Dielenbretter noch weiter anhoben. Als sich der Staub schließlich legte und Paek und ich hineingingen, sahen wir eine lange Öffnung, die sich von der Schmucknische im hinteren Raum bis zur Kante des erhöhten Fußbodens am Eingang erstreckte. Das unschuldig lächelnde Gesicht eines jungen Mannes tauchte in der Öffnung auf. In lustig klingendem Koreanisch rief er Paek etwas zu und reichte ihm den von Würmern zerfressenen Einbanddeckel eines Buches.

»Er sagt, unter dem Fußboden ist ein solide gebauter Steinkeller«, sagte Paek vergnügt. »Haben Sie wirklich nichts davon gewußt? Er hat viele Stützpfeiler, zwischen denen man sich schlecht bewegen kann, aber es sind zwei Räume, und der vordere hat sogar Toilette und Brunnen. Er sagt, dort ist alles voller Bücher und alter Zeitungen. Ich wäre nicht überrascht, wenn man dort unten einst einen Verrückten oder Deserteur versteckt hätte.«

Auf dem schmutzigen Einband, den er in der Hand hielt, konnte ich den Titel »Gespräch dreier Trunkenbolde über das Regieren« und die Worte »Verlag Shuseisha, Tokyo« erkennen. Völlig überrumpelt, trieb ich auf den Wellen des Erstaunens davon. Der Schock drängte in mir etwas herauf, was sich eilends ausbreitete und schließlich die Gestalt einer

Offenbarung annahm. (Und die gleiche Offenbarung war es, die mich jetzt nicht zur Ruhe kommen ließ, da ich nachts im Keller saß.)
»Auf der Seite, wo draußen die Steinmauer ist, gibt es genügend Löcher, die Licht hereinlassen«, hatte Paek weiter mitgeteilt, den Bericht eines anderen jungen Mannes aus dem Keller übersetzend. »Vermutlich sind sie von außen nicht zu sehen. Möchten Sie hineingehen?«
Ich schüttelte wortlos den Kopf, noch trunken von der Offenbarung, die immer klarere Züge annahm. Der Kern dieser Offenbarung, die Einsicht, daß Urgroßvaters Bruder nach dem Aufstand von 1860 seine Gefährten nicht im Stich gelassen, nicht auf der Suche nach einer neuen Welt durch den Wald davongegangen war, konnte bereits nicht mehr erschüttert werden. Wenn auch außerstande, die Tragödie ihrer Enthauptung zu verhindern, hatte er sich doch selbst bestraft. Am Tag der endgültigen Vernichtung hatte er sich in den Keller eingesperrt und dort seine Integrität als Führer des Aufstandes, wenn auch auf negative Weise, bewahrt, ohne jemals seine Überzeugungen aufzugeben. Die verschiedenen Briefe, die ihn überlebt hatten, hatte er offensichtlich in seinem Versteck geschrieben und denen übergeben, die ihm die Mahlzeiten hinabreichten. Er hatte sie wohl in den Lesepausen zu Papier gebracht, wenn er sich vorstellte, was für Briefe er geschrieben hätte, wenn er sein Leben anderswo hätte verbringen können. Dabei ist er von den jugendlichen Träumen vom großen Abenteuer zu den traurigeren, realistischeren Vorstellungen des reifen Alters gelangt. Die fehlende Absenderangabe auf den Briefen deutete ebenfalls darauf hin, daß der Schreiber seinen Keller nie verlassen hatte. Auch von Urgroßvaters Seite war der Kontakt vermutlich ausschließlich auf Briefe beschränkt gewesen. Einem Mann, der in dieser freiwilligen Gefangenschaft lebte, der stundenlang über Büchern und Zeitungen saß, die man ihm in seinen Keller hinunterwarf, und der seine Tage damit zubrachte, daß er seine Phantasie um Dinge kreisen ließ wie eine Zeitungsanzeige über einen Studienaufenthalt in Amerika oder jene Walfangepisode vor den Bonininseln, hätten realistischere Fragen dementsprechend ferner gestanden. Es muß sogar schwierig für ihn gewesen sein, sich zu vergewissern, welche völlig alltäglichen,

simplen Ereignisse sich in unmittelbarer Nähe seines Verstecks zutrugen. Unten in seinem Keller spitzte er wohl die Ohren, um mitzubekommen, was draußen geschah. Und besorgt um die Sicherheit seines Neffen, des Soldaten, dem er wahrscheinlich nie begegnen würde, obwohl sie so nahe beieinander wohnten, hatte er denen in der Oberwelt seine Botschaft geschrieben: »Ich bitte Dich, mich postwendend zu informieren, wenn ein Brief von ihm kommt.«

Mein Geist fieberte ob dieser neuen Enthüllungen, und ich wollte mich ins Haupthaus zurückziehen, als Paek ganz unerwartet auf den Vorfall vom Sommer 1945 zu sprechen kam. Die Regung dazu mußte ihn übermannt haben, als er versuchte, die eigentliche Ursache meines gespannten und offensichtlichen Schweigens zu ergründen, das mit bloßer Überraschung wegen der Entdeckung des Kellers nicht zu erklären war.

»Was den Tod Ihres Bruders im Koreanerdorf nach seiner Rückkehr von der Armee betrifft – wissen Sie, da kann niemand mit Sicherheit sagen, ob wir oder die Japaner ihn umgebracht haben. Es herrschte ein großes Durcheinander, in dem beide Seiten mit Stöcken aufeinander einschlugen: er geriet unbewaffnet mitten hinein und stand mit hängenden Armen stocksteif da, bis er tot umfiel. In gewissem Sinne haben wir und die Japaner ihn gemeinsam umgebracht. Er war auch ein recht ungewöhnlicher junger Mann, wissen Sie!«

Paek hielt inne und wartete meine Reaktion ab. Ich schwieg, nickte aber, wie um zu sagen: »Ja, Sie haben wohl recht, S war so ein Mensch«, ging ins Haupthaus und schloß die Tür, um den Staub nicht hineinzulassen, der mich verfolgte. Mit gepreßter Stimme hörte ich mich »Taka!« in das Halbdunkel rings um die Feuerstelle rufen, wußte aber sofort wieder, daß Takashi tot war, und bedauerte seine Abwesenheit heftiger als je nach seinem Selbstmord. Er hatte mehr als jeder andere verdient, die neue »Wahrheit« über das Speicherhaus zu erfahren. Während sich meine Augen an die Dunkelheit gewöhnten, schwamm allmählich das aufgedunsene Gesicht meiner Frau, ein fast perfekter Kreis, in mein Blickfeld. Sie beobachtete mich skeptisch.

»Unter dem Speicherhaus ist ein Keller«, teilte ich ihr mit.

»Anscheinend hat sich Urgroßvaters Bruder die ganze Zeit dort versteckt und Buße getan für die Führung des fehlgeschlagenen Aufstands... Taka starb in Scham für Urgroßvaters Bruder und sich selbst. Urgroßvaters Bruder aber hat ein ganz anderes Leben geführt, als wir dachten. Ich habe das eben erst entdeckt. Es gab daran nichts, wofür sich Takashi hätte besonders schämen müssen, zumindest was seinen Vorfahren betrifft.« Ich sprach eindringlich, immer stärker von der Wahrheit meiner Worte überzeugt.

»Aber *du* hast doch Takashi beschämt, als er am Rande des Grabes stand!« schrie sie. »*Du* hast ihn dem Gefühl seiner Schande überlassen. Was soll also jetzt dieses Gerede?«

Von meiner neuen Entdeckung verwirrt, hatte ich auf frauliche Trostworte gehofft; es war mir nicht in den Sinn gekommen, daß sie diesen Augenblick wählen würde, sich gegen mich zu wenden. Ich war wie gelähmt, saß in der Falle zwischen den Auswirkungen der Entdeckung und der unverhüllten Feindseligkeit meiner Frau.

»Ich denke nicht, daß du ihn regelrecht zum Selbstmord getrieben hast, aber ich meine schon, du hast ihn dem gemeinsten und schändlichsten Tod überantwortet«, fuhr sie mit zunehmender Heftigkeit fort. »Du hast ihn immer wieder in seine Schande zurückgestoßen, bis ihm schließlich dieser elende Tod als einzige Möglichkeit blieb. Nachdem er sich einmal zum Sterben entschlossen hatte, hat er sicher seine letzte Hoffnung, die Angst zu besiegen, auf dich gesetzt. Aber du hast das Angebot seiner Augen abgelehnt, nicht? Selbst als er fast auf den Knien lag und dich anflehte, ihm zu sagen, warum du Haß gegen ihn empfandest, hast du ihm nicht gesagt: ›Ich hasse dich nicht.‹ Nein, du mußtest ihn so verhöhnen, daß er sich doppelt schämte. Du hast ihn im Stich gelassen, so daß ihm keine Wahl blieb, als sein Gesicht auf diese scheußliche, elende Art mit einem Schuß zu zerfetzen. Und nun, da er tot ist und sich das nicht ungeschehen machen läßt, redest du mit einmal davon, er hätte sich für Urgroßvaters Bruder nicht ›besonders zu schämen brauchen‹! Allein schon um diesen Mann gewußt zu haben, hätte Taka, selbst wenn es ihm keinen Weg zum Weiterleben wies, an jenem letzten Tag, in den Augenblicken, ehe er sich umbrachte, wenigstens seelische Kraft geben können. Hättest du ihm da gesagt, was du jetzt so

elegant bei ihm loswerden willst, da er tot ist, dann hätte sein Selbstmord nicht so schrecklich sein müssen!«
»Was ich dir gerade gesagt habe, wurde erst entdeckt, als der Kaiser anfing, das Speicherhaus auszumessen. In jener Nacht schien so etwas unmöglich. Aber jetzt ist es ganz klar: Urgroßvaters Bruder schloß sich unter dem Speicherhaus ein und lebte dort bis zu seinem Tode in Abgeschiedenheit.«
»Mitsu, Taka ist tot. Was macht es da für ihn noch aus, was du nicht gewußt hast oder was du jetzt weißt? Du wirfst die Menschen weg und läßt sie ohne Hoffnung sterben, aber zur Wiedergutmachung bringst du nur fertig, in deinen Träumen aufzuschreien ›Ich habe dich im Stich gelassen!‹ oder Tränen zum eigenen Trost zu weinen. Heute wie früher und in Zukunft und immerdar! Neue Entdeckungen mögen bei dir neue Tränen fließen lassen, aber sie werden *die anderen* nicht darüber hinwegtrösten, eines so elenden Todes in solcher Verzweiflung gestorben zu sein!«
Ich gab auf und begnügte mich damit, ihre Augen zu beobachten, die so starr vor Haß waren, daß die Fältchen um sie her wie Falze voll steifen Klebstoffs aussahen. Ich hatte ihr nichts von Takashis Geständnis der Blutschande erzählt. Auch dann hätte sie nur ganz berechtigt darauf hingewiesen, daß ich nach dem Anhören dieses Geständnisses mit der Bemerkung, sein jahrelanges Leben im schmerzvollen Schatten »der Wahrheit« sei ausreichende Sühne gewesen, die Entsetzlichkeit seines Selbstmordes in gewissem Maße hätte mildern können.
Ihre Augen blieben unverwandt auf mich gerichtet, aber der Zorn schwand aus ihnen, und obwohl sie weiter vor Haß funkelten, umwölkte sie ein neuer Schatten von Traurigkeit.
»Aber alles«, sagte sie, »was jetzt ans Licht kommt und zeigt, daß er sich nicht auf so scheußliche Weise hätte umbringen müssen, macht die Sache nur noch entsetzlicher.« Dabei brach sie in Tränen aus, als sei die harte Schale des Hasses zerbrochen und lasse den Dotter des Kummers ausfließen. Nach einer Weile faßte sie sich wieder und sagte, ohne zu stocken, offensichtlich in der Annahme, daß ich mir die Wahrheit bereits zusammenreimen konnte:
»Ich hab mir die letzten beiden Wochen überlegt, ob ich

eine Abtreibung machen lassen soll oder nicht. Aber jetzt habe ich mich entschlossen, Takas Kind auszutragen. Ich bringe es nicht über mich, noch eine Grausamkeit gegen ihn zuzulassen.«

Sie wandte sich ab, dem noch tieferen Halbdunkel hinten im Raum zu und ließ gleichsam eine Jalousie vor sich herunter, offensichtlich gewillt, jede Reaktion zurückzuweisen, die ihrem Entschluß zuwiderlief. Ich blickte auf ihren Rücken mit der breiten Grundfläche, sah, wie sie, die Frühschwangere, dasaß und das Körpergewicht fest auf den Hacken ruhen ließ. Irgendwie war das das gleiche absolute körperliche und seelische Gleichgewicht, wie damals, als sie mit meinem Kind schwanger ging. Und ich verstand ihren Entschluß, dem Kind in ihrem Schoß, Takashis Kind, das Leben zu schenken, verstand ihn mit der gleichen körperlichen Unmittelbarkeit, wie man vielleicht einen Gesteinsbrocken versteht, der einem vor den Augen liegt. Das Verstehen setzte sich in meinem Geist fest, ohne zur geringsten emotionellen Störung zu führen.

Ich ging wieder in den Hof hinaus und sah den Kaiser breitbeinig in der Tür des Speicherhauses stehen und den Leuten drinnen laute Anweisungen auf Koreanisch erteilen, während die gespannt zusehenden Kinder hinter seinem Rücken einen dichten Halbkreis bildeten. Keiner von ihnen schenkte mir die geringste Beachtung. Ich beschloß, den Tempel aufzusuchen und dem jungen Priester von der Entdeckung des Kellers und von der Offenbarung zu erzählen, die das für mich bedeutet hatte. Also machte ich mich allein auf den Weg ins Tal und schritt in einer auffrischenden, staubbeladenen Brise rasch aus. Bei der Lektüre der »Darstellung des Bauernaufstands im Dorfe Okubo«, die mir der Priester gegeben hatte, war ich auf eine recht merkwürdige Passage gestoßen. Die Entdeckung des Kellers hatte sie plötzlich in den Blickpunkt gerückt, und jetzt bildete sie das Herzstück meiner Offenbarung und überzeugte mich davon, daß Urgroßvaters Bruder tatsächlich in freiwilliger Gefangenschaft im Speicherhaus gelebt hatte.

Großvaters Büchlein war eine durch Kommentar und Anmerkungen ergänzte Sammlung verschiedener Darstellungen der Unruhen von 1871 aus der Sicht der Behörden und des normalen Bürgers. Darin hieß es:

Der Vorfall wird gewöhnlich als »Unruhen von Okubo« bezeichnet.
Die Einwohner von Okubo schlugen einen großen Bambushain ein und stellten Speere für jedermann her.
Die Ursache der Unruhen lag in der Unbeliebtheit der neuen Regierung, insbesondere der obligatorischen Pokkenschutzimpfung und der in offiziellen Verlautbarungen verwendeten Bezeichnung »Blutzoll« für den Militärdienst, die ein Gerücht auslöste, man wolle den Bürgern Blut abnehmen, um es an Ausländer zu verkaufen. Dieses Gerücht alarmierte die Öffentlichkeit und führte zum Aufstand.
Es wurde keine Untersuchung gegen die Rädelsführer und die anderen am Aufstand Beteiligten durchgeführt, auch wurde niemand bestraft.

Die Passage, die die Unruhen aus der Sicht der Behörden darstellte, lautete wie folgt:

> Die im Juli 1871 erlassene Verfügung, mit der die Fürstentümer aufgelöst und Präfekturen geschaffen wurden, stieß auf den Widerstand der konservativ eingestellten Einwohner des Dorfes Okubo, und Anfang August gingen Berichte ein, wonach eine Verschwörung zum Widerstand gegen die Maßnahmen im Gange sei. Unverzüglich wurde ein Beamter zur Erläuterung der Maßnahme entsandt, aber die Einwohner ließen sich nicht überzeugen. Sie stachelten andere Dörfer auf, sich ihnen anzuschließen, und versammelten sich am Abend des gleichen Tages am ausgetrockneten Flußbett nördlich der Burg Ohama (knapp zwei Kilometer von der Präfekturkanzlei entfernt). Die Unzufriedenheit breitete sich stetig aus, bis sie schließlich mehr als siebzig Dörfer ergriff. Bis zum 12. August hatte der Mob eine Stärke von nahezu vierzigtausend Mann erreicht. Sie beschäftigten sich damit, ihre Gewehre in die Luft abzufeuern, Kriegsgeschrei anzustimmen und haltlose Gerüchte in die Welt zu setzen. Sehr bald strömten sie, bewaffnet mit Bambusspeeren und Pistolen, nach Ohama und besetzten die Straßen. In den Gerüchten, die sie in Umlauf setzten, wurde behauptet, die Rückkehr des ehemaligen Gouverneurs nach To-

kyo sei einzig und allein das Werk des Obervisitators, die Volkszählung werde durchgeführt, um den Bürgern Blut abzuzapfen, und die Impfung sei ein Trick, mit dem man die Gegner der Regierung vergiften wolle. Es gab noch zahllose weitere Erfindungen, die hier nicht alle genannt werden können. Die Aufwiegler verhielten sich immer ungezügelter. Die Menge blieb, wo sie war, ohne irgendwelche Forderungen zu stellen, bis die Kanzlei der Präfektur praktisch unter Belagerung stand. Die zur Beruhigung hinausgeschickten Beamten trafen schließlich mit dem Anführer der Unruhestifter zusammen, der forderte, daß der frühere Gouverneur nicht nach Tokyo zurückkehren solle, daß die vor der Restauration praktizierte Regierungsform wiederherzustellen, die derzeitige Beamtenschaft zu entlassen und an ihrer Stelle die alte Verwaltung wiedereinzusetzen sei. Am 13. August, als ein Angriff auf die Kanzlei bevorzustehen schien, wurde beschlossen, Truppen einzusetzen, um die Aufständischen in Schach zu halten; daraufhin zögerten diese, und es kam nie zu einem Angriff. Innerhalb der Präfekturversammlung hingegen kam Unruhe auf. Ihre vorherige Entscheidung wurde aufgehoben, wobei jetzt viele Abgeordnete die gewaltsame Unterdrückung des Aufstands ablehnten. Es wurde beschlossen, eine Reihe von Beamten aus der Zeit vor der Restauration herbeizurufen, die die Lage meistern sollten. Am 15. August erschien der ehemalige Gouverneur persönlich, um mit dem Mob zu verhandeln, der sich jedoch auch weiterhin nicht auflösen wollte. In den frühen Abendstunden jenes Tages verließ der Obervisitator plötzlich die Kanzlei der Präfektur, und kurz darauf wurde mitgeteilt, er habe sich zu Hause das Leben genommen.

Die Aufrührer waren von dieser Nachricht sehr bewegt. Die Menge löste sich allmählich auf. Am Nachmittag des 16. August war die Lage normal, und die zur Bereinigung der Angelegenheit ausgesandten Beamten konnten ausnahmslos in die Kanzlei zurückkehren.

Die andere Darstellung, aus der Sicht des normalen Bürgers verfaßt, sah in den Unruhen weniger ein geschichtliches Ereignis, als eine recht romantische Geschichte. Der Anfüh-

rer, der in ihr vorkam, der Mann, der als »oberster Vertreter« mit den Behörden verhandelte, wurde als »hochgewachsener Mann unbekannter Herkunft, von gut einhundertachtzig Zentimetern Größe und mit buschigem Haar« beschrieben. An einer anderen Stelle hieß es: »Der in dieser Darstellung häufig erwähnte seltsame Mann mit dem langen Haar war ein recht außergewöhnlicher Mensch: von hohem Wuchs, über einhundertachtzig Zentimeter groß, mit gebeugtem Rücken und totenblassem Teint. Aber trotz seiner merkwürdigen Erscheinung erweckte er allgemeines Erstaunen durch seine Beredsamkeit und seine überragende Tüchtigkeit bei allem, was er tat.« Was den unwahrscheinlichen Umstand betraf, daß die Teilnehmer an einem Aufstand in einer so kleinen Provinzgemeinde keine Ahnung gehabt haben sollten, wer ihr Anführer sei, so hatte Großvater sich damit begnügt, nachstehende, völlig unglaubhafte Fußnote anzubringen: »Die meisten Aufständischen hatten ihre Gesichter mit Ruß geschwärzt, so daß man sie nicht voneinander unterscheiden konnte. *Der Hrsg.*« Damit konnte er keineswegs die von ihm selbst aufgeworfene Frage klären, wer der »außergewöhnliche Mensch« nun eigentlich war. Das letzte Zitat über den Unbekannten lautete: »Nach der Meldung von der Zerstreuung der Aufständischen am Eingang zum Dorf Okubo am 16. August verschwand ihr Anführer wie vom Erdboden verschlungen.« Danach Schweigen.
Die herausragenden Führerqualitäten des hochgewachsenen Mannes mit dem gebeugten Rücken und dem blassen Gesicht waren bereits an der Geschicklichkeit zu erkennen, mit der er erstens die Kanzlei der Präfektur umstellen ließ, wodurch er Druck auf den Feind ausübte, ohne die Armee je zum Zuschlagen zu provozieren, und zweitens ein haarschafes Gleichgewicht der Kräfte zwischen dem Volk und den Behörden aufrechterhielt, bis sich schließlich der Verlauf der Debatte in der Versammlung änderte. Aber Großvater hatte noch dieses Lob für ihn parat: »Am bemerkenswertesten scheint bei einem Rückblick auf die Unruhen zu sein, daß niemand auch nur einen Kratzer abbekommen hat. Es spricht für außergewöhnliches Führertalent, daß er einen so gewaltigen Aufstand inszeniert hat, ohne daß ein einziger Mensch zu Schaden kam.«

Damit wurde meine »Offenbarung« zur Überzeugung, daß der lange Mann mit den hängenden Schultern und dem aschfahlen Gesicht Urgroßvaters jüngerer Bruder war, der nach zehnjähriger einsamer Meditation über den Aufstand von 1860 plötzlich wieder aus dem Keller auftauchte. Alles, was er sich in über zehnjähriger Selbstkritik erarbeitet hatte, investierte er in einem zweiten und erfolgreichen Aufstand, der sich vom ersten total unterschied. Der erste Aufstand war blutig verlaufen und zweifelhaft ausgegangen. Im zweiten wurde kein Aufrührer oder Augenzeuge getötet oder verwundet. Der Obervisitator, gegen den der Angriff in erster Linie gerichtet war, wurde schließlich zum Selbstmord getrieben. Und außerdem kamen noch alle Aufständischen ungestraft davon.

In der Haupthalle des Tempels, wo das Bild von der Hölle, das ich mir mit Takashi und meiner Frau angesehen hatte, immer noch an der Wand hing, teilte ich dem jungen Priester meine Gedanken mit und wurde dabei in der Überzeugung bestärkt, daß sie der Wahrheit entsprachen.

»Ist es wahrscheinlich, daß die Bauern in jener Zeit des Umbruchs, als die Wunden des Aufstandes von 1860 sie so mißtrauisch gemacht hatten, die Führung ihrer neuen Bewegung einem Mann unbekannter Herkunft anvertrauten? Ich bezweifle das. Was sie zum Handeln bewegte, war zweifellos das Wiederauftauchen eines ›Spezialisten‹ für Aufstände. Mit anderen Worten: Der legendäre Führer des Aufstandes von 1860 war wieder da. Nach dem tatsächlichen Ergebnis zu urteilen, ging es im Aufstand von 1871 vor allem um das politische Ziel, den Obervisitator aus seinem Amt zu entfernen. Das bedeutet nahezu mit Sicherheit, daß irgend jemand zu dem Schluß gekommen war, dies sei absolut notwendig, wenn die Lebensbedingungen der Bauern verbessert werden sollten. Aber eine solche abstrakte Idee allein hätte die Bauern noch nicht mitgerissen. Also nutzte der Einsiedler im Keller, der die neuesten Veröffentlichungen gelesen hatte, die Impfungen und die Zweideutigkeit des Begriffes ›Blutzoll‹ – den er selbst allerdings durchaus nicht falsch verstand –, die Bewohner des Dorfes anzustacheln, und die Unruhen zu organisieren, die mit der Niederlage des von der neuen Regierung entsandten Obervisitators endeten. Als das vollbracht war, ging er in

seinen Keller zurück und verschwand für immer. Er verbrachte also seine letzten rund zwanzig Jahre in selbstgewählter Isolierung. Das jedenfalls glaube ich. Takashi und ich versuchten immer herauszufinden, was für ein Mensch Urgroßvaters Bruder nach dem Aufstand von 1860 wurde, aber wir entdeckten nie etwas Wesentliches, weil wir einem Phantom nachjagten – dem Mann, der durch den Wald entkam.«
Der Priester, der meiner langen Rede mit einem anhaltenden Lächeln auf dem kleinen, überaus gutmütigen und rosig angelaufenen Gesicht zugehört hatte, machte nicht sofort Anstalten, zu bestätigen oder zu bestreiten, was ich gesagt hatte. Sein eigenes unverhohlenes Hochgefühl in den Tagen des »Aufstands« machte ihm in meiner Anwesenheit immer noch zu schaffen, und im Vergleich zu meiner eigenen Eregung bewahrte er jetzt übertriebene Fassung. Nach einiger Zeit aber äußerte er einen Gedanken, der meine Theorie untermauerte.
»Wenn ich es recht bedenke, Mitsu, ist die Legende von dem Mann mit den hängenden Schultern im Tal so gut bekannt, daß man erwarten müßte, er würde unter die ›Geister‹ des Nembutsutanzes eingereiht, nicht? Vielleicht ist das bewußt nicht geschehen, weil das nur ein Double vom ›Geist‹ des Bruders Ihres Urgroßvaters gewesen wäre. Natürlich wäre das nur ein negativer Beweis, aber...«
»Weil wir gerade vom Nembutsutanz reden«, sagte ich, »die Tänzer gehen in das Speicherhaus, äußern ein paar fröhliche Lobesworte über das Innere und bekommen dann zu essen und zu trinken, nicht wahr? Könnte das nicht mit der Tatsache zusammenhängen, daß einer der wichtigsten ›Geister‹ einst Jahre der Gefangenschaft darunter verbrachte? Wenn ja, dann wäre das ein positiver Beweis. Ich sehe das so: Großvater wußte beim Eintragen der Anmerkungen in das Büchlein sehr gut, daß die seltsame Gestalt mit der schlechten Haltung sein eigener Onkel war, und drückte heimlich seine Zuneigung zu ihm aus.«
Der Priester gab nicht sofort eine Antwort, fast als widerstrebte es ihm, seine eigene Hypothese durch meine Phantasie erweitert zu sehen, und wandte sich statt dessen dem Bild von der Hölle zu.
»Wenn Ihre Theorie stimmt«, sagte er, »so bedeutet das

wohl, Ihr Urgroßvater ließ dieses Bild für seinen Bruder malen, während der noch im Keller lebte.«
Das Gemälde vermittelte mir das gleiche tiefe Gefühl des Friedens wie damals, als Takashi, meine Frau und ich es gemeinsam angesehen hatten. Aber diesmal war der Frieden nichts passiv in meinem Gehirn Hervorgerufenes, sondern lag im Wesen des Bildes selbst. Es war da, auf der Malfläche, unabhängig von mir. Was es so deutlich ausstrahlte, ließ sich mit einem Wort als *Zartheit* bezeichnen. Aller Wahrscheinlichkeit nach war es diese äußerste Zartheit, die der Künstler auf Wunsch des Auftraggebers dargestellt hatte. Da das Bild dem Bruder Frieden schenken sollte, der in selbstauferlegtem Gewahrsam mit seinem eigenen Inferno rang, mußte es natürlich die Hölle zeigen. Aber das Rot des Feuerstroms sollte das Rot der Hartriegelblätter sein, in denen sich die Morgensonne fing, und die feurigen Flammen sollten in weichen und sanften Linien fließen wie die Falten eines Frauengewandes. Praktisch sollte der Flammenstrom absolute Sanftheit ausstrahlen. In seiner eigenen Person hatte Urgroßvaters Bruder sowohl den im Todeskampf Schreienden als auch den ihn folternden Teufel vereint, und da das Bild seiner verwilderten Seele Frieden bringen sollte, mußte es die Leiden der Toten und die Grausamkeit der Dämonen mit gleicher Genauigkeit abbilden. Aber die Toten und die Dämonen, so festgelegt sie auf den Ausdruck des Todeskampfes oder das Martern sein mochten, mußten gleichzeitig durch gelassene Zartheit geistig verbunden werden. Recht wahrscheinlich war einer der Männer mit zerzaustem Haar, der mit ausgebreiteten Armen und Beinen auf den rotglühenden Steinen lag oder die verwelkten Dreiecke seines Hinterns aus dem Flammenstrom dem aus dem All herabregnenden Feuer entgegenhielt, ein Bildnis von Urgroßvaters Bruder selbst. Nachdem mir dies in den Sinn gekommen war, gewann ich sogar langsam den Eindruck, alle die Gesichter der Toten trügen die gleichen charakteristischen Züge, und ein wehmütiges Glimmen der Erinnerung regte sich irgendwo in den Tiefen meines Bewußtseins, als wären sie von meinem Fleisch und Blut.
»Der Anblick dieses Bildes versetzte Taka stets in schlechte Stimmung, nicht?« sagte der Priester, seinen Gedanken

nachhängend. »Er hatte immer Angst davor, schon als Kind.«

»Ich meine eher, er hatte nicht Angst vor dem Bild, sondern er lehnte die Sanftheit der Hölle ab, die es zeigt«, sagte ich. »So will es mir jedenfalls jetzt scheinen. Er verspürte einen solchen Drang zur Selbstkasteiung, ein solches Gefühl, er müsse in einer noch grausameren Hölle leben, als er ohnehin lebte, daß ich vermute, er wollte diese milde, trostreiche Form der Marter als unwahr zurückweisen. Auf seine Weise hat er sich sehr bemüht, die Härte seiner persönlichen Hölle zu bewahren.«

Das bedeutungslose Lächeln auf dem kleinen Gesicht des jungen Priesters wich allmählich einem deutlichen Ausdruck von Zurückhaltung. Ich wußte aus Erfahrung, daß sein Gesicht, auf dem niemals und um keinen Preis Zweifel zu lesen waren, einen verschlossenen, halb trotzigen Ausdruck annahm, wenn man seine Ansichten in Frage stellte. Aber ich spürte kein Verlangen, ihm noch mehr von meinen inneren Problemen zu erzählen, da ihn im Grunde eigentlich nur das Leben der Talbewohner interessierte. Für mich jedenfalls war das Höllengemälde ein weiterer eindeutiger Beweis, der, zusammen mit den anderen, zur Genüge eine Überprüfung der Urteile rechtfertigte, die ich bisher über Urgroßvaters Bruder und Takashi verhängt hatte.

Der Priester geleitete mich bis zum Haupttor des Tempels und erzählte mir dabei das Neueste über die Taten der jungen Männer aus dem Tal nach dem »Aufstand«.

»Können Sie sich an den spartanischen jungen Mann erinnern, der sich Taka angeschlossen hatte? Es heißt, er wird einen Sitz in der Stadtverordnetenversammlung bekommen, wenn die ersten Wahlen nach der Eingemeindung stattfinden. Es mag aussehen, als wäre Takas Aufstand völlig fehlgeschlagen, aber er hat doch wenigstens dazu gedient, die verkrusteten sozialen Verhältnisse im Tal zu erschüttern. Die jungen Männer, die zunächst im wesentlichen Takas Gruppe bildeten, haben ihren Einfluß gegenüber den starrköpfigen älteren Bossen so gesteigert, daß sie einen Mann in die Stadtverordnetenversammlung bringen. Was die Zukunft des Tales insgesamt angeht, war der Aufstand also letztlich erfolgreich. Er hat dazu beigetragen, die vertikalen Bindungen innerhalb der Gemeinschaft des Tals zu beseitigen und die horizontale Kommunikation zwischen den Jüngeren zu festigen. Wissen Sie, Mitsu, ich glaube, es hat sich endlich eine echte Perspektive für die künftige Entwicklung im Tal eröffnet. S und Taka tun mir leid, aber sie haben beide ihre Rolle gespielt.«

Als ich zurückkam, befand sich der Kaiser nicht im Speicherhaus, und die Kinder, die bei meinem Weggang das Loch in der Wand und die Öffnung im Fußboden begafft hatten, jagten den gepflasterten Weg hinab wie Vögel, die von den ersten Anzeichen der Abenddämmerung beunruhigt werden. Schon in meiner Kindheit rannten die Kinder aus dem Tal – im Gegensatz zu denen vom »Lande«, die auch in der Dunkelheit weiterspielten – atemlos nach Hause, sowie die Dämmerung hereinbrach. Nur bei Festen oder sonstigen besonderen Ereignissen war das anders. Die Kinder von heute fürchteten sich vielleicht nicht vor dem Chosokabe, ihre Gewohnheiten aber hatten sie jedenfalls nicht verändert.

Zum Abendessen hatte mir meine Frau einen Teller mit Broten an die Feuerstelle gebracht, mit Rauchfleisch belegt, von dem sie im Supermarkt einen Vorrat eingekauft hatte. Sie hatte sich im hinteren Raum niedergelegt, vermutlich um sich dem Wohlergehen des Kindes in ihrem Leib zu widmen. Ich wickelte die Schnitten in Butterbrotpapier, steckte sie in die Manteltasche und ging hinten herum, um zwei Whiskyflaschen aufzustöbern, eine volle und eine leere. Ich wusch die leere Flasche aus und füllte sie mit heißem Wasser, obschon ich wußte, daß es bald so kalt sein würde, am Zahnfleisch wie Eiswasser zu schmerzen. In der Annahme, die Nacht würde kühl werden, schob ich mich an meiner Frau vorbei und wollte noch ein paar Decken mehr aus dem Schrank holen. Aber sie hatte nicht geschlafen und sagte plötzlich: »Ich möchte allein und in Ruhe ein bißchen nachdenken.« Sie sprach scharf, fast so, als hätte ich nach einer Gelegenheit gesucht, unter ihre Decke zu kriechen.

»Ich habe mir verschiedene Einzelheiten unseres Ehelebens durch den Kopf gehen lassen und bin zu dem Schluß gelangt, daß ich unter deinem Einfluß dir nicht nur Verantwortung überlassen habe, sondern vielfach auch die Entscheidung. Das ist darauf hinausgelaufen, daß ich mich, wenn du jemanden im Stich gelassen hast, auf deine Seite gestellt und dich unterstützt habe. Aber das stört mich jetzt wirklich, Mitsu. Ich werde noch einmal von vorn nachdenken – über das Baby in der Anstalt und auch über das noch ungeborene. Ich werde selbständig nachdenken, unabhängig von dir.«

»Nur zu – auf mein Urteil ist sowieso kein Verlaß«, sagte ich entmutigt und fügte unausgesprochen für mich hinzu: *Ich* werde mich im Keller des Speicherhauses einschließen, um auch ein wenig nachzudenken. Da neue Beweise vorliegen, muß ich meine vorgefaßte Meinung über Urgroßvaters Bruder und Takashi loswerden und ihren Fall von Anfang an neu überprüfen. Sie richtig zu begreifen, mag für sie bedeutungslos sein, da sie jetzt tot sind, für mich aber ist es wesentlich.

Ich stieg in den Keller hinab. Mit dem Rücken gegen die weiße hintere Wand des rückwärtigen Raumes gelehnt, genau so, wie es der freiwillig Gefangene vor einem Jahrhundert getan haben mußte, wickelte ich drei Decken dicht um mich, noch über meinen Mantel. Als ich dann meine belegten Brote aß und große Schlucke abwechselnd aus den beiden Flaschen trank – Whisky und zunächst warmes Wasser, das bald kalt wurde, obschon es nicht gefrieren würde, solange der starke Südwind weiter durch die Senke fegte –, begann ich wieder nachzudenken. Aus einer Ecke dieses Kellers, den so viele Jahre keines Menschen Fuß betreten hatte, stieg ein feuchter Geruch von dort empor, wo der Wind einen Stapel aus Fetzen vieler von Würmern zerfressener Bücher und alter Zeitungen, Bruchstücken eines seit langem zerfallenen niedrigen Schreibtisches und den Überresten von Tatami zusammengeweht hatte, die in Stücke zerfallen, verfault und dann wieder getrocknet waren. Ein ähnlicher Geruch stieg von den ausgetretenen und sich weich anfühlenden Steinen des Fußbodens auf, die ein klein wenig feucht waren wie kalte, verschwitzte Haut. Feiner Staub heftete sich mir feucht und schwer um Nase, Lippen und sogar die Augenränder. Das beunruhigte mich, weil ich fürchtete, er könnte mir die Poren verstopfen. Plötzlich kamen mir schmerzhafte Erinnerungen an das Asthma in meiner Kindheit, vor fünfundzwanzig Jahren. Ich beroch meine Fingerspitzen; sie waren bereits von beißendem Staub gefärbt, der auch haften blieb, als ich sie an meinen Knien rieb. Soviel ich wußte, konnte es passieren, daß eine Spinne, die in langen Tagen in dieser abgeschlossenen Dunkelheit zur Größe eines kleinen Krebses herangewachsen war, hinter dem Abfallhaufen hervorkam und mich hinter das Ohr biß. Tief in mir erweckte dieser Gedanke körperlichen Ekel, der augenblicklich die Schwärze vor meinen Augen mit riesigen mich anblickenden Bücherwürmern, mit Kellerasseln halb so groß wie Schweine und mit gar nicht in die Jahreszeit passenden hundegroßen Grillen füllte.

Eine »Wiederaufnahme des Verfahrens«? Doch dies war der Keller, und wenn Urgroßvaters Bruder sich tatsächlich hier eingeschlossen und seine Identität als Anführer des Aufstands bis an sein Lebensende bewahrt hatte, dann war das allein Grund genug, das Urteil aufzuheben, das ich stets für gerecht gehalten hatte. Ebenso war es mit Takashi, dessen Leben aus dem Versuch bestanden hatte, das Leben von Urgroßvaters Bruder zu kopieren: Angesichts der erst jetzt nachgewiesenen Integrität seines Vorfahren sah sein Selbstmord mit einemmal wie ein letzter, heldenhafter Versuch aus, mir, dem Überlebenden, die ganze »Wahrheit« deutlich zu machen. Ich sah hilflos zu, wie mein gegen Takashi gefälltes Urteil damit ebenfalls hoffnungslos in Stücke brach. Da das Bild von Urgroßvaters Bruder, über das ich mich jedesmal lustig gemacht hatte, wenn Takashi es mir aufdrängte, doch keine Illusion gewesen war, sah Takashis Lage jetzt beträchtlich günstiger aus.

In den Tiefen des Kellers, wo in der Dunkelheit wilde Windwirbel kreisten, sah ich die Augen einer sterbenden Katze, eines Tigerkaters, den ich seit meiner Studentenzeit bis zu meiner Heirat und der bevorstehenden Schwangerschaft meiner Frau besessen hatte. Ich entsann mich dieser Augen seit jenem Unglückstag, als ich ihn überfahren liegen sah und etwas wie eine rote, magere Hand zwischen seinen Beinen hervorragte: Die Augen einer alten Katze, völlig ruhig und klar, mit gelber Iris wie winzige, leuchtende Chrysanthemen; die Augen einer Katze, die trotz der scharfen um ihr Empfindungszentrum im winzigen Gehirn zukkenden Schmerzensblitze das Leid entschlossen aussperrte und zumindest einem außenstehenden Betrachter ruhig und ausdruckslos erschien; die Augen einer Katze, die ihren Todeskampf als ihre ureigene Angelegenheit ausfocht, demnach für andere nicht existierte. Ich hatte keine Vorstellungskraft gegenüber den Menschen gezeigt, deren Augen eine ähnliche heimliche Hölle verbargen. Ich war ständig kritisch gewesen gegenüber den Versuchen Takashis, eines solchen Menschen, einen Weg zu einem neuen Leben zu entdecken. Ich hatte ihm selbst angesichts seiner mitleiderregenden Bitte die Hilfe versagt, als der Tod ihn schon streifte. Also war Takashi allein und ohne Hilfe mit seiner Hölle fertig geworden. Während ich in der Dunkelheit über diese Hölle nachsann, wurden die Augen meines Katers, des Gefährten vieler Jahre, zu Takashis Augen und zu denen des Bruders meines Urgroßvaters, dem ich nie begegnet war, und zu den pflaumenroten Augen meiner Frau; und all diese Augen verbanden sich zu einer leuchtenden Kette und begannen sich als das in Wahrheit Verbürgte in meine Erfahrung einzugraben. Sie würden sich, dessen war ich sicher, in der ganzen Zeit, die mir noch blieb, weiter vermehren, bis Hunderte von Augenpaaren wie eine Sternenkette in der Nacht meiner Erfahrung funkeln würden. Und ich würde fortleben, Todeskämpfe der Scham unter dem Licht dieser Sterne erleiden und furchtsam wie eine Ratte mit meinem einen Auge auf eine düstere und zweideutige Außenwelt schauen...

In unserem Berufungsprozeß bist du der Angeklagte! Und die alten Männer schwenkten ihre Hüte nach dem großen Balken.

Ich saß hingekauert da, atmete kaum, als wäre ich tatsächlich allein vor den Richtern und Geschworenen meiner Träume. Die Augen hielt ich noch im Dunkel geschlossen, um den unverwandten Blick der anderen Augen nicht sehen zu müssen, und mein Kopf war eine eigentümlich fremde Kugel auf meinen in Mantel und Decken gehüllten Armen. Mußte ich also meine Zeit ohne erkennbaren Sinn zu Ende leben – vage, unbestimmte deprimierende Tage, fern des sicheren Existenzbewußtseins derer, die sich über ihre inneren Höllen erhoben hatten? Oder gab es vielleicht einen Weg, alles laufen zu lassen und mich in eine behagliche Dunkelheit zurückzuziehen? Wie in einer Folge von Standfotos sah ich ein anderes Ich, das sich von meinen hängenden Schultern freimachte, während ich wie ein Leichnam in einer Begräbnisurne hockte, das sich erhob und durch die

Öffnung in den Dielenbrettern kroch, die steile Treppe emporstieg, daß die den Körper zusammenhaltenden Kleidungsstücke in den Windstößen flatterten, die direkt vom Tal heraufwehten. Als mein Phantom-Ich die Stelle auf der Treppe erreichte, wo es das Tal unter dem in die Wand gehackten Loch sehen konnte, verspürte ich plötzlich, obschon immer noch unten im Keller hockend, das Schwindelgefühl, von dem die Gestalt gepackt wurde, die dort wehrlos und gelähmt auf halber Höhe der Treppe vor der tiefen, schwarzen, windgepeitschten Leere stand; und ich preßte die Finger an die Schläfen, um den dumpfen Schmerz mitten im Kopf zu lindern. Aber als die Erscheinung direkt unter dem großen Querbalken ankam, begriff ich plötzlich voller Entsetzen, daß ich die »Wahrheit« immer noch nicht erkannt hatte, die ich, indem ich mich erhängte, den Fortlebenden laut zurufen würde, und sofort verschwand das Phantom aus meinem Blickfeld.

Ich konnte nicht einmal das »Etwas« aufweisen, das meinen Freund bewogen hatte, sich den Kopf knallrot anzumalen und sich umzubringen, nackt, mit einer Gurke im Hintern. Selbst das Auge, von dem ich angenommen hatte, es beobachtete die blutgestaute Dunkelheit in meinem Kopf, hatte in Wirklichkeit keinerlei Aufgabe erfüllt. Und weil ich die »Wahrheit« noch nicht erkannt hatte, konnte ich auch nirgends in mir die Entschlußkraft entdecken, um den letzten Sturz in den Tod zu vollziehen. Bei Urgroßvaters Bruder und bei Takashi war das kurz vor dem Tod anders gewesen: sie waren ihrer eigenen Hölle sicher und hatten sich über sie erhoben, indem sie die »Wahrheit« herausschrien.

So real war das Gefühl des Scheiterns, das in meiner Brust emporstieg wie siedendes Wasser und sich mit stechendem Schmerz über den ganzen Körper ausbreitete, daß ich eine weitere Entdeckung machte: So wie Takashi seit der Kindheit von einem Oppositionsgeist mir gegenüber beseelt gewesen war, so war ich feindselig gegen ihn und sein Idol, Urgroßvaters Bruder, gewesen, und hatte Sinn in einem ruhigen Leben gesucht, das ganz anders war als das ihre. Als ich trotz allem den Unfall erlitt, bei dem ein Auge erblindete, nicht anders, als wenn ich ein Leben in Gefahr geführt hätte, war ich in doppelter Hinsicht entrüstet und verbrachte meine Krankenhaustage damit, auf miese Art Fliegen

umzubringen. Aber Takashi hatte trotz meiner Einwände auf einer Reihe sehr zweifelhafter und recht schimpflicher Unternehmungen beharrt. Und in jenem letzten Augenblick, als er vor der Mündung stand, die seinen nackten Oberkörper zu einer Masse reifer Granatäpfel zerfetzen sollte, war es ihm gelungen, eins mit sich selbst zu werden, sich eine Identität zu sichern, die Bestand erhielt durch sein Verlangen, wie Urgroßvaters Bruder zu sein. Daß ich seinen letzten Wunsch nicht erfüllt hatte, spielte praktisch kaum eine Rolle. Sicherlich hatte er die Stimmen von Urgroßvaters Bruder und all den anderen Familiengeistern im Speicherhaus gehört, hatte sie ihn rufen, erkennen und in ihre Mitte aufnehmen hören. Mit ihrer Hilfe war er imstande gewesen, sich seiner peinigenden Angst vor dem Tode zu stellen, um sich über seine innere Hölle zu erheben.
»Ja, du hast die Wahrheit gesagt«, gab ich demütig zu unter dem Blick derselben Familiengeister, die auf Takashi im Augenblick seines Todes geblickt hatten, und war mir dabei meines vollen Elends klar bewußt. Ich empfand ein mir selbst fremdes Gefühl der Unzulänglichkeit, das wie die Kälte immer tiefer zu dringen schien. Halb selbstquälerisch, halb verzweifelnd raffte ich mich zu einem kläglichen kleinen Pfeifen auf, das den Chosokabe herbeirief, der das Speicherhaus zerstören und mich bei lebendigem Leibe darunter begraben sollte. Aber natürlich geschah nichts. Mehrere Stunden verbrachte ich in völliger Erschlaffung und zitterte wie ein Hund mit nassen Fell. Schließlich wurden die Öffnung in den Dielenbrettern über mir und die halbverdeckten Geheimfenster an der Seite hell. Der Wind hatte sich inzwischen gelegt. Von Harndrang gequält, kämpfte ich mich auf kältesteifen Beinen in die Höhe und steckte den Kopf oben durch die Öffnung. Der Wald, der fast die freie Fläche ausfüllte, wo man die Wand niedergerissen hatte, war immer noch dunkel und in feinen Nebel gehüllt, und nur ein ganz schmaler Purpurschein spiegelte die Dämmerung. Aber in der rechten oberen Ecke der Bresche war der flammendrote Himmel selbst zu sehen. Dasselbe flammende Rot hatte ich auf den Rückseiten der Hartriegelblätter an jenem Morgen gesehen, als ich in meiner Grube im Garten hockte. Es hatte Erinnerungen an das Bild von der Hölle hier in der Senke geweckt und mich als eine Art Signal

berührt. Die damals unbestimmte Bedeutung dieses Signals war jetzt ohne weiteres zu verstehen. Das »sanfte« Rot des Gemäldes war im wesentlichen die Farbe der Selbsttröstung, die Farbe von Leuten, die lieber weiter ihr düsteres, unausgeglichenes Alltagsleben führen wollen, als sich der Gefahr aussetzen wie jene Grauen einflößenden Seelen, die sich ihrer eigenen Hölle stellen. Schließlich wurde ich mir sicher, daß Urgroßvater das Höllenbild für seinen eigenen Seelenfrieden in Auftrag gegeben hatte. Und nur die Menschen unter seinen Nachkommen hatten Trost daraus gewonnen, die wie Großvater und ich ihr Leben in unbestimmter Angst zubrachten und nicht bereit waren, die innere Stimme, die eindringlich plötzliche, ungeplante Sprünge nach vorn forderte, so laut werden zu lassen, daß gehandelt werden mußte.

In der fahlen Dunkelheit, direkt vor dem Eingang, von dem man die verschiedenen Türen bereits entfernt hatte, stand eine verschwommene Gestalt und sah auf meinen Kopf herab, der von dort aus wie eine auf dem Fußboden liegende Melone aussehen mußte. Die Gestalt regte sich. Es war meine Frau. Wie grüßt man beiläufig, wie verhält man sich normal und alltäglich, wenn man dabei ertappt wird, wie man den Kopf durch eine Öffnung im Fußboden steckt und auf einen roten Fleck am Morgenhimmel starrt? Versteinert vor Verlegenheit, so als hätte sich mein Kopf tatsächlich in eine Melone verwandelt, konnte ich nur zu ihr hinaufblicken.

»Hallo, Mitsu!« sagte sie mit einer Stimme, die hart und schneidend vor Spannung und doch so beherrscht war, daß sie mein Erschrecken, ertappt worden zu sein, milderte.

»Hallo!« sagte ich. »Mach dir keine Sorgen – vielleicht habe ich dich erschreckt, aber verrückt bin ich nicht.«

»Ich weiß schon einige Zeit um deine Gewohnheit, zum Nachdenken unter die Erde zu gehen. In Tokyo hast du das doch auch einmal gemacht, nicht?«

»Ich dachte immer, du hättest an jenem Morgen geschlafen«, sagte ich, und zur Last der Erschöpfung kam noch die der Kränkung.

»Ich habe dich vom Küchenfenster aus beobachtet«, sagte sie, »bis der Milchmann kam und ich sicher war, daß du

zum Leben auf der Erde zurückkehren würdest. Ich hatte Angst, etwas Schlimmes könnte geschehen«, fügte sie erinnerungsversunken hinzu. Als ich weiter schwieg, fuhr sie in energischerem Ton, als wollte sie uns beiden Mut machen, fort: »Mitsu, könnten wir es nicht noch einmal miteinander versuchen? Könnten wir nicht noch einmal von vorn anfangen und die beiden Babies zusammen aufwachsen lassen, das in der Anstalt und das noch ungeborene? Ich habe lange darüber nachgedacht und allein entschieden, daß ich das will. Ich wollte dich fragen, ob es völlig unmöglich ist oder nicht. Und als ich sah, daß du dort unten nachdachtest, hielt ich es für besser, das aufzuschieben, bis du von allein herauskommst. Also habe ich hier gewartet. Für mich war das furchtbarer als damals bei der Grube im Hintergarten. Ich hatte Angst, der Wind könnte das Speicherhaus einreißen – es ist so labil ohne die Wand –, und ich erschrak, als ich ein Pfeifen aus der Tiefe hörte! Aber ich habe weiter gewartet, weil ich meinte, ich hätte nicht das Recht, dich herauszuholen.«
Sie sprach langsam. Die Hände drückte sie bereits in der besorgten Art der Schwangeren an den Bauch; das gab dem schwarzen Schattenriß ihres Körpers auch im Stehen eine spindelförmige Stabilität, aber ich sah auch, wie er vor unterdrückter Spannung bebte. Sie verstummte und weinte einige Zeit lautlos.
»Wir wollen es versuchen. Ich nehme die Stelle als Englischdozent an«, sagte ich, atmete heftig aus und verwandte das bißchen in meiner Lunge verbleibende Luft dazu, meine Worte so spontan wie möglich klingen zu lassen. Trotzdem war meine Unsicherheit so deutlich zu hören, daß mir sogar selbst die Ohren brannten.
»Nein, Mitsu. Ich gehe mit den beiden Kindern zu meinen Eltern, während du in Afrika arbeitest. Warum telegrafierst du nicht an das Expeditionsbüro? Ich denke, die Notwendigkeit, eine Kontraststellung zu Taka einzunehmen, hat dich stets dazu veranlaßt, das zurückzuweisen, worin du ihm ähnlich bist. Aber Taka ist tot, Mitsu, also solltest du fairer zu dir selbst sein. Du hast jetzt eingesehen, daß die Bande zwischen Urgroßvaters Bruder und Taka nicht nur Takas Illusion waren. Warum versuchst du also nicht, herauszufinden, was du selbst mit ihnen gemeinsam hast? Das

ist doch jetzt noch wichtiger, wenn du die Erinnerung an Taka unverfälscht bewahren willst?«
Mit bitterer Selbstironie sagte ich mir, daß ich die Arbeit als Dolmetscher in Afrika wohl kaum schaffen würde, aber ihr zu widersprechen, dazu war ich nicht entschlossen genug. Und so fragte ich sie lediglich mit innerer Unruhe in der Stimme: »Denkst du denn, wenn wir das Baby aus der Anstalt holen, können wir es auf ein Leben mit uns einstellen?«
»Ich habe letzte Nacht stundenlang darüber nachgedacht, Mitsu, und spürte plötzlich daß wir wenigstens einen Anfang machen können, wenn wir nur den Mut dazu haben«, sagte sie, und ihre Stimme klang mitleiderregend in ihrer offensichtlichen körperlichen und geistigen Erschöpfung. Besorgt, sie könnte ohnmächtig umfallen, wand ich mich frei, stieß mich mit den Füßen ab und versuchte, mich so schnell wie möglich hochzuziehen. Aber ich blieb stecken, und es dauerte lange, bis ich mich schließlich hinaufgearbeitet hatte. Als ich dann auf sie zuging, hörte ich eine Stimme in mir ganz ungekünstelt wiederholen, was Takashis Leibwächter gesagt hatten, als sie ihre Heiratsabsichten mitteilten: »Jetzt, wo wir Taka nicht mehr haben, müssen wir allein fertig werden.« Und ich hatte nicht die Absicht, diese Stimme zum Schweigen zu bringen.
»Ich habe eine Art Wette mit mir selbst abgeschlossen – daß du meinen Vorschlag annimmst, wenn du nur unversehrt dort herauskommst. Die ganze Nacht war ich auf die Folter gespannt«, sagte sie mit tränenerstickter, kindlich banger Stimme und zitterte noch mehr.
Wenige Tage später entschloß sich meine Frau, die Angst hatte, die Reise könnte dem ungeborenen Kinde schaden, über die Brücke zu gehen, an der bereits die Reparaturarbeiten begonnen hatten, und die Senke zu verlassen. An jenem Morgen kam ein Mann aus dem Tal sich von uns verabschieden, und brachte eine neuangefertigte hölzerne Maske mit. Sie stellte ein menschliches Antlitz dar, das wie ein geplatzter Granatapfel aussah und dessen geschlossene Augen mit zahllosen Nägeln durchstoßen waren. Der Mann war der Tatamiflechter, der vor einiger Zeit das Tal verlassen hatte und aus der Stadt zurückgeholt worden war, um den Nembutsutanz für den Sommer neu beleben zu helfen.

Er arbeitete jetzt wieder, flocht Matten für den Versammlungssaal des Tales, der aus Geldmitteln überholt werden sollte, die anläßlich der Eingemeindung für diesen Zweck bewilligt worden waren, und für verschiedene andere Räumlichkeiten, wo man Arbeit für ihn gefunden hatte. Und gleichzeitig plante er neue Kostüme für jeden einzelnen »Geist« des Tanzes. Wir schenkten ihm die Jacke und die Hose, die Takashi bei seiner Rückkehr aus Amerika getragen hatte, damit der Darsteller, der die Maske von Takashis »Geist« trug, sie anlegen konnte.

»Viele junge Leute haben gesagt, sie wollen in dieser Maske aus dem Wald herabkommen«, sagte der Tamiflechter stolz. »Sie streiten sich schon regelrecht darum.«

Wir gingen durch den Wald, meine Frau, das Ungeborene und ich, als wir die Senke verließen, in die wir vermutlich nie wieder den Fuß setzen würden. Als ein »Geist« war Takashis Gedenken das Gemeineigentum des Tales; wir brauchten sein Grab nicht zu pflegen. Die Arbeit, die mich in Afrika erwartete, während Natsumi den Versuch unternehmen wollte, unseren wiedergewonnenen Sohn in unsere Welt zurückzubringen, und sich gleichzeitig auf die Geburt des anderen Kindes vorbereiten würde, bedeutete ein Leben voller Schweiß und Schmutz. Ich würde unter meinem Tropenhelm Kommandos auf Swahili schreien, Tag und Nacht englische Texte auf der Maschine schreiben und zu beschäftigt sein, mir Gedanken um das zu machen, was in mir vorging. Als verantwortlicher Dolmetscher der Expedition konnte ich mir kaum einreden, ein Elefant mit dem aufgemalten Wort »Erwartung« auf seinem riesigen grauen Leib würde vor meinen Augen hervorpoltern, während wir im Gras der Savannen auf der Lauer lagen. Aber nachdem ich die Stelle angenommen hatte, gab es Augenblicke, in denen ich empfand, daß es sich auf alle Fälle um den Anfang eines neuen Lebens handelte. Zumindest konnte ich mir dort ohne weiteres meine strohgedeckte Hütte bauen.

Dewey, John (1859–1952): amerikanischer Philosoph und Pädagoge, Hauptvertreter des Instrumentalismus

doma im traditionellen japanischen Wohnhaus als Küche und Vorratskammer benutzter Raum ohne Zimmerdecke und mit unmittelbarem Zugang von außen, der im Unterschied zu den übrigen Zimmern zu ebener Erde liegt

Edo alter Name von Tokyo; diese Umbenennung in Tokyo (»Östliche Hauptstadt«) erfolgte 1868, als der Kaiser die Regierungsgewalt übernahm und seine Residenz von Kyoto nach Tokyo verlegte

Kanto Ebene auf Honshu, um Tokyo

Manjiro, John eigentl. Manjiro Nakahama (1827–1898), Sohn eines Fischers. Wurde 1842 bei einem Schiffbruch von einem amerikanischen Schiff geborgen und in die USA mitgenommen, kehrte 1851 nach Japan zurück. Wegen seiner Kenntnisse westlichen Lebens Anstellung bei der Shogunregierung; später Lehrer an der Kaisei Gakko, der heutigen Tokyo-Universität

Meiji-Restauration unvollendete bürgerliche Revolution, durch die der Kaiser nach der 600jährigen Herrschaft der Shogune die Regierungsgewalt wieder erlangte; sie ebnete den Weg zur kapitalistischen Entwicklung, ließ jedoch zahlreiche feudale Relikte bestehen und löste die Agrarfrage nicht

Miyazawa, Kenji (1896–1933); japanischer Lyriker und Kinderbuchautor

Natsume, Soseki (1867–1916); kritisch-realistischer Schriftsteller, einer der Begründer der modernen japanischen Literatur

NHK Abkürzung für Nippon Hoso Kyokai = Japanische Rundfunk- und Fernsehgesellschaft; sendet drei Hörfunk- und zwei Fernsehprogramme; daneben bestehen zahlreiche kleinere Hörfunk- und Fernsehunternehmen

Samurai Angehöriger der feudalen Militärkaste, zu Kriegsdiensten verpflichteter Vasall der Shogune und der Lehnsfürsten

Shogunat Bezeichnung für die Regierungsform der Shogune (1192–1867), der Militärdiktatoren aus verschiedenen Adelsfamilien, die den Kaiser zu einem Schattendasein verurteilten

Verfassung die nach dem Vorbild Preußens erarbeitete, 1889 verkündete Verfassung ließ den absolutistischen Charakter der Monarchie bestehen und blieb bis 1945 in Kraft

yin und *yang* negatives, weiblich-passives und positives, männlich-aktives Prinzip der alten chinesischen Philosophie

Neuere Literatur

Günter Kunert
Camera obscura
Prosa. Bd. 2108
Im Namen der Hüte
Roman. Bd. 2085

Reinhard Lettau
Frühstücksgespräche in Miami
Band 2095

Erich Loest
Pistole mit sechzehn
Erzählungen. Bd. 5061

Christoph Meckel
Licht
Erzählung. Bd. 2100
Suchbild
Über meinen Vater
Band 5412
Tunifers Erinnerungen
und andere Erzählungen
Band 2090

Helga M. Novak
Die Eisheiligen
Band 5068

Klaus Poche
Atemnot
Roman. Bd. 2109

Gerhard Roth
die autobiographie des albert einstein
Kurzromane. Bd. 5070
Der große Horizont
Roman. Band 2082
Ein neuer Morgen
Roman. Band 2107
Winterreise
Roman. Band 2094
Die schönen Bilder beim Trabrennen
Band 5400
Der stille Ozean
Band 5413

Philip Roth
Die Brust
Roman. Bd. 2113

Peter Schalmey
Meine Schwester und ich
Roman. Bd. 2084

Fischer Taschenbuch Verlag

»Einer der besten Autoren, die es heute gibt.«
Newsweek

V. S. NAIPAUL

V(idiahar) S(urajprasad) Naipaul wurde 1932 als Nachfahre von indischen Kontraktarbeitern in Trinidad geboren, übersiedelte 1950 nach Großbritannien und studierte englische Literatur in Oxford, arbeitete als Journalist und Reporter u. a. für die BBC. Zahlreiche Bücher mit den Hauptthemen Rassenfragen und Entwurzelung des modernen Menschen.

An der Biegung des großen Flusses
Roman. Band 5750

Meine Tante Goldzahn
Szenen aus der Karibik. Band 5763

»Es gibt heute kaum einen Autor, der V. S. Naipaul an wahrem Überfluß an Talent übertrifft. Was man auch von einem Romanautor erwartet, man findet es in seinen Büchern:
eine fast Conrad'sche Gabe, einer Geschichte Spannung zu geben, eine ernsthafte Auseinandersetzung mit menschlichen Problemen, eine geschmeidige Sprache, einen scharfen Witz und eine persönliche Vision.«
New York Times Book Review

Fischer Taschenbuch Verlag